Ihre Heimat war das Memelland

1944/45 – Flucht auf dem Pferdewagen, im Zug und über die Ostsee

Biografie

Bibliografische Information der Deutschen Nationalbibliothek: Die Deutsche Nationalbibliothek verzeichnet diese Publikation in der Deutschen Nationalbiografie; detaillierte bibliografische Daten sind im Internet über dnd.dnd.de abrufbar.

Verlag: BoD · Books on Demand GmbH, In de Tarpen 42, 22848 Norderstedt, bod@bod.de
Druck: Libri Plureos GmbH, Friedensallee 273, 22763 Hamburg

ISBN: 978-3-7693-4991-7

Foto Buchcover: So haben sie ausgesehen, die Mädchen jener Zeit. Hier ein Beispielbild aus Osterode. (siehe Fotoquellenangabe)

Inhaltsverzeichnis

Ihre Heimat war das Memelland

Vorwort

Sie war die Großmutter meines besten Freundes. Wir saßen bei Kaffee und Kuchen in ihrem Haus am Rande der Stadt. Stundenlang konnte diese Frau erzählen. Als sei die Blüte ihres Lebens, dessen Endstation sie mit ihren weit über achtzig Jahren bald erreichte, nur einen Wimpernschlag entfernt. Über die Kindheit in ihrem Dorf im Memelland hat sie berichtet, von ihrem Garten und den Tieren, von der kleinen Schule, vom Alltag eines Bauernmädchens. Vom Krieg und wie der Vater ihrer Welt entschwand. Mit Hingabe sprach sie von der Flucht, vom Aufbruch aus der Heimat, gemeinsam mit ihrer Mutter. Von einem langen, abenteuerlichen Weg, dem Neuanfang und von der Liebe. Ihre Erinnerungen wirkten so frisch. Sie griff nach Dialogen, die vor mehr als einem Dreivierteljahrhundert gesprochen worden sind.

Ganze Nachmittage verbrachte ich bei Oma Alinka und konnte mich ihrem Bann nicht verwehren. In ihrer Anbauwand lehnten Bilderrahmen mit betagten Fotos. Eines zeigte den Garten mit seinen Gemüsebeeten, die im Schatten von Obstbäumen weilten. Auf einem anderen Foto war ihr Großvater zu sehen, vor der Tür zum Stall, in seiner Mütze eine Handvoll Hühnereier. Nur zwei Kinderfotos hat sie von sich besessen: Eines vom Tage der Einschulung im April 1940, fünfzehn Mädchen und Jungen auf der Treppe vor dem Lehrgebäude. Das zweite Bild zeigte sie mit ihren Eltern. Links der Vater in Militäruniform, ein stolz blickender, junger Mann. Rechts die Mutter, mit Bernsteinkette, ohne die Spur eines Lächelns, als ahnte sie, was kommen wird. Zwischen ihren Eltern die kleine Alinka, ein Kind von sechs oder sieben Jahren mit geflochtenen Zöpfen. Eine Knopfbluse, ein Kleid mit Blütenmustern, so sahen sie aus, die Mädchen jener Tage im äußersten Norden des Reichs. Dort begann das Leben der Alinka Gindullis, von dort sind sie geflohen, als die heile Welt zusammenbrach. Das Lächeln des Mädchens auf dem Foto schien dasselbe wie das der alten

Frau auf der Couch mit dem weiß gelockten Haar und ihrer Decke auf dem Schoß.

Sie faszinierte mich. Wenn ein Treffen endete, gierte ich bereits nach dem nächsten. Alles wollte ich erfahren, jede Einzelheit ihres Lebens, jeden Schnipsel einer Information. Es war wie eine Berührung mit der Vergangenheit. Ich erkannte: Das ist Stoff für ein Buch. Ich fühlte mich dazu berufen, ihren Werdegang zu konservieren. Mehr als fünfzigmal hab ich sie wohl besucht, am Anfang mit besagtem Freund, dem Enkel, und bald nur noch allein. Diese Frau und ihre Geschichten ließen mich nicht mehr los. Mit dem Schreibblock saß ich da, ich wollte und musste alles wissen, um das Puzzle ihres Lebens zu rekonstruieren. So eine Geschichte durfte nicht verlorengehen. Es war meine Pflicht, sie aufzuschreiben, festzuhalten für die, die nach ihr kamen und kommen werden.

Doch viel zu spät erst lernte ich sie kennen, das war im Dezember 2017. In den nächsten drei Jahren trug ich zusammen, was sie mir berichtete. Ich sortierte und prüfte, hakte nach. Je mehr Antworten ich bekam, desto mehr Fragen taten sich auf, je tiefer gewahr ich in ein Universum vor meiner Zeit. Der Verfall der alten Dame war nicht zu übersehen. Gesundheitlich angeschlagen verbrachte sie den Tag in ihrer Stube oder, wenn das Wetter es zuließ, auf der Gartenterrasse. Es war nur eine Frage der Zeit, und alles Erlebte würde mit ihr untergehen. Ein oder zwei Generationen mochten die Höhen und Tiefen im Leben der Alinka Gindullis noch ein Stückchen in die Zukunft tragen. Doch wären es dann nicht mehr ihre Worte. Die Geschichte drohte zu verfälschen, vielleicht in Vergessenheit zu geraten. So nahm ich den Stift und begann zu schreiben.

Familiengeschichtlich verbindet mich nichts mit der Provinz Ostpreußen oder dem Memelland. Meine Vorfahren stammen aus Pommern und Schlesien. Die Begegnung mit der Memelländerin aber entbrannte in mir den Reiz und das Interesse an der einst nördlichsten deutschen Region. In meiner Heimatstadt Greifswald machte ich mit ihr Bekanntschaft, mit jener hochbetagten Frau, die als junges Mädchen, als Kind von zehn Jahren, Haus und Hof verließ und aufbrach in eine ungewollte Zukunft. Hinaus katapultiert in die Fremde, immerfort nach Westen, weitab ihrer vertrauten Welt, des elterlichen Horizonts. Der Riss jener Zeit verband sich mit dem Riss in ihrem Herzen, den nichts und wieder nichts zu schließen vermochte. Ein Spalt mit lodernden Flammen zwischen dem Jetzt und dem, was einmal war.

Weder in Pommern noch in Deutschland, wie wir es heute kennen, hat diese Geschichte ihren Anfang. Was aber ist ein Anfang? Ist nicht auch immer vor einem Anfang schon etwas gewesen? Ist nicht der Anfang selbst nur ein Mittendrin im Gespinst der Ewigkeit? Ein Anfang aber muss her, und so wird es jener sein, der das Rad einer Kindheit zum Rollen bringt. Nicht am Ende der Zeit, aber irgendwo am einstigen Ende des deutschen Landes vor über einem Dreivierteljahrhundert.

Im Sommer 1944 rückt unweit der litauischen Grenze die Ostfront gefährlich nahe ans Deutsche Reich. Zu Tausenden wird die Bevölkerung des Memellandes per Zug und Pferdewagen bis südlich des Memel-Flusses oder per Schiff in die Häfen der Danziger Bucht evakuiert. Noch einmal aber gelingt es der Wehrmacht, die russischen Vorläufer zurückzudrängen. Nach einigen Wochen wird die Landbevölkerung aufgerufen, heimzukehren und die Ernte einzufahren. Eine trügerische Sicherheit macht sich breit. Als in den ersten Oktobertagen eine zweite Evakuierung verkündet wird, ziehen erneut Tausende Fuhrwerke nach Süden. Für jene, die die Aufforderung zur Flucht ignorieren oder ihr nur zögerlich nachkommen, weil sie glauben, es würde, wie im Sommer, schon alles gutgehen, wird dieses Zögern zur Tragödie. Nur eineinhalb Tage nach dem Appell gelangen russische Panzer an die Hauptstraße Memel-Tilsit und schneiden den Flüchtenden den Weg ab. Wenige Wochen darauf ist das Memelland vom Russen erobert. Lediglich Memel selbst, die nördlichste Stadt des Reiches und von Hitler zur Festung erklärt, wird vom Feind belagert, aber nicht eingenommen.

Nach Beginn der russischen Winteroffensive im Januar 1945 und mit Erreichen erster Panzerspitzen an der pommerschen Ostseeküste sind sämtliche Fluchtwege ins Reichsinnere blockiert. Ein Entrinnen gibt es für die Eingeschlossenen jetzt nur noch per Schiff von einem der großen Häfen. Zehntausende, Hunderttausende trecken in eiskalten Wintertagen nach Pillau, Danzig und Gotenhafen. Heimatlose in nicht endenden Kolonnen.

Russische Tiefflieger beschießen die Trecks, feindliche U-Boote lauern vor der Küste. Wer sich nach Westen retten kann und dort den Bombardements der Alliierten entgeht, den erwartet ein Lagerleben in ärmlichen Baracken, oft jahrelang unter größten Entbehrungen, ohne Privatsphäre, auf engstem Raum.

Die Kinder aus dieser Zeit sind die Alten von heute. Jungen und Mädchen, herausgerissen aus einer unbeschwerten Jugend. Und eines dieser Kinder war Alinka aus dem Memelland. Ein Kind, das den Vater vermisste, das die Zerwürfnisse im Elternhaus mitbekam, die sich verschlechternde Situation, den Wesenswandel seiner Mitmenschen. Ein Kind, das sich sorgte, das wachlag in den Nächten und aus dem Fenster sah. Dessen klarer Verstand der verzweifelten Mutter Hoffnung gab. Ein Mädchen, das der Großvater seinen »Edelstein« nannte. Alinka war es, die das Zerbrechen ihrer Welt einmal in Wort und Schrift weitertragen und den Nachkommen berichten würde, wie es sich anfühlt, wenn die Kindheit mit zehn Jahren endet. Dass Kriege entsetzlich sind.

»O käm´ das Morgenrot herauf,
o ging die Sonne doch schon auf.«

So lautet der Text eines alten Liedes aus dem Memelland, das früher oft zu hören war, wenn die Feldarbeiter es bei der Ernte sangen, die Kinder in den Schulen oder die Fischer auf dem Haff.

Diese Geschichte beginnt, wo andere Geschichten enden, nach dem vorletzten deutschen Sommer in Ostpreußen. Kein Sommermärchen, kein Sommernachtstraum. Der Verlust geliebter Menschen, von Heimat, Hof und Vieh. Es ist Herbst 1943. Das Dorf Plicken, hoch im Norden, vor der litauischen Grenze, hat die Ernte eingefahren. Die Tage werden kürzer, die Menschen stiller. Die lange, ostpreußische Winterruhe naht. Wenn auch ruhiger, das Leben geht weiter, die Kinder besuchen die Schulen, die Alten widmen sich anderen Tätigkeiten, für die im Sommer keine Zeit geblieben war. Ein ewiger Zyklus über Jahrhunderte führt den Zeiger der Lebensuhr immer eben weg und bestimmt das Werden und Sein der Menschen in diesem Landstrich. Eines aber ist anders, es herrscht Krieg, die Männer sind fort, und dieser Krieg droht auf die Heimat zuzurollen.

Ein Ort am Ende des Reichs

Die Tür geht auf, die Tür schlägt zu. Karl Gindullis tritt ins Haus, zieht sich die Stiefel von den Füßen und schlüpft in seine Pantoffeln. Mit einem Schnaufen entledigt er sich der Arbeitsjacke und schreitet in die Küche, hebt den Deckel vom Topf auf dem Herd, nimmt einen Atemzug vom Birnenmus, der dort seit einer Stunde blubbert. »Wo is Großmuttern?«, will er wissen und legt den Deckel wieder ab. Alinka, am Tisch mit den Schulaufgaben beschäftigt, blickt durch die Scheibe zum Garten raus. Karl Gindullis folgt ihrem Blick, sieht seiner Frau dabei zu, wie sie die Wäsche über die Leinen hängt. »Mockt nie, watt se soll, de Gute. Soll Essen mocken.« Im Vorbeigehen tätschelt er der Enkelin das Haar. Eine Brise aus dem Stall, den er gerade verlassen hat, weht dem Kind in die Nase. Sie verliert sich rasch, als er die Tür zum Garten öffnet und Herbstaromen die Luft bereinigen. Von der Schwelle aus herrscht er die Großmutter an, ohne es bös zu meinen: »Wann gift dat Essen, Fru?«

Hilde Gindullis kennt ihren Mann und weiß, dass seine Laune sinkt ohne sein pünktlich Frühstücksmahl. Das letzte gewaschene Hemd klammert zwischen den Apfelbäumen. Tanzende Kleider im Morgenwind. Sie schiebt den Alten vor sich her, hinein in die warme Küche, nimmt den Holzlöffel von der Hakenleiste, rührt den Topf noch mal um und zieht ihn von der Kochfläche runter. Die Ofenluke bleibt geöffnet und hält das Erdgeschoss des kleinen Bauernhauses bei wohliger Temperatur. Geschirr und Besteck kramt sie aus dem Schubfach, Brot und Marmelade aus einem Wandregal, wo keine Maus es erreichen kann. »Tu dei Schoolkroam beiseit, Kind, wi wulln all frühstücken nu!«, mahnt sie die Enkelin. Ein Satz Teller knallt auf den Tisch.

Der Alte nimmt Platz gegenüber dem Mädchen, hält seine Hände wie zum Gebet und stützt sich auf die Ellbogen. Mit hohem Blick sieht er auf das Schulheft nieder, sieht herüber zur Großmutter, die den Fruchtmus ein letztes Mal rührt und nach Bechern sucht. »Watt lernst all Schönes, Kind?«, fragt er.

»Grammatik«, säuselt Alinka. Der Bleistift kratzt auf dem Papier.

»Grammatik«, wiederholt es der Alte und wendet sich der Großmutter zu.

Besteck klirrt auf dem Tisch, Becher poltern. »Platz moaken sollst, Kind! Wie soll ick decken, wenn dei Schoolkroam hier liegt? Lernen kannst oben inne Kammer.«

»Latt se doch, Muttern, wir häbb Platz jenug«, versucht er Hilde zu besänftigen. »Rück nur man so klejn Stück, dann wird dat jehn, Kindchen.«

Alinka aber schlägt das Heft zusammen. Der strenge Blick der Großmutter genügt.

»Emmer dat Widerspenstige in dat Kind. Drejmoal mott eck allet vertellen, bis sie jehorcht. Un im Haus hädd se hiete ook noch nuscht jemoakt. Nur man so ihre School hädd se em Kopp, un de Kraggen em Stall. De janze Arbeit blöft an mi.«

Der Alte schneidet das Brot, legt die Scheiben auf den Teller. »Latt se man in Ruh!«, brummt seine Stimme. Hilde schweigt. Jedes Dagegenreden hat keinen Sinn, solange der Magen des Alten nicht gefüllt, solange das Kind nicht zum Schulweg aufgebrochen ist.

Sie schenkt in die Becher den Aufguss gepflückter Minze aus dem Beet unterm Küchenfenster. Auch Alinka schweigt, wie sie es immer tut am Morgen zu Tisch. Keiner spricht mehr ein Wort. Nur das dumpfe Schmatzen hallt durchs Parterre. Im Herd knistert das Feuer. Der Wecker auf dem Regal über den Kleiderhaken tickt mit jedem Sekundenschlag. Die Kieferknochen des Großvaters zermalmen das Brot. Sein großer Kopf mit dem weißen, nur noch spärlichen Haar wippt dabei auf und ab. Unter einem grauen Kragenhemd mit Hosenträgern wölbt sich sein Bauch gegen die Tischkante.

Alinka hat den Großvater lieb. Von der Großmutter kann sie das nicht behaupten, denn mit ihrer Laune steht es nie zum Besten. Überhaupt hat sie eine boshafte Art, etwas Gemeines an sich, das sich für eine Zehnjährige nicht ergründen lässt. Alinka geht ihr aus dem Weg, sofern es in diesem Hause möglich ist, hält sich im Hintergrund und belässt es bei ihrer Schweigsamkeit. Die Gestalt der knorrigen Frau gleicht einer Hexe, einer Giftmischerin wie aus den Geschichten, die sich die Kinder am Nachmittag erzählen. Ihr Gesicht aber hat etwas Trauriges, etwas Erschütterndes, dem nichts abzulesen ist. Dunkle Wolken scheinen sie zu quälen.

Nach endlosen Minuten unterbricht ein Klopfen an der Tür die Stille. Emma Kirwitzke tritt ein. Sie ist die elfjährige Bauerntochter vom Nachbarhof, ein heiteres Kind von robuster Gestalt. »Guten Morgen!«, ergießt sich ihre weiche Stimme. Die Tür schlägt hinter ihr in den Rahmen. »Kommst, Alinka, bist so weit?«

»So jait man rasch inne School, damet ju watt lernt!«, ruft Großvater Karl und deutet auf den Wecker. Alinka leert den Becher, packt ihre Hefte zusammen, läuft herum um den Tisch und umarmt den alten Mann. Die Großmutter bekommt nur einen kurzen, verächtlichen Blick.

Nachdem die Kinder das Haus verlassen haben, fährt sie hoch. »Vertüddern tust se, joa, vertüddern! Un emmer redst ihr to, un emmer redst gegen mi. Bald häddst se janz un jar verruckt. Se tut joa all man so wenig em Huus. School, School. Als eck jung wär, ...«

»Nu sei moal still, Weib!«, unterbricht der Alte. »Solltest di moal hörn!«

Hilde setzt den Stapel Teller wieder ab. Karl erhebt sich, schlurft zur Tür, wechselt die Pantoffeln mit den Stiefeln, nimmt seine Arbeitsjacke vom Haken und drückt die Klinke. »Latt se nur man in Ruh, dat Kind!« Er wendet sich um, die Tür fällt ins Schloss. Hilde sinkt auf den Stuhl. Ihr Blick geht über den Flachschrank raus zum Garten. Der Wind hat zugenommen, die Wäsche wirbelt. Pulloverärmel haben sich mehrfach um die Leinen gedreht. Die Sonne, die ihre Strahlen zuvor noch in die Küche warf, ist hinter weißen Oktoberwolken verschwunden.

In ihren Gedanken ist Hilde im Nu ganz weit weg, ist beim Sohn, der in Russland kämpft, steht ihm bei, fleht, hofft um baldige Wiederkehr. »Justav, ach, mejn lieber, lieber Justav«, spricht sie vor sich hin. »Krieg! Mott mejn ejnzijn Sohn herjeben för so unnütz Teufelswerk.« Ein Spätapfel fällt aufs Schuppendach und holt sie von ihrer Reise zurück.

Derweil schreiten die Mädchen auf der Kiesstraße tausend Meter weit nach Norden, dem Plickener Schulhaus entgegen. Auf den Rücken haben sie lederne Ranzen geschnallt, Brottaschen um den Hals. Was heute Alinkas Ranzen ist, war früher die Arbeitstasche des Vaters während seiner Ausbildung zum Landwirt. Die Kinder ärmerer Familien tragen ihre

Schulsachen oft nur in einem Einkaufsnetz. Die Sonne wagt sich wieder hervor. Wildgänsegeschnatter dringt hernieder. Wie eh und je ziehen die Vögel auch in diesem Herbst ihre Muster in den Himmel. Kopfweiden begleiten die Straße am linken Rand, dessen Blattlaub unter den Stiefeln der Mädchen knistert. Nahezu jeder Baumstamm und jede Krone ist nach Osten geneigt. Der vorherrschende Westwind hat ihnen ihre Form gegeben. Bei Spätsommerstürmen rauscht ihr Laub wie am Ostseestrand. Auf rechter Seite reihen sich Telegrafenmaste ein.

Auf halber Strecke führt der Schienenweg der Kleinbahnlinie aus dem elf Kilometer südöstlich gelegenen Memel an den linken Straßenrand. Vor dem Dorfe steht der Friedhof, auf dem Alinkas Urgroßeltern begraben sind, die wenige Jahre vor ihrer Geburt starben. Die bäuerlichen Höfe sind im weiten Umkreis um den Ort verteilt. Aus allen Richtungen strömen die Kinder nach dem Schulhaus, dem roten Ziegelsteingebäude, das sich direkt vor dem Kleinbahnhof befindet. Der Schule gegenüber weilt die evangelische Kirche mit ihrem spitzen Turm. Zwei Hauptstraßen zerschneiden das Dorf, die Nordsüdachse und die Tangente Ostwest, die sich hinter dem Kirchplatz kreuzen. In Plicken endet der Schienenstrang.

Kinderlärm wird lauter, je näher sie der Schule kommen. Als sie den Pausenhof erreichen, steht Oberlehrer Jakuszeit schon auf der Eingangstreppe, sieht auf seine Uhr und ruft das Kindervolk hinein. Im Nu verstummt der Lärm, der Ziegelsteinbau hüllt sich in Schweigen. Nur die eiserne Hoftür quietscht, immer dann, wenn der Wind mal stärker bläst. Ein Lattenzaun und Fliederbüsche säumen das Schulgelände. Nach hinten raus weilen brachliegende Flächen und angrenzendes Weideland. Manchmal recken Gänse oder Schafe ihre Köpfe durch den Zaun und sind den Kindern eine willkommene Abwechslung in ihren Pausen. Auf dem Hof wacht eine knorrige Pappel. In sämtlichen Ecken und Winkeln des Schulhauses bringen die roten Tupfer der Hagebutten Farbe ins triste, endende Jahr.

Es ist sieben Uhr, der Unterricht beginnt. Die Mädchen und Jungen der dreiunddreißig Kinder starken Klasse sitzen zu zweit an ihren Bänken und lauschen mehr oder minder den Worten ihrer Lehrerin Frau Dorothea Horn. Als Hilfskraft und Ersatz für einen Rekrutierten beim deutschen

Heer unterrichtet sie die Volksschulstufen eins bis vier, und aus der Not des Personalmangels heraus auch die erste Oberschulstufe, die Klasse fünf. Der Rekrutierte war die Vertretung für einen zuvor Rekrutierten. So gingen und gehen die Männer in den Krieg, entschwinden dem Alltag, dem Leben, der Wahrnehmung. Im Schulraum gegenüber betreut der siebzigjährige Oberlehrer Jakuszeit die Klassen sechs bis acht. Er und seine Frau Annelie bewohnen das Dachgeschoss des Hauses.

Jeweils ein älteres und ein jüngeres Kind teilen sich die Schulbank, damit das ältere dem jüngeren bei schwierigen Übungen helfen und so die Lehrkraft unterstützen kann. Alinka ist im vierten Schuljahr, Emma im fünften, sie haben jeder einen Erstklässler neben sich. Frau Horn schreibt Rechenaufgaben an die Tafel, links für die Kleinen, rechts für die Großen. Addition und Subtraktion. Alinka hat sie schnell gelöst, die der unteren Stufen gleich mit. Ihre Augen spazieren durchs Klassenzimmer, zur Decke rauf und über die Wände, zu den Jacken an der Garderobe, zur Bildwand mit dem Hitler-Profil und den Hakenkreuzen neben der Tafel, zur Tür und zum Fenster raus. Die Weidenäste hinter dem Gleis stoben auseinander. Aus dem Wind scheint ein Sturm zu wachsen. Es pfeift und heult mit jeder Minute lauter durch die Ritzen des Gebäudes. Während Alinka vor sich hin träumt, den Bleistift spitzt und an die Arbeit denkt, die sie nach dem Unterricht in Hof und Stall zu verrichten hat, knobeln die Mitschüler noch immer an ihren Aufgaben.

Die Mädchen im Dorf und auf den Gehöften drumherum tragen die Gesichter ihrer Väter. Alinka aber hat die sanften Züge ihrer Mutter geerbt, den oval geformten Kopf, die großen, dunkelblauen Augen, wie die Frauen und Mädchen sie in deren Heimat, dem Kreise Gumbinnen, tragen. Hier in Plicken sehen die Töchter anders aus. Alle aber haben sie gemein, dass sie sich zwei Zöpfe flechten, die ihnen von den Schultern hängen. Mit bunten Schleifen und Bändern schmücken sie die Enden, wo das Haar wie ein Rasierpinsel mündet.

Gegen Mittag betritt Herr Jakuszeit das Klassenzimmer und schickt die Kinder nach Hause. »Hinfort mit euch, es zieht finster auf!«, ruft er in Sorge. Die Mädchen und Jungen, nicht wissend, sich der Botschaft zu erfreuen oder sie zu fürchten, packen die Hefte, greifen nach den Jacken und drängen durch den Flur zum Hof. Vor dem Gebäude fährt eine Bö ins Leere und stößt die soeben durch Kinderhand geöffnete Schultür in den Rahmen zurück. Der Oberlehrer kommt und hält das widerspenstige Stück Holz, durch seine Kehrseite angelehnt, solange offen, bis jedes Kind dem Haus entwichen ist. Dunkel präsentiert sich der Himmel, Regen fällt aus tiefen Wolken. Die Schüler machen sich davon. Emma und Alinka eilen nach Süden, dem Wetter entgegen, das sie bespuckt, nach ihnen tritt.

Vom Regen durchweicht kehrt Alinka auf den Hof. Stalltüren klappern. Der Großvater hat alle Tiere weggesperrt. Im Hause ist es, außer dem Windgeheul, stiller als sonst um diese Zeit. Nur die Großmutter scheint daheim. Einen flüchtigen Blick würdigt sie dem Kind, dreht sich um und schneidet Gemüse für ein Mittagsgericht. Alinka setzt den Ranzen ab und vernimmt ein Poltern im Dachgeschoss. Sie erklimmt die schmale Treppe und begrüßt die Mutter, die gerade dabei ist, Wäsche zusammenzulegen. Wortkarg geht es zu in diesem Haus, aber nicht lieblos zwischen Mutter und Tochter. Alinka ist der Mutter Heiligstes, ihr Sonnenschein. Die beiden sind sich nah, und noch näher zusammengerückt, seit der Vater in den Krieg gegangen, seit der Ehemann der Familie keine Stütze mehr ist. Mutter und Tochter wurden zu dem, was die Leute ein Herz und eine Seele nennen, ein Bollwerk, das dem anderen die Kraft gibt, alles zu überstehen, was ihm Kraft zu rauben droht.

Gustav ist fort, schon seit dem Frühling 1941, da war seine Tochter keine acht Jahre alt. Der Familienernährer, einst wie verwachsen mit Haus und Hof, fern und kaum noch präsent. Nicht nur in Plicken, überall verschwinden die Väter und Ehemänner. Anfangs kehrte er regelmäßig zurück oder erhielt bisweilen etliche Wochen Heimurlaub. Diese wunderbaren Zeiten sind selten geworden. Steht der Mann in Uniform doch einmal wieder in der Tür, so weicht die Tochter keinen Moment von seiner Seite. Erneuter Abschied ist jedes Mal schlimmer als die Monate ohne ihn davor. Immer fragen sie sich: Wird er wiederkommen? Ist es das letzte Mal, dass wir ihn sehen? Doch immer kam er wieder, zuletzt im September und half bei der Ernte mit. Wenn er fort ist, spricht niemand über ihn. Das hat die Großmutter so verlangt. Es ist jedem nur recht.

Der Großvater schreitet ins Haus, die Türe scheppert. »Sauwetter, Schietkroam!«, ruft er. Sein Bass rankt hoch bis in die Dachkammern. Elisabeth legt der Tochter Wechselkleider hin und gibt ihr einen Kuss. »Komm nach, wenn du dich umgezogen hast.« In ihrer Stimme wiegt Geborgenheit, die das Grau des Tages in den Horizont vertreibt. Seit dem frühen Morgen hat sie beim Großbauern Labrenz die Ställe gereinigt, das Vieh versorgt und als Lohn Getreide zum Brotbacken erhalten.

Elisabeth ist bestrebt, das Plattdeutsch abzulegen und sich der hochdeutschen Sprache zu bemächtigen. Obgleich ihr doch immer wieder ganze Sätze Platt aus dem Munde rollen. Auch von Alinka verlangt sie, so zu reden, wie sie es in der Schule lesen und schreiben lernt und wie die Radioleute sich auszudrücken pflegen. Die Kinder unter sich reden auch kaum Platt, weil die Lehrer es nicht tun. Nur zu Hause, in der Familie und unter den Älteren wird die Heimatsprache noch genutzt, wobei sich das Zeitungsdeutsch mehr und mehr etabliert. Den Lebensweg für die Tochter hat Elisabeth durchgeplant. Wenn sie nach der achten Klasse die Volksschule verlässt, ihren Dienst im Bund der Deutschen Mädel absolviert hat, soll sie keine Bäuerin werden, sondern in Memel eine Hauswirtschaftslehre beginnen.

Alsdann sitzen sie am Mittagstisch, sagen das Gebet auf und löffeln die Suppe. Alinka sieht ihrer Mutter beim Essen zu. Sie ist eine schöne Frau, eine kleine, zierliche Bäuerin, die selbst in Holzpantinen und Kittelschürze eine gute Figur abgibt. Das Haar trägt sie zu einem hüftlangen Zopf gebunden. Wer sie ansieht, erkennt die erwachsene Alinka von morgen. Elisabeth ist die Schwiegertochter der beiden Alten. Geboren wurde sie in Insterburg. Während einer Sommerreise lernte sie 1932 ihren Zukünftigen bei einer Operette im Städtischen Schauspielhaus von Memel kennen und lieben. Nach der Heirat in der Kirche von Plicken und dem Zuzug in Gustavs Elternhaus gebar sie im Frühherbst 1933 ihr erstes und einzig lebendes Kind. Das Band zwischen Mutter und Tochter war seither unzerreißbar. All ihre Liebe gab und gibt sie dem Mädchen. Genauso viel Liebe erhält sie von ihm zurück.

Der Sturm wirft Regen an die Scheibe. Sorgenvoll wagt Karl von seinem Platz ein Auge hinaus in den Garten. »Doa kömmt hiete noch watt runner.« Großmutter Hilde bleibt stumm. Sie ist beim Sohn. Keines der Worte ihres Mannes weckt sie auf.

»Wie war es in der Schule?«, fragt Elisabeth. Der Großvater wendet sich vom Fenster ab und der Enkeltochter zu. Alinka legt den Löffel beiseite, der Teller ist leer, auch der Kanten Brot ist in ihrem Bauch verschwunden. »Nur leichte Aufgaben«, sagt sie. »Im Rechnen bin ich gut. Aber im Schreiben ist Emma besser, sie hat eine saubere Schrift. Und dann hat Herr Jakuszeit uns nach Hause geschickt wegen dem Sturm.« Dieses Wort nimmt der Großvater zum Anlass, sich abermals dem Fenster zuzuwenden. Die Unruhe lässt ihn nicht los, er steht auf und tritt in den Hof. Regen weht durch die offene Tür, der Sturm bläst in die Küche. Hilde hat ihren Wachschlaf beendet und beginnt, den Tisch abzuräumen. Alinka packt mit an. Elisabeth steigt treppauf und hat oben zu tun. Nähen, Stopfen, Flicken, Arbeit gibt es überall.

Schon am frühen Nachmittag ist es so düster, dass Hilde die ersten Kerzen im Unterhaus verteilt. Elektrisches Licht gibt es weder hier noch auf den meisten anderen Dörfern nördlich von Memel. Überall in Plicken und auf den Gehöften ringsherum beginnen, hinter zugezogenen Vorhängen und geschlossenen Fensterläden, die Wohnstuben zu leuchten, ohne dass ihr Schein nach außen dringt. Seit Dezember 1942 herrscht im Landkreis das Verdunkelungsgebot, Lichtsperre zum Schutz vor Luftangriffen.

Es ist still geworden im Bauernhaus. Der Wecker im Regal tickt seine Runden. Auf dem Herd köchelt bei niedriger Flamme ein Kompott. Alinka sitzt oben im Elternzimmer auf dem Bett und hat ihre Hefte ausgebreitet. Als das langweilig zu werden droht, schüttet sie die Knopfdose der Mutter aufs Kissen, sortiert den Inhalt nach Farben und Größen, formt Muster und stapelt Pyramiden. Auf dem Nachttisch lodert ein Kerzenlicht, bald ein zweites auf der Wäschetruhe. Elisabeth befestigt einen Knopf an des Schwiegervaters Hemd. Das Fenster der Elternkammer zeigt zum Garten raus. Die Krone des Apfelbaumes nimmt einen Teil der Sicht zum dahinter liegenden Stoppelfeld, das sich dem Garten anschließt, aber von dem nun ohnehin nichts mehr zu sehen ist.

Zwei Kammern gibt es im Dachbereich. Die eingelassenen Fenstergauben vergrößern diese nur bedingt. Doch es genügt zum Leben, auch wenn es nicht das bietet, was Elisabeth aus Insterburg gewohnt war. Dort hatte sie Platz genug zum Tanzen und teilte sich eine große Schlafstube mit ihrer älteren Schwester Martha. Gegenüber dem Elternzimmer hat Alinka ihr Gelass, einen Raum von nicht mal halber Fläche. Vor ihrer Geburt war es eine Abstellkammer. Das heutige Elternzimmer war einst das Kinderzimmer von Vater Gustav und seinen Brüdern. Die Alten bewohnen seit jeher unter der Treppe eine fensterlose Schlafkammer, die ihnen völlig genügt, wie sie immer mal wieder betonen. Der Großvater mag es dunkel, weil er so besser in den Schlaf fährt und beizeiten wach und munter zur Tat schreiten kann.

Großvater ist der Mann im Haus. Keine seiner Damen will er heute noch draußen sehen. Seit Stunden ist er damit beschäftigt, das Vieh zu versorgen, in Sicherheit zu bringen. Auch die Aufgaben des Kindes hat er übernommen, wie das Füttern und Ausmisten der Kaninchenställe, das Obstlesen im Garten, den Grünfutterschnitt und das Wasserholen aus dem Brunnen. Hilde braucht sich heute mal nicht um das Geflügel zu kümmern, auch nicht um die Pferdepflege. Die Stuten Lotti und Lumpi sind längst versorgt und ruhen in ihrer Buchte auf trockenem Heu. Kletten sind ihnen aus Schweif und Mähne herausgekämmt. Hühner und Gänse fanden allein den Weg in den Stall. Den Ziegenbock musste der Großvater scheuchen, ehe er sich ihm gefügig machte und durchs Tor gehastet war. Nun hat Großvater Karl die Fensterläden dichtgemacht und hockt mit seinem Rasierer über der Schüssel.

Der Resttag fließt dahin, Hausarbeit und Abendessen huschen durch. Als Alinka spät in ihrem Bette unter dem Fenster liegt, die Arme auf der Federdecke ausgebreitet, denkt sie an den Vater. Ob auch er gerade in seinen Gedanken bei ihr ist, ob er wohl gerade schläft oder ob er schießen muss? »Vati«, ertönt ein Schluchzen, »mein lieber Vati.« Sie zieht die Gardine ins Rauminnere. Draußen keucht ein müde gewordener Sturm, völlig ausgezehrt und schwach an Kräften. Vom vorherigen Tosen ist ein klägliches Wimmern zurückgeblieben. Finsternis, nichts als Finsternis und Tropfen an den Scheiben, die sich schräg abwärts bewegen. Die Gardine gleitet retour, der Arm des Mädchens sinkt aufs Federdeck. Die Gedanken lassen es nicht los, auf Schlaf ist nicht zu hoffen. So wandern unruhige Augen einmal mehr durch den Raum, zum Wandschrank gegenüber, zum glimmenden Rest der Kerze auf dem Tisch, machen einen Sprung zur Tür, einen Satz an die Decke, suchen an leeren Wänden nach Halt, um bald wieder hinter der Gardine ins Dunkle zu greifen. So geht es jede Nacht, und wenn sie erst nach Stunden schläft, so ist sie doch am Morgen fast immer die Erste, die wach aus ihren Daunenkissen krabbelt.

Die Uhr schlägt sechs. Alinkas Bett ist leer, ihre Tageskleider hängen nicht mehr über dem Stuhl. Die Gardine ist aufgezogen, das Fenster zum Lüften angelehnt. Der Regen hat sich fort geschlichen und eine durchnässte Wiese dagelassen. Am Himmel lugen vereinzelt Sterne aus Wolkenlöchern. Das Tageslicht aber ist noch fern, kalte Luft steht über Haus und Garten. Im Hof knarrt eine Tür, das Mädchen betritt den Stall. In der Hand trägt es eine Petroleumlampe, die es sich in der Küche angezündet hat. Die Stuten scharren mit den Hufen, schlagen gegen die Wände. Auch der Bock verlangt nach Futter und schüttelt den Kopf.

Alinka hängt das Licht an einen Holznagel, der unter der flachen Decke hervorguckt, nimmt die Gabel und wirft jedem Tier seinen Anteil zu. Katze Minka kriecht aus ihrem Unterstand auf dem Heuboden, streckt die Vorderpfoten, gähnt und läuft dem Mädchen in die Arme. »Na, Kratzbürste! Ganze Nacht auf Mäusejagd gewesen?« Die grau Getigerte mit dem schmalen Kopf und den viel zu langen Hinterbeinen ist kein Tier zum Schmusen, zum Knuddeln und Umhertragen. Sie ist ein garstiges Geschöpf, das nur am Morgen für Geselligkeit zu haben ist und sonst am liebsten kratzt und beißt. Alinka ist es gewöhnt. Von klein auf verdankt sie der Katze ihre zahlreichen Schrammen auf Armen und Beinen. Es gehört zum Dorfleben dazu, wie auch der kurze Schmerz von Nesseln und Disteln, die sich bei Unachtsamkeit in die weiche Kinderhaut bohren.

Mit den Kannen schreitet sie über den Hof, öffnet die Brunnenklappe, kurbelt ein Seil mit einem Eimer nach oben und füllt die Kannen mit Wasser. Von weitem hört sie die ungeduldigen Pferde gegen die Wände klopfen, sie kennen das Geräusch. Der Hund des Nachbarn bellt, auch er ist ein Frühaufsteher. Dann legt sie den Deckel wieder auf den Schacht, damit kein Laub, kein Dreck und kein Tier hinunterfällt und das Brunnenwasser verschmutzt. Auch wenn die Familie es nur abgekocht als Trinkwasser verwendet, so hat der Deckel stets aufzuliegen.

Schwerbeladen wankt das fleißige Kind zurück in den Stall, schließt die Tür hinter sich und öffnet die Pforte zu den Stuten, um das Wasser in einen Bottich zu schütten. Alinka sieht ihnen gern beim Trinken zu. Ihr Schmatzen und Sabbern ist ein Geräusch, das ihr ein Leben lang vertraut bleiben wird. Selten spricht sie mit den Tieren, meist nur mit der Katze. Der Großvater hingegen hält es mit den Tieren gleich den Menschen, er duzt seine Pferde, den Bock, sogar den Hahn und manchmal auch die Hennen, wenn sie fleißig Eier legen.

Nun ist das Ausmisten dran, die körperlich schwierigste Arbeit. Mit einer Forke schabt Alinka das verbrauchte Unterstreu zusammen und füllt den Schiebekarren. Er muss nach draußen, zum Misthaufen hinterm Stall und dort leer geschippt werden. Zweimal wuchtet sie das plumpe Fahrgerät hinaus und ist bemüht, es nicht umzukippen und im Hofe alles wieder aufzuladen. Neues Stroh verteilt sie in der Buchte, füllt die Raufen mit Heu. Ein paar Handvoll überreifes Fallobst lässt sie in die Tröge purzeln, dann schließt sie die Pforte und wendet sich dem Bocke zu. Zottel heißt er, der Dreijährige, dem nur der Ungehorsam eigen ist. Großvater hat sein Tun mit ihm. Er macht selten das, was der Alte von ihm will, und wenn er es doch mal tut, dann erst im vierten, fünften Anlauf. Vergangenen Sommer holten sie das Tier auf den Hof, um den wuchernden Vorplatz kurzzuhalten. Seitdem der Bock die Löwenzahnwiese vor dem Haus herunter gefressen und den Boden dort zu einer Wüstung verunstaltet hat, muss er raus aufs Feld, um satt zu werden.

Alinka nimmt die Lampe vom Haken und blickt sich noch mal um. Der Lichtschatten wirft zitternde Figuren an die Wand. Da schmatzen sie allesamt, der Bock im linken Eck, auf rechter Seite die Pferde, die braunen, halbhohen Ackerstuten. Von der Katze ist nichts mehr zu sehen. Nebenan beginnt das erste Huhn zu gackern. Das Federvieh aber ist der Großmutters Bereich, da hat Alinka nichts zu suchen. Auch wenn es ihr nicht aufgetragen wurde, ja sogar verboten ist, den Hühnerstall zu betreten, so tut sie es manchmal doch und stiehlt sich ein Ei, um es heimlich in einer Tasse bei Zucker umzurühren.

So verlässt sie den Stall und schiebt den schweren Riegel vor. Die Milchkuh und der Eber im Nebengelass bekommen ihr Fressen später. Dort befindet sich auch die Futterküche, wo der Großvater in einem Kessel auf der Herdstelle Rübenschalen, Kartoffeln und Gräser zu Futterkleie zerstampft.

In einem windgeschützten Hofwinkel sind die Buchten der Kaninchen untergebracht. Gerade will sie sie öffnen, da tritt ihr der Großvater entgegen. Das erste Morgenlicht blickt im Südosten aus den Wolken. Die Sonne aber ist noch nicht da, nur ein Schimmer, der den Himmel dort heller aufleuchten lässt als überall sonst. »Guten Morgen, Großvater!«, grüßt sie und wirft den Langohren ihre Portionen hinein. Karl zerrt an seinen Hosenträgern, knöpft die Arbeitsjacke zu. »Sollst nich vör mi upstoahn, Kind.« Das Mädchen übergibt die Lampe. Der Alte wankt zu seinen Pferden in den Stall.

Sechsmal hat Alinka am Morgen in der Küche gesessen und Schulaufgaben gemacht. Sechsmal hintereinander ist sie ihren Pflichten im Stall nicht nachgekommen. Es ist zu verstehen, dass die Großmutter zuletzt mit freundlichen Worten noch mehr sparte als schon ohnehin. Sie hat genug zu tun, wenn das Kind in der Schule, der Großvater nach seiner Hofarbeit im Dorf wirtschaften und die Schwiegertochter bei Labrenz auf dem Gut ist. Es hängt die Hausarbeit an ihr. Einwecken, Pökeln, Schneiden, Schnippeln, Würzen, Kochen, Wäsche machen. Das alles bei ihrem schmerzenden Kreuz, das sie seit langem plagt.

Alinka durchquert das Haus, vom Hof zum Garten, sammelt im Dämmerlicht, wie von der Großmutter am Vortag angemahnt, das Fallobst von der Wiese. In Körben trägt sie es unters Dach, wo es trocknen kann. Der Ertrag aller sieben Bäume ist reichlich in diesem Jahr. Äpfel dreier Sorten, grüne und gelbrote, die letzten Birnen. Das weiche Obst wird gekocht, das harte eingelagert für den Winter.

In der Küche regt sich was, Kerzenlichter suchen nach dem Garten. Alinka sieht durch die beiden schmalen Fenster hinein, sieht die Mutter mit einer Tasse Aufguss. Sie will gleich los zum Bauern, hat nur wenig Zeit. Frühstück isst sie nie. Auch Hilde wuselt schon durchs Unterhaus, bindet sich ein Kopftuch um und füttert den Ofen mit Reisig. Alinka tritt herein, drückt die Mutter zum Abschied, gibt ihr einen Kuss. Sie deckt den Tisch, schneidet das Brot in Scheiben. Die Sonne entsendet ihren ersten Strahl von der Hofseite her in die Küche.

Hilde löscht die Kerzen. Kein Wort redet sie, keinen Blick würdigt sie dem Kind. Sie ist mit vielen Dingen beschäftigt und hat nichts übrig für Nähe und Verbundenheit. Wenn Hilde traurig ist, dann singt sie Lieder über das Memelland. Traurig ist sie oft, auch an diesem Morgen. Ihre Lieder sind alt, ihre Stimme dabei melancholisch, beinah fremd. Verse aus der Heimat sind es, aus ihrer Jugend, aus einer besseren Zeit. »An des Haffes ander'm Strand«, »Flogen einst drei wilde Tauben«, »O käm' das Morgenrot herauf.«

Gustav, ihr einziger noch lebender Sohn, ist im Krieg. Jurgis, der Älteste, starb mit einundzwanzig Jahren an einem unentdeckten Herzfehler, wie der Arzt es nannte. Hans war gerade mal siebzehn, als ihn das Fleckfieber nach dem ersten Krieg dahinraffte. Das Unglück übertrug sich auf die Schwiegertochter. Elisabeth erlitt nach ihrem einzigen Töchterchen vier Totgeburten im jährlichen Abstand voneinander. Keine Worte hatten das Leid dieser Frau beschreiben können. Im Dorf erzählten sie, der Gindullis sei schon wieder ein Kind weggestorben. Man sagte sich: Es ist ja kein Abschied für immer. In der nächsten Welt schon sehen sie sich wieder. Während die Nachbarn Großfamilien bildeten, blieb das Kinderglück im Hause Gindullis einmalig. Sie, die eine, sollte leben um jeden Preis. Dieses Glück kam nicht von ungefähr, so der Aberglaube des Großvaters. Denn er war es, der im Januar 1933 auf dem Dachfirst ein Wagenrad anbrachte. Störche nahmen es noch im selben Frühjahr an und bauten ein Nest. Jeder hoffte auf ein Storchenpaar über seinem Hof. Vor allem, wer ein Kinderglück ersuchte.

In des Großvaters Storchennest schlüpften nur in diesem einen Jahr drei Junge. Danach waren es mal zwei, mal eines, mal befand sich gar kein Nachwuchs darin. Nie wieder waren es drei Jungstörche auf dem Dach, nie kam ein zweites, lebendes Menschenkind hinterher. Drei war seither die Lieblingszahl des Alten, da sie ihm das erste und einzige Enkelkind beschert hatte.

Karl Gindullis stapft ins Haus, hängt die Jacke an den Haken, streift seine Stiefel von den Füßen. Er wankt zum Herd und nimmt den Deckel vom Topf. Hilde singt nicht mehr. Schon sitzen sie am Tisch, bestreichen die Brote mit Schmalz. Es ist der immer gleiche Rhythmus des Tages, des Jahres, des Lebens. Emma klopft an die Tür und tritt unaufgefordert ein. Nur ein kurzes Gespräch mit dem Alten, dann verlassen die Mädchen den Hof. Auf dem Weg zur Schule folgt ihnen Emmas Schäferhündin Walpurga. Sie trottet gemächlich hinterher, eilt mal voraus oder bleibt zurück, holt die Mädchen wieder ein, schnüffelt hier und da, wechselt die Straßenseite und bellt nach den Gänsen am Himmel. Vor dem Schulhaus gibt Emma der Hündin das Abschiedskommando. Auf gleiche Weise bequemt sie sich zum Hof zurück.

Frau Horn bittet um Ruhe. Die lebhafte, kleine Frau ist über fünfzig und von schlankem Wuchs. Ihr hoch gewickeltes Haar verbirgt sie unter einem Sommerhut. Entgegen ihren hastigen Bewegungen spricht sie langsam, damit auch die Jüngsten ihr folgen können. Sie unterrichtet neben den Grundfächern Deutsch und Rechnen auch Singen, Turnen, Religion, Heimat- und Naturkunde. Ihre Gitarre hat sie immer dabei. Wo sie hingeht, da ist auch ihr Instrument. Manchmal, wenn ihr der Sinn danach steht, spielt und singt sie den Kindern vor der ersten Stunde ein Lied. Sommers bei gutem Wetter halten sie draußen den Naturkundeunterricht ab. Dann gehen sie ins Dorf, sammeln Blätter und setzen sich auf eine Wiese, um Blumen und Baumarten zu bestimmen.

Deutsch ist in der ersten Stunde dran, Rechtschreibung und Grammatik. Das ist Emmas Fach, Alinka aber mag das nicht, sie rechnet gern. In Feinschrift notiert Frau Horn für alle Stufen Aufgaben an die Tafel. Gelegentlich mischt sich dabei ein Buchstabe der alten Sütterlinschrift in die Worte, obwohl in den Schulen seit Anfang der 1940er Jahre nur noch die lateinische Form gelehrt werden darf. Die meisten Kinder können beide Schriften lesen.

Sonnenstrahlen schwingen durchs Klassenzimmer. Die Weiden hinter dem Bahngleis regen sich kaum, sie tragen nur noch wenig Laub. Ein Keuchen, ein Huschen wird lauter. Schülerköpfe heben sich, gleiten nach links zum Fenster. Da rollt sie in den Bahnhof, die Lok mit ihren fünf Waggons, der Frühzug aus Memel, der jeden Morgen kommt. Hundertmal gesehen, doch immer wieder interessant. Dampf steigt in den Plickener Himmel. Ein Weilchen rumort es noch, dann fährt der Kohlenkessel in den Schlaf. Wer aussteigt, ist nicht zu erkennen, der Bahnsteig liegt weiter vorn.

In der Pause auf dem Hof, an der Schulrückseite, wird Verstecken und Fangen gespielt oder sich mit Abzählreimen und Seilspringen die Zeit vertrieben. Die Mädchen hocken in der Schulhofecke am Zaun im Schneidersitz, unterhalten sich und lachen. Noch vergangene Woche ist es warm genug gewesen, um Kleider und derbe Strumpfhosen zu tragen. Nun ist die Überhosenzeit gekommen. Alinka fühlt sich darin wie ein Junge, und in Mutters gekürzter Damenjacke wie in einen Kartoffelsack gepresst. Statt Halbschuhe muss sie nun Wollsocken und Stiefel tragen.

Am Schaukasten neben der Treppe ist ein Aushang angebracht mit dem Hinweis, dass noch Mitglieder gesucht werden für den Schülerchor. Die beiden melden sich. Frau Horn vermerkt: »Kirwitzke, Emma, sehr schön, Gindullis, Alinka, ganz toll.«

Als Hausaufgabe trägt die Lehrerin den mittleren und größeren Kindern auf, zu morgen alle östlichen Reichsgaue und ihre Hauptstädte zu lernen. Wer diese frei aufsagen könne, dem werde eine gute Note zuteil. Dann ist Schluss. Vor der Kirche steht der Großvater mit dem Zweispänner und singt »Hook up de jelben Wagen.« Alinka und Emma springen auf, setzen sich nach vorn und haken sich in seine Arme. Er hat Holz geladen, Windbruch aus dem Forst. Auch ein halbvoller Kartoffelkorb mit Pilzen steht hinten drin. Alinka übernimmt die Zügel, schnalzt zweimal mit der Zunge und setzt einen Ruck, gefolgt von einem tiefen »Hooo!«, so tief es die Stimme eines jungen Mädchens hergibt. Die Stuten traben los, vorbei an den Weiden und Äckern, an heim laufenden Kindern. Sie steuert den Wagen rechts ab in den Hof, gibt ein »Brrr!« von sich und reicht dem Alten die Zügel. Die Mädchen verabreden sich für den Nachmittag, wenn alle Arbeiten erledigt sind und Zeit zum Spielen ist.

In der Küche duftet der Gemüsetopf der Großmutter. Alinka deckt den Tisch. Weder die eine noch die andere redet ein Wort oder sucht Blickkontakt mit ihrem Gegenüber. Sie sind sich innerlich so fern, das Schulkind und die Hausdame am Küchenherd. Erst des Großvaters Erscheinen zerreißt die Schweigsamkeit im Unterhaus. Er prallt den Korb auf die Anrichte, greift in den Wassereimer und wäscht sich die großen, breiten Hände. Nicht lang danach ist auch Elisabeth zurück und wird von der Tochter begrüßt, wie monatelang nicht gesehen. Alinka ist heute dran mit einem Tischgebet. Sie grübelt kurz, hält inne, sucht in der Bibel die Seite mit dem Eselsohr und liest:»Großer Gott, wir loben dich. Herr, wir preisen deine Stärke. Vor dir neigt die Erde sich und bewundert deine Werke. Wie du warst vor aller Zeit, so bleibst du in Ewigkeit. Amen.« Der Großvater nickt zufrieden, packt nach dem Löffel und dem Kanten Brot. Kartoffelsuppe mit Möhren und Schinken, sein Leibgericht, füllt jeden Teller. Allen schmeckt, was Hilde kocht.

Jedes Kleinbauernkind im Ort hat die Aufgabe, vor und nach der Schule mit anzupacken. Das Ausmisten der Ställe ist die unbeliebteste Tätigkeit. So tut es auch Alinka, kratz das alte Stroh vom Boden und wirft neues ein, sticht die Forke ins Heu und füllt die Raufen. Die Kuh muss gemolken werden, das geht ganz schnell. Die Ilse, eine Schwarzbunte, ist ein wohlwollendes Tier, das die Hände des Mädchens nicht scheut und das mit seiner Milch den Bedarf der ganzen Familie deckt. Damit die Milchproduktion einer Kuh nicht versiegt, muss das Tier alle zwei Jahre kalben. Die Ilse hat schon viele Kälber geboren.

Das Melken hat Alinka von ihrer Mutter beigebracht bekommen. Die in der Stadt aufgewachsene Elisabeth hatte sich schnell an das Landleben gewöhnt und meistert die Arbeiten heute ebenso wie Hilde und Karl. Anfangs wurde gelacht, wenn sie die Kuh molk und sich dabei die Kleider nass spritzte. Das Talent, alles sofort zu begreifen, gab sie an die Tochter weiter. In den Wintern lehrt sie ihr das Häkeln, Nähen und Stricken sowie den Umgang am Spinnrad oder Kleider zu stopfen. Alinka tut es gern, ganz ohne Zwang. Mit sieben Jahren schon verstand sie es und präsentierte mit großer Freude ihren ersten Schal. Handschuhe, Mützen, Puppenkleider sollten bald folgen. So flink wie ihre Mutter will sie es einmal können, die bei ihrem Werke nicht auf die Hände sieht und sich nebenbei unterhält. Hilde sollte sich glücklich schätzen ob des Fleißes ihrer Enkelin. Ebenso dessen, eine solch emsige und lernwillige Schwiegertochter abbekommen zu haben, ein Mädel aus der Stadt, das sich für die Arbeit auf dem Lande nicht zu schade ist.

Elisabeth blieb ungelernt. Geplant war der Besuch der Mädchengewerbeschule in Königsberg, zur Absolvierung einer Hauswirtschaftslehre. Alles kam anders, als sie mit Gustav zusammentraf, der sie von der Schulbank weg heiratete und von den seinen Lebensplänen überzeugte.

Im Garten muss noch das Obst gesammelt werden, dann endlich gehört der Nachmittag dem Kind. Ein paar Steinwürfe die Straße runter weilt der Hof Kirwitzke. Auf den von Brennnesseln überwucherten Flächen zwischen den Gehöften weiden deren Schafe. Emmas Wirtschaft ist noch nicht erledigt. Sechs Kühe hat sie zu melken, die Schafe in den Stall zu führen, Faulobst in der Apfelkammer auszusortieren. Alinka geht ihr dabei zur Hand.

Viel vom Tag ist nicht mehr dran, als die Mädchen mit allem fertig sind und in Emmas Kammer steigen. Das Fenster zeigt zum Hofe nach Südwest. Die Dämmerung bringt Stille mit sich. Nur die Axtschläge der Brüder Joseph und Fried, fünfzehn und sechzehnjährig, krachen auf dem Hauklotz. Bis eben noch haben sie auf einem Gut als Stallknecht ihre Arbeit getan. Der Wintervorrat an Scheiten ist zu gering, er langt noch nicht bis unters Schuppendach. Für Heranwachsende ist das ein hartes Tagewerk. Doch es sind kernige Jungen, die sich nicht beschweren. Wer denn sonst soll diese Arbeit tun? Der älteste von Emmas Brüdern ist beim Dienst an der Flak. Auch im Hause Kirwitzke fehlt der Vater. Die Mutter ist mit den Kindern allein.

Es war ein Trauerspiel, als an einem Frühsommertag 1940 die Männer am Plickener Bahnhof in den Zug gestiegen sind. Die Frauen schrien, die Kinder weinten. Niemand kannte das Ziel dieser Reise. Es ging nach Memel, in ein Vorbereitungslager, dann in Viehwaggons quer durchs Reich. In Hannover fand die Eilausbildung statt, zur Reserve und als Nachhut zum Auffüllen der kämpfenden Truppen an der Westfront. Ein Kriegseinsatz fand für die meisten Männer bis dahin jedoch nicht statt, sie kehrten nach Monaten der Ausbildung heim ins Memelland. Im März 1941 begann der tatsächliche Kriegsdienst für die Plickener Rekruten. Zur Ernte und zur Aussaat kamen die Männer jedes Jahr zurück, sie hatten ihre Felder, die Kornkammer des Reiches, zu bewirtschaften.

Einen Großvater gibt es bei Kirwitzke schon lang nicht mehr. Er war ein Trinker und hielt dem Leben nicht stand. Auf dem Dachboden hat er sich erhängt. Die Großmutter schnitt ihn los und legte sich ein Jahr später auf demselben Dachboden ebenfalls einen Strick um den Hals. Heute ist dieser Ort früherer Trauer das Kinderzimmer der Schulfreundin Emma. Sie lernte ihre Großeltern mütterlicherseits nie kennen.

Wildgänse überfliegen das Haus. Es wird kühl, Emma schließt das Fenster. Ihr Reich im Dach ist nicht größer als das ihrer Freundin. Auch hier nur ein Tisch, ein Stuhl, ein wackeliges Schränkchen. Da sitzen sie nun im Bett und bewerfen sich mit Kissen, lachen und haben völlig vergessen, für die Schule zu lernen. So ein Kinderalltag füllt aus, da bleibt nicht viel. Draußen ist es dunkel geworden. Die Mädchen lehnen am Fensterbrett und sehen auf die flackernde Feuerschale der Brüder, die noch immer mit dem Holzschlag beschäftigt sind. Wenn sie sie nicht bald löschen, riskieren sie, vom Dorfschulzen abgemahnt zu werden. Das Verdunkelungsgebot ist bei Strafe einzuhalten.

Emma zündet eine Kerze an. Schatten spazieren über die Wangen der Bauernmädchen. Das am Morgen noch so straff gespannte Haar ist nun wüst und zerzaust. Alinka muss aufbrechen, es wird Zeit. Emma begleitet sie an die Straße. Walpurga kläfft zum Abschied, wetzt ins Dunkel des Ackers und kehrt an anderer Stelle wieder hinaus. Über dem Lande zeigt sich ein klarer Sternenhimmel, Tausende und Abertausende Lichter im schwarzen All. Unendlich muss es sein, unvorstellbar groß. Milliarden weitere Erden wird es irgendwo da oben geben, vielleicht mit Menschen oder völlig anderen Kreaturen. Die Mädchen halten vergebens Ausschau nach Sternschnuppen.

Als Alinka den Hof erreicht, fallen ihr die Schulaufgaben ein, die Landeshauptstädte und Provinzen, die zu lernen sind. Dazu noch Rechnen und Schönschrift. Egal, das wird auf morgen Früh verlegt. Dann eben keine Stallarbeit, Lernen geht vor. Soll die Großmutter nur schimpfen.

So kommt es dann, dass Alinka vor dem Frühstück in der Küche sitzt, mit ihren Heften und dem Bleistift vor der Nase. Das Tageslicht löst das der Petroleumlampe ab. Die Mutter geht zur Arbeit, der Großvater tritt in die Küche, die Großmutter schimpft. Emma klopft, die Mädchen brechen auf. Ein Morgen wie immer, ein werdender Tag in Plicken. In der Schule ist Alinka die Einzige, die sich meldet, als Frau Horn die Hausaufgabe abfragt. Beim letzten Landesteil gerät sie ins Stocken und sieht verzweifelt die Lehrerin an. Die hilft mit dem ersten Buchstaben nach. Schon kommt Alinka drauf:»Niederschlesien, Breslau«, beendet sie ihre Auflistung. Frau Horn gibt eine Eins.

In den letzten zwei Stunden wird für den Schülerchor geprobt. Mädchen und Jungen aus beiden Klassen finden sich in der Aula am Schulhausgiebel ein. Die anderen müssen zu Herrn Jakuszeit in die Betreuung. Der Text eines recht jungen Liedes steht an die Tafel geschrieben. Frau Horn stimmt an. Die Gruppe von zwölf Kindern beginnt zu singen:

»Abends treten Elche aus den Dünen, ziehen von der Palve an den Strand.

Wenn die Nacht, wie eine gute Mutter, leise deckt ihr Tuch auf Haff und Land.

Ruhig trinken sie vom großen Wasser, darin Sterne wie am Himmel steh´n.

Und sie heben ihre starken Köpfe, lautlos in des Sommerwindes Weh´n.

Langsam schreiten wieder sie von dannen, Tiere einer längst vergang´nen Zeit.

Und sie schwinden in der Ferne Nebel, wie im hohen Tor der Ewigkeit.«

Am Nachmittag, die Äpfel sind aufgelesen, da sitzen der Großvater und die Enkelin auf einer Bank im Garten nahe der Kräuterbeete, in denen nur noch Schnittlauch zu finden ist. Zwei Hennen scharren in einer Sandgrube, fernab rufen die Schafe von Kirwitzke. Der Großvater nimmt eine Handvoll Gartenerde und lässt sie durch die Finger rieseln. Eine Erinnerung hat ihn gepackt, er schwelgt in Gedanken. So sitzen sie ein Weilchen unter dem alten Birnenbaum und sehen den Hühnern in ihren braunen Federkleidern zu.

»Wenn eck moal nich mehr bin, mejn liebes Kind, will eck in diesem Boden liegen. Da vörn, unner de Appelstamm.« Er weiß, dass das nicht geht, und sie weiß es auch. Es ist nur Gerede, die Phrasen eines liebevollen, alten Mannes. Er hebt das Kinn und sieht den hoch gewachsenen Birnbaum an, unter dessen kahlem Dach sie verweilen. »Wie veel Sommer lang de ons schon jesejgnet hädd. So en Obstbaum oppem Hof is de Kuh im Stoll doppelt wert.« Er wendet seinen Kopf dem Mädchen zu. Die Falten auf seiner Stirn verschwinden, ein Lächeln formt den schmalen Mund. »Ju böst e gutes Kind«, sagt er, »böst de Edelstejn em Lejben von dei alt Groatvoader.« Seinen Arm legt er um Alinkas Schulter und herzt sie für einen Augenblick, ehe er weiter seiner Arbeit nachgeht.

Als sie spät in ihrem Bette liegt, noch immer die Melodie des Schülerchors und die Worte des Großvaters im Ohr, zieht sie einmal mehr die Gardine zurück, um in die Nacht zu blicken. Sie erhebt sich, sitzt auf den Knien im Federbett, starrt so lange in den finsteren Horizont, bis die Augen sich gewöhnen. Im Südosten, geradeaus, da ist am Morgen die Sonne aufgestiegen. Aus Großvaters Acker ist sie hinaus gequollen, auf der anderen Straßenseite, gleich hinter dem Graben.

Der schmale Grünstreifen zwischen Graben und Straße ist nur der Ziegenacker, auf dem der Bock tagsüber weidet. Alle paar Tage, wenn er die Fläche kurz gefressen hat, muss Karl den Pflock mit der Leine versetzen. Früher baute er auf dem Ziegenacker Karotten an. Dahinter erst beginnen die Felder. Doch es sind gar nicht seine Felder, nicht seine eigenen Flächen, er ist nur Mitbewirtschafter und Erntehelfer. Sie gehören dem Großbauern von Plicken. Für Alinka aber sind es die Felder des Großvater Karl, weil sie ihm dorthin das Mittag bringt, weil er mit ihnen verbunden ist, weil ihre Kinderaugen nichts anderes sehen wollen.

Sie denkt an die vergangenen Wochen, an die Ernte, an die wenigen Tage mit dem Vater. Da stand er eines Abends in der Tür und grüßte militärisch, obwohl er dies nicht beabsichtigte. Er nahm sein Schiffchen herunter und setzte es Alinka auf den Kopf. Von Frau und Mutter umworben, von der Tochter nicht mehr losgelassen, kehrte das Glück heim ins Bauernhaus mit dem verwitterten Ziegeldach. Am folgenden Sonntagmorgen spazierten sie gemeinsam in die Kirche, Alinka in der Mitte, die Hände ihrer Eltern fest umschlossen. Der Vater in seiner guten Bauernhose, das beste Hemd am Leib. Die Mutter in weißer Bluse, die Haare fromm zu einem Dutt gesteckt. Alinka im luftigen Sommerkleid, ein kurzärmeliges Schleifenhemd, Sandalen und kniehohe Söckchen. Nach dem Gottesdienst begann die Feldarbeit, die Ernte, obwohl der Sonntag seit jeher als Ruhetag gilt. Die Umstände dieser Zeit aber lassen Ausnahmen zu. Reges Treiben herrschte. Das ganze Dorf war auf den Beinen. Getreide wächst gut auf Plickens feuchten Böden. Leiterwagen rollten über die Felder. Schnitter kürzten mit Sicheln und Sensen die Halme von den Stoppeln, banden den Roggen zu Garben, um sie mit Forken auf Ladewagen zu heben. Zwei-Ochsen-Gespanne zogen hochbeladene Karren von den Feldern.

Die Sonne drosch vom Himmel. Kinder folgten den sich in die Ferne schlängelnden Grasnarben zwischen den Wagenradspuren, brachten Körbe mit Verpflegung, Milchkannen, belegte Brote, Obst. Die Jacken aus kalter Früh waren ins Stroh geworfen, die morgendliche Kühle längst verflogen. Decken wurden ausgebreitet, Lieder angestimmt. Die Männer nahmen den Hut vom Kopf. Der Duft von Getreideähren verdrängte den der Kamille. Erntedankgebete erklangen in der Mittagsstunde am schattigen Feldrand unter den Bäumen. Auch die Mädchen falteten die Hände.

Danach waren die Kartoffeläcker und Mohrrübenfelder dran. Kinder gruben mit der Hacke. Schon immer sind sie wichtige und fleißige Erntehelfer, wie auch im Garten, zum Pflücken von Beeren und Lesen von Obst. Zum Schluss wurde das Kraut zu einem Haufen getürmt und angezündet. Rauchschwaden stiegen auf und zogen in den Osten, in jene Richtung, aus der die Väter und Ehemänner heimgekommen waren.

Und dann, ja dann war er wieder fort, der liebe Vater. Als die Kleinbahn aus dem Dorf hinaus ruckelte, liefen die Kinder nebenher, ehe sie hinter dem Walde verschwand. Tränen rannen, Rufe gellten. Ein viel zu kurzes Familienglück dahin, die Bauernväter zurück in den Krieg. Gegen Ende September kam ein Brief mit Geburtstagsglückwünschen an die Tochter. Kein Hinweis auf Verbleib und Wohlbefinden. Nichts als drei, vier, fünf in hektischer Schrift verfasste Zeilen und irgendwas von Urlaubssperre. Feldpost aus dem Gefechtsstand.

Kummer bringt nicht voran, er schadet nur. Aus tiefster Emotion erwuchsen Trotz und Tatkraft. Am nächsten Morgen rollte der Pflug. Das letzte Bauernaufgebot trieb die Pferde an. In jeder Erntezeit seit Kriegsbeginn fehlen die großen Jungen in der Schule und müssen auf den Feldern die Männer ersetzen. Nach dem Unterricht fanden sich auch die Mädchen ein, um übriggebliebene Kartoffeln und Ähren aufzusammeln oder das Mittag aufs Feld zu bringen. Als kleines Mädchen schon stand Alinka hinter dem Pflug und der Ackerstute, umklammert von des Großvaters schützenden Armen. Unter ihr rasselten schwere Steinbrocken und krachten gegen das Metall. Danach wanderte sie über die gepflügte Ebene und suchte nach den großen Steinen, stieß Zweige oder Stangen mit Bändchen am oberen Ende in den Boden, um diese Stellen zu markieren. Der Alte würde später mit Pferd und Pritsche kommen, um sie aufzuladen und an den Feldrand zu befördern. Der Wind aber kippte die Stangen allzu oft, denn die Kraft des Mädchens reichte nicht aus, sie tief genug ins Erdreich zu drücken.

All das sind die halbwachen Gedanken einer Zehnjährigen in dieser späten Stunde, bis ein Geräusch sie aufhorchen lässt. Unten im Hof wandert ein Licht. Es ist der Großvater auf seinem Nachtgang durch die Ställe. Nun sieht sie ihn zum letzten Mal, denn schon morgen Früh, weit noch vor dem Tage, wird er mit zwei Männern in die Stadt fahren. Von Memel aus begleiten sie einen Fischer aufs Haff. Das handhaben sie seit Jahren so, wenn die Feldarbeit erledigt ist und niemand ihre Dienste mehr benötigt. Er sieht nach dem Vieh und wankt noch einmal zum Toilettenhäuschen, das sich als Anbau in der Hofecke neben der Stallung befindet. Die Kette am Brunnen klimpert. Dann ist Ruhe, er geht ins Haus, der Schimmer erlischt. Alinka gleitet ins Bett zurück und zieht die Federdecke hoch. Ihre Augen brauchen einen Moment, sich auf die andere Zimmerseite vorzutasten. Die Gegenwart klammert sich an ihr fest, rüttelt und beschäftigt sie. Erst ist der Vater weggegangen, gleich morgen entschwindet der nächste Mensch aus diesem Hause. Warum nur muss das so sein? Die Heimat ist doch hier. Eine Antwort gibt es nicht. Sie zieht die Beine unter der Decke zusammen und dreht sich wieder zum Fenster.

Plicken, 1934, von Süden kommend

Die Woche ist um, ein Sonntagvormittag blüht auf, der Kirchbesuch steht an. Vor dem Frühstück, das nur an diesem Tag gemeinsam mit der Mutter stattfindet, singt die Familie ein Dankeslied, eines, das zur Jahreszeit passt. Elisabeth spricht ein Gebet. Alinka, heute in den besten Kleidern, trägt eine Stelle aus der Bibel vor. Hilde betet still für sich.

Mutter, Tochter und Großmutter machen sich auf ins Gotteshaus. Das Mädchen leitet den Wagen Richtung Dorf. Emma und ihre Brüder springen auf die Ladefläche, auch Hubert, der älteste, ein langer Schlacken, der vom Dienst an der Flak für zwei Tage heimgekommen ist. Die Pferde schütteln ihre Häupter, schnauben, weil Kirwitzkes Hund ihnen folgt. Die Eisen ihrer Hufe trappeln durch das Straßenlaub. Sämtliche Fuhrwerke finden sich vor dem Andachtsgebäude gegenüber der Schule ein. Pfarrer Johannes begrüßt am mit Efeu berankten Tor jeden Besucher persönlich. In schwarzer Robe steht er da, reicht seine Hand und segnet.

Berta Marija, des Pfarrers sechzehnjährige Ziehtochter, treibt die schlachtreifen Herbstgänse aus dem Gatter an der Kirchenwiese. Sie ist schön, trotz ihrer vergilbten Kittelschürze und dem grauen Kopftuch. Ein jedermann sieht ihr gern ins Gesicht. Es gibt nicht viele schöne Frauen in diesem Ort. Berta ist Halblitauerin, doch spricht weder die eine noch die andere Sprache. Reden hört sie niemand.

Familie Gindullis schreitet auf den Kirchplatz. Elisabeth und Hilde geraten in Gespräche mit Nachbarn, Freunden und Bekannten. Die Kinder spielen Fangen und Verstecken zwischen den betagten Kiefern, die den Kirchplatz säumen. Mehr und mehr Besucher finden sich ein. Man kennt sich, man schätzt diese Treffen am letzten Tag der Woche und hält den Kontakt zueinander aufrecht. Jeder kann jeden in der Not gebrauchen. Da ist es von Vorteil, sich in besseres Zeiten mit Nachbarn gut zu stellen. Der erste Krieg hat gezeigt, wie wichtig Beziehungen sind und wie sehr der eine vom anderen profitiert.

Da ist Frau Bolz, die Gemischtwarenhändlerin, samt kindlichem Anhang. Ihr Größter, der erwachsene Sohn Erwin, geistig schwach und zurückgeblieben, ist ein seelisches Kind von einem Mann. Auf dem Hofe packt er zu, im Laden kann ihn niemand gebrauchen. Da sind die Großbauern Labrenz und Kurschus, alte Herren mit weißen Bärten. Da sind Frau Horn und Annelie, die Gattin des Oberlehrers Jakuszeit. Da sind Herr Loewe, der Wirt aus dem Krug, Brombach, der Schmied. Tischler Kraft, der sich von Alters wegen kaum noch auf den Beinen halten kann. So soll er mal im Innensaum seiner Jacke jahrelang Mausskelette mit sich herumgetragen haben, ohne es zu bemerken. Die Nager hatten sich eines Winters darin einquartiert. Als der Bauer die Jacke im Frühling vom Haken nahm, fühlte er zwar die Unebenheiten im Stoff, hielt sie aber für verrutschtes Innenfutter.

Schafhirte Max und die Damen von Gut Paschke mit Hausherrin Dora kommen zum Tor hinein. Auch ihr Jüngster ist dabei, ein spätpubertäres Bürschlein mit immer roten Wangen. Ob er einen richtigen Namen hat, weiß keiner so genau. Wenn sie von ihm sprechen, heißt es immer nur »Doras Jüngster«. Auch aus den Nachbargemeinden treffen Gäste ein. Als Letztes wird Barbowski, der Dorfschulze, begrüßt. Vater Johannes schreitet in den Altarraum, alles verstummt. Er nimmt vorne seinen Platz ein, zieht das Gebetsbuch und beginnt einen Vers, der nicht enden will. Alinka kann sich ein Gähnen nicht verkneifen.

Die letzten Worte des Pfarrers sind noch nicht verhallt, da rennen die Mädchen aus der Kirche. Am sonnigen Ostgiebel lehnen sie die Rücken ans Mauerwerk und blicken über die Baumspitzen hinauf in den wolkenlosen Himmel. Auch Ida, Gunda und Hedke, Klassenkameradinnen, verlassen das Gotteshaus und hocken sich dazu. Die Brüder Fritz und Ewald hechten aus der Tür, als hätte der Teufel sie getrieben. Auch sie sind Schüler von Dorothea Horn. Nun weilt die halbe Klasse am Backsteingiebel. Alinka und Emma stimmen zum Fangen-Spiel an. Jungen und Mädchen nehmen die Verfolgung auf. Geschrei, Gekreische, kein Ort der Stille am Sonntagvormittag. Vater Johannes sieht es stets gelassen, wenn die Kinder den Rasen zertreten, das Grün zerfurchen, den Vorplatz mehr und mehr in eine Brache verwandeln. Auch das Ballspiel der Jungen duldet er. Die Fenster sollen sie nur heile lassen.

Endlich entschlüpfen auch die Alten dem Leib der Kirche. Der Pfarrer verabschiedet jeden Gast bei seinem Namen. Die verwaisten Pferdewagen an der Straße finden Zuwendung. Alinka hüpft vorn aufs Gespann. Links und rechts Elisabeth und Hilde, Emma hinten drauf. Kurzes Zungenschnalzen, die Zügel angerissen, schon traben die Pferde los. Geschickt lenkt sie Tier und Gefährt im Kreise auf der Straße und bald schon in den Hof. Die Kinder springen ab, rennen hinüber zum Graben, setzen sich an den Hang und hören dem Geschnatter der Wildgänse zu, die weitab auf dem Felde rasten. An seichten Stellen gucken Steine aus dem Wasser. Wo es breiter und etwas tiefer ist, halten sich kleine Fische am Grund versteckt, die vom Bach am nordöstlichen Dorfende den Weg hierher fanden.

Zwei heimkehrende Bengel, Theodor und Bruno vom Hof Klinger, gesellen sich zu den Mädchen. Sie sind schon älter und werden von Jakuszeit unterrichtet. Sie waren es, die im Sommer auf der Wiese den angeketteten Ochsen von Tarwids mit Steinen bewarfen. Fernhalten sollen sich die Kinder von denen, riet Frau Dorothea Horn. Nun aber sitzen sie neben ihnen, und keines der Mädchen kennt ihre Absichten. Alinka erhebt sich prompt und eilt die Böschung hinab, überwindet im Sprung den Dreiviertelmeter

Wasser und kommt am anderen Ende wieder hinauf. Als Emma sich erheben will, drückt eine Hand sie nach unten. »Ihr braucht do keene Angst zu haben«, sagt eine gebieterische Stimme. »Wir tun euch nuscht.«

Angst hat Emma nicht. »Lass mich los!«, warnt sie und ruft nach ihrem Hund. Es dauert keinen Augenblick, dann eilt eine kläffende Walpurga vom Gehöft. Theodor und Bruno fahren hoch, rennen den Steilhang herab. Theodor kommt zu Fall, er purzelt in den Graben und robbt drüben ans Ufer. Bruno flüchtet einige Meter längs der Böschung, wird von der Hündin attackiert und schreit. Emma ruft das Tier zurück. Es gehorcht, es legt sich zu ihren Füßen, als sei es ein Kätzchen, das schmusen will. Die Jungen traben auf der Straße fort, nach Süden, zum letzten Hof auf rechter Seite.

Der Vorfall ist schnell vergessen. Nach dem Mittag stromern die Kinder los und treffen sich im Dorf mit ihresgleichen. Am Pfuhl des alten Hirtenhauses, das seit Jahren zerfällt, weil Bretter und Balken zum Heizen entnommen werden, dort haben sie ihren Platz, ihr Geheimversteck, die Jungen und Mädchen aus der Klasse um Frau Horn. Bis auf die Grundmauern, aus Findlingen errichtet, ist von diesem Bauwerk nicht mehr viel erhalten. Ein Mantel aus Birken zieht sich um das Anwesen herum. Mittig der Brache und umschlossen von wüstem Gestrüpp steht eine dicke Eiche, von der man sagt, sie könne Geschichten flüstern. Alinka und Emma legen das Ohr an die Borke und horchen. Nichts ist zu hören, nichts außer dem Krach ihrer Freunde.

Am Rande des Geländes pirscht sich der Ekittbach vorbei, der nördlich um Plicken einen Bogen macht. Er ist das einzige Flüsschen weit und breit, ein Nebengewässer der Dange, windet sich über die Äcker und schlägt Haken wie ein fliehendes Kaninchen. Jeder Graben auf den Feldern, angelegt zur Entwässerung der feuchten Böden, mündet in seinem Bett. Vier Meter breit ist er und häufig nur knietief. An beiden Uferrändern taumeln die Fransen ergrauter Pflanzenfasern, die der leichte Sog nicht zur Ruhe kommen lässt.

Flugzeugmotoren nähern sich aus Richtung Memel. Sechs Großraummaschinen ziehen nordwärts vorüber. Ein Versorgungsverband auf dem Weg an die Front, wie die Jungen zu wissen glauben. Das Brummen hallt lange nach, bis der Westwind es erstickt. Erst als die Flieger zu Himmelspünktchen verkommen, wenden sich die Kinder ab.

Das wackelige Floß eines jungen Mannes, der seit zwei Kriegsjahren nichts mehr von sich hören lässt, dient den Buben als Karussell. Drei Jungen passen gut herauf, beim vierten wird es eng. Doch ein fünfter springt hinzu. Das Floß wird vom Ufer abgestoßen und treibt im sanften Lauf. Dies einfache Wasserfahrzeug, gebaut aus Ästen, gebunden mit Draht, wippt und schwappt und droht zu kippen. Fritz krallt sich an Ewald, der aber verliert die Balance und greift nach Richards Arm. Richard packt nach Otto, doch Otto greift nach Fritz. Schon landen sie allesamt im Bach. Am ganzen Leib durchnässt und unter den Lachsalven ihrer Mitschülerinnen waten sie ans Ufer.

Unweit der großen Dorfkreuzung sitzen am späten Nachmittag fünf Mädchen auf der Kirchenwiese und zählen die vorbei trabenden Fuhrwerke. Ein seltenes Geräusch wird laut. Die Mädchen blicken auf. Von Norden kommend rattert ein Automobil auf die Kreuzung zu und biegt nach Westen ab. Altbauer Jochen reagiert sofort, springt von seinem Kutschbock und wirft den Tieren Jacke und Kartoffelsack über die Köpfe. Witwe Friedrichs Mähre aber geht durch, zieht den Einspänner auf die Kirchenwiese und verkeilt ihn im Geäst der Birkenbäume. Das Tier ist diesen Lärm nicht gewöhnt, wenn er bis auf drei Meter nahekommt. Nur jene, die regelmäßig in die Stadt gelangen, scheuen den Motorenlärm nicht mehr. Der Altbauer schimpft, die Mädchen sehen nach der Frau. Witwe Friedrich ist dem Heulen nah. Die Wucht hat sie vom Wagen geschleudert und verletzt. Der Arzt muss kommen.

So gleiten die Stunden dahin, bis der Tag sich in den Abend wiegt. Emma und Alinka laufen heim. Das Essen steht auf dem Tisch, doch der Großvater ist nicht da, sein Platz ist nicht gedeckt. Alinka entzieht sich dem boshaften Blick der Großmutter. Solange Elisabeth im Haus ist, wird sie sich in Schweigen halten, die Enkelin in Ruhe lassen. Für sie ist immer nur die Kleine schuld. Denn sie ist hier, doch Gustav, der Sohn, ist es nicht. Er ist fort. Aber sie, dieses verdammte Kind, ist hier, ist hier in ihrem Haus. Mit welchem Recht auf dieser Welt hat sie es mehr verdient als er, im Schutz der Heimat zu verweilen? Und dann die Mutter von diesem

Rabenaas! Wäre sie nicht gewesen, so gäbe es nicht dies verfluchte Kind. Sie beide hier in ihrem Haus, doch keiner ihrer geliebten Männer da. Karl müsste nicht aufs Haff. Er tut es, um die Frauen zu ernähren. Nicht für sich, aber für sie, nur für sie fährt er hinaus auf die elende See, für ein Zubrot in diesen kargen Monaten. Karl und Gustav, mehr braucht es für Hilde nicht, um glücklich zu sein. Die anderen beiden sind fremd, sie stören nur. Drei Damen, aber kein Mann im Haus. Das wirre Unbehagen einer alten Frau. Ihre Seele ist krank vor Kummer, vor Sehnsucht.

Lang und schmerzlich unterdrückter Hass kocht hoch. Hilde wirft das Besteck zu Boden.»Du Kind, du Kind, verdammtes! Kannst denn nich un nimmer jehorchen?« Mutter und Tochter schrecken auf. Alinka weicht zurück, sieht mit starren Augen der Großmutter ins Gesicht. Sie wirkt noch furchteinflößender als sonst. Tiefe Falten zerschneiden ihre Stirn. Alles Menschliche in ihr scheint verloren oder niemals dagewesen. Elisabeth nimmt die Tochter in den Arm. Alinka zuckt ein zweites Mal, erkennt, dass es die Hände der Mutter sind, die nach ihr tasten. Es folgen keine Worte mehr. Hildes Falten glätten sich, sie stützt sich benommen am Küchentisch und sucht nach dem Besteck am Boden, richtet sich wieder auf und verschwindet in der Kammer. Mutter und Tochter essen allein zu Abend.

Dieser Sonntag mit all seinen Erlebnissen ist Vergangenheit, er hat sich weit in die Nacht gefressen. Da liegen Mutter und Kind im selben Bett, die Augen geschlossen, die Sinne wach. Alinkas Kopf ruht auf der Mutterbrust. Elisabeths Finger gleiten auf des Mädchens Schläfe auf und ab. Kaum hörbar summen sie ihre Lieder, vom Morgenrot, von den drei wilden Tauben und an des Haffes ander'm Strand. Zuletzt und immer wieder jenes aus dem Schülerchor:» … Wenn die Nacht, wie eine gute Mutter, leise deckt ihr Tuch auf Haff und Land.«

Hildes Ausraster ist noch immer präsent. Wenn der Großvater doch nur schnell wiederkäme. Seine Worte sind stets die richtigen. Elisabeth denkt an morgen, wenn sie das Haus verlässt, wenn die Tochter allein hier ist. Soll sie sie mitnehmen zum Großbauernstall, soll sie dort ihr Frühstück essen, von dort zur Schule aufbrechen? Alleinlassen in diesem Haus mit Hilde? Es wird gutgehen, ganz sicher doch. Es ging ja immer gut. Sie steigt aus dem Bett der Tochter, deckt sie ordentlich zu und wankt hinüber in das Elternzimmer.

Alinka öffnet die Augen. Sie dreht sich zum Fenster und blickt zwischen Glas und Gardine in die Schwärze der Nacht. Der Vater ist weit weg, so fern und für ein Kind unfassbar, irgendwo in dieser großen Welt. Er wird zurückkommen, er hat es ihr versprochen. Beide Finger hat er gehoben und es geschworen. Sie wird ihn wiedersehen, das ist gewiss. Und nun ist auch der Großvater nicht mehr hier. Vor Weihnachten noch ist er zurück, so war es immer schon. Doch wird der Vater rechtzeitig an Heiligabend wieder da sein? Ist es ein Fest wie im vorigen Jahr? Für immerhin drei Tage kam er damals nach Plicken zurück. Viel zu schnell war diese kurze Zeit verflogen, da brachte der Großvater ihn abends nach Memel zur Truppenauffangstelle. Wer schlägt denn sonst den Baum außer ihm? Der Großvater kann und will diese Lücke nicht füllen. Es ist doch Tradition geworden, dass Vater und Tochter am Morgen des heiligen Abend in den Wald gehen und die schönste Kiefer aussuchen. Nur mit dem Vater, sonst mit keinem, will sie das tun.

Bald ein Jahr her ist es schon, da stapften die beiden auf schneebedeckten Feldern dem Wäldchen südwestlich vom Hof entgegen. Auf derselben Spur, auf der sie gekommen waren, zogen sie den Baum auf ihrem Schlitten heim. Es war ein kalter Tag, das Sonnenlicht glitzerte auf den Kristallen der weißen Wüste. Einen Schneemann wollten sie bauen, doch das zu Eis gefrorene Pulver zerfiel in ihren Händen. Der Vater trug Alinka auf den Schultern. »Prinzessin« nannte er sie. »Ich hab dich so lieb«, hat er gesagt. Als der Baum im Unterhaus leuchtete, geschmückt mit bunten Kugeln, und als das beste Mittag des Jahres gegessen war, da zogen die beiden schon wieder los. Mit dem Schlitten auf dem vereisten Bach, am Hirtenhaus vorüber und in weitem Bogen um die Felder.

Genauso wie in der Nacht, liegt Alinka auch am Morgen da. Es fehlt ihr die Lust aufzustehen. Die Mutter ist schon fort, sie hat sie die Treppe abwärts steigen hören, das war vor mehr als einer Stunde. Nun sind sie allein im Haus, die Großmutter und die Jüngste, die zwei, die sich nicht leiden können, die miteinander niemals Worte wechseln. Warum das so ist, weiß nur der Herr da oben.

Dann aber doch steigt sie aus dem Bett, entledigt sich des Nachtkleides, zieht die Übergardine auf und begibt sich treppab. Unten erwartet sie nichts als die bloße Kälte der alten Frau am Herd. Ignoranz statt Liebe. Niemand blickt nach dem anderen. Alinka ist in dieses Haus hineingeboren, Hilde war schon immer da. Ihr verschrobener Verstand sagt ihr: Das Kind gehört nicht hierher. Der erste Oktoberfrost hinter den Fenstern zu dieser frühen Stunde könnte zwischen ihnen nicht kälter sein.

Am Tisch sitzt das Mädchen alleine. Hilde Gindullis hegt nicht die Absicht auf Nähe, sie macht die Küche, hat immer zu tun. Schweigsamkeit auf beiden Seiten. Hier das schabende Messer auf dem Brett, dort drüben die klappernden Töpfe. Nichts wird gesprochen, sich nicht angesehen. Kein Lob, kein Tadel, einfach nichts. Nur Leere und tiefste Abneigung zwischen beiden Menschen, den eng Verwandten, die sich doch lieben sollten. Gefrorene Schatten, beißende Kälte. Es ist eben so. Nur der da oben kennt den Grund. Die 1891 in Memel geborene Hilde lernte den elf Jahre älteren Karl auf dem Weststrand der Kurischen Nehrung kennen. Nach der Heirat zog sie zu ihm ins Anwesen seiner Eltern, wie ihre Schwiegertochter viel später auch. Sie war nicht schon immer hier, sie kam nur früher in dieses Haus. Es heißt allgemein, Frauen halten die Familien zusammen. Nicht diese Frau, nicht Hilde.

Die Unterrichtsstunden rasseln dahin. Frau Horn bestimmt die Chorprobe nach Schulschluss, von nun an zweimal in der Woche. So finden sich zur Mittagszeit fünfzehn Mädchen und Jungen in der Aula ein. Im Halbkreis positioniert, den Text an der Tafel, stimmt Frau Horn die erste Strophe an. Sie erachtet Alinkas Singstimme als interessant und für den Einzelgesang geeignet. Als der Chor Pause hat, wird die Auserwählte von der Lehrerin mit der Gitarre solo begleitet. Herr Jakuszeit und seine Gattin, die den Raum betreten, lauschen der lieblichen Klangfarbe des Bauernkindes. Viel Zeit, beinah zu viel Zeit, widmet Frau Horn ihrem neuen Liebling. Große Pläne hat sie schon jetzt nach dieser zweiten Probe. Im Memeler Gastspielhaus oder im Volkstheater solle sie auftreten, gemeinsam mit ihr an der Gitarre. Alinka denkt nicht dran und kann darüber nur lächeln. Für sie sind es nichts als Schwärmereien, unbedeutend und nüchtern wie die große Stadt selbst.

Verspätet kommt sie nach Hause. Hilde ist außer sich und schimpft, weil die Arbeit liegenbleibt. So macht sie sich auch gleich daran, alles Versäumte nachzuholen. Des Großvaters Aufgaben hat sie zu erledigen. Ställe ausmisten, neues Stroh einwerfen, Wasserkessel füllen, Rüben schneiden fürs Vieh. Nesseln hacken als Futter für die Hühner, am Nachmittag die Pferde von der Koppel holen. Auch der Bock muss wieder rein. Kein Leichtes für ein Mädchen von zehn Jahren. Ist auf der einen Seite des Hauses alles fertig, geht es auf der anderen Seite weiter. Im Garten hat sie das letzte Fallobst zu sammeln und faulige Äpfel aus der Lagerstelle auszusondern. Dann müssen noch die Blätter aus dem Teich, weil er sonst verschlammt.

Ein Bussard überfliegt den Hof. Die Gänse warnen und machen Radau. Sie sind bessere Wächter als mancher Hund, ihr lautes Schnattern hält Fremde fern von Hof und Stall. Noch vor zwanzig Jahren, so hat der Großvater erzählt, gab es in Plicken keine Hunde. Kurschats waren die Ersten, die einen besaßen. Labrenz und Kraft fuhren gar bis Heinrichswalde, um Schäferhundwelpen mitzubringen.

Mit dem letzten Tageslicht hat Alinka ihr Pensum geschafft, lehnt abgekämpft an der windschiefen Birke der Grundstücksgrenze und blickt auf das Katzengrab am Zaun. Auf einem verblassten Holzkreuz steht der Name »Grauchen« eingeritzt, der Vater von Minka. Seit einigen Jahren weilt das Kreuz an dieser Stelle, wo es mehr und mehr verwittert und keiner es beachtet.

Elisabeth ist wieder da. Gegen Mittag war sie schon mal im Haus, verschwand mit den leeren Kannen und bringt nun zwölf Liter beste Ziegenmilch vom Gutshof Paweleit. Die Tochter legt ihr die Arme um den Hals. Endlich Menschenwärme in der kalten und doch heißen Küche. In diesen Tagen ist der Ofen niemals aus. Er dient zum Kochen und zum Heizen des Unterhauses rund um die Uhr. Die Scheite aus dem Wald lodern in seinem Feuer. Das tägliche Kochen macht das über dem Ofenherd abgehangene Fleisch im Kaminabzug für mehrere Monate haltbar.

Auch heute sondert sich Hilde ab, verzichtet auf das Abendbrot. So weilen Mutter und Kind allein am Tisch, blicken sich an und blicken ins Dunkel hinter dem Fenster zum Garten raus. In Herd und Kachelofen lodern die Flammen. Der Wecker im Regal tickt seine Runden. Kerzenlichter flimmern, eines auf dem Tisch, das zweite am Treppenholm. Ohne das Knistern im Ofen und ohne das Weckerticken hätte die Stille gesiegt. Sie ist so allgegenwärtig, sie ist stärker, mächtiger, dass rein gar nichts über sie triumphiert. Schatten und immer wieder Schatten bevölkern die Wände und Küchenschränke, verzieren sie mit Mustern und Gestalten. Großvaters Stimme fehlt. Wenn er redet, hören alle zu. Er brummt wie ein Bär, wie ein herzensguter Riese. Jetzt am Abend würde er für angenehme Laune sorgen. Er würde das Schifferklavier vom Haken nehmen und Lieder spielen. Nicht oft tut er das, doch wenn, dann ist es ein Erlebnis.

Die nächsten Tage plätschern dahin wie das Wasser im Bach. Auch am Sonnabend ist Schule. Am Kirchensonntag, Anfang November, ziehen die Stuten den Wagen auf die Straße. Trappelnde Hufe und klappernde Räder. Der Wagen hält, die Mädchen klettert über die Radnabe herunter. Vater Johannes begrüßt seine Gäste.

Nach dem Gottesdienst rauft sich eine Schar aus einem Dutzend Mädchen und Jungen zusammen und flaniert zum Gelände des Hirtenhauses. Zwischen sieben und zwölf Jahre alt sind sie, eine bunt gemischte Truppe. Der Sonntag gehört den Kindern. Nach Stunden des Tobens staken die größeren Bengel das Floß durch den Bach. An einer Engstelle lässt es sich weder vor noch zurück stoßen. Es dient ihnen nun als Mittelstück, um an die jenseitige Böschung zu gelangen. Allesamt wetzen sie querfeldein über den Acker und kommen nach kurzem Marsch wieder an des Baches Ufer, der dort einen Bogen macht. Wildgänse des dahinterliegenden Feldes schrecken auf. Die Jungen werfen Stöcke in den Bach, die sich nach kurzem Treiben im Ufergras verhaken. Erlen tupfen ihre Zweige ins Wasser. Am Grund taumeln die abgestorbenen Pflanzenhalme aus dem Sommer. Von Westen ziehen Nebel auf, verschlucken die Bäume des Dorfes und die Kirchenspitze. Die Kinder machen sich auf den Heimweg. Emma und

Alinka queren die sieben Hektar des Großvaterackers, überwinden im Sprung den Graben vor ihren Höfen und schreiten jeder in denselben.

Auch diesen Abend verbringen Mutter und Kind zu zweit, seit Hilde sich nach ihrer letzten Tätigkeit ins Kämmerlein zurückgezogen hat. Den beiden ist es recht. Herrscht Friede, ist alles gut. Nun können sie über den Vater reden, was sonst verboten ist in diesem Haus. Doch lang hält dieses Gespräch nicht an, weil es zu sehr schmerzt und die Sinne trübt. So löschen sie die Kerzen und steigen hinauf in den ersten Stock, lösen die Gummibänder ihrer Zöpfe und kämmen sich vor dem Wandspiegel im Elternzimmer das Haar.

Gedanken suchen Alinka heim, immer dann, wenn sie doch schlafen soll. So viel beschäftigt sie. Vati, denkst du noch an mich? Musst du auf böse Menschen schießen? Warum sind diese Menschen böse, was haben sie dir getan? Besser du erschießt sie, als sie dich. Wirst du Weihnachten bei uns sein? Du hast es doch versprochen. Dann sing ich dir ein schönes Lied.

Schnell hat die Nacht ein Ende. Es ist noch dunkel, doch der Morgen ist bereits da. Wieder beginnt ein Tag. Schlafkleidung aus, Schulkleider an, den Nachtpott runter tragen, in die Nesseln schütten. Gesicht waschen mit kaltem Brunnenwasser. Die Kanne auf dem Herd aber ist nur so warm wie die vor Stunden erloschene Glut. Mit Geschick ist ein neues Feuer entfacht. Die erste Kerze lodert am Treppenholm. Hilde, in grauem Kittel mit weißen Knöpfen, schlurft aus ihrer Kammer. Sie bemerkt die Kälte im Unterhaus und schimpft, dass weder Enkelkind noch Schwiegertochter den Ofen rechtzeitig schürten. Auf ihrem Hocker neben dem Herd hat sie es sonst behaglich, dort sitzt sie oft mit der Gemüseschüssel auf den Beinen. Elisabeth ist zum Bauern los, sie hätte daran denken müssen. Sie hat doch sonst an jedem Morgen nach dem Feuer gesehen, ihren Becher Minze aufgekocht, bevor sie ging. Die Kühle weicht dem Ofenherd, doch er vermag nicht die Kühle zu vertreiben, die zwischen Kind und Großmutter besteht. Sie ist beißend kalt, von scharfem Frost befangen. Nicht eingefroren ist die Liebe, sie war niemals da.

Die Arbeit im Stall liegt an, sie muss vor dem Frühstück erledigt sein. Alinka holt zwei Ladungen Holz aus dem Schuppen und stapelt alles in der Küchenecke auf. Den Schuppen mag sie gar nicht gern betreten, denn große, schwarze Spinnen hausen dort in verborgenen Winkeln. Nun ist der Stall an der Reihe. Überreifes Obst wirft sie in den Futterkessel, Heu in die Raufen, füllt die Tränken mit Brunnenwasser. Es sind Großvaters Dinge zu übernehmen, die Ilse zu melken und den Pferden die Buchte zu reinigen. Der Bock muss nicht auf die Wiese, denn es beginnt zu regnen. Tropfen fallen aus düsterem Himmel.

Noch vor Schulbeginn steht Alinka im Laden von Frau Bolz, weil nach dem Unterricht und der Chorprobe keine Zeit mehr dazu ist. Einen Laib Roggenbrot wickelt diese ihr in ein Tuch. Nur wenn Karl in Memel ist, wird Brot dazugekauft, ansonsten backt die Familie selbst. Bunte Gläser mit Süßigkeiten prangen auf der Ladentheke. Dafür reicht das wenige Geld aber nicht. Erwin poltert durch die Hintertür. Der dicke Bolz, im Geiste noch ein Baby. Er grinst und gafft, ist harmlos, ist ein Kind in einem Manne. Die Mädchen dürfen nicht mit ihm reden. Er stiert Alinka an, lacht mit weitem Mund. Sein Riesenkopf schaukelt auf und ab. Frau Bolz jagt ihren Sohn hinaus. »Erwin, jeh! Rutt, rutt, rutt! Mach dich fort, mejn juten Jung!«

Brot und Reichsmark wechseln den Besitzer, die Türglocke schellt. Draußen warten Emma und Walpurga. Nur ein paar Meter zurück und die Kirchenwiese queren, schon stehen sie vor ihrem Schulhaus. Es ist sieben Uhr, der Hund wird heimgeschickt, die Mädchen gehen in den Unterricht. Der Duft frisch gebackenen Brotes beseelt das Klassenzimmer.

So vergehen und verwehen die Tage, die Wochen, ohne dass sich etwas ändert. Der Winter rückt näher und grüßt mit kalten Nächten. Die Austrittsgitter im Ofenschacht sorgen in beiden Dachkammern für ausreichend Wärme. Fern sind die milden Wochen im Herbst, fern auch der blaue Himmel. Stürme rütteln die letzten Blätter von den Bäumen. An einem regnerischen Sonntag nach dem Gottesdienst treffen sich die Plickener in der seit Tagen befeuerten und nun geheizten Kirche zum jährlichen Adventsfest. Auch Bewohner der Nachbargemeinden Pakamohren im

Westen und Graumen im Osten sind gekommen. Die litauische Minderheit feiert eine Straße weiter in der katholischen Kirche. Jeder nach seiner Religion, doch man versteht sich, niemand ist mit dem anderen Feind.

Über den Ladeflächen der Pferdewagen sind Gestelle aus Planen befestigt. Die Zugtiere selbst werden abgespannt und im Schutz der Kiefern festgemacht. »Schietwetter!«, ruft Loewe, der Wirt aus dem Krug. In derbem Mantel eilt er der Kirche zu. Viele sind gekommen trotz des Regens, mehr noch als zum Gottesdienst. Vater Johannes steigt auf die Kanzel und hält eine ausschweifende Rede. So mancher Erwachsener wird vom Gähnen eines Kindes angesteckt. Der Pfarrer nimmt das heilige Buch zur Hand und verliest einen Psalm. Die Gemeinde stimmt zum Lied an.

Dann bittet er Frau Dorothea Horn auf die Kanzel. Die wünscht allen einen schönen Advent und dass nur jeder von denen, die in diesen Zeiten nicht im Dorf verweilen, gesund zurückkommen mag. Es wird still in der Halle, manch einer zieht sein Taschentuch, tupft sich die Tränen ab. Die Lehrerin aber ruft zur Heiterkeit auf und winkt den Schülerchor aufs Podest. Die Mädchen und Jungen, festlich gekleidet, treten nach vorn und werden applaudiert. Wieder wird es ganz still. Ein Husten in der Ecke, ein Räuspern von weit hinten. Frau Horn dirigiert mit Stab und Händen, der Chor lebt auf. In weicher Melancholie fahren die Kinderstimmen aus leisem Trab empor in die Fanfare. Das Lied der Elche, das sie so oft probten, füllt den Kirchenraum. Nach dem letzten Choral bebt tosender Beifall hoch.

Als Nächstes platzieren sich die Altbauern Sack und Ilgauds mit je einer Ziehharmonika. Schon legen sie los, die betagten Herren mit den Rauschebärten, wippen im Takt ihrer munteren Klänge. Schüler tragen Gedichte vor. Hofknecht Georg Schuster gibt auf der Mundharmonika sein Bestes. Der Damenchor, dem Dorothea Horn angehört, bietet Weihnachtslieder dar. Dann ist Kuchenzeit. Hagebuttenaufguss wird eingeschenkt, auch dünner Kaffee.

Im Gespräch mit ihren Kolleginnen berichtet Frau Horn von Alinkas »wunderbarer Solostimme«, wie sie es gefühlvoll umschreibt. Die Damen kommen einher, dass beide, das Kind und seine Förderin, den Vortrage bringen mögen. So bittet Frau Horn Alinka, die gerade an einem Pfefferkuchen knabbert, sich nach vorn auf das Podest zu begeben. Die Lehrerin greift nach ihrer Gitarre und nimmt Platz auf einem Stuhl. Alinka ist wenig begeistert. So viele Augen starren jetzt nur auf sie, auf das Mädchen im weißen Kleid. Noch einmal wird es ganz still. Frau Horn fasst in die Saiten, Alinka beginnt zu singen, textsicher wie in den vielen Proben. Einige rührt es zu Tränen. Nach dem letzten Vers rollen auch ihr salzige Perlen von den Wangen. Sie denkt an den Vater, der hoffentlich kommen und sein Versprechen einlösen wird. Einmal mehr muss Frau Horn zur Heiterkeit aufrufen.

Nach dem Abendessen daheim sitzt Elisabeth bei ihrer Tochter auf dem einzigen Stuhl im Zimmer. Sie ist stolz auf sie und sagt es ihr immer wieder. Auch der Vater wäre stolz, und er wird es sein, wenn er nach Hause kommt und sie ihm vorsingt. Und Großvater, auch er wird sich freuen. Viele lobende Hände wurden ihr in der Kirche gereicht, von Schulkameraden, von Müttern und Großmüttern. Nur von Hilde hat sie kein Lob erhalten.

Noch lange streichelt Elisabeth die Stirn ihres Mädchens, um spät, sehr spät, in ihre Kammer hinüberzugehen. Nun wird sie nicht mehr zum Bauern müssen. Zur Vorweihnachtszeit gibt es im Haus viel Arbeit, erst recht während des Großvaters Abwesenheit.

Am nächsten Morgen ist alles weiß. Eine dünne Schneedecke hat das Land überfallen. Alinka tritt die ersten Menschenspuren in den Hof. Der Fuchs war auch schon da, seine Fährte geht vom Giebel kommend quer hindurch zur Straße. Baum und Strauch sind in Puder gehüllt. Auf dem Dach ein zugeschneites Storchennest. Oft hat der Großvater ihr die Geschichte von den drei Jungvögeln erzählt und geriet dabei ins Schwärmen über sein einziges Enkelkind. Vom Felde her erschallen die Rufe der Nebelkrähen. Entdecken kann Alinka sie nicht, das Tageslicht ist noch zu schwach. Es wartet nun auf sie die Arbeit im Stall.

Nach der Schule wetzen die Kinder hinüber auf den Kirchplatz. Unberührter Schnee vor dem Hause Gottes wird zertreten. Bleiche Sonnenstrahlen schimmern in den Nachmittag. Die Kinder mit zu großen Stiefeln haben diese mit Heu ausgestopft, das die Zehen warmhält. Im ganzen Dorf und auf den Höfen rundherum rauchen die Abzugsrohre, befeuert durch Kachelöfen und Kamine. Weihnachten ist nicht mehr weit. Doch die Väter sind weit, sie sind fern, so fern der Heimat.

Ermattet vom Toben sitzen Emma und Alinka auf einer Bank an der Nordmauer und sehen den anderen Mädchen und Jungen zu. Auf den Kiefernzweigen wölbt sich der Pulverschnee. Vater Johannes schaut aus einer Luke im Turm. Der zwölfjährige Alexander tritt zu den Mädchen an die Bank und fragt, ob sie mitkommen wollen zum Hirtenhaus, weil dort aus Ästen eine Brücke gebaut werden soll. Rotz läuft ihm aus beiden Nasenlöchern. Die Mädchen winken ab, sie haben nach der Schule mehr zu tun als die Großbauernsöhne, wie er einer ist. Auf den großen Höfen erledigen das die Mägde und Knechte oder Kriegsgefangene.

So machen sich die beiden auf den Heimweg, mit Verspätung sowieso. Doch am Tag des ersten Schneefalls ist es keinem Kind zu verdenken, wenn es die Arbeit mal vergisst. Mutter Elisabeth bleibt ab heute ohnehin im Haus und nimmt einen Teil der Aufgaben ab.

Es ist die letzte Dämmerstunde, da hält an der Straße ein Fuhrwerk an. Karl Gindullis ist zurück. Er reißt einen Sack von der Ladefläche. Der Mann auf dem Wagen trabt weiter, dem Dorfe zu. Seine Damen stürmen auf den Hof, die jüngste voran, sie drückt und herzt und umklammert ihn. Elisabeth gibt dem Alten einen Kuss. Hilde, zurückhaltend und doch voller Freude, die sie nicht zeigt, verharrt im Eck des Brunnens, ein Handtuch zwischen den Fingern. Es schickt sich nicht, in ihren alten Tagen allzu enthusiastisch aufzutreten. Aus überheblicher Freude kann schon morgen Enttäuschung gedeihen.

»Nu will eck man gleich nach mejn Liebchen jehn.« Karl Gindullis stapft auf Hilde zu und zwingt ihr ein Küsschen auf.

»Ach, Vattern, du spinnst all wieder!« Tatsächlich zeigt sie ein Lächeln, das aber so rasch verweht, wie es gekommen war.

Er trampelt sich die Stiefel sauber und schreitet ins Haus. Der schwere Sack prallt auf den Tisch. Talg und einen Wickel Dochtschnüre hat er aus der Seestadt mitgebracht, wichtiges Zeug für kalte Tage, das Hilde zu Kerzen verarbeiten wird. Zwei Gläser Kunsthonig verlassen den Sack. Ein Bündel Farbwolle, um Handschuhe und Mützen daraus zu weben. In

Stroh verhüllter Fisch platscht in eine Schüssel. Zander und Hechte, auch Barsche aus dem Haff, Weißfische für die Hühner, noch am selben Tag aus den Reusen geholt. Zander und Hechte werden morgen Früh verkauft, nur die Barsche bleiben. Alinka berührt die raue Schuppenhaut eines Zanders. Selten hat sie einen solchen Fisch gesehen. Pfennige und Reichsmarkscheine fallen aus des Großvaters Hosentaschen. Hilde grapscht nach dem Geld und trägt es ins Versteck unter der Fensterbank in ihrer Kammer. Karl Gindullis klopft die Pfeife aus, drückt nun für ein Weilchen die Füße an den Ofen.

Nach dem Abendessen verlässt keiner seinen Platz. Der Großvater hat viel zu erzählen, vom Wind und von meterhohen Wellen, die den Kahn zum Schaukeln brachten. Er ahmt die Rufe der Seevögel nach, erklärt, was beim Einholen der Netze zu beachten ist. Alinka sitzt auf seinem Schoß und lauscht den Worten des alten, rüstigen Mannes. Auch Hilde wirkt weniger angespannt als sonst. Hin und wieder ist so etwas wie ein Schmunzeln zu sehen.

Elisabeth erwähnt das Adventsfest in der Kirche, den Auftritt im Schülerchor und den Einzelgesang mit der Lehrerin. Großvater ist ganz Ohr, er nimmt das Schifferklavier von der Wand und setzt zum ersten Ton an. Alinka beginnt zu singen. Auf halber Strophe steigt auch Elisabeth mit ein: »... Langsam schreiten wieder sie von dannen, Tiere einer längst vergang'nen Zeit.

Und sie schwinden in der Ferne Nebel, wie im hohen Tor der Ewigkeit.« Doch heute ist noch Badetag. Elisabeth füllt die Zinkblechwanne hinter dem Küchenherd. Das Stück Kernseife reizt Alinkas Augen. Mit klarem Wasser aus der Kanne gießt sie sich den Schaum von Haut und Haar, schlüpft ins Nachthemd und eilt die Treppe rauf ins Bett. Der Großvater kippt die Lauge in den Hof. An diesem Abend findet jeder im Hause Gindullis rasch in den Schlaf.

Noch ein bisschen Schnee ist über Nacht gefallen. Zu früher Stunde spricht Karl im Stall mit seinen Tieren. Von Neugier getrieben recken die Pferde ihre Häupter aus der Buchte. Alinka hört ihn auf Litauisch fluchen, er schimpft mit dem Ziegenbock. Manchmal, wenn eines seiner Pferde sich ihm verweigert, ruft er: »Prieki, paleisti dabar!« Was so viel bedeutet wie: »Vorwärts, voran, lauf jetzt endlich!«

Während der zwei Jahrzehnte langen litauischen Zugehörigkeit eignete er sich die Grundformen dieser Sprache an. Dem Kind lehrte er in den ersten sechs Lebensjahren neben der deutschen auch einiges an Worten in der Besatzersprache. Vokabeln von Tieren lediglich sind Alinka im Gedächtnis geblieben. Mit dem Jahr 1939, in dem die Wiedereingliederung des Memellandes ins Deutsche Reich vonstatten ging, verschwand das Litauische aus dem öffentlichen Leben. Zu Hause redete die Familie Gindullis auch vor der Annexion ohnehin nur deutsch.

Nun macht er den Wagen klar und bringt die Stuten ans Geschirr. Nach dem Frühstück will er im Wald Stubben roden. Die Enkeltochter würde ihn gern begleiten, doch die Schule, die Kinderpflicht, geht vor.

So sitzen sie dann über Strohsäcken auf der Wagenbank. Karl, das Enkelkind zur linken, das Nachbarkind zur rechten Seite, bugsiert das Gespann auf die schneeverwehte Straße. Axt und Säge rutschen hinten im Takt. Am Schulhaus springen die Mädchen herunter. Karl, in seinen feldgrauen Mantel gehüllt, ruckelt noch ein Stück weiter und dann links ab nach Westen raus.

Minuten nach Unterrichtsbeginn kehrt Jakuszeit ins Klassenzimmer. Er ruft den Namen eines Drittklässlers auf, dessen Mutter hinter dem Oberlehrer zum Vorschein kommt, ein Tränentuch vor den Augen. Soeben hat sie die Nachricht erhalten, dass der Ehemann »für Führer, Volk und Vaterland« gefallen sei. Niemand will so einen Brief von der Poststelle holen. Die Todesnachrichten in Plicken aber häufen sich.

Frau Horn schreibt Rechenaufgaben an die Tafel. Der Frühzug aus Memel hustet in den Bahnhof, Kinderaugen wenden sich um. Bis zum Mittag wird er bleiben. Hinter dem Fenster schreitet eine Dame vorüber, mit Schirm und hochgestellter Nase. Sie blickt hinein in den Klassenraum. Frau Horn macht einen Knicks. Die Dame sieht weg, ohne zu erwidern. »Die ist aus Memel, die Städter grüßen nicht«, wettert die Lehrerin.

Von jedem Kind aber wird verlangt, Respektspersonen, ob nun Lehrer, Pfarrer, Dorfschulze oder Gendarm, zu grüßen, den rechten Arm nach vorn auszustrecken und »Heil Hitler!« zu rufen. Wer das versäumt, dem

51

droht eine Ohrfeige oder am nächsten Tag, sofern der Vorfall weitergetragen wird, der Rohrstock des Oberlehrers. Frau Horn hingegen prügelt nicht, sie tadelt nur, stellt freche, lernunwillige Buben in die Tafelecke oder lässt sie Gedichte aufsagen, Verben konjugieren, das Einmaleins rezitieren. Doch beim Oberlehrer geht es oft heiß her. Der knochige, alte Mann mit seinen siebzig Jahren straft gerne mit dem Stock. Auch vor Mädchen macht er keinen Halt. Den Stecken zückt er schon, wenn getuschelt oder aus dem Fenster gesehen wird. Dann hat der Schüler oder die Schülerin nach vorn zu treten, die Handrücken darzubieten und sechs, sieben Schläge einzustecken. Nur die Großbauernkinder prügelt er nicht, weil jene Väter im Dorf die treibenden Kräfte und hochangesehen sind, und weil er als Nutznießer mit ihnen nicht auf Kriegsfuß stehen will. Die Sprosse unbedeutender Kleinbauern und Hofarbeiter haben dem nichts entgegenzusetzen. Dass mancher Pädagoge im Lande aufgrund einer sadistischen Ader sein Amt bekleidet, ist in der Bevölkerung unumstritten.

Mit dem ersten Abendlicht kehrt der Großvater in den Stall. Die Enkelin läuft ihm zu. Auf der Ladefläche liegen einige Stumpen Holz und reichlich Geäst, das als Reisig den Ofen füttern soll. Zu kurz sind diese Tage, als dass der Wagen voll wird. Einen Satz Karotten wirft er seinen Pferden zu, die das Gemüse schmatzend zermalmen. So geht er seine Runden im Stall, das Enkelkind an der Hand, wirft hier ein Futterchen zu und da ein Fresschen hinein. Redet mit den Hühnern, tätschelt die Kuh und schimpft mit dem Bock, der abermals den Wasserbottich umgestoßen hat. Kletterkatze Minka wetzt die Krallen am Deckenbalken und leckt sich das Fell.

Dann sitzen die beiden im Heu. Alinka möchte wissen, ob der Vater zu Weihnachten da sein wird. Karl, von Sorge befangen, atmet tief durch und erklärt Alinka die Welt und wie sie funktioniert. Mit Sicherheit sind es nicht die Worte, die ein Kind von zehn Jahren versteht. Doch wenn er redet, dann ist es nicht der Inhalt jener Worte, dann ist es vor allem seine Stimme, die beruhigt, die besänftigt. »Ach wejßt, Kindchen«, sagt er vor sich hin, »dass nur dir man nuscht passiert. Böst scheen un klug, väl scheener un klüger als de annern. Dass dir man nuscht passiert.« Nun holt er noch die Hühnereier aus den Gelegen. Er wünscht den Tieren einen guten Schlaf und schiebt von außen den Riegel vor.

Wieder ist Schnee gefallen, wieder nur in der Nacht. Das ganze Land hat sich in eine Zauberwelt verwandelt. Da Elisabeth nun im Hause bleibt, kann Alinka mit den anderen nach Schulschluss auf den vereisten Wiesenpfützen laufen. Die Bande aus einem Dutzend Kindern tollt zum Hirtenhaus. Da liegt, fest und unbeweglich, das Floß im zugefrorenen Bach. Kein munteres Plätschern mehr, nur noch Stille, der Bachlauf eingeschlafen unter einer Decke aus Eis und Schnee. Die Jungen wagen den Test, setzten einen Fuß darauf, den zweiten hinterher. Geheimnisvolles Knacken. Ein Schwarm Krähen huscht vorüber. Fritz wagt sich als Erster zur anderen Seite, Richard und Otto folgen ihm. Sie erklimmen den Hang und jubeln wie Eroberer eines neuen Kontinents. Alle wechseln sie das Ufer. Gemeinsam stapfen sie nun über das Feld. Ein Graben liegt genauso zugefroren da. Wolkenverhangen zeigt sich dieser Tag. Mit einem Mal rieseln Flocken herab. Dorf und Gehöfte schweigen so tief, wie auch die immer redenden Kinder für einen Moment in Schweigsamkeit verfallen.

Auf dem Ziegenacker begegnen die Mädchen dem Großvater, der zum Fang von Krähen Netze spannt. Als Köder dient roher Fisch. Ist alles aufgebaut, verbirgt er sich hinter einem Strauch und wartet, bis ein Vogel niederkommt, um blitzschnell die Netzstange drüber klappen zu lassen. Hat die Falle zugeschnappt, packt er den Vogel, hält dessen Schnabel fest und zerbeißt ihm den Kopf. Von schmackhaften Bratkrähen schwärmt er jeden Winter. Alinka und Emma erzählen vom Ausflug mit den Freunden. Karl hat eine Idee, er will ihnen zum nächsten Tage den Bock vor den Schlitten spannen. Das könne dem eigensinnigen Tier nicht schaden, so ein bisschen mehr Bewegung.

Ein kalter Morgen dämmert herauf. Hinter den Fenstern des geheizten Klassenzimmers prangen Eisblumen in den schönsten Mustern. Frau Horn wandert zwischen den Bänken auf und ab, diktiert einen Text für die Kleinsten. Die Größeren haben zu addieren. Alinka hat die Ergebnisse raus, sie spitzt den Bleistift an und geduldet sich. Ins Eck ihres Blattes malt sie ein Eisblumenmuster, der Bleistift kratzt. Es ähnelt doch mehr einem Spinnennetz.

Daheim erwartet Karl die Mädchen vor dem Stall. Er steckt sich die Pfeife in den Mund und schließt die Blechschachtel mit dem Tabak aus Memel. Zottel ist schon angespannt und trägt ein Brustgeschirr. Er meckert, wirft den Kopf zu beiden Seiten. Auf dem vom Großvater selbstgebauten Kinderschlitten mit den gewachsten Kufen liegen Strohkissen aus.

Nach dem Mittagessen treffen sich die Mädchen wieder auf dem Hof. Eingepackt in derben Jacken, Wollmützen und Handschuhen nehmen sie Platz auf dem sonderlichen Gefährt mit Zügeln. Karl gibt einen Ruck und schiebt den Schlitten auf die Straße. Ein Glöckchen klimpert am Gestell. Der Bock trabt los wie eine Stute, dem Dorfe zu. Er beschwert sich nicht, es scheint ihm zu gefallen. Der Großvater ist zufrieden, steht noch ein Weilchen da, blickt den lachenden Kindern und der überraschend gehorsamen Ziege hinterher. Dann trabt er in den Hof und gibt sich seinen Aufgaben hin. Ein Glas krummer Nägel will er gerade klopfen. Niemals würde er einen solchen in den Müll befördern, sei er noch so verbogen. Auch jedes kurze Stück Draht oder Ende einer Schnur hebt er auf. Alles ist irgendwie und zu irgendwas nütze, hat ihn das Bauernleben gelehrt.

Nach einem Drittel der Strecke hält der Bock inne. Eine Pause ist ihm zu vergönnen. Unweit dieser Stelle befindet sich ein flacher Niedergang zum Graben, der sommers als Viehtränke dient. Alinka will den Bock nach rechts von der Straße lenken, doch er begreift die Sprache der Zügel nicht. Sie steigen ab und ziehen ihn gemeinsam an den Hörnern dorthin. Ein weißer Ziegenbock im Schnee, für jeden Landschaftsmaler eine Katastrophe. Auf dem Grabeneis trappelt das Tier voran und erreicht alsbald die Mündung in den Bach. Das Eis dort ist noch zu dünn. So wird der Bock hinauf zur Wiese und aufs Eis eines weiteren Grabens geleitet.

Andere Kinder folgen dem Gespann, das da so seltsam seine Spuren zieht. Wo der Wind den Schnee fortgeweht hat oder die Kinder ihn beiseite schieben, blicken unter dem Eis gefrorene Grashalme und Stängel wie aus einer Märchenwelt hinauf ans Licht. Die Wintersonne pfercht sich hinter den Wald. Nach einer Schneeballschlacht und klammen Fingern endet auch dieser Nachmittag. Quer über den Acker zieht der Bock den leeren Schlitten, die Mädchen gehen nebenher.

Überall hat das traditionelle vorweihnachtliche Schlachten begonnen, auf vielen Höfen bereits seit November. Karl hat fünfzehn seiner Kaninchen das Fell abgezogen. Nur zwei behält er für die Vermehrung im nächsten Jahr. Er schlachtet nach alter Manier, packt sie an den Hinterläufen, dass sie kopfüber hängen, schlägt ihnen den Knüppel auf den Kopf. Nach dem Kehlschnitt bindet er sie zum Ausbluten unters Vordach. Die Krallen dieser wehrhaften Tiere aber sind scharf, weiß er aus Erfahrung, sie schmerzen und reißen tiefe Wunden. Mit einem Schabemesser gerbt er das Fell zur Vorbereitung für den Verkauf. Neben den Kaninchenfellen verwertet er auch solche von Fuchs und Marder, die in seine rund um den Hof gestellten Fallen tappen.

Gänse, Enten und Hühner wurden zuletzt noch besonders gut gefüttert. Das Fleisch wird abgehangen. Dachböden, Keller und Bunker füllen sich. Auch im Hause Gindullis gibt es eine Speisekammer, versteckt unter einem Flickenteppich im kalten Schlafraum der Großeltern, eine Bodenluke in den Dielen, mit versenkbarem Griff. Ist die Luke geöffnet, wird sie von zwei Eisenketten aufrecht gehalten. Ein Treppchen führt hinab in den anderthalb Meter hohen und zwei mal drei Meter breiten Raum. Auf Flachbänken und Regalen lagern Steintöpfe verschiedener Größen und Formen, gefüllt mit eingelegten Gurken in gewürztem Essigsud, Pökelfleisch, eingewecktem Obst und Gemüse aller Art. Auch in Schnaps gegorene Beeren. Nackte Hühnerleiber, Enten, geräucherte Würste hängen mittig im Raum. Schüsseln mit Eiern, Schälchen mit Kräutern, Säcke voll Mehl, Zucker in Blechkannen, in einer Kiepe Kartoffeln und Rüben. In den Sommern halten Körbe mit Stücken aus winters geschlagenem Eis die verderblichen Lebensmittel frisch. Eine zweite Speisekammer hat es mal im Hof gegeben, doch die zerfiel ein Jahr nach Kriegsbeginn, weil die Stützbalken nicht erneuert wurden und zerbrachen. Heute ist ein Dornengestrüpp darüber gewachsen.

Es duftet nach Kuchen im Unterhaus. Mutter und Tochter kneten und rollen den Zuckerteig, stechen Formen und schieben diese auf einem Blech in den Ofen. Im Dezember ist fast jeder Tag ein Backtag. Unmengen an Keksen, Pfeffernüssen und Gewürzkuchen lagern bereits abgedeckt in Körben und Schüsseln. Hilde putzt das Haus. Am Morgen haben sie und

Karl gemeinsam Stollen und Kekse gebacken. Es kommt selten vor, dass Karl am Ofen steht. Meist nur, um den Deckel anzuheben und am Mittagstopf zu riechen. In der Speisekammer hat er die Vorräte geprüft, herausgesucht, was zum Jahresende verbraucht werden muss. Einen Rumtopf trug er in die Küche, eingesalzene Pilze und Gemüse, Tonkrüge mit Pflaumenmus und in Zucker kandierte Früchte. Zum Haltbarmachen waren diese Töpfe mit Rindertalg und einem Tuch umschlossen und zugebunden.

In der Schule wird geschmückt, die Räume und der Flur stehen in lichtem Glanz. In wochenlanger Vorbereitung basteln die Schüler aus Zapfen, Eicheln, Hölzern und Blättern Weihnachtsdekoration, stecken Kränze aus Trockenblumen und fertigen Christbaumschmuck für die Kirche und fürs Klassenzimmer. Farbenfrohe Kugeln zieren Wände, Türen und Fenster. Tischdecken schmücken den Lehrerpult. Auf Ablagen und Fensterbrettern sind Nadelzweige ausgelegt, auch Strohblumen und silbern bemalte Zapfen. An jedem Nachmittag proben gegenüber die Damen des Kirchenchors, singen so laut »Oh, du Fröhliche«, dass die Kinder es auf dem Vorplatz hören.

Zehn Tage sind es bis zum Fest. Der Vater ist noch nicht da. Niemand weiß, ob er kommen, ob überhaupt ein Vater nach Plicken zurückkehren wird. Ohne ihn will Alinka keinen Weihnachtsbaum, das hat sie klargestellt. Nur mit dem Vater geht sie in den Wald. So liegt sie zu später Stunde wach in ihrem Bett, zieht die Gardine beiseite und blickt hinauf in die Finsternis. Gedanken erfassen sie, Gedanken an Heiligabend im vorigen Jahr. Immer muss sie daran denken, wenn es Nacht geworden ist und wenn der Schlaf nicht kommen will. Bilder aus der Ferne rasen zu ihr ins Zimmer, benebeln sie mit Erinnerungen vergangener Weihnachtsfeste. Der Baum ragte in jedem Jahr bis an die Decke. Kugeln aus dünnem Glas hingen an seinen Zweigen. Äpfel, Bänder, Silber- und Goldpapier, bemalte Nüsse hatte er zu tragen, auch Kekse und Basteleien. Auf seiner Spitze steckte ein selbstgefertigter Engel aus Watte und Pappmaschee.

Mutter und Tochter verrührten Eier, Mehl und Zucker, rollten den Backteig aus, stachen Formen und verzierten sie mit Nüssen. Das Blech kam in den Ofen, ein fertiges kam heraus. Drei oder vier Christstollen backte Hilde schon in den Morgenstunden, die, mit Puderzucker bestreut, das Stubenschränkchen füllten. Der Großvater spannte den Pferdeschlitten an, einen auf langen, eisenbeschlagenen Kufen und vorn abgerundeten Holzkasten. In Decken gehüllt besuchten sie an Heiligabend die Kirche. Alinka und Emma aßen Pfeffernüsse auf dem Weg dahin und wünschten allen Nachbarn ein frohes Fest. Zurück in der warmen Stube, wurde der Gänsebraten aufgetischt mit Klößen, Rotkohl und Sauerkraut. Hilde hatte beim Kaufmann teures Königsberger Marzipan bestellt. Karl und Gustav schnitzten oder flochten kleine Möbel für Alinkas Puppenstube. Weihnachtslieder wurden gesungen. »Vom Himmel hoch«, »Stille Nacht«, »Süßer die Glocken nie klingen«, »Es ist ein' Ros' entsprungen«. Dabei betrachteten sie stets den herrlich geschmückten Baum.

Apfelmost ergoss sich in jedes Glas. Gustav nahm seine Tochter auf den Schoß und sang mit ihr »Oh, Tannenbaum«, während Karl sie auf dem Schifferklavier begleitete. Dann verließ der Großvater das Haus, wollte im Stall nach seinen Tieren sehen, ihnen eine Extraportion Hafer in den Bottich werfen. Es polterte an der Tür, Alinka erschrak. Hinein kam kein anderer als der Weihnachtsmann selbst. Mit rotem Umhang und Zipfelmütze trat er in die Stube. Ein Seil hatte er sich um den Bauch gebunden, darunter klemmte eine Fichtenrute. Auf dem Rücken hielt er einen Kartoffelsack. Alinka sang ein Lied oder trug ein Gedicht vor und bekam ihr Geschenk überreicht. Der Weihnachtsmann trank ein Glas Schnaps und stapfte wieder zum Hof hinaus. Nach einer Weile kam der Großvater zurück, der, wie in jedem Jahr, den Weihnachtsmann verpasste und darüber verärgert war. »So e Schietkram ook!«, rief er und schlug die Faust in die Hand. Sein Gesicht aber zeigte keinen Unmut.

Was dem Mädchen indes noch mehr freute, war das lange Aufbleiben an diesem Tag. Denn die Erwachsenen fuhren abends noch zur Kirche, zum Weihnachtsgottesdienst. Auch am Ersten und Zweiten Weihnachtsfeiertag wurde richtig gut gegessen, es wurden die allerschönsten Geschichten erzählt. Nachbarn kamen an die Tür, brachten Gebäck und sprachen ihren Segen aus.

Noch fünf Tage, noch vier, noch drei bis zum Fest, der Vater kommt und kommt nicht heim. Auch am Morgen des Heiligabend, auf dem Weg zum Gottesdienst und zur Feier in der Kirche treffen keine Väter ein. Da hilft kein Umsehen nach der Tür, sie bleibt verschlossen, niemand tritt während der Weihnachtsfeier verspätet herein. Pfarrer Johannes redet ohne Punkt und Komma, der Damenchor trällert los: Stille Nacht, heilige Nacht. Still ist es auch in ihr, in Alinka, dass der Gesang nur noch ein Rauschen erzeugt. Es soll kein vaterloses Leben sein. Das aber droht es zu werden, wenn er nicht wiederkehrt. Weder Brief noch Telegramm fanden den Weg ins Heimatdorf. Wo steckt er nur, in welchem Teil der Welt, auf welchem Grund und Boden? Geliebter Vater, Ehemann und Sohn. Lebensfurcht macht sich breit, ein Gefühl unbeschreiblicher Sehnsucht. In einem solchen Moment hört Alinka ihren Namen. Nicht die Stimme des Vaters, der Mutter, des Alten reißt sie ins Hier und Jetzt, es ist die Stimme von Dorothea Horn, der Lehrerin im schwarzen Kirchenkleid. Gutgesinnte Blicke der Dorfgemeinde setzen sich auf Alinka nieder. Es wird gefordert und darum gebeten, sie möge doch noch mal das Lied der Elche singen, weil's so schön war und weil's das Herz berührte.

Frau Horn hat die Gitarre schon in der Hand. Ihr fieberhaftes Winken, ihr neckisches Lächeln bewegen das Mädchen aber nicht, sich zu erheben. Was hat es denn für einen Sinn? Erst das liebevolle Appellieren des Großvaters bewirkt, dass sie sich rührt, sich durch die Reihen pfercht und unter Applaus zur Lehrerin aufs Podest steigt. Frau Horn nimmt Platz, das Mädchen steht da. Im gut gefüllten Gotteshaus wird es still. Die Saiten erklingen, der Akkord ist durch, Alinka aber steigt nicht mit ein, sie schweigt. Frau Horn spielt von Neuem den Takt. Elisabeth faltet die Hände und lächelt nach dem Kind. Der zweite Takt ist durchgespielt, da erschallt Alinkas Stimme, so rein, so klar. Nun darf es auch der Großvater miterleben. Seine Augen schimmern feucht.

Am Nachmittag strahlt ein roter Himmel im Westen. Hilde beträufelt die Ofengans mit Soße. Mit Backpflaumen hat sie sie gefüllt. Trotz der festlichen Tafel mangelt es an Weihnachtsstimmung. Auch jetzt in diesen letzten Stunden bleibt die Tür verschlossen. Alles Wünschen ist zwecklos. Tränen rinnen über bis dahin hoffnungsvollen Gesichtern, verschwimmen im Kerzenschein. Die Frage, ob er lebt oder nicht, ist in diesem Hause untersagt. Er ist am Leben und kommt wieder. Vielleicht nicht heute und nicht morgen, aber irgendwann ganz sicher.

Hilde serviert den Braten. Zwischen Kartoffeln mit Schnittlauch hat er seinen Platz gefunden, auf einem weißen Teller und einer weißen Tischdecke. Sie selbst möchte am Mahl nicht teilnehmen, wischt sich die Hände an der Schürze ab, legt im Ofen ein paar Scheite nach und verschwindet in der Kammer. Dennoch wird gegessen. Nicht umsonst soll die Arbeit am Herd gewesen sein. Karl schneidet die Gans entzwei. Zum ersten Mal überhaupt steht zu Weihnachten kein Baum im Haus. Die Ecke neben der Tür zum Garten, wo sonst die Kiefer ins Deckengewölbe ragt, ist nun frei und ungenutzt. Ein stummes Fest der Familie. Zaghaft mahlen die Kauwerkzeuge, klappern Besteck und Teller. Der Wecker im Regal tickt lauter noch.

Nicht einmal der halbe Braten ist gegessen, da hält es auch den Großvater nicht mehr aus. Er nimmt die Jacke vom Haken und schließt hinter sich die Tür.

Die Stille im Hause hat ihren Scheitelpunkt erreicht. Dunkler Frühabend klafft hinter den Scheiben zum Garten raus. Alinka schiebt den Teller weg. Die Kartoffeln und der Rotkohl sind gegessen, das Fleisch liegt noch darauf. Was ist das für ein Weihnachtsfest? Im vorigen Jahr war alles anders, da wurde getanzt, gesungen, musiziert. Vater und Tochter lärmten die Treppe rauf, er trug sie auf seinen Schultern wieder hinab. Wenn auch nur für wenige Tage dieser Zauber anhielt, er war da und krallt sich in die Erinnerung. Nun hat die Tristheit ihren Sieg errungen. Hilde im Bett, Karl bei seinen Tieren, der Wecker tickt und tickt.

Elisabeth legt das Geschirr zusammen, deckt den Braten ab. Sie bittet Alinka zu sich auf den Hocker und nimmt ein Fotoalbum zur Hand. So blättern sie die Jahre fort, nach hinten, in der Zeit zurück. Er und sie zur Vermählung 1932, die Tochter im Strampelanzug ein Jahr danach. Familienfoto zu dritt im September 1940. Eine Bernsteinkette hatte er seiner Liebsten zum achten Hochzeitstag geschenkt. Die Bilder reiben auf, sie schmerzen. Das Album klappt wieder zu. So folgt Bescherung zu zweit. Aus knisterndem Papier befreit Alinka ein Märchenbuch der Gebrüder

Grimm. Die Dankbarkeit ist groß, sie bewirkt Heilung für den Moment. Doch seltsam rieselt der Heiligabend fort, hinein in die Vergänglichkeit. Der Abend wird zur Nacht, die Nacht zum Morgen, und der Morgen zum Tag.

Die Jahreswende kündigt sich an, sie besteht für einen Augenblick, bis sie verfällt und in Vergessenheit gerät wie das ehemalige Jahr. Ein neues, frisches tritt in Erscheinung, ein vielleicht besseres. Soll kommen, was kommen mag. Auch in diesem Winter tun die Memelländer auf dem Lande, was sie immer schon taten, sie nutzen die dunklen Monate zum Häkeln und Nähen, zum Ausbessern von Kleidungstücken. Betten werden mit Stroh und Federn gestopft, Knöpfe angenäht, Socken gestrickt und Wolle gesponnen, ein knarrender Holzdielenboden repariert. All das, wofür im Sommer keine Zeit vorhanden war. Es sind die Abende des Lesens. Großvaters Regal ist bestückt mit Werken von Zola, Busch und Kant. Man sagt, er lese alles, was ihm zwischen die Finger gerät. Es sind auch die Abende, an denen die Familien in den Stuben sitzen und sich Geschichten erzählen, während das Holz in den Flammen knistert. Die Abende, an denen sie ihre Freuden und Sorgen teilen und sich versprechen, füreinander da zu sein, ob nun hier in Plicken oder sonst wo im Deutschen Reich.

Ein weißes Meer mit steifen Dünen beginnt am anderen Straßenrand. Was einmal der Familienacker war, ist nichts mehr als farblose Wüste ohne Anfang und Ende. Winde wehen Schneestaub in luftige Höhen auf, wirbeln Fontänen empor, die zerbersten und andernorts wiedergeboren werden. Der Graben hat einen Teil der Wehen geschluckt, die der kalte Ost fast täglich über die Straße drückt. Die freigeschaufelten Gänge im Hof wachsen tiefer, je mehr des weißen Niederschlags an ihren Seiten aufgeschichtet wird. Jeden Tag aber müssen die Stuten raus, für eine Stunde auf die Winterweide, wo sie in flach gewehtem Schnee nach Gräsern scharren. Wer hat, spannt seinen Pferdeschlitten an. Im Wald ist Hochsaison. Axtschläge hallen über die Ebenen, ratschende Sägen, Kommandos an die Zugpferde, die die gesägten Stämme aus dem Dickicht zerren.

Karl hockt mit der Lesebrille und einer nicht mehr aktuellen Zeitung aus der Stadt in seinem Sessel am Fensterplatz, von dem aus er in den Garten blicken kann. Das Windgeheul, die lodernden Scheite im Kachelofen und das Ticken des Weckers bilden eine Komposition. Am Morgen schlug er im Hof das Holz. Hin und wieder entledigt er sich eines Flohs und zerdrückt ihn mit den Daumennägeln, bis es knackt. Der Ziegelsteinfußboden im Küchenbereich ist mit Flickenteppichen ausgelegt. Nur die Herdstelle wurde ausgelassen, damit kein Funke einen Brand verursacht. Decken hängen an der Innenwand zum Hof, damit der Eiswind draußen bleibt. Alle Stunde wackelt auf der Straße ein Pferdegespann vorüber. In der nächsten Früh muss er wieder los zum Fischer nach Memel, Aale stechen auf dem zugefrorenen Haff. Ohne dies Zubrot sähe es übel aus. Hilde trägt ein Tablett mit Kuchen an den Tisch. Es ist ihr letztes gemeinsames Mahl für mehrere Wochen. Liebchen nennt er sie an solchen Tagen.

Die Mädchen sitzen oben in der Kammer, bürsten sich das Haar und flechten einander Zöpfe. Emma hat Nusskuchen von zu Hause mitgebracht, gebacken von ihrer Mutter. Warm und kuschelig sind die Federbetten, derer Elisabeth reichlich ausgebreitet hat, gestopft mit Daunen, Stroh und Sägespänen. Der Tag ist müde, er neigt sich schon. Wind weht durch undichte Stellen im Haus, verfängt sich im Wandspind neben der Tür und klagt sich fort in die Elternkammer, um anderswo wieder hinauszugelangen, durch den Garten und ins Dunkel des Waldes. Ohne ihn wäre es totenstill in diesem Land. Keine Tür würde knarren, keine Kerzenflamme tanzen, nichts die Gardinen in Wallung bringen. Er heult und jammert, er pustet, wie er es immer schon getan hat. Es ist die ruhige, die einsame Zeit des Jahres, in der das Leben einzuschlafen droht. Die Zeit, in der gestrickt, genäht, gehäkelt wird, in der die Kinderkleider dem Wachstum angepasst und mit Flicken ausgebessert werden.

Über die Jahre gesammeltes Gefieder wird nun in die Daunenbetten gestopft und festen Gänsefedern die Spitze schräg angeschnitten, um sie, in Tinte getaucht, als Schreibwerkzeug zu nutzen. Die Ausflüge nach dem Unterricht sind fern, als seien sie nie dagewesen, als seien sie nichts als Träume, die einmal kamen und wieder gingen. Der Sommer ist nur eine Fantasie, ein Trugbild mit zweifelhaftem Ziel. Hat es sie wirklich gegeben, die Nachmittage am Bach und auf dem Feld, das Waten in knietiefem Wasser unter den rauschenden Birkenkronen? Die Erdbeeren im Garten, sind sie nicht auch nur die Früchte einer Täuschung und Teil einer gemeinen List an den Verstand? Woran ist zu glauben, woran festzuhalten? Ostpreußens Winter sind lang. Was sie packen, wird unterworfen. Eines Tages wird der Frühling kommen. Was aber ist mit dem Vater? Kein Lebenszeichen seit September, seit dem Geburtstagsgruß an die Tochter. Hilft es, in Sorge zu verfallen, sich das Schlimmste auszumalen? Zu viele Gedanken machen krank. Hoffnung bis zuletzt. Weitermachen, atmen, vegetieren. Einmal wird es besser und die Familie wieder beisammen sein.

Schon in der sechsten Morgenstunde verlässt Karl Gindullis das Haus. Diesmal ist es das seine Gespann, das da in klammer Früh vom Hofe scheidet. Die Pferde, in Decken gehüllt, schütteln ihre Häupter. Den warmen Stall haben sie verlassen, eine kalte Landstraße erwartet sie. Noch viel früher ist der Großvater zu ihnen gegangen und hat das Futter in die Krippe geworfen. Denn ein bis zwei Stunden benötigen sie zum Fressen, um Kraft zu tanken, ehe er sie anschirren und von ihnen Leistung erwarten kann. Alinka, noch in den Kleidern der Nacht, sieht es von oben mit an, sieht, wie sich die Silhouette aus Wagen, Mensch und Tier in die Finsternis aufrafft. Ihre Sinne sind so leer und düster wie das Nichts hinter dem Fensterglas. Wieder fährt einer davon, reißt in die Familie ein Loch, so groß wie der Bauernpfuhl im Ort. Muss es denn so sein? Können nicht endlich alle wiederkehren und für immer bleiben? Hier gehören sie doch hin, hier nach Plicken, nicht nach anderswo.

Im Stall gibt es an diesem Morgen wenig zu tun. Großvater hat die Kuh gemolken, das Federvieh und den Eber gefüttert, auch den Bock versorgt und die Karnickel, sogar der Katze ihr Schälchen hingestellt. Das Sabbern und Schmatzen der Tiere kommt gegen das Schweigen im Pferdegestüt nicht an. Da schabt und tritt in diesen Frühstunden nichts, da erschallt kein Wiehern und kein Schnauben, die Buchte ist leer. Des Winters kalte Tage, sie beginnen erst. Der Neuschnee im Hof ist beiseite geschippt. Zu unmöglicher Zeit ist der Großvater aus dem Bett gestiegen, um seinen Damen möglichst wenig Arbeit zu hinterlassen. In der Küche hat er den

Ofen gefüllt, das Brot in Scheiben geschnitten. Der Fleiß, den dieser Mensch zutage trägt, ist mit Gold nicht aufzuwiegen.

Als der Morgen eine Stunde älter ist, stapfen die Mädchen ins Dorf. Nicht alle Kinder sind rechtzeitig da, und manche, die weiter draußen leben, werden gar nicht erst erscheinen, solange die Wege nicht ausreichend vom Schnee befreit sind. So ist es auch heute ein halbleerer Klassenraum und eine vom Schnupfen geplagte Lehrerin, die permanent erwähnt, wie wichtig warme Füße sind. In der Pause gibt Herr Jaskuszeit Bratäpfel aus, die in den Kachelöfen aller Zimmer gereift sind. Vanillearoma zieht durch das Schulgebäude.

Im Hof kratzt die Schneeschaufel des Herbert Potschka, ein Alkoholinvalide, der durch andauernde Misswirtschaft sein Gut abzutreten hatte. Alles verlor der einstige Bauer, zuerst die Frau, dann Haus und Hof, sieben Hektar bestes Ackerland und beinahe auch sich selbst. Er war daran, sich aufzugeben, dem Schnaps die Vormacht zu überlassen. Nun pfeift er seine Melodie, das immer selbe Lied, eine ausgedachte Tonfolge, niemals etwas anderes. Der Pfarrer nahm sich seiner an und gewährte ihm Asyl im Kirchenkeller. Mit einfachsten Aufgaben beschäftigt er ihn, um zu zeigen, dass auch er ein Teil der Gemeinde ist, und um ihn vom Alkohol wegzubekommen. Im Sommer harkt er die Gräber auf dem Friedhof. Wenn er doch mal von irgendwem einen Liter Selbstgebrannten erbettelt hat, wankt er mitunter recht weit über die Felder, um in einer Ackergrube und unbeachtet vor des Pfarrers Augen sein Fläschchen Schnaps zu leeren.

Am kommenden Morgen ziehen Schneegestöber so harsch über die Lande, dass keines der beiden Mädchen sich zur Schule aufmacht. Auch am nächsten und am übernächsten Tag wird keine Schule sein. Den Unterricht besuchen nur die Kinder, die im Dorfkern wohnen. Nach dem Wochenende und neuerlichem Schneefall, dem Blick vom Hof über die zugewehte Straße ist klar, dass vorerst niemand weite Wege gehen wird. Tagelanger Südwestwind hat eine Zauberwelt erschaffen. Nochmaliger Oststurm treibt Eiseskälte ins Memelland. Eingehüllt in Schal und Mütze, in Jacke und Wollpullover verrichtet Alinka die Arbeiten im Stall. Ihre Wangen sind rot und die Finger gefroren. Vor dem Waschen am Morgen zerschlug sie zuerst das Eis in der Schüssel. Das Unterhaus war kalt geblieben, niemand außer ihr verließ das Bett, um Herd und Kachelofen anzufeuern. Hilde plagt das Fieber, auch das Kreuz macht ihr zu schaffen. Nun schippt das fleißige Mädchen Gänge in den Schnee. Eine Fuchsspur führt vom Hofe weg. Bald jede Nacht schleicht der Räuber hindurch. Hinter den Birkenzweigen blendet eine trügerische Sonne. In jeder freien Stunde nun wird Alinka die Märchen ihres Buches lesen und dabei das Aschenputtel und Dornröschen besonders liebgewinnen.

Als am Vormittag Mutter und Tochter einen Gemüsetopf zubereiten, schlurft Hilde im Nachthemd in die Küche. Kein Wort kommt über ihre Lippen, sie sieht nur nach dem Rechten, überzeugt sich der Gewissheit, dass kein Schindluder getrieben wird in ihrem Arbeitsbereich. Sie ist die Herrin der Küchenecke, niemand sonst. Mit garstigem Nicken sieht sie in den Topf hinein, greift nach des Mädchens Hand, mit der es eine geschälte Kartoffel festhält. Glutrot ist der Kopf der alten Frau, schleppend ihr Gang zurück in die Kammer.

Ein Tag, so trist und einsam, nimmt seinen Lauf. Hilde liegt im Bett. Das Mittag, das Elisabeth ihr brachte, hat sie nicht angerührt. Sie kauert und murmelt Gebete, dreht sich bei schwachem Kerzenlicht von der einen zur anderen Seite. Wenn sie nur könnte, dann würde sie nun aus dem Leben scheiden, so quälend nagt der Kummer in ihr. Die Last einer Seelenkrankheit hat sie befangen. Nur ihr Mann und der Sohn vermögen diese zu heilen.

Die letzte Kerze im Unterhaus ist erloschen. Im Ofen lodert weiße Glut. Rätselhaftes Knistern in der Dunkelheit. Geräusche oberhalb der Treppe, die Stimmen von Mutter und Kind, ein Flackern im Türspalt zur Elternkammer. Elisabeth legt Wäsche zuhauf, Alinka bürstet sich vor dem Spiegel das Haar. Hin und wieder summen sie ein Lied. Es sind Melodien gegen die Tristheit kalter Wintertage, gegen die Melancholie und der Abwesenheit geliebter Menschen. Einst war alles anders, da verbrachten sie die kalten Monate gemeinsam, da gab es keine Trübsal. Im vergangenen Jahr noch herrschte Gelassenheit in diesen Tagen, da schien es gewiss, dass der Soldatenvater wiederkommt. Es gab Feldpost und Garantie, er war nicht verloren im Nebel der Endlichkeit. Hoffnung war Gast in diesem Hause.

Doch Hoffnung ist ein starkes Wort, eines, das kaputtmacht, wenn diese nicht besteht. Festhalten und daran glauben, immer wieder voran. Doch was ist, wenn der letzte Funke im Herzen nicht willens ist, wenn er sich weigert, sich verwehrt? Hausarbeit wirkt der Grübelei entgegen, doch sie kann den Zwischenraum nicht füllen, sie lindert den Schmerz nur in diesem Moment. Danach prallt sie mit großer Wucht auf ihr Opfer und erdrückt es unter einem Meer aus Tränen. So ergeht es auch Elisabeth in dieser Sekunde, eben noch sang sie das Lied der fünf Schwäne, nun fallen ihr die Hände in den Schoß. Ein tiefes Schluchzen, unterdrücktes Leid. Sie will nicht, dass Alinka sie weinen sieht. Im Nu schwenkt sie herum und vergräbt den Kopf in den Decken ihres Bettes. Das Wimmern der Mutter erweicht die Tochter und bringt auch sie zum Heulen. Sie krabbelt zu ihr ins Daunengedeck, drückt sie, herzt sie, streichelt ihr durchs Haar, zeigt ihr, dass wenigstens sie zusammen sind und dass sie doch einander haben.

Zwei Wochen darauf ist Karl zurück, früher als geplant. Stetiger Ostwind hat das Weiß auf den Straßen und Äckern verweht. Neuschnee gab es keinen mehr. Der Großvater nutzte die Gunst der Stunde und kehrte heim, weil er sich sorgte um Mensch und Tier. Da sitzt er nun im Korbsessel am Fenster und stopft zufrieden seine Pfeife. Schwaden dampfen zur Decke rauf. Er nimmt die Pfeife aus dem Mund und erzählt vom Eisfischen und vom Aalstechen auf dem Haff, das voller Menschen war. Eissegler, Schlittschuhläufer und Segelschlitten überall. Winterzeit war in Ostpreußen schon immer Schlittschuhzeit. Aale hat der Großvater mitgebracht, einige so lang und so dick wie ein Schwanenhals. Er versichert seinem Liebchen, den eigens für ihn gestrickten Wollschal und die Pelzhandschuhe stets am Leibe getragen zu haben. Mit Hingabe berichtet er von den Eisstraßen zwischen der Nehrung und dem Festland, die jedes Dorf verbinden und durch Kieferäste und Bäumchen im Abstand von einer Gartenlänge abgesteckt sein würden. Manch einer, so sagt er, hätte gar bei Nacht das Haff überquert und sei außerhalb der markierten Linien in einem Wasserloch ertrunken. Hilde sitzt nicht weit von ihm und hört aufmerksam zu. Seine Rückkehr ist für sie die einzige Medizin.

Das Leben in Plicken geht weiter, die Mädchen besuchen wieder die Schule und horchen den Worten der Lehrerin. In den Pausen werden Schneemänner gebaut. Die vereisten Schulhofpfützen nutzen die Kinder zum Schlittern. Wie schon immer, so kommen auch in diesem Jahr die Seidenschwänze zu großen Scharen aus dem hohen Norden zur Überwinterung ins weniger kalte Mitteleuropa geflogen. Hunderte, Tausende sind es, die an sonnigen und windstillen Tagen in den Bäumen sitzen, um jedes Geäst nach verbliebenem Obst und nach Beeren abzusuchen.

Als nach dem Unterricht an einem dieser ruhigen Nachmittage gerade ein Pferdewagen die Straße runterkommt, hängen die Kinder ihre Schlitten dran und lassen sich kutschieren. Es ist der alte Tischler Erich Kraft mit seinen tauben Ohren, der nicht mitbekommt, was hinter dem Wagen geschieht. Mehr und mehr Kinder machen sich daran fest, legen die Bandschlaufen um die Schlitten ihrer Vorderleute. Mancher liegt und mancher steht auf seinem Gefährt. Kinderlachen erschallt bis weithin. Der Tischler aber kriegt es nicht mit, er sitzt nur da und schaut nach vorn, gibt seinem Gaul die Rute. Im Trott und in völliger Gelassenheit trabt der gefleckte Schimmel auf der Südstraße fort. Emma und Alinka lösen sich vor ihren Höfen und sehen den kichernden Mitschülern nach, die da weiter gleiten, ungesehen ihres Chauffeurs.

Kindertage in der Heimat

Monate ziehen lautlos dahin. Ein später Frühling kommt, Weidenkätzchen blühen. Die ersten Störche kehren zurück und basteln an ihren Horsten. Auf dem Dach von Gindullis sind sie einen Tag früher als drüben bei Kirwitzke. Bis weit ist ihr Klappern zu hören. Dabei legen sie den Kopf nach hinten, aufs Rückengefieder, und richten ihn langsam nach vorn. Der männliche Storch tritt flügelschlagend auf dem Rücken des weiblichen Storches herum und schnäbelt mit gesenktem Halse auf dessen Brustgefieder.

Eine erste Schneeschmelze hat es im März gegeben, die die Äcker in breiige Flächen wandelte. Der Ekittbach schwoll auf die doppelte Wasserhöhe an. Im Hof und im Garten legte Karl Gindullis Mauerziegel und Bretter aus, um trockenen Fußes zum Wäscheplatz und an die Ställe zu gelangen. In kalten Frühlingsnächten gefroren Pfützen zu neuerlichem Eis, das ein Kindergewicht geradeso hielt. Die kalte Jahreszeit schien dennoch geschlagen. Als alle Vorbereitungen getroffen waren und der Feldanbau beginnen sollte, stahl sich beißender Dauerfrost noch mal zurück und bescherte den Landwirten drei untätige Wochen hinterdrein. Zu unterschätzen ist er nicht, der ostpreußische Winter. Er kann auch im späten April seine Kräfte noch mal demonstrieren und innerhalb weniger Stunden das Land in eine Märchenwelt verzaubern.

Wieder ist das sehnsuchtsvolle Plätschern des Baches zu hören. Eine löchrige Eisschicht ist geblieben, unter der sich der Sandgrund zeigt. Ein Bächlein, das, einer Schlange gleich und jeder Vergänglichkeit zum Trotz, sein Wässerchen nach Süden treibt. Vielleicht von der Idee besessen, einen Teich, einen Fluss oder gar das Haff zu erreichen. Woher er kommt, dieser Bach, wo er seinen Ursprung hat, das weiß keiner so genau. Der Dange soll er entspringen, so erzählt man. Er kommt, er führt hindurch und verläuft sich im Nirgendwo.

Ein Erlass zur Einschränkung in der Kleintierhaltung trifft die Bauern hart. Ab sofort darf pro Kopf je Familie nur noch eine Gans, ein Huhn, eine Ente und ein Kaninchen gehalten werden. Alles Schlachtvieh darüber hinaus ist abzuliefern, um es zur Versorgung der Stadtbevölkerung und dem Militär bereitzustellen. Wer sich dieser Verordnung widersetzt, riskiert bei Hofkontrollen erhebliche Strafen.

Im Unterhaus riecht es nach Stall. Karl hat die Pferde zur Koppel geführt, auf die Frühlingswiese. Eben stapfte er durch die Küche und zum Garten raus, schlägt nun das Eis im Teich mit einer Stange entzwei, damit es schneller taut. Im Hof zanken Minka und einer von Kirwitzkes Streunern. Immer wieder muss sie ihre Futterschale verteidigen. Wenn in den nächsten Tagen die Paarungszeit beginnt, tragen die Katzen Revierkämpfe aus.

Hilde bestreicht Stullen mit Gänseschmalz. Pellkartoffeln mit Quark, Speck und Salz warten zum Verzehr auf dem Mittagstisch. Die Zuversicht in ihr ist wieder da, mit großer Tatkraft gibt sie sich der Hausarbeit hin, hat in den Morgenstunden Brot gebacken, das nun abkühlt, bevor es in die Lagerschränke kommt. Ein Brot nach altem Rezept, mit getrocknetem Lauch verfeinert. Zweimal im Monat backt sie selbst, wenn die Gesundheit es ihr erlaubt. Jedes Wochenende aber füllt sie den Backofen mit Kuchenteig, stellt rechteckige und runde Blechformen dahinein. Es ist eine schweißtreibende Arbeit, die reichlich Mühe erfordert. Mit bloßen Händen rollt sie nun die letzten Kartoffeln aus der Ofenasche. Der Großvater kommt zur Tür herein, auf seinen Schultern ein Bündel Brennholz aus dem Schuppen. Einen Becher heißen Malzkaffee reicht sie ihm. »Mejn Herzing«, nennt er sie und gibt ihr einen Kuss auf die verrußte Stirn. Vom Tisch aus sieht es Alinka mit an und kann kaum glauben, dass da ein Lächeln auf der Großmutters Gesicht gelegen hat, eines, das weniger als einen Moment lang bestand und vielleicht nie wieder da sein wird. Als auch Elisabeth zu Tische rückt, stimmt Alinka zum Gebet: »Unser täglich Brot gib uns heute ...«

Zum Osterfest kommen, wie in jedem Jahr, aus Insterburg Elisabeths Schwester Martha Eichlohn und die Kinder zu Besuch nach Plicken. Noch vor der Lebensmittelrationierung und der gesetzlichen Zuteilung durch Karten und Bezugsscheine brachten sie von ihrer Durchreise aus Tilsit stets einen runden Laib Käse mit. Nun ist es bloß ein Kanten von wenigen hundert Gramm, in Pergament gewickelt.

Die Kinder, das sind der fast vierzehnjährige Wilhelm, die zwölfjährige Maria, die elfjährige Margarethe und Walter von drei Jahren. Auch deren Vater, Heinrich, hat der Krieg geschluckt. Die Schwestern Martha und Elisabeth verloren früh die Eltern und verbrachten einen Teil ihrer Kindheit in einem kirchlich betreuten Waisenstift im Norden Insterburgs. Zuerst traf es die Mutter, erkrankt an Hirnhautentzündung, dann den Vater bei einem Arbeitsunfall in der Fabrik. Martha ähnelt ihrer jüngeren Schwester wie einem Zwilling, nur dass sie etwas korpulenter ist und das Haar meist offen trägt. Ihre Töchter Maria und Margarethe wiederum kommen äußerlich mehr nach dem Vater, der in seinen besten Jahren ein schöner Mann gewesen sein soll. Die beiden Mädchen tragen das Haar mit Nadeln oder Spangen versehen. Die flachen Nasen der Eichlohns runden ihr Schrägprofil jäh ab und bewirken einen anderen, etwas fremdartigen Blick, der von vorn nicht zu erwarten ist.

Das Bauernhaus füllt sich mit Leben. Die Mütter haben sich viel zu erzählen. Ungewohnte Kinderstimmen treiben Hilde in ihre Kammer. Die Mädchen jagen die Treppe rauf und runter. Karl beordert die Bande hinaus in den Garten, damit Hilde das Essen zubereiten kann. Es wird Fangen und Verstecken gespielt. Auf dem Dach klappert das Storchenpaar. Die Kinder singen zu ihnen empor: »Auf unsrer Wiese gehet was, watet durch die Sümpfe.« Auch der Garten füllt sich mit Leben. Das lockt Emma heran, sie klettert über den Holzlattenzaun und begrüßt Alinkas Verwandtschaft. Wieder wird gesungen, diesmal stimmen die Memelländerinnen an, und zwar das Lied der Elche.

Nach einer Weile ist ein neues Spiel aktuell. Alinka legt Papierschnipsel mit den Namen aller Beteiligten auf die Wiese. Der Wind soll entscheiden. Das Papier, welches zuerst den Zaun erreicht, wird ausgewickelt und der Name verlesen. Diejenige hat eine Pflicht zu erfüllen. Ein erster Luftzug lässt nicht lang auf sich warten. Die Schnipsel wehen eines dem anderen nach übers Grase. Das eine wird vom nächsten, das nächste vom übernächsten eingeholt. Eines von ganz hinten überholt sie alle, erreicht zuerst den Zaun. Alinka wickelt es aus und liest den Namen »Margarethe«. Es wird sich beraten, welche Aufgabe ihr zuteil werden soll. Man kommt überein, sie bis zu den Knien in den Teich hineingehen zu lassen. Die Zwölfjährige hockt sich ans Ufer und zieht die Schuhe aus. Da ruft Elisabeth aus der Tür, die Kinder sollen den Unsinn lassen und die Pferde von der Koppel holen.

So schreiten die vier Mädchen und auch der Junge, Wilhelm, vom Garten ins Haus und auf anderer Seite in den Hof und auf die Straße. Den Graben können sie nicht überwinden, er führt noch zu viel Wasser. Sie folgen seinem Ufer nach Süden, dort gibt es einen Steg aus Brettern. Drüben, am Nordrand von Großvaters Feld, da zupfen Lotti und Lumpi die Frühjahresgräser von den Wurzeln. Alinka übersteigt das Gatter, ruft die Stuten zu sich. In aller Ruhe traben sie heran, schnauben und schütteln die Häupter. Sie bindet ihnen den Strick ans Zaumzeug und führt sie hinter sich her. Den Cousinen aus der Stadt, die selten mit Tieren in Berührung kommen, hilft sie, die Pferderücken zu besteigen. Lotti, das kräftigere Tier, dreht den Kopf zur Seite und starrt mit weiten Augen nach dem Wesen, das auf seinem Rückgrat sitzt. Reitpferde sind es nicht, doch sie lassen es sich gefallen, wenn ab und zu eine streichelnde Hand auf Stirn und Flanke niederfährt.

Zum Abendessen wird ein zweiter Tisch herangeschoben, auf dem sonst Geschirr und Gläser trocknen. In einem Körbchen liegen die in Zwiebelschalensud gekochten und nun braun gefärbten Eier. Alles sitzt, alles betet, nur Hilde ist nicht da. Sie hat das Essen zubereitet, den Tisch gedeckt und sich in die Kammer zurückgezogen. Niemand fragt nach ihr, man ist es gewohnt von anderen Ostertagen. Man respektiert, dass sie keine Gesellschaft will. Sie ist wie ein stummer Geist im Haus, der auch mal explodiert. Darum geht man ihr aus dem Weg, darum fragt man nicht nach ihr. Des Großvaters Anwesenheit ist den Kindern allemal willkommen. Er ist der Garant für gute Laune, für Späße, dafür, dass gelacht, gesungen wird. Neben der Cousine ist er den Insterburger Kindern der zweite Grund, jedes Jahr hierherzukommen. Ein Stück weit ist er auch ihnen ein Großvater geworden. Oben auf dem Dach klappern die Störche ein letztes Mal.

Für zwei, drei Nächte wird es eng in beiden Kammern. Die Mütter und der jüngste Sohn nächtigen im Elternzimmer, Wilhelm und die Mädchen gegenüber. Noch sind sie Kinder und genieren sich nicht, noch ist das andere Geschlecht egal. Da liegen sie nach einbrechender Dunkelheit in ihren Schlafstätten, welche aus einer Vielzahl an Strohmatten und Daunendecken hergerichtet wurde. Alinka und Margarethe teilen sich das Bett. Die Kerze im Regal ist halb heruntergebrannt. Geschichten werden erzählt, über die Väter und vom Krieg. Keines der Kinder aber hat eine echte Vorstellung dieses Begriffs. Für Wilhelm ist Krieg nichts weiter als ein Spiel der Erwachsenen, mit echten Gewehren und Kanonen. Maria, die Älteste, zumindest weiß, dass dieses Spiel gefährlich ist und dass mancher Soldat mit seinem Leben bezahlt.

Vor wenigen Tagen erst hätten sie Post von Vater Heinrich erhalten, berichtet Margarethe. Er würde sie bald besuchen, fügt Wilhelm hinzu. Das ist mehr, als Alinka hat. Ihre Lider beginnen zu zittern wie die Schatten der Flammen an der Wand. Der letzte Brief ihres Vaters kam vor einem halben Jahr. Es ist so ungerecht, denkt sie. Die anderen, auch viele aus der Schule, haben Post bekommen. Sie aber nicht. Was ist das im Himmel für ein Gott, für den sie täglich betet? Den sie bittet und anfleht, er möge ihr doch den Vati wiederbringen. Warum erhört er sie denn nicht, warum quält er sie? Hat er es denn gern, der da oben, dass sie ihn bekniet? In den vorigen Jahren waren diese Abende in der Dachkammer geprägt von Heiterkeit. Gelächter bis in die Nacht hallte durchs Oberhaus, und die Mütter baten stets um Ruhe. Die Stimmung ist vergiftet, die giftige Zutat ist der Krieg.

Das Klappern der Störche weckt die Kinder schon früh, viel zu früh. Stadtmädchen mit zerzaustem Haar recken die Nasenspitzen aus den Kissen. Sie sind das Klappern nicht gewöhnt. Alinka liegt seit Stunden wach, sieht immer wieder zwischen Fenster und Gardine in den blauen Aprilhimmel rauf. Nicht das Klappern hat sie geweckt, es war die innerliche Unruh. Wieder ein Tag ohne den Vater. Was hatte er für eine Stimme? Beginnt sie schon jetzt, ihn zu vergessen? Sie reißt die Decke fort, eilt ins Elternzimmer und kramt das Fotoalbum aus der Truhe. So sieht er aus, der liebe Vater, auch die Stimme ist wieder da. Gar nichts ist vergessen. »Essenszeit, ihr Mäuse!«, erschallt von unten die Stimme der Tante. Auch zum Frühstück gibt es Eier mit bunten Farben, diesmal in Gras und Rotwein gekocht. Sie brechen auf zu einem Osterspaziergang in den Wald, in den Wolfsgrund, wie der Großvater ihn seit jeher nennt. Wölfe aber gibt es dort nicht. Auch Wildschweine, wie andernorts im Reich zahlreich vertreten, sind um Memel herum selten anzutreffen. Zwischen der Stadt und der im Süden des Dorfes gelegenen Plicker Heide sind Begegnungen mit einer ganz anderen Tierart, dem Elch, keine Besonderheit. Als der Großvater und Alinka eines Abends vom Felde kamen, entdeckten sie nicht weit vor dem Hause einen Elchbullen mit gewaltigen Schaufeln aus dem Graben trinken. Sie umkreisten ihn in weitem Bogen. Es war bisher das einzige Mal, dass Alinka ein solches Tier zu Gesicht bekam. In den Niederungen des Haffs, nur wenige Kilometer weg, werden ständig Sichtungen gemeldet, wie in dem Lied des Schülerchors beschrieben. Unweit des Nachbarortes Graumen soll um 1940 herum eine aggressive Elchkuh, die ein Kalb mit sich führte, die Pferde vor einem Zweispänner attackiert und eines der Tiere niedergetrampelt haben. Der Bauer, dem das Unglück widerfuhr, sei es nicht gelungen, den Wagen von der Stelle zu bekommen.

Kaum ist der Wald erreicht, verstecken Martha und Elisabeth die Geschenke. Begehrte Süßigkeiten werden hinter Stamm und Strauch hervorgezogen. Täfelchen aus Schokolade, in Farbpergament gewickelte Bonboneier, manche mit Füllung, andere nicht. Saure Drops und Tütchen mit Brausepulver, das sich die Mädchen aus den Händen lecken.

Am Nachmittag zieht die Kinderbande schon wieder los, zuerst ins Dorf, wo weitere sich ihnen anschließen, dann zur Hirtenwiese. Die Jungen tragen Kämpfe aus, raufen sich, um herauszufinden, wer aktuell der Stärkste ist. Gestein und Geäst werfen sie auf die Schollen dünnen Resteises im Bach. Seine Ufermarke steht höher als noch im Herbst. An Weidenästen hangeln sich die Buben hinüber. Wärmend ist die Sonne auf der Haut, doch dem Frühling ist nicht zu trauen, jederzeit kann er sich dem Rhythmus des Kalenders verweigern und dem Winter einen letzten Gastauftritt gewähren. Aber nicht heute, nicht an diesem Sonnentag. Spatzen zwitschern in der Ruine, Lerchen singen am Himmel. Auf den Wiesen und Feldern schreiten die Störche, sie kreisen wie eh und je über das Land, das auch ihnen die Heimat ist.

Es dauert nicht lang, da sind die ersten Schuhe durchnässt vom feuchten Ufergrund. Ein paar Kinder trotten heim. Die Insterburger Gruppe mit Emma und Alinka aber rennt weiter, an die Straße, die nach Osten führt. Heute ist mal das ihr Weg. Maria kreischt, weil eine Spinne über ihre Stiefelspitze eilt. Drei mittelgroße Kläffer wetzen von einem Gehöft und bereiten den Stadtkindern Angst. Emma, die mit Hunden groß geworden ist, rügt sie mit direktem Ton. Stillschweigend nun beschnüffeln sie die Mädchen. Hosenbeine aus Insterburg scheinen interessant zu riechen. Ein weiterer Befehl lässt die Meute wieder verschwinden. Am Rand der Straße blühen Weidenkätzchen, zwischen denen die ersten Insekten zugange sind. Rotkehlchen und Meisen hüpfen durch die Zweige. Deutsche Jagdflugzeuge rasen hoch über Plicken hinweg.

Am Morgen der Abreise wird das Gepäck auf dem Pferdehänger verladen. Das Osterwochenende ist vorüber. Cousins und Cousinen rutschen auf die Ladefläche oder nehmen Platz auf der Bank. Alinka weist den Stuten ihren Weg zum Kleinbahnhof. Mutter und Tante gehen auf der Straße nebenher. Maria hakt sich bei Alinka ein, auch Margarethe kriecht nach vorn und legt ihren Arm unter den der Cousine. Gemeinsam singen sie das Storchenlied. Im Ort schnauft bereits die Lokomotive. Koffer und Taschen werden vom Wagen gezogen. Letzte, herzliche Umarmungen. Das eiserne Ungetüm schiebt seine Waggons hinaus über die Felder, raus nach Südwesten, bis der Wald sie verschluckt, bis nichts mehr bleibt als Dorfes Stille. Mutter und Tochter halten die Zügel und lassen die Tiere heimwärts traben, so langsam es eben geht.

Nicht der erste Hahnenschrei, auch nicht das Klappern der Störche weckt Alinka. Es sind die liebestollen Katzen auf dem Hof, die rufen und kreischen in den verwechselbaren Stimmen von Menschenbabys. Sie hassen und lieben nun einander für mehrere Wochen, werden sich paaren, sich dulden, sich befeinden. Auch gestern Abend und in der Nacht war das so. Katzenbabys gibt es im Mai und im Juni. Jedes Bauernkind hat sie gern. Vergangenes Jahr warf Minka vier, die sie forttrug aus dem Stall. Niemand hat sie mehr gesehen.

Es ist nun Zeit, sich zu erheben. Alinka schlägt das Bett nach hinten, zieht die Tageskleidung an, öffnet das Fenster zum Lüften und rennt ins Unterhaus, dem Großvater in die Arme. »Wo wöllst all hin, mejn Edelstejn?« Zusammen treten sie in den Hof. Auf der windschiefen Birke am Zaun, zwischen Gindullis und der Kahlfläche von Kirwitzke, haben sich zwei Krähen eingefunden, Nachzügler ihrer Schar, die nach Nordosten aufgebrochen ist. Vielleicht haben sie es auf die Eier im Storchennest abgesehen. Karl wirft Steine in den Baum. Die Krähen fliegen fort. An dieser Birke ist besonders, dass sie einst dem Grund des Nachbarn entsprang und sich auf halber Höhe des Zauns dazu entschloss, durch ihn hindurch und auf den Hof Gindullis zu wachsen. Als Kletterbaum ist und war sie stets den Kindern willkommen. Karl Gindullis erzählt der Enkelin, er und das weiße Gehölz hätten dieselbe Zahl an Lebensjahren. Als er klein war, ein dummer Junge noch, habe er dem Baum die Blätter abgerissen, auch mal einen Zweig zum Spielen weggebrochen. Später goss er ihn in heißen, trockenen Sommern und dankte ihm für seine Schattenspende. Er und die Birke seien Freunde. Niemals werde er ihr mit dem Sägeeisen zu Leibe rücken. Auf langen Beinen lugt Adebar vom Dach hinab, als hörte er dem Alten zu.

Einmal mehr schreiten die Freundinnen ins Dorf. Dohlen krächzen von der Kirchenmauer. Sie haben ihre Nester in Ecken und Löchern des Gotteshauses. Auf dem Schuldach gurren die Tauben. Das Zwitschern der Sperlinge erklingt an der Pforte der Lernanstalt. So ein Tag wie dieser, so gleich wie all die anderen, vergeht schnell. Nach der vierten Stunde sind sie bereits wieder auf dem Heimweg, balancieren mit seitlich ausgestreckten Armen auf den Schienen. Vorbei an Piklapps Hof, wo eine Leine mit weißer Wäsche im Mittagswind baumelt und die Vogelscheuche im struppigen Kittel den Garten bewacht. Vorüber am Haus von Klassenfreund Otto, der nur einen kurzen Heimweg hat und von seiner Großmutter herzlich empfangen wird. Sie ist so anders als Hilde, sie breitet die Arme aus und herzt den Enkelsohn. Ein Storch tapst über das Feld, Kiebitze segeln flach über dem Graben hinweg.

Alinka sieht mit an, wie der Großvater mittig des Gartens eine Umzäunung um die Beete setzt, als Schutz vor den Enten und Hühnern. Ringsherum kann das Federvieh scharren und nebenbei dafür sorgen, dass keine Schnecken herüberkommen. Beete hat er auch schon angelegt, zur Aussaat aber ist es noch zu früh. Mitte Mai, wenn auch der letzte Nachtfrost abgeklungen ist, bringt er die Kartoffeln in den Boden. Nach getaner Arbeit sitzen sie nun auf der Bank unter dem Birnbaum und beobachten das Getier. Hühner nippen aus Minkas Wasserschale. Der goldbraune Hahn kräht mit heiserer Stimme, der von Kirwitzke antwortet ihm. Neben dem Fenster zur Stube blüht weißer Flieder. Jede Familie hat so einen Baum vor dem Hause zu stehen, mit hellem oder kräftigem Lila oder eben mit weißen Blüten.

Karl legt den Arm um seine Enkeltochter und zieht sie an sich heran. »Böst un blöfst de Edelstejn von din alten Groatvoader, hörst mi?« Alinka lehnt den Kopf an seinen Arm. Stare gleiten im Tiefflug über die Bäume mit ihren rosaroten Knospen. Die Hähne rufen sich Informationen zu. »Oh, mejn Kind, din Groatvoader is alt un fählt si ook so. De Knochen wöll nich mehr recht, un mettem Herzen jait dat ook vorbej. Eck bön des Lebens müde, mejn Kind.«

Das Mädchen springt auf. »Großvater, was redest du da?« Immer war er doch der Starke, der zweite Mann auf dem Hof, der Alte mit den breiten Händen, der sanfte, knurrende Bär. Nun soll das vorbei sein? Doch wenn sie so zurückdenkt, könnte es damit was auf sich haben. In letzter Zeit ist sein Gang nicht mehr so flink, er steht später auf vom Tisch, weitet seine Mittagsschlafstunden aus, geht manchmal am Stock. Ist nicht auch seine Haltung gebeugter als vor der Jahreswende noch? Deshalb die Salben auf dem Nachttisch, deshalb die vielen Besuche von Herrn Behrendt, dem Doktor, in den vergangenen Wochen. Sie sagten ihr, er käme, um sich Hühnereier abzuholen. Gelogen haben sie, gelogen, damit sie keine Fragen stellt.

Karl Gindullis bittet sie, wieder Platz zu nehmen. Sie setzt sich auf seinen Schoß, drückt ihr Gesicht auf seine Brust. »Großvater, du sollst noch lange leben.« Der Alte, dem das Enkelkind das Liebste auf dieser Erde ist, kämpft mit der eigenen Emotion. Rot sind seine Augen, feucht schimmern sie. Doch Tränen lässt er nicht zu. Tränen sind Schwäche, sie passen nicht zu ihm und zu Männern überhaupt. Doch dieses Kind, seine Alinka, sein Edelstein, macht es ihm schwer, nicht von ihren Worten gerührt zu sein.

Am Geburtstag Adolf Hitlers ziehen die Schulkinder ihre besten Kleider an, um dem Führer zu huldigen. Eine Hakenkreuzfahne wird gehisst. Der Oberlehrer, in brauner Uniform und Abzeichen, hält eine Ansprache auf dem Schulhof. Die Kinder haben bei ausgestrecktem, rechten Arm die Nationalhymne vorzusingen.

Es ist Mai, etwa Monatsmitte. Das Storchenpaar auf dem Dach hat Nachwuchs bekommen. Von den Jungvögeln aber ist nichts zu sehen. Die Elterntiere tragen abwechselnd Futter in den Horst. Fische aus dem Bach, Frösche und Schnecken von der Wiese, Kaulquappen aus dem Teich am Ende des Gartens.

Am Morgen begegnen sich Karl und Alinka im Stall, sie legt die Arme um seinen Bauch und herzt ihn tief. Jeden Tag tut sie es, denn jeder Tag kann der letzte sein, so glaubt sie. Er ist so krumm wie die Birke am Zaun. Er redet weniger und atmet schwer, sitzt länger auf der Schuppenbank als sonst. Der Doktor war gestern zweimal da. Als sie dann zur Schule aufbricht, winkt er ihr hinterher. Dann torkelt er ins Haus. »Eck moak runner inne Wolfsgrund.« In seiner Mütze liegt ein halbes Dutzend Hühnereier. Hilde soll sie zum Mittag in die Bratkartoffeln rühren. Sie kann den Verfall ihres Mannes nicht ertragen. Seit es ihm schlechtgeht, singt sie nicht mehr. Ihm zu verbieten, mit dem Wagen in den Wald zu ruckeln, gelingt ihr nicht. Er tut es, wenn auch behäbig, er bringt die Tiere ans Geschirr und macht sich nach einem zweiten Frühstück davon.

Bärlauch bedeckt den Waldboden wie ein riesiger grüner Teppich mit weißen Punkten. In der Nähe ist das Plätschern eines Baches zu hören, der sich durch den Wolfsgrund schlängelt, der mal breiter wird und Auen bildet oder sich als Rinnsal zwischen den Bäumen verläuft. Sturmholz will er sammeln, Bruch aus den Tagen im Herbst, das nicht zu feucht ist und zu nah am Boden liegt. Der Knall einer Luftbüchse erschallt von weit, weit weg. Der Jäger ist es.

76

Geäst von Eiche und Kiefer gelangt auf die Wagenfläche. Keine Säge, keine Axt misst sich jetzt mit einem Stamm. Zu viel Wasser führen die Bäume. Forstarbeit ist Winterarbeit. Stubben roden käme noch infrage, doch die Puste reicht nicht mehr. Die Enge in der Brust rügt ihn allzu sehr schon bei geringer Anstrengung. Wenn er könnte, würde er, doch Körper und Alter durchkreuzen seinen Plan. Die Angst, schon bald zu nichts mehr fähig zu sein, nagt an ihm wie ein Messer. Was soll werden, wenn es mit ihm zu Ende geht? Was wird aus den Frauen, was aus dem Mädchen, wenn auch der Sohn nicht wiederkommt, im Kriege bleibt? Wer versorgt das Vieh, kümmert sich um Haus und Garten? Seine Hände sind doch unverzichtbar. Er hat die siebzig Jahre fast erreicht. Nun hockt er da, inmitten des Blütenteppichs, auf einem Stumpf, wie er ihn noch vor Monaten in die Schranken wies und dem Ofen zu fressen gab. Geschlagen fühlt er sich, matt und ausgelaugt. Wieder drückt das Herz. Zu riskant, hier draußen lautlos zu verenden. Hier gibt es kein Bett mit warmen Decken, nicht Hildes fürsorgliches Tun, keine Aufsicht, keinen Doktor, keine Sicherheit. Es soll die letzte Fahrt in den Wald gewesen sein.

Nach Schulschluss rennen die Kinder hinüber auf die Kirchenwiese. Der Kuckuck ruft. Es ist bei den großen Mädchen Brauch und Spiel zugleich, die Kuckucksrufe zu zählen. Die Anzahl derer besagt, wann ein Mädchen heiraten wird, wobei ein Ruf ein Jahr bedeutet. Auch die Kleinen kennen dieses Spiel, obgleich ihnen die Bedeutung nicht wichtig ist, sie zählen die Rufe und trällern: »Kuckuck, Kuckuck, ruft's aus dem Wald. Hüpfen und springen, tanzen und singen ...« Wer beim ersten Kuckucksruf mit Geld in den Taschen klappert, wird das ganze Jahr über keine Armut leiden, heißt es.

Das Sonnenlicht schimmert aus wolkenverhangenem Nachmittagshimmel. Mit ihren Mappen auf den Rücken begibt sich eine Kindergruppe an den Bach, folgt seinem Uferlauf nach Osten und überquert ihn auf einer im Winter durch Schneelast gefallenen Weide. Wo nach dem nächsten Felde das Bächlein breiter und tiefer wird, steigt ein Reiher aus dem Schilf. Butterblumenköpfe landen im Wasser und treiben auf ihm davon. Die größeren Jungen bewerfen die Mädchen mit Klumpen aus Modder und lachen, weil erdbraune Pampe an ihrer feinen Kleidung herunter tropft.

Am lautesten lacht Alexander, der Großbauernsohn, er beugt und krümmt sich vor Erheiterung. Alinka besieht sich das entstellte Kleid. Sie weiß, dass die Großmutter schimpfen wird. »Lässt du das wohl sein!«, ruft sie dem hochgeschossenen Jungen zu.

Der hält mit einem Mal inne, füllt seine Wangen mit Luft und wendet sich ab. Nun lacht kein Junge mehr, nun sind es die Mädchen, die verhöhnen, die nach Klumpen greifen und die Bengel beschmeißen. Eine Schlammschlacht entbrennt, in der keine Hose, kein Rock sauber bleibt. Hallendes Gelächter vertreibt eine Handvoll Kiebitze von den Feldern. Mit durchweg eingesauter Kleidung kehren die Mädchen auf ihre Höfe zurück. Hilde fährt aus der Haut. »Mejn Jott, Kind, eck häb, verdammt nochmoal, jenug zu tun. Watt, zum Deuwel, häddst getan? Kadder dejn Kroams von selbst!«

»Latt Jott un Deuwel uut em Spiel!«, bringt sich die kränkliche Stimme des Großvaters mit ein. »Ju kadderst dat Kroams, un nu jeef Ruh!« Sein Nachmittagsschlaf auf der Tischbank ist noch nicht beendet. Den Kopf zur Seite geneigt, blickt er zu den beiden an der Tür. Hilde wirft das Handtuch über die Schulter und geht weiter ihrer Arbeit nach. Alinka streift die Kleidung ab, legt sich die Kittelschürze ihrer Mutter um den Leib und setzt sich neben den Großvater. »Wie geht es dir heute?«, fragt sie ihn und tastet nach seinen Händen. »Hast du immer noch Schmerzen?« Karl richtet sich auf mit einem Keuchen. »Een bätke man so, mejn Kind.«

In der Früh strauchelt Alinka mit vollen Wasserkannen durch den Garten, um die Beete zu gießen. Am Giebel entlang hopst sie zum Hof und lässt die Hühner aus dem Stall. Ihr zarter Nachwuchs stolpert durchs Gras. Auch Entenküken taumeln samt elterlichem Anhang ins Freie. Sie treibt das Federvieh durch eine niedergetretene Spur in der Butterblumenwiese ums Haus herum, wo die Enten mit lautem Geschnatter in den Teich hinein rutschen. Zehn Hühner und sechs Enten hatten sie infolge der Neuverordnung in der Kleintierhaltung abzutreten. Je fünf Hühner, Gänse und Enten sind ihnen geblieben. Der Nachwuchs zählt noch nicht.

Auf der Brache hinterm Zaun, wo der Rhabarber steht, grasen die Rinder von Kirwitzke. Ein Storch landet auf dem Horst. Drei Jungvögel sind es in diesem Jahr. Der Großvater war, trotz Mahnung von Frau und Schwiegertochter, mit der Leiter oben und hat hineingeschaut, wie er es jedes Jahr handhabt. Er ist beflügelt von einer Euphorie und voller Zuversicht auf Genesung von seinem Leiden. Seit Alinkas Geburtsjahr endlich wieder drei. Er glaubt an einen Boten des Glücks, an eine Wende im Schicksal und daran, dass nun eine bessere Zeit anbrechen wird. Drüben auf dem Nachbarhorst sind es ebenfalls drei Storchenjunge.

Es ist Pfingsten, den Pferdewagen hat Karl mit Birkenlaub geschmückt, bevor sie nun den Kirchgottesdienst besuchen. Manche Rosse tragen Zweigenkränze, andere mit Blattlaub bestückte Mähnen. Der Pfarrer lädt zum Sonntagsgottesdienst. Seine Gebete gehen an die Ehemänner, Väter und Söhne, an all jene, die des Heimatortes fern und sonst wohin in diese Welt hinaus gewürfelt wurden. Mögen sie nur heil zurückkommen, seine verlorenen Schäfchen.

Danach haben sich die Mädchen und Jungen in die Schule zum Kindergottesdienst zu begeben. Eine ungeliebte Pflicht, die manchem Sonntag kostbare Zeit zum Spielen raubt. Einer weiteren Verbindlichkeit hat Alinka nun zu folgen. Seit ihrem zehnten Geburtstag gehört sie offiziell den Jungmädeln an, dem Gegenstück des Jungvolks, zu dem sich die Buben zu verpflichten haben. Emma ist Jungmädel seit einem Jahr, sie schwärmt von den Unternehmungen und Ausflügen in die Natur, vom Zeltlager im Dorfe Truschellen. Jedes Mal, wenn sie wiederkam, erzählte sie Alinka von allem, was sie erlebte, von den Wanderungen und Geländespielen, vom Marschieren und Singen. Einzig der viele Sport, vor allem der Weitsprung, war ihr ein Dorn im Auge. Ganz schick hat sie in ihrer Uniform ausgesehen, dem dunklen Rock mit Gürtel, der weißen Bluse mit den kurzen Ärmeln, einem Halstuch, darüber die braune Kletterweste mit den vielen Taschen und Knöpfen. Weiße Kniestrümpfe hat sie getragen, ab des Führers Geburtstag kurze Socken. Mit vierzehn werden sie dem Bund Deutscher Mädel beitreten, so will es die Reichsverordnung.

Da die Witterung es endlich zulässt, beginnt nun auch für Alinka der aktive Dienst als Jungmädel. Mehrfach im Monat hat sie sich vor dem Schulhaus einzufinden, trägt nun die Uniform, die Elisabeth für teures

Geld erwerben musste. Am ersten Tage übergab Frau Horn die Jungmädelschaft an eine Gruppenführerin älteren Rangs. Diese verkündete den Vorsatz: »Ein deutsches Mädchen betritt die Schule nur mit sauberen Händen.« Jene Mädel mit Schmutz unter ihren Nägeln würden heimgeschickt. Der Dienst begann mit Leibesübungen, mit Laufen und Schlagball auf dem Sportplatz. Überhaupt, so die Gruppenführerin, stehe viel Leichtathletik auf dem Programm. Beim Marschieren durchs Dorf werden Lieder gesungen. In den Lerneinheiten bekommen die Mädel die Geschichte der Nationalsozialisten aufgetischt.

In der Schule durchsuchen die Lehrer nun regelmäßig die Kopfhaut der Kinder nach Läusen. Bei den Jungen mit ihren kurzen Haaren ist das schnell getan. Bei den Mädchen aber dauert es, sie müssen die Zöpfe lösen. Werden die Lehrer fündig, schicken sie die Kinder heim mit dem Auftrag, sofort die Haare zu waschen, kräftig durchzukämmen und mit Feuerbranntwein oder Essig einzureiben.

Nach einem warmen Mai schleicht sich der Juni an. Auf den Feldern steht der Roggen hoch. Es hat lange nicht geregnet, die Böden sind ausgedörrt. Nach der Schule und erledigter Hofarbeit gehört die Zeit den Kindern. Sie treffen sich zum Baden an der breitesten Stelle des Bachs, wo manchmal die Rinder trinken. Dort robben sie auf die Uferböschung, aalen sich im Grase und rutschen unter der Nachmittagssonne zurück ins Wasser. Oft ist es auch der eigene Gartenteich, in dem sie nach Abkühlung suchen, denn Muscheln, Sand und Badestrände sind weit weg. So liegen die Kinder da und spüren den leichten Strom des Wassers, lauschen dem Klang der Kiebitze und bewerfen sich mit Grünzeug. Droben singen die Lerchen, flach auf den Feldern zetern die Schwalben.

Emma ist mit der Hündin gekommen. Auf der Sommerwiese hat sie eine Decke ausgebreitet. Die eigensinnige Walpurga macht es sich darauf bequem. Emma rügt sie drei, vier Mal und schiebt sie von der Decke. Winselnd, bettelnd tappt sie mit den Vorderpfoten wieder hinauf. Alexander wagt nun auch, den Hund zu schieben. Der aber darf das nicht, entscheidet Walpurga, der nicht. Der ist fremd und gehört nicht zum Rudel. Sie dreht sich herum und schnappt zu, dem Jungen in den Schenkel. Alexander kühlt seine Wunde im Bach.

Ein Pfeifen tränkt die Stille, die Kinder heben ihre Köpfe aus dem Ufergras. Herbert Potschka kommt zum Saufen übers Feld. Er wankt wie ein Skelett. Mit der Flasche unterm Arm torkelt er zur Ackergrube, torkelt seinem Ende entgegen. Ein aufgeknöpftes Hemd, ein nackter Bauch, eine fleckige, zerrissene Hose, die durch einen Strick oben gehalten wird. Auf dem Kopf ein zerfledderter Hut. Was sich dort übers Feld bewegt, ist kein lebend Wesen, es ist eine durch faulen Zauber dahingleitende Spukgestalt, die den Kindern Angst bereitet. Ins Dorf zurückkehren wird er nicht. An diesem Tag pfeift er seine Melodie zum letzten Mal. Morgen werden sie ihn finden und ihn übermorgen zu Grabe tragen.

Mit der Heumahd im Juni beginnt die Erntezeit. Bauern wetzen die Klingen ihrer Sensen und Sicheln. Drei Stunden nach Mitternacht verlassen die Feldarbeiter das Haus, um viel zu schaffen, ehe bald die Sonne drückt und der Schweiß die Bremsen an den Körper lockt. Mittags werden sie am Wegrand oder im Schatten ihrer Wagen ein Schläfchen machen und Kräfte tanken für die zweite Tagesrunde.

An einem trockenen Junimittwoch schreiten Alinka und Emma, auf den Stuten sitzend, über den Grünstreifen neben der Straße. Nicht mehr weit vorm Dorf liegt ein Findling unter den Bäumen. Kein großer, doch groß genug, um zu zweit auf ihm Platz zu nehmen. Irgendwann hat ihn wohl mal irgendwer mit seinem Pflug vom Feld gezogen. Diese Geschichte kennt nur noch der Stein selbst, doch wird er sie keinem verraten. Sein Geheimnis lüftet er nicht. Er schweigt mehr noch als die Büsche und Bäume, die immerhin ein Rauschen von sich geben, deren Wortlaut auch kein Mensch versteht.

»Abteilung halt!«, tönt es vom Dorfe her. Zwischen Schule und Kirche marschieren die Pimpfe, Buben ab zehn Jahre aus Plicken und Umgebung. Zweimal in der Woche müssen sie ran zum Dienst im Deutschen Jungvolk. Mittwochs treffen sie sich zum Heimnachmittag in der Aula, wo ihnen von höheren Autoritäten Vorträge gehalten werden über Politik und über den Führer. Sonnabends gehen sie auf den Sportplatz, üben sich im

Wettlauf, Ballweitwurf und Luftanhalten, oder sie proben am Dorfrand Geländespiele und mit dem Gewehr auf Zielscheiben zu schießen. Die Lehrer geben den Jungen an diesen Tagen keine Schulaufgaben mit.

Emma und Alinka leiten die Stuten nah heran an die Gruppe von über einem Dutzend Jungen aus ihrer und der höheren Klasse, folgen ihnen im Abstand einer Straßenbreite. In Reihe marschieren sie stramm durchs Dorf, an der Kirche vorbei zur Kreuzung. Daneben stapft der Jungenschaftsführer, ein Braunhemd von etwa siebzehn Jahren. Er stimmt zu einem Lied an, das nun der ganze Zug in die Plickener Nachmittagsstille grölt:»Es zittern die morschen Knochen … Wir werden weitermarschieren, bis alles in Scherben zerfällt.« Nicht wenige Mädchen am Straßenrand kichern ihren Klassenkameraden zu.

»Abteilung halt!«, ruft seine pubertäre Stimme. »Rechts um! Richt' euch! Die Augen links! Augen geradeaus! Rührt euch! Stillgestanden! Abzählen!« Der Jungenschaftsführer, ein schmächtiges Bürschchen, tappt um die Reihe herum und stellt sich in den Schatten eines Kirchenbaums. Sein nächstes Kommando: »Jungenschaft, antreten!« Rasch eilt der Trupp zu ihm und formiert sich wieder in einer Reihe, kerzengerade, hinten die Kleinen, vorn die Großen, ganz vorn Alexander. Das Braunhemd schlenkert um den Zug herum zur anderen Straßenseite. Erneut ruft er seinen Befehl. Das Spielchen treibt er noch dreimal. Dann hat er sich was Neues ausgedacht, das sich Strafexerzieren nennt. »Hinlegen! Auf, Marsch!«, heißt es nun im Wechsel, bis den Jungen die Puste wegbleibt. »Euch werd' ich schleifen!«, droht er mit schiefem Grinsen. Er scheint es zu genießen, seine Untergebenen vor den Augen ihrer Klassenkameradinnen bloßzustellen. Vor allem auf Alexander hat er es abgesehen und verlangt von ihm, den Leitspruch aufgesagt zu bekommen. Es ist ihm egal oder nicht bewusst, dass er einen Großbauernsohn vor sich hat.

»Jungvolkjungen sind hart, schweigsam und treu«, stammelt Alexander, nach Luft ringend. »Jungvolkjungen sind Kameraden. Des Jungvolkjungen Höchstes ist die Ehre.« Das Braunhemd ist damit nicht zufrieden und scheucht den Trupp zur Kirchenwiese. Alinka und Emma haben genug, sie geben den Stuten einen Schenkeldruck und lassen sich auf die Weststraße tragen.

Sobald ein Tag in Plicken endet und die Sonne untergeht, wird es ganz still. Letztes Pferdegewieher gellt auf den Weiden. Dann aber sind es bald nur noch die Nachtgeräusche, das Quaken der Frösche in den Teichen, die summenden Mückenschwärme, von irgendwoher das Bellen eines Hundes. Am Tage die gleißende Sonne, nun Kühle auf der Haut. Die Nächte im Juni sind kurz. Nach kaum drei Stunden Dunkelheit müht sich im Südosten die Sonne aus dem Feld.

Am nächsten Frühabend schiebt sich ein Grollen aus weiter Ferne aufs Dorfe zu. Gewitterwolken finden sich bald über Plicken ein, tiefschwarz und bedrohlich. Als es zu regnen beginnt, läuft Alinka ins Haus, hält inne und sieht durchs Küchenfenster in den Hof. Es ist der erste Regen seit Wochen. Eben noch hockte sie bei Sonnenschein auf der Treppenstufe, lief barfuß durch den staubigen Garten und führte den Bock zur Wiese. Nun gießt es in Strömen, Tropfen perlen an der Scheibe hinab. Sie eilt rüber zum Gartenfenster. Kleine Bäche plätschern in die ausgedörrten Beete und hauchen dem Gemüse neues Leben ein. Pfützen bilden sich, mit Blasen darauf. Sie beobachtet den Wind, der in die Apfelbäume schlägt und die Äste wie tanzende Glieder durcheinanderbringt. Blätter und Zweige reißen aus den Kronen und segeln davon. Es ist, als sei der Herbst gekommen. Böen heulen durch den Kamin, durchs Unterhaus. Es pfeift durch die Fensterritzen, als hätte der Wind sein eigenes Orchester mitgebracht. Türen klappern, die Dachrinne stößt gegen das Mauerwerk.

Wieder rennt sie zur anderen Seite, ans Fenster zum Hof. Auf der Straße peitscht ein Bauer seinen Ochsen am Karren. Das Tier will sich nicht recht bewegen, so unbehaglich scheint ihm das plötzliche Nass. Niemand sonst ist draußen mehr zu sehen, selbst die Hühner suchen Schutz im Stall. Für einen Moment reißt der Himmel auf, die Sonne lugt hervor. Ihre Strahlen treffen nieder. Der Wind atmet durch. Doch allzu schnell ist die Sonne wieder verschwunden, das Unwetter nimmt erneut Fahrt auf.

Nach einer Weile wird Alinka das Schauspiel über, sie hechtet die Treppe rauf und wirft sich ins Bett. Sie starrt an die Decke und sinniert, wie es wohl wäre, wenn es nie mehr zu regnen aufhörte und all das verbliebene Land sich zu Inseln verwandeln würde. Mit einem Floß ruderte sie von Hof zu Hof. Des Großvaters Aalreusen würde sie im Garten legen. Zum Unterricht bräuchte sie nicht mehr, in ihrer Vorstellung würde nur noch die Spitze des Schulhauses aus dem Wasser ragen. Die Hühner würden nicht im, sondern auf dem Stall sitzen, der Bock könnte nicht mehr von der Heide fliehen, weil ringsherum kein Land mehr wäre.

So viel Traum aber steckt nicht dahinter. Halb im Süden des Kurischen Haffs, wo der Memel-Fluss mündet, tritt in jedem Frühjahr das Schmelzwasser über seine Ufer und wandelt ganze Niederungen rechts und links zu einem flachen Meer. Wiesen und Felder verlieren sich in uferlose Flächen, aus denen höhergelegene Gehöfte oder Baumgruppen wie Inseln herausgucken. Schaktarp nennen sie es dort, die verfluchte fünfte Jahreszeit. Der Großvater hat ihr davon erzählt, er hat es mitangesehen vor langen Jahren. Er blickte eines Frühlings von der Königin-Luise-Brücke in Tilsit auf einen breit gewachsenen Strom, der seine kaltblauen Wassermassen und Schollen aus massivem Eis gegen die Brückenpfeiler rammte. Wie es sich auflehnte und wie das Bauwerk erzitterte, ehe das Eis zerbrach und stromabwärts trieb. Auch das Haff in seiner Weite schwoll an, da das enge Memeler Tief im Norden nicht in der Lage war, die Schmelzwassermenge in die Ostsee abzuleiten.

Schaktarp ist auch die Zeit der Gemeinsamkeit aller Bewohner eines Hofes. Die Menschen rücken zusammen, kommen sich näher, egal ob Gutsherr oder Pferdeknecht. Sie sitzen fest auf den Dachböden ihrer Inselhöfe. Sie wissen, dass kein Arzt mehr kommt und keine Hebamme, dass Kranke dahinsiechen und Tote nicht beerdigt werden können. Wochenlang, einen Monat lang nur Schaktarp, die Zeit zwischen Winter und Frühling, die Zeit der Weglosigkeit. Wenn nachts der Frost noch einmal beißt, die oberste Wasserschicht gefriert. Aber nur so dünn, dass kein Mensch drauf laufen kann und auch der Kahn es nicht zu durchbrechen vermag. Plicken aber liegt an keinem Strom, die Dange ist weit weg.

Irgendwo im Hause schlägt eine Tür in den Rahmen und holt Alinka zurück in die Wirklichkeit. Als sie sich erhebt und aus dem Fenster sieht, bemerkt sie, dass kein Regen mehr fällt, dass nur der Wind noch tobt.

Anderntags wird eine Herde von mehr als hundert Rindern durch das Dorf getrieben, von der einen zur nächsten Weide. Die ganze Klasse steht am Fenster. In der Hofpause werfen die Jungen mit Schnecken auf die Mädchen, die sich davor ekeln und kreischen. Herr Jakuszeit ermahnt, er droht mit dem Stock.

Ein junger Frontsoldat wird den Kindern vorgestellt. Er soll selbst einmal Schüler in diesem Haus gewesen sein. Statt Heldengeschichten zu erzählen, wie die Jungen es sich wünschen, berichtet er von Russlands riesigen Ebenen, die dreimal bis zum Horizont reichen würden.

Nach Unterrichtsschluss laufen die Mädchen rüber zur Kirchenwiese und treffen auf Berta Marija, der Pfarrerstochter, die dort Nesseln pflückt. Wie auf Kommando senken sie allesamt die Stimmen, geraten ins Schweigen, sehen zu ihr wie nach einem Fabelwesen. Sie ist Gänsehirtin, Ziegenmädchen und Hofmagd zugleich. Und schön ist sie, so schön wie nur wenige in diesem Ort. Doch sie redet nicht, mit niemandem. Ein Zauber voller Geheimnisse scheint sie zu umgeben. Barfüßig und mit Weidengerte treibt sie den Gänsenachwuchs hinfort. Langes, schwarzes Haar gleitet offen an ihrem schneeweißen Kleid hinab. Ihre Augen leuchten scheu, so unergründet, tief und unerklärlich rein. Jeder sieht sie gerne an, doch keiner wagt ein Wort zu ihr. Die Mädchen sind entzückt, die Jungen in sie verliebt, die großen und die größten. Zu schnell ist sie wieder fort, noch ehe wem der Mut zu einem Worte niederkäme. Ist fort und außer Sicht. Der Bann der Schweigsamkeit wird gebrochen, die Kinder finden zu neuem Leben. Krach und Geschrei fahren auf, der Kirchhof wird zum Spielplatz.

Ein heißer Juli macht sich breit. Sommernachmittage sind lang, da bleibt nach der Arbeit genügend Zeit fürs Nichtstun. Alinka liegt neben dem Eber, den Kopf auf dessen Bauch gelehnt, auf der Butterblumenwiese im Hof und liest »Fips, der Affe« von Wilhelm Busch, ein Buch, das sie aus dem großväterlichen Regal gezogen hat. Auf dem Dach klappern die Störche. Die Altvögel teilen sich den Horst mit ihren Jungen, die, halbhoch von Wuchs, permanent nach Futter betteln. Am blauen Himmel reisen Wolkenfasern nordwärts. Was gibt es im Norden? Ein Land mit dem Namen Litauen, und dann? Noch ein Land und noch eines und irgendwann der Nordpol. So hat es ihnen Frau Horn erklärt. Vom Großvater weiß sie, dass man mit einem Boot auf der Ostsee bis nach Finnland segeln könnte. Bis zu einem Hafen Haparanda. Und im Süden, da liegt Insterburg, da wohnen Tante Martha, Margarethe und Maria. Erst ein Mal ist Alinka dort gewesen, da war sie noch klein, vielleicht zwei, drei Jahre alt. Erinnerungen sind keine geblieben. Von einer Zugfahrt weiß sie noch, aber das könnte auch eine Fahrt nach Memel gewesen sein. Oftmals war sie in der Seestadt, damals viel häufiger, mit Mutter und Großvater, zuletzt im vorigen Sommer beim Schulausflug mit beiden Klassen. Auf der Dange mit dem Ruderkahn. Schön ist das gewesen. Ihr Wasser glänzte wie im heimischen Bach, wenn die Sonne günstig steht.

Am schönsten aber war es im Juni vor zwei Jahren, da fuhren Mutter und Tochter zum Fotografen in die Stadt, besuchten die Drogerie und die Apotheke, auch den Seifengießer. Früher hat der Großvater Seife noch selbst gekocht, aus geriebenem Knochenmehl, aus Asche, Span und Schweinefett. Zahnpaste bereitet Hilde noch heute selber zu, verrührt dabei zermahlene Kohle und eine aus Pfefferminz gewonnene Salbe. Geputzt werden die Zähne seit jeher mit um den Finger oder Daumen gewickeltem Stoff. In den meisten Geschäften sind Nahrungsmittel seit 1942 nicht mehr frei verkäuflich. Es gibt sie, wie auch viele andere Alltagsgüter, auf Zuteilung durch Bezugsscheine und Lebensmittelkarten. Der gesetzliche Anspruch der Landbevölkerung ist dabei wesentlich geringer als der für Städter, da Bauern und Viehbesitzer unter dem Status »Selbstversorger« gelistet sind.

Eine Woche später fuhren sie noch mal in des Reiches nördlichste Stadt, holten die Bilder vom Fotografen ab und hängten an ihren Aufenthalt einen Kurzurlaub dran. Eine Kutsche brachte sie vom Kleinbahnhof zum Neuen Markt am Hafen. Mit einer Fähre setzten sie an den Strand der Nehrung über und gastierten im Fischerörtchen Sandkrug. Dort hatte Karl bereits im März ein Zimmer in einer Pension für sie gebucht, das sie nun für mehrere Tage bewohnten. Es war ein kleiner Raum im Erdgeschoss, mit Loggia und Blick hinüber aufs Memeler Hafenviertel. Der Duft von Seetang erfüllte ihre an Landgeruch gewöhnten Nasen. Die Sonne stand hoch am Himmel, der sich so blau zeigte wie das Meer. Salzig schmeckte die Luft. Alinka tat nichts anderes, als zu baden und Burgen aufzutürmen.

Schiffe wippten auf der Ostsee. Möwen kreischten, Wellen zerschlugen am Ufer. Ein Sommerhauch glitt über den Kiefernwald und in die Dünen des von Menschenmassen aufgesuchten Eilands im Norden des Kurischen Haffs. Die Farbe des Wassers und seine Spiegelung faszinierten das Mädchen vom Lande, auch die Anordnung der Wolken, die am Horizont ins Meer eintauchten, weil die Erdkrümmung es so aussehen ließ. Erst wenn die Sonne ins Wasser hinabsank, Abendfrische auf die Küste wehte, verließen sie den Strand. In ihrem Gästezimmerchen sortierte Alinka Treibgut und Muschelschalen und schüttelte den Sand aus ihrem Haar. Mit dem Linienbus fuhren sie alsbald zurück zum Kleinbahnhof von Memel. Die Dampflok passierte Klemmendorf und nahm den Abzweig nach Norden ins zehn Kilometer entfernte Plicken.

Karl und Doktor Behrendt sitzen vor dem Haus. Ihre Worte sind leise, ihre Gesichter voller Sorge. Mit den Begriffen ihrer Unterredung kann Alinka wenig anfangen. Worte wie Zerschlagung einer Heeresgruppe, irgendetwas mit Weißrussland, von Verlust und Überfall. Von einer Hitler-Rede wird gesprochen, eine Wolfsschanze erwähnt. Doch dieses Gespräch birgt nichts Gutes, es bewirkt in dem Mädchen Angst. Jeden Tag nach der Behandlung sitzen die beiden da, und der Großvater lauscht den Nachrichten des Doktors, die ihm das Radio im Krug offenbarte.

Hat es denn etwas mit den litauischen Pferdewagen zu tun, die manchmal wie eine Kette von der Nordstraße aus durch Plicken rollen? Bisher hat Alinka nie hinterfragt, warum das geschieht und warum die ihren Hausrat bei sich haben. Adolf Hitler führt das Deutsche Reich zum Sieg. Solche Floskeln bekommen die Kinder von Autoritäten fast täglich zu hören. Zuerst ein Überfall auf Polen, dann ein Siegeszug über die Franzosen, nun ein Marsch gegen Russland. Warum führt das Reich gegen andere Länder Krieg? Diese Frage bleibt dem Mädchen unbeantwortet. Zuviel Grübelei hat keinen Zweck. Verstehen wird sie es ja doch nicht. So schreitet sie durchs Haus und in den Garten, nascht von den Himbeeren am Zaun, rupft einen Korb voll Brennnessel und zerhackt sie für die Küken.

Der Abend ist da, auch das Licht ist noch da, die Sonne aber längst erloschen. Von ihrem Fenster sieht Alinka bis an den Horizont oder auf das wenige, das der Feldhügel des Großvaters ihr als Sicht gewährt. Ein paar

Sterne blinzeln zur Erde hinab. Aus der Elternkammer schwappt ein Wimmern über den Flur. Da liegt Elisabeth und hält das Fotoalbum in der Hand. Tränen beflecken ihr Nachthemd. Die Tochter huscht zu ihr ins Bett, drückt und tröstet sie, zeigt ihr, dass sie auch noch da ist, dass sie immer für die Mutter da sein wird. In tiefster Zuneigung beweist sie ihr die Treue, ein Band, das nicht fester sein könnte als die Liebe zwischen einer Mutter und ihrem Kind.

Nachdem die letzten Tränen getrocknet sind, tippt Alinka auf ein Foto ihres Vaters, das am Hochzeitstag entstand. Gustav als Bräutigam mit Schnauzbart und vollem Haar, in der Brusttasche seines Anzugs ein winziger Birkenstrauß. Das nächste Bild zeigt sie beide, das frischvermählte Ehepaar. Elisabeth, jung und schön, im Antlitz einer Prinzessin, am Leibe ein festlich schwarzes Kleid, ein weißer Schleier über der Stirn. Darüber ein geschlossener Myrtenkranz, der besagt, dass sie noch Jungfer ist. Die Hochzeit wurde groß gefeiert. Bekannte aus dem Dorf und von den Nachbarhöfen waren eingeladen, Verwandte kamen von weither. Als Aussteuer wurden neue Gardinen für beide Dachkammern, Blumentöpfe für die Fensterbänke gereicht, Babykleider, eine Wiege. Das Paar hatte große Pläne, Gustav war kurz davor, eigenes Ackerland zu erwerben. Seine Ausbildung zum Landwirt auf Gut Perkams hatte er bereits hinter sich. Sie kostete den Eltern Karl und Hilde eine Menge Geld. Der Krieg funkte dazwischen. Dann kam der Einberufungsbefehl. Den ersten Feldpostbrief, in Sütterlin und Bleistiftschrift verfasst, sandte er aus der Garnisonsstadt Insterburg, dem Wohnort seiner Schwägerin.

1941 war das Memelland kaum wiederzuerkennen, ein Truppenaufmarsch nie gesehener Dimension ließ selbst in abgelegensten Orten Veränderungen aufkommen. Plicken ward zu einem Sammellager von kriegswichtigem Material. Angehörige des Militärs wurden im Krug und in Privathaushalten untergebracht. Militärische Einquartierung fand auch im Hause Gindullis statt. Karl hatte seinen Gaul, Hengst Willi, der Wehrmacht abzutreten. Ein herber Rückschlag für den alten Mann. Sind Pferde neben dem Land doch der wertvollste Besitz eines jeden Bauern. So schaffte er sich mit den letzten Ersparnissen die halbhohen Stuten an, um weiter seinen Arbeiten nachgehen zu können. Im Juni desselben Jahres erfolgte der Angriff auf Russland, die Kolonnen rückten fort. Schon wenige Tage nach dem Überfall entfernte sich der Kanonendonner weit nach Osten, bis er bald nicht mehr zu hören war. Karl selbst kämpfte im Ersten Krieg, sein Sohn jetzt im Zweiten. Für ihn, den Vater, ein Irrsinn, der niemals ein Ende findet.

Als im März 1939 Adolf Hitler nach Memel kam, lauschten alle Plickener im Krug dem Radiogerät. Mit dem Panzerkreuzer »Deutschland« und einem Geleit aus Zerstörern und Torpedobooten lief er an einem Donnerstagmorgen in den Hafen ein. Gegen acht Uhr verkündete der Reichssender Königsberg, Litauen hätte freiwillig auf das Memelland verzichtet. Hitler fuhr im Triumphzug durch die Stadt, sprach vom Balkon des Stadttheaters und erklärte das Memelgebiet für zurückerhalten, für wiedervereint mit dem Deutschen Reich. Die »arische« Bevölkerung solle nun wieder die deutsche Staatsangehörigkeit erlangen. Im Krug von Plicken entflammte Hochstimmung. »Endlich freie Heimat!«, riefen sie. »Nun ist der Mist vorbei!« Es flossen an diesem Tage Bier und Schnaps in großen Mengen. Jüdische Familien flohen aus dem Dorf, suchten Schutz im nördlichen Baltikum. Das Reichsrecht trat in Kraft, die Deutsche Mark wurde eingeführt.

Die Gespräche der Erwachsenen werden ernster. Abermals horcht Alinka den Worten des Großvaters und Herrn Behrendts. Auch wenn sie vorgibt, in ihrem Buch zu lesen, so hat sie doch längst die Antennen ausgefahren. Auf der Bank sitzen sie, die Altmänner, gekleidet in Trägerhosen und weißen Knopfhemden, die Ärmel zu den Ellbogen hochgerollt, auf ihren gegerbten Gesichtern Schatten spendende Sommermützen. Von polnischen Zwangsarbeitern ist die Rede. Solche hätte sich der hiesige Großbauer im Amt von Memel bestellt, drei Burschen und eine Magd. Von Fronteinbrüchen und Rückzug wird gesprochen, von Bomben, Russen, Flucht und Gefallenen, von einem Attentat im Führerhauptquartier. Im Gasthof würden die Männer nun jede Radiosendung verfolgen, weiß Doktor Behrendt zu berichten. Er, der seltsame Kerl mit dem Stethoskop um den Hals und dem braunen Köfferchen, der immer nur schlechte Nachrichten auf des Großvaters Hofe bringt. Er, der sich nach jeder Behandlung ein oder zwei Flaschen Schnaps von ihm geben lässt, weil das Geld im Hause knapp geworden ist. »Furchtbares kommt auf uns zu«, sind seine

Worte. »Auch Plicken wird Frontgebiet.« Warum bringt er niemals frohe Kunde? Weil es nichts mehr Gutes gibt? Was ist da draußen Furchtbares, das auf Plicken zukommt?

Das Buch interessiert sie schon lange nicht mehr. Sie will Antworten und fragt, als der Doktor fort ist, den Großvater, was das ist, das Schlimme, vor dem sich alle fürchten. Der Alte aber, erschöpft vom Aufrechtsitzen, braucht nun Ruhe, braucht seinen Schlaf zur Mittagsstunde. Schon liegt er auf der Bank am südlichen, von der Sonne gewärmten, fensterlosen Giebel. Ein Windhauch zerzaust sein Haar. Mit der Pfeife im Mund nickt er ein ins Land ohne Schmerzen und Sorgen, ohne dass irgendwer oder irgendwas ihn wecken kann.

Es ist der letzte Schultag vor den Ferien. Dass es ihre letzten Sommerferien in der Heimat sein werden, ahnen diese Mädchen und Jungen nicht. Das vorherrschende Klima jedoch bleibt ihnen nicht verborgen. Im Unterricht wird Frau Horn mit Fragen gelöchert, ob es denn stimme, was Eltern und erwachsene Geschwister, was Nachbarn und Bekannte, was Mägde und Knechte sich bei vorgehaltener Hand erzählen. Die Lehrerin wiegelt diese »hässlichen Gedanken« ab, die die Kinder mit sich tragen, sie heiligt den Schöpfer. Der Krieg sei weit weg, wo er auch bleiben werde. Dieses Dorf garantiere Sicherheit, Plicken stehe für den Frieden. Gott sorge schon dafür. Sie spricht in den Worten des Pfarrers und merkt es nicht. Die Mädchen und Jungen wollen ihr nicht glauben, denn die Worte ihrer Eltern sind stärker, wenn auch sie jedes Mal verstummen, sobald sie sich ihnen nähern. Weil Frau Horn mit ihrem Latein nicht weiterkommt, schlagen die Kinder die Schönschreibhefte auf. Wenn sie nicht anders wollen, dann müssen sie eben so. Bleistifte, Anspitzer und Radiergummis fallen aus den Federtaschen. Die Gebetsstunde kurz vor Mittag halten sie auf der Schulwiese ab. Danach werden die Zeugnisse gereicht.

Alinka und Emma ziehen sich die Sandalen aus und hüpfen auf staubigen Wegen durchs Dorf. Die Füße rabenschwarz, ihre Gesichter verrußt. Julimädchen, glücklich, unbekümmert, jedenfalls in dieser Stunde. Ineinander eingehakt, mit Blumenkränzen im Haar, tänzeln sie die Straße runter. Daheim sucht Alinka nach der Mutter, die im Garten das Unkraut aus den Rosenbüschen zieht. Nur den gelben Rosen widmet sie ihre Zeit, weil es solche sind, wie sie Gustav ihr zur Hochzeit darbot, als Zeichen ewiger Verbundenheit. Alinka reicht der Mutter das Zeugnis mit den durchweg guten Noten.

Schnittlauch und Beifuß gedeihen unterm Kammerfenster, auch Minze und Kamille. Hilde putzt Gemüse unter dem Schuppenvordach. Dort baumelt ein Drahtkorb mit jungen Kartoffeln. Auf einer Anrichte stehen drei Schüsseln voll mit roten Johannisbeeren, deren Sträucher in der Gartenecke reichlich Früchte tragen. Die Schafe der Kirwitzkes ruhen in den Brennnesseln gleich hinter dem Zaun.

Nach dem Mittagessen besucht Alinka das Toilettenhäuschen in der Ecke neben dem Stall, das sich winters wie sommers ungemütlich zeigt. Sie betritt es nicht gern, wegen seiner Spinnen und Asseln, die sich in den Fugen verhehlen, auch weil Fliegen darin ihre Kreise ziehen. Doch ein Mal am Tag muss sie es betreten. Hingegen für das kleinere Geschäft genügt es, sich ungesehenen Moments in einen Busch zu hocken oder in der Wohnkammer auf den Topf. Als Papier für den Hintern dient eine zerrissene Zeitung.

Sodann spazieren sie wieder los, treffen sich mit Freunden auf dem Kirchplatz. Die Jungen, in knielangen Hosen, tragen auf den Köpfen wildes Haar. Anders ist es bei den Mädchen in ihren feinen Kleidern und Röcken. Sie sind darauf bedacht, auch im Spiel ihre Gewänder zu schonen. Manchmal tragen sie die Haare offen, was den Jungen gefällt. Doch offenes Haar wird nach dem Toben zottelig, Kletten müssen herausgekämmt und manche Strähnen abgeschnitten werden. Daher ist es besser, das Haar zu flechten und mit Schleifen zu versehen. Eines aber haben Jungen und Mädchen gemein, sie laufen die ganzen Sommerferien über barfuß in ihrem Dorf. Nur in der Kirche nicht.

Die Handwerkersöhne Heinrich und Albert haben im Schatten der Nadelzweige aus Gänseknochen und Schneckenhäusern eine Burg und Palisaden aufgebaut. Beim Greife-Spiel fangen die Mädchen heute die Jungen. Ihre langen Röcke schlagen ihnen um die Beine. Emma und Alinka setzen sich auf die Bank an der Kirchenmauer und blicken hinüber aufs Gut Leskien, wo die hohe Tanzlinde steht, unter deren Blätterdach manch großes Fest gefeiert wurde. Eine Rundbank umschließt ihren Stamm. Gefeiert wird an Sonntagen, weil dann die Arbeit ruht. Oft bis spät in die Nacht. Mit einem Kater steigt der Bauer am nächsten Morgen aus dem Bett. Alle haben sie getanzt, als dort eine Vermählung stattgefunden hat, alle außer der Großmutter Hilde. Ihr strenger Glaube billigt es nicht. Es wäre eine Sünde gegenüber Gott, ist sie überzeugt. Wenn Alinka einmal erwachsen ist, sinnt sie der Freundin vor, werde sie den Hof ihres Großvaters übernehmen und eine Hexe vor die Türe setzen. Einen Jungen aus der Stadt wolle sie heiraten und mit ihm viele Kinder kriegen.

Die anderen kehren herbei, in der Absicht weiterzuziehen, zum Bach und auf die Felder. Sie baden ihre schmutzigen Füße in den Ackerpfützen. Weil die Sonne drückt, suchen sie den Schatten des Friedhofs am Rand des Dorfes auf. Das ist ein Platz von weniger als hundert Metern in der Länge und sechzig in der Breite, umsäumt von Büschen und Gehölz. Da streift das Dutzend über die angelegten Pfade und liest bekannte oder unbekannte Namen vor. »Guckt mal, hier liegt Potschka!«, ruft es vom Wegesrand nebst einer jungen Birke. Die Mädchen und Jungen sehen auf das Holzkreuz nieder, das seinen Namen trägt. »Hat sich tot gesoffen, das Aas.« Ein Brechen im Geäst schreckt die Kinder auf, sie eilen an die Straße und waten durch den Graben.

Nach einer Runde um den Dorfosten wird nun »Soldat« gespielt, wobei die älteren Buben sich selbst und den Jüngeren Dienstgrade vergeben, wie Oberst, Feldwebel, Hauptmann oder Gefreiter. Sie beschmieren ihre Gesichter zur Tarnung mit Dreck und legen sich in den Büschen des Kirchplatzes auf die Lauer. Eine Gruppe attackiert im Gebrüll die andere. Steine und Äste dienen als Geschosse und fliegen wüst umher. Weil das Geschrei allzu laut wird, vertreibt sie der Pfarrer mit dem Verweis, dass der echte Krieg schon schlimm genug sei und sie ihn nicht auch noch nachstellen müssten.

Die Dämmerung zieht an, der Abend ist weit fortgeschritten. Mücken schwirren, an der Wasserstelle des Friedhofs quakt der Frosch. Die großen Jungen schlagen eine Mutprobe vor, in der es heißt, den Sonnenuntergang abzuwarten und dann allein aufs Gräberfeld zu gehen. So werden Steine aufgehoben, und wer am weitesten wirft, der darf bestimmen, wer gehen muss. Alexander ist derjenige, der einen auswählen kann, er stiert in die Schar aus Jungen und Mädchen und tippt dem Richard auf die Schulter. Der weigert sich mit allen Ausreden, die ihm in den Sinn gelangen. So kommen sie überein, gemeinsam durchs Eisentor zu treten und sich dabei Gruselgeschichten zu erzählen. Von tanzenden Geistern im Mondlicht, von glühenden Augen in hohlen Baumstämmen, von heimsuchenden Kreaturen auf sechs Beinen und einem Giftstachel am Hinterleib. Schon an der Pforte ist's vorbei, die Jüngeren eilen zurück, und die Großen fürchten sich nun ihrer eigenen Geschichten. Der Ruf eines Fuchses treibt sie auseinander, jeder dem seinen Hofe zu.

Der erste Ferientag beginnt. Schon der Morgen verspricht, ein schöner Tag zu werden. Nach getaner Arbeit in Stall und Garten tummeln sich die Balge vor Kirwitzkes Einfahrt, liegen dort im Grase und winken den Kiebitzen zu. Mehr und mehr von ihnen treffen ein, bis es die Gruppe dann zum Bach hinauszieht. Alinka blickt am Himmel den wenigen Federwolken hinterher, die der Wind nach Osten dirigiert. In jeder steckt die Form eines Tieres, mal ist es ein Kaninchen, mal ein Igel, eine Gans.

Das Bächlein plätschert. Wohin es nur sein Wasser trägt? Dass Bäche Tälern folgen, weiß sie aus dem Unterricht, doch Täler gibt es hier nicht, nur ein leichtes Gefälle, einen Hügel auf Großvaters Feld. Bäche führen in die Flüsse, hat er mal gesagt, die Flüsse in ein Meer. Dann also wird ihr Bächlein, das aus dem Nirgendwo entspringt, sich weit, weit weg von hier mit dem Flüsschen Minge zusammentun und mit ihm ins Haff einmünden, um sich von dort in die Ostsee zu mischen. So wird es wohl sein. Ein Wunderfisch mit goldener Krone, so glaubt sie, könnte aus den Tiefen des Meeres bis zu ihrem Dorfe schwimmen, sie begrüßen, ihr drei Wünsche gewähren und wieder ins Meer fort tauchen. Dies Bächlein vor dem Dorfe aber ist zu flach. Darum verpufft jener Traum, so schnell er kam.

Das Tuckern der Kleinbahnlokomotive durchschneidet die Stille, Waggons rollen aus dem Walde bis an die Straße heran. Die Kinder raffen sich auf und folgen ihnen ins Dorf. Städter sind gekommen, Mütter, Kinder mit Koffern und Reisetaschen. Vater Johannes und Herr Jakuszeit geleiten sie ins Pfarrhaus. Urlauber, wie in jedem Jahr, doch gestern kamen auch schon welche. So viele in nur zwei Tagen waren es noch nie. Die Dorfkinder wissen nichts von der sogenannten Kinderlandverschickung, der zeitweisen Übersiedlung zu Pflegefamilien, wegen der Gefahr von Bombenangriffen auf deutsche Städte.

Fritz und Ewald peitschen den Einspänner ihres Großvaters vorüber, sie müssen hin zum Ziegenbauern, die leeren Kannen füllen. Die Kinder springen auf. Schornsteinfeger Loh kommt in Montur des Weges und wird von elf Buben und Mädchen begrüßt. Die reiche Witwe Marinke müht sich auf einem Fahrrad daher. Keines der Kinder besitzt ein solches. In Memel fährt jeder Zweite so ein Drahtgestell. Recht teuer sollen sie sein. Ärger hat man auch damit, falls ein Dorn den Reifen zersticht.

Wenn der offene Pferdewagen einen Baum passiert, spendet sein Schatten für einen Augenblick Kühle. Am Bretterzaun eines Hofes nach Westen raus rupfen die Kinder nach den grünen Äpfeln eines überhängenden Astes, bevor sie dann vom Wagen springen. Fritz und Ewald lenken das Gespann in eine Zufahrt. So stromert die Bande weiter durchs Dorf, an seine Ränder und Ecken, klopft an fremde Türen und rennt davon, kriecht ins Heulager von Schuster Hans Klaws und zerwühlt es mächtig, stellt auch im Hühnerhof der alten Barbe Unordnung an. Per Räuberleiter erklimmen sie eine Grundstücksmauer hinter der Schule, spazieren darauf herum und reißen Laub aus dem Holunder. Jungenstreiche eben, zu denen sich Mädchen gern verleiten lassen. Baumstammweitwurf aber, wie sie es als Pimpfe im Jungvolk handhaben, ist ein reines Bubenspiel. Der Tag schleicht sich davon. Mit staubigen Gesichtern treten die Kinder auf ihre Höfe. Ein letzter Windhauch fährt über die Lande, die Sonne wiegt sich in den Schlaf.

Spät noch klopft Mutter Kirwitzke an die Tür. Sie ist die Hebamme von Alinka, sie brachte auch die Totgeburten Elisabeths zur Welt. Wenn sie kommt, stellt Elisabeth die Wasserkanne aufs Feuer und bereitet einen Aufguss. Die beiden sind befreundet, wie auch ihre Töchter es sind. Ein besonderes Anliegen hat Mutter Kirwitzke nicht, sie will sich nur unterhalten. Eine Gefälligkeit bestenfalls, ein Austausch höflicher Gesten. Sie reicht ein Päckchen Malzkaffee und fragt, ob Karl am nächsten Tag das defekte Butterfass reparieren könne. Auch einen Kuchen würde sie ihm backen, mit Nüssen hübsch am Rand verziert. Sonst gäbe es nichts Neues zu berichten. Ohne das Fass jedoch bräche ihre Wirtschaft zusammen. Auch feine Lederschnürsenkel hätte sie und gar ein edles Fläschchen Wein. Für das Mädchen wäre noch ein Holzreifen da, mit Glück auch ein Stoffbär von den Buben. Die seien längst zu groß dafür. Wenn doch, oh weh, das Butterfass nur repariert werden könne. Es müsse ja nicht sofort sein, aber doch gern morgen Früh. Man hilft sich, wo man kann. Der Großvater wird es richten.

Nachts tobt ein schweres Gewitter. Am Morgen steht das Regenwasser hoch in den Wagenspuren der Feldwege. Der Tierdoktor ist gekommen, er will sich Lottis entzündeten Huf ansehen. Auch das Kniegelenk ist wund. Die Stute hat das gar nicht gern, wenn jemand Fremdes sie berührt. Sie schabt und schuppt sich an der Stalltür, tritt wuchtig auf und stampft. Ihre Lefzen schäumen. Die Blesse des aufgebrachten Tieres ist zerzaust, verwischt wie ein ungekämmter Scheitel. Karl Gindullis, von seinem Vormittagsschlaf geweckt, zeigt sich erbost über ein solches Verhalten. »Ei, schabber´ nich! Sonst nehm' eck dich an de Kandare.« Lotti will den Huf nicht heben. »Eck geb' dir glieks de Weidenjerte, ju dammich Dickschädel, ju! Böst schlimmer als de Bock. De Trense is to jut för dich. Alinka, hol din Birkenbesen!«

Es gelingt dann aber doch noch ohne harte Hand. Der Großvater spannt Lumpi, das Zweitpferd, an den Wagen und führt es raus auf die Koppel, zur Ausleihe für wenig Geld an einen Bauernfreund. Er selbst ist nicht mehr in der Lage, die Vorbereitungen für die nahe Ernte zu begleiten. Zu schnell holt die Müdigkeit ihn ein, so sehr drückt das Herz ihm in der Brust. Nun ist er wirklich ein alter Mann, zu nichts mehr zu gebrauchen als für den Kleinkram auf dem Hof, zu alt für die Ernte, zu alt für den Krieg. Er zeigt seinen Kummer nicht, er behält ihn in sich verborgen. Doch dieses Leben, das er nun führt, ist nichts für einen Mann, dem die Tatkraft immer Hoffnung war, alles Schlechte zu überstehen. Die Krankheit haftet an ihm wie ein Kettenklotz, sie ist sein Feind wie auch der Russe. Erschöpft wankt er zurück zum Hof, sinkt am Giebel auf die Bank und nickt sogleich in tiefen Schlaf.

Die Mädchen holen das Schwein aus seiner Buchte und leiten es in die Butterblumen. Alinka steigt auf seinen Rücken. Es stört sich nicht daran. Von klein auf, als Ferkel von sechs Pfund, wurde es von ihr herumgetragen, ist daran gewöhnt, dass sie es reitet und ihren Unsinn mit ihm treibt. Emma hält sich vor Lachen den Bauch. Das lockt weitere Kinder auf den Hof. Jeder will mal, und jeder darf es reiten. Borstel, wie sie es nennt, hat nichts einzuwenden, solange es nebenher in den Nesseln graben darf. Mit seinem Rundrüssel pflügt es den Boden am Zaun zum Nachbargrundstück, scharrt nach Würmern, Käfern und Wurzelhalmen. Es grunzt und schaukelt mit dem Kopf. Wenn seine besten Jahre vorüber sind, es nicht mehr zum Decken der Sauen eingesetzt werden kann, kommt es in die Schlachtung. Als Hilde das Treiben bemerkt, ruft sie aus dem Fenster, das Schwein solle wieder in den Stall.

Ferienkinder aber wollen beschäftigt sein. So suchen sie auf dem Feld nach neuen Abenteuern. Eine Weile liegen sie, heute mal sieben an der Zahl, einfach so im Roggen, dort, wo nach jedem Regen eine Pfütze zurückbleibt und wo es keine Halme gibt. Denn keine Ähre darf zertreten werden. Schwalben kreisen über den Mädchen und Jungen hinweg, ein Storch zieht seine Bahn. Lerchen trällern altbekannte Lieder. Irgendwo im Grase, gut versteckt vor neugierigen Kinderaugen, verbergen sie ihre Nester.

Die Stille dieses Landes spricht mit ihnen. Die Sonne pocht am Himmel. Der Wind ist eingenickt, kein Halm bewegt sich mehr. Als dann zur Mittagsstunde der letzte Vogellaut verstummt, ist noch etwas anderes zu hören, das wie ein fernes Gewitter klingt. Doch es hört sich seltsam an. Die Kinder richten sich auf, horchen in den Horizont. Eine Hummel summt vorüber, ihr Brummen übertönt das Grollen. Nur einen Moment lang, dann ist es wieder fort. Das Grollen aber bleibt. Es schwillt an und es schwillt ab. Schon wieder ein Gewitter? Nein, das ist etwas anderes. Alinka denkt an die Worte des Herrn Behrendt. Schlimmes werde auf uns zukommen. Das dort fern klingt schlimm, das wird es sein, von dem er sprach. Das ist der Krieg, er kommt, er rollt auf die Heimat zu, will sie verschlucken und zerstören. Ihre Heimat, ihr Zuhause. Aber die Lehrerin, sie hat es doch verneint, hat jeden Zweifel weggewischt. Plicken stehe für den

Frieden, so in etwa drückte sie sich aus. Gott werde uns beschützen. Wenn aber das der Krieg ist, dann kommt doch auch der Vater heim. Ist es nicht so? Dann hat es doch sein Gutes.

»Kanonendonner, ganz klar!«, ruft der sonst so ruhige Otto.

»Ein Gewitter!«, fährt Annicke ihm dazwischen. Sie ist der jüngste Spross des Dorfzimmermanns.

Otto hebt das Kinn. »Gewitter kommen nicht von Osten. Das ist die Front.«

»Wie weit weg ist das?«, will Emma wissen.

Alexander macht sich so lang er kann und beißt sich auf die Oberlippe. »Schätze mal, so ....«

»Was ihr da redet!«, erbost sich Annicke. »Da ziehen Donnerwolken auf.«

Angestrengte Ohren und wache Augen horchen und spähen nach dem Felde. Rätselhaft sind diese Töne, und doch hat es sie hier schon mal gegeben. Drei Jahre ist das her, da rollte die Wehrmacht nach Osten ab, da lärmten Kanonenschüsse ebenso, bis sie sich entfernten und bald nicht mehr zu hören waren. Drei Jahre sind vergangen, drei Sommer und drei Winter. Nur die größeren Kinder glauben sich noch zu entsinnen. Doch jene hier und jetzt auf diesem Roggenfeld sind heute zehn und elf, vielleicht zwölf Jahre alt. Sie waren 1941 noch zu klein, um nun das Puzzle der Erinnerungen in eine Form zu bringen. Während Gerüche ein Leben lang gespeichert sind, wird das Gehörte nur all zu schnell aus den Köpfen gehebelt.

Emma zupft sich den Rock und setzt Alinka den geflochtenen Blumenkranz aufs Haar. Die Kinder vergessen ihre Sorgen und schwärmen gemächlich zum Hirtenhaus, wo sie auf weitere von ihnen treffen. Im Winkel der Ruine haben Jungen aus Ästen eine Höhle errichtet. Das sommers schmale Bächlein führt an dieser Stelle gerade so viel Wasser, dass die Füße darin baden können. Kletten und die Köpfe von Butterblumen landen dahinein, werden abwärts getragen oder verfangen sich im Ufergras.

Fünf Jungen rollen einen Findling in den Bach, auf dem sich gern die Eidechsen sonnten. Andere brechen trockenes Geäst aus den Weiden und bauen einen Steg. Emma und Alinka spazieren eingehakt über die Wiese.

Sie reden über die Jungen, wen sie mögen und wen nicht. Doch Alinka kann nicht vergessen, was sie auf dem Feld gehört hat, was da im Osten droht. Warum schweigen die Erwachsenen? Warum verstummen ihre Gespräche so rasch? Der Großvater gibt jedes Mal vor, schlafen gehen zu wollen, wenn sie mit diesem Thema zu ihm kommt. Was Behrendt erzählt, sei erfunden, hat er zu ihr gesagt. Nichts als bloßer Rundfunkmüll. Mit der Mutter kann sie auch nicht reden, sie weint zu oft in letzter Zeit.

In der Nacht bei offenem Fenster kann sie es wieder hören, das Grummeln aus dem Horizont, das so bedrohlich herüberschwappt fernab des Großvaters Feld. Wie mag er aussehen, dieser Krieg, und warum gibt es ihn? Warum streiten diese Menschen, warum lassen sie einander nicht in Ruh? Wer hat damit angefangen? In der Schule heißt es, das Reich hätte sich wehren müssen, Russland plante einen Überfall. Doch was die Lehrerin erzählt, stimmt selten. Rechnen kann sie, schreiben und singen, hübsch an die Tafel malen. Wenn aber sie vom Krieg erzählt, sind ihre Worte nicht echt. Sie schneiden sich mit den heimlichen Aussagen der anderen Erwachsenen. Auch des Pfarrers Predigten sind nichts als Phrasen und Geschwätz. So hat sich der Großvater ausgedrückt. Sauer ist er gewesen auf die heiligen Reden, als der Gottesdienst zu Ende war, doch geschimpft hat er allein im Stall, halb litauisch, halb deutsch. Alinka hat es mitangehört. Als sie zu ihm trat, verstummte er, und als sie ihn drauf ansprach, ward er müde und suchte nach der Bank am Giebel.

Am Morgen klopft Dorfschulze Barbowski an die Tür. Er hält einen Schreibblock in der Hand und will den Großvater sprechen. Alinka bittet ihn ins Haus. Barbowski ist ein kleiner, alter Mann, ein Stück weit älter noch als Karl, doch drahtig ist er und biegsam wie ein Fichtenbogen. Da sitzen sie am Tisch im Unterhaus und stopfen sich die Tabakpfeifen. Dem Schulzen wurde aufgetragen, alle noch nicht erfassten Männer im Alter zwischen sechzehn und fünfundsechzig Jahren zu verpflichten und zum Schanzen an den Ostwall nach Südlitauen zu geleiten. Arbeitsfähig, belastbar müssen sie sein. Karl Gindullis ist das nicht mit seinen vierundsechzig Jahren. Er blickt auf die Liste des Schulzen, auf Namen und Höfe, auf Häkchen dahinter, er liest die Namen von Bauernkollegen und betagten Nachbarn, die nun raus müssen, um Panzergräben zu schippen. Karl Gindullis aber bekommt kein Häkchen, er braucht nicht los nach Litauen, er ist zu krank, ist unbrauchbar.

Ein zweites Anliegen hat der Schulze noch, er hat den Befehl, Wagengespanne zu konfiszieren, um auf ihnen die Arbeitskolonnen nach Nordost in Marsch zu setzen. Nun ist es das Glück für den alten Gindullis, dass der Barbowski mit ihm befreundet ist und der ihm auf den Rücken klopft und sagt, er könne sein Gefährt behalten. Dann hat er es eilig weiterzukommen, will rüber zu Kirwitzke. Morgen, so verspricht er, wird er mit dem Gendarm erscheinen, um die Viehzählung vorzunehmen und zu prüfen, ob jedes Tier auch angemeldet ist. Mit strammem »Heil Hitler!« schreitet das Parteimitglied zur Tür hinaus.

Die Sonnenblumenhäupter leuchten vor der Schuppenwand. Mutter und Tochter lockern die Erde in den Beeten, der Großvater steckt die Zäune ab und sucht nach undichten Stellen, durch die das Federvieh eindringen kann. Westwind haucht ins Grün der Apfelbäume. Die Störche lugen aus dem Horst. Mittagsdüfte strömen zum Fenster raus in den Garten und ködern die Familie an den Tisch. Hilde klappert mit Geschirr, trägt das Essen heran. Kochgemüse füllt jeden Teller. Karl schneidet das Brot in Scheiben. Das Tischgebet wird gesprochen, doch Hilde steht wieder auf, will heute nichts essen und sortiert die Kochlöffel und Kellen an der Hakenleiste. Dem Großvater ist es egal, er kennt sie doch, seine Hilde, weiß um ihre Macken. Aufregen lohnt sich nicht. Soll sie doch tun, was sie für richtig hält. Er aber will essen, nichts anderes, danach sein Schläfchen machen.

Nach dem Mahl greift Alinka sich das Zaumzeug und geht mit Emma raus zur Koppel. Dort schirrt sie das Zweitpferd an, wirft ihm eine Decke über, legt die Zügel nach hinten und steigt vom Koppelpfahl auf seinen Rücken. »Hopp, hopp, Lumpi!«, ruft sie, dazu ein Schenkeldruck. Die Stute trabt los, zieht einen Bogen bis zur Ackergrenze. Emma tätschelt Lotti. Aufsitzen kann sie nicht, der Huf ist noch entzündet. Die Paste des Tierdoktors hat Lotti sich vom Knie geleckt. Nach einer Weile liegen die Mädchen im Schatten einer Bauminsel. An diesem Tag ist nichts zu hören, die Front scheint fort gerückt. Ein seichter Wind liebkost ihre Haut, manchmal sind es auch die Pferdelippen, die nach ihnen tasten, schnauben und schnuppern. Von weitem kräht ein Hahn. Schläfrigkeit kommt auf, die Kinder nicken ein.

Nach Stunden weckt sie das Knirschen eines Ochsenkarrens an der Straße. Sie legen die Decke zusammen, nehmen das Zaumzeug vom Boden und trödeln hinüber ins Dorf. Am Brunnen an der Kreuzung löschen sie ihren Durst, schließen sich Freunden an und stromern dort entlang, wohin der Zufall sie trägt. Vor dem Haltepunkt der Kleinbahn schreitet Militär, junge Bengel und Greise in Uniform. Die Landwacht, der Volkssturm, das letzte Aufgebot. Mit Spaten und Äxten über den Schultern erklimmen sie die aufgereihten Wagen am Straßenrand. Für sie geht es nach Litauen, Gräben schippen, Wälle türmen. Darunter sind auch Emmas Brüder. Schon heute Morgen hat sie Abschied von ihnen genommen, nun tut sie es noch einmal, gemeinsam mit der Mutter, die am Wagen steht und das Gesicht in einem Taschentuch verbirgt. Heulende Frauen winken ihnen nach, als sich der schauerliche Trupp nach Norden entfernt. Die Männer werden immer seltener in diesem Dorf.

Es ist tiefe Nacht, da hockt Alinka an ihrem Fenster. Sie stützt die Ellbogen auf und sieht in die lichtlose Ferne. Nur Schatten und Konturen richten sich empor, von Ställen und Gehöften, von Wäldchen oder einzelnen Bäumen. Da ist es wieder, das Brummen, ganz deutlich kann sie es hören. Als bräche die Welt im Osten entzwei, als stürze sie ins Nichts, in ein klaffendes Dunkel. Die Männer sind fort. Wer soll die Frauen und Kinder nun beschützen? Oder ist es doch nur ein Gewitter? Sie legt die Hand ans Ohr und versucht, dabei nicht zu atmen. Kein Gewitter, da hinten tobt der Krieg. Es brummt lauter als beim letzten Mal, es nähert sich. Wie kann der Mensch sich davor hüten? Einen Zaun um das Haus herum errichten, so hoch wie der Turm der Kirche? Dann kommen sie nicht rein. Der Russe ist schlecht, er tötet die Väter unserer Kinder, er macht Dinge mit den Frauen, die sie nicht wollen. Ja, das hat sie gesagt, die alte Marinke, die reiche Witwe des Hofmüllers. Genauso hat sie es gesagt, nein, geschrien hat sie es, zur Straße raus. So laut, dass jeder es hörte, gleich nachdem die Wagen Plicken verlassen hatten. Der Pfarrer verbat ihr den Mund.

Am nächsten Tag sucht Alinka aufs Neue das Gespräch mit ihrer Mutter. Die aber, zuletzt ohnehin sehr schweigsam, wiegelt ab: »Ich weiß nichts, Kind, ich will auch nichts wissen. Versteh das bitte und frag nicht mehr!« So ist es eben, alles bleibt wie eh und je, nichts ändert sich. Das Brummen am Horizont ignorieren die Erwachsenen. Aber sie müssen es doch mitbekommen, so wie die Kinder es mitbekommen. Hören sie es denn nicht? Es hat keinen Zweck, das Schweigen siegt. So tut das Mädchen seine Pflichten in Haus und Stall, um bald von der morschen Gartenbank, betrübt und in sich gekehrt, nach dem Sonnenschein zu blinzeln.

Im hintersten Eck, wo die Hühner scharren und sich bei Hitze in den Schatten legen, wuchert seit Jahr und Tag ein Brombeergestrüpp, eine Stelle mit trockenem Boden. Das wäre ein Versteck, da würde sie kein Russe finden. Darunter müsste sie ein Erdloch graben, dann Bretter drüber legen, Regale und ein Bett hinein, es wäre geheimer als die Speisekammer. Vielleicht sollte sie es tun, vielleicht, damit wenigstens sie etwas tut, wenn schon nicht die Erwachsenen. Doch es muss tief genug sein für die Mutter. Auch der Großvater soll mit hinein und liegen können auf einer Bank. Was aber ist, wenn der Vater kommt? Er wird nach seinen Liebsten suchen, sie nicht finden, weil nicht einmal der Russe sie entdeckt. Ach, was soll sie denn tun? Was kann ein Mädchen von zehn Jahren überhaupt tun, wenn da so Böses droht? Wie sieht denn so ein Russe aus? Trägt er ein Gesicht wie sie, hat er Kinder, so ein Russe? Warum denn gibt es ihn, wenn er doch böse ist? Soll nicht stets das Gute triumphieren? Was ist mit Gott, wieso hilft er nicht? Er hat doch alle Macht dazu. Er könnte sie tot umfallen lassen, dann gäbe es keine Russen, nichts Böses mehr. Der Vater käme endlich heim, die Mutter wäre wieder glücklich.

In der Nacht hämmert Frau Kirwitzke an Gindullis' Tür und eilt zur Küche hinein. »Kimmt met mi, kimmt schnell, sejht euch dat an!« Alinka und Elisabeth laufen die Treppe runter und folgen ihr zur Straße. Emma steht da wie am Boden verwurzelt, ihr Blick gleitet starr nach Süden, dorthin, wo Insterburg und Tilsit liegen. Ein Feuerschein erhellt die Nacht. Karl und Hilde wanken heran. Niemand kann sich des Anblicks verwehren. Ein Grausen, gepaart mit beklemmender Stille. Karl greift nach der Hand seiner Enkelin, umschließt sie sanft und doch forsch. Sein Zittern überträgt sich auf sie. Dann schiebt er Alinka zum Hof. Doch er sagt nichts. Mit seinem Stock prellt er die Haustür auf, die zugefallen war. Er führt Alinka zum Sessel, bittet sie, darauf Platz zu nehmen. Nun schiebt er den Hocker an den Tisch und nah an sie heran, nimmt ihre beiden Hände und sieht ihr ins Gesicht. »Mejn Liebes«, sagt er, »mejn liebstes Kind.« Dann macht er eine Pause, atmet schwer und holt noch mal tief Luft. Das Mädchen ahnt, es sind seine ersten Worte über den Krieg. Doch nur holprig rollen sie ihm über die Zunge. »Ju weetst, ju böst mejn Edelstejn, et därf dir nuscht passiern. Eck kann dir nich säken, wie dat met ons allen wejtergoaht. Wenn irgendwat geschieht, dat merk dir, dann sieh dich nich um, dann lauf to Bahnhof un verschwind. Hörst mi, Kindchen? De Zukunft hier is unjewiss. Dann lauf un verschwind!«

Alinka kann die Worte nicht fassen. Wohin soll sie denn verschwinden? Ohne die Mutter, ohne ihn? Ehe sie fragen kann, setzt er nach. »In Memel goahst nach dem Amt un meldst di. Sagst, ju wöllst nach Insterburg tu din Tante. De wird dir ...«

»Großvater, nein, ich will das nicht!«, unterbricht sie ihn harsch. »Ich bleib hier bei euch, bei dir und Mutti! Ich will zu Hause bleiben!«

»Oawer mejn Kind, so höre doch!«

»Nein, Großvater, ich höre nicht!« Sie reißt ihre Hände aus seiner Umklammerung und presst sie sich in die Hüften. Zornig wie trotzig, doch liebevoll, ersucht sie das Tief in seinen Augen. Tränen schlingern auf ihren Wangen herab. »Ich will bei euch bleiben«, sagt sie noch einmal, nun ganz leise. »Ich will nicht weg.«

Elisabeth und Hilde poltern ins Haus. Ihre Gesichter sind blass, ihr Ausdruck leer, als hätten sie im Feuerschein eine Schreckensbotschaft gelesen. Hilde nimmt das Handtuch vom Treppenholm und schlurft in ihre Kammer. Was sie denkt, das sagt sie nie, nicht mal ihrem Mann. Elisabeth schnürt sich die Sesseldecke um das Nachthemd und macht sich an die Küchenarbeit. Sie lächelt der Tochter zu und summt. Verdrängen will sie, was sie eben sah. Vergessen will sie das grausige Licht, das die Nacht zum Leuchten brachte, das wie ein Teufelsfeuer brannte.

Mit jedem Tage, wenn die Dunkelheit hereingebrochen ist, wird das Brummen im Osten lauter. Es tobt wie ein Gewittersturm, wie das Dröhnen des Höllenkerns. Als käme das Ende der Menschheit auf Plicken zu, als fresse sich ein Riesenschlund zu ihnen durch. Panik macht sich breit im Dorf. Mancher packt sein Hab und Gut zu Wagen, lädt auf, was ihm wichtig ist, um bei Nacht und Nebel fortzukommen. Der Dorfschulze aber macht jedem klar, dass jegliche Fluchtvorbereitung verboten sei und mit dem Tode vergolten werde. Heimlich wird jedoch weiter gepackt, werden Säcke und Taschen gestopft, gefüllt mit dies und das, werden Lebensmittel aus den Vorratskammern geholt, verbliebene Fuhrwerke ausgebessert, Träger an Ranzen und Beuteln verstärkt. »Wir müssen verschwinden!«, heißt es von dem und dem. »Die Russen kommen!«

Barbowski, Dorfschulze und Parteigenosse in einem, wehrt jedes Handeln ab, erstickt es rasch mit Drohungen, bis bald nur noch insgeheim gesprochen wird. In der Kirche wird Rat erbeten. Gott müsse helfen, der Pfarrer auch. Doch Vater Johannes hat keinen Rat. Was er den Alten, den Müttern und Großmüttern geben kann, ist die Zuversicht an den Herren und Schöpfer, der Glaube an die Fügung. Aufs Glück sollen sie vertrauen. Gott hätte das Memelland gesegnet, es könne ihnen nichts passieren. Der Herrgott werde alles Böse draußen lassen. Leichtgläubige und Fanatiker bekehrt er mit seinen Bibelsprüchen, doch Realisten erreicht er nicht.

Der Telegraf von Trude Gebranzig in der Post- und Telefonstelle läuft heiß. Sie hat erfahren, dass in Memel der Ausnahmezustand herrscht, die Stadt ein einziges Durcheinander sei. Die einen rennen zum Hauptbahnhof, die anderen zu den Hafenkais. Memel werde geräumt. Die Bevölkerung wurde angewiesen, die Stadt zu verlassen. Nur Personal mit Funktion in Werken und Fabriken solle bleiben. Erntearbeiten wurden unterbrochen und große Rinderherden südwärts getrieben. Trude Gebranzig verrät die Neuigkeiten nur einer einzigen Person, und die verrät es einer zweiten. Wie ein Lauffeuer verbreitet sich das Gerücht im Dorf. »Die in Memel verlassen die Stadt. Wir müssen weg!« Der Schulze hat verloren, er kommt dagegen nicht mehr an. Einen Tag später wird auch im Landkreis offiziell zur Flucht aufgerufen.

Aufbruch ins Ungewisse

Ein strahlender Sommermorgen zeichnet sich ab. Die Jungstörche auf dem Dach haben ihre Nestlingszeit beinah hinter sich. Unbeholfen schlagen sie mit den Flügeln, doch den Jungfernflug wagen sie noch nicht. Was kümmert sie des Menschen Sorgen? Sie machen sich niemanden zum Feind, müssen nicht bangen um ihren Horst, um ihre Wiederkehr im nächsten Frühling. Wenn sie nach dem Sommer fort sind, dann weil sie es immer tun, nicht weil jemand sie bedroht. Zwei Etagen unter ihrem Nest eilen Mutter und Tochter durchs Haus, suchen und packen zusammen, kramen dies und jenes aus Kisten, aus Schubfächern, aus dem Regal. Karl wühlt in der Speisekammer, Hilde liegt im Bett.

Elisabeth schickt die Tochter nach oben, um etwas aus dem Nachttisch zu holen. Die wetzt, zwei Stufen nehmend, die Treppe rauf. Karl schleppt Eingewecktes nach draußen in den Hof. Er macht den Wagen klar, legt die Pferde ans Geschirr und ruft ins Haus: »Nu kimmt, de Zug fährt ohne euch ab!« Mutter und Tochter haben mehrere Schichten Sommerkleider übereinander aufgetragen, um den wertvollen Platz in ihrem Gepäck nicht zu verschwenden. Mit vollen Taschen hasten sie hinaus, werfen sie auf die Ladefläche und springen auf. Karl hält die Zügel fest und ruft den Tieren das Kommando. Weil sie ihm doch zu langsam sind, gibt er ihnen, was selten geschieht, die Peitsche. Sie schütteln sich und reißen am Geschirr.

Nun verlassen wir die Heimat, denkt sich die Zehnjährige. Nun ist es für lange Zeit das letzte Mal, dause sieht. Sie starrt auf Heim und Hof, immer noch und wieder, bis es sich entfernt und kleiner wird. Der Wagen passiert den Friedhof, erreicht das Dorf. An der Kleinbahnrampe von Plicken dampft die Lokomotive. Der Steig ist voll mit Leuten. Mütter und Kinder reichen Gepäck in die Waggons, Hektik überall. Alinka springt vom Wagen, zieht zwei Taschen herunter, übergibt sie an die Mutter, greift nach einer dritten. Aus dem Kesselraum der Lok entweicht grauweißer Dampf, ein Hupen ertönt, das Tuckern wird lauter. Noch ein Hupen, der Zug ist bereit. Der Rauchfang auf dem Lokomotivendach vernebelt die angrenzenden Baumkronen. Es zischt und raucht auch unter den Waggons. Karl schiebt einen Kasten mit eingemachten Töpfen durch die

Tür ins Zugabteil, den Elisabeth entgegennimmt. »Passt auf euch auf!«, ruft sie dem Schwiegervater zu.

Alinka hebt den Kopf. »Was? Großvater, bleibst du hier? Beeile dich, steig ein!«

Er faltet die Hände, verzahnt alle Finger miteinander und ballt sie zu einer gewaltigen Faust. »Höre darup, wat Mutter dir säd. Hörst mi, Edelstejn?«

Der Zug gibt einen Ruck, die Lok drückt ihre Wagen aus dem Bahnhof. Geschrei und Rufe speist der Eigenlärm der stählernen Kreatur. Die Alten bleiben am Bahnsteig zurück, sie wollen ihre Höfe nicht verlassen. Alinka steht in der offenen Tür und starrt auf den Großvater. Er winkt ihnen noch mal zu. Sind es Tränen auf seinem Gesicht, oder ist es der Rauch, der alles verzerrt? Alinka weiß es nicht. Sie blickt hinüber zum Hof, dann wieder zu ihm. Wortlos sieht sie mit an, wie seine Gestalt und der Heimathof verschwinden, als der Zug den Wald erreicht. Mutter und Tochter fallen heulend ineinander.

Nicht lang danach treffen sie in Memel ein, hetzen mit Sack und Pack hinüber zum Hauptbahnhof und suchen nach einem abfahrbereiten Zug. Auf den Steigen ist der Teufel los, zwei Züge stehen da, sie sind bereits überfüllt. Als ein dritter ins Gleisbett rollt, tuckern die anderen beiden nacheinander hinaus auf die Strecke. Wie im Wahn eilen die Menschen zu den ankommenden Waggons. Der Zug ist noch nicht mal im Stillstand, schon werden seine Türen aufgerissen, werden Gepäck und Kinder hinauf geschoben, wird gestoßen, gedrängt, gedrückt. Aus einem Sprachrohr hallen Durchsagen, die keiner versteht. Wohin er fährt, dieser Zug, ist jetzt egal. Nach Süden wird er fahren, das ist gut, im Süden liegt Insterburg, da wohnt die Schwester und Tante, dahin wollen sie. Karl Gindullis hat den Städtern per Telegramm wissen lassen, dass sie kommen werden.

Insterburg liegt von der Reichsgrenze weit entfernt, diese Stadt gibt Sicherheit. Doch bombardiert wurde auch sie bereits, knapp eine Woche ist das her. Der Doktor hat es dem Großvater gesteckt. Geglaubt hat er es ihm nicht, ihn als Bauernfänger tituliert und von seinem Hof gescheucht. Er solle nie mehr wiederkehren, der werte Herr Scharlatan und Pillendreher.

Die geleerten Schnapsflaschen, die der Doktor ihm zum Füllen brachte, zerschlug Karl an der Giebelwand. Seitdem sind beide Männer entzweit.

Es geht ja zurück, es geht ja wieder heim, denkt sich Alinka. Eines Tages, irgendwann, da geht es wieder nach Hause. Ein Ruck schlägt durch die Kette aus Waggons, der Zug fährt an, begibt sich durch die Vororte der Stadt, die bereits wie leergefegt erscheinen. Was hier zum Bahnhof flüchtet und weg will, sind die Dörfler, die Bauern und Landarbeiter. Memel selbst wirkt einer Totenstadt gleich. Ihre verbliebenen Zivilisten werden sich am Hafen tummeln. Nur an den Gleisen und Schiffsanlegern regt sich das Leben noch zuhauf.

So rutscht dann auch das letzte Haus am Bahnrand vorbei. Die anfängliche Traurigkeit weicht nach und nach einer befremdlichen Reiselust, einem Abenteuer, je weiter der Zug sie nach Süden bringt. Weinende Kinder verstummen, liegen schlafend in den Armen ihrer Mütter. Alinka und Elisabeth sitzen im Gang des Wagenabteils auf ihren Taschen. Nach dem Gedränge am Bahnsteig kurieren sie nun ihre blauen Flecken aus.

Die Fenster sind geöffnet, herrliches Wetter gedeiht an diesem Tage Anfang August. Grüne Wälder und weite, weite Felder dominieren das Bild dieser Landschaft. Am blauen Himmel kreisen die Schwalben. Ein wahrer Sommertag ist das, einer, an dem Alinka mit Emma und ihren Freunden auf der Wiese liegen und die Füße ins Bächlein halten würde. So ein Tag, um nach der Arbeit im Stall faul unter den Apfelbäumen einzudösen. Es ist ein neues, unergründetes Land, sind Dörfer, Flüsse und Teiche, die sie nie gesehen hat.

Sie betrachtet das Memelland. Ihr Memelland. Es ist so schön, dass sie, egal wo, aussteigen und es erkunden möchte. Mit Emma und den Mädchen will sie toben und klettern, an den Ufern dieses Baches und jenes Teiches stromern, fremde und doch so vertraute Felder und Wäldchen durchstöbern, in Gebüsche krabbeln und Käfer suchen. Auf der Wiese dahinten vor dem Bauernhof möchte sie liegen, den Rock anheben und durch den Bach dort waten, der dem von Plicken so ähnlich sieht. Nach den Pflichten draußen sein, erst abends wiederkommen, wenn ein hungriger Magen sie nach Hause treibt. Bei Sonnenuntergang voller Glück sich auf den kommenden Tag schon freuen. Bis nach den Ferien die Roggenernte beginnt und die Arbeit ins Kinderleben zurückkehren wird. Und alles unter dem weiten, blauen Himmel mit seinen wenigen Wolken am Horizont.

Aber was ist mit Emma, sind die Kirwitzkes auch geflohen? Elisabeth beschwichtigt, sie hätte gehört, dass auch sie aufbrechen wollten, auf dem Wagen eines Verwandten. Der wolle an diesem Tage bei ihnen halten und sie mitnehmen in die Stadt. Doch wer versorgt das Vieh? Im Hause Kirwitzke leben keine Großeltern mehr, die das übernehmen können. Die Rinder müssen gemolken und den Schafen die Tränken aufgefüllt werden. Elisabeth weiß darauf keine Antwort. Alinka redet sich ein, Karl und Hilde kümmerten sich schon darum.

Die Straßen sind mit Fuhrwerken angestaut. Mal nähert sich ihnen der Zug, dann kann Alinka sie genau betrachten, mal entfernt er sich weit weg von ihnen. Auch sie sind auf der Flucht. Doch sie kommen viel langsamer voran, behindern sich, weil es so viele sind. Sie verstopfen die Wege und Alleen. Gut, dass sie und Mutter in den Zug gefunden haben, denkt sie sich beim Anblick der unzähligen Wagen und Gespanne.

Auf einem Felde treiben alte Männer mit Hunden wohl über tausend Rinder fort. Alinka liest auf den Bahnhofsschildern die Namen der Dörfer und Städte, die der überfüllte Zug durchkreuzt. Prökuls, Wirkieten, Saugen. Er stoppt an keinem Haltepunkt, fährt durch bis irgendwo. Es heißt, er würde nur in den großen Städten halten und leer wieder in den Norden fahren, um weitere Flüchtende in Sicherheit zu bringen. Vor Heydekrug mindert der Zug seine Fahrt, weil ein Treck die Schienen blockiert.

Am späten Nachmittag gelangen sie an einen breiten Strom. Es wäre die Memel, sagen die Leute im Abteil. Die Memel also, denkt sich Alinka, der widerspenstige Fluss, von dem der Großvater ihr erzählte, von dem es heißt, er käme in der fünften Jahreszeit, dem Schaktarp, aus seinem Bett heraus, um Weiden und Äcker in einen Riesensee zu tränken. Das ist er also, doch heute zieht er friedlich dahin.

Hier endet unser Memelland, sinniert Alinka weiter. Der Großvater sagte, es hätte viele Namen, mancher nenne es Kleinlitauen oder Preußisch Litauen oder einfach nur das Memelgebiet. Er ist schon viel herumgekommen, Großvater, der gebildete Mann. Doch weiter als bis Tilsit war auch er noch nicht, abgesehen von seinem Kriegsdienst 1916 in Frankreich an der Somme. Über diese Zeit hat er nie gesprochen, er hat sie ausgelöscht. Elisabeth sagte, er müsse Unaussprechliches gesehen, vielleicht ja selbst getan haben. Sie solle ihm darüber niemals Fragen stellen.

Vom Eisenbahndamm, den sie nun passieren, blickt sie auf die östlich gelegene Königin-Luise-Brücke, ein Bauwerk mit drei hoch aufragenden Stahlbögen in der Mitte und spitzen Türmchen am Ende. Diese Brücke aber, trotz ihrer Größe, ist ein Engpass für die Menge an Fuhrwerken aus dem Norden. Wie angewurzelt stehen die Wagen auf dem Bauwerk. Die Zugpassagiere halten ihre Köpfe aus den Fenstern. Am Südufer grüßt eine Tilsiter Kirche.

Behutsam schlängelt der Zug durch die Stadt, aus der die Tante jedes Mal den Käse mitbringt. Nicht zu übersehen sind die zerstörten Häuser, verbarrikadierten Türen und Fenster. Brannte hier das Teufelsfeuer, das sie sahen, als Frau Kirwitzke nachts an ihre Tür hämmerte, als sie vor dem Hofe standen und den Blick nach Süden richteten? Pferdewagen, Fußgänger mit Koffern auf Handkarren werden hindurchgeführt. Militär tritt in Erscheinung, Lastfahrzeuge und ein Panzer am Fahrbahnrand. Bauern scheuchen ihr Vieh durch die Gassen.

Alinka ist von festem Schlaf befangen, als der Zug gegen Abend stoppt. Insterburg ist erreicht, Endstation, von hier geht es für die Lokführer wieder retour nach Memel. Die Menschen quellen hinaus auf den Bahnsteig, suchen nach weiteren Zügen Richtung Königsberg. Im Gedränge blitzen bekannte Gesichter auf. Tante Martha und ihre zwei Ältesten sind gekommen und empfangen die reisenden Verwandten. Mit müden Augen lässt Alinka das Knuddeln und Herzen der Tante über sich ergehen. Maria und Wilhelm nehmen die Taschen ab. In flinkem Tempo entschwinden sie dem Bahnhof zur Hindenburg-Allee und dann rechts ab zur Luisenstraße, Ecke Wichertstraße.

Eine schicke Gegend, meint die nun wachgewordene Alinka, so viele Häuser mit Balkonen. Aber auch hier hat schon der Krieg gewütet, wie sie an manchen Ecken erkennen muss, genau wie in der Käsestadt. Zerstörte Gebäude, frische Trümmer und Ruinen, von Bomben voll getroffen. Nun, da es bei Schritte vorwärts geht, sieht sie ihn leibhaftig, den Krieg und seine Macht. Die Hölle hat diese Straßen heimgesucht. Nur der Teufel kann zu einem solchen Werke fähig sein, nur er birgt so viel Hass. Eine ganze Häuserreihe nur noch Schutt und Bruchstein. Wo vormals Menschen lebten, nun offene Wohnräume mit lose hängenden Tapetenbahnen und Gardinen, die im Winde schwingen. Herabgefallene Möbel, eine Wanne halb im Freien auf der Abbruchkante. Straßenschäden, Granatlöcher, Bombentrichter, Scherbenhaufen. Manche Straßen dagegen völlig unberührt. Es war die Laune des Schicksals, wer sein Haus verliert. Ein Pokerspiel basierend auf Glück und Misere. Den einen trifft es, den anderen nicht. Es sei in der Nacht gewesen, berichtet die Tante, nur wenige Tage her, da fielen die Bomben herab. Dann hat Herr Behrendt, der Tierdoktor, also die Wahrheit gesagt.

Martha schiebt eine Gitterpforte auf und dann die schwere Tür zu einem dahinterliegenden Haus. Im Flur, in dem es nach Kohlen riecht, steigen sie auf Holztreppen hoch bis in den dritten Stock. Dort wartet Margarethe auf der Schwelle, an ihrer Hand der kleine Walter. Am Türschild steht der Name »Eichlohn«. Mit Freude werden Tante und Cousine hineingebeten. Die Schwestern zeigen Alinka das bereitete Gästebett in der Mädchenstube, ein Zimmer zum Hof. Sie zeigen auch dies und jenes, eine Flasche Parfüm, ein Bild an der Wand. Die Weitgereiste aber ist zu kaputt, das alles aufzunehmen, sie will nur noch liegen und am liebsten sofort schlafen.

Zunächst aber gibt es Abendbrot. In der Küche, deren Fenster zur Straße zeigt, sitzen sie nun zu Tische. Elisabeth gastiert zum ersten Mal seit vielen Jahren wieder in der Stadt ihrer Kindheit. Für Alinka ist es die zweite Reise hierher. Doch alles ist neu für sie, denn damals, als ihre Mutter sie mitnahm, war sie noch ein Kleinkind, das gerade laufen lernte. Martha klappt das Fenster an, sie will sofort reagieren können, sollte ein Sirenenton aufheulen. Dann würden sie mit der gepackten Nottasche an der Tür in den Keller eilen. Alinka sagt nichts, sie hört nur zu und fragt sich selbst, warum sie so gelassen bleibt. Es ist die Müdigkeit, der Wunsch aufs Bett, nach Schlaf. Endlich liegt sie dann in den Federdecken, lauscht noch ein wenig den Worten ihrer Cousinen, um bald hinweg zu schweben ins Land der Träume, des Friedens.

Als sie des Morgens die Augen aufschlägt, muss sie ihre Gedanken sortieren. Es ist nicht ihr Zuhause, ihre Kammer, nicht die vertraute Gardine am Fenster. Dann kehrt das Gestrige zurück, und sie begreift, was am Vortag geschehen war und wohin es sie verschlug. Insterburg, geht es ihr durch den Kopf, die Stadt von Tante Martha, die Herkunft ihrer Mutter. Der Boden unter diesem Haus ist nicht das Memelland. Ihre Augen rollen durchs Zimmer, durch das Gemach der noch schlafenden Cousinen, deren Betten sich an der gegenüberliegenden Wand aufreihen. Dort eine Kommode von nussbraunem Glanz, daneben ein Schrank, ein Tisch mit zwei Polsterstühlen. Im Winkel an der Tür ein weiterer Kleiderschrank. An den weiß verputzten Wänden hängen Bilder mit hölzernen, viel zu dicken Rahmen. Die Zimmerdecke ist drei Meter hoch, viel höher als daheim.

Alinka richtet sich auf und zieht auch hier die Gardine beiseite, wenngleich sie dabei einen Fuß auf den Boden setzen muss, um dort heran zu gelangen. Was sie da sieht, das reicht ihr nicht, es sind nur die Spitzen einiger Dächer. Sie will mehr und setzt den zweiten Fuß auf dem Teppichboden ab. Nun blickt sie hinunter in einen Hof mit reichlich Grün, mit Bänken und Rasenflächen, einem Wäscheplatz. Häuser, überall Häuser, so hoch und massiv, eines neben dem anderen. Ein Fenster ragt ans nächste, das nächste ans übernächste, es hört nicht auf. Auch die Spitze eines Kirchturms ist zu sehen. Maria erwacht und regt sich. Alinka schlüpft zurück ins Bett. Dann treffen sich ihre Blicke, ein Lächeln auf beiden Seiten. »Hast du gut geschlafen?«, fragt die Dreizehnjährige. Alinka nickt und bleibt stumm. Nun reckt auch Margarethe die Nase aus den Kissen.

Die Mütter sind längst auf, sitzen am gemachten Frühstückstisch und unterhalten sich, während Elisabeth einen Brief an den Großvater schreibt. Er soll Bescheid wissen, dass sie heil angekommen sind und es ihnen gutgeht.

Alinka sieht sich um. Das Mädchen vom Lande betrachtet jeden Winkel der Stadtwohnung. Allein die Küche ist so groß wie das gesamte Unterhaus in Plicken. Der runde Tisch in der Mitte würde nur ein Mal in ihre Kammer passen. Auf den Zierstühlen liegen rote, weiche Kissen. Unter dem Fenster steht eine Spüle zum Reinigen von Geschirr, darüber steckt ein Wasserhahn in der Wand. Ein kupferfarbener Griff, der in der Morgensonne glitzert. Wenn die Tante daran dreht, füllt sich der Kessel in ihrer Hand. Sie stellt ihn auf den Herd und wartet, bis er kocht. Der Herd dort in der Ecke ist ein modernes Gerät auf vier Eisenfüßen, es wird Küchenhexe genannt. Mit Emaille beschichtet sieht das Ganze aus wie ein Schrank mit aufziehbaren Fächern. Das größte Fach verbirgt das Backblech und den Bratrost. Obendrauf befindet sich die Kochplatte für die Pfannen und Töpfe, im hinteren Winkel ein breites Rauchabzugsrohr.

Interessanter noch ist das Medizinschränkchen, ein brauner Kasten neben dem Fenster, so groß wie ein Kinderkoffer, darin sind Döschen mit Cremes und Salben gestapelt. So viel Neues und Bekanntes gibt es hier zu sehen, wie das Spiegelschränkchen über der Spüle, an dem die Handtücher hängen, wie das weiße so liebevoll geschnitzte Eckregal mit den Deckelgläsern drauf, wie die Gewürzablage im Hängeschrank, den die Tante gerade öffnet.

Alinka betritt die gute Stube. Die ist mit Mobiliar so verbaut, dass niemals Platz zum Greife-Spielen wäre. Ein fusseliger Teppich, graue Polsterstühle und ein graues Polstersofa, mittig ein edler Tisch mit weißer Blumendecke. All das raubt dem Zimmer jeglichen Horizont. Platz und Freiraum sind doch ein Segen. Neben der Tür tickt in dominantem Klack-Klack-Klack immerfort das Monstrum einer Wanduhr. Sein messingfarbenes Pendel schwenkt es unterhalb im Wechsel zu beiden Seiten aus, zur vollen Stunde macht es Gong. Des Nachts hat es sie ein paar Mal aus dem Schlaf gerissen. Einige Fächer der Anrichte haben Schiebefenster, hinter denen Figuren aus Glas und Keramik aufgestellt sind. Weiter oben, neben den Büchern, reihen sich Porzellanhirsche aneinander.

Nun tritt sie in den Raum von Wilhelm und Walter. Dort liegen Hunderte Spielzeuge auf dem Boden. Soldaten aus Zinn, Holzeisenbahnen und geschnitzte sowie bemalte Tierchen aller Art. Eine solche Vielfalt hat Alinka nie gesehen. Doch die Jungen interessieren diese Spielsachen kaum, sie hocken lieber im Mädchenzimmer und kippen deren Parfümfläschchen aus. Jeder Raum hat einen Schalter für elektrisches Licht. Kerzen und Petroleumlampen benötigt hier niemand.

Im Nähstübchen der Tante entdeckt sie auf einer an der Wand montierten Bohle ein massives Bügeleisen, größer als jenes, das Mutter und

Großmutter in Plicken verwenden. Auch dies hier scheint mit einem glühenden, im Ofen erhitzten Bolzen gefüllt zu werden. Alinka tritt zum Fenster und hebt den Koffer an von einem Tisch mit Eisengestell und einer Holzplatte darauf. Sie erblickt eine Nähmaschine, schwarz glänzend, mit in Gold gefasster Signatur. »Pfaff 30«, spricht sie es leise aus. Wahrhaftig ein Tisch mit eingebauter Nähmaschine. Nie hat sie solch ein Ding bisher gesehen, doch weiß sie, was das ist. Diese Wohnung birgt noch viele Geheimnisse. Jetzt aber wird gefrühstückt, die Mutter ruft nach ihr.

Nach dem Essen steigt sie im Hausflur treppab, um die Gemeinschaftstoilette aufzusuchen, ein kleiner Raum im Erdgeschoss, den sich alle Bewohner teilen. Ein Raum ohne ein Fenster nach draußen, aber mit einem Fensterchen in der Tür zum Flur. Er hat in etwa die Maße ihrer Kammer daheim. Schon gestern Abend fiel ihr zuerst das breite Waschbecken auf. Auch hier guckt ein Wasserhahn aus der Wand. Sie legt den Lichtschalter um und verriegelt die Tür, die oberhalb auf ihrem Innenfensterglas eine Gardine trägt. Wie gut haben es doch diese Städter, denkt sie sich, müssen nicht mit dem Eimer zum Hof und eine Kette schwingen, brauchen nur zum Waschtisch gehen. Müssen sich für ihr Bedürfnis in keine Hütte setzen, haben ein Klosettbecken im Haus, mit einer Strippe dran zur Wasserspülung.

Zu dritt verweilen die Mädchen auf dem geräumigen, nach Osten gelegenen Küchenbalkon. Margarethe zeigt hierhin, Maria dorthin, Alinka folgt ihren ausgestreckten Fingern. Dort sei dies und dort sei jenes, der Fluss, die Angerapp, geradeaus die Kasernen, irgendwo da vorn die Lutherkirche am Alten Markt. Die meisten Fenster hier und gegenüber sind verschlossen, kaum Leute auf den Balkonen zu sehen. In den Straßen und Gassen sind es die bullernden, fast zur Gewohnheit gewordenen Flüchtlingsfuhrwerke und Handwagen, Fußgänger mit schwerem Gepäck. Viele Bewohner Insterburgs würden die Nächte auf Bauernhöfen im Umkreis verbringen, aus Angst vor Bombenangriffen. Am Tage aber kämen die meisten von ihnen zurück, um zu arbeiten oder nach ihren Wohnungen zu sehen. Aber sollten dann, kommt es Alinka in den Sinn, nicht auch sie selbst bei Nacht die Stadt verlassen haben? Die Cousinen beruhigen, sie müsse nicht bangen, denn reichlich Militär sei hier zugegen, Flak an jedem Ende. Schon nähern sich Dutzende Stiefelschritte einer marschierenden Truppe von links und biegen in die nächste Gasse ab. Das sei die Morgenparade, weiß Margarethe zu berichten. Alinka deutet auf einen zerstörten Block auf rechter Seite. Ja, der stamme auch vom Bombardement, so die Älteste, Maria. Doch seit dem Angriff würde die Anzahl der Geschütze und Stellungen rund um Insterburg verstärkt. Die Cousinen lachen, dass es fröhlich ins grässliche Städtchen hallt.

Aus der östlich gelegenen Garnison dröhnt der Lärm von Gewehrschüssen empor. »Nur eine Übung, Zielschießen der Rekruten!«, ruft Maria und lacht abermals. Die Gelassenheit ihrer Cousinen begreift sie nicht. Weder die Evakuierung der Stadtbewohner noch die erneute drohende Gefahr aus der Luft interessieren diese beiden. Und wenn die Sirene heult, dann würden sie in den Keller rennen. Der sei aus dickstem Ziegelstein und mit einer Eisentür versehen. Doch was, wenn auf dem Keller nachher der Schutt eines zerbombten Hauses liegt?

Die Mädchen wetzen treppab, hinaus auf die Straße. Gespanne ruckeln vorüber, in Richtung Bahnhof oder Stadtausgang, immer dorthin, wo die Sonne heute Abend untergehen wird. Die Schwestern wollen ihrer Cousine den Stadtkern zeigen. So spaziert das Trio vorbei an verbarrikadierten Haustüren auf der Hindenburg-Allee und biegt an der Forchestraße links ab, wo die Schule der Mädchen steht. Unterricht gibt es keinen mehr. Frei jeder Sorge tanzen sie hinüber zur anderen Straßenseite und dann zum Neuen Markt am Gawehnschen Teich, dessen Uferpfad die überhängenden Bäume ein Muster verleihen. Im Flachwasser stupsen Rotfedern an die Oberfläche. Weiter draußen paddeln Enten, die sich den Kindern zaghaft nähern. Rinder brüllen in der Ferne, es müssen Tausende sein, fast schauerlich. Ein hübsches Gewässer, denkt sich Alinka. Mit einem Ruderkahn will sie hinüber treiben. Doch Kähne sind nicht zu sehen, nur ein Damm ein Stück nach rechts, der einen weiteren Teich verhüllt, einen, den die Cousinen den Schlossteich nennen. Den aber wollen sie erst morgen besuchen, denn zu lang dürfen sie nicht bleiben, es könnte der Alarm aufheulen, der heimische Keller ist weit. Auf dem Rückweg kreuzen sie eine Kirche, die viel größer und schöner ist als die in Plicken.

Zu Abend rücken sie alle, bei schwachem Licht und zugezogenen Übergardinen, in der guten Stube zusammen. Der so prächtige lila Himmel im Westen bleibt ihnen verborgen. Die Nachbarn sind gekommen, zwei betagte Leute aus dem Erdgeschoss. Außer ihnen und der Familie Eichlohn wohnt des Nachts niemand mehr in diesem Aufgang. Er, Herr Buchholz, mit der Altersglatze und einer schiefen Brille auf der Nase, ist Hausvorstand und schippt für die Bewohner die Kohlen in den Flur. Jetzt im Sommer seien sie billiger, erklärt er mit krächzender Stimme. »Allet wird ja teurer im Kriech«, fügt seine Frau, ein mageres Weiblein, hinzu. Die Jungen haben auf dem Flachtisch eine Armee aus Zinnsoldaten aufgestellt. Wilhelm erklärt seinem Bruder die Geltung einer siegreichen Infanterie. Maria und Margarethe, mittig die Cousine, lehnen im Sofa. Ein Grammophon wirft gedämpfte Klänge von Orchestermusik aus.

In ruhigerer Minute fängt Alinka ihre Mutter ab und fragt, was mit denen geschieht, die in Plicken geblieben sind, wenn der Russe dorthin kommt. Nichts geschehe mit denen, ist Elisabeth überzeugt, den alten Leuten tun die Russen nichts. Nur den Frauen würden sie zu Leibe rücken, das ist wohl leider so. Auch Männer in Uniform stünden nicht gut da. Jetzt aber wolle sie nicht weiter darüber reden. Für Alinka ist das nicht Antwort genug. »Warum tun die Russen den Kindern etwas an?«, ist ihre nächste Frage, ehe sich Elisabeth wegdrehen kann. »Kinder tun doch keinem was.«

»Was redest du für einen Unsinn, Liebes.«

»Hofmüllers Witwe hat das gesagt.«

Elisabeth schüttelt den Kopf. »Hofmüllers Witwe ist nicht gescheit.«

Martha betritt die Küche, das Gespräch zwischen Mutter und Tochter endet, bevor es richtig begann. Noch mal wird Alinka es nicht wagen, der Mut dazu ist aufgebraucht. Sie nimmt sich einen Apfel aus der Schale und geht ins Mädchenzimmer. Der Schalter an der Tür gewährt ein flackerndes Licht.

Am zweiten Morgen liegt sie wach in ihrem Bett, während die anderen noch schlafen. Durchs offene Fenster dringt das Fiepen einiger Schwalben.

Sonst aber ist kein Vogellaut zu hören. Kein Gezwitscher einer Kolonie von Spatzen, kein krähender Hahn, kein Klappern auf dem Dach. Erneut rollen ihre Augen das Zimmer ab, setzen über die Kleiderschränke hinweg und verharren auf einem der Bilderrahmen an der Wand. Es ist ein Gemälde von einem Blumentopf, gezeichnet einst von irgendwem. Es gibt wohl interessantere Bilder als dieses, sodass sie weiter schwenkt zum nächsten Rahmen, der da ein Foto zeigt. Ein Hafen mit Schiffen und Getreidespeichern ist darauf zu sehen.

Droben im Zimmer hängt die Lampe mit ihrem grünen Gewebeschirm, die nachts so grell das Licht auswirft, nun aber keinen Nutzen hat. Sie lockt die Zimmerfliegen an, die unter ihr die Kreise ziehen. Nach dem zweiten Kleiderschrank reiht sich ein pompöser Spiegel an die Wand, in dem Alinka sich schon gestern ausgiebig betrachtet hat. Ein listiger Spiegel aber ist das, der Gesichter entstellt, der sie unnatürlich präsentiert. Die Cousinen wissen das und kämmen sich das Haar im Elternzimmer. Das Eckregal und die Ablage über dem Schreibtisch sind mit Kosmetika in Gläschen und Fläschchen zugestellt. Wozu die Menge gut sein soll, das kann Alinka nicht ergründen. Gut riechen tut ein Mädchen doch, wenn es sich mit klarem Wasser reinigt, so wie es in den Städten aus der Leitung kommt.

Als die Mädchen am Frühabend auf die Straße treten, ruckeln Armeefahrzeuge vorüber und verschwinden in Richtung Garnison. Nachdem ihr Motorenlärm verstummt ist, erklingen abermals die dumpfen Pferdehufe und knarzenden Wagenräder eines Trecks, der zum Bahnhof und dem Ausgang der Stadt entgegenzieht. Die Menschen auf den Wagen schweigen sich in ihr Schicksal. Vielleicht haben sie niemanden, zu dem sie gehen können, keine Tante Martha, die sie aufnimmt und ihnen Obhut gewährt. Sie müssen weiterziehen, immer nur weiter und einer Zukunft entgegen, die sie nicht kennen und nicht wollen, die ihnen aufgebürdet wird.

Bis an den Schlossteich hin am westlichen Rand hat es die Mädchen verschlagen. Sie sind die wenigen Spaziergänger dieser Stadt, die sich in Auflösung befindet. Sie sind der Kontrast zur Wirklichkeit. Was ist überhaupt noch wahr, woran ist zu glauben? Sind diese Kinder echt, sind sie denn real, wie sie inmitten einer albtraumhaften Welt, die sich im Mantel des Schönwetters tarnt, völlig unbekümmert da am Teiche sitzen und Kieselsteine werfen? Wahr kann das beileibe nicht sein, doch sie wirken echt, diese Mädchen mit den langen Zöpfen, mit dem heiteren Gelächter, der lieblichen Ahnungslosigkeit.

Das Gespür für eine drohende Gefahr ist ihnen noch längst nicht eigen in ihrer angeborenen Naivität. Da jault aus der falschen Stille ein Sirenenton herauf, schwillt an und schwillt ab, dann wieder von vorn. Eine Kirchenglocke läutet wie von Hast getrieben. Von weiter weg schwappt der Laut einer zweiten Sirene hoch.

Nun hetzen sie durch die Straßen, dem Heimathaus und dem rettenden Keller zu. Sie haben sich weit entfernt. Jetzt erst und viel zu spät ist sie da, die Angst vor den fliegenden Zerstörern, den Geiern, die ihre Brut vom Himmel fallen lassen. So weit kann es doch nicht gewesen sein, so weit sind sie doch nicht gegangen. Nach einer Straßenecke folgt die nächste und zuletzt die Hindenburg-Allee, noch mal links herum, dann endlich ist es da, das Haus der Tante, das der Eichlohns. Martha und Elisabeth winken ihre Kinder heran, trimmen sie zu noch mehr Eile. Ihre Rufe gehen im Gesang der Sirenen unter. Die Mädchen stürmen durch die Pforte, ins Haus, die Kellertreppe hinab, hasten in einen beleuchteten Gang. Dort sitzen auf einer Kiste die Brüder Wilhelm und Walter, das Notgepäck zwischen sich gepresst. Daneben Herr und Frau Buchholz aus dem Erdgeschoss. Das Trio sackt auf die Bank und ringt nach Luft. Martha zieht die Kellertür heran. Die Sirene heult nicht mehr. Dann herrscht Stille untertage. Banges Horchen auf das Einsetzen von Propeller-Lärm.

Nichts passiert, die Kinder sehen sich an. Kein Wort entweicht auch nur irgendwem. Die schwache Birne an der Decke erleuchtet den Keller geradeso. Minuten rinnen ins Tal der Zeit, dehnen sich aus wie Monate. Dann heult die Sirene wieder auf, doch diesmal ist es ein langgezogener Dauerton. Entwarnung wird gegeben.

Die nächsten Tage verlaufen ruhig, fast eintönig und stets im gleichen Rhythmus. Auf ihren Streifzügen durchs Viertel entfernen sich die Mädchen nie weiter als drei Laufminuten. Manchmal hocken sie einfach nur am Bordstein und sehen den vorbei ruckelnden Fuhrwerken nach, vertiefen sich in den Gesichtern der unfreiwillig Reisenden und lesen ihnen die Gedanken ab. Einige Wagen sind haushoch aufgetürmt, dass es den Zugtieren Mühe bereitet und ihr Anblick Mitleid auslöst. Das Gespann einer vierköpfigen Familie ist derart aufgeragt, wie es das noch keiner wohl gesehen hat. Getreidesäcke zwei Meter über dem Wagenrand, darüber Stühle und Tische festgebunden, eine Plane zur Hälfte gespannt. Zwei Knaben dirigieren eine Pony-Kutsche, derer ein Jungtier folgt. Viele gehen neben ihrem Wagen her, um die Zugtiere zu entlasten. Mancher schiebt, packt mit an oder zieht vorn am Geschirr die müden Gäule hinter sich. Unweit des Marktplatzes hat ein Vierer-Gespann Radbruch erlitten, weil es zu hart an den Randstein geschlagen ist. Klagende Frauen halten die Arme zum Himmel, jammern, beten und rufen um Hilfe. Polizisten und Volkssturmmänner weisen das Fluchtgefährt in eine Seitengasse, um in den engen Straßen einen Wagenstau zu verhindern.

Martha setzt sich an die Nähmaschine, legt eine Spule ein und fädelt einen Zwirn durch die Nadel. Sie beugt sich unter den Tisch und hängt einen Lederriemen aufs große Rad. Dann bewegt sie das Handrädchen an der Maschine, tritt aufs Fußpedal und zeigt ihrer Schwester, wie solch ein Gerät funktioniert. Sie arbeitete in einer Schneiderei, die erst vor kurzem geschlossen wurde. Onkel Heinrich war vor dem Krieg als Schuhmacher tätig. Derweil sieht Alinka den Cousinen dabei zu, wie sie einen Berg an Kleidern von der Kommode nehmen und zusammenlegen. Daneben steht eine Holztruhe mit hochgeklapptem Deckel, die eine reichhaltige Lebensmittelhortung offenbart.

An jedem dritten Tag wird Brot gebacken, nun müssen auch die Mädchen mit ran. Die Küchenhexe qualmt trotz Abzugsrohr. Während die ersten Brote aus dem Ofen genommen werden, kommen die nächsten aufs Blech und wird der Teig für die übernächsten schon geknetet. Die Jungen sind los, um von benachbarten Gärten Äpfel mitzubringen und anderes Obst oder Gemüse, das sie auftreiben können. Nur mit System kann so ein Haushalt funktionieren, stimmen Mutter und Tante überein.

Nach Tagen und Wochen in neuer Umgebung wächst die Sehnsucht nach dem gewohnten Leben daheim. Der Aufbruch passierte so schnell, dass kein Abschied genommen werden konnte. Es hieß, sie kämen zurück, doch so wie Mutter und Tante, wie auch die Cousinen reden, wird es kein Zurück mehr geben. Alinka will nicht woanders sein, sie will nach Hause. Sollen doch die Russen kommen, sollen sie ihr doch antun, was auch immer sie Kindern antun. Sie will doch nur zu Hause sein. Wenn dann in den Nächten die Bilder von daheim ins städtische Mädchenzimmer rieseln und ihre Sinne benebeln, dann gleiten nicht selten Tränen aufs Federkissen. Die heile Kinderwelt zerbröckelt in Abertausende Fragmente. Der Vater verschollen, an einem fernen Ort. Den Großvater wird sie wohl auch nicht wiedersehen. Er blieb daheim in Haus und Hof. Er hat es gut, er ist geblieben, ist nicht davongelaufen wie die anderen.

Alinkas Wimmern weckt Maria. »Was hast du?«, fragt sie. Das Kind aus dem Memelland antwortet nicht. Maria richtet sich auf und schreitet hinüber, setzt sich auf die Pritsche und tupft der Cousine mit dem Nachthemd das feuchte Gesicht. In den Augen der Heimatvertriebenen scheint sich ein Ozean zu spiegeln, dessen Sterne heller leuchten als das Sonnenlicht am heißesten Tag. Sie verbirgt ihre Tränen nicht. Was ein Mensch fühlt, das braucht er nicht kaschieren. So redet Maria noch ein Weilchen auf die Cousine ein und bewirkt, dass das Tränenmeer versiegt, dass bald sogar ein Lächeln dem doch so hübschen Antlitz entweicht.

Weil nun die Müdigkeit überall ist, nur nicht in ihren Köpfen, schleichen sie in die Küche und raus auf den Balkon. In milder Sommernacht stehen sie barfüßig da, blicken hinaus auf die schlafende Stadt, die sich nun so anders zeigt als zu lichter Mittagsstunde. Sie recken sich an der Brüstung vor und lauschen der Kirchenglocke, wie sie zweimal schlägt. Ein weicher Lufthauch, aus dem Dunkel gekommen, herzt Alinkas offenes Haar. Wolken verhängen den Sternenhimmel, der nur hier und da einen seiner Diamanten aufblitzen lässt. Es ist so still, dass nicht einmal die Blätter rascheln.

Schwarze Fenster, schwarze Stadt, ein finstres Land. Alle fünfzig Meter weit steht eine Straßenlaterne, doch keine trägt ein Licht. Für wen sollten sie auch leuchten? Niemand zieht des Nachts vorüber. Oder vielleicht doch? Ein Knarren schert sich aus dem Dunkel, aus der Stille. Ein Lichtlein flackert auf. Die Mädchen verharren in Schweigen. Da schiebt zu unwerter

Stunde ein Alter seinen Karren durch die Stadt, vollgepackt mit Hausrat und Säcken. An den Haltegriffen schaukelnde Öllämpchen, die den Asphalt der Straße sichtbar machen. Vor einem Haus auf der anderen Seite setzt er die Karre ab, die Lämpchen kommen zur Ruhe. Sie fangen zwei Ratten ein, die sich am Rinnstein begegnen, sich beschnüffeln und ihrer Wege ziehen. Der Alte hebt die Karre an, die Lämpchen geraten in Bewegung. Für wen auch immer sie ihr Lichtlein werfen, wer auch immer dieser Alte ist, wohin es ihn führen wird, außer ihm ist kein Mensch zu sehen.

Der nächste Morgen kommt, die Mädchen schlafen bis um neun. Zu dritt begeben sie sich ins Bad im Erdgeschoss. Frau Buchholz hat es gerade verlassen, mit einem Seifenkästchen in der Hand, sie grüßt das Trio und verschwindet in ihrer Wohnung nebenan. Den Lichtschalter betätigt, den Riegel vorgezogen, das morgendliche Ritual beginnt. Die Mädchen genieren sich nicht, sie tun einander das, was sie an jedem Morgen tun. Während Alinka sich die Zähne putzt, Maria vor dem Spiegel ihr Haar durchkämmt, hockt Margarethe auf dem Becken. Es wird sich abgewechselt, jeder ist mal hier dran und mal da. Die Cousinen sind ihr wie Schwestern, liebgewonnen und ans Herz gewachsen. So fühlt es sich wohl an, denkt Alinka im Stillen, wenn man kein Einzelkind ist wie sie, wenn es da noch jemanden gibt, ob zum Spielen oder zum Toben, um nicht allein in der Kammer zu liegen, wenn der Mond durchs Fenster guckt.

In der Küche der Tante erwartet die Mädchen ein weiterer Backtag, der sich bis in den Frühabend hineinzieht. Nach dem letzten Mahl, bei Stulle mit Butter und Honig, sitzt die Familie in der guten Stube. Martha fordert ihre Söhne fortwährend zur Ruhe auf und hat das Fenster angelehnt. Die Übergardinen sind blickdicht zugezogen. Im Hintergrund schnurrt leise Musik im Königsberger Rundfunk. Statt der Deckenleuchte flimmern Kerzen auf dem Tisch. Neben ihrer Mutter liegt Margarethe eingekuschelt und blättert in Alinkas Märchenbuch. Walter rollt ein Auto auf der Sessellehne vor und zurück, Wilhelm baut seine Zinnsoldaten auf. Alinka starrt ins Kerzenlicht. Ihre Gedanken sind weit weg. Der Ellbogen von Maria trifft sie sanft, die Cousine schlägt ein Schulheft auf und liest einen Vers, den sie selbst einmal erdacht hat.

»Ist es der Frühling, nach dem ich mich sehne,
wenn ich von Herzen im Schlossteich die Schwäne,
nach ihnen die Augen nicht lassen kann,
weil sie mich ziehen in magischen Bann?
Ist es der Sommer, nach dem ich schmachte,
weil ich den Urlaub im Samland verbrachte?
Dort, wo die Ostsee das Land berührt,
mit ihrer Schönheit den Menschen verführt.
Oder ist es der Herbst, nach dem ich vergehe,
weil ich die Gänse am Himmel sehe?
Die nach dem Sommer nun südwärts ziehen,
wie die Menschen von hier nach Westen fliehen.
Nein, der Winter ist es allein,
weil ich mit dem Schlitten im Sonnenschein,
fern jeder Sorge und glücklich daran,
die Welt drumherum … vergessen kann.«

Die Mütter haben ihr Gespräch pausiert und verharren auf Marias Gesicht. Die klappt das Heft zusammen, kramt in ihrem Schulranzen, ohne nach etwas zu suchen. Sie scheint verlegen, doch verhüllt es, indem sie zu einem Lied anstimmt.

»Und wenn ich träumend oft durchgeh´, die düst´re Tannennacht, und hoch die mächt´gen Eichen seh´, in königlicher Pracht ...«

Margarethe und Alinka steigen mit ein.

»Wenn rings erschallt am Memelstrand der Nachtigallen Lied, und ob dem fernen Dünensand die weiße Möwe zieht.«

Auch Martha und Elisabeth gehen ab der nächsten Strophe mit. Die Söhne ziehen die Mundwinkel hoch. Stimmen füllen in leisem Klang den Raum und holen für wenige Minuten verlorengeglaubte Wärme zurück. »Ostpreußen hoch, mein Heimatland. Wie bist du wunderschön.« Als die letzte Zeile verhallt, herrscht Schweigen in der guten Stube.

Schon in den Nachtkleidern, poltert das Trio ins Erdgeschoss. Zähneputzen, waschen, noch mal auf die Toilette gehen. Auf dem Weg zurück nach oben begegnen sie Herrn Buchholz, der ihnen eine ruhige Nacht und gute Träume wünscht. »Ihnen auch, Herr Buchholz!«, rufen sie und wetzen in lautem Gekicher treppauf.

Überall verlassene Wohnungen, Scheiben ohne Licht, Türen, hinter denen niemand mehr wohnt. Namensschilder, die keinen Sinn ergeben. Es bedrückt Alinka, wenn die Cousinen hierhin und dorthin zeigen und berichten, wer da und drüben mal zu Hause war. Die netten Kaufmanns aus dem Zweiten, Frau Behr von gegenüber, die immer Kuchen brachte und manchmal den kleinen Walter betreute. Grete und Anna aus dem Vierten, mit denen sie noch vor Wochen gemeinsam zur Schule gingen. Heute am Tage sei ihre Mutter, die in der Stadt arbeitet, kurz daheim gewesen und habe nach dem Rechten gesehen, ehe sie mit ihrem Fahrrad zurück aufs Dorf verschwand. Ob es wieder so sein wird, wie es mal war? Ob alle zurückkommen werden und ob der Krieg doch noch mal endet?

Vor dem Schlafen bittet Alinka ihre Cousine, das Gedicht noch einmal vorzulesen. Als dann das Licht erlischt und Schweigen einkehrt, sinniert sie jede einzelne Zeile, bis sich die Worte ins Gedächtnis prägen, bis sie ins Traumland hinüber weht.

Hoffnung und Wiederkehr

Eine Nacht und noch eine, wieder eine vergeht. Es sind solche, die sich nicht abheben vom Grau des Himmels mancher Tage, die das Ungewisse in sich verbergen. Dann aber rast eine Nachricht durch den Sender, die aufrüttelt und Hoffnung macht. Ein deutsches Panzerkorps hätte die Russen weit zurückgedrängt. Radiomeldungen und Zeitungsartikel rufen die Bauern auf, heimzukommen und die Ernte zu besorgen, Kinder aber nicht mitzunehmen. An diese zweite Weisung, die Kinder dazulassen, wird sich kaum wer halten, weil die Berichterstatter sie auch nicht erläutern.

Von nun an holpern die Fuhrwerke, die Hand- und Leiterwagen nicht mehr fort nach Westen, sie kippeln zurück ins Heimatland. Es ist das Wunder, das jeder herbeigesehnt hat. Nun wird alles besser, der Russe ist geschlagen. Die deutsche Welt, sie geht nicht unter, sie wird weiter fortbestehen. Im Hause Eichlohn ist die Stimmung gut, es wird gelacht, geweint, getanzt. Martha schneidet Kuchen an, rührt für die Kinder den edlen Kakao ins Glas.

Als noch in derselben Kalenderwoche Züge wieder nordwärts rollen, die Bahnsteige so überlaufen sind wie damals in Memel, da brechen Mutter und Tochter mit ihren Siebensachen zur Heimreise auf. Schön war die Zeit in Insterburg, denkt sich Alinka beim Blick hinaus aus dem Schiebefenster des vollbesetzten Durchgangszuges. Noch schöner aber ist es daheim auf dem Hof. Den Großvater endlich wiedersehen, auch die Tiere im Stall und Minka. Wie es wohl Emma ergangen ist?

Tante, Cousins und Cousinen winken so lange, bis der Zug am Grünhof in einer Kurve versinkt. Noch mal geht es nach Tilsit und über den schlafenden Strom. Auf der Luisenbrücke trappeln die Fuhrwerke nun andersherum. Städte, Wälder, reife Kornfelder bewegen sich in der Landschaft. Fröhliche Gemüter in den Waggons, die Menschen singen und scherzen, ihnen ist die Tatkraft ins Herz zurückgekehrt. Endlich, nun endlich geht es wieder heim. Was aber die Idylle trügt, sind die vielen toten Rinder, deren Kadaver in Gräben und Mulden verwesen. Tiere, die die Reise nicht schafften, die in sumpfigen Wiesen steckenblieben, denen das Euter überwuchs, die nicht gemolken werden konnten und unter schmerzhaften Rufen niederfielen, verendet in den glutheißen Tagen des Sommers.

Stunden vergehen, während der Zug die verstopften Landstraßen passiert, die sich mal nähern, mal entfernen. Das Ruckeln auf dem Gleis macht träge, doch Alinka schließt die Augen nicht. Zu groß ist die Erwartung, die Freude aufs Zuhause. In Heydekrug schlagen die Waggons nach langem Nordwestkurs gen Norden ein, um bald schon wieder auf Nordwest zu lenken. Die Sonne legt weite Schatten herab. Wie ist doch das Memelland wunderschön, denkt sie sich. Nie mehr will sie es verlassen, um keinen Preis der Welt. Schon Insterburg ist viel zu weit. Die Memel aber will sie noch einmal im Winter sehen, wenn das Eis die Brückenpfeiler umklammert. Auch im Frühling und in der Zeit dazwischen will sie die überschwemmten Wiesen betrachten, auf denen sich Inseln bilden. Der Großvater hat es so herrlich beschrieben, dass es wie ein Märchen klang.

Ab Prökuls ist das Haff zu sehen, nun ist es nicht mehr weit. Karlsberg, Schmelz, Götzhöfen, die Vororte Memels nähern sich. Dann ist es Wirklichkeit, die Stadt im Norden ist erreicht. Jubelrufe hallen durch die Gänge. Was die Heimat wert ist, erkennt mancher erst jetzt. Die Leute können es nicht abwarten, vertrauten Boden unter den Sohlen zu spüren. Der Zug steht noch nicht still, da öffnen sich die Türen, da fliegen Koffer und Taschen hinaus, da springen sie ab und ballen die Fäuste in den Himmel.

Städter pilgern in die Straßen, Dörfler zum Kleinbahnhof. Eilig haben es auch Mutter und Tochter, einen Platz im wartenden Zug zu ergattern. Die Lokomotive dampft, ein Laut ertönt, ein Ruck. Dann setzt es sich in Bewegung, das Gefährt, das sie die letzten Kilometer nach Hause trägt. Über den Dange-Fluss nach Klemmendorf und dann nordwärts noch ein halbes Stündchen.

Da, da ist der Heimatort, die ganze Zeit schon hat sie ihn gerochen, nun kann sie ihn erblicken. Müde schnaubt der Zug heran, mit letzten Kräften schiebt er die Wagen vor das Schulgebäude. Leute harren an der Straße aus, in Sehnsucht nach ihren Verwandten. Da springen Frauen und Kinder auf den Steig, können das Glück kaum fassen, wieder hier zu sein. Familienbande schließen sich, Umarmungen an allen Ecken. Pferdewagen gleiten davon. Die Lok zischt auf, sie atmet noch mal durch und macht sich auf den Rückweg. Mutter und Tochter schreiten mit anderen auf der Straße nach Süden fort. In ihren Händen die nicht mehr so schwer bepackten Taschen, denn alle Nahrung haben sie in der Stadt aufgebraucht.

Der vertraute Anblick von Haus und Hof erwärmt Alinkas Herz. In vielen Nächten hat sie davon geträumt, nun ist das Zuhause Wirklichkeit. Da vorn ist es, wo die krumme Birke steht. Sie eilt ihrer Mutter weit voraus, läuft in den Hof und durch die offene Tür in den Stall, sie ruft den Großvater. Doch darin ist er nicht. Sie stürmt ins Haus und ruft noch mal. Auch da ist er nicht zu finden. Nur Hilde wirft den Blick nach ihr, steht wie versteinert vor dem Herd, mit dem Rührstab in der Hand. Doch sie rührt nicht mehr, sie starrt auf das verhasste Kind.

»Wo ist er, wo ist Großvater?« Alinka rennt zum Garten raus, kehrt wieder ein und fragt erneut. Hilde, nun die Situation erfasst, senkt den Kopf und führt den Rührstab weiter. »Moak nich solchen Lärm, du Ungemach!«, ist ihr Befehl an die Enkelin. »He schläft, un nu jeef Ruh!«

Das Mädchen drückt behutsam die Klinke zur Treppenkammer, darin der Alte in seinem Bette liegt. Sein Schnarchen birgt Vertrautheit, sie hat es so oft gehört. Gern will sie ihn wecken, ihm zeigen, dass sie wieder da sind. Doch wenn er müde ist an diesem Abend, dann soll er sich ausruhen, dann wird sie ihm morgen Früh berichten. Die Tür klickt in den Rahmen. Nun kehrt Elisabeth ins Haus und grüßt Hilde in der Küche. »Mutter, wir sind zurück!« Hilde lässt abermals das Rühren sein und stiert mit bösen Augen nach der Schwiegertochter. »Eck bön nich din Muttern! Nimm din Balg und schert euch dahin, von wo ju kimt! Et wär gut hier ohne euch.«

Mutter und Tochter gehen nicht darauf ein und steigen hoch in die Kammern. Alinka fällt in ihr Bett, streckt Arme und Beine aus, besieht sich an allem, was das karge Zimmer bereithält. Sie richtet sich auf und wirft den Blick raus in den Hof, aufs dämmernde Feld, aufs Schuppendach. Öffnet das Fenster, lehnt sich auf den Rahmen, guckt nach links zum Dorf, nach rechts zum Nachbargrund. Emma, was ist mit Emma? Sie jagt zur Elternkammer rüber, doch Elisabeth beruhigt, die würden sie morgen besuchen gehen, für heute sei der Tag erst einmal abgeschlossen.

So liegt Alinka dann auch noch wach, als längst die Sterne funkeln. War es heute, dass sie Insterburg verließen? War dieser Tag so entsetzlich lang?

Ein Gedanke folgt dem nächsten, bis dann doch der Schlaf ins Zimmer kehrt.

Sie schlägt die Augen auf, der Morgen ist längst da. Ein Morgen zu Hause, am liebsten Ort, nicht in der Stadt. Freude durchfährt ihre Glieder, ein Hochgefühl wie zu Weihnachten. Rasch ist die Decke zurückgeschlagen, das Nachthemd gegen das Tageskleid gewechselt und das Haar nur halbherzig gekämmt. Sie eilt ins Unterhaus. Auf dem Herd kocht wieder irgendetwas. Liebgewonnenes Blubbern aus der Küchenecke. Von Hilde ist gerade nichts zu sehen.

Im Garten sind die meisten Beete umgeworfen und in kleine Brachen verwandelt. Die Alten haben Wermut und Spitzwegerich zum Trocknen unters Dach gehängt, auch Sträuße von Schafgarbe und Beifuß abgebunden. Zwei Körbe mit Äpfeln und ein Bottich voll Brombeeren stehen zur Verarbeitung bereit. Daneben eine Kiste mit unreifen Hagebutten, aus denen Hilde Mus kochen wird. Alinka sieht zu den Störchen herauf. Eng ist es geworden in ihrem Horst. Schwalben tschilpen in der Luft, Spatzen singen im Geäst, ein Bussard kreist am Himmel. Die Bäume tragen schwer in diesem Jahr, gelbrote Äpfel, grüne Birnen.

Liebstes Zuhause, da bin ich wieder! Am Zaun lagern Kübel mit Wasser und Brennnesseln darin. Drei Tage müssen sie stehengelassen werden, um ihre Jauche als Dünger in die Bette zu gießen. Katze Minka rennt mit erhobenem Schwanz heran, sie giert nach Menschenwärme, doch nur für einen Moment, dann hat sie genug und schlüpft unter einen Busch. Nun steht der Großvater in der Tür, mit Stock und Morgenpfeife. Ein Zittern, das vor der Abreise nicht dagewesen ist, durchfährt seinen Oberleib. Das weiße Haar ist lang geworden. Gut sieht er nicht aus, die Gesundheit ist ihm noch mehr gewichen. Doch das ist dem Kind egal, es rennt auf ihn zu und senkt die Arme um seinen Leib. Der Alte nimmt Platz auf der Gartenbank am Fenster, er lässt das Mädchen nicht los, er herzt es noch immer. Sein Edelstein ist zurückgekehrt. Er sieht sie sich lange an und streichelt ihr Haar. Alinka drückt ihn, so lieb sie kann. Dann beginnt sie zu erzählen. Lange, sehr lange, hört der Großvater ihr zu, ohne selbst etwas zu sagen. Als sie von ihm wissen will, ob Russen im Dorf gewesen sind, bibbern zaghafte Worte aus seinem Mund. »Nejn, mejn Kindchen, et wär keener doa.« Schon dieser kurze Satz bereitet ihm Mühe, sodass er pausieren muss.

»Großvater, was hast du, geht es dir schlecht? Brauchst du was, soll ich was holen?«

Karl Gindullis bittet sie, von seinem Schoß zu steigen. Er atmet tief durch und streckt den Oberleib nach hinten. Aus gequältem Gesicht erleuchtet sogleich wieder ein Lächeln, ein kurzes nur, das dem nächsten Schmerze weicht. Der Alte fasst sich an die Brust und richtet sich gerade auf.

»Was hast du, Großvater? Tut dir was weh?«

»Nur man so dat Herz, mejn Kindchen, dat dammich Herz moal wieder.« Das Stechen in der Brust nimmt zu, der Alte stöhnt. Alinka ruft ins Haus. Hilde eilt herbei, sie drückt dem Mädchen die Kelle in die Hand. »Törichtes Kind, hinfort met dir!« Sie legt sich den Arm ihres Mannes um die Schulter, hilft ihm auf und führt ihn in die Kammer. »Goah an den Topp!«, ruft sie dem Mädchen zu. Alinka begibt sich in die Ofenecke und rührt in der breiigen Masse auf dem Herd. Als nach Minuten die Kammertüre klickt, reißt Hilde ihr den Rührstab aus den Fingern und schiebt sie vom Ofen fort. »Du böst schuld, bej Gnade un Gericht, nur man du allein!«, ruft sie dem Kind entgegen. »Du böst schuld, du Ungemach!«

Alinka begreift den Sinn dieser Worte nicht und weicht zurück. Sie rennt hinaus auf den Hof. Im Stall sieht sie nach den Tieren, doch der Stall ist leer, kein Bock und keine Pferde, kein Eber und keine Kuh. Sie werden auf der Heide sein. Nicht aber das Schwein, es ist niemals auf der Heide, es ist im Sommer in der Außenbuchte oder im abgezäunten Wiesenrand. So hastet sie auf die Straße, doch nun fällt ihr die Freundin ein. Sie macht sich auf zum Nachbarhaus, wo die Schäferhündin sie begrüßt. Mutter Kirwitzke öffnet die Tür. Schon steht auch Emma da und eilt der Klassenkameradin zu. Nie in all diesen Jahren haben die beiden sich je umarmt, was sie nun in dieser Sekunde tun, wie Schwestern, die sich lang entbehrten.

Auf einem Spaziergang die Straße hoch und runter, mehrmals an ihren Gehöften vorüber schreitend, berichten sie einander alles Geschehene der vergangenen Wochen. Emma und Mutter seien gar nicht weg gewesen, sie hätten es zwar vorgehabt, doch der Aufbruch fand nie statt. Frau Kirwitzke hatte sich von Hof und Wirtschaft nicht trennen können. Als sie zu der Idee kam, ihre Tochter den Gindullis' mitzugeben, waren diese schon fort. So blieben sie und hofften auf ein Wunder. Alinka denkt sich, wie schön es gewesen wäre, Emma in Insterburg dabeigehabt zu haben. So ein Urlaub in der Stadt hätte auch für sie eine neue Erfahrung sein können.

Hier in Plicken sei nichts los gewesen, berichtet das Nachbarkind, kaum Leute wären zum Sonntagsgottesdienst erschienen, der Pfarrer hätte vor leerem Haus seine Predigten abgehalten. Keine drei Kinder habe sie in dieser Zeit gesehen. Der Laden von Frau Bolz war abgeschlossen, die Schule auch, nur im Krug traf sich abends das bisschen Leben dieses Ortes. Als bald der Bombenlärm im Osten nicht mehr zu hören war, erwuchs die nächtliche Stille ins Geisterhafte. Keine Brüder im Haus, niemand zum Spielen da. Wenn spät noch der Hund anschlug, sprangen Mutter und Tochter Kirwitzke auf und blickten sorgenvoll ins Dunkel der Nacht. Das Jagdgewehr des Vaters hielt Emma im Anschlag und war dazu bereit, auf jeden Russen zu schießen, der sich dem Hofe nähert. Es waren wohl nur die Katzen, die den Hund verwirrten.

Aber auch von umherziehenden Litauern wurde gesprochen, von Wegelagerern, Einbrechern und Räubern, die in abgelegene, leere Höfe eingedrungen waren. Allerhand Gesindel trieb sich in diesen Wochen auf den Landstraßen herum. Manchen Bauern, der weitab unterwegs gewesen ist, schlugen sie gar tot.

Mit dem Blecheimer besuchen die Mädchen Lotti und Lumpi auf der Koppel, um ihnen mit Wasser aus dem Bach die Tränken zu füllen. Der Huf und das Knie sind verheilt. Samtweiche Nüstern versenken sich in Alinkas Händen. Sie tätschelt und liebkost die Tiere, fummelt ihnen Kletten aus der Mähne. Es ist beiden Arten anzusehen, ob Mensch, ob Tier, wie gut es ihnen tut, sich wieder zu begegnen. Die Mädchen horchen ins Land hinein. Vor dem Dorfe ziehen Karren aufs Feld, die Erntetage gehen weiter. Das Leben ist heimgekehrt, der Rhythmus vom Werden und vom Sein hat sich wiedereingefunden. Nichts ist anders, auch wenn es den Anschein dazu gab, alles bleibt, wie es immer war.

Im Unterhaus duftet es nach Pflaumenkuchen. Elisabeth hat gebacken und bestückt nun schon das zweite Blech mit halben Früchten auf dem ausgerollten Teig. Alinka geht ihr zur Hand, knetet im Backtrog den Teig für ein drittes Blech. Lieder erklingen im Haus. Nicht laut, weil der Großvater in seiner Kammer liegt, doch lieblich sind sie, diese beiden Stimmen aus der Küchenecke. Hilde hat sich zu ihrem Mann zurückgezogen. Sie hegt nicht die Absicht, mit anders wem zu tun zu haben. Sie ist glücklich nur bei ihm, sitzt an seinem Bett und strickt oder häkelt an Kleidungsstücken. Sie ahnt, dass es mit ihm zu Ende geht und dass auch der Sohn nicht wiederkehren wird. Ohne ihr reichlich Pensum an Beschäftigung hätte sie wohl längst aufgesteckt und mit diesem Leben, das ihr kein Leben mehr ist, abgeschlossen. So aber prasselt die eine Stunde der vergangenen hinterher, so lodert eine Kerze der nächsten zum Teller hinab, dreht sich der Alte mal auf diese, mal auf jene Seite des Bettes, ohne zu erwachen, sofern sie ihn nicht weckt und ihm die Medizin des Doktors zum Munde führt.

Irgendetwas rüttelt Alinka in der Nacht aus dem Schlaf. Was das ist und wieso, kann sie sich nicht erklären. Gewiss ist nur, dass sie keine Müdigkeit mehr verspürt. Hat sie einen Laut vernommen, ein Geräusch? War es ein Licht, ein Funken, eine Berührung? In ihrem Zimmer kann sie die Antwort darauf nicht finden. Im Traum gerade klang es wie Maschinenlärm, weit entfernt, weit weg. Jetzt, aus dem Schlaf gerissen, kann sie nichts derlei vernehmen. Stille in der Kammer, Stille auch im Hofe, nirgends nur ein Knistern. Sie richtet sich auf und blickt zum düsteren Felde, dann auf den Stall und dann nach rechts, nach Süden. Dort, am Rande der Birkenkrone, flammt in großer Ferne der Himmel auf. Brennt dort wieder eine Stadt? So sehr sie sich auch nach vorne beugt, mehr kann sie vom Fenster aus nicht erkennen. Soll sie die Mutter wecken, ihr vom Unheil berichten, das dort die Nacht erhellt? Der Gedanke wird verworfen, die Strickjacke übergezogen und auf leichten Sohlen treppab geschlichen.

Am lodernden Ofen vorüber und zur Tür hinaus in den Hof und auf die Straße, da steht es nun, das Mädchen, reibt sich die Augen und stiert auf den Feuerschein aus jener Richtung, in der es doch schon einmal brannte. Nur einen Monat ist das her, länger ganz sicher nicht, und der Großvater zog sie ins Haus, riet ihr zu verschwinden, wenn alles in die Brüche geht.

Nur Tage später ist es wahr geworden, da sind sie und die Mutter tatsächlich verschwunden. Wird es wieder so weit kommen, müssen sie abermals fort? Rötlich-gelb schimmert das Inferno, unbeweglich verharrt es an seinem Platz wie eine gläserne Kuppel. Dort sterben Menschen, jetzt in der Sekunde. Dort brechen Häuserwände, krachen zusammen und wandeln sich in Gräber. Es muss die Hölle sein, die sich auftut und nach Leben schnappt. Ist es Tilsit? Oder Insterburg? Welche Stadt liegt da in Asche? Sind Tante und Cousinen tot? Warum lässt Gott so etwas zu?

Alinka wendet sich ab, dem Dorfe hin, wo der Kirchturm und die Nadelbaumspitzen sich ins Dunkel heben. Ist denn niemand wach? Sieht denn niemand außer ihr, dass der Süden brennt? Ein Traum kann das nicht sein, er dauert viel zu lang. Es ist die quälende Wirklichkeit. Benommen wankt sie in den Hof zurück, tastet sich zur Tür hinein und schlurft die Stufen hoch in die Kammer. Kein Blick mehr aus dem Fenster, jetzt nur noch ins Bett und die Decke über den Kopf. Ein leises Wimmern in der Tiefe. Jede Zuversicht ist erloschen, Tränen zerfließen zu einem Ozean. Erst am Morgen wird es sie ein Stück weit trösten, als sie erfährt, dass nicht Insterburg getroffen wurde, sondern Tilsit, die Käsestadt.

Kaum dass diese Woche in der Heimat geschehen ist, hat sich der Septemberanfang breitgemacht. Die Jungstörche kreisen nach ersten Versuchen der Fliegerei nun von früh bis spät über dem Dach. Mehr und mehr Rückkehrer sind in Plicken eingetroffen. Die Ernte ist in vollem Gange. Das Korn ist so reif, dass es der Wind aus den Ähren schüttelt. Mensch und Wagen haben gut zu tun. Neben polnischen Zwangsarbeitern wurden Matrosen und U-Bootfahrer der Kriegsmarine bereitgestellt, die Bauern auf den Feldern zu unterstützen. Nicht aber Männer des Heeres sind gekommen, wie es die Mütter und Töchter bedauern.

Es ist schon ein bizarres Bild, wie neben den Alten und Ältesten da nun junge Kerls die Sensen schwingen, Bündel aufstellen und mittags die Körbe der Mädchen entgegennehmen. Wie sie dort zur heißesten Stunde im Schatten des Weges verweilen, Brot und Obst in Händen halten, sich nach und nach der Uniform entledigen, weil die Sonne den Schweiß aus dem Körper drückt. Für sie ist es Abwechslung vom Kriegsalltag, der sich nun weniger militärisch gestaltet als auf dem Schiff im Hafen oder auf See. Für die Kinder sind all diese Männer von Interesse, jene, die sonst weit weg und unnahbar ihren Marsch durch die Straßen großer Städte führen. Nun sind sie hier, in ihrem fernen Lande, abseits der nächsten großen Stadt. Mutige Jungen getrauen sich, mit ihnen zu reden und Fragen zu stellen, Abzeichen und Schulterklappen zu berühren. Doch nur sie, die Jungen. Die Mädchen lesen Ähren auf und lugen doch hin und wieder nach den besonderen Gästen.

An einem Montag geht die Schule wieder los. Fast die gesamte Klasse hat sich eingefunden. Buben aus Memel haben sich dazugemischt. Nun also hocken auch sie wieder an ihren Plätzen, die Töchter Kirwitzke und Gindullis, wenden sich um und wenden sich vor, grüßen diesen und winken jenem zu, den sie lange nicht gesehen haben. Eigentlich gehören Emma und weitere ihres Alters nun in die Klasse des Oberlehrers Jakuszeit, doch der Wechsel soll erst im Oktober geschehen. Warum, das erfahren sie nicht. Sie haben keine Fragen zu stellen, die Entscheidungen des Lehrerkollektivs betreffen.

Frau Horn ist guter Dinge, sie wirkt erholt und munter wie nach einem Badeurlaub. »Seht ihr, Kinder, was hab ich euch gesagt? Der Krieg kommt nicht nach Plicken. Gott wird uns bewahren.« Sie legt den Kopf auf die Schulter und kneift die Lider zusammen. Ein erhabenes Nicken, das nicht enden will, weicht einem nervösen Augenzwinkern. Alinka kann das nicht deuten und fragt sich, ob dieses Versprechen ehrlich ist. Kann sie ihr trauen, dieser Frau? Denn wie sie es sagt, klingt es unanständig, als hätte es einen Beigeschmack. Es ist doch so unwirklich, denkt sich das Bauernkind. Vor einem Monat eilten sie davon und glaubten, alles sei zu Ende. Nun sitzen sie wieder bei Frau Horn im Unterricht. »Gott wird uns behüten, Kinder«, vernimmt sie der Lehrerin Worte.

Nachdem sie den Kleineren Matheaufgaben an die Tafel geschrieben und den mittleren Kindern einen Sachtext diktiert hat, widmet sie sich den Größeren, zu denen ab diesem Schuljahr auch Alinka gehört. Für sie stehen nun in der fünften Klasse neue Herausforderungen an. Frau Horn rollt an der Wand die Karte aus, zeigt mit dem Lehrerstock auf den nördlichsten Zipfel des Reichs. »Was ist das da?«, will sie von Alexander wissen. Der geht nach vorn, stülpt die Nase recht nah heran und liest: »Nim … Nim … Nimmer …« Frau Horn ist des Gestammels leid und schickt ihn wieder an seinen Platz. »Nimmersatt, liebe Kinder.« Gelächter bricht aus ihr heraus. »Nimmersatt und Immersatt, wo das Deutsche Reich ein Ende hat!«

In der zweiten Stunde steht Körperertüchtigung an, die Kinder turnen über den Pausenhof, hüpfen auf der Stelle, watscheln im Entengang und springen über eine Sitzgelegenheit. Danach haben die Großen zu rechnen, die Kleinen malen Bilder. Zur vierten Stunde geht es rüber zum Gottesdienst, der auf der Kirchenwiese ausgetragen wird. Vater Johannes verliest einen Psalm. Er ist ein Mann des Glaubens und sich seiner Verantwortung bewusst. Sein andauernder Redefluss bezeugt, wie viel ihm sein Amt bedeutet und wie ernst es ihm damit ist. Die Kinder zieht er nicht in seinen Bann, sie sitzen da und lauschen ganz anderen Dingen, horchen auf, wenn ein Vogel in den Nadelzweigen singt, wenn ein Gaul die Hufe schlägt, eine Biene in den Rosen summt.

Der erste Unterrichtstag des neuen Schuljahres hat sein Ende gefunden, die Mädchen schlendern nach Hause. Alles scheint wie eh und je, die drohende, böse Macht ist abgewendet. Das Leben darf weitergehen. Die Hausküche dampft, dort brodeln unentwegt die Pötte. Jeder fasst mit an, jeder außer dem Großvater, er liegt auf der Gartenbank und döst. Die Sprache will ihm abhanden kommen, nur noch selten gleiten Worte über seine Lippen. Die Damen aber haben die Wirtschaft im Griff. Hilde steht in der Küche, nimmt das ihr gereichte Obst entgegen.

Nicht nur auf den Feldern, auch in den Gärten steht die Ernte an. Mutter und Tochter sammeln das Obst vom Rasen, es wird zu Mus gekocht. Nur die festeren Früchte werden gelagert oder wandern später in den Topf. Jene, die bis zum Winter halten sollen, werden mit dem Pflücker am langen Stab aus dem Baum gefischt. Sie dürfen nicht fallen und Druckstellen bekommen. Alinka karrt etliche Fuhren Stallmist am Giebel hinüber in den Garten, den Elisabeth unter die Beete gräbt. Am Abend holt das Mädchen die Pferde heim, führt sie auf dem Koppelpfad neben sich her. Refft Schwein und Bock vom Grünland, der sogenannten Maulwurfwiese, die dort, westlich gelegen, seit einiger Zeit das Gras kurzhalten. Am Morgen vor der Schule wird sie das Vieh schon wieder hinaustreiben. Nur nicht die Kuh, die ist verkauft und steht nun beim Großbauern im Futter.

Wenn an den Spätnachmittagen die meiste Arbeit daheim und auf dem Feld erledigt ist, treffen sich die Kinder auf dem Platz an der Kirche, spielen Greifen oder Fangen und zertreten dabei manch liebevoll generiertes Blumenbeet nebst gottgesegneter Backsteinmauer. Manchmal kommen die Kinder aus den Nachbarorten zu ihnen ins Dorf. Auch ein Junge aus Pakamohren. Der hat Alinka gern. Er ist vor kurzem aus der Stadt hinzugezogen. Warum und weswegen, weiß sie nicht. Was sie von ihm weiß, ist, dass er zwei Jahre älter ist als sie und die Klasse von Jakuszeit besucht. Er pflückt Gänseblümchen auf der Wiese und reicht sie ihr als Sträußchen. Auch sie hat ihn gern. Den, nur den möchte sie mal heiraten, in ihrem kindlichen Verständnis von Ehe und Gelübde. Doch kennt sie nicht mal seinen Namen. Sie traut sich nicht, ihn anzusprechen.

Wenn sie ihn wiedersieht, dann wird sie es tun, ihn fragen, den Jungen mit der Matrosenmütze. Vielleicht will er Lotti und Lumpi streicheln. Wenn er denn Pferde mag. Die meisten Jungen tun das nicht, sie bewerfen die Tiere lieber mit Steinen. Vielleicht ist er ja anders. Kleine Tiere mag er jedenfalls, er rettete eine Biene aus der Pfütze. Als die Schwäne über den Acker flogen, hat nur er ihnen nachgeschaut. Er sieht die kleinen Dinge, die andere Jungen nicht sehen. Er ist nicht albern wie Otto, nicht plump wie Richard, nicht so dumm wie Fritz und Ewald, hat keine tropfende Nase wie Alexander. Dass er so still ist, kann sie an ihm leiden. Sie fängt ihn gern beim Greife-Spiel, läuft dann nur ihm und keinem anderen hinterher. Wenn dann die Jungen die Mädchen fangen, eilt er nur Alinka nach. Doch schnell ist sie, wie ein Hase auf der Flucht und nicht leicht zu kriegen. Wenn er sie doch gefangen hat, dann bleibt er sanft, tut ihr nicht weh, wie die anderen Jungen es in ihrer Grobheit tun. Auch wenn er nicht schön ist und große Ohren hat, so weiß sie doch um sein gutes Herz.

Die Stuten waren heute bei Brombach, dem Hufschmied, der ihnen neue Eisen drunter schlug. Sie müssen regelmäßig erneuert werden, denn Pferdehufe bestehen aus Horn, das sich abnutzt auf hartem Straßenbelag.

Auf den Feldern wird dieser Tage der Winterroggen ausgesät. Ist die Sonne versunken, gellen die Schreie der Wildgänse bis in die Dunkelheit hinein. Im Hause Gindullis läuft auch spät noch die Wirtschaft, da riecht es nach Gegorenem. Hilde setzt Wein in Korbflaschen an, zusammengetragen aus Früchten von Garten und Feldrain. Es gärt und gluckert, rumpelt und scheppert bist weit in die Nacht. Sie tut es für den Großvater, dessen Aufgabe das all die Jahre war. Nur ihm zuliebe hält sie sich wach.

Am nächsten Morgen steht nun Alinka in der Küche, zerhackt und mahlt Kräuter zu feinem Pulver. Es ist ihr elfter Geburtstag, der dreißigste September 1944. Heute will sie der Mutter beweisen, dass sie selbständig einen Gemüsetopf kochen kann. Oft hat sie ihr dabei zugesehen und geholfen, das Gemüse geschnitten, in Würfelchen geteilt, das Ganze umgerührt. Sie weiß, dass zuerst die Steckrüben ins heiße Wasser kommen, da sie am längsten brauchen. Dass dann das Fleisch dazugegeben wird. Danach die Möhren in den Pott, Kartoffeln hinterdrein. Ein Weilchen kochen muss es dann. Zuletzt die Zwiebel. Salzen, würzen, mit Schnittlauch verfeinern. Bis um zwölf Uhr ziehen lassen.

Auch Bratkartoffeln mit Speck und Ei könnte sie ihnen zubereiten, mit einer Handvoll Schnittlauch. Wenn sie sie doch nur ließen. Es ist eben Hildes Reich, die heilige Küchenecke, da hat nur selten ein anderer was verloren. Auch Elisabeth möchte nicht, dass Alinka dort hantiert, weil es dann wieder Ärger gibt. Nicht aber an diesem Morgen, denn Hilde liegt im Bett. Sie selbst nur weiß, wie lang sie des Nachts die Korbflaschen befüllte. Dem Mädchen ist es recht so. Als die Mutter hinunterkommt und es den Stolz in ihren Augen deutet, da weiß das Geburtstagskind, dass es das Richtige war. Elisabeth gratuliert zum großen Tag, nimmt einen Löffel und kostet vom weniger heißen Rand. Sie lobt die Tochter für ihren Fleiß und für ihr feines Händchen. Vom Zuspruch angetrieben, macht Alinka sich auf in den Stall. Vieles ist noch zu erledigen, bevor es in die Schule geht.

Die Sonne streicht glanzlos über den Acker. Hunderte Gänse fliegen auf, kreischen und ziehen als Buchstabenmuster von dannen. Als die Pferde zur Koppel, der Bock und das Schwein auf die Wiese gebracht sind, ein schnelles Frühstück gegessen ist, hält Elisabeth ein Kästchen mit Schleife in der Hand und reicht es der Tochter. Darin eine weiße Glasperlenkette, die das Mädchen sich sogleich an den Hals steckt. Ein Dankesblick, ein liebes Drücken, schon nimmt es sich den Ranzen und schreitet zum Hof hinaus. An der Einfahrt steht Emma, die einen Strauß gelber Rosen übergibt, eine Geste von ihr und Mutter Kirwitzke. Sie bringen die Blumen rasch ins Haus und spazieren nach dem Dorfe. Auch Frau Horn hat ein Geschenk parat, ein Schokoladentäfelchen, eingewickelt in mausgrauem Pergament.

Nach der Schule sitzt das Duo am Feldsaum nah der Straße und verputzt die Leckerei. Emma bewundert die Perlenkette. Wolken spiegeln sich darin wider. Auf noch nicht bestellten Äckern sammeln fernab ein paar Frauen Mohrrüben und Getreideähren nach. Im Osten, flach über den Feldern, bewegen sich zwei schwarze Punkte am Himmel fort. Es sind Flieger, die es eilig haben. Ehe sich die Mädchen allzu sehr Gedanken machen, sind sie auch schon verschwunden.

Elisabeth hat einen Geburtstagskuchen gebacken, elf Kerzen aufs Blech gesteckt. Dennoch ist es ein Tag, der sich nicht abhebt von den anderen, er schwirrt dahin wie ein bleicher Schimmer und weicht dem nahenden Abend, bis diesen die Nacht ablöst. Die magere Helligkeit der Petroleumlampe auf dem Tisch und ihr unangenehmer Geruch umnebeln die Sinne des Mädchens zu später Stunde. Als das Lichtlein erlischt, will der Schlaf nicht Einkehr nehmen. Sie denkt an heute Morgen, als sie und Emma, die Zeilen des Elch-Liedes singend, zum Dorfe schlenderten und als sich einige Jungen erdreisten, dieses Lied zu verunglimpfen, es als antinationalsozialistisch zu betiteln, ihnen mit Prügel drohten.

Sie denkt an das Jahr zuvor, als der Brief des Vaters kam. Das war sein letztes Lebenszeichen. Den Brief hat sie immer noch, bewahrt ihn auf als Lesemarke in einem Buch. Auch Birkenblätter längst vergangener Sommer liegen gepresst zwischen den Seiten. Sie hat lang nicht mehr um den Vater geweint und fühlt ein Unbehagen. Zu viele Tränen sind in der Vergangenheit geflossen. Ist sie es denn noch wert, sein Kind zu sein, wenn sie nicht mehr um ihn weint? Sie aber weiß, sie liebt ihn noch immer. Das wird sich niemals ändern. Wo er auch ist und wann er auch heimkehrt, sie wird ganz sicher auf ihn warten.

Nach dem Fahnenappell auf dem Schulhof und einer Rede von Jakuszeit, heben alle Kinder den rechten Arm und erwidern sein »Heil Hitler!« Auch der Pfarrer ist erschienen und lässt einige Worte ab. Heute wird es keinen Unterricht geben, heute steht eine Schulwanderung an, verbunden mit Gesang und sportlicher Ertüchtigung im nahegelegenen Wald. Dort haben die Mädchen sich im Reigentanz zu üben und die Jungen Wettkämpfe im Faustball auszutragen. So ziehen beide Klassen los, zur Straßenkreuzung und nach Westen, hinter einer Brücke über den Ekittbach links ab ins Gelände, in die Natur. Das alles unter dem Absingen nationalsozialistischer Lieder, wie es auch beim Dienst der Jungmädel und des Jungvolks gehandhabt wird.

Auf einer Lichtung vor dem Walde gibt der voranschreitende Oberlehrer das Kommando zum Halt. Wer möchte, darf sich ausruhen oder etwas essen von dem eigens im Schulranzen Mitgebrachten. Die Kinder verteilen sich, erkunden die Umgebung. Es ist ein sonniger Frühherbsttag, einer der letzten mit gutem Wetter, bevor die ersten Stürme kommen. Gelbe Blätter segeln von den Bäumen, wenn ein Windhauch durch ihre Kronen fährt. Ein Birkenwäldchen ist es, durch das der Bach seine Windungen zieht und das von höhergelegenen Wiesen umschlossen ist. Das Dorfe steht nicht weit, einen guten Kilometer, vielleicht zwei. Die Rufe eines Hundes sind zu hören.

Frau Horn hat das Rechenbuch dabei und fragt ihre im Schneidersitz hockenden Schüler einzeln ab. Jakuszeit hingegen paukt seiner Klasse die Biologie der Heimat in die Köpfe, redet von Krötenarten und Blindschleichen, von Kreuzottern und Schmetterlingen, reißt einen Pflanzenhalm ab und deklariert ihn als Wegerich. Er führt die Heiligkeit von Bienenhonig auf, der, wie Bernstein, etwas Reines darbieten würde. Den Strafstock hat er mitgenommen und nutzt ihn auch. Zum ersten Mal sind die Schüler der Klasse um Frau Dorothea Horn nun Zeuge von dem, was ihnen stets nur per Worte übermittelt wurde. Ein Junge weiß die Antwort nicht, er hat beide Handrücken herzuhalten und zehn Schläge einzustecken.

Dann wird das Exemplar einer Volksgasmaske herumgereicht, um für einen Ernstfall deren Umgang zu erlernen. Jeder setzt sie mal auf, stülpt sie sich über den Kopf und schnallt den Riemen fest. Weil es dem Oberlehrer bei einem seiner Schüler zu lange dauert, kommt abermals der Stock zum Einsatz. In den Städten mag so eine Maske eher von Nutzen sein als auf dem Land, wo die Flieger keine Bomben werfen. Jaskuszeit liest aus der Gebrauchsanweisung vor, die dem Karton beigelegen hat: »So merkt euch, Buben und Mädel, die Maske schützt nur gegen chemische Kampfstoffe, aber nicht bei Leuchtgas und Kohlenoxid.«

Noch vor dem Mittagsbrot mischen sich die Mädchen beider Klassen zusammen für den Reigentanz im Freien. Die Jungen ihrerseits haben sich abzuzählen und vier Mannschaften zu bilden für ein Turnier im Faustball. Ein Seil wird zwischen zwei Bäumen gespannt. Jakuszeit wedelt mit dem Stock. Frau Horn hingegen spart nicht mit heiterer Miene, es ist ihr anzusehen, wie sehr es ihr Freude bereitet, die Mädchen in die tänzerischen Feinheiten einzuweisen. In flottem Ton fordert sie die Schülerinnen auf, sich je zu zehnt im Kreise aufzustellen. Ihre Gitarre gibt den ersten Klang.

Die meisten Mädchen wissen, wie ein Reigentanz abgehalten wird und brauchen keine Anweisung. Bei jedem Familienfest, ob Hochzeit oder Sommersonnenwende, auf jeder Dorfgesellschaft wird im Reigen getanzt. Aber nicht zur Gitarre. Dann erfolgt die musikalische Begleitung durch Violine, Flöte, Mundharmonika und oft mehreren Akkordeons. Fünf Männer und fünf Frauen stellen sich dazu abwechselnd im Kreise auf und fassen sich an den Händen. Die Männer tragen dabei elegante Hosen und weiße Kragenhemden, die Frauen schwarze Trachtenschürzen. Wenn die Musik erklingt, tun sie zwei Schritte nach links, zwei Schritte nach rechts, machen eine Drehung, fassen sich wieder an. Erneut zwei Schritte nach rechts, zwei Schritte nach links, eine Drehung andersherum. Nun vier Schritte nach links, nach rechts, sich abermals drehen, dem gegenüberstehenden Partner mit einem Lächeln in die Augen sehen. Genau so sieht ein Reigentanz in Plicken aus. Andernorts gibt es auch solche Variationen, bei denen die Tänzer sich in zwei Reihen gegenüberstehen oder als Paare hintereinander.

Zur Mittagszeit sitzen die Kinder im Gras, Emma und Alinka wickeln ihre Käsestullen aus dem Pergament. Von dieser Wiese aus können sie ihre Höfe sehen, auch die Kleinbahnschiene und die Bäume des Friedhofs.

Die Sonne hat Lücken im Wolkendach erschlossen und findet den Weg zur Erde. Im Walde plätschert der Bach. Ein Schwarm Spatzen huscht vorüber. Zu des Großvaters Zeiten haben die Buben ihre Nester aufgestöbert und die Eier verkauft. Für jeden erlegten Star und für jeden Spatzen gab es damals von einem der Großbauern eine Tasse Mehl, da es beide Arten in Massen gibt und sie nach der Aussaat so viel Korn wegfressen. Alinka besieht sich die Gegend und weiß, dass der Wolfsgrund, des Großvaters Wald, gar nicht mehr weit ist. Es kann kein anderer Weg sein als jener, der nahe dem Bach ins Dickicht führt.

Neben ihnen sitzen Urte und Meta, die Enkeltöchter des Herrn Brombach, dem Schmied. Vor zwei Jahren erhielten sie einen Brief, dass ihr Vater gefallen sei. Drüben bei den Jungen, auf der Wiese am Bächlein, predigt Jakuszeit seinen Untergebenen irgendetwas von Führer und ruhmreicher Wehrmacht. Der Junge aus Pakamohren ist unter ihnen, er blickt zu Alinka herüber. Sie schaut verlegen weg. Noch mal treffen sich ihre Augen, wieder dreht sie sich fort. Nun auch ein drittes Mal. Emma bemerkt es und stupst Alinka in die Hüfte. Die Mädchen lachen bei vorgehaltener Hand. Auch Emma weiß seinen Namen nicht. Sie wird es wohl erfahren, wenn sie bald in die Klasse von Jakuszeit überwechselt.

Am nächsten Tage, nach der Schule, muss Alinka zum Dienst, trägt ihre Uniform und postiert sich mit den anderen Jungmädeln am Schulgebäude. Von ihren Höfen haben sie Rohstoffe mitgebracht, Metalle, Gummi, Lumpen. Zeug eben, das dem Reich zur Wiederverwendung dienen kann und das sie nun vor dem Zaun abwerfen. Da es regnet, wird die Pflichtstunde in die Aula verlegt. Zwei weibliche Uniformierte im Jugendalter trichtern den Mädchen Naziideologien ein und erklären die Ränge im Jungmädelbund. Im Mai werde es einen Ausflug ins Zeltlager geben. Euphorie steigt auf in Alinka, ist es doch genau das, wovon Emma schwärmte. Eine Woche in der Natur verbringen, Frösche fangen, ihre Arten bestimmen, sie wieder in die Freiheit entlassen. Den Sternhimmel über den Köpfen, am Lagerfeuer mit Gleichaltrigen sitzen, Lieder singen und Pellkartoffeln essen.

Nach wenigen Wochen ist das Grollen im Osten zurück. Von Nächtens an hallt es bald auch schon am Tage. Kein Erwachsener will darüber reden, will es hören noch kommentieren. Die Lehrerin spricht von Glaube und Zuversicht, der Pfarrer in der Bibelstunde geht nicht auf die Fragen der Kinder ein. Elisabeth wagt kein Wort darüber, sie sitzt in der Kammer und bessert Tragetaschen aus. Wenn Alinka hinüberkommt und mit ihr reden will, dann stopft und häkelt sie noch eifriger. Und wenn die Neugier der Tochter überläuft, so heißt es nur, da wäre noch so viel zu tun. Doch das Mädchen bohrt weiter, hört nicht auf zu fragen, bis die Mutter die Fassung verliert. »Ich weiß es nicht, ich kann dir nichts sagen, Kind!« Alinka, diesen Ausbruch nicht erwartet, zuckt zusammen und starrt mit großen Augen nach der Mutter, die ihr Mädchen sogleich in den Arm nimmt und herzt, wie sie es seit der Rückkehr nicht mehr getan hat. »Ich weiß doch nichts, mein Kind«, säuselt sie nun. »Was soll ich dir denn sagen? Ich weiß doch nichts.«

Nichts kann sie ihr sagen, nichts will sie ihr sagen. Wenn der Schwiegervater sie nicht warnt, dann gibt es keinen Grund zur Sorge. Doch der ist alt und krank, er verschläft den Tag und jede Gefahr, die sich aus dem unruhigen Osten nähern kann. So sind sie eben, die Erwachsenen dieser Zeit. Was sie nicht sehen, existiert auch nicht. Was sie zu hören glauben, kann alles andere sein, nur nicht das, was es nicht sein darf. Es ist zum Haareraufen. Sie müssen es doch hören, das Donnern hinter dem Felde, dort, wo am Morgen die Sonne in den Himmel tritt. Ein Gewitter ist das nicht, auch kein brausender Sturm. Da gräbt sich was Schreckliches auf die Heimat zu. Was aber kann man tun, wie soll man handeln als ausgeschlafenes Kind, wenn jeder Erwachsene die Ohren verschließt?

Alinka fragt nicht mehr, sie geht in ihr Zimmer und löscht das Kerzenlicht. Bei offenem Fenster lehnt sie sich hinaus. Da ist es wieder und immer noch, das Grummeln in der Ferne, ein nicht endender Lärm, der sich hinzieht wie ein Faden zwischen den Horizonten. Als bräche dort der Weltrand entzwei, als falle er in ein tiefes Jenseits. Als nähme er mit sich, was an seiner Kante angelangt, ob Wald, ob Feld, ob Stadt und Dorf, ob Mensch und Tier. Alles reißt er mit sich in die Unterwelt, ins Höllental. Ganze Meere und Flüsse verdampfen in seinem Fegefeuer. Entkommen ausgeschlossen. Eines Tages wird er hier sein, der Höllenschlund, wird Haus und Hof zermalmen. Und wenn dies Scheusal der Russe ist? Dann wird auch er Haus und Hof vernichten. Es macht keinen Unterschied, was da eintreffen wird. Hat das Böse den Acker erst einmal erreicht, wird es zum Graben herüberkommen, die Straße hinter sich lassen und in den Hofe stürmen. Vom Fenster aus wird sie dann erkennen, was das ist, ob Russe oder Höllenschlund. Dann wird er den Stall zermahlen, die Birke am Zaun und zuletzt das Haus samt Garten, Schuppen und Teich. Und wenn sie dann noch hier sind, Mutter, Großvater und sie selbst, dann werden auch sie ins Jenseits fallen.

Mit jedem Abend wird es lauter. Manchmal sind Feuersbrünste zu sehen. Des Tages ziehen Trecks durch Plicken, und des Nachts machen sie Rast am Wegesrand. Das alles gab es doch schon mal. Im Hause Gindullis wird das Geschehen ignoriert, es wird kein Wort gesprochen. Jeder schweigt in sich hinein. Die beiden Alten sowieso, nun auch die Mutter. Sie führt den Holzrührstab im Großtopf über dem Herd. Kein Essen, das darin brodelt, es ist die Kochwäsche, die nachher im Garten auf die Leine kommt, zwischen Apfelbaum und Schuppendach.

Hilde sieht nach ihrem Mann, die Tür zur Kammer steht halboffen. Durch den Spalt erkennt Alinka, dass der Großvater neben dem Bett auf seinem Leibstuhl, dem Nachttopf auf vier Beinen, eingeschlafen ist. Armer Alter, denkt sie sich, bist nur noch müde und nimmst am Leben kaum mehr teil. Sie greift sich einen Korb und eilt hinaus, pflückt das Obst der niederen Äste. Der Ganter macht sich wichtig, droht mit nach vorn gestrecktem Hals. Er faucht und will seinen Damen imponieren. Gern schnappt er auch zu. Alinka scheucht ihn davon. Mit ausgebreiteten Flügeln und unter keifendem Protest nimmt er Reißaus. Den Korb mit Äpfeln stellt sie unter das Schuppendach und holt sich einen neuen. Sie wird sich einen dritten holen, sich um die Tiere kümmern und dann zu Emma rüber gehen.

Die Freundinnen schreiten, die Arme eingehakt, am Graben entlang und an südwärts holpernden Fuhrwerken vorüber. Ein Konvoi von zwanzig, dreißig, vielleicht vierzig Wagen bewegt sich im Schneckentempo aus dem Ort heraus. Stillschweigend halten sie die Zügel und folgen der Straße, Großmütter und Großväter, Mütter mit Kindern auf zu Fluchtfahrzeugen umgebauten Erntewagen. Ein altes Paar führt die Zügel eines Vierspanners mit zwei Ochsen und zwei Pferden. Vor einem anderen Wagen ist ein Schimmel angespannt, ein edles Ross wie von einem Reitgestüt, nicht aus einem Stall. Der Wagen selbst wirkt schlicht, die Leute auch, einer alter Mann und eine Frau. Auf der Ladefläche führen sie Schafe, Ziegen und ein Bullenkalb mit sich, das nach der Mutter ruft. Hoch aufgetürmt sind die Gefährte, mit Decken und Teppichen zum Schutz vor Regen bestückt. Auf den hinteren Wagenteilen lagern Heu und Wasserkübel.

Ein Bauer aus Plicken fragt die Durchziehenden, wo die Front und ob der Russe bald da ist. Die Leute aus dem Baltikum verstehen ihn nicht. Am letzten Wagen trottet eine Kuh hinterher. Noch ein allerletzter nähert sich, so hoch und so schwer aufgetürmt wie kein anderer zuvor. Kriecht heran wie ein lahmer Igel. Ein Zweispänner mit umgedrehtem Tisch obendrauf, an jedem Bein zwei Stühle aufgezogen. Vorn hält ein Greis das Zaumzeug fest. Im Stroh hockt eine alte Frau. Der hintere Teil ist mit Decken bespannt. An jedem Winkel, in jeder Lücke hängt etwas, wurde ein Gegenstand befestigt. Jede Ecke wird genutzt, überall ist etwas angebunden. Über dem Wagenrand klappern Töpfe, Korbgeflechte, Schaufeln. Den Gäulen ist ihre Mattheit anzusehen. Der Bauer aus Plicken versucht es noch mal, stellt seine Fragen und erhält die Antwort, die er nicht hören will. »Brecht up, de Russen sin nah!«, ruft der Greis von seinem Wagen.

Die Mädchen rennen heim. Der Schrecken sitzt tief. »Mutti! Wo bist du?« Sie hängt im Garten die Wäsche auf. »Mutti, wir müssen weg, die Russen kommen!« Alinka nimmt ihren Arm und will sie ins Hause ziehen, doch Elisabeth reißt sich los. »Was hast du? Red nicht solchen Schabernack!«

»Ich hab's doch eben selbst gehört. Die Russen kommen! Die Flüchtlinge haben das gesagt. Mutti, was sollen wir jetzt tun?«

Elisabeth schweigt, nimmt ein Stück Wäsche aus dem Korb, um es auf die Leine zu klammern. Ihre Hände sind ledrig, wund und rau vom vielen Reinigen. Alinka, ihrer Mutter in Körpergröße bis an die Nase ragend, macht sich kerzengerade. »Mutti!«, schreit sie. »Mutti, was sollen wir jetzt tun?«

»Tu deine Schularbeiten!«

»Schularbeiten?«, erwidert sie und tappt mit hängenden Armen ins Haus, um auf der anderen Seite nach draußen in den Hof zu gelangen. »Was sollen wir machen?«, kommt es wie ein Nuscheln über ihre Lippen. Abermals rennt sie hinein, in die Kammer der Großeltern. Der Alte liegt wach bei Kerzenlicht im Bette. Er zeigt keine Reaktion, als er sein Enkelkind erblickt. Alinka nimmt seine Hand, umschließt sie mit ihren Mädchenfingern, führt sie sich an die Wange und versucht auch hier um Anhörung. »Großvater, geht es dir besser?« Der Alte hebt die Augenbrauen und nickt, doch er bleibt stumm. »Was sollen wir tun, lieber Großvater? Was machen wir, wenn die Russen kommen? Da ziehen den ganzen Tag Wagen auf der Straße. Du weißt doch immer einen Rat.«

Hilde kommt ins Zimmer. »Kind, verschwinde, raus met dir! Du häddst hier nuscht verloren.«

Der Großvater erwidert nicht, er hat das Ringen um die Sprache verwirkt. Nur ein Wimmern sickert kaum hörbar aus seinem zitternden Mund. Er ist machtlos. Gegen die Stimme seiner Frau kommt er nicht mehr an. Das Mädchen eilt hinaus, wieder in den Garten, zur Mutter. Es will sich äußern, will etwas sagen, doch die Worte passen nicht, der innere Aufruhr ist zu groß. Aber die Mutter sagt etwas, verlangt, dass das Schwein gefüttert wird.

Wie von einer Last befreit, gleitet die Bauerntochter hinüber in den Stall, setzt sich auf einem Heuballen nieder und lehnt sich an den Balken. Sie blickt auf den Wagen, der schon lange nicht mehr in den Hof gezogen wurde. Noch nie hat sie ihn so angesehen wie jetzt, dies Gefährt in einer Kastenform und schräger, kniehoher Umrandung, dessen aus einem Bretterboden bestehenden Ladefläche von anderthalb mal vier Metern, das auf mit Eisenbändern beschlagenen Holzrädern seiner Wege zieht. Auf solchen Gefährten unterwegs zu sein, bei Tag und bei Nacht, denkt sie sich, das wäre doch ein hartes Los. Wie soll man darauf schlafen, wie sein Mittagsmahl einnehmen? Das Ruckeln ist schon auf dem kurzen Weg ins Dorf Strapaze genug.

Der Eber in der Buchte grunzt. Alinka erhebt sich, schippt ihm das Futter in den Trog und füllt am Brunnen den Eimer.

Oktoberfrische durchsetzt ihr Zimmer nach Sonnenuntergang. Als die Rufe der Gänse verstummen, bleibt nur das plumpe Grollen. Es klingt so nah, als bräche es noch in der übernächsten Stunde zum Feld hinein. Lichtblitze schwelen ins Dunkel, rußen und glimmen wie die Augen des Teufels. Sie hastet in die Elternkammer, um die Mutter zu wecken. Geschlafen hat sie noch nicht und wird nun am langen Arm in Alinkas Kammer hinübergezerrt. »Da, Mutti, sieh hin! Jetzt weißt du, was ich meine. Siehst du das?« Die Gardine ist beiseite gezogen, das Fenster weit offen. Der Albtraum ist zu hören, und er ist sichtbar. Elisabeth stiert hinaus. Grummeln, Krachen, Bersten, ein grauenhafter Riese hinter dem Feld. Alinka schließt das Fenster.

Mutter und Tochter sitzen auf dem Bett. Stumm blickt Elisabeth ins Leere, die Finger beider Hände ineinander verzahnt. Alinka zieht die Gardine vor und streichelt der Mutter das Haar. Auch sie findet keine Worte. Ein schwacher Kerzenschein von der Elternkammer gleitet zu ihnen herüber. Noch immer nichts als Schweigen. Ein Triumph für die Entmutigung. Elisabeth sinkt zu einem Häufchen nieder, zu einem verzweifelten Häufchen Mutter. Einem Schluchzen folgen leise Worte. »Kindchen, ich kann nicht mehr«, sagt sie in Tränen. »Ich kann nicht mehr, kann einfach nicht mehr.«

Schon in der Morgendämmerung trägt sie dem Mädchen auf, ein Loch im Garten auszuheben und es so zu wählen, dass die Stelle wiedergefunden werden kann. Darein soll das Köfferchen mit den Vatersachen, das gute Geschirr und der Hochzeitschmuck. Alinka wählt den Platz an der schiefen Birke, dort würden sie bei ihrer Rückkehr alles wiederfinden. Als das Loch knietief gegraben ist, füllt sie es mit den von der Mutter gereichten Dingen, schippt Erde drauf und tritt die Grasnarbe fest. In dieser Früh ist kein Schlachtlärm zu hören, der Osten schweigt. In der Nacht hat der Krieg sich ausgetobt, nun ist er müde, als gäbe es ihn nicht. Ein leichter Husch geht in die Birke. Gelbe Blätter fallen hinab, die Brunnenkette quietscht. Die Sonne ist erwacht und steigt aufs Feld, setzt ihren ersten Strahl in den noch müden Tag. Bleiche Stille liegt über dem Dorf. Nicht einmal die Hähne krähen. Hilde öffnet die Küchenluke und schüttelt ein Handtuch aus. Das sonst so präsente Gefühl von Geborgenheit und Schutz, das dieser Grund und Boden ein Kinderleben lang bereithielt, verrät sie nun und existiert nicht mehr. Seltsam fühlt er sich an, dieser fremde Morgen mit seiner Lieblosigkeit.

An diesem Samstagnachmittag kommt der Dorfschulze auf den Hof geritten, er will den Großvater sprechen. Elisabeth empfängt ihn an der Tür, sie schickt die Tochter in den Stall und geht mit dem Schulzen ins Haus. Den Großvater darf er nicht stören, der schläft nun endlich nach unruhigen Stunden. Im Bett gewälzt haben soll er sich, gibt Hilde zu bedenken. Barbowski erklärt den Frauen, das Memelland werde geräumt. Sie sollen die Flucht per Wagen vorbereiten und morgen Früh um sieben, mit allem bepackt, auf der Straße stehen, aber nicht mehr als fünfzehn Zentner Gepäck aufladen. An Rädern und Hufeisen, an eine Deichsel in Reserve sei zu denken, auch an Draht und Werkzeug für Reparaturen. Der Russe sei im Vormarsch. Sämtliches Vieh wäre umgehend aufs Gut Baugskorallen zu schaffen. Er ordnet an, den Namen der Familie und des Herkunftsortes an einem Schild am Wagen anzubringen. Mit der Kleinbahn, wenn sie denn überhaupt noch Plicken anfährt, würden sie ab Memel nicht mehr weiterkommen, die Züge wären überfüllt und fürs Militär bestimmt. Viel sicherer sei der Pferdewagen. Bauer Labrenz werde den Treck anführen.

Barbowski steht auf und geht zur Tür, lässt stillschweigende Damen zurück. Alinka hat vom offenen Küchenfenster alles mitbekommen. Die laute Stimme des Schulzen war nicht zu überhören. Sie kehrt ins Haus, läuft an den beiden vorüber und hoch in die Kammer. Nun also doch, denkt sie, nun geht es von hier fort. Der Schulze ist der Erste, der es ausgesprochen hat. Der Russe kommt.

Unten läuft die Küche heiß. Elisabeth und Hilde sind übereingekommen, dass Mutter und Tochter aufbrechen werden, weit vor sieben Uhr und ohne den Treck, um schneller nach Insterburg zu gelangen, die Alten aber zu Hause bleiben. Zum ersten Mal sind sie sich einig. Hilde ist es nur recht, wenn diese beiden gehen, vielleicht für immer verschwinden. Sie heizen den Ofen an, braten und backen über Stunden hinweg. Eine Gans muss schon jetzt ihr Leben lassen, zwei Monate vor der eigentlichen

Schlachtzeit. Oben werden Beutel gepackt und Rucksäcke mit Kleidern gefüllt, wichtige Urkunden, Personalpapiere, die Haushaltsapotheke eingesteckt, der Haltegriff am Schulranzen verstärkt. Die vielen aus altem Stoff genähten Tragetaschen zahlen sich nun aus.

Alinka packt den Ranzen mit ihr wichtigen Dingen voll, stopft neben ihren Sachen auch das Puppengeschirr hinein, ein Geschenk des Vaters, mit dem sie schon lange nicht mehr spielt. Holt es wieder raus und ärgert sich, weil sie es nicht auch vergraben hat. Nun bleibt keine Zeit dafür. Mitnehmen darf sie es nicht, denn die Mutter besteht darauf, nur das Wichtigste einzupacken. Zu essen und Kleider hat sie aufgezählt, auch Futter und Wasser für die Pferde. Sie rafft das Geschirr zusammen und rennt treppab, an Hilde vorbei, die noch am Ofen steht, rennt in den Hof und in die Nacht. Noch einmal gräbt sie ein Loch, wieder an der Birke, legt, in ein Tuch gewickelt, das Geschirr hinein und schüttet Erde drauf. Im Osten wütet ein Dämon, Funken erhellen die Schwärze hinter dem Feld, Kanonendonner schallen von nicht mehr weit weg. Das Mädchen fleht in den Himmel: »Bitte, Gott da oben, lass sie erst nach uns kommen!«

Um die Mitternachtsstunde herum betreten Mutter und Tochter den Stall, fetten mit Schmieröl die Wagenräder und Gelenke, laden das Gepäck und Nahrungsvorräte auf. Zum Halbkreis gebogene Weidenstöcke werden am Wagenrand angebracht und ein Verdeck aufgezogen, das als Regenschutz den hinteren Teil überspannt. Alinka wirft mit der Gabel Heu auf die Ladefläche, montiert Wasserkübel und ein Fass. Hilde trägt Lebensmittel heran, reichlich davon hat sie aus der Speisekammer geholt. Was Großzügigkeit vermuten lässt, ist nichts als bloße Erwartung, dass sich die ungeliebten Mitbewohner so weit wie möglich entfernen, um ja nicht wieder zurückzukommen. Einen Schmalztopf hat sie rausgesucht, geräucherte Gänsebrust und Würstchen, Eier und einen Korb voll Brot. Hafer für die Pferde und zum Backen.

Den Stuten wirft Alinka schon jetzt ihr Fressen hinein. Viele Male eilt sie mit leeren Eimern zum Brunnen und trägt sie voll Wasser in den Stall, um das Fass auf der Ladefläche bis an den Rand zu füllen. Noch mehr Heu soll auf den Wagen, verlangt Elisabeth. Was nützen die fleißigsten Pferde, wenn sie nichts zu fressen haben? Das Zaumzeug ist bereitgelegt. Die Damen dreier Generationen löschen das Licht, verschließen den Stall und gehen ins Haus. Die Tochter soll versuchen, noch ein wenig zu schlafen. Feuchtkalt ist diese Nacht und dunkler als die anderen. Ein leichter Nebel hängt über dem Feld.

Lange liegt Alinka wach. Ist an alles gedacht, ist alles Wichtige eingepackt? Die Glasperlenkette, der Brief des Vaters, das weiße Kleid, das Fotoalbum? Ein Zurück wird es vielleicht nicht geben. Nach endloser Grübelei träumt sie sich fort und bricht auf in eine holprige Nacht. Bilder schweben hinein ins Zimmer, Bilder einer friedlichen Zeit, wie aus ihrem Märchenbuch. Dornröschen hat sie am liebsten. Auch Rapunzel liest sie gern und beneidet ihr langes Haar. Welch wunderbare Zöpfe die sich flechten kann, und in einem Turm wohnt sie. Auch Alinka wünscht sich, in einem Turm zu wohnen, ganz oben in der Kammer. Auf dem Brunnen im Schlossgarten säße ein Frosch, um hinabzutauchen und ihr die Glasperlenkette zurückzuholen, die ihr hineingefallen war. Ein Prinz aus Pakamohren käme geritten, auf Lotti oder Lumpi. Es würde eine große Hochzeit geben, zu der die Königreiche eingeladen wären und alle Menschen feierten.

Kurz ist die Nacht, da entzündet Elisabeth die Kerzen und weckt die Tochter auf. Den Wecker hatte sie sich aus dem Unterhaus nach oben geholt und neben das Bett gestellt. Es ist vier Uhr, so deuten es seine Zeiger. Geläutet hat er nicht. Im Fluge werden mehrere Schichten Kleider übergezogen, drei Jacken, zwei Hosen, ein Rock. Auch Hilde ist schon wach, stellt Krüge mit Salz und Zucker, Mehl und Kräutern auf den Tisch. Ein Korb voller Äpfel steht an der Tür, ein Kartoffelsack daneben. Zwei Wäschekörbe und ein Koffer werden auch dazugestellt. Elisabeth trägt die Federbetten runter, die unverzichtbar sind in kalten Nächten.

Alinka löffelt eine Suppe, kaut an einem Brot. Sie kann die unwirklichen Bilder noch nicht ordnen. Der Großvater ist wach, Hilde trägt den Nachttopf raus. Alinka setzt sich an sein Bett, muss von ihm Abschied nehmen, doch weiß nicht, wie sie das anstellen soll. Mitkommen wird er nicht, Hilde hat es untersagt. Sein Zustand ließe es auch gar nicht zu. Hier ist er besser aufgehoben als auf dem holpernden Wagen. Die Russen tun den alten

Leuten nichts. Sie nimmt seine zitternde Hand und weiß noch immer keine Worte. Dann steht sie auf und geht zur Tür, blickt sich ein letztes Mal um. Karl Gindullis dreht den Kopf zur Wand, er schämt sich seiner Tränen.

Hilde stopft Leinen und Bettzeug in Kartoffelsäcke. Elisabeth kehrt zur Tür herein, sie war bei der Nachbarin und beschwor Mutter Kirwitzke, ihre Tochter mit ihnen gehen zu lassen. Es war viel Überredung nötig, bis sie der Bitte nachkam.

Alinka spannt die Pferde an und führt den Wagen aus dem Stall. Weiteres Zeug wird daran und darauf untergebracht, Trinkeimer und Wannen festgebunden. Sie eilt noch mal ins Haus, die Treppe hoch und in ihr Zimmer, das nun so kahl und lieblos erscheint. Vielleicht ist es das letzte Mal, so glaubt sie, dass sie nun hier oben steht und aus dem Fenster blickt. Die Mutter ruft. Sie wendet sich ab und sieht den Wecker im Elternzimmer auf der Wäschetruhe, steckt ihn in die Tasche und eilt die Treppe runter. Emma ist erschienen, trägt ihren Ranzen festgeschnallt. Ihre Augen sind rot und feucht. Mutter Kirwitzke kehrt in den Hof und bringt ein Säckchen Lebensmittel. Emma krallt sich an ihr fest. »Ich will nicht gehen, Mutter! Ich will doch bei dir sein!«

Mit Mühe nur gelingt es ihr, das Mädchen doch zu überzeugen. Es ist ein schauerliches Bild, wie diese beiden dort im Hofe stehen, sich halten und drücken, von einer Last geplagt sind, von einer Entscheidung, wie sie kein Mensch je treffen will. Das eigene Kind fortgeben, weil es so vielleicht besser ist, doch nur vielleicht. Die Ungewissheit ist eine Plage. Keinem ist die Fähigkeit gegeben, die Zukunft vorauszusagen. Mutter Kirwitzke aber will bleiben und auf die Söhne warten.

Vom Dorfe ziehen Laute herüber, auch von der anderen Seite her. Das Fuhrwerk trappelt auf die Straße. Hilde wirft noch ein Netz Rüben drauf. Hat sie nun doch ein gutes Herz? Alinka weiß es nicht. Sie rennt an ihr vorbei und greift sich Katze Minka. Auch sie soll mit und findet einen Platz am Heck. Elisabeth hält die Zügel, die Mädchen klettern hinauf. Walpurga kläfft in den finsteren Morgen.

Emma kann und will sich nicht lösen. Als der Wagen anfährt, gleiten ihre Finger aus der Mutters Hand. Sie weint und ruft, springt auf und kriecht über Töpfe und Säcke nach hinten. »Mutter!«, ruft sie. »Mutter, ich will nicht ohne dich sein!« Der Wagen entfernt sich von der Einfahrt, lässt auch das Nachbargrundstück hinter sich. Dann hält es Emma nicht mehr aus, die Sehnsucht ist zu groß, sie springt vom Wagen und eilt der Mutter zu. Keine Schelte gibt es, keinen Tadel. Die beiden umklammern einander so fest. »Emma, nein!«, ruft Alinka. »Komm zurück!« Doch Elisabeth stoppt den Wagen nicht. Auch die Katze springt hinab.

Mutter und Tochter Kirwitzke verschwimmen im Nebel. Das seltsame Gefährt rumpelt davon, auf eine unbekannte Reise. Ein letzter Blick, dann schwinden Haus und Hof, tarnen sich im Schleier, der wie ein Unwesen darüber liegt. Die Birke ragt zuletzt empor, bis auch sie verschlungen wird. Schwer wiegt diese Trennung und fühlt sich an wie ein Abschied für immer.

Wagenflucht nach Insterburg

Ein Klappern zu nachtdunkler Morgenstunde. Im Trab eilt das Pferdepaar auf einsamer Straße fort. Der Frontlärm lebt wieder auf, zeigt mit vereinzeltem Kanonendonner, dass er noch existiert und gefürchtet werden will. Doch er bereitet den Damen Gindullis nun weit weniger Furcht, da sie ihm den Rücken zugewandt haben und sich von ihm wegbewegen.

Alinka möchte wissen, warum sie denn allein und nicht erst um sieben Uhr mit den anderen im Treck aufbrechen, wie der Schulze es angeordnet hat. Der Schmied, so berichtet Elisabeth, der den Stuten kürzlich neue Eisen unter die Hufe nagelte, riet ihr im Vertrauen, dass, wenn die Kreisleitung mit der Evakuierung weiter zögere, kein Treck aus dem Norden mehr die sichere Zone erreiche. Ein Treck sei langsam, ein einzelner Wagen aber nicht. Diese Erinnerung an das Gespräch war der Anlass für die Entscheidung, viel früher aufzubrechen und einen Vorsprung zu bekommen.

Elisabeth geißelt die Pferde, reißt die Zügel nach oben und treibt sie zur Eile an. Ausruhen können sie später noch. Nur eines ist jetzt wichtig, das Kind in Sicherheit bringen, Abstand gewinnen und so weit wie möglich nach Süden kommen, bevor die Trecks alle Straßen verstopfen.

Doch lange sind sie nicht allein, bereits nach wenigen Kilometern, in Höhe Baugskorallen, treffen sie auf einen Verbund aus fünf, sechs Wagen. Rinder brüllen aus einem Stall in der Nähe. Es ist der Ort, von dem der Schulze gestern sprach, dorthin sollten sie das Großvieh bringen. Das aber ist noch daheim, denn Karl und Hilde sind es auch. Abermals gibt Elisabeth den Pferden die Peitsche, hetzt sie an der Kolonne vorüber. Die Stuten parieren. Zu ihrem Vorteil ist der eigene Wagen im Vergleich zu den anderen nur leicht beladen. »Woher?«, ruft eine Altmännerstimme. Elisabeth gibt keine Antwort. Sie lässt die Fuhrwerke hinter sich, bis nur noch ihre Konturen zurückbleiben und bald nichts mehr zu sehen und zu hören ist.

Der Himmel im Osten erweckt zum Leben, glimmt auf, noch bevor die Sonne sich zu erkennen gibt. Hier und da ein einzelnes Fuhrwerk, dann der erste Treck. Flüchtlinge aus Szabern-Wittko, wie sie erfährt, einem Plickener Nachbarort. Ein paar Minuten hängt Elisabeth sich hinten dran, folgt dem Tempo, um die Pferde nicht zu überlasten. Dann schert sie aus und lässt auch diese Gruppe aus vierzehn Wagen hinter sich. Noch sind die Stuten frisch, gestärkt vom stundenlangen Fressen in der Früh.

Als die ersten Sonnenstrahlen das Land ertasten, sind die Vorstädte Memels erreicht. Nun wieder, denkt sich Alinka, nun wieder hier. Das Leben könnte so schön sein, wie die Sonne hinter den Schleierwolken es in dieser Stunde zeigt, es präsentiert vor aller Augen Betrachter. Niemand aber hat jetzt einen Sinn dafür, die Gedanken sind ganz andere. Das nackte Leben ist in Gefahr, die eigene Existenz und die der Liebsten. Heimat ist jetzt egal, sie kann später wichtig sein. Wo geht es lang, welche Straße ist die richtige? Zu Wagen sieht die Gegend anders aus. Mutter und Tochter folgen wieder einem Treck, aus Truschellen, so prangt es von der Ladeklappe des vor ihnen fahrenden Gespanns.

Von den Nebenstraßen münden weitere Fuhrwerke und Kutschen auf die Chaussee und verstopfen den Hauptverkehrsweg mehr und mehr. Sie gleiten von überall heran, aus nahen und fernen Gemeinden, aus dem Norden, aus dem Osten. Auf den Wiesen und Feldern irrt sich selbst überlassenes Vieh. Ein Hund läuft einem Wagen nach. Ein alter Mann springt ab und knallt mit der Peitsche nach ihm, damit er nicht unter die Räder kommt. Das anfangs hohe Tempo ist zum Kriechgang mutiert. Von Ackerpfaden und Waldwegen reihen sich noch mehr Flüchtlinge in den Strom. Auf wackeligen, haushoch beladenen Gespannen ziehen lahme Huftiere den Besitz ihrer Herren nach Süden. Mancher Bauer hat gar seinen Esel oder ein Pony ans Geschirr gebracht. Kräftige Ackerpferde besitzt kaum noch jemand, sie hat die Wehrmacht konfisziert. Halbjährige Fohlen laufen frei neben den Muttertieren her.

Noch ist das Tempo hinnehmbar, noch können sie es schaffen, sich nach Süden abzusetzen. Wenn der Russe schon in der Nacht vor dem Familienfelde stand, so glaubt Elisabeth, dann könnte er jetzt in Plicken sein. Gut ist es, anders entschieden zu haben und zeitiger aufgebrochen zu sein, denkt sie. Gut auch, dass sie beim Schmied, beim alten Brombach, gewesen ist. Der Wagenstau aber nimmt zu, verstopft die einzige große Straße. Schon entsteht eine zweite Reihe, bald auch eine dritte. Gegenverkehr gibt es nicht. Knarren, Wiehern, Scheppern, ein heulendes Kind, kaum Gespräche unter den Erwachsenen. Jeder ist mit seinen Gedanken allein. Nur heil fortkommen, mehr zählt in dieser Stunde nicht.

Einige Zeit schiebt sich die Kolonne durch einen dichten Wald. Zu beiden Seiten ragen Wände aus gelbgefärbten Kronen in die Höhe und rauben dem jungen Tag sein Licht. Alinka besieht sich die Hinterköpfe ihrer Pferde, wie sie mit den Ohren schlackern, auf die Trense beißen und die Häupter schütteln. Auch sie müssen fort, die Heimat verlassen, würden sie doch viel lieber auf ihrer Koppel grasen.

An einer Waldgabelung hat ein viel zu schwer beladener Bauernwagen Achsbruch erlitten. Eine Alte irrt verzweifelt drumherum. Mitten auf der Straße ist er liegengeblieben. Die anderen Gespanne lenken an ihm vorbei. Niemand hilft, jeder hat mit sich selbst zu tun. Ein wenig später wird ein lahmes Pferd abgespannt und sich selbst überlassen. Eine Weile noch folgt es dem Wagen und bleibt dann zurück. Das an der Deichsel verbliebene Kaltblut wird nun alle Kraft allein aufwenden müssen, den hoch bepackten Wagen voran zu zerren. Wohl dem, der kräftige Zugtiere hat, einen Zweispänner mit doppelter Pferdestärke, hinten noch zwei Tiere als Ersatz, die abwechselnd vor die Deichsel gespannt werden können. Mit jedem gefahrenen Meter ist zu hoffen, dass Material und Tiere nicht schlappmachen. Nur keinen Radbruch erleiden, sich einen Platz auf fremden Wagen erbetteln müssen.

Mutter und Tochter halten im Wechsel die Zügel. Der Morgen ist fortgeschritten. Auf der Ladefläche wird sortiert und Ordnung geschafft. Das Säckchen, das Mutter Kirwitzke in der Früh hinaufwarf, liegt zwischen dem Gepäck. Alinka betrachtet es und fühlt ein Unbehagen. Sie brauchen es doch genauso dringend, nun aber liegt es hier, kilometerweit weg von ihnen. Auf rechter Seite rast ein Zug vorbei. Damals haben sie in einem solchen gesessen und schauten auf die Trecks. Nun ist es andersherum. Im Nu verschwindet er in der Weite des Landes.

Gegen Mittag ist der Ortsrand von Prökuls erreicht. Flakhelfer der Marine, junge Bengel um die sechzehn Jahre, patrouillieren vor der Stadt. Die Wagen kommen zum Stehen, vermutlich wurde der Treck gestoppt. Alinka reckt sich auf und blickt nach hinten. Der Andrang von Norden ist so groß, dass kein Ende der Kolonnen zu erkennen ist. Auf dem Felde neben der Straße rollt noch eine Schlange aus Fuhrwerken heran und fädelt sich in den Ort.

Nach einer halben Stunde geht es weiter, durch enge Gassen und Kreuzungen, vorbei an Häuserzeilen und wieder raus auf die Chaussee. An den Nebenstraßen warten Fuhrwerke fast vergeblich auf ein Schlupfloch, eine Lücke im Treck, um sich in den Strom einzureihen. Alinka beobachtet eine Frau auf einem Fahrrad. Es sieht neu aus, wie gerade erst gekauft, zu schade, es zurückzulassen. Auf dem Gepäckträger ist ein Koffer geschnallt. Mal überholt die Frau den Wagen, mal der Wagen sie. Mal geht es zügig voran, mal stockend und mal gar nicht. Mutter und Tochter nutzen jeden Halt, um abzusteigen und das Material zu kontrollieren, den Tieren eine Portion Wasser in die Schüsseln zu gießen und ihnen einen mit Heu gestopften Futtersack an den Ohren festzubinden. Sie können nicht rasten, müssen fressen unterwegs, denn jederzeit kann es weitergehen.

Landschaft wandert vorüber, verändert sich und bleibt doch gleich. Fortwährendes Getrappel, nichts als Pferdehufe und knarrende Räder. Selten das Bellen eines Hundes, ein weinendes Baby, ein schnaubendes Ross. Wälder dringen bis dicht an die Straße und ziehen sich alsbald hinter weiten Äckern zurück. Elisabeth liegt im Heu und schläft. Kein Auge geschlossen hat sie in der Nacht, ist herumgerannt, hat Vorbereitungen getroffen, einen Brief an Gustav hinterlassen. Hat eine zweite Gans gerupft, in Eis gelegt und im schattigen Wagenunterbau verstaut. Trug nächtens in den Stall, was mitgenommen werden musste, warf den Stuten ein drittes und viertes Frühstück in die Raufe. Alle Kraft sollten sie haben für die lange Reise. Die Strecke nach Memel liefen die Tiere oft, doch ob sie für weite Entfernungen geeignet sind, steht infrage. Nun ist all das Stunden her, die Nacht ein heller Tag geworden, eine Mittagszeit bei lichtem Himmel. Alinka hält die Zügel fest.

Als Elisabeth am Nachmittag erwacht, ist das Städtchen Saugen bereits in Sicht. Der Wagen aber steht wiedermal, rückt nur alle Minute lang einen Schritt nach vorn. Jede größere Ortschaft wird zum Nadelöhr, zu einem Engpass mit Gedränge und Geschiebe. Doch die Kolonne ruckelt an und setzt sich in Bewegung. Elisabeth löst die Tochter ab. Am Stadtrand

151

führt der Weg vorbei. Kinder und Erwachsene harren aus, Einheimische, die nicht fliehen. Sie halten den Blick fest an der Schar nicht enden wollender Fuhrwerke.

Nun geht es zügiger voran. Zwei Reihen auf der Straße, zwei zu Felde. Auf fernem Nebenweg ein weiterer Treck schon unterwegs, sich unterzumischen in die uferlose Karawane. Mittendrin der Wagen aus Plicken, ein mäßig beladenes Gefährt, das die halbhohen Stuten mit sich ziehen. Ein leichtes Gespann kommt schneller vorwärts. Insterburg ist das Ziel. Bei Martha brauchen sie keine Möbel aus der Heimat. Nahrung und Kleidung sind wichtig, ein warmes Bett und Sicherheit.

Ein alter Mann wirft verzichtbare Gegenstände von seinem Fahrgerät. Alles ist zu gebrauchen in dieser Zeit, doch alles hat sein Gewicht, und dessen Mitnahme sollte wohl überlegt sein. Die einen werfen, die anderen springen herunter, prüfen und wägen das Für und Wider einer Aneignung dieser Gegenstände ab. Die Pferdekraft ist so viel wert wie das Leben des Menschen, der den Tieren das Futter gibt. Mit wenig Habe kann sich das Schicksal variieren. Ein anderer Greis schiebt seinen Handkarren fort, der höher beladen ist, als er an Mannshöhe selbst beträgt. Der Nächste führt eine Kuh am Strick, auf deren Rücken zwei Kinder sitzen. So manchen verlässt die Kraft, der Wille, er resigniert und wendet sein Fuhrwerk auf dem Felde in die Gegenrichtung. Die Kolonne zieht weiter wie ein lautloser Motor. Am Ende schließt sich die nächste Welle Flüchtender an.

Der Abend naht. Die Präsens von deutschem Militär nimmt zu. Kurz vor Heydekrug die nächsten Stockungen, der Treck kommt zum Erliegen. Volkssturmmänner schreiten an der Kolonne entlang, ziehen hundert Meter hinter dem Wagen Gindullis eine Grenze und sperren die Straße ab. Alle, die sich nördlich befinden, haben auf Nebenwege und Felder auszuweichen, da in Kürze Fahrzeuge der Wehrmacht anrücken würden. Zögernd schiebt sich das südliche Geleit über eine schmale Brücke in die Stadt hinein, staut sich auf dem Marktplatz neuerlich. Rinder irren durch die Straßen.

Als das letzte Tageslicht entschwindet, eine zweite Brücke überquert ist, liegt Heydekrug hinter ihnen. Nach einem Walde nicht weit der Stadt halten sie den Wagen am Straßenrand, so wie auch viele andere es tun. Alinka spannt die Pferde aus, bindet sie bei langer Schnur an einen Baum, wo sie im Moos nach Gräsern suchen. Nach kargem Abendbrot schläft sie sofort ein. Nichts als widersinniges Klopfen, heuchlerisch und von Tücke befangen, attackiert das Unterbewusstsein der Elfjährigen. Entfernte Laute von Mensch und Ross, Illusionen, die sich auflösen und verstummen.

Noch vor Sonnenaufgang wird sie von der Mutter geweckt. Elisabeth schirrt die Pferde an, bindet ihnen Futterbeutel unters Haupt. Um Gelenkschäden zu vermeiden, wechselt sie die Stuten am Geschirr. Den einen Tag Lotti rechts, den anderen Tag Lumpi. Die Eisenbahn rauscht nah vorbei und in den Süden. Jede Menge Fuhrwerke ruckeln schon. Lämpchen flimmern unter den aufgerichteten Abdeckungen. Am Abend noch sei Militär vorbeigekommen, nicht nach Norden, sondern andersherum. Geflohen sind sie, die vielen Lkw, genauso wie die Zivilisten.

Auf dem holprigen Landweg kippelt der Wagen, schlenkert wie ein Karussell. Eine Frau auf einem anderen Gefährt klagt an, ihr wäre über Nacht ein Vorrat von über siebzig Eiern gestohlen worden. Das Gejammer ist groß, jeden verdächtigt sie, den sie in ihrer Verzweiflung zu Gesicht bekommt. Elisabeth hat kein Auge zugetan, umso müder ist sie jetzt und reicht der Tochter die Zügel, um ins Heck zu kriechen und ein wenig zu schlafen.

Noch immer nicht munter, kauert Alinka auf der Bank und stiert über die Pferdehäupter hinweg ins Lämpchen des vorderen Wagens, das dort an einer Latte hängt und Gestalten sichtbar macht. Eine Alte mit Kopftuch wühlt in Säcken, sucht nach irgendetwas. Im Schatten des mit Teppichen festgenagelten Hecks hält eine Mutter zwei Jungen im Arm. Kannen stoßen gegen die Wagenwand, blechernes Scheppern in der Früh. Keine Gespräche, nur flüchtige Worte, ein kindliches Jammern von hier und da.

Hinter einem Walde endlich ein Tageslicht, noch fern in den östlichen Weiten. Der Konvoi gibt sich zu erkennen, es ist die gleiche ewige Schlange wie am Abend zuvor, die Unzahl aller Fuhrwerke, der Aufbruch eines Landes. Noch geht es voran, doch längst nicht mehr so schnell wie gestern zu früher Stunde. War es wirklich erst gestern, als sie den Heimatort verließen? War es nicht schon vor Wochen, vor Monaten, vor einem Jahr?

Zeitgefühl und Logik spielen dem Mädchen aus Plicken einen Streich, trüben ihm die Sinne und bereichern sich an dessen Müdigkeit. Ewiges Klappern im Hintergrund, monotones Walzen zwischen Kieselstein und mit Eisenband umfasstem Wagenrad. Das Heck des Vorausfahrenden gerade mal einen ausgestreckten Arm von den Blessen der eigenen Tiere entfernt. Und sie, die Stuten, sie fügen sich ohne ein Weigern, nehmen ihre Bürde hin.

Gegen Mittag kommt der Tross zum Stehen. Elisabeth erwacht, steigt ab und füllt den Pferden die Eimer. Alinka tritt auf die Bank und blickt in alle Richtungen. Nach vorn und achtern Wagenstau. Nicht endend, nicht beginnend. Überfüllte Straßen und Nebenwege. Ein Warnruf spricht sich von hinten durch: »Der Russe naht!« Wieder scheren Kolonnen aus, bilden eine zweite, eine dritte Reihe auf dem Felde links und rechts. Zugtiere werden durch einen Bach gepeitscht. Deichseln biegen und brechen, Hausrat kippt ins Wasser, wird fortgeschwemmt. Frauen, alte Männer fluchen, heulen, flehen und bitten um Hilfe. Doch niemand hilft, jeder ist seines eigenen Schicksals Schmied.

In einer neuen Furt überwinden die nachfolgenden Tiere und Wagen das Bachbett. Alinka hält die Zügel fest, sucht nach der Lücke, doch findet sie nicht. Ist ein Zwischenraum entdeckt, füllt er sich sogleich, rücken die Gespanne auf und stopfen jedes Loch in der Kette. Reiter eilen voraus, um die Lage zu erkunden. Westlich treckt eine gewaltige Rinderherde durch sumpfiges Wiesenland. Dieser Montag fühlt sich an wie ein Schreckenstag, er gleicht den Prophezeiungen der alten Marinke. Als hätte sie es jedem Einzelnen im Memelland erzählt, so angstvoll zeichnen sich die Gesichter jener ab, die da nun aus der Schlange treten. So hoch sich Alinka auch aufrichtet, sie kann keinen Feind erblicken, nicht einmal deutsches Militär.

Es verrinnen wohl zwei Stunden, bis es weitergeht, vierspurig eine Zeitlang. Auf schmalem Terrain nur zwei Wagenreihen nebeneinander, dann wieder drei und vier. Verträumte Örtchen verteilen sich in der Gegend mit wenig Siedlung drumherum. Äcker, Wäldchen, Niederungen, ein malerisches Bild, das der aktuelle Zustand und der graue Wurm aus Flüchtenden zunichte macht.

Motorenlärm erschallt von hinten. Rufe, Schreie, Panik unter den Menschen. Sogleich Entwarnung, es sind Deutsche, es ist die Wehrmacht auf dem Rückzug. Die Fahrzeuge nähern sich. Vorposten dirigieren den Strom der Fliehenden an den Straßenrand, aufs Feld, auf Nebenwege, drängen die Zivilisten in Gräben, treiben Viehherden querfeldein. Rücksichtslos erkämpfen sie sich ihren Weg auf der überfüllten Allee. Pferde bäumen sich auf, viel zu schwere Wagen stecken nun fest, kippen um und liegen am Rand der Straße. Verzweifeltes Flehen: »Soldaten, helft uns!« Niemand hilft, das Militär hat Vorrang. In Eile wird zusammengesucht, was getragen oder aufs lose Pferd gebunden werden kann.

In einer Ackerfurche strampelt ein verletzter Gaul. Ein altes Fräulein wühlt in Kisten, Säcken, Taschen und kramt ein Handgepäck zusammen. Laster und Panzer bewegen sich am wartenden Treck vorüber. Unverständnis macht sich breit. Mit welchem Recht haben sie es mehr verdient zu fliehen als Frauen und Kinder, als die Schwächsten? Ausdruckslose Mienen in den Gesichtern der Soldaten, Leere in ihren tiefen Augenhöhlen. Wie Gespenster blicken sie hinab, regungslos, fast leblos, erstarrt in ihrem Innern. Vielleicht sind es schon keine Menschen mehr, sind versteinerte Figuren in Mantel, Stahlhelm und Koppelgurt. Vielleicht erahnen auch sie ihre Liebsten in Gefahr, im Flüchtlingsstrom. Einige tragen blutverschmierte Wundverbände. Was ist im Norden geschehen? Ist Memel bereits gefallen? Die Angst geht um. Wenn das Militär Hals über Kopf aus dem Norden flieht, dann ist der Russe nicht mehr weit.

»Los, los, hinterdrein!«, weckt die Stimme der Mutter Alinka aus ihren Gedanken. Sie reißt ihr die Zügel aus den Händen und bringt nach dem letzten Lkw das Fuhrwerk auf die Straße.

Doch allzu rasch beginnt der Trott von Neuem. Hier und dort wieder ein lahmendes Pferd, das das Weiterkommen der Familie obenauf zum Erliegen bringt. Verzweiflung, Hoffnungslosigkeit als Wegbegleiter, wie eine Fessel um den Hals gelegt.

Irgendwo im Nirgendwo des Memellandes versiegt das Tageslicht, verdammt Mensch und Tier zu einem nächsten Aufenthalt am Straßenrand. Wagen fahren beiseite, suchen einen Platz unter den Bäumen. Viele aber halten nicht an, es treibt sie die Angst, im Schlaf vom Russen eingeholt zu werden. Doch des Nachts auf dunkler Straße birgt die Gefahr, dass die Pferdehufe in Mulden treten und brechen. Petroleumleuchten werden den Tieren an die Spitze der Deichsel gehängt, um wenigen Metern gewahr zu werden. Auch das hat seine Tücken, wenn so ein Licht vom Feind gesehen wird. Jeder entscheidet für sich, was er für das Beste hält.

Schon jetzt gibt es keine Ordnung mehr, ist kaum noch ein losgezogener Treck eines Dorfes beisammen, ist nicht vermischt und zersetzt im Durcheinander der Massen. Einem Totenzug gleich rollen die Verbliebenen ohne Aufenthalt weiter, in die Nacht, ins Dunkel. Elisabeth gehört zu denen, die nicht rasten wollen. Doch Lotti und Lumpi sind müde, sie haben alles gegeben. Sie sind nicht geschaffen für lange Märsche, diese Tiere von halbhohem Wuchs. Alinka sieht ihnen die Strapazen an, sagt aber nichts, die Mutter soll entscheiden. Wieder und wieder spaltet sich ein Fuhrwerk von der Straße ab, dann rücken Mutter und Tochter auf. Die Lämpchen an den Deichseln schaukeln im Takt. Merkwürdige Schatten leben auf und sterben. Finster zeigt sich der Horizont, Leuchtfeuer blinken im Nordosten. Zu hören sind nur die Pferdehufe und das ewige Knarren der Räder. Der nächste Wagen zwei Meter voraus, der hintere nicht mehr zu sehen. Ohne den Weg zu kennen und ohne zu wissen, ob die Straße noch die richtige ist, hält Elisabeth die Zügel straff, zieht dann und wann auch mal die Peitsche, wenn die Stuten eigenmächtig das Tempo verringern. Am Saum der Allee verharren die schlafenden Fuhrwerke, die am Tage noch viele Kilometer vor ihnen gefahren sind.

Dann kommt, was kommen musste. Wohl kurz vor Mitternacht knickt Lotti ein, geht in die Knie. Alinka, die zu Bocke sitzt, stoppt den Wagen sofort. Mutter und Tochter besehen sich bei kargem Licht das Pferdebein. Was nun? Weiter können sie unmöglich, das Tier braucht eine Auszeit. Der vordere Wagen verschwindet im Dunkel, einige noch kehren vorbei, dann herrscht Ruhe für ein Weilchen. Kein Wort fällt unter den Damen, denn alles Reden ist zwecklos und verbraucht Kraft. Elisabeth schickt die Tochter zu Bett, ins Schlafgemach aus Taschen und Decken an der Wagenklappe. Kaum hat Alinka die Augen zu, spürt sie, dass es weitergeht. Auf Nachfrage verrät Elisabeth, dass zwei Stunden vergangen sind, die Pferde geruht, gefressen und getrunken haben. Jedes Zeitgefühl in diesem Lande scheint verloren. Wenn doch nur endlich der nächste Tag erwacht. »O käm' das Morgenrot herauf, o ging die Sonne doch schon auf«, zitiert das Mädchen die Zeilen eines Liedes aus dem Schulunterricht und ist sogleich von neuerlichem Schlaf umfangen.

Geweckt durch die Rufe eines Ochsen erhebt sich Alinka von ihrem Ruheplatz und versucht, die Sinne zu ordnen. Sie krabbelt nach vorn zur Mutter, setzt sich neben ihr, bekommt die Zügel in die Hand gedrückt. Noch immer kein Tageslicht, doch wenigstens die Dämmerung ist heran gerückt. Da sind sie wieder allesamt, die Fuhrwerke auf verstopfter Straße.

Bald müht sich die Sonne hinter Dunstwolken empor und verschwindet wieder, so als hätte sie schon jetzt genug von diesem Tag. Regennass tropft es von den Alleebäumen. Nach einem Walde tut sich ein Städtchen auf, eines, das Pogegen heißt. Wieder ein Engpass in den Gassen und Straßen, an dem es zu Stauungen kommt. Außer den Wagenkolonnen ist kein Mensch zu sehen. Vielleicht sind sie geflohen, vielleicht aber schlafen sie noch. Es spricht sich herum, die Wehrmacht würde Brücken sprengen. Eile ist geboten. Das südliche Ufer der Memel muss rechtzeitig erreicht sein. Erst einmal nach Tilsit, die Flussseite wechseln und dann weitersehen.

An einer großen Kreuzung nach dem Städtchen, gleich hinter dem Wald, kommt es zum Wagenstau. Aus drei Richtungen mündet eine Unzahl an Gespannen aufs nicht mehr weite Tilsit, dessen Kirchturmspitzen bereits in den Himmel ragen. Die Leute können sich nicht einigen, wer vor wem und nach wem die Kreuzung zu passieren hat. Überall wird die Formation verlassen, werden neue Wege eingefahren, wird zur Wiese und aufs Feld gelenkt. Doch diese Ebenen hier liegen tiefer, sie sind feucht und rutschig. Was in sie hineingerät, kommt nur mit Mühe wieder raus. Teiche, Seen und Bäche entfalten wie Greifarme ihre wässerigen Senken, locken Ortsfremde in den Hinterhalt. Ein Stück weit mag es gutgehen, dann aber bleiben sie auf ihnen haften wie Insekten an einem Zuckerguss. Wehklagen von überall her. Räder stecken bis zur Achse im Wiesengrund, Mütter laden ihre Kinder und das Gepäck vom Wagen, zerren an den Halftern ihrer Tiere und geißeln sie bis an die Grenze des Erträglichen. Doch selten hat es Erfolg, meist werden sie abgespannt und von der

Deichsel genommen, ihre Rücken mit Lasten bestückt. Zu Fuß wird es für jene Pechvögel erst einmal weitergehen, über den großen Strom und dann vielleicht mit einem Zug nach Westen. Nur lösen müssen sie sich vom Großteil ihrer Habe. Kaum sind die einen mit Sack und Pack zur Straße rauf, das beladene Pferd vorangetrieben, springen andere von ihrem Wagen und laufen zum Unglücksgefährt, sich zu bedienen, alles durchzuwühlen nach Dingen, nach Nahrung oder sonstigem Wert. Des einen Leid ist des anderen Freud.

Behäbig, fast gelassen, schieben sich die Kirchen näher. Das Zweitpferd hinkt. Sein Verlangsamen stiftet die andere Stute an, ebenfalls das Tempo zu verringern. Elisabeth lässt die Peitsche auf den Pferdehintern knallen. Dann endlich treffen Mutter und Tochter in Übermemel ein, dem Städtchen auf der Flussnordseite. Unter den Stahlbögen der Königin-Luise-Brücke kriechen sie über den Strom. Westlich, nicht weit, zieht die Kontur des Eisenbahndamms hinüber. Es ist geschafft, nun fällt die Last erst einmal ab, die Brücke ist passiert. So aber hatten sie die Stadt nicht in Erinnerung. Ausgebrannte Häuser wie Knochengerüste, die Hohe Straße ein Trümmerfeld. Berge von Schutt und Scherben, Granatlöcher und aufgerissenes Kopfsteinpflaster. Eine Geisterstadt, vom Kriege schwer getroffen, mit nur noch wenig Zivilbevölkerung. Ist dies das Resultat der Bombardierung, die Alinka in der Nacht von Plicken aus gesehen hat? Erstrahlte von hier der Feuerschein?

Am Hohen Tor macht Lumpi schlapp, verweigert jeden Befehl. Nicht einen Schritt mehr wagt sie voran, die Kraft ist am Ende. Ausgerechnet hier, in der Stadt, im Ruinenfeld. Doch es ist den Tieren anzuerkennen, dass sie die Memel überwunden haben und nicht schon vorher ermüdet sind. Das Gespann wird links ab auf den Bürgersteig der Oberst-Hoffmann-Straße gelenkt. Die Kolonne auf dem Hauptverkehrsweg zieht weiter. »Und wenn Flugzeuge kommen?«, gibt Alinka zu bedenken. Elisabeth antwortet nicht und schirrt das Zweitpferd los. Sie breitet Decken auf dem Gehweg aus, auf denen sich die Stute niederlegt. Alinka blickt nervös nach hinten, zum Treck, zu denen, die weiterkommen, die nicht rasten. Blickt hoch über die Ruinen und nach vorneweg zu einer Grünanlage.

Zwischen Mauerziegeln wird eine Mahlzeit gekocht, ein Süppchen mit Kartoffeln und Speck. Bald hocken sie in dicken Kleidern neben dem Wagenrad auf zwei Säcken Stroh, schneiden Brot und bestreichen es mit Butter aus dem Säckchen der Frau Kirwitzke. Recht munden will ihnen das Abendessen nicht, doch Butter hält nicht lang, sie muss verbraucht, sie muss gegessen werden. Da macht es keinen Unterschied, dass ein Gewissen plagt.

Der Tag ist lang geworden, geht in den Abend über. Weitere Gespanne lenken in die Seitenstraße und suchen nach einem Standort für die Nacht. Die meisten aber ziehen weiter. Alinka sieht nach den Hufen und Gelenken ihrer Pferde. Sie weiß, die Mutter hat den Tieren viel abverlangt und sie womöglich überreizt. Lumpi hat sich längst erhoben und weilt neben Lotti am Futterkasten. Das Bauernkind herzt ihre Nüstern, striegelt Fell und Mähne, hebt noch mal die Hufe an, um nach Verletzungen zu suchen. Elisabeth bereitet einen Schlafplatz vor.

Noch immer rattern die Wagen auf der Hauptstraße. Auf einigen glimmen Petroleumlampen und verleihen dem Anblick etwas Gespenstisches, wie ein stummer, nächtlicher Fackelzug, der trostlos und ohne jeden Sinn vorüberzieht. In den Häusern dieser Stadt scheint niemand mehr zu wohnen, ihre Fenster sind dunkel und verschlossen. Mutter und Tochter kommen überein, dass abwechselnd geschlafen wird, dass je der andere Wache hält. Denn Pferde und Gepäck sind ein begehrtes Diebesgut. Morgen werden sie vielleicht schon Insterburg erreichen und das Gespann auf dem Hof der Tante in Sicherheit wähnen. Elisabeth ist dem Umfallen nahe, sie wird nun schlafen gehen. Alinka hat am Tag genug geruht, sie ist bei Kräften und übernimmt die erste Wache.

Während die Mutter unter dem überdachten Heck, auf Säcken gekauert, sofort die Augen schließt, lehnt die Tochter am vorderen Wagenteil. Zwei Decken hat sie sich über die Knie gelegt, trägt eine Mütze und einen Schal. Nebenan ist nicht mehr viel zu hören, kein Rumpeln in den Nachbarwagen. Auch an der Straße ist es nun ruhiger. Nur wenige Gespanne lenken noch vorüber, die meisten haben sich einen Lagerplatz gesucht. Auf der anderen Seite der Oberst-Hoffmann-Straße wird auch Nachtwache abgehalten. Eine Frau liegt auf der Bank ihres Einspänners und blickt zu allen

Seiten. An der Kreuzung beider Straßen ist es ein alter Mann, der unentwegt seine Ladung prüft und schon die dritte Pfeife raucht. Wenn er nicht husten würde, so gäbe es nun kaum noch Laute, die diese Abendstille in der Käsestadt behelligten.

Alinka spürt keine Müdigkeit, sie ist so wach wie nach elf Stunden Schlaf. Hin und wieder sieht sie sich um, horcht und lauscht nach Gaunern, die sich anschleichen und anderen die Vorräte stehlen. Nicht hier werden sie Beute machen, nicht bei ihr, weiß sie genau. Dafür wird sie sorgen. Um ein Uhr soll sie die Mutter wecken, das ist noch viele Stunden hin.

Da lehnt sie nun an der Wagenwand, weit weg von zu Hause und ihrem Bett, schreckt auf bei jedem Geräusch, das nicht gleich einzuordnen ist. Gewehrschüsse tönen in weiter Ferne. Dem Krieg zu entkommen, so glaubt sie, ist mit keinem Pferd und Wagen zu schaffen. Das Memelland haben sie hinter sich gelassen. Noch ist es nah, gleich hinter dem Fluss, nur eine Brücke überqueren. Dort und drei Tage weit im Norden liegt die Heimat, der Mittelpunkt ihrer Welt. Wird sie Plicken wiedersehen? Den Hof, das Haus, die Kammer? Wohin führt diese Reise? Zu Tante Martha nach Insterburg, und dann? Der Krieg wird wohl auch dorthin kommen. Und wohin dann? Wo gibt es Frieden und Sicherheit? Der Doktor sagte zum Großvater, dass das Reich an vielen Fronten kämpft. Auch der Brite ist Deutschlands Feind. Städte würde er bombardieren. Was haben wir denen, was haben die uns getan?

Unruhige Stunden schleppen sich fort. Ein verbeulter Halbmond zwinkert hin und wieder aus den Wolken. Es ist kühl geworden. Noch eine Decke legt sie sich über den Leib. Als dann die Zeiger auf dem Wecker ein Uhr bekunden und auch der Schlaf so langsam kommen will, rüttelt sie die Mutter wach. Elisabeth übernimmt. Nun kann sich Alinka unterm Verdeck in die Kleidersäcke pressen, wird aber dafür am Morgen die Zügel halten müssen. Es dauert nur einen Moment, schon versinkt sie in tiefem Schlaf.

Fremde Stimmen wecken sie. Die Hand der Mutter schütteln an ihr. Töpfe klappern nebenan, Pferde wiehern, ein Ochse ruft. Das Nachtlicht ist heruntergebrannt. Es ist noch dunkel, der Treck macht sich fertig für die Weiterfahrt. Die ersten Wagen rollen schon auf die große Straße und reihen sich in die noch lückenhafte Kolonne. Elisabeth hat alles zusammengepackt, ein Frühstück für die Tochter bereit gelegt. Die Pferde fressen seit einer Stunde. Alinka nimmt auf dem Kutschbock Platz, schnalzt und hebt die Zügel an. Lotti und Lumpi traben los, im Halbkreis herum zur Hauptstraße und nach links in den Konvoi. Im öden Trott klappern die Bauerngefährte durch dunkle Häuserreihen, bald an Gartensiedlungen vorüber und noch vor einbrechendem Tage zum südlichen Rand der Stadt.

Die Pferde sind frisch, gestärkt und wohlauf. Nun zahlt es sich aus, dass sie beim Hufschmied waren. Ein Weilchen sitzt Elisabeth noch neben der Tochter, begibt sich dann aber, von Müdigkeit gezeichnet, in die Schlafecke ans Wagenende. Mit halbem Tempo ruckelt die Kolonne ins ländliche Gefilde. Alinka ist mit ihren Gedanken allein, schnalzt hin und wieder mit der Zunge und reißt die Zügel nach oben. Das alles passiert von selbst, wie mechanisch und einstudiert. Sie denkt zurück an den ersten Morgen, da kamen sie weit, bis der Tag zu Ende ging. Danach war es eine Qual. Auch in dieser Früh geht es gut voran. Die Brücke von Tilsit ist überquert, Ostpreußens Kern erreicht. Kein Russe wagt sich dort hinüber. Wenn doch, wird sie gesprengt. Ist es das wert, so etwas Schönes zu vernichten? Sprengt die Wehrmacht denn allen Ernstes Brücken? Was ist, wenn die Menschen sich wieder vertragen? Dann war alles umsonst, dann liegt solch Bauwerk in der Memel. Es fehlt dem Mädchen die Vorstellungskraft dazu.

Auf den vom Nebel umhüllten Wiesen brüllen im Morgengrauen die Rinder. Manch altes Fräulein springt ab, rennt mit Kanne fort und melkt eine der Schwarzbunten, für ein Tässchen Milch oder um das Tier vom Druck seines prallen Euters zu erlösen. Was zu beiden Seiten der Straße geschieht, nimmt Alinka kaum wahr. Sie träumt, blickt auf den mit zusammengenähten Decken überspannten Vorderwagen und achtet darauf, den Abstand einzuhalten. Greise, Kinder sitzen darin und führen eine Andacht aus. Ein Großvater geht nebenher. Und ewiges Klappern der Pferdehufe, das Ächzen belasteter Wagenräder.

Mit einem Mal fahren Stimmen hoch, reißen sie aus ihrer Träumerei. »Flieger, da, im Osten!«, ruft eine Frau. »Die Russen, die Russen!« Panik zersetzt die Stille von eben. Schwarze Pünktchen bewegen sich am Horizont. »Runter vom Wagen, in den Wald!«, kreischt ein alter Bauer und reckt den Zeigefinger nach Südosten. Doch der Wald ist weit weg, am Ende eines Ackers. Kinder heulen los, Frauen reffen ihre Jüngsten von den Ladeflächen, eilen hinter Büsche am Straßenrand oder zu Bauminseln auf dem Felde. Andere suchen Schutz in ihrem Gefährt oder kriechen unter den Wagen. »Von der Straße weg!«, hallt es in das Gewirr der Schreie und Direktiven. Alinka und Elisabeth rennen einem Baumgrüppchen zu, das nah an einem Graben steht. Hinter, vor und neben ihnen schallen die von Angst erfüllten Laute. Die Pferde bleiben auf der Straße zurück.

Dann aber wird es ganz still. Nichts mehr ist zu hören. Nur für einen Moment, schon erhebt sich ein Maschinengeräusch. Die eben noch fern geglaubten schwarzen Punkte steuern auf sie zu und sind unschwer als Flugzeuge zu erkennen. Ein Geschwader von fünf oder sechs Objekten. Doch sie driften nach Norden ab, bevor sie auch nur in die Nähe kommen. »Mutti!«, ruft ein Junge. »Sei still!«, mahnt diese ihr Kind, als könne der Pilot sie hören.

»Vielleicht sind's deutsche Flieger«, mutmaßt eine Männerstimme. Ein anderer Alter bringt sich ein: »Die deutsche Luftwaffe ist längst geschlagen.« Als die Gefahr vorüber scheint, kehren die Leute retour. Manche zögernd mit festgehaktem Himmelsblick. Andere im Spurt, sitzen auf und reißen die Gefährte aus der Formation, um so weit es geht nach vorn zu preschen. Die Unordnung ist groß. Wohl dem, der zuerst reagiert. Es liegt in ihrer Entschlossenheit, dass auch Elisabeth zu denen gehört, die die Zügel heben, die Zunge schnalzen und den Tieren alles abverlangen.

Nun ist es ein Tempo wie am ersten Tag, ein Hetzen wie am Morgen des Aufbruchs. Doch dieses Tempo hat seinen Preis. Pferdeläufe knicken, wieder bricht ein Wagen entzwei, bersten unter ihm die Räder, sackt zusammen und beendet seine Reise an diesem Fleck in den Weiten Preußens. Groß ist die Reue jener, die so viel mitgenommen haben, nun Hab und Gut einbüßen. Der Haupttross aber setzt sich schweigend fort.

Von nun an sucht Alinka den Himmel ab. Das Getrappel der Hufe erreicht sie nur am Rande, das Auge ist wach, die Sinne geschärft, von Tagträumen keine Spur. Nur wenn die Kolonne steht, kein Wagen sich mehr weiterschiebt, sich die müden Lider senken, dann flüstert sie sich Munterkeit ins Gemüt. Es ist ein stockender Marsch nach Insterburg, mit vielen Unterbrechungen. Mit Hindernissen durch Achsbruch, durch vorrangiges Militär, durch Flucht zum Straßenrand, weil schwarze Punkte am Horizont kreisen. Vier Tage Flucht stecken Mutter und Tochter in den Knochen, ein fünfter wird nicht zu verhindern sein. Entbehren tun sie vor allem ein richtiges Bett, Hygiene und einen Spiegel für die Körperpflege und das Kämmen ihrer Haare. Aber auch Privatsphäre in gewissen Situationen. Doch kaum wer kann diese Vorzüge für sich nennen, wenn er nicht eine dieser Holzhütten auf seinem Wagen trägt. Um Darm und Blase während der Fahrt zu entleeren, wird sich, so gut als nötig vor fremden Augen verborgen, auf einen Bottich gehockt und der Inhalt zur Dunkelheit hinunter geschüttet. Wohl dem, der bei morgendlichem Wagenstopp einen Bach vorfindet und die Warterei mit einer Wäsche nutzen oder die Wasserkübel auffüllen kann.

Auf halber Entfernung zwischen Tilsit und Insterburg stoppt der Treck aufs Neue. Die Allee wirkt von Fuhrwerken aufgequollen, aufgedunsen, aufgebläht. Mehrere Reihen stecken im Stau. Nichts geht mehr, weder vor noch zur Seite weg. Wertvolle Stunden rinnen dahin, Unruhe macht sich breit. Noch eine Nacht im Wagen? Die Fahrt begann am Morgen so verheißungsvoll, doch mehr und mehr der Flüchtenden lenken von allen Pfaden und Nebenwegen auf die Allee, die aus ihren Nähten platzt. Aus den Kreisen Gumbinnen und Ebenrode kommen sie, wie sich im Austausch von Dialogen herausstellt. Eingekeilt zu allen Seiten steckt das Gefährt aus Plicken fest. Da hilft es auch nicht, wenn Mutter und Kind vom Bocke aus in jede Ferne starren.

Dämmerung kehrt ein. Jeder ersehnt die Nacht, möge sie nur rasch ihren Dunkelschleier über die Kolonnen setzen, zur Tarnung vor feindlichen Jägern.

Nachdem die letzten Feuerstellen gelöscht, Glutnester ausgetreten sind, legt sich die Finsternis aufs Land. Es hat sich abgekühlt, ein leichter Wind trägt Gerüche sumpfiger Wiesen herbei, gepaart mit dem Moder des Straßenlaubs. Erinnerungen suchen Alinka heim. Bilder zeigen sich, von zu Hause, von feuchten Frühjahrssenken auf den Feldern, wo aus Pfützen kleine Seen wuchsen, so groß und so tief, dass Möwen darin badeten. Dass dem Bauern, dem das Feld gehört, Geschimpfe widerfuhr, weil er einen Teil seiner Anbaufläche nicht nutzen konnte. Es sind die gleichen Gerüche dort wie hier, der Schimmel auf den Blättern, im Grase, die ewigen Prozesse der Natur. Mit den Lauten ist es nicht anders, auch hier schallen die Rufe der Wildgänse von den Äckern, weht mit der letzten Brise das Kläffen eines Hundes vom nächsten Bauernhof daher, ruft eine Kuh, ein Ochse, ein Pferd, bis nach und nach die Stimmen von Mensch und Tier versiegen.

Unsanftes Rütteln weckt Alinka aus ebenso unsanftem Schlaf. Die Hände der Mutter zerren an ihr. »Wach auf, es geht weiter! Geh du nach vorn!« Die Karawane setzt sich in Bewegung, bricht auf, noch weit vor Tagesanbruch. Räder knarzen auf dem Kopfsteinpflaster, Deichseln schaben am Gestänge, abgekämpfte Pferde schnauben vor Überdruss. Von einem sanften Lüftchen wund geküsst und im Schlepp allenfalls, bricht der Treck auf in den nächsten Morgen. Außer einem weinenden Baby sind menschliche Klänge rar.

Als bald das Licht die Welt sichtbar macht, wächst mit ihm die Angst, von Feindfliegern entdeckt zu werden. Die Stadt ist noch zehn Kilometer fern. Das Fortkommen hier und jetzt ist nichts zu dem des ersten Tages, als diese Flucht begann. Zur Behäbigkeit verdammt, lahm und kriechend wie eine Schnecke, immer der Blick nach oben fern, nach Punkten am Himmel suchend.

Kirchtürme rücken näher, Hausdächer entfalten sich am südlichen Firmament, trotten dem Plickener Gefährt entgegen. Dann endlich ein Fluss, eine Brücke, der Vorort Insterburgs. Im Kriechgang ziehen sie am Schlossteich vorbei, über den Damm zum nächsten Teich, an dessen anderem Ufer Alinka im Sommer mit den Cousinen Steine warf, als der Alarm losging. Die Spreu löst sich vom Weizen, die Masse der Fuhrwerke dreht hier am Damm nach Westen ab, nach Königsberg. Mutter und Tochter steuern geradeaus, passieren den Stadtpark und den Kleinbahnhof, um in die Ludendorff-Straße abzubiegen. Auf den Gleisen des nahegelegenen Hauptbahnhofs rangieren Güterzüge. Hier pulsiert das Leben dieser todkranken Stadt. Schon in der Luisenstraße wird es ruhiger, und in der Wichertstraße, wo die Tante wohnt, herrscht beinah Abgeschiedenheit.

Die Fahrt hat ein Ende, vorerst jedenfalls. Martha ruft vom Balkon, die Kinder rennen treppab. Die Freude ist groß, die Überraschung ist es auch. Seit Tagen gelang ihr kein Telegramm, kein Telefonat zur Poststelle nach Plicken. Nun weiß sie ihre Schwester und Nichte in Sicherheit. Martha herzt die Neuankömmlinge, überwältigt sie mit Küsschen und Umarmungen, nun fällt die Sorge ab wie ein Stein. Den Pferden spricht sie Gutes zu, dankt ihnen für den Überlebensmarsch und dafür, dass sie die kostbaren Verwandten bis hierher trugen. Maria nimmt Alinka bei der Hand und verschwindet mit ihr im Treppenhaus. Margarethe pflückt Gräser vom Bordstein, hält sie den Tieren ans Maul. Die Brüder erklimmen die Ladefläche. Elisabeth lenkt das Gespann in einen Hofeingang, dort löst sie die Stuten vom Zeug, verpflegt und sichert sie bei langer Schnur an einem Baum.

Es ist der Frühabend des zwölften Oktober, ein mäßig schöner Tag, doch heiter und sonnig im Ganzen, da sie nun zum ersten Mal wieder ihr Spiegelbild betrachten, die ausgemergelten Wangen, sich das Haar bei Lichte durchkämmen. Endlich auch wieder den Körper waschen können, auf einem Becken sitzen, statt auf einem Pott. Nach vier Nächten auf Taschen und Heu wartet ein richtiges Bett. Kurz ist das Abendmahl, knapp das Wort des Mädchens vom Lande. Die Müdigkeit behagt zu sehr. Das Gästebett im Mädchenzimmer lockt zum Nachtverbleib. Das Kissen flauschig, die Decke samtweich. Kein Schlafanzug aber darf getragen werden, aus Sicherheit, um bei Alarm in den Keller zu eilen. In frischen Tageskleidern legen die Mädchen sich in ihre Decken. Die Schwestern reden noch ein wenig, doch das Gesagte tritt nicht mehr an die Cousine heran, das Traumland umfängt sie nach Minuten.

Am Morgen will sie ihr Bett nicht verlassen, liegt ebenso lange in den Decken wie Margarethe und Maria. In der Wohnung poltert es, die Mütter sind längst auf und bringen die Wirtschaft in Gang. Wilhelm und Walter trampeln durch den Flur. Welch wunderbare Nacht, welch tiefer Schlaf, durchfährt es Alinka mit Wohlgefühl. Kein schaukelnder Wagen, kein schwankender Untergrund. Kein Auf und Ab, auch kein Getrappel. Nur regungsloser Boden. In der Küche steht das Essen auf dem Tisch. Mit großem Appetit holt sie nach, was gestern Abend verwehrt blieb. Kunsthonig auf Roggenbrot, ein Kännchen Minzaufguss. Der Honig sei kaum noch zu bezahlen, berichtet die eine Mutter der anderen. Ohne Lebensmittelkarten und Bezugsscheine würde ja schon ewig nichts mehr gehen. Beim Kleinkrämer um die Ecke bestenfalls, da könne der Handel auch noch so gelingen.

Martha senkt die Stimme, geht ans Fenster und horcht. Dann winkt sie ab und redet weiter, trägt Äußerungen zutage über Feindangriffe in den Mittagsstunden. Manchmal komme eine Handvoll russischer Flieger wie aus dem Nichts und jage ihre Salven in die Häuserwände. In den Straßen sei es nicht mehr sicher. Die Kinder lasse sie seit Wochen nicht mehr weiter als bis vor die Tür. Warum sie denn nicht allesamt nach Königsberg aufbrächen, wirft Elisabeth ein. Martha wiegelt ab, sie will auf keinen Fall weg. Sie will bleiben, bis Heinrich kommt. Auch wegen der guten Möbel, für die sie ein halbes Leben lang sparten. Überall werde eingebrochen, die vielen verwaisten Wohnungen seien ein lohnendes Ziel für Diebe und Halunken. Feldpolizei patrouilliere zwar, um Plünderungen in den Häusern der geflüchteten Zivilbevölkerung zu unterbinden. Doch besser wäre es, persönlich vor Ort zu sein. Wo außerdem sei es denn sicherer? Sollten sie sich zu siebend einem Treck anschließen und nach Westen ziehen, nach Königsberg? Wie geht es von dort weiter? Mit einem Zug, mit einem Schiff? Wohin überhaupt? Verwandte gibt es im Westen nicht. Auch nach Königsberg gelangten Flieger, dort sei noch mehr kaputt als hier. Die Unterhaltung endet jäh, denn die Sirene schrillt. Sogleich aber gerät sie wieder ins Schweigen.

Alinka versorgt die Stuten im Hof. Die Cousinen helfen ihr, füllen Wasser ein und streuen Futter. Den Wageninhalt trugen die Mütter gestern spät nach oben, nur Unwichtiges liegt noch darauf. Zwischen welkem Flieder schütteln sich die Pferdehäupter. Der Tag schwappt für die Kinder mit Nichtstun dahin. Zu Abend sitzen sie in der verdunkelten Stube. Der Volksempfänger wirft Militärmarschmusik aus, viel zu leise, um sie als solche zu bezeichnen. Wilhelm stampft zum Takt und wird von seiner Mutter ermahnt. Martha schaltet das Radio aus, geht zum angelehnten Fenster und bittet die Kinder um Ruhe. Die Mädchenstimmen verhallen, Walter legt seinen Baustein nieder. Die Stadt gibt keinen Laut. Oktoberstille, herbstlicher Friede. Mehr Schein als Sein, Fassade im Kriegsalltag. Martha schaltet das Radio wieder an. Ein Tenor gibt ein Volkslied zum Besten.

Wie schon im Sommer, laufen die Mädchen die Treppen herunter zur Toilette, putzen die Zähne, kämmen und flechten das Haar, setzen sich aufs Becken der fensterlosen Kammer. Nebenan wohnt seit Wochen niemand mehr, Herr und Frau Buchholz sind aufs Land geflohen. Nun ist dies wahrlich ein Geisterhaus. Die Flurtür ist verrammelt, da kommt des Nachts niemand rein, der hier nicht hergehört. Auch die Hintertür ist dicht, die Pferde sind im Hof in einem Gartenschuppen weggeschlossen. Allein traut sich keines der Mädchen hoch ins dritte Stockwerk. Nur gemeinsam hechten sie auf dunklen Stufen empor, sich haltend am Geländer und oben zur Wohnung rein. Der zwölfjährige Wilhelm geht ohne Begleitung hinunter, er will den Mut seines Vaters zeigen und den Mädchen imponieren. Vom lichtschwachen Türspalt aus blicken sie ihm nach, wie er im Finstern des Treppenhauses verschwindet. »Gut angekommen?«, ruft Margarethe, ein wenig in Sorge. »Was denkt ihr denn!«, gellt es zurück. Die Klotür rumpelt.

In ihren Tageskleidern liegen sie zu Bette, die Mädel, das Cousinen-Trio. Karger Wortaustausch nur noch, dann sinkt eine nach der anderen in den Schlaf. Alinka träumt von Plicken, sieht sich über den Acker laufen. Droben der weite Himmel mit seinen Schäfchenwolken. Emma und Walpurga laufen mit ihr. Nun sitzt sie auf einem Pferd, auf Lotti oder Lumpi, springt im Galopp zu den Wolken hoch und landet wieder zu Felde, das nun eine Schneedecke trägt, weit und weiß bis an den Horizont. Emma ist verschwunden. Die Nacht bricht ein, Sterne funkeln wie Rubine. Der Großvater steht neben ihr. Er öffnet den Mund, ganz langsam, viel zu langsam, er sagt etwas, das wie ein Heulen klingt. Warum denn aber tut er das, warum heult er einem Wolfe gleich? Nun schüttelt er sie wie einen Baum mit reifen Früchten. Aber warum? »Hoch mit dir, sofort!« Warum, Großvater? Es ist doch tiefste Nacht, warum soll ich das tun? »Nun komm, wir müssen in den Keller!« Alinka öffnet die Augen. Sie liegt schon nicht mehr im Bett und wird von der Hand der Mutter aus dem Zimmer gerissen, zum Flur und runter durchs Treppenhaus, vorneweg dem Kellerlicht entgegen. Martha schlägt die Türe zu. Der Schall wandert durchs Gewölbe. Allesamt haben sie sich eingefunden, die Notfalltasche liegt am Boden.

Nichts mehr ist zu hören, nur das Atmen der Kinder, die sich die Augen reiben. Am Ende des Gangs wurde als Fluchtweg ein Durchbruch zum Nachbargebäude geschaffen, der Keller zu einem Luftschutzbunker ausgebaut. Doch da brennt kein Licht, dort hockt niemand aus dem Nebenhaus. Sie sind völlig allein, die Eichlohns und die Gindullis´. Martha horcht an der Tür. Minuten verrinnen. Wieder nichts und noch mal nichts. Oder etwa doch? Ist es ein Grummeln, das Einschlagen von Granaten? Irgendetwas ist da, das doch nichts ist. Ohren werden ausgefahren, Sinne wachgerüttelt. Ein Surren vibriert den Boden. Einbildung? Die Jungen spüren es auch. Die Mädchen halten einander fest, bibbern vor Angst und Kälte. Der kleine Walter weint stumme Tränen. Es fallen Alinka die zerstörten Häuser von Tilsit ein. Wenn dieses hier zusammenbricht, wird es zu ihrem Grab.

Nach einer Dreiviertelstunde, ohne dass die Sirene Entwarnung gibt, treten sie aus ihrem Verlies und äugen vom Treppenhaus auf die Straße. Nirgends ein Licht, ein Lebenszeichen, ein Surren oder Brummen. Nur eine schlafende Stadt, deren Herz lautlos weiter pocht. Auf knirschenden Treppenstufen geht es hinauf durch die offene Wohnungstür und wieder ins Bett. Die Cousinen nicken sofort ein. Ans Schlafen ist für Alinka nicht zu denken, so stark rüttelt das Erlebte in ihr. Vielleicht besitzt sie mehr als die anderen die Fähigkeit vorauszudenken, was passieren könnte, wenn. Ja, wenn so eine Bombe das Dach durchbricht und dieses Haus in Stücke reißt. Wenn die Wucht auch in den Keller schlägt, seine Decke niederdrückt, auf sie, auf die Letzten dieses Hauses in der Wichertstraße. Dann wird kein Mensch sie lebend wiedersehen, dann werden ihre Stimmen für immer erlöschen, die Erinnerungen an die Kinder und Mütter beider Familien im Staub der Ruine versickern. Sie kann und will nicht verstehen, wie die Cousinen bei solch drohendem Unheil weiterschlafen können.

Am nächsten Morgen jault schon wieder die Sirene. Erneute Flucht in den Keller, ohne dass etwas geschieht. Wenige Tage später rasseln im Norden pausenlos Artilleriefeuer, gefolgt von nächtlichen Explosionen. In den Straßen von Insterburg prägen Pferdekarren und Leiterwagen das Bild. Durchreisende und Bewohner transportieren Hab und Gut zum Bahnhof. Kinder pirschen ihren Angehörigen nach, jedes einen Tornister hinten drauf, einen Sack, einen Koffer mal in der linken, mal in der rechten Hand. Mehr und mehr versiegt das Leben dieser Stadt, tropft ins Vergängliche und lässt eine Hülle zurück. Volkssturmleute sorgen für Ordnung. Sie fallen auf im Einheitsbrei, tragen Armbinden, aber keine Uniformen, dafür oft verschieden große Gewehre, alt und rostig wie die Männer selbst. Wehrmachtlastwagen mit Gütern auf den Ladeflächen krachen hindurch, pendeln zwischen Garnison und Bahnhof. Wenn das Blubbern ihrer Motoren dröhnt, weichen Mensch und Karren an die Seite, auf den Fußweg aus. Alinka besieht sich das alles vom Balkon. Was hier geschieht und was diese Zeit an Merkwürdigkeiten herbeischafft, eine Zeit, die doch ihre Kindheit ist, das zu begreifen, gelingt ihr nicht. Diese Welt hat ihr Gleichgewicht verloren, nur das ist zu erkennen. Das ganze Drumherum und das Wieso will sich ihr nicht als Antwort preisen.

An einem sonnigen Vormittag Ende Oktober beschließen die Mütter, in die Stadt zu gehen, Einkäufe und Besorgungen zu machen. Alinka will nicht, dass sie geht, die liebe Mutter, und bittet sie zu bleiben. Wenn nun Bomben fallen. Dann braucht sie einen Keller, doch die meisten Häuser sind verschlossen. Sonst war Martha alleine los und kam nach Stunden wieder. Elisabeth redet die Sorge der Tochter klein, es werde schon nichts passieren. Beim Metzger gebe es heute noch Rindfleisch abzuholen. »Seid wachsam, horcht am Fenster!«, bittet Martha ihre Kinder.
So sieht Alinka die Mutter und die Tante in Richtung Markt verschwinden. Vom Balkon blickt sie in drei Himmelsrichtungen. Nur nach dem Westen kann sie nicht sehen, dorthin, wo kein Unheil blüht. Drunten win-

den sich die Karren und Fahrzeuge empor, schlängeln hastig zu den Gleisen. Die Cousinen wollen Greife spielen, stupsen Alinka in die Hüfte und flitzen zurück in die Küche. Oh, diese trügerische Gelassenheit. Alinka beugt sich hinein und ruft: »Und wenn nun die Sirene geht?« Die Cousinen pausieren ihr Spiel um den Tisch herum, ihr Lachen verstummt. »Dann laufen wir in den Keller«, antwortet Margarethe. Alinka schüttelt den Kopf und erwidert nichts. Das Greife-Spiel geht weiter.

Erst als die Sonne tief im Hofe steht und lange Häuserschatten bildet, kehren Mutter und Tante mit Beuteln beladen zurück.

Ein weiterer Tag beginnt, Schäfchen treiben über die Stadt. Die Kinder löffeln Roggen-Hafer-Brei. Kaum ist das Frühstück gegessen, springt Martha auf den Balkon und eilt sofort retour. »In den Keller, in den Keller!«, tönen ihre Schreie zur Küche rein. Die Kinder reißen die Stühle um. Als sie zur Tür raus wollen, fahren Motorengeräusche auf, rattern Schüsse in den Morgen. Noch mal ruft die Tante: »Vom Fenster weg!« Sie winkt die Kinder fort, weiter noch in die Wohnung hinein. Jagdflugzeuge prellen vorbei, Feuerstöße gehen nieder. Von den Fassaden sprenkelt Putz. Berstende Scheiben, Einschläge im Mauerwerk. Zwei, drei Maschinen jagen vorüber, eine vierte hinterher, setzen ihre Salven ab. Fensterglas spritzt durch die Küche. Nur für Sekunden wird es leiser, dann sind sie wieder da, schicken noch mehr Garben. Über dem Haus donnern sie hinweg. Die deutsche Flak schießt ihnen nach.

Keine Sirene hat vorgewarnt. Sie kamen blitzschnell und sind schon wieder weg. Der Schrecken ist den Kindern ins Mark gefahren. In den Ohren trommelt es noch immer, rauscht und kocht es wie nach einem Sturm. Das war er, einer jener Fliegerangriffe und ganz nah, versucht Alinka dies zu begreifen. Der Feind aus der Luft, der seine todbringende Last vom Himmel schleudert. Vielleicht dreißig Meter weg, so dicht war der Krieg eben bei ihr, so gewaltig fühlte er sich an, so drohend biss er sich in ihren Verstand. Und das waren nur seine Vorboten, die Fingerspitzen einer Hand an einem Arm, der endlos weit nach Osten reicht.

Alinka hakt sich im Türrahmen fest und blickt in die zerstörte Küche. Staub funkelt im Sonnenlicht, zeigt nach und nach, was geblieben ist.

Scherben auf dem Boden, auf dem Tisch, auf der Anrichte unter dem Hängeschrank. Eine zerfledderte Gardine baumelt wie ein Totenschleier am linken Fensterrand. Martha ruft in den Flur: »Mädchen, nehmt den Besen!« Es klingt wie von fern, wie aus einem Hohlrohr. Einen Besen sollen sie sich nehmen. Die Gelassenheit der Tante ist mit keinem Wort zu beschreiben. Schon kommen Wilhelm und Walter, schon krabbeln Margarethe und Maria hinter dem Flurspind vor und nehmen aus der Küchenecke den Besen vom Haken, beginnen damit, die Stühle abzurücken. Ein surreales Abbild mehr, das Alinka hinnimmt, weil es nicht einzuordnen, nicht zu begreifen ist.

Längst ist dieser Tag entschwunden, weht bei leichtem Regen Abendkühle in den offenen Raum. Alles Brauchbare an Möbeln und Lebensmitteln ist in andere Zimmer gerückt, getragen worden. Ein aufgerollter Läufer am Fuße der Küchentür verhindert, dass es in der Wohnung zieht. In jedem Zimmer wurde am Tage das Mobiliar von den Fenstern weg ins Rauminnere geschoben. Alles geht weiter seinen Gang, das Radio läuft, und das Leben spielt sich in der guten Stube ab. Im Reichssender Berlin ertönen Kinderchöre, später wird über die politische Lage debattiert. Im Frontbericht kein Wort über Insterburg, nicht eine Erwähnung. So viel Schlimmeres beherrscht die Sorgen in der Welt, als dass eine Handvoll Flieger da ins Gewicht fallen könnte. Martha schaltet das Radio aus, bittet die Kinder um Ruhe und horcht. Im Gespräch mit Elisabeth stellt sie klar, die Jagdflugzeuge nicht zu fürchten, da sie im Gegensatz zu den Bombern nur wenig Schaden anrichten.

Ein grauer, unfreundlicher Morgen dämmert herauf. Er ist so abweisend, wie ein Morgen im Herbst nur sein kann. Auf Alinkas Nachttisch liegt das Märchenbuch. Vor dem Schlafen hat sie Rapunzel gelesen und sich eine friedlichere Welt gewünscht. Schon bald fällt Regen hernieder. Der aber hat auch sein Gutes, bei solchem Wetter kommen selten Flieger, denn die Sicht ist trüb, die Orientierung eingeschränkt. Für die Kinder ist es ein Anlass, mit Schirm und Gummistiefeln vor das Haus zu gehen und in Pfützen zu springen. Fast vergessen sind für einen Moment alle Sorgen. Da sind nasse Hosen egal. Doch da sind auch die Durchreisenden, lahme

Trecks in den Straßen, mit aufgeweichten Teppichen über ihren Wagenbauten. Kindergesichter und alte Visagen. Armselige, gekrümmte Jammergestalten, die hinunterblicken und die Mädchen ins Visier nehmen, jene dort vermeintlich Glückliche, die in den Pfützen spielen. Sie verfolgen Alinka in ihren Träumen, lassen sie nicht los. Weil sie weiß, dass auch sie bald wieder eine von ihnen ist, dass auch sie weiterziehen wird, wenn Mutter und Tante es entscheiden.

Ein schriftliches Kommando, zugesandt durch einen Boten, befiehlt dem Cousin, mit anderen seines Alters am Folgetag loszuziehen, um südöstlich vor der Stadt Panzersperren auszuheben. Das sind Gräben von etwa sechs Metern Tiefe und sieben Metern Breite. Mit Schaufeln, Hacken, Spaten und sonstigem Gerät über den Schultern marschieren sie, angetrieben durch einen Kriegsversehrten, am Morgen auf der Kasernenstraße davon. Martha ist verzweifelt. An jedem dritten Abend jedoch kehrt Wilhelm heil zurück.

Wochen ebben ins Land, sacken ins Räderwerk der Zeit. Nachrichten werden laut. In Tilsit seien die Luisenbrücke und der Eisenbahndamm gesprengt. Im Radio erschüttern die Gräueltaten von Nemmersdorf, das südöstlich und nicht weit weg von Insterburg liegt. Martha und die Kinder halten an jedem Tag daheim eine Bibelstunde ab. Den einst zum Leben gehörenden sonntäglichen Kirchengang riskieren sie schon seit August nicht mehr. Das Schlimmste sei die Erwerbslosigkeit, so Martha, denn ohne Arbeit gebe es keine Lebensmittelkarten, keine Marken für Fett, keine Bezugsscheine für Bekleidung. Alles sei rationiert und kaum noch aufzutreiben. Bisher hat sie die Karten und Bezugsscheine durch den Eintausch von Sachgegenständen erhalten können. Elisabeth und Alinka bringen sich mit ein, wo es nur geht, versuchen ihrerseits, die Wirtschaft der Familie Eichlohn auf Trab zu halten. Hildes selbstgemachte Zahnpaste geht zuneige. Es wird versucht, neue anzurühren, ohne dass es ihnen gelingt.

Auch im November haben die Fliegerangriffe Bestand. »Der Russe ist matt!«, tönt die Propaganda. Davon ist im Raum Insterburg nichts zu spüren. Fast täglich entsendet der Krieg seine fliegenden Reiter. Die Sonne wärmt nicht mehr. Je heller sie scheint, desto größer ist die Gefahr von oben. Granateinschläge zerfetzen die Stadt, Maschinengewehrsalven prasseln auf den Häuserwald. Die Flakbatterien erwidern ihrerseits das Feuer. Doch immer ist da die Angst vor den großen Vögeln, vor den Bombenflugzeugen, die im Schwarm zu Hunderten kommen. Deren Eier aus großer Höhe fallen und Städte in Ruinenfelder wandeln. Eines Tages werden sie auch Insterburg nicht mehr verschonen und es zu einem Leichenacker machen. Die Sirenen haben sich müde geheult und ihre Funktion eingebüßt. Manchmal warnen die Kirchenglocken. Doch ihre Warnung hat keinen Zweck, sie kommt jedes Mal zu spät und erst dann, wenn die Flieger bereits schießen. Als ein Verband aus Dutzenden Bombern, ein anderes Ziel im Visier, die Stadt überfliegt, geben die Glocken keinen Laut. Darüber empören sich die Mütter. Ein Mensch aber ist es doch, der hinaufsteigt in den Glockenturm und sein Leben riskiert, um andere zu warnen. Darüber denkt niemand nach.

Westwind trägt die Rufe gewaltiger Rinderherden in die Stadt, die das Knarzen der Wagenräder des treckenden Volks übertönen. Wie der Mensch, so entschwindet auch das Tier seiner Heimat. Eine offizielle Fluchtgenehmigung für die Bevölkerung Insterburgs aber gibt es nicht. Militär und Fabriken sind noch aktiv. Der Anfang des Bösen nimmt seinen Lauf. Nichts und niemand kann es zur Umkehr zwingen.

Ab Dezember kehrt Ruhe ein über Insterburg, kein Flieger lässt sich mehr blicken. Der Herbst schwappt in den Winter. Ein weißes Tuch legt sich über die Stadt, auf die Ruinen, auf Trümmer und Schutt. Frost und Schmelze wechseln sich ab. Abgestorbener, brauner Farn sinkt an Backsteinwänden nieder. Die Pferde halten das Gras auf der Hofwiese kurz, scharren nach Essbarem unter dem Schnee, rupfen an Zweigen und Sträuchern. Tagsüber können sie sich dort frei bewegen. Die Kinder schippen ihnen den Schnee beiseite, damit sie leichter an die Gräser gelangen. In der Wohnung im dritten Stock wird extensiv geheizt. Wilhelm schleppt jeden Tag zwei Eimer Kohlen aus dem Erdgeschoss hinauf. Die Schwestern füllen die Kachelöfen, den rotbraunen in der Stube, die beiden gelben im Eltern- und im Kinderzimmer.

Wind keucht unter dem Türspalt zur Küche in den Flur. Noch ist die Hoffnung da, im Frühjahr ins Memelland heimzukehren, wenn der Russe geschlagen ist. Doch dieser Feind ist stark, seine Verbündeten sind es auch. Geduld, es werde schon, davon ist vor allem Martha überzeugt. Wenn Onkel Heinrich zurückkommt, wie er es in einem Brief verkündete, der Anfang Oktober eingetroffen war, dann wird er die Familie führen. Der Mann mit dem gestutzten Oberlippenbart weiß und wusste immer, seine Liebsten durch steinige Täler zu bugsieren. Auf ihm bauen die Hoffnungen der Ehefrau und Schwägerin. In der Nachbarstadt Gumbinnen ist er eingesetzt, dirigiert dort als Gruppenführer seine Volkssturmleute, führt sie, wie er dereinst das Personal in seinem Betrieb als Schuhmacher leitete.

Heiligabend ist drei Tage fern, eine noch ruhigere Zeit bricht an. Der Schnee ist liegengeblieben, ein Dauerfrost zeigt die Zähne. Im Geisteraufgang in der Wichertstraße, oben im dritten Stock, tritt Martha das Pedal der Nähmaschine. »Geh ans Fenster und horche!«, bittet sie die ältere Tochter. Elisabeth prüft die Nähte der Taschen und Säcke, Alinka sieht ihr dabei zu. Küche und Balkon wurden aufgegeben, ein Schneewall liegt dort im Raum. Der Flurschrank verbirgt nun die Küchentür hinter sich. Gekocht und gegessen wird im Arbeitszimmer der Tante, nicht aber in der guten Stube. Kein Fleck, kein Krümel, nichts darf den edlen Teppich besudeln. Zu lang haben sie für ihn gespart, auch für den Sessel und die Anrichte.

Noch einmal droht für Alinka so ein Fest wie im vergangenen Jahr, ohne Baum und ohne Vater. Heinrich aber war im Dezember 1943 im Kreise seiner Liebsten, er durfte bei ihnen sein. Sie, die Insterburger Kinder, hatten ihren Vater. Für drei Tage war er hier, in dieser Wohnung, in dieser guten Stube. Kriegsweihnacht, gehasstes Wort. In der Vase auf dem Tisch stecken Kiefernzweige, mit Kugeln und Silberfäden geschmückt. Vom Fenster des Mädchenzimmers blickt Alinka in die Wolkendecke, denkt an Emma und an den Großvater. Wie es denen wohl geht? Einen Brief hat die Mutter zwar zur Post gebracht, doch wurde ihr dort gesagt, dass keine Sendungen mehr in den Norden gehen, weil der Russe hinter der Memel steht. Wo die Heimat beginnt, wo elf Jahre ihres jungen Lebens geschahen, da ist nun Feindesland.

Der Heilige Abend ist gekommen, kein Vater tat es ihm gleich, kein Brief traf ein. Als Martha den Sender einschaltet und ein Chor »Stille Nacht« vorträgt, laufen den Mädchen die Tränen. Elisabeth nimmt ihre Tochter in den Arm, umklammert sie und tröstet. Doch dieser Kummer sitzt zu tief, er ist mit keiner Geste zu lindern. Martha bringt das Radio zum Schweigen. So ist es besser, so verliert sich die Emotion, so kann sich der Gedanke fangen. Geschenke, ein Festessen, Gottesdienst, auf all das muss verzichtet werden. Doch es werde nachgeholt, schon bald, das versprechen Mutter und Tante.

Am Zweiten Weihnachtsfeiertag, recht spät, schon nach dem Abendessen, kommt der vierjährige Walter auf Alinka zu, was er noch niemals tat. Seinem Bruder hing er stets an, Alinkas Nähe aber sucht er nun zum ersten Mal. Er hat ihr Märchenbuch dabei, hat es unerlaubt aus dem Zimmer der Schwestern geholt, und bittet die Cousine, ihm vom »Hans im Glück« vorzulesen. Alinka fühlt sich geschätzt und blättert nach der richtigen Seite. Er krabbelt zu ihr aufs Sofa, sieht sie an und sieht auf das Buch auf ihrem Schoß. Alinka trägt die ersten Zeilen vor, ganz leise, weil es in der Wohnung ruhig bleiben muss, falls sich am Himmel ein Donnervogel nähert. Ihre Stimme lockt die Cousinen hinein und auch den großen Wilhelm. Sie flegeln sich aufs Sofa. Margarethe stützt ihr Kinn mit den Händen ab, Maria verschränkt die Arme und lehnt sich weit zurück. Wilhelm simuliert Desinteresse, doch er verlässt die Stube nicht, er bleibt und stiert auf die Uhr an der Wand. Alinka schaut hinunter und liest die Zeilen ab, verleiht durch ihren Tonfall dem Märchen etwas Leibhaftiges. Walter rückt näher an die Cousine heran und umklammert ihren Arm. Als das Märchen endet, verlangt er nach dem nächsten. Noch eines liest sie ihm vor, das vom Aschenputtel. Danach ist Schlafenszeit.

In der Silvesternacht hallen Schüsse, nicht kriegsbedingt. Vielmehr, sich des alten, scheußlichen Restjahres zu entledigen, ein besseres herbeizuwünschen. Am Morgen rieselt Schnee in dichten Flocken. Ein stummer Neujahrstag 1945 geht zuneige, wird vom Abend verdrängt. Ein nächster

Tag dämmert herauf. Fröste beißen in den Nächten, wieder fällt Schnee. Die Stadt hält Winterschlaf, die Fuhrwerke gleiten auf vereistem Untergrund. An windstillen Nachmittagen, wenn die Sonne auf den Schneekristallen glitzert, kommen Seidenschwänze geflogen und nähren sich von den Früchten der Ebereschen an den Straßenrändern.

Jeden Tag nun bittet Walter die Cousine, ihm ein Märchen vorzutragen. Bald schon hat er sie alle gehört, dann fängt Alinka von vorne an. An den Morgen schippen die Kinder den Hauseingang frei und türmen das nächtliche Weiß, damit jeder Dieb erkennen wird, dass in diesem Aufgang noch jemand wohnt. Martha schickt Wilhelm los ins Viertel, nur um den Block herum, er soll nach verlorengegangenen oder weggeworfenen Dingen suchen. Weil er nichts findet und weil er die Mutter nicht enttäuschen will, klettert er durchs Kellerloch ins Nebengebäude und sieht sich darin um. Tag für Tag schleicht er hinüber, plündert zuerst den Kohlenvorrat, steigt ins fremde Treppenhaus und verschafft sich den Zutritt in eine Erdgeschosswohnung. Nur abends tut er das, wenn er weiß, dass auch ja kein Bewohner mehr in diesem Hause ist. Dann trägt er sein Diebesgut durch den Keller, beschwindelt die Mutter, er hätte gesehen, wie Leute es von einem Pferdehänger warfen. Martha, von Stolz geblendet, herzt ihn überglücklich. Vielleicht aber weiß sie auch, dass er sie belügt, weiß, dass in diesen Zeiten nichts mehr ohne Raub vonstatten geht.

Wieder kommt der Befehl, der den Jungen fortschickt, die im Halbkreis um die Stadt herum errichteten Panzergräben vom Schnee zu befreien. Mit einer Schaufel bewaffnet, macht er sich in Begleitung seines Trupps davon. Das Grüppchen ist dezimiert, da viele Familien längst geflohen sind.

Die Mädchen fegen den Hof, versorgen die Pferde im Schuppen, legen ihnen den Boden mit übermäßig Blattlaub aus. Warm sollen sie es haben, so gut es nur geht. Elisabeth hat die Wände verstärkt, Bretter und Tischplatten daran genagelt, damit die Kälte draußen bleibt. Wenn die Frauen in die Stadt aufbrechen, um irgendwo nach Lebensmitteln anzustehen, sind sie oft für Stunden fort. Kein Flieger erscheint in diesen ersten Januartagen, nirgends steigt eine Rauchsäule auf. Freund und Feind haben sich vertragen, haben endlich Frieden geschlossen. So jedenfalls interpretieren es die Kinder beim Blick aus der Hoftür in die Winterwelt von Insterburg.

Am frühen Morgen des dreizehnten Januar aber ist es mit der Ruhe vorbei. Ein Donnern erzürnt den Himmel, so fühlt es sich an. Trommelfeuer lärmen im Osten den ganzen Tag. Zum Abend stoßen feindliche Jäger aus den Wolken und nehmen beliebige Ziele unter Beschuss. Ein halbes Dutzend Flieger, die ihre Kreise ziehen, ohne Erwiderung der Flakgeschütze. Nach dem Sonnenuntergang erstrahlt im Osten der Horizont wie ein Abendrot auf falscher Himmelsseite.

Am Tag darauf ist der Feind schon nah herangerückt, stundenlang kracht es ohne Pause fort, einem Donnergrollen, einem Wolfsgeheul gleich. Granatwerfer entfachen einen Höllenlärm. Brände wüten in der Stadt und in weiter Ferne, Rauchsäulen trüben das Blickfeld. Feindflieger prellen mit hämmernden Bordgeschützen im Ascheregen nieder. Nach Minuten drehen sie jedes Mal wieder ab. Das Trommelfeuer am Horizont aber bleibt.

Elisabeth pocht auf die Schwester ein, so schnell es geht mit ihr aufzubrechen. Martha aber will davon nichts hören, sie will bleiben, will auf Heinrich warten, der versprach zu kommen. Dass es ein tödliches Warten sein kann, leuchtet ihr nicht ein. Sie und die Kinder werden bleiben, aus und Ende. Ohnehin gebe es keine offizielle Fluchtgenehmigung, zumindest will ihr nichts zu Ohren gekommen sein. Doch sie, Elisabeth, könne ja fliehen, da sie nicht hier wohnhaft sei. Elisabeth beschwört die Nichte, bittet Maria wenigstens um Vernunft. Die aber zeigt sich der Mutter loyal, entreißt sich der Tante und schimpft. Es kommt zum Wortgefecht der Mütter. Die eine entsagt der anderen die Freundschaft, hält ihr vor, das eigene Kind gegen sie aufzuwiegeln. So passiert es dann, dass zur Mittagsstunde die Gindullis′ ihre Habe hinunter tragen und unter den Jammerrufen der Kinder die Pferde an den Wagen spannen, ihnen Decken und Laken um die Leiber schnüren, um sie vor Eiswinden zu schützen.

Auf selbem Weg, wie sie vor drei Monaten gekommen waren, verlassen Mutter und Tochter die Stadt, mit grobem Ziel das neunzig Kilometer entfernte Königsberg vor Augen. Auf dem Damm des Schlossteichs warten sie auf eine Lücke im Strom. Fern erklingen am Himmel schon wieder die Motoren. Elisabeth reißt die Zügel hoch und reiht sich in den Treck. Kriechend entschwinden sie der unheilvollen Stätte.

177

Gott ist auf und davon

So beginnt sie also von Neuem, die ungewollte Reise. Ein Aufbruch, weg von geliebten Menschen. Der Streit, der den Abschied befeuerte, macht es umso schwieriger. Nun gehören sie wieder den Heimatlosen an, mischen sich in den grauen Wurm auf schneebedecktem Land, in die Masse der Fuhrwerke und Pferdekarren, der Fußgänger mit ihren Schlitten, Hand- und Kinderwagen. Kein warmer Ofen mehr in einer Stube, in einem Mädchenzimmer, kein festes Dach darüber und auch kein Waschraum mehr im Erdgeschoss mit einem Becken und Wasserhahn, mit einem anderen Becken für das zweite Geschäft.

Die Kälte kriecht in den Wagen, kriecht in die Kleider, in die Haut, ins Blut. Sie weiß, wo sie fündig wird, sie ist ein Verbündeter des Krieges und holt sich ihren Anteil. Die Kälte ist der zweite Feind. Der Krieg treibt die Menschen auf die Straße. Was er übriglässt, gehört ihr. Sie spielt mit ihren Opfern, setzt ihnen zu, hetzt sie fort aus ihrem Lande oder in den Kältetod. Als Frostwind getarnt beißt sie um sich, giert nach leichter Beute, nach Fingern und Zehenspitzen, nach den Schwächsten, nach Kleinkindern und Babys, nach alten Leuten. Schusswaffen kommen gegen diesen Feind nicht an. Nur mit Kleidern, dreifach, vierfach am Leibe, mit permanenter Bewegung, einem Feuerchen ist mit ihr, der Kälte, fertigzuwerden.

Das Tempo an diesem 14. Januar auf der verstopften Reichsstraße verdient diese Bezeichnung nicht. Jede Sommerschnecke käme zügiger voran. Die Gauhauptstadt ist weit weg, eine Strecke wie von Plicken nach Tilsit quer durchs Memelland. Ein Martyrium im Winter, ein Exodus für Mensch und Tier, für einen Bauernwagen.

Soldaten auf Lastautos mit nach hinten ausgerichteten Geschützen bahnen sich westwärts ihren Weg. Fuhrwerke rücken beiseite, zwischen die Bäume, rutschen ungebremst in Gräben und bleiben darin stecken. Fliehende Wehrmacht, aufgelöste Truppen eines vormals stolzen Heeres, das 1936 durch Berlin marschiert war. Ladeflächen voll mit Kriegsgerät. Zurückflutendes Militär, das nicht mehr kämpfen will. Soldatenreste, Überbleibsel einer geschlagenen Armee. Oder ist es nur ein Stellungswechsel, um den Feind zu verwirren, eine neue Frontlinie zu bilden?

Betagte Volkssturmmänner laufen entgegengesetzt, nach Osten, bewaffnet mit Schrotflinten und Pistolen. Verkehrte Welt, untergehendes Heimatland. Nichts und gar nichts mehr führt je zurück. Die Zukunft scheint verloren, vielleicht im Westen liegt noch Hoffnung. Doch dieser Westen ist weit und mit Pferden unerreichbar. Ein klapperndes Fuhrwerk aber ist besser noch als keines, besser als zu Fuß mit Karren oder Leiterwagen. Wenn ein Treck stillsteht, ist es jedoch das Fußvolk, das weiterkommt. Stillstand und Schritt wechseln einander wie das Schweigen und Donnern über der zurückliegenden Stadt. Maschinengewehrfeuer und Einschläge von Granaten rumpeln in der Ferne. Die Türme und Häuserspitzen sind nur noch eine Silhouette, ein rußendes Phantom.

Der Tag ist beinah herum, Insterburg noch immer in Sicht. Viel zu langsam kriecht er fort, dieser graue Wurm in weißer Landschaft. Schwere Wolken haften am lichtlosen Himmel. Die Eiseskälte gleitet nach und nach durch alle Kleiderschichten. War es richtig, war es falsch, die geheizte Wohnung zu verlassen? Zu spät, um darüber nachzudenken. Nun kauern sie auf ihrem Wagen, die Mutter vorn mit Decken auf dem Schoß, Alinka in einen Kleidersack geschlüpft, von Kissen und Polstern umgeben. Am Leibe drei Hosen und drei Jacken, noch einen Mantel drüber, Stroh in den Stiefeln, das Kinn im Schal vergraben, zwei Wollmützen auf dem Kopf. Und doch findet die Kälte einen Weg. Nur gut, dass sie es mitgenommen haben, all das Zeug, dass Elisabeth vorausgedacht hat schon damals im noch milden Herbst.

Fuhrwerke biegen auf Nebenwege ab, mit Dörfern am Ende oder einzelnen Gehöften, in der Erwartung, dort Obhut für die Nacht zu finden, vielleicht in einem Stall, auf einem Heuboden zu schlafen, die Pferde wenigstens unter ein Dach zu kriegen. Der Tagesfrost hat zermürbt. Mancher Fuß in vereistem Stiefel ist nicht mehr zu retten. Elisabeth will weiter, noch ein Stück voran, da sich die Straße lichtet. Zu wenig sind sie heute fortgekommen, als dass die Pferde nicht mehr könnten. Sie sind geschützt unter ihren Decken, wo der Frostwind sie nicht mit voller Härte trifft. Nur ein Stückchen noch, ein wenig. Das Tageslicht jedoch weicht viel zu schnell. Bei Nacht auf vereistem Weg birgt die Gefahr, von ihm hinabzurutschen, in den Wehen festzustecken und das Fuhrwerk zu verlieren.

So steuert sie einen Hof an, kaum abseits der Allee, an dem schon viele Wagen stehen. Sie betreten eine Scheune. Familien sitzen um ihre Kochstellen herum, wärmen sich oder bereiten Süppchen zu. Mutter und Tochter nehmen Platz unweit des Scheunentores. Alinka beißt sich die Handschuhe von den steifen Fingern. Ganz rot sind sie gefroren und kaum noch zu bewegen. Elisabeth schiebt zwei Mauersteine nah zusammen, legt Stroh und Holz darunter und bittet nebenan um ein Stückchen Glut. Als das Feuer zu wärmen beginnt, die klammen Glieder tauen wollen, durchfährt Alinka ein tiefer Schmerz. Schreien möchte sie, so laut sie nur kann, doch das Mädchen schweigt, es presst die Zähne aufeinander und erträgt das Leiden.

Schnee im Topf kocht zu Wasser. Eine Kräutersuppe blubbert, fast wie in Hildes Küchenecke. Trockenpilze schüttet Elisabeth dahinein, jene, die der Großvater mal aus dem Wald mitbrachte. Mit beiden Händen umklammert Alinka den Becher, wärmt sich die Hände daran. Gefrorenes Brot wird aufgetaut. Noch mehr Leute kommen in die Scheune, suchen nach freien Plätzen und richten Nachtlager ein. Elisabeth taut im Eimer auf der Feuerstelle Schnee zu Wasser, bringt es hinaus zu den Pferden, leitet sie in eine Überdachung und versorgt sie, so gut es eben geht. Mit dem Bettzeug und den wichtigsten Dingen von der Ladefläche kehrt sie in die Scheune zurück und richtet eine Schlafmulde her.

Das Schweigen ist nicht zu ertragen. So viele Menschen, und doch keine Stimmen. Das Gejammer einer Alten, das Wimmern eines Kleinkindes, sonst aber nichts als das Knistern der Flammen mit ihren Schattenbildern an den Wänden und am Scheunendach.

Feuer sinken nieder, erlöschen und verdunkeln die Umgebung, fahren auf, wenn jemand sie nährt und einen Scheit, ein Brett oder einen Stock nachlegt. Bodenkälte kriecht in alle Decken und Kleider, nimmt sich zuerst die Zehenspitzen vor, arbeitet sich zu den Beinen hoch, um Hals und Nacken zu befallen. Gnadenloses Zittern, das den Leib nicht wärmt, das den Verstand zermürbt, dem nur durch Körpernähe beizukommen ist. Eine frostige Nacht, eine scheußliche Nacht endet jäh, als die Ersten ihre Feuerstellen schüren, ihre Kinder wecken, Morgensüppchen kochen, draußen nach den

Pferden sehen, von denen viele Stuten jetzt im Januar tragend sind. Fünfzehn, zwanzig Grad unter null strömen aus dem Dunkel in die Scheune. Aufstehen, sich erheben ist besser, als mit sterbenden Gliedern weiter auf Schlaf zu hoffen. Doch die Füße, eingepackt in Tuch und Stroh, wollen das Gewicht nicht halten. Sie wehren sich, verweigern den ihnen gegebenen Befehl. Auf wackeligen Beinen erhebt Alinka sich aus ihrem Nest und hält die klammen Zehen an die Glut. Viel zu nah, dass ihre Fersen in die Asche sacken.

Dann aber doch und ganz bestimmt kehrt der Wille zurück, zeigt der Körper, dass er leben will, saugt er die ihm gebotene Wärme auf, die des Feuers und die im Becher mit Kräuteraufguss. Innen wie außen erstarkt das Wohlgefühl und ebnet die Kraft für den werdenden Tag. Wie viel Macht doch so ein paar Flammen besitzen, wie sie Entscheidungen treffen zwischen Heilung und Siechtum.

Eine Decke über den Kopf gezogen, den Becher in beiden Händen, krumm wie eine gebogene Eiche, nicht anders kauert das Mädchen aus Plicken an der Feuerstelle. Die Haut an den Nasenlöchern ist aufgeplatzt und schmerzt. Elisabeth trägt das Zeug hinaus, hat längst die Pferde versorgt und den Wagen nach vorn geholt. Was genau ihr diesen Antrieb verleiht, ist ungewiss, vielleicht ein eiserner Wille, das Kind in Sicherheit zu bringen. Und sollte es das Leben kosten.

Die letzten Feuer werden ausgetreten, Fuhrwerke ruckeln hinaus auf die Allee. In der Nacht ist Schnee gefallen, nur ein wenig, der die alten Wagenspuren überdeckt. Auf düsterem Wege geht es nun fort, raus in die feindliche Kälte und dem vorderen Wagen hinterher. Auch der Krieg ist schon wach und geißelt zu früher Stunde. Alinka sitzt neben der Mutter, hat sich in ihren Arm eingehakt, beide verpackt in allem, was an Kleidungsstücken da ist. Laken und Säcke um das Schuhwerk gebunden, das Bettzeug auf dem Schoß. Die Ohren in Schal und Mütze gehüllt, das Kinn weit in den Kragen hinabgezogen. Schon lange kein Klappern mehr auf steinigem Untergrund. Wenn etwas klappert, sind es die Zähne. Nur dumpfes Stapfen und Knirschen auf schneebedeckter Straße.

Mühsam erhebt sich der Morgen. Die Sonne steckt hinter den Wolken irgendwo und zeigt sich nicht. Warum auch sollte sie nieder blicken auf diese traurige Welt? Was ist der Preis dafür, dies Elend mitanzusehen? Wie ein Treck den nächsten Treck erreicht, wie ein dritter in die Hauptstraße mündet, bis bald schon nichts mehr weitergeht, nur noch jene sich fortbewegen, die zu Fuß sind, die kaum eine Habe mit sich tragen. Am Vormittag schon passiert genau das, ein Wagenstau so weit das Auge reicht, ohne Hoffnung auf schnelles Weiterkommen. Alles ist verstopft, nach vorn, nach hinten. Nur die Mutigen riskieren das Ausscheren aufs Feld, doch dieser Mut wird nicht selten bestraft. Es kann gutgehen oder auch nicht, denn unter dem Schnee lauern heimliche Fallen. Da sind Gräben und Löcher, da verbergen sich die vom Acker gezogenen Steine, die jedes Rad zum Bersten bringen. Auf den Klang gebrochenen Holzes folgt das Entsetzen, das Geschrei und die Resignation der Aufsitzenden. Ein kaputtes Rad kann gewechselt werden, sofern ein solches vorhanden ist. Doch niemand wird helfen, ein verunglücktes Gespann zurück auf die Straße zu stemmen und beim Radwechsel selbst mit anzupacken. Kein alter Mann und kein betagtes Mütterchen, ja nicht einmal das Militär hält es für wichtig genug, einem fremden Bauerngesinde in der Not zu assistieren.

Nach stundenlangem Halt wird mittig der Allee eine Gasse freigemacht, in der sich Fahrzeuge der Wehrmacht nach Königsberg absetzen. Panzer, Lkw mit Kriegsgerät, eine ganze Armee flieht vor dem Feind. Im Osten muss die Hölle brennen. Kein Kampf mehr, nur noch Flucht. Soldaten sind ungleich schneller, schaffen am Tag ein Vielfaches mehr an Strecke als ein Pferdewagen.

Erst zur Mittagszeit geht es endlich weiter. Die Kirchturmspitzen Insterburgs aber wollen nicht verschwinden. Düsteren Gestalten gleich verharren sie weitab und lästern mit Hohn und Spott denen nach, die sich ihrer Obhut entledigten. Irgendwo rechts, parallel zur Straße, verbirgt sich der Pregel, der Fluss, der die Stadt, die sie verlassen haben, mit der, die sie erreichen wollen, verbindet. Soll er doch fließen oder in Eis erstarrt daliegen, dort in seinem Winterbett. Nur ein Bedürfnis hat noch Rang, dieses eine nur noch, das sich Überleben nennt.

Bald schon das gleiche Ereignis aufs Neue, Wagenstau vor einer Kreuzung. Elisabeth steigt ab und kontrolliert die Ladung, wägt und prüft ob verzichtbarer Dinge, deren Entledigung es den Zugtieren leichter macht. Drei Kisten zieht sie aus dem Unterbau und lehnt sie gegen eine Birke an der Chaussee. Die Äpfel, die darin lagerten, sind längst aufgegessen. Zwei Wannen und einen Eimer wirft sie in den Schnee, eine Menge Zinkbesteck gleich hinterher. Vom vorderen Gespann plumpst ein feiner Tisch in den Straßengraben. Eine Alte sieht ihm mit Bedauern nach. Jedes entledigte Gramm aber kann entscheidend sein und den Willen der Pferde bestimmen.

Ein paar Frauen pieken mit Stangen in den Schnee am Fahrbahnrand, wollen prüfen, ob sich ein Graben oder Findling dort verbirgt. »Hier ist gut!«, gibt eine das Signal. Dann scheren die ersten Wagen dort aufs Feld, im Schlepp eine Kette bildend. Im Nu trotten drei, vier Reihen voran. Andere versuchen abseits den Gang aufs Felde. Ein Pferd bricht sich das Bein in einer Grube, seine Besitzerin obenauf versenkt die Stirn in ihren Händen. Letzte Hoffnung dahin, zunichte. Was nun? Das Tier wälzt sich im Schnee und klagt in ebensolcher Verzweiflung wie die Dame auf dem Kutschbock. Sie nimmt ihre Kinder in den Arm und ruft ein Gebet zum Himmel: »Und ob ich schon wandere im finsteren Tal, so fürchte ich kein Unglück!« Niemand kümmert sich darum, alles Dasein, alles Menschliche ist auf das Eigene reduziert. Keiner ist mehr wichtig, nur die Liebsten selbst. Abgestumpft an Gefühlen und kalt in der Seele drängt ein Impuls den Einzelnen in der Masse fort. Ein ganzes Volk auf Reisen, Tausende Körper ohne Herz, ohne einen Rest von Menschlichkeit. Wer leben will, muss wehrhaft sein.

Vom Morgen bis zum Abend wechseln Mutter und Tochter kein Wort. Das bisschen Strecke, das sie an diesem Tage weiterkamen, ist keiner Silbe wert. Noch immer sind die Kirchturmspitzen zu sehen und spotten ihnen, den Geflohenen, übel nach. Die abgezogene Wolkendecke und eine blendende Sonne bringen sie noch deutlicher ins Licht. Auch der Einbruch der Dunkelheit macht sie nicht unkenntlich, denn Frontfeuer brennen hell im Osten. Am Nachthimmel ziehen Granaten ihre Bahnen, die Sternschnuppen gleichen. Die Angst ist groß, keine Unterkunft zu finden. Zwei Anwesen waren überbelegt, ihre Höfe mit Wagen zugestellt. Auf einem dritten wies sie ein unfreundlicher Bauer ab. Ein Schild am Straßenrand nun deutet auf ein Jägerhaus. Elisabeth dirigiert das Gespann nach links in den Seitenweg, in ein Wäldchen und einen flachen Hügel rauf. Auch dieses versteckte Plätzchen haben zahlreiche andere bereits entdeckt und ihre Gefährte abgestellt.

Alinka müht sich vom Bock. Die Wagenladung ist gefroren, das Bettzeug klamm und steif. In einem Stall, in dem es keine Tiere gibt, außer den Pferden der Flüchtenden, hocken Mutter und Tochter in einer Buchte. Ein wenig Heu können sie zusammenraufen, ein bisschen Holz für das lebenswichtige Feuer. Erst als die Wärme langsam durch den Körper fährt und seinen Geist aus der Lethargie befreit, erst dann begreift Alinka, dass sie noch existiert und diesen weiteren Tag überstanden hat. Stimmen sind da, nebenan und vorneweg, das Wimmern zweier Kinder, das Schluchzen einer Alten. Der Wille kehrt zurück, der Antrieb im Kopf und in der Brust. Angestachelt durch eine Suppe mit Trockenpilzen, die einst der Großvater sammelte. Auch jetzt noch sorgt er sich um sie, hält seinen Edelstein am Leben.

Nach dem Mahl rückt Alinka näher ans lodernde Flämmchen. Die Füße vor allem, nur wenigstens die Füße, sollen nicht vereisen. Nur nicht wieder so schlafen wie in vergangener Nacht. Es ist schon ein trauriger Anblick, wie sie dort liegen, Mutter und Kind, in ihrem vormals feinen Bettzeug da auf schmutzigem Boden, ums Feuer gekrümmt. Auf Unverzichtbares zu verzichten, mit nichts als Sättigung und Wärme zufrieden zu sein.

Samt ihrer Stuten, die sich geweigert hatten, durchs Tor hineinzutreten, verharren sie im selben Gelass. Tiere mögen keinen fremden Stall, weil er anders riecht, als sie es kennen. Nun haben sie sich eingewöhnt und schätzen den Vorzug von Behaglichkeit. Die Schatten der Flammen an den Wänden tänzeln ihr eigenes Lied. Nadelhölzer knacken in der Glut, Funken speien ins Halbdunkel. Ein Greis murmelt Bibelverse. Weiter hinten werden Tauschgeschäfte abgehandelt. Ein betagtes Mütterchen brät eine Eierpfanne, deren Duft Alinka in den Wahnsinn treibt. Das bisschen Suppe und das harte Brot vorhin bereiteten keinen satten Magen. Da hilft nur eines, das Gesicht in den Decken zu vergraben und an etwas anderes zu denken, bis der Schlaf sie übermannt.

Ehe der Morgen erwacht, herrscht reges Treiben am Lagerplatz. Von der Mutters Stimme geweckt, hebt Alinka die Augenlider. Doch nicht ihr gelten diese Worte, denn Elisabeth führt ein Gespräch mit einer jungen Frau zwei Feuerstellen weiter. Es wirkt so fremd in den Ohren des Mädchens, diesen Austausch fließender Worte mitanzuhören, dessen Sinn sich ihm nicht erschließt. Es kann und will noch nicht begreifen, dass es dem Wohlbefinden dient, dass es einen Hauch von Menschlichkeit zurückholt in einer vereisten Welt, und sei es eben nur hier in diesem Stall mit diesen dreckigen Mauern, in dem die Flammen den Kampf gegen Schnee und Kälte gewinnen.

Edith ist der Name dieser Frau, deren Kopftuch alles an ihrem Haupt verbirgt. Sie hat den Treck ihres Dorfes verloren. Drei Jungen sind bei ihr, sieben, acht und neun Jahre alt. Aus Aulenbach stammen sie, nördlich von Insterburg, sind wenige Tage erst unterwegs. Dass Elisabeth und Tochter aus Memel kommen und seit Oktober auf der Flucht sind, kann Edith nur bestaunen. Die Mütter besiegeln Freundschaft, versprechen sich zusammenzubleiben. Zu sechst umrundet das neue Gebilde zum Frühstück die Feuerstelle. Brote, Kartoffeln und Äpfel werden gegart. Es ist doch jedes Mal erstaunlich, wie viel Macht so ein Feuerchen aufbringt, dass es die Finger und die Seele wärmt, ohne dabei mehr zu tun, als den Frost in seinem Radius zu vertreiben.

Dann aber schwärmen die ersten Familien aus, Kinder tragen Bettzeug ins Freie, Greise rasseln eilig noch Gebete herunter, ehe ein weiterer Tag, öd und lichtlos, seinen Anfang nimmt. Gleich einem Schwarm wilder Gänse machen sich alle anderen auch bereit, treten ihre Feuer aus, greifen Hab und Gut, stecken den Pferden ihre Futterbeutel an den Kopf. Als Treck, als Einheit zusammengefunden, trottet das Geleit von einem Dutzend Wagen nach der großen Straße, Elisabeth dem Einspänner von Edith hinterher. Ein mit Teppichen abgedeckter Überbau ist darauf befestigt, das Gefährt ein größeres als das der Gindullis', der Wallach vorn ein kräftiges Tier.

Die Allee ist schon zu frühster Stunde überfüllt. Mancher fuhr gar die Nacht hindurch. Nur dann und wann gelingt es einem der Wagen vom

Anwesen des Jägerhauses, eine Lücke, einen Spalt von wenigen Metern zu nutzen und eins zu werden mit dem Strom. Wie an einer Perlenkette schließen andere Gespanne auf, reihen sich ein, verlassen die Nebenwege, die Gehöfte, die Gassen und Ackerpfade. Edith peitscht den Wallach auf die Allee. Die nächste Möglichkeit, für Elisabeth, bietet sich erst viele Fuhrwerke später, da ist die Freundin schon nicht mehr zu sehen. Wieder wächst sie an, die Riesenschlange aus Rädern und Gebeinen, gedeiht zu einem Ungetüm. Tag für Tag, Nacht für Nacht das gleiche Schauspiel. Kinder und Frauen schreiten nebenher, ihre Mäntel hängen tief. Mützen, Pelze verbergen den Trübsinn ihrer ausgemergelten Gesichter.

Ganz langsam geht es vorwärts unter dem Geäst der Straßenbäume. Kränkliches Husten, das Knirschen der Räder im Schnee, so eintönig wie das Morgengrauen. Nichts als rastlose Menschen, dem Eishauch trotzend. Gebrechliche und Schwangere auf ihren Wägelchen. Erschöpfte Pferde und eine gespenstische Ruhe. Sie alle haben ihre Stimme verloren, die Heimatlosen unter den nicht endenden Kronen von Pappeln, Eichen und Birken. Bei niedrigem Tempo schreiten Mutter und Tochter neben ihrem Wagen her und klopfen sich die Glieder warm. Dörfer kommen und gehen. Die meisten sind schon verlassen. Viele lenken bei Tage ihren Wagen vom Hauptweg herunter auf ein Gehöft, um den Frostwinden zu entgehen. Es sind solche Höfe wie daheim, einfache Bauernhäuser mit Gärten und Ställen, mit einem Zaun und Bäumen drumherum.

Die Wolken verdichten sich. Flocken rieseln auf Taschen und Säcke, tarnen den grauen Wurm, das Wesen, entstanden aus Verzweiflung und Angst. Manche, die zu Fuß sind, drehen einfach um und kehren retour nach Hause an den warmen Ofen. Am Rand der Straße sitzt ein alter Mann auf einem Koffer und will nicht mehr weitergehen. Er hebt den Arm wie zu einem Abschiedsgruß, als wisse er, diesen Tag nicht zu überleben. Unter den Vorbeiziehenden schaukelt ein Wagen mit einem Häuschen drauf, einer Bretterhütte mit Fensterluke und Kaminabzug, der Wohnraum einer mehrköpfigen Familie. Vorn müht sich ein einziger Gaul an der Deichsel ab. An einer Gabelung ersucht ein nächster Treck die Lücke in den Elendszug. Kilometerweit zurück, kilometerweit voraus nichts als Fuhrwerke und Karren.

Immer wieder stehen verunglückte Wagen da, in Gräben gerutscht, beschädigt, herabgesackt. Davor zusammengebrochene Zugtiere, dessen Besitzer schweres Gepäck und Möbel herunter räumen, in Kisten und Säcken zusammentragen, was auf dem Fußweg mitgenommen werden soll. Vor Wochen in Eile gepackt, stapelt sich der Hausrat nun im Schnee. Der Treck macht einen Bogen um diese Unglücksstellen. Der Anblick jedoch verleitet viele, sich selbst von Ballast zu trennen, Gewicht hinabzuwerfen, mit dem Nötigsten weiterzufahren. Andere springen von ihren Gefährten, um nach Dingen von Wert zu suchen, nach Kleidung, Nahrung, Tauschgütern, sich Einmachgläser und Brikettsäcke anzueignen. In einem Graben liegt ein Fuhrwerk kopfüber, Kisten und Koffer sind bereits durchwühlt. Von weitem schon springen sie ab, die noch Kräftigen unter ihnen, nicht um Hilfe zu leisten, nein, um sich zu bereichern. Die Not hat alles Menschliche verdorben.

Abermals ein Stau vor einer Straßenkreuzung. Ein paar Mutige lenken die Gespanne zwischen die Baumreihen zum Feld, kippen und versinken einen Meter tief in der Böschung. Kein Peitschenhieb vermag die Pferde aus den Mulden zu treiben. Mobiliar wird abgeworfen, Kinder und Zeug auf den Hauptweg gehievt. Nur weg, nur weiterkommen, nicht verharren und den Mut verlieren. Diese Gruppe, eben noch zu Pferd und Wagen, tritt schon Momente darauf zu Fuß die Weiterreise an. Zwei Frauen halten die Griffe einer Waschschüssel voll mit Säcken und Beuteln, setzen die Schüssel ab und wechseln die Seiten, weil ihnen die Arme ermüden. Militärreiter auf stolzen Pferden mit Satteltaschen galoppieren an den Wagenreihen vorüber.

Eine Mutter mahnt ihre vier Kinder zur Eile. Auf dem Handwagen obendrauf sitzt ein kleiner Junge im Gepäck. Ihr Ältester trägt auf dem Rücken einen Stuhl. Wie unsinnig dies erscheint. Noch eine Mutter müht sich mit Handwagen und Rodelschlitten ab, treibt zwei Buben vor sich her. Mit vollgepackten Schulranzen marschieren Kinder und Halbwüchsige neben der Kolonne. In ihren Ranzen befinden sich keine Bücher und Schulhefte mehr. Darin liegt Proviant für das Überleben, dessen Gewicht an ihren Kräften zerrt. Decken sind darüber geschnallt. Ihre Mützen haben sie sich unter dem Kinn zugeschnürt, ihre Kragen bis hoch zu den Wangen aufgesteckt. Eine Frau hält ihren Jungen auf dem Arm, einen Koffer in der Hand. Die nächste schleift einen Sack voll Wäsche hinter sich her. Wiederum eine schiebt ihren mit Hausrat bepackten Kinderwagen. Am Griff baumeln Tragetaschen und Töpfe. Der Kinderwagen ist hoch mit Säcken aufgetürmt. Ein Junge klammert sich an ihren Mantel und jammert, nicht mehr laufen zu können. Daneben noch eine Frau mit Kinderwagen und metallenen Rädern, die immer wieder festfrieren und sich kaum mehr drehen wollen. Verzweifelt tritt sie dagegen. Etliche Decken im Wägelchen wärmen ein Baby, das nichts mitbekommt von den Strapazen seiner Mutter. Alinka packt das Mitgefühl. Elisabeth aber herrscht sie an: »Frag mich erst gar nicht!«

»Der Iwan kommt!«, durchbricht ein Frauenschrei die Ödnis. Weitere Schreie fahren auf. Zwei Punkte am Osthimmel, die schon keine mehr sind, jagen mit hoher Geschwindigkeit heran. Leute springen von den Wagen, manche hantieren noch. Andere sind schon in Deckung unter ihrem Fahrzeug oder hinter einem Baum. Mütter laufen mit ihren Kindern querfeldein. Motoren kreischen los, Feuerstöße von Maschinengewehren. Einschläge, Krachen, Zerbersten von Holz und Fleisch. Tiefflieger rollen den Treck von hinten nach vorne auf, jagen über die Wagenreihen, fliegen einen Bogen und kommen zurück, diesmal von vorn. Gerade mal zwei Haus hoch über ihren Köpfen, ein Luftzug ist zu spüren. Noch einmal das gleiche Spiel, sie gehen in die Höhe und ziehen über den Feldern eine Schleife, kommen nun wieder von hinten. Erst dann drehen sie nach Süden ab. Pferde stoben mit zerfetzten Fuhrwerken auf den Acker, rennen sich müde und bleiben in Schneewehen stecken. Andere Pferde bäumen sich auf, schlagen mit den Vorderläufen in der Luft und reißen sich das Geschirr herunter.

Als der Schock überwunden ist, gellen die Rufe Verzweifelter, die Schmerzensschreie der Verletzten. Kinder rufen nach ihren Müttern, doch mancher Ruf bleibt ungehört. Jammernde Stimmen versinken im blutbefleckten Schnee. Leblose und zerrissene Körper zwischen den Trümmern, die vor Minuten noch Fahrgeräte waren. Getroffene Alleebäume, zersplitterte Borke, offene Wunden an Krone und Stamm, so weiß wie der winterliche Niederschlag. Eine Frau greift einem verwundeten, sich auflehnenden Gaul in die Zügel. Sein Huf trifft sie schwer am Kopf.

Es werden den Toten die Stiefel und Mäntel ausgezogen, Schals und Mützen entnommen. Alte sprechen letzte Gebete. Elisabeth und Alinka kommen unter dem Wagen hervor. Den Stuten ist das Geschehene nicht anzumerken, sie starren nur geradeaus. Ihr Gefährt hat der Allmächtige verschont. Der Treck verlagert sich nach links zum Feld. Ein grauenhafter Anblick bietet sich den Weiterziehenden, ein Leichenzug auf der Chaussee, der sich für Mutter und Tochter noch schauriger präsentiert, als sie den Wagen von Edith erkennen, oder das, was er einmal war. »Sieh nicht hin!«, heißt Elisabeth die Tochter an. Doch diese kann nicht anders, als darauf zu verharren, kann sich nicht losreißen, nicht den Kopf abwenden.

Schon wieder sind sie zu hören, die gehassten Motoren russischer Maschinen. Noch aber sind sie weiter weg, toben sich an anderer Stelle aus und sorgen dort für Kummer und Leid. Am Himmel kreisen nun vier solcher Geier, steigen auf und stürzen nach einer Kurve mit Dauerfeuer auf die Straße hinab. Das Rumoren wird lauter. Erneut flüchtet alles vom Wagen, sucht Schutz unterhalb desselben oder hinter dem Stamm eines dicken Baumes. Doch jegliche Tarnung unter den Wagenrädern birgt die Gefahr, dass die Pferde losrennen und ihre Besitzer überrollen. In den lautlosen Momenten zwischen den Angriffen sind die Schreie von Mensch und Tier zu hören.

Von körperlicher und seelischer Ermüdung bezwungen, passieren sie die nächsten Angriffe wie mechanisch und immer eben weg, sitzen alsdann wieder auf und reißen die Zügel. Angst und Kälte verdammt sie zu lebenden Toten, zu teilnahmslosen Figuren in einem tödlichen Spiel. Auf und ab wippen die breiten Pferdehintern, mit jedem Schritt, mit jedem Heben und Senken ihrer Hinterläufe. Wer nach diesem Tag noch lebt, den erwartet ein kommender, vielleicht letzter. Der Tod mag besser sein als das, was hier in jeder Stunde ausgehalten wird.

Ein Wald mit schneebedecktem Nadellaub bietet eine Weile Schutz. Hier kann der Wind nicht beißen, nicht seinen eisigen Hauch austragen. Hier ist die Kolonne vor weit entfernten Jägern in der Luft ein Stück weit unsichtbar. Ein Schutz auf Zeit, der sich in ein Trugbild wandeln kann.

Weiterfahren oder rasten am Rand der Allee? Wieder ein Pferd, das zusammenbricht, seinen Willen verliert und liegenbleibt. In Decken gehüllte Großmütter und Kinder, die auf ihren Lasten sitzen. Ein Großvater, der an einer Deichsel zerrt, weil der Handgriff seines Leiterwagens abgebrochen ist. Er und Frau haben sich ein Seil über die Schultern gelegt, doch der Wagen bewegt sich nicht.

Am Wegrand im Schnee sind zahlreiche Milchkannen abgestellt. Nur hundert Meter weiter ein ähnliches Bild wie eben schon, da steckt ein Handwagen mit viel zu kleinen Rädern fest im Schnee. Der Großvater zieht vorn mit aller Kraft, die Mutter und die kleine Tochter schieben hinten an. Auf den Wangen des Mädchens verlaufen die Spuren getrockneter Tränen. Ein Rad bricht weg. Alinka bittet ihre Mutter zu halten. Die hört nicht drauf. Alinka fleht, doch wenigstens das Mädchen mitzunehmen. Gebannt blickt sie sich um, will sehen, wie es denen ergeht. Ein Handgepäck sammeln sie flink zusammen, um nur den Anschluss nicht zu verlieren. Ein Fremder durchsucht den Wagen, kaum dass die drei von ihm abgelassen haben.

Drei Wagen achtern folgt den Gindullis' ein Gefährt mit geschlossener Holzhütte obendrauf und einer Tür. Darin ein Ofen, im Dach ein Rauchabzugsrohr, aus dem es dampft. Wie gut es die im Innern haben, in ihrer beheizten Stube auf Rädern. Aber der Dampf kann zum Verräter werden und den Fliegern die Position anzeigen. Auf Rädern aber fährt er gar nicht, er trägt einen Schlittenkasten mit Kufen dran, wie der Großvater in Plicken ihn in kleinerer Form besitzt.

Hinter dem Walde stehen Volkssturmmänner und verlangen, dass so viel Hausgerät von den Wagen abgeladen wird, um zu Fuß reisende Zivilisten mitzunehmen. Widerstand tritt auf, kaum jemand ist dazu bereit, sich von seinem Besitz zu trennen. Das Plickener Gefährt und zwei dahinter werden so hindurchgelassen. Auf jenes dann mit der Holzhütte obendrauf haben es die Männer abgesehen. Einer von ihnen, mit Armbinde und Stahlhelm, doch ohne Uniform, greift dem Gaul ans Geschirr und bugsiert den Wagen zum Straßenrand. Auf vereistem Wege rutschen die übrigen Gespanne fort. Links und rechts zu Felde erheben sich Tausende Hügel unter dem Schnee, darunter liegen verborgen die Schwarzbunten, verendete Kühe. Einst Ostpreußens bäuerlicher Stolz, nun faulende Kadaver.

Ein gutes Stündchen vor dem Abend verliert die kleinere Lumpi ihren Gleichtritt. In der Scheune eines nahen Gutshofs liegt sie mit Haupt und Rumpf im Stroh, rührt weder Futter noch Wassereimer an. Einen der fleckigen, gelben Spätäpfel aus dem Garten von zu Hause, den Alinka ihr vor die Nüstern hält, kaut das Tier im Liegen. Es schmatzt, es schäumen die Lefzen. Elisabeth schimpft ob der Verschwendung des wenigen Obstes, das sie noch haben. Es sei nicht für die Tiere da.

Schon bald ist die Scheune voll mit Flüchtenden. Weitere Zugtiere werden darin versorgt, ganze Fuhrwerke hineingezogen. In von Stroh bereinigten Ecken lodern Kochstellen auf, werden Süppchen zubereitet, Eier gebraten und Brot, die steif gefrorenen Kleider aufgetaut. Die guten Stellen, jene oben im Heuboden, sind lange schon besetzt von denen, die als Erste kamen. Einmal mehr folgt das gleiche Prozedere, die Glieder am Feuer wärmen, dann tief hineinkriechen ins Gemach und hoffen auf festen Schlaf, trotz allem Unbehagen, trotz mangelnder Körperpflege und nötigem Abstand zum Nächsten. Sich im Stillen sagen, noch leben zu dürfen. Dankbar sein, dass die letzte Zeile des irdischen Daseins noch nicht geschrieben ist.

Am Morgen, noch in völliger Dunkelheit, mahlen bei klaffendem Scheunentor die ersten Wagenräder durch den Schnee. Mutter und Tochter haben die Pferde angespannt, doch sie ignorieren Alinkas Befehl. Elisabeth zieht vorne am Geschirr. Sie rühren sich nicht von der Stelle, blockieren das Scheunentor. Ein alter Mann drischt wahllos mit einem Stock auf Lottis Hinterteil. Sie wiehert, schüttelt sich, macht einen ersten, zögerlichen Schritt. Alinka sieht den Alten mit bitterbösen Augen an. Das Fuhrwerk Gindullis ruckelt hinaus in die Kälte, in die sternenklare Nacht, um sich weiteren, die da bereits fahren, anzuschließen. Ein beißender, doch schwacher Nordost weht vom lichtlosen Felde her. Er kommt aus der Richtung, in der die Heimat liegt. Vielleicht ist dieser Luftzug schon über Plicken hinweggegangen, über das Haus und den geliebten Garten.

Elisabeth übernimmt die Zügel, damit Alinka frühstücken kann, ein Mahl, das da aus einem Stück Brot und einer rohen Kartoffel besteht. Das Mädchen beugt sich herum zum Bauerngut, dessen Gestalt rasch kleiner wird. Eine Kette aus Fuhrwerken klebt an ihrem Wagenheck. Vorn das gleiche Bild. Knarrendes Gewölk, quietsche Räder, längst allgegenwärtige Laute. Jedes Knarren, jedes Quietschen ist besser als das Brummen von Flugzeugmotoren, als das Krachen und Bersten durch von Fliegersalven zerschossene Trecks, als die Schreie und das Heulen von Frauen und Kindern, als die Totenstille danach. Solange die Räder quietschen, die Wagengehölze knarren, die Finsternis Geborgenheit schafft, solange ist alles gut. Mit dem Tageslicht steigt die Gefahr des erneuten Überfalls aus der Luft.

In ihrer Manteltasche spielt Alinka mit einem Stein, den sie im Hof der Tante eingesammelt hat. Bald schon zeigt sich die Umgebung, lüftet ihren nächtlichen Schleier. Ein solch wunderschönes Land in den Klauen einer unheilbaren Wunde. Schneeweiße Wälder fernab, den Weg säumende Büsche und Baumgeraden, die jeden Horizont durchschneiden. Fremde Weiten, die dennoch Heimat sind.

Die Morgensonne im Heck, die Abendsonne im Gesicht. Als die Dunkelheit hereingebrochen ist, die Mutter vorn die Zügel hält, kauert Alinka in den Kleidersäcken hinter der Wagenbank und sieht sich den Himmel an. Sterne huschen durchs kahle Baumgeäst, wie ein Schwarm Fische in einem Unterwasserwald. Eine dem Treck entgegen ziehende Wolkendecke verschleiert bald das Sternenzelt. Schneekristalle ersetzen die gelben Punkte im All.

Ein Drittel der Strecke nach Königsberg ist geschafft. An diesem Abend werden sie Wehlau erreichen, dort in einer überfüllten Kirche nächtigen, während draußen ein Schneegestöber wütet. Sie werden am Spätabend darauf in Tapiau eintreffen und am westlichen Stadtrand eine Bleibe finden, sich nach langem, kalten Tage nach dem Feuerchen am Abend sehnen, nach dem bisschen Schlaf, bevor am Morgen die Wagen schon wieder ins Dunkel rollen. Sie werden ihre Gebete murmeln, die Vorräte zählen und hoffen, dass die Gebeine ihrer Pferde halten, werden am achten Tag die Türme der Gauhauptstadt erblicken und am Spätabend des nächsten in sie hineingelangen.

192

Nur wenig ist aufgrund der Lichtsperre bei Nachteinbruch zu erkennen. Doch immerhin wird sofort klar, dass auch Königsberg schon Kriegsberührung hatte und keine wirkliche Sicherheit bieten wird, dass diese Stadt nicht unverwundbar ist. Aufgerissene Keller, Ruinen, offene Häuser, vereiste Trümmer, von Neuschnee bedeckt. Zerstörte Viertel und Straßenzüge, ausgebombte Flächen, notdürftig beräumter Schutt. Wehrmacht und Zivilisten finden keine Ruhe in den späten Stunden. Kommandorufe, uniformierte Truppen schreiten über eine Brücke zum anderen Pregel-Ufer. Die Wagenkolonne muss sich gedulden. An den Hauswänden und in den Gassen, auf den Märkten und in den Parks verharren die Fuhrwerke derer, die nicht weiterziehen oder nur diese Nacht abwarten, die hier ein Ziel gefunden haben. Ein Ziel kann es abermals werden für den Feind aus der Luft, wenn er wiederkommt und noch mal seine Lasten wirft über die Stadt an dem anderen Haff.

Zu Beginn der ersten Morgenstunde schert das Plickener Fuhrwerk in die enge Hofeinfahrt nahe einer Parkanlage am Westrand Königsbergs, weil dort bereits Wagen abgestellt sind und dieser Hof als geeignetes Quartier für die Pferde erscheint. Elisabeth drückt die Klinke zu einem unverschlossenen Erker, findet Einlass und sieht einige Feuerstellen lodern. Fünf, sechs Familien etwa haben sich in dem mittelgroßen Raum ihre Schlafplätze eingerichtet. Kaum wer nimmt Notiz, als Mutter und Kind hineintreten und sich ein Eckchen suchen, ihr Gepäck abladen, das Bettzeug aus den Säcken schütteln, Hölzer und Stroh für ein Feuerchen zusammentun. Elisabeth bedient sich der Glut einer Flamme nebenan, um die eigene Stelle zu entfachen, damit die Tochter sich wärmen, noch etwas essen und bald schlafen kann. Die Pferde draußen stehen im windgeschützten Hof bei minus zwanzig Grad und mit mehreren Laken zugedeckt. Sollte jemand das Gespann entwenden, dann ist es eben so. Das Verlangen nach Schlaf und Ruhe ist übermächtig in dieser Zeit, dass der Wille auf das Fortbestehen nur noch ausgerichtet ist, zur Vermeidung von Hunger und Kälte.

In der kommenden Früh weckt Mutter und Tochter das Klappern von Kochgeschirr. Um sie herum dampft es aus Töpfen und Bechern, da hocken Frauen und Greise auf Kisten, rennen spielende Kinder durch den Raum. An den Fenstern haften Eisblumen, draußen wehen dicke Flocken. Elisabeth eilt zur Tür, zu den Pferden. Sie sind noch da und prusten sich, stoben die Kristalle aus den Nüstern. Futterbeutel bindet sie ihnen an die Häupter. Der Hafervorrat ist fast aufgebraucht, sie mischt ihn mit Spänen und Häcksel, um den Tieren dennoch ein Gefühl der Sättigung zu verleihen. Zusammen mit dem letzten Heu und Stroh wird es wohl nicht genügen bis zum Erreichen der Seestadt Pillau. Denn das ist Elisabeths nächstes Ziel, wie sie dem Kind verrät. Pillau an der Ostsee.

Zwei Eimer greift sie von der Wagenfläche und füllt sie mit dem weißen Niederschlag, den sie über dem Feuer auftauen und den Tieren später zu trinken geben wird. Alinka schält sich aus ihren Decken und wärmt sich an der beinah erloschenen Glut ihrer Feuerstelle, deren Asche Elisabeth nun schürt und mit Hölzern wiedererstarkt. Auch wenn der Verstand nicht klarwerden will an diesem Morgen und vor den auflebenden Flammen, ist dem Mädchen aus Plicken doch bewusst, dass es im großen Königsberg genächtigt hat. Von hier stammt die Bernsteinkette der Mutter, die ihr der Vater schenkte, von hier kommt das Marzipan, das Hilde in jedem Jahr zu Weihnachten bestellt.

Ein Wehrmachtssoldat tritt ins Haus, sieht sich um und verschwindet wieder. Kein Wort hat er gesagt, vielleicht nach einer Unterkunft gesucht. Kurz darauf erscheinen zwei alte Frauen. Sie sind den Familien offensichtlich bekannt, denn die Kinder laufen ihnen zu. Süßwaren haben sie für die Mädchen und Jungen mitgebracht. Elisabeth fordert die Tochter auf, sich ihren Anteil abzuholen. Mit einigen Weihnachtsschokoladentäfelchen kehrt sie zurück. Die Frauen sind die Besitzer dieses Hauses, wie sich herausstellt, und sie sprechen ein unverständliches Platt.

Nach dem Frühstück macht sich Elisabeth auf, um Butterschmalz zu besorgen, das es an einem bestimmten Ort geben soll. In Mantel und Wollmütze verschwindet sie mit ein paar anderen Frauen in der Hofeinfahrt. Alinkas Aufgabe derweil ist es, das Bettzeug zum Lüften auszubreiten, hin und wieder nach den Pferden zu sehen, wenigstens durchs Fenster, sowie die Flammen bei Laune zu halten. Die armen Tiere, denkt sie sich, müssen bei dem lausigen Wetter draußen stehen, doch immerhin vor dem Wind geschützt. Auch die Zugtiere der anderen haben das zu erdulden, von denen die meisten keine Decken auf dem Körper tragen.

Ein Topf brodelt auf dem Feuer, mit Trockenpilzen und einer zerschnittenen Kartoffel, es soll das Mittag sein für Tochter und Mutter. Als diese nach Stunden wiederkehrt, den eigens mitgebrachten Becher voll Schmalz, berichtet sie von Schwestern des Roten Kreuz, die auf den Bahnhöfen den verwundeten Soldaten ein- und aussteigen helfen. Eine Scheibe Brot koste überall gar fünfzig Mark. »Wer soll das bezahlen!« Die Stadt sei voll mit Flüchtlingswagen, keine Straße ohne bäuerliche Präsenz. Fünf Lkw-Reihen des Militärs stünden am Theaterplatz, Panzer mit klirrenden Ketten wären an den östlichen Stadtrand unterwegs. Der Steindamm wäre hoffnungslos verstopft mit Karren und Gespannen, in jedem Krankenhaus seien Flüchtlinge untergebracht. Der Russe nähere sich Königsberg, würde bald vor seinen Toren stehen. Diese Stadt bürgt nicht für Sicherheit. Nach dem Essen, stellt sie klar, da geht es los in Richtung Pillau. Der Standfestigkeit Königsbergs ist nicht zu trauen.

Bei ungemütlicher Witterung wenden sie das Fuhrwerk im Hof und verlassen es durch die enge Zufahrt in die Parkanlage, wo sie sich einer Wagenkolonne anschließen und mit ihr die Stadtgrenze passieren. Nur von hier weg, das weiß Elisabeth. Wenn so viele weiterwollen, dann ist es besser, auch zu gehen, dem Wind zu trotzen und dem Schneegestöber, den Pferden noch einmal alles abzuverlangen. Jetzt und heute ist die Heimat nicht zu retten, doch irgendwann, schon bald. Wenn dieser Winter ein Ende hat, wird der Russe fortgejagt, werden die Schäden an Haus und Stall beseitigt und alles aufgeräumt. Dieser Tag wird kommen, noch aber liegt er fern. So oder ähnlich bläuen Mutter und Tochter es sich ein, damit die Verzweiflung nicht die Oberhand gewinnt. Jetzt nur noch durchhalten bis zur Hafenstadt, nicht aufgeben so kurz vor dem Ziel. Ein bisschen über dreißig Kilometer nur, der letzte Akt einer Reise, eines Gewaltmarsches für die Stuten. Vielleicht drei Nächte noch in fremder Unterkunft auf kaltem Boden schlafen. Noch dreimal Süppchen kochen, dann gute Versorgung auf dem Schiff.

So rädert es fort und eben weg auf der weißen Straße, dies Plickener Gefährt, von so weither gekommen, inmitten des Wagentrecks, der vorn und hinten kein Ende hat. Unentwegt schnüren sich den letzten aus der Stadt kehrenden Fuhrwerken wieder und wieder neue an. Fort nur, immerfort nach Westen.

Ein weiteres Mal versickert das Tageslicht im Schnee, in eine finstre Märchenlandschaft. Schnürt sich die Wagenkette in die Nacht. Erst in den dunkelsten Stunden lenken Mutter und Tochter auf ein von Wald umgebenes Anwesen nahe Großheidekrug. Die Besitzer sind fort, das Wohnhaus ist mit Flüchtenden belegt, dort gibt es keinen Platz. Wieder ist es nur ein Stall, der für ein Dach über den Köpfen sorgt, den Wind abhält, dessen Mauern das Licht der Feuerstellen nicht nach draußen lassen. Dreißig Gestalten liegen, sitzen, krümmen sich in Buchten auf Stroh und Heu, auf Brettern und Balken. Kleinkinder weilen auf Stiegen oder Kisten, wo der Bodenfrost sie nicht sofort erreicht. Hier ein Wimmern, da ein Schluchzen, erbärmliches Geheul aus dunklen Ecken.

Das Feuer der Mutter will nicht brennen, zu wenig trockenes Holz ist da. Zunder gibt es reichlich, doch er flammt auf und erlischt. Sogar ein Vogelnest, das Alinka unterwegs aufgelesen hat, verglüht in nur Sekunden. Kein Süppchen heute vor dem Schlafen, keinen Aufguss und wärmende Hände. So kuscheln sie sich unter all ihren Decken aneinander, bauen auf die Körperwärme und bauen auf Gott, den sie im Flüsterton mit einem Psalm aus der Heimat ersuchen. Er wird es richten, der Herr da oben, wie er alles Irdische zu richten weiß.

Die abscheulichste Nacht ist überstanden. Klamm gefroren sind Leib und Glieder, die oberen Decken mit einer Steife belegt. Mutter und Tochter wollen sich nicht regen. Doch sie müssen hoch, sich an fremder Feuerstelle bedienen, dort ihr Süppchen kochen. Die Ersten brechen schon auf, tragen ihre Bündel hinaus in die offene Scheune nach nebenan, wo die Zugtiere stehen. Elisabeth und Alinka sind dazu noch nicht bereit, nur langsam wärmen die Knochen. Der Frost in ihnen hat das Sagen, er befiehlt zu bleiben. Doch wer leben will, darf nicht zögen, der muss hoch, sich aufraffen, die letzten Kräfte schüren.

Der Stall, er leert sich mehr und mehr, draußen im Schnee knirschen Huf und Wagenrad. Der Wille ist gebrochen, das fehlende Feuer in der Nacht hat ihn besiegt. So lang schon unterwegs, doch der Westen rückt nicht näher. Er klebt am lichtlosen Horizont, so weit weg wie der Mond, so fern wie die Wintersonne, deren Strahlen keine Wirkung mehr haben. Ein Funke in Alinka lebt auf, sie packt die Mutter unterm Arm und hievt sie nach oben. Mit halber Lebenskraft bringen sie ihr Zeug hinaus in die Scheune, stecken den Pferden ihre Beutel an und sitzen auf. Als Letztes klappert nun auch das ihrige Fuhrwerk vom Stall auf die Allee.

Ein frostklarer Morgen dämmert herauf, mit Temperaturen von minus zwanzig Grad. Steif sind Finger und Zehen, doch die Herzen schlagen weiter. Nordoststurm bläst den Schnee vom Felde und legt tote Pferde frei. An einem Baum hängt ein Mann am Strick, mit einem Schild am Leib, auf dem zu lesen ist: »Ich habe geplündert.« Weit und breit ist kein Gehöft zu sehen, in der Nähe aber liegen Kisten und Mobiliar. Welch unsinnige Strafe, wenn doch in diesen Tagen überall Hausrat vom Wagen geworfen wird, um das Erschöpfen der Zugtiere oder einen Radbruch hinauszuzögern. Wenn Landsleute sich dieser Entledigungen nicht bedienen, dann tut es bald der Russe.

Weil die Stuten ermüden, hantiert Elisabeth am Gepäck, legt wichtige Dinge nach vorn, weniger wichtige nach hinten. Alinka hat gut daran zu tun, den Abstand zu wahren auf glattem Untergrund, nicht mit der Deichsel in den Vorderwagen zu geraten. Eine Bremse hat ihr Fuhrwerk nicht, und wenn, sie wäre längst festgefroren. Noch dazu haben die Pferde keine Stollen unter ihren Eisen. Als der Treck stoppt und der Wagen von der Straße zu rutschen droht, wirft Elisabeth einen Sack unter die Räder, während Alinka mit den Zügeln dagegenhält. Ein Viertelmeter bestenfalls, ein Wandel auf schmalem Grat, der das Schicksal zweier Individuen entscheidet. Noch mal abgewendet, noch immer im Spiel um Tod oder Leben, im Wettlauf darüber, ob jetzt zu sterben oder später.

Tiefer Frost am sonnigen Tage. Im Schneckentempo kriecht der Treck nach vorn. Die Kraft des Sturms nimmt zu, Wolkenfasern zerreißen in der Luft. Sein Geheul mischt sich in die Melodie der Gleichmut. Die Mähnen und Lefzen der Pferde sind eisverkrustet. Sie rupfen das Stroh aus dem

Heck des Vorderwagens, fressen sich satt, ohne dass es Familie »Tramm« aus »Kuckerneese« bemerkt. Diese Worte stehen auf einem Schild an der Wagenklappe. Das Gefährt aus Plicken trägt kein Namensschild.

Am Rand der Allee, halb von Schnee bedeckt, liegen die Körper erfrorener Kinder, auch Kleiderbündel, in denen sich Babys befinden. An einem Baum lehnt ein steif gefrorenes Mütterchen und wirkt so friedlich, als würde es nur schlafen. Am nächsten Baum schon wieder, diesmal ist es ein alter Mann, dessen tote Augen weit aufgerissen zurück nach Osten, in die Heimat, starren. An einer von Sträuchern umgebenen Lagerstätte kauern heulende Frauen auf Wäschesäcken. Eine Mutter kann sich nicht von ihrem erfrorenen Baby trennen. Sie will nicht mehr weiter, doch für die noch lebenden Kinder muss sie es, muss sich aufraffen, stark sein. Eine andere Frau nimmt ihr das Baby aus den Händen, legt es hinter einen Busch und verscharrt es notdürftig unterm Schnee. Im Krieg gezeugt, geboren und gestorben.

Abermals wirft Elisabeth Eimer, Schüsseln und Geschirr vom Wagen. Jedes Kilogramm macht es den Stuten leichter. Getrunken haben die Tiere heute noch nicht, keinen zu Wasser erhitzten Schnee wie an jedem Morgen und an manchem Abend. Mögen sie nur durchhalten bis zur nächsten Rast auf einem Hof, um vielleicht in einem Stall den Hafervorrat aufzufüllen. Es ist schon jetzt wie ein Wunder, dass sie diesen Weg von Memel bis ins Samland gegangen sind, jene zwei Ackerpferde von geringem Wuchs, die doch niemals einen solchen Marsch zuvor bewältigten. Manches stolze Hochpferd hat aufgegeben, manchem Wallach ist der Huf umgeknickt. Diese beiden aber ziehen das Fuhrwerk weiter, gehorchen jedem Befehl.

Das Tageslicht ist längst schon fort, als Mutter und Tochter auf einem Gut im Wald eintreffen. Ein Wirtschaftsfräulein führt sie in eine große Küche, in der mehrere Familien Mahlzeiten zubereiten. Die eine sitzt am Tisch und löffelt Suppe, die andere kocht Kartoffeln am Herd. In diesem Hause gibt es keine Kälte. Drei Ofenstellen zerfressen die ihnen gereichten Scheite. Elisabeth holt das Kochgeschirr aus dem Rucksack und schneidet mit wund gefrorenen Händen Kartoffeln und Mohrrüben in Scheiben. Ein französischer Kriegsgefangener versorgt im Stall die Pferde.

Der Geruch von gebratenem Speck erfüllt jeden Winkel. Hühner werden geschlachtet und zerlegt, ihre Stücke aufgeteilt und sofort gekocht. Die Hausherrin selbst, eine Rosalie, hätte das so angeordnet. Von dieser Frau ist nichts zu sehen, sie sei vor Stunden los, geflohen in Richtung Ostsee. Ein bizarres Bild zeigt sich in dieser Bauernküche hier im Walde, das nicht vergleichbar ist mit den Aufenthalten seit Insterburg. Ein Küchenraum mit Wärme und sprechenden Menschen. Kinderlachen ist zu hören. Alinka sieht das stumm mit an. Gebete brodeln wie das Essen in den Töpfen, Lieder erklingen, werden abgelöst durch tieftrauriges Wehklagen von denen, die einen ihrer Liebsten nicht mehr bei sich haben.

Später stößt ein Trupp Landser und Volksturmmänner dazu. Sie essen, rasten und verschwinden wieder. Zwei Verletzte bleiben zurück, einer mit nur noch einem Bein, ein anderer mit Stirnverband. Sie tauschen Tabakwaren und schwingen Durchhalteparolen vom Endsieg und von Wunderwaffen. Die Wende im Krieg stehe kurz bevor, dem Führer sei Vertrauen zu erbringen. Nur noch ein wenig Geduld. Der Beinamputierte glaubt, es handele sich bei den Wunderwaffen um Riesengeschosse auf Gleisen. Der mit dem Stirnverband hingegen redet von Raketen aus neuartigen Flugmaschinen. Ein Alter mischt sich ins Gespräch und stellt die Vermutung an, es müsse sich gar um ein geheimes U-Boot-Projekt handeln, der Attacke gigantischer Schiffe mit haushohen Geschütztürmen obendrauf. Das habe ihm sein bei der Marine stationierter Schwiegersohn mitgeteilt. Der Nächste meint, etwas von Säureangriffen gehört zu haben, mit denen der Feind vernichtet werden soll. Viele Theorien ranken sich in der Bauernküche, eine wilder als die andere.

Auch erzählt man sich, alle Fronten seien zusammengebrochen. Dies wiederum entkräften die zwei Verwundeten mit jeder Überzeugung und reden von taktischem Rückzug, um den Feind in einen Hinterhalt zu locken. Ebenfalls geht die Meldung um, der Gauleiter hätte die Bahnstrecke und die Straße Königsberg-Pillau für Zivilisten sperren lassen, um dem Militär den Vorrang zu erweisen. Pferdefuhrwerke kämen ab Königsberg nur noch über Nebenstraßen nach Pillau, Zivilisten hätten Ackerpfade zu nutzen oder sich umgehend von der Straße wegzubewegen, sollten sich ihnen Fahrzeuge der Wehrmacht nähern. Was jetzt an Trecks noch auf dem Weg in die Seestadt sei, werde weiterziehen und die Straße sich nach und nach lichten.

Während der Debatte wickeln Mütter ihre Kleinsten, ziehen ihnen doppelt und dreifach Söckchen über die Füße, reiben ihnen die Bäuche, um den Stuhlgang anzuregen, der seit Tagen ausbleibt und zu Schmerzen führt.

Auf Steinboden, ausgepolstert mit Heu und Stroh, betten sich Mutter und Tochter für die Nacht. In stillem Moment zeigt Elisabeth dem Mädchen die in der Bibel versteckten Geldscheine, die darin wie gepresste Herbstblätter liegen. Nur für den Fall, wenn sie sich verlieren und sie allein weiterziehen muss. Alinka will davon nichts hören. Allein weiterziehen, ohne die Mutter, das kann sie nicht. Nur mit ihr in den Westen, oder mit ihr sterben. Davon wiederum will Elisabeth nichts wissen und bläut dem Kind ein, wenn es nicht anders geht, das eigene Leben zu retten, auf ein Schiff zu gehen und dann zum Roten Kreuz. Mit wilden Gedanken, doch warmen Fingern und Zehen, schlafen Mutter und Tochter ein.

Schweren Herzens verlassen sie am Morgen die gemütliche Unterkunft und passieren schon bald danach ein Örtchen namens Koppelbude. Im Osten dröhnt der Lärm von Artilleriegeschossen. Königsberg werde angegriffen, mutmaßen einige. Die Allee ist überfüllt, immer wieder stoppt der Treck. Wer zu Fuß ist, kommt voran, lässt ein Wagenrad nach dem nächsten hinter sich. Schneefall gab es in der Nacht, nun am Tage strahlt die Sonne bei minus fünfundzwanzig Grad. In der Heimat und zu anderer Zeit wäre dies ein herrlicher Wintertag. Hier und jetzt aber ist es nichts weiter als ein Abgrund, die Klaue des Feindes, die mit allen Mitteln nach ihnen schnappt. Auf jedem Meter lauert der Tod, jede Handlung kann ein Schicksal bestimmen. Die Reize spielen der Wirklichkeit einen Streich, treiben Schabernack und vergiften jede Bedeutung von Sinn und Belang. Pillau kommt und kommt nicht näher. Ein tief verschneites Land hält den Plickener Wagen im Klammergriff, will ihn nicht ziehen lassen, will ihn hierbehalten auf preußischem Grund.

Volkssturmleute haben am rechten Wegrand ein MG-Nest aufgebaut und nach Norden ausgerichtet. Soldatenlaster schieben sich an der Kolonne vorbei, drängen Pferd und Wagen in verborgene Rinnen, in Verwehungen, aus denen häufig nicht mehr freizukommen ist. Die Sonne im Südosten wirft ihre Strahlen gegen das sich von Westen nähernde Wolkenmassiv, ein düsteres Gespinst, das Schneegestöber mit sich bringt und im Sonnenschein noch finsterer wirkt. Flocken wirbeln alsbald hernieder und verschlucken den Sonnenball.

Nach einem ausgezehrten Tag in Kälte und Gedränge, mit Erlebtem, das sich in jede Kinderseele brennt, erreichen sie in der Nacht Fischhausen. Mit letzten Reserven ziehen die Stuten den Wagen von der Hauptstraße in einen Mittelweg, in dem schon viele Fuhrwerke gehalten haben. Elisabeth rüttelt an den Haustüren zu beiden Seiten der Gasse, doch alle sind sie verschlossen. Der Platz jedoch hat sein Gutes, er ist windgeschützt, das allein ist schon viel wert. Von anderen hat sie erfahren, dass der Seeort keinen Tagesmarsch mehr entfernt sein soll. Diese eine Nacht werden sie auf dem Wagen schlafen und morgen den Stuten das Letzte abverlangen, auf Verderb und Gedeih. Wenn sie umkommen, dann soll es so sein, das Menschenleben zählt mehr als das der Tiere.

Kein Feuer wärmt Mutter und Tochter, kein Süppchen gibt es vor dem Schlafen. Stattdessen gefrorenes Brot, das lange im Mund behalten werden muss, bis es zu kauen und hinunterzuschlucken ist. Im Heck liegen sie in Decken und Kartoffelbeuteln, tragen viele Schichten ihrer Kleider und versuchen wenigstens zu schlafen, auch wenn der Frost die Zehen packt. Von ferne ertönt ein Schiffshorn dreimal. In der Nähe sind es die rastlosen Wagen der Weiterziehenden durch eine starre, beißende Nacht.

Die Kälte ist so unerträglich, dass Alinka die Knie anwinkelt bis zur Brust, die Füße aneinander reibt, die Zehen in den Knickehlen wärmt, die Finger in den Achselhöhlen, um doch nur den Hauch von Wohlgefühl zu bewirken. Das Bibbern wird zur Qual. Wenn die Erschöpfung sie doch einmal für mehr als zehn Minuten schlafen lässt, so wecken sie die eisigen Füße. Ihre Tränen der Verzweiflung perlen nicht, sie klumpen zu salziger Kruste. Es sind die letzten Stunden ihres Lebens, sie kann es spüren, wenn auch sonst nichts mehr zu spüren ist. Elisabeth windet sich hinab und schlägt an die nächste Tür, ruft mit herrischer Stimme, klopft und poltert, dass jemand darin sich erbarmt und dieselbe öffnet, um nur endlich Ruhe zu haben.

Die halb erfrorene Tochter hakt sich bei der Mutter ein. Sie betreten einen Korridor mit Leibern und Gepäck. An fremder Feuerstelle wärmen sie sich auf. Die Glieder brennen und reißen, der Frost war bis tief in die Knochen vorgedrungen. Wie schön war's doch gestern in der Bauernküche. Ist es wirklich erst gestern gewesen? In einer Zeit wie dieser, in der der Tod nach Opfern giert, ist so ein Tag bedeutungslos. Was heute noch nicht ist, wird morgen sein. Die Agonie ist Herrscher über alles. Gott ist auf und davon.

Es mögen zwei Stunden Schlaf gewesen sein, wenn überhaupt, da reißt ein Knall ein Loch in diese Nacht. Aber nicht von nahem, mehr von fern, wie aus einer Nachbarstadt. Die Leute im Korridor schrecken auf. Der Krieg hat sie nun eingeholt. Es wird geschwiegen und gehorcht, die nächste Detonation erwartet. Sie bleibt nicht aus, zweimal kracht es noch, aber weniger laut. Manch einer nutzt das Wachsein zum Anlass aufzubrechen, die meisten aber legen sich wieder zur Ruh. Zu müde sind die Knochen, zu lähmend der Verstand, ein warmes Bett am Feuer einzutauschen gegen die vereiste Wagenbank da draußen.

Am finstren Morgen blubbert der Kessel, da ist Elisabeth wohlauf und bereitet den Abmarsch vor. Welche Unrast, welche Kraft nur treibt sie an? Auch bei den Pferden ist sie schon gewesen, hat die Futterbeutel angesteckt, ihnen geschmolzenen Schnee zum Saufen zugeschüttet. In der Nacht hatte sie deren Beine und Hufe mit Decken zugeschnürt. Alinka sitzt am Feuer und beobachtet den weißen Span in der Glut, der einmal Holz gewesen ist. Holz von einem Baum, der in einem Walde stand und geschlagen wurde, damit sie, die Fremde, weiterleben kann. Ein Tod zu ihrem Nutzen. Elisabeth unterbricht die Grübelei, drängt zur Eile, denn die Ersten machen schon ihre Wagen klar. Alinka erhebt sich aus der Hocke, starrt immer noch ins Feuer, als sie die Säcke nach draußen trägt. Bittere Kälte haftet in der Gasse. Wie die Pferde das nur ausgehalten haben, fragt sie sich.

Nach kaum hundert Metern Fahrt sackt Lumpi mit den Vorderläufen in die Knie. Der Wagen stoppt, die ihm folgenden scheren aus und machen einen Bogen herum. Elisabeth setzt die Peitsche ein, doch das hat keinen Sinn. Mit leerem Blick sieht sie den anderen Wagen nach, die da ins Dunkel gleiten. Beide, Mutter und Tochter, helfen dem Pferd, auf die Beine zu kommen. Was auch gelingt. Doch der Gleichtrab ist hin, die Gelenke übersättigt. Nach weiteren hundert Metern bleibt es abermals stehen. Was sollen sie tun, die Stute abschirren und mit dem anderen Pferd alleine los? So weit ist es ja nicht mehr, Lotti könnte es schaffen, den Hausrat an den Hafen zu ziehen. Dort würden sie sich ohnehin vom Großteil ihrer Habe trennen, sobald sie ein Schiff besteigen.

Alinka umklammert den Pferdekopf. Sie ist dafür zu bleiben, wenigstens bis zur nächsten Früh. Sie seien doch sowieso fast am Ziel und längst in Sicherheit. Das Bombengedröhn, das sie ständig hören, komme aus Richtung Königsberg, wo die deutschen Panzer stehen und den Feind bekämpfen. Und der Knall von heute Nacht, das war nur ein Traum, mehr nicht. Ein Traum, den alle hörten? Elisabeth ist voller Zweifel, sie wägt das Für und Wider ab, kommt auch zu keiner Lösung. Was also ist das Richtige? Den Wageninhalt aufs Äußerste verringern und mit nur einem Pferd weiterziehen? So wenden sie ihr Fuhrwerk in die Gegenrichtung, dem Feinde hin, dem fernen Gedröhn und den anderen Wagen zu und führen es zurück in die nächtliche Lagerstätte.

Allein sind sie im Korridor, wo sich vor Stunden die Gebeine kreuzten. Niemand ist mehr da. Nur noch ausgetretene Feuerstellen, der Geruch von Asche, Kot und Mensch. Ein neues Feuer wird entfacht, mit Tüchern und Damenkleidern genährt, dem Inhalt eines liegengelassenen Koffers. Weil kein Holz zu finden ist, zerschlägt Elisabeth die Böden eines Regals, bricht von einem Stuhl die Beine ab, um sie den Flammen zum Fraß vorzuwerfen. Im Hofe weilen die Stuten nun in einem Unterstand, der in der Nacht anderen Fuhrwerken vorbehalten war. Der Wagen ist zum Hoftor ausgerichtet, für eine schnelle Flucht, falls nötig.

Auf der Straße ziehen die Trecks nach Pillau, zum Ostseehafen, unaufhaltsam, ohne Rast. Sie aber, Mutter und Tochter, sind zum Rasten verdammt, zum Stillstand in Fischhausen. Das Bombardement am östlichen

Horizont und die Dämmerung fahren gleichsam aus dem Schlaf. Elisabeth kramt an der Notfalltasche, legt im Wagen alles nach vorn und griffbereit. Alinka besieht sich den Korridor mit seinen verriegelten Türen. Das Feuer hält den Frost im Zaum, der Wind heult durch den Flur, bald setzen Schneegestöber ein. Immer wieder schauen sie nach der Straße, lauschen nach den Kanonendonnerschlägen. Elisabeth reibt den Pferden die Knie, wickelt dreifach Leinen drumherum, kratzt Eisklumpen aus den Hufen und mischt den Tieren Sägespan ins Futter.

Gegen Abend füllt sich die Unterkunft erneut. Fuhrwerke spalten sich von der Straße ab und suchen Schutz im Hofe. Greise, Mütter und Kinder, durchgefroren und apathisch, richten ihre Stätten her, entfachen weitere Feuer, über denen ihre Süppchen blubbern. Gespräche finden kaum statt. Allen, die da sitzen, ist neben der Heimat und den Angehörigen auch die Stimme verlorengegangen. Was nun das Schicksal noch für sie bereithält, was die Zukunft vorgesehen hat, das kann nur abgewartet werden. Mit stummem Blick sitzt auch Alinka da, betrachtet die Bilder, die sich ihr zeigen, stiert nach den Wesen im Korridor oder nach dem, was sie einmal waren, die leeren Hüllen gleich um ihre Feuer sitzen.

Geschützdonner reißen die Anwesenden aus dem Schlaf. In Eile wird gepackt, werden die Wagen vorgezogen, alles drauf geworfen, das Hoftor geöffnet. Viel heller ist diese Nacht als die anderen zuvor, doch die Dämmerung ist noch weit. Ob es der Kriegslärm auch ist, wagt niemand einzuschätzen. Ohne ein Frühstück brechen Mensch und Tier auf, mischen sich auf die Straße, wo schon jetzt eine wilde Flucht im Gange ist. Massen von Fuhrwerken und Gehenden drängen aus dem Städtchen. Der Russe habe sich das nördliche Samland einverleibt und stehe auch bald vor Fischhausen, heißt es von deutschen Soldaten, die im Fußvolk mit den Trecks nach Pillau ziehen und keine Waffen mehr bei sich haben. In einiger Entfernung schnauft ein langer Personenzug aus Königsberg, mit einer Schublokomotive hinten dran, in Richtung Seestadt. Menschen eilen neben den Gleisen her.

Das Zweitpferd hat seinen Gleichtritt einigermaßen wiedergefunden. Es humpelt dennoch bei jedem Schritt und wankt mit dem Vorderleib tiefer, als es das sollte. Möge es die letzten Kilometer überstehen. Immer noch könnten sie aufs Hauptpferd setzen, Lotti ist von robusterer Gestalt. Sie wippen ihre schweren Köpfe und prusten Atemnebel aus, der sich mit der kalten Luft verbindet. Das Pferdepaar hinkt weiter, vorbei an einem stehengelassenen Fuhrwerk mit zersprungenem Rad. Vorn ein Ochse und ein Wallach, die das Elend, das hinter ihnen beklagt wird, nicht interessiert. Auf dem Feldrand liegen Tote ohne Schuhwerk, entleerte Koffer, braune und weiße Federn zerrissener Bettdecken und Kissen verstreut im Schnee.

Trecks verketten sich und bilden weitere Stauungen, lösen sich abermals auf, wenn ungeduldige Wagenführer zu den Seiten ausbrechen und neue Reihen formen. Kolonnen aus dem Norden ziehen am Strandufer und in den Dünen südwärts, reihen sich in den Strom, ins Nadelöhr zwischen beiden Küstenstädten. Die Straße ist derart überfüllt, dass viele ihr Gespann aufgeben, Tasche und Kleinkind greifen, um den Rest der Strecke zu Fuß zu bewältigen. Wer nicht mehr weiterkann, der setzt sich aufs Gepäck, wartet auf neuerliche Kraft. Frauen sind es und Kinder, Greise mit letztem Willen. Die Schwächsten müssen jetzt am stärksten sein.

Links, von Dunst befangen, das zugefrorene Frische Haff, ein schneeweißes Ödland. Auf dem Eis der Fischhausener Wiek, dem Nordwestteil des Haffs, schnüren, wie düstere Blutadern, Trecks vom Festland auf die Halbinsel zu, an deren südlichen Zipfel Pillau liegt. Rechts das offene Meer mit einem vereisten Saum. Tiefblau, fast schwarz, präsentiert es seine Weite. Frostwinde blasen von See her über die schmale Landzunge, wirbeln Schnee auf und ab. Für Stunden gibt es kein Weiterkommen, dann ruckeln die Wagenketten wieder fort. Nebeneinander, nacheinander, in Bögen auf frosthartem Grund. Der Zielort ist in Sicht, er rückt tatsächlich näher. In Schleichfahrt kriecht der Wagen Gindullis nach vorn.

Am Spätnachmittag erreichen sie Neuhäuser, einen Vorort Pillaus. Kundige tun gut daran, den Ort am Strande zu umfahren, doch Mutter und Tochter stecken in seinen schmalen Straßen für viele Stunden fest. Unter einem Baum wird ein Pferd geschlachtet, es an der Flanke mit einem Sägemesser aufgeschnitten und grobe Stücke aus Leib und Lende herausgerissen, um sie an gierige Menschenhände zu verteilen. Auf einer Außentreppe kauern eine Mutter und ihr Sohn. Geschnürte Bündel liegen da, die

die Frau durchsucht und prüft, was zurückgelassen werden muss. Ihrem Gesicht ist die Verzweiflung anzusehen. Jeder in dieser Kette des Elends unter den zu Fuß Marschierenden ist dazu genötigt, sich wieder und wieder zu trennen von dem Wenigen, nur so viel mitzunehmen, was die wunden, aufgescheuerten Hände noch tragen können.

In Neuhäuser findet die Abfertigung der Züge aus Königsberg statt. Am Straßenrand sind Alte auf Nahrungssuche, wühlen in fremden Sachen. Immer wieder erfrorene Menschen und Pferde, stehengelassene Wagen. Möbel und Kisten im Schnee, die einmal wichtig waren und nun auf fremdem Terrain verbleiben. Elisabeth trotzt dem Schwächeln ihrer Pferde, gibt ihnen jedes Mal den Riemen, wenn sie den Anschluss zum vorderen Gespann verlieren, wenn eine Lücke klafft von nur wenigen Metern. Sie weiß längst, dass sie nicht überleben, diese zwei liebgewonnenen Tiere, dieser Rest an Heimatbesitz, der ohnehin aufgegeben werden muss, wenn sie ein Schiff betreten. Es ist ein Bild des Jammers, den hinkenden Bewegungen zu folgen, ihre ausgezehrten Leiber zu betrachten, dem widernatürlichen Gang etwas Gutes abzugewinnen.

Abermals vergehen Stunden mit der Warterei, ohne dass sich etwas rührt. Granateinschläge im Norden lassen die Flüchtenden nach hinten sehen. Der Feind ist ihnen auf den Fersen, und der Tag versiegt, das Licht mit ihm. Was nicht versiegt, was allen sichtbar bleibt: Das Samland brennt.

Wie spät genau es ist, ob Abend oder Nacht, wissen Mutter und Tochter nicht, als sie in Pillau einen Lagerplatz in einem völlig überbelegten Wohngebäude finden. Soldaten und Zivilisten teilen sich dieselbe Unterkunft. Schränke sind vor die Fenster geschoben, Tischbeine und andere zerbrochene Möbelstücke lodern in einem Kachelofen. Ein Vorhang zwischen zwei Räumen weht geisterhaft im Wind. Trotz der Enge auf dem Boden kommen Weitere ins Haus, hineingetrieben durch die Kälte, durch das Schneegestöber. Frauen betteln um Milch für ihre Kinder, die an Blasenentzündung, an Durchfall oder Halsweh leiden. Erfrierungen werden oft erst jetzt bemerkt. Eine Alte hat ihr Pferd mit rein geholt, an dessen Leib sich eine Schwangere wärmt.

Gegen Morgen drängen sich Kinder, Mütter und Greise um den Kachelofen. Die Soldaten sind fort. Es spricht sich herum, drei große Dampfer stünden zur Einschiffung am Kai. Mutter und Tochter packen das Nötigste, ziehen an Kleidern über, was sie besitzen, suchen draußen im Wagen nach Dingen von Wert. Dann aber entscheidet Elisabeth, erst mal allein an den Hafen zu gehen und Kunde einzuholen. Alinka solle warten, bis sie wiederkommt. Im Strom der pilgernden Menschenmasse auf dem Hauptweg entschwindet sie den Blicken der Tochter. Indessen graut ein lichtloser Tag empor, hängen dunkle Wolken am Himmel. Schneeflocken werden fortgeweht, finden keine Ruhe in der Hafenstadt.

Bald ist Elisabeth zurück, hat ein Schüsselchen Bohnensuppe mit Speck aus der Volksküche mitgebracht und berichtet, dass am Nachmittag eingeschifft werden soll. Sie hat erfahren, dass Insterburg verlorenging und der Russe Königsberg belagert. Südwestwärts fahrende Züge wären zurückgekehrt mit der Botschaft, die Strecke nach Elbing sei von der Roten Armee besetzt. Kein Zug käme mehr ins Reich, nach Berlin, nach Sachsen. Nun bliebe ohnehin nichts anderes, als auf ein Schiff zu hoffen.

Elisabeth löst die Pferde vom Geschirr und schiebt sie aus der Deichsel. Schweren Herzens treibt sie sie davon, diese zwei treuen und zuverlässigen Tiere, denen sie ihr Leben, ihr Fortkommen aus dem Memelland verdanken. Sie sind wie des Großvaters zweite Kinder, diese beiden zutraulichen Wesen. Nun bleiben sie hier zurück, zwei braune Leiber im Schnee, sich selbst überlassen. Der Mutters Worte, sie würden schon den Weg nach Plicken finden und auf den heimischen Hof zurückkehren, kann Alinka keinen Glauben schenken. Nicht bei dieser Kälte, nicht im Winter und nicht bei dem letzten Futter, das sie da so gierig vom Boden schnüffeln. Eher werden sie selbst zu Futter für hungernde Menschen. Sie hat es doch gesehen, dass jegliches Getier in diesen Zeiten als Nahrung dient. Das ausgelegte Heu, der ohnehin letzte Rest, sie lesen ihn auf, nähren sich daran. Ein letztes Mal satt werden, bevor ein ungewisses Schicksal sie ereilt.

Mutter und Tochter wappnen sich für den Ansturm auf die Schiffe. Sie durchwühlen und prüfen die Wagenladung, die letzten Habseligkeiten, raffen das Nötigste zusammen. Jetzt noch einmal sich von entbehrlichem

Hausrat trennen, noch mal das Gewicht reduzieren, Entscheidungen treffen, die später nicht zu revidieren sind. Alinka reißt die Fotos aus dem Album, steckt sie hastig in die Taschen, um Gewicht und Platz zu sparen. Familiendokumente, Ausweise, Urkunden verschwinden unter Jacken und Pullovern. Kleidung wird dreifach und vierfach übergeworfen, die unverzichtbaren Federbetten in Säcke gestopft. Alinka sucht das Märchenbuch, es blieb wohl liegen auf dem Nachttisch in Insterburg. Schneeflocken rieseln unaufhörlich nieder.

Die Mittagszeit ist da. Elisabeth zieht Alinka am langen Arm auf die Gasse. Ein letztes Mal will sie das Bild der Pferde im Kopfe speichern, hält dann den Beutel fest umschlossen und macht sich mit der Mutter auf zum Bollwerk, ins Gedränge, zur Absperrung. Jeder will auf ein Schiff. Volkssturmmänner blockieren die Zufahrtsstraßen, lassen nur Frauen und Kinder durch. Militärpolizisten suchen nach fahnenflüchtigen Soldaten in Zivil, die sich auf einen der Dampfer schleichen wollen. Dazwischen immer wieder die Schwestern des Deutschen Roten Kreuz. Flüchtlingsgepäck und verwaiste Fuhrwerke türmen sich im Hafenbereich.

Die Rufe schreiender Kinder gellen ins Durcheinander. Immer mehr Menschen mit geschnürten Bündeln auf den Rücken drängen an die Barrikaden. Ein Dampfer liegt bereits am Kai, ein zweiter fährt gerade ein und versetzt die Massen in Aufregung, wie von einem Wahn getrieben. Es wird gedrückt, geschoben und gestoßen. Jede Ordnung geht verloren. Nur nicht zurückbleiben und dem Russen in die Hände fallen. Dann lieber einen Kältetod auf hoher See erleiden. Gewehrschüsse krachen in die Luft, Volkssturmmänner bitten lautstark um die Einhaltung der Disziplin. Schreie übertönen ihre Worte. Noch mehr Schreie fahren auf, als feindliche Aufklärer hoch über dem Hafen kreisen.

Das Fallreep schon vor Augen, Dutzende Meter nur von einem Rettungsschiff entfernt, geben die uniformierten Ordner bekannt, nur Mütter samt kleinen oder mindestens drei Kindern aufs Schiff zu lassen. Die so weit gereiste, dezimierte Plickener Familie findet keinen Zutritt, wie sehr Elisabeth auch fleht. Das Mädchen allein dürfe zum Dampfer hinauf, die Mutter aber nicht. Wer hat das zu entscheiden? Elisabeth zögert nur einen Augenblick. Sie nimmt das Gepäck von der Schulter und drückt es, zusammen mit dem Bettzeug, der Tochter in die Hände. Sie soll gehen wenigstens, in Sicherheit gelangen, von hier weg, vom Russen weg. Alinka begehrt auf, wehrt sich gegen diesen Plan. Niemals, so macht sie es ihr mit Worten und Gebärden klar, würde sie ohne die Mutter ein Schiff betreten. Es hilft auch nicht, dass Elisabeth sie mit aller Kraft nach vorne schiebt. Das Mädchen windet sich herum und krallt sich an ihr fest. Die Chance ist vertan.

Im Wirbel der Flocken schleppen sie sich zurück in die Unterkunft und finden ihren Wagen geplündert vor, durchsucht, durchwühlt, den Hausrat ringsherum verteilt oder nicht mehr da. Von den Stuten ist auch nichts mehr zu sehen. Vielleicht war es das letzte Schiff, vielleicht der letzte Tag, bevor der Feind die Seestadt erreicht. Die Angst geht um, hier nicht mehr wegzukommen. Ostpreußen, die Heimat, hat sich zur Hölle gewandelt, hält sie auf seinem Winterboden fest.

Die Einschiffung zieht sich lange Stunden hin. Sie versuchen es ein zweites Mal, mit demselben Resultat. Das in der Bibel verwahrte Geld, das Elisabeth dem Matrosen an der Absperrung mit innigstem Bitten und Betteln unter die Nase hält, verleitet ihn nicht, seinen Befehl zu missachten. Sie müssen eine weitere Nacht verharren, und lagern, so gut es geht, in der alten Unterkunft.

Am Tag darauf probieren sie es abermals. Das Hafenbecken ist vereist, Schollen kleben aneinander. Die beiden großen Dampfer sind am Abend aufgebrochen, Schlepper hatten sie vom Kai gezogen. Ordner lassen Frauen und Kinder hindurch. Elisabeth zwängt Alinka durch die Absperrung vor sich her, von einem ins nächste Gedränge. Das Heck eines kleinen Schiffes liegt zum Greifen nah, vereiste Trossen verbinden es mit dem Land. Niemand hindert sie, keiner fragt und keiner hält sie zurück. Alinka taumelt zu allen Seiten, erblickt einen Leuchtturm hinter weißen Dächern. Nun sind es die letzten Meter Heimatboden unter ihren Füßen. Dann nichts mehr als ein steiles Laufbrett, darunter brodelndes Wasser. Die eine Hand am Geländer, die andere am Gepäck. Ein Schiff ist erreicht, eines der so begehrten Rettungsfahrzeuge.

Rufe gellen vom Lande her. Stimmengewirr, das nicht zu entknoten ist. Marinesoldaten dirigieren die Ankömmlinge auf dem Eisenkahn sofort in einen Gang, dann eine Treppe hinab, den Vorderen hinterher. »Weiter, weiter!«, ruft ein rauer Männerbass. Noch mal geht es abwärts und noch mal durch einen Gang, in einen beleuchteten Laderaum. Der Boden ist mit Stroh ausgelegt. Der Wechsel unter die Wasserlinie hat etwas Seltsames. An der Decke öffnet sich eine breite Luke. Menschen steigen an Wandleitern hinab, füllen den Schiffsbauch weiter an. Die Leute unten rücken enger noch zusammen. Flocken rieseln durch die Luke, landen auf Decken und Koffern. Von oben quirlen die Rufe der Massen auf dem Festland. Kinder und Frauen blicken starr hinauf, in der Annahme, den Vater, den Ehemann nie wiederzusehen.

Die Luke oben wird geschlossen, wie der Deckel von einem Sarg. Das Lampenlicht an den Wänden erstrahlt von Neuem. Auf Säcken und Taschen sitzen sie da, wie gebeutelte Kreaturen, der Auswurf des östlichen Landes. Trotz der Bedrängnis im Leib des Schiffes überwiegt die Freude. Nun hilft nur eines, es sich irgendwie einzurichten in der Enge zwischen all dem Gepäck und den Gebeinen. Zwei Matrosen tragen eine tote Frau nach draußen. Bis hierher, bis in diesen Laderaum, hat sie es geschafft. Nun wird sie doch in der Heimat bleiben. Die Frage darauf, wann es losgehen wird, kommentieren die Uniformierten mit einem Achselzucken.

Irgendwann ertönen die Maschinen, fangen die Schiffswände an zu vibrieren, ein Geräusch ähnlich dem von Flugzeuglärm. Unter Deck tritt Panik auf, denn niemand weiß, ob es nun Flieger sind, die das Schiff attackieren und zum Sinken bringen, dass jeder hier im Eiswasser ertrinken muss. Das ungleichmäßige Brummen aber wirkt bald monoton, bis es kaum noch jemand wahrnimmt. Ein Junge fragt seine Mutter, ob der Dampfer schon fährt oder noch an der Hafenkante liegt. Sie weiß ihm keine Antwort zu geben. Keiner weiß das, denn keiner weiß, was draußen geschieht. Abgesondert von Luft und Himmel fristen sie einander ihrer Existenz. Mit zunehmender Dauer jedoch kehrt Wärme ein.

Nach Stunden, es muss längst Abend sein, grummeln die Maschinen für mehrere Minuten laut auf und werden wieder leiser. Ein Ruck geht durch das Schiff. Deutlich ist zu spüren, wie es sich vom Festland löst. Eispanzer scharren an der Außenwand. Die Leute atmen auf, Erleichterung und Heimatschmerz ergießen sich gleichermaßen. Nun ist er gekommen, dieser Moment, in dem sie Ostpreußen den Rücken zuwenden. Elisabeth nimmt die Tochter in den Arm und herzt sie wie schon lange nicht mehr. Dann wird es ruhig unter Deck, das Brummen bewirkt Müdigkeit. Auf der Dünung des vergangenen Sturmes schwankt das Schiff ganz sanft daher.

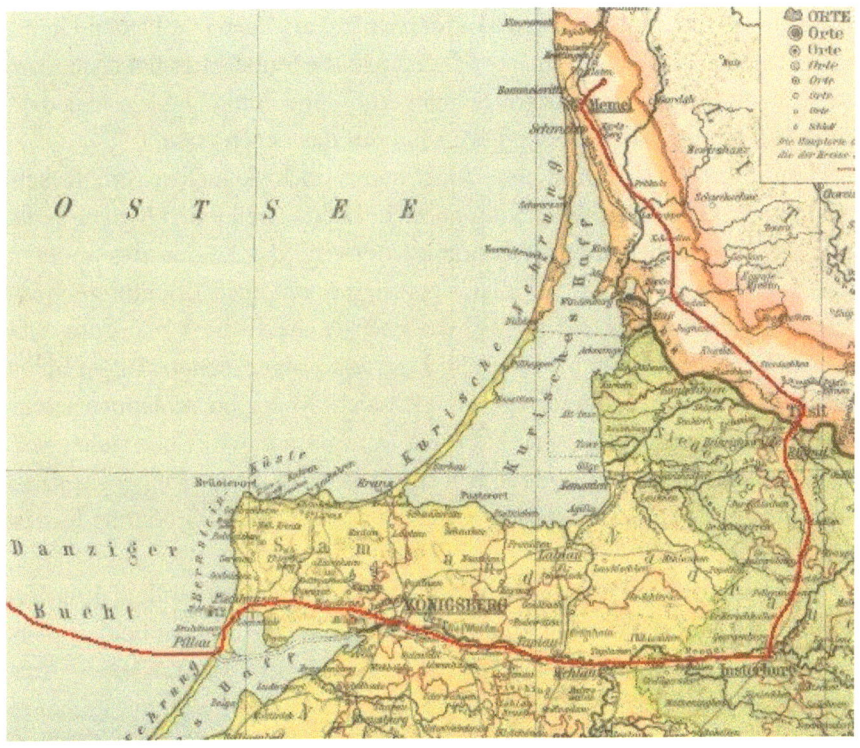

Fluchtroute rot markiert

Auf Nimmerwiedersehen, Heimatland!

Ist es Tag, ist es Nacht? Mehr als raten kann Alinka das nicht, als sie nach ihrem Schlaf auf die Toilette muss. Es heißt, ein Abort befinde sich oben an Deck, doch der sei in der Enge kaum zu erreichen und permanent besetzt. Der Rat einer Greisin, nicht aufs kalte Deck zu gehen, sich stattdessen in den dunklen Treppengang zu ducken, erscheint auch für Elisabeth die angenehmere Variante, die Tochter nicht hinaus zu schicken. Alle tun das, suchen sich ein Eckchen und koten oder urinieren aufs Schiff. Der Umstand dieser Situation lässt etwas anderes nicht zu. Es macht keinen Unterschied, sich in einen Stall, in eine Scheune, in die Stube eines Bauernhauses oder in ein Schiff zu hocken. Schamgefühl und Sittlichkeit sind jedem längst verlorengegangen. Einen Wert hat nur das Leben noch.

Hände und Füße frieren zwar nicht mehr, doch sie jucken fürchterlich. Aufgekratzte, wunde Stellen können nicht heilen, weil jede Hygiene fehlt. Auf engstem Nebeneinander bekommt der eine das Leiden des anderen zugesteckt. Durchfall und Übelkeit grassieren wie auch Erkältungssymptome. Hustet der eine, tut es bald der nächste. Ärztliche Versorgung gibt es nicht auf diesem Schiff. Eine tote Frau mit aufgerissenen Augen bleibt lange Zeit da liegen, niemand kümmert sich. Matrosen schleppen sie irgendwann hinaus. Das Schaukeln des Dampfers bewirkt bei vielen Seekrankheit. Erbrochenes ergießt sich ins Stroh. Die knappen Lebensmittel sind umsonst gegessen, wenn der Magen rebelliert und wieder so leer ist wie zuvor.

Vielleicht ist es schon ein Zwang, dass Elisabeth den Inhalt ihrer Taschen und Beutel alle paar Momente überprüft. Viel ist den beiden nicht geblieben. Ein Kochtopf, zwei blecherne Teller und Tassen, Kleider, Ausweisdokumente, der Wecker und die Fotos, ein paar Reichsmarkscheine. Nahezu jedes Lebensmittel ist aufgebraucht, keine Kartoffel und auch kein Brot ist mehr da. Was sie noch besitzen, ist ein Beutel mit einem Halbpfund loser Haferkörner, sind Kräuter und Trockenpilze, sind fleckige Mohrrüben und ein Rest Butterschmalz aus Königsberg. Der in die Milchkanne hineingepresste Schnee ist zu Wasser getaut. Wenn diese Fahrt zwei Tage dauert, wie jemand gehört haben will, und wenn es durch die Besatzung keine Verpflegung geben wird, kann diese Reise nur mit Mühe durchgestanden werden.

Kinder liegen auf zusammengeschobenen Koffern, Strohsäcken und Reisetaschen. Alinka pendelt zwischen Schlaf und Wachsein, bis sich die Augen nicht mehr schließen. Wie lang oder wie kurz sie geruht hat, weiß sie nicht. Nur dass sie nicht mehr schlafen kann, weil die Gespräche der Erwachsenen nicht verstummen. Sie hört mit an, worüber sie reden, was sie bewegt und welche Leiden sie beklagen. Eine Dame im Pelz berichtet von ihrem Gang übers Eis auf dem Frischen Haff und davon, wie hinter ihr ein Ochsenfuhrwerk abgesunken ist. Nur die Beine der Tiere ragten noch aus dem Wasser, drumherum im Eisloch schwammen Decken und Kleider. Der Wagen versank so schnell, dass keiner sich retten konnte.

Eine fortwährend jammernde Frau aus dem Kreise Ebenrode betrauert ihre Tochter. Im Oktober sei ein russisches Kommando ins grenznahe Dorf eingedrungen und hätte sich über die Bewohner hergemacht. »Se wär doch erst sechzehn, min Lotte. 'Bleeb em Bottich!', häbb eck to ihr gesoagt. 'Bleeb um Himmelswillen em Bottich!' Oawer de Russ hädd se gefunn un geschrien, se soll da man rauskoame. Oawer se käm nich rut. Min guten Mädel käm nich rut. So brav, hädd immer gehört, watt eck säd. Dann hädd de Russ de Zigarett fallenlassen un de Deckel zugemoakt. Se wär doch erst sechzehn. So brav, min Lotte, immer so brav.«

Jemand schildert einen nächtlichen Bombenangriff auf Tilsit und den Lärm der Flugzeugmotoren. Eine Alte mit ihrem Enkelkind im Arm erzählt von der wochenlangen Flucht aus Breitenstein und vom Abschied des Ehemanns, der spät noch in den Volkssturm einberufen wurde. Sie glaubt nicht mehr, ihn je wiederzusehen. Eine Frau Gerhardt und eine Frau Roß flohen im Oktober mit dem Zug aus Labiau von einem mit Tausenden Leuten überfüllten Bahnhof. Frau Kamp und ihre vier Mädchen, aus dem Umland Insterburgs, verloren im Wagentreck den tot gefrorenen jüngsten Sohn und Bruder. Ein alter Mann aus Zinten, östlich von Heiligenbeil, wollte sich zu Fuß nach Mohrungen durchschlagen, zur Schwester und deren Kinder. Als er hörte, dass der Russe von Süden kommt, kehrte er um und schloss sich einem Treck an über das Frische Haff.

Auguste Mehl und ihr Baby hatten unterwegs das Glück, von einem Laster der Wehrmacht bis nach Königsberg mitgenommen zu werden. Der junge Offizier im Fahrerhaus erschien ihr wie ein Engel, wie ein Zeichen der Hoffnung, dass es doch noch so etwas wie Barmherzigkeit gibt. Im ersten Kriegsjahr hatte ihr Mann seine Holzwerkstatt fertig aufgebaut, dann wurde er eingezogen, ohne sie je in Betrieb genommen zu haben. Es quält sie, dass der gelernte Zimmermann seinen Traum von der Selbständigkeit nicht ausleben durfte. Er sei bei Stalingrad gefallen.

Zwei Bäuerinnen aus Heinrichswalde nahe Tilsit jammern um ihr Vieh. Das Ende der Welt sei unaufhaltsam und das Leben ihnen nichts mehr wert. Wenn dieser Kahn sinkt, so trösten sie einander, wäre es um sie nicht schade. Eine Familie aus Heilsberg kritisiert den Umgang ihres Bürgermeisters und dem Leiter des Ernährungsamtes, die mit dem Entzug der Lebensmittelkarten drohten, wenn sie nicht sofort die Stadt verließen. Sie fügten sich dem Druck, flohen aber nur in eine drei Kilometer entfernte Ortschaft und kampierten unter freiem Himmel. Als sich die Lage entspannte, kehrten sie zurück und verbrachten die Jahreswende daheim. Mit dem Beginn der Januaroffensive glaubten sie an kein Wunder des Endsieges mehr und verabschiedeten sich von ihrer Heimatstadt. Auf dem Fuhrwerk eines Onkels gelangten sie nach Pillau.

All diese Geschichten hört Alinka mit an und wundert sich über die eigene Gleichgültigkeit, dass es sie nicht mehr berührt. Sie fragt sich auch, warum und wann ihr die Fähigkeit des Mitgefühls abhanden kam.

Von einem Toilettengang unter der Treppe kehrt Alinka nicht in den Schiffsbauch zurück. Sie steigt hinauf ins Freie, durch überfüllte Gänge, um zu atmen, um zu wissen, ob es Tag ist oder Nacht in der Welt da draußen. In dünner Kleidung blickt sie von einem Seiteneingang in die Frühabenddämmerung und auf die Ostsee nieder. Wogen gleiten unter dem Schiff hinweg. Von irgendwoher gekommen, werden sie irgendwohin reisen, vielleicht an einem fremden Ufer stranden oder unterwegs zergehen. Selbst auf den Oberdecks liegen Menschen dicht an dicht. Aus einem Schornstein quillt weißer Rauch. Dem Dampfer folgen weitere Schiffe. Ganz vorn führt das Geleit ein viel größeres an als dieses. Keines ist beleuchtet. Eine Wolkendecke verbirgt das Sternenzelt. Der Frost beißt auf der Haut. Mehr kann und will Alinka nicht sehen. Sie zieht sich zurück ins Innere, tritt über Füße und Beine, auf Taschen und Koffer. Der Mutter erzählt sie nichts davon, denn die hat mit sich selbst zu tun und krümmt sich in den Decken. Bauchkrämpfe machen ihr zu schaffen.

Alinka freundet sich mit einem Mädchen an, der zehnjährigen Beamtentochter Minna aus Ragnit an der Memel, die mit ihrer Tante auf die Flucht gegangen war. In Wehlau hat sie sie bei einem Fliegerangriff aus den Augen verloren und reist nun völlig allein. Elisabeth und Alinka schließen sie ins Herz und versprechen, sich ihrer anzunehmen. Minna ist klein und mager, viel kleiner, als eine Zehnjährige sein sollte. Ihr dunkles Haar hat sie zu einem Dutt gebunden und verbirgt es unter der Mantelkapuze. Ihre Stimme wirkt kränklich und heiser. Zwei Finger der linken Hand sind ihr verfroren. Rotkreuzschwestern haben ihr in Pillau einen Wundverband angelegt. Ihren Lebensmut hat sie nicht verloren, so scheint es, denn ihre Heiterkeit reißt auch Alinka mit. Zum ersten Mal seit langer Zeit hört Elisabeth ihre Tochter wieder lachen, hört sie reden, beinah euphorisch mit einer Gleichaltrigen kommunizieren. Die Fröhlichkeit aber währt jedes Mal nur kurz. Dann kehren die Sorgenfalten auf den jungen Gesichtern zurück, dann schweigen ihre Münder, leuchten ihre Augen nicht mehr.

In Ragnit besuchte Minna die vierte Klasse der Stadtschule in der Kirchenstraße 25, wie sie stolz berichtet. In allen Fächern sei sie Einser-Schülerin gewesen. Ihr Vater bekleidete das Amt eines Volksschulrektors, bevor er eingezogen wurde. Ihre Mutter, eine Krankenpflegerin, besuchte gerade die Großeltern in Rautenberg, als es zu Hause brenzlig wurde und die Tante sich mit ihrer Nichte auf die Flucht begab, sich einem Treck anschloss. Auch Minnas erwachsener Bruder ist an der Ostfront stationiert. Nach einem Bauchschuss im November und wochenlangem Lazarettaufenthalt kam er wieder ins Kampfgebiet. Sie hat ihn doch lieb, er soll nicht fallen, gesteht sie der neuen Freundin. Er ist noch so jung und er hat eine Frau, mit der er sich viele Kinder wünscht. Die erste Tochter soll Minna heißen, so hat er sich geäußert. In seinem letzten Brief warnte er die Familie, sich umgehend nach Berlin aufzumachen.

Mit Freude erzählt sie von den Winterferien am großen Fluss und von der fünften Jahreszeit im März und im April. Schaktarp-Ferien nennen es die Kinder aus der ländlichen Umgebung, wenn sie die Schulen in der Stadt nicht mehr erreichen. Am schönsten sei es an der Memel in den Sommermonaten. Dann würden Scharen von Jungen und Mädchen an den Ufern und im Wasser toben, den hinübergleitenden Fähren und Flößen nachsehen und den Fischern zurufen, ob sie gute Fänge hatten. Sie glaubt ganz fest daran, dass alles wieder so wird. Etwas anderes kann und will sie sich nicht denken.

Stunden um Stunden schleppen sich dahin, sind gleich und eintönig, vergehen nur mit Schlafen oder sinnlosem Nichtstun. Der Gestank von Urin und Kot zieht in jede Schiffsetage, in jedes Eck. Viele verrichten ihre Notdurft gleich neben der eigenen Liegestelle. Trotz schlechter Luft und Enge, Hunger und Durst, trotz Mangel an Privatsphäre und sonstigen Entbehrungen ist doch jeder froh, dem Russen entkommen zu sein, ein Dach über dem Kopf zu haben und nicht mehr frieren zu müssen. Das bisschen Trinkwasser, das die Besatzung in unregelmäßigen Abständen austeilt, geht zuneige, bis es ganz ausbleibt und kein Matrose mehr im Laderaum erscheint. Die eigenen Vorräte sind aufgebraucht. Niemand teilt mit anderen sein Letztes. Läuse und Milben werden zur Plage, die Krätze juckt auf der Haut. Durchfall grassiert wie eine Seuche. Sanitäter und Schwestern gibt es nicht, sie werden schmerzlichst herbeigesehnt. Ein jeder erhofft den baldigen Gang zu Lande und wird dem Herren danken, wenn diese Fahrt ein Ende hat.

Mit einem Male verstummen die Maschinen, das permanente, fast liebgewonnene Schnurren. Man glaubt daran, der Zielhafen, welcher auch immer, sei nun erreicht. Doch die Luke zum Oberdeck bleibt verschlossen. Durch die Gänge dringt das Gerücht hinab, dass Seeminen entdeckt worden sind. Die Angst geht um im Laderaum, Gebete werden vorgetragen und Verse aus Kirchenbüchern gesungen. Die Bäuerinnen aus Heinrichswalde, die ihrem Vieh nachtrauern, rezitieren den Psalm des Jüngsten Gerichts. Der letzte Tag sei nun gekommen, der Herrgott würde sie jetzt in den Himmel holen.

Nichts aber geschieht, keine Mine detoniert an der Außenwand, das Schiff schweigt eine Ewigkeit, so fühlt es sich an. Nach bangen Stunden der Ungewissheit ertönt endlich wieder das Klopfen aus dem Maschinenraum. Die Fahrt geht weiter. Das Ziel, so heißt es nun, soll Swinemünde in Pommern sein.

Am zweiten Tag zur Mittagszeit, den 31. Januar, ist der Zielhafen ohne Feindeinwirkung erreicht. Die Ausschiffung zieht sich hin. Zuerst gehen die Passagiere der Oberdecks von Bord, dann jene, die in den Gängen hausten, zum Schluss die aus den Fracht- und Laderäumen. Zurück bleiben Stroh und Exkremente, der Gestank von Kotze und Urin. Frischluft empfängt die Reisenden. Das grelle Tageslicht tut den Augen weh. Ein verschneites Swinemünde liegt vor ihnen, breitet sich aus wie ein Panorama. Kirchtürme, Häuser, ein Hafenbollwerk mit Kähnen. Nur langsam rücken die Reihen vor, treten auch Mutter und Tochter über den Bohlensteg an Land. Dunkles Schraubenwasser wirbelt am Heck. Ladung wird von Bord gehievt, schweres Gerät und Kisten an Kranseilen hinabgelassen.

Schiffshörner, Stimmen, Rufe ertönen. Zu Tausenden haben sich Menschen in dieser Stadt eingefunden. An einer Ecke kochen Uniformierte Eintopfgerichte für die Flüchtlinge. Es duftet wie in Hildes Küche. Elisabeth führt die Mädchen zu der Menschenschlange, die für ein warmes Schälchen ansteht. Der Schiffsbauch ist verlassen, nun kriecht die Kälte unter ihre Kleider. Der Dampfer schiebt sich ein gutes Stück aus dem Hafen, legt weiter oben an der Swine an. Dort wird er Kohlen fassen. Durst und Hunger aber sind zu groß, als dass sie ihm und seiner Besatzung in dieser Sekunde danken können.

Mehrere Stunden laufen sie durch die überfüllten Straßen und bitten um Quartier in überbelegten Gaststätten, Sälen, Heimen, Schulen und Kellern. Am Adolf-Hitler-Platz, dem Kleinen Markt, und damit wieder fast am Hafen, wird den Dreien schließlich Obhut im Hinterzimmer eines Kleinwarenhändlers gewährt. Es ist nur eine Kammer im Parterre, die sie sich mit zwei alten Damen teilen. Vom Fenster aus mit hochgezogenen Vorhängen sehen sie auf einen Verkehrskreisel und die gegenüberliegende Ladenfront des Marktes. Motorisierte Fahrzeuge rattern neben Pferdefuhrwerken über den Platz mit seinen zahlreich einmündenden Straßen. Links sticht eine Kirche in den grauen Himmel.

Elisabeth macht sich auf, um Wasser zu besorgen. Die Mädchen richten sich häuslich ein, so gut es geht, rollen, unter den Augen der alten Damen, das Bettzeug auf dem Boden aus. Außer einem Kachelofen gibt es nichts in diesem Raum, nur das Gepäck der Flüchtlinge. Der Ladenbesitzer hätte alles raus getragen, erzählt die kaum jüngere der Damen, eine aus Elbing stammende Frau, die die Kinder sogleich nach ihrer Herkunft fragt. »Ragnit, Memel, ei, von doa owen kimmt ju Madamches? Da mut eck all wunnern mi.«

Mit vollem Topf und Wasserkanne kehrt Elisabeth zurück, die Kinder trinken sich satt. Im Ofen lodern Scheite, die dem Raum ein Wohlgefühl verleihen. Zur Abendpflege teilen sie sich eine Bürste für drei Häupter, für strohiges Haar, in dem die Läuse nisten. Elisabeth erwägt, die Haare mit der Küchenschere abzuschneiden, um der Plage Herr zu werden. Die Mädel aber protestieren. Die redselige Alte mischt sich ein und rät, trockene Erde in die Kopfhaut einzumassieren, um das Jucken zu unterbinden, so wie es auch die Tiere tun, sich das Schwein im Dreck suhlt, der Spatz ein Sandbad nimmt. Es wäre doch schade um solch langes Haar.

Auf dem Boden machen es sich die Mädchen bequem, krabbeln ins Bettzeug und dösen rasch ein. Draußen verkehren die Fahrzeuge. Zu jeder vollen Stunde läutet die Kirchturmuhr. Zum Abend belebt den Raum nur noch das Knistern der Flammen, das Brechen der Glut. Die Vorhänge sind herabgelassen, die Ofentür geschlossen. Die alten Damen liegen an den warmen Kacheln, an der Wand die Kinder, dazwischen Elisabeth. Dunkel ist es innen und außen, nur das Licht aus dem Ofenschlitz gewährt einen Hauch an Sichtbarkeit. Von der Straße und dem Markt her ist des Nachts das Hufgetrappel zu hören, manchmal auch ein Automotor.

In der Früh weckt sie ein klackendes Geräusch, es ist der Ladenbesitzer im Raum nebenan, der die Überdachung seines Schaufensters hinaus kurbelt. Dunkelheit liegt über Swinemünde. Nach und nach kehrt das Hufgetrappel in die Sinne zurück, das in der Nacht kaum abgenommen hatte. Elisabeth ist vom Fieber geplagt, sie schwitzt und krümmt sich in ihrem Bett.

Weil die alten Damen versprechen, ein Auge auf sie zu haben, gehen die Mädchen los, um Wasser und Lebensmittel aufzutreiben. Der Morgen schickt sein erstes Licht hinter dichten Wolken auf den Badeort, als Minna und Alinka durch einen Korridor auf die Straße treten, Topf und Kanne in den Händen. Wieder ein Pferdetreck, der den Kleinen Markt passiert, drumherum geschäftige Leute und ein Bus, der ohne Licht an der Kolonne vorüberfährt. Ein Straßenschild weist in Großbuchstaben den Weg in Richtung Strand.

Da stehen sie nun in der Morgenkälte, die zwei Mädchen von ferne, und wissen nicht recht, wohin. Das Wasser hat Elisabeth gestern von einem Ausschank am Bollwerk hergeholt. Der Rat der alten Dame in der Kammer aber war, zur Knabenschule zu gehen, die Färber-Straße hoch, dann rechts. Dort solle es auch warmes Essen und eine Krankenstation geben. Sie wollen ihr Glück aber zuerst am näheren Bollwerk versuchen. Nach wenigen Schritten wird ein Brummen lauter. Vier Dampfer schieben sich rückwärts in den Strom, ein fünfter legt weiter vorne an. Taue werden hinübergeworfen, Kommandos gebrüllt. Sie entdecken eine Wasserausgabestelle nahe einer Straßenmündung, vor der bereits viele Leute anstehen mit Gefäßen aller Art. Eine halbe Stunde gedulden sie sich, sehen wieder und wieder nach denen, die dort das Schiff verlassen, den unzähligen Heimatlosen aus dem Osten.

Sie schleppen das Wasser zur Kammer, Alinka legt der Mutter einen feuchten Lappen auf die Stirn. Die Dame aus Elbing will sich um sie bemühen, sodass die Mädchen noch mal aufbrechen können, um Nahrung zu besorgen. So geht es nun andersherum, an der Kirche mit dem spitzen Turm vorüber, die baumbewachsene Färber-Straße rauf und, nach mehrmaligem Fragen um den richtigen Weg, in den Hof der Knabenschule, einem gewaltigen Eckbau. Auf dem Vorplatz, unter einer provisorischen Überdachung, wird tatsächlich Nahrung ausgegeben. Nur für Flüchtlinge und ohne Lebensmittelkarten. Gedulden aber müssen sie sich mit ihren leeren Mägen, ausharren in einer Schlange von vielen Dutzend Wartenden. Dünne Flocken rieseln aus den Wolken, es ist nicht mehr so kalt wie vor Tagen noch. Vielleicht aber ist so ein Winter in Pommern milder als in Preußen. Eine Hilfsschwester übergibt zwei Kanten Brot und füllt Sauerkohlsuppe aus einer Gulaschkanone in den Topf. Sie gibt noch eine Kelle extra, nach dem Hinweis auf die kranke Mutter im Bett.

Als sie zurück sind, finden die Mädchen in der Kammer eine weitere Person vor, die der Ladenbesitzer dort untergebracht hat. Ein altes Mütterchen, an Rheuma leidend und apathisch, das sich weder setzen noch legen kann. Der Enkel des Ladenbesitzers bringt einen Lehnstuhl herbei. Zu dritt helfen die Kinder der vor Schmerz ächzenden Frau dahinein. Die Luft in dem kleinen Raum ist verbraucht, es riecht, doch die Alten vertragen die Kälte nicht, sodass das Fenster geschlossen bleibt. Elisabeth stützt sich auf, schlürft die ihr von der Tochter gereichten Löffel mit Suppe.

Am Nachmittag ziehen die Mädchen wieder los, mit Kanne, Beutel und Topf. Gerhard, der Enkel des Ladenbesitzers, begleitet sie. Er ist ein wacher, blonder Junge von zwölf Jahren und weiß um die besten Ausgabestellen, wie er behauptet. Die Fluchtbunker und Notkeller will er ihnen zeigen und erklärt, dass Swinemünde auf einer Insel liegt, auf Usedom, und dass das Land hinter dem Kanal auch eine Insel ist. So wie er redet, wirkt er deutlich älter als zwölf, ein wenig lehrerhaft, aber nicht unsympathisch. Er weiß mit Themen zu jonglieren, von denen die Mädel nichts verstehen, von einem Oberkommando des Heeres, von Frontbegradigungen im Süden. Ganz offensichtlich sind es nicht seine Worte, viel eher hat er den Gesprächen Erwachsener gelauscht.

So gelangen sie ans dichtgedrängte Bollwerk, wo Gerhard ihnen den für Zivilisten vorgesehenen Hafenbunker zeigt, einen Erdwall gleich hinter dem Hotel »Drei Kronen« mit seinem Rundturm am Eck. Überhaupt wären Bunker spärlich vorhanden, wegen dem Grundwasserspiegel so nah an der Küste und da ein Angriff auf eine so kleine Stadt nicht zu erwarten sei. Wie er neben den Mädchen daher schreitet, in sauberen Kleidern und erhaben wie das Abbild eines zukünftigen Edelmannes, ebenso beschämend wirkt es auf die Mädel, deren Stoffe von Schmutz und Unreinheit, von Rissen und Flecken behaftet sind. Die beiden, die sich kratzen, weil es auf der Kopfhaut, an den Händen und Füßen juckt, weil die Flöhe stechen und die Läuse beißen, weil der Kot von Milben reizt und nur wundgerieben zu ertragen ist.

Er führt sie in den Park, zum Kaiser-Friedrich-Denkmal an der König-sallee. In der Anlage befinden sich zahlreiche Flüchtlingswagen und Lagerplätze, es ist ein Sammelort, ein Camp und Auffangplatz. Flüchtlinge haben Leinen aufgespannt und Decken darüber gehängt, Kochstellen ausgehoben, ein Gatter errichtet für die Pferde. Zwischen Parkbäumen und Pavillons harren sie aus, verzweifelte Mütter und spielende Kinder. An einem Rondell mit Zeltdach gibt es Suppe und Wasser, dort reihen sich die drei in die Schlange.

Weil das Hautjucken gar zu lästig wird und weil die Mädchen in der Nacht nicht schlafen können, begeben sie sich am nächsten Morgen in die Knabenschule. In den Fluren und Treppenhäusern tummeln sich Verletzte, da liegen verwundete Soldaten auf an den Rand geschobenen Betten. Ein Kriegsversehrter humpelt mit Stock und nur einem Bein durchs Areal und murmelt wirres Zeug. Düfte von Arznei und Alkohol mischen sich mit Fäkalien. Ein Weißkittel schickt die Mädchen in den zweiten Stock. Dort bittet sie eine Schwester, die Kleidung abzulegen und auf dem Boden auszubreiten. In einer Duschkabine plätschert kaltes Wasser und reinigt ihre Körper. Mit Seifenlauge waschen sie sich das Haar, rubbeln und schrubben es minutenlang. In Nachthemden warten sie auf dem Flur, bis die mit einem stinkenden Pulver entlausten Kleider ausgelüftet sind. Was die Mädchen bemerken: Die meisten Einheimischen sprechen kein Platt.

Westwolken treiben in den Osten. Die Zahl der Heimatlosen scheint sich in diesem Städtchen zu formieren. Jeden Tag und in der Nacht treffen weitere Schiffe ein. Weil die Liegeplätze knapp sind, machen drei, vier und noch mehr Wasserfahrzeuge nebeneinander fest. Kleinere Schiffe und Kutter pendeln unentwegt zwischen Bollwerk und den auf Reede liegenden großen Dampfern und Passagiertransportern, um die Menschen zu verladen und an Land zu bringen. Flüchtlinge lagern im Hafen, in den Parkanlagen, in öffentlichen Gebäuden oder betteln sich in Privatunterkünfte ein, schlafen in Schulen oder Waggons und hoffen auf Weiterfahrt nach Kiel oder per Schiff ins besetzte Dänemark. Am Bollwerk stehen lange Eisenbahnzüge bereit, um die Flüchtlinge fortzubringen. Strandtrecks treffen am östlichen Ufer der Swine ein, ganze Dorfgemeinschaften verstörter Frauen und Kinder setzen auf der Fähre über den Strom.

Das Gerücht vom Untergang der von einem russischen U-Boot torpedierten »Wilhelm Gustloff« macht die Runde. Eine Woche später sinkt, ebenfalls durch einen Torpedotreffer, die in Pillau ausgelaufene »Steuben«. Wenn die Sirenen heulen, heißt es immer nur, die Flieger greifen andere Städte an, solche mit Industrie und Werken, niemals aber einen Flüchtlingsort, in dem es keine Werke gibt. Die Flucht in den Keller sei nicht erforderlich, so preist es der Ladenbesitzer, ein dicker, alter Mann. Vor dem Krieg war Swinemünde ein beliebter Badeort, vor allen für Berliner. Nun aber zeigt es ein trostloses Bild, ist Zeugnis von Abbruch und Vertreibung.

Der Februar bringt Regen, wandelt den Schnee in matschige Straßen. Der Zustrom an Schiffen ebbt nicht ab. Mit jedem Tag füllt sich die Stadt weiter an, ohne dass es gelingt, die Flüchtlingsmassen abzutransportieren. Viele wollen gar nicht weg, sie fühlen sich geborgen und bleiben länger als geplant. Sie betreten keinen der abfahrbereiten Züge, keines der auslaufenden Schiffe, folgen keinem Fußtreck ins Reichsinnere. So sieht es auch die wieder genesene Elisabeth: Bis hierhin und nicht weiter. Das ist Westen genug. So weit kommt der Russe nicht, und die Alliierten bombardieren keine Flüchtlingsstädte. Der Weg zurück darf nicht zu weit sein. Bald ist alles vorbei, dann geht es heim, dann wird die Welt zur Ruhe kommen.

Es ist den Mädchen zur Gewohnheit geworden, am Morgen zum Bollwerk und am Nachmittag zur Knabenschule zu gehen, um die Rationen abzuholen. Elisabeth hat einen Bäcker ausgemacht, an dem sie lange Stunden ausharren muss für ein Tütchen Brot. Ein Fleischer verteilt nach Feierabend für wenig Reichsmark seine Knochenreste, aus denen sich noch eine Suppe kochen lässt. Manchmal versorgt Gerhard die Kammergäste mit Eichenkaffee. Die ständige Angst vor Alarmen ist geblieben. Wenn die Sirene jault, schrecken vor allem die Mädchen auf. Mehr als ein Mal haben sie mit Entsetzen gen Himmel hinauf geblickt und Hunderte Maschinen südwärts fliegen sehen. Wie ein Schwarm bewegten sie sich fort, suchten sich ein anderes Ziel. Den alten Damen ist es gleich, sie rühren sich nicht und wissen, dass die Bomber weiterfliegen. Nach jedem Luftalarm hat es sofort Entwarnung gegeben. Dies bestätigt die Theorie der Damen in der Kammer wie auch des Großteils der Bevölkerung, Swinemünde sei für die Alliierten ein unbedeutender Ort.

Ende Februar stehen Alinka und Minna gerade nach Trinkwasser an, als ein Konvoi aus mehreren Schiffen in den Hafen einläuft. Jenes, das sie vor knapp einem Monat hierher brachte, ist nicht dabei. Sie fragen sich, wie wohl der Name ihres Rettungsdampfers war. Damals fegte ein Schneesturm über Pillau. Schiffsnamen stehen zumeist am Bug geschrieben, seltener am Heck. Als sie nach Tagen des Durchfalls und der Seekrankheit, ausgelaugt an Willenskraft, von Bord gegangen waren, stand ihnen nicht der Sinn danach, einen Schiffsnamen abzulesen. Der Dampfer fuhr zurück nach Osten. Bisher trafen sie keinen jener Passagiere aus dem Laderaum wieder, den sie hätten fragen können.

Anfang März dann meldet sich der Winter mit Frost und kniehohem Schnee noch mal zurück. Der Ladenbesitzer hat erlaubt, dass einige Obstgehölze in seinem Hausgarten für den Ofen genutzt werden dürfen. Gerhard hilft beim Schlagen der Bäume und beim Sägen in ellenlange Scheite. In seiner Redseligkeit teilt der Junge mit, dass alle städtischen Krankenhäuser und Notlazarette ausweglos überfüllt und sämtliche Telefon- und Kabelverbindungen mit dem Osten abgeschnitten seien. Auch wenn nun fast täglich die Luftschutzsirenen heulen, solle sich niemand sorgen. Denn immer gelte es anderen Städten. Tatsächlich geschieht bei Fliegeralarm nicht viel. Da rennen einige Leutchen, da gucken die Kinder in die Luft. Den meisten Einheimischen ist es gleich, wenn die Sirenen heulen. Die Leute aus dem Treck verlassen ihre Wagen nicht, sie blicken hinauf und gehen ihrem Treiben nach.

In einer Lebensmittelverteilerstelle am Rathaus erhält Elisabeth Konserven, Schokolade und Schnaps. Letzteren tauscht sie gegen zwei Stück Kernseife ein. In Swinemünde gibt es fast alles, um von einer Weiterreise abzusehen. Eintöpfe kocht Elisabeth auf dem Innenhof und hat dann meist so viel über, dass sie auch die alten Frauen mitversorgen kann. Das Wasser dürfen sie nun aus der Hausleitung schöpfen.

Als in der zweiten Märzwoche der Frühling einkehrt, milde Temperaturen den Schnee verflüssigen, spazieren Alinka und Minna an einem sonnigen Vormittag in den Park. Frühblüher haben den Weg durchs Gras gefunden und punkten die Wiesen bunt. Im Geäst singen die Vögel. Den Finken und Meisen kümmert's nicht, dass die Menschen sich bekriegen, sie leben ihr Leben in Frieden weiter, sind mit niemanden im Streit. Wie schön es doch wäre, so ein Rotkehlchen zu sein, auf einem Zweig zu sitzen, sich das Gefieder zu putzen und in die Welt hinauszusehen. Auf der Königsallee, die mitten durch den Kurpark führt und wo neben den Flüchtlingen Tausende Soldaten biwakieren, gelangen die Mädchen alsbald an die Strandpromenade, die, von Villen, Hotels, Kurhäusern und Pensionen geschmückt, wie ein Zauber daliegt. Herrliche Bauten, wie Alinka sie noch nirgends gesehen hat. Doch überall kampieren die Geflüchteten, stehen Pferd und Wagen, liegen Bettstellen und Feuergruben. Zu Ferienzeiten wird dies ein völlig anderer Ort gewesen sein.

Ein Konzertplatz mit Musikpavillon, in der Form einer halben Walnussschale, tut sich auf. Gleich dahinter beginnt ein breiter Strand, angestupst vom Blau der Ostsee und den letzten Eisstücken, die darin treiben. Die Mädchen stapfen zum Ufer und betasten das Wasser, welches im Januar wohl auch hier aus festem Eis bestanden hat. Den Seesteg links liegenlassend, eilen sie an den Badeanstalten vorüber zu ruhigeren Gefilden. Schlüpfen aus den Schuhen heraus und flanieren, im Wechsel von Rennen und Stehenbleiben, am Ostseestrand der Westmole zu. Auf ihrem Damm folgen sie der Mühlenbake an der Spitze. Die salzige Gischt einer hin und wieder stärkeren Welle sprüht den Mädeln ins Gesicht. Sie blicken aufs Meer hinaus und auf die vielen auf Reede liegenden Kähne. Gegenüber weilt ein Leuchtturm. Die Ostmole drüben ragt viel weiter in die See. Eine Kette verschiedenster Schiffe fährt in den Hafen ein. Vorneweg ein Dampfer, dahinter Frachter, Kutter und ein Segelboot. Dem Geleitzug folgend, begeben die Mädchen sich in Richtung Bollwerk. So weit kam ihnen der Weg gar nicht vor, wie er nun erscheint, während sie eine Festung mit Flakgeschützen passieren. Am Bollwerk setzen sie sich an den Kai, um die Ausschiffung zu beobachten.

Im Laufe des Tages eilt ein beunruhigter Gerhard in den Hof und warnt, beim nächsten Alarm doch einen Bunker aufzusuchen. Was denn los sei, wollen die Mädchen wissen. Gerhard atmet aus, seine Hände zittern. Die Engländer hätten vor einigen Tagen Sassnitz auf Rügen bombardiert, wie er gerade erfuhr. Mit seinem Opa hat er es dem Funk entnommen. In der Nacht wären sie gekommen, mit zweihundert Maschinen. Jeder wisse doch, nur die Briten kommen in der Nacht, in Feigheit, sich zu zeigen. Das Schlimme daran, so Gerhard weiter, Sassnitz sei nicht weit entfernt und nur eine winzige Flüchtlingsstadt ohne militärische Bedeutung. Alles sei völlig zerstört, der Hafen, die Häuser, tausend Tote zu beklagen und ein Lazarettschiff abgesoffen. Ein Angriff auf Swinemünde werde wahrscheinlicher, denn diese, seine Heimatstadt verfüge, im Gegensatz zu Sassnitz, über einen Marinestützpunkt von höchstem militärischen Rang. Die Präsenz der Kriegsflotte und seiner gesamten Basis mache die Stadt zu einem möglichen Luftangriffsziel. Und der Russe stehe nur noch dreißig Kilometer von Swinemünde entfernt. Die Kanonenschüsse, die sie manchmal hören, stammen von der »Lützow«, dem Kriegsschiff, das in der Kaiserfahrt, dem Kanal zwischen den Inseln Wollin und Usedom, vertäut liegt und auf die feindlichen Stellungen zielt.

Zweifel kommen auf, Zweifel darüber, ob weit genug in den Westen geflohen zu sein. Wo ist es noch sicher? Die Alliierten greifen keine Flüchtlingsstädte an, so hat es immer geheißen. Gilt diese Regel jetzt nicht mehr? Meldungen über zerbombte Städte im Westen machen Angst. Lieber noch von einer Bombe getroffen werden, als den Russen in die Hände fallen. Ein schneller Tod ist besser als ein qualvoller. Im Zwiespalt mit sich selbst prüft Elisabeth einmal mehr das Letzte ihrer Habe und wägt ab, was mit in den Bunker kommt, wenn abermals der Alarm losgeht. Die Dokumente und Fotos im Ranzen der Tochter, Wechselunterwäsche, das bisschen Kochgeschirr und der alte Wecker. Wozu auch immer sie den noch mit sich tragen, er ist entbehrlich und wiegt sein unnützes Pfund. Doch er ist Alinka hold, sie kann und will nicht von ihm lassen, er ist ein Besitz des Großvaters, ein Stück Zuhause. Im Ranzen soll er bleiben, sie will ihn bei sich haben, wohin der Weg sie auch führt. Das Mädchen packt nach ihm und eilt hinaus auf den Markt, gleicht seine Zeiger mit denen auf der

Kirchturmuhr ab. Sein langersehntes Ticken birgt Vertrautheit. Am Tage der Abfahrt bei der Tante war er stehengeblieben und wies fortan auf sieben Uhr.

Eine unruhige Nacht kehrt ein. Immer wieder werden sie aus dem Schlaf gerissen, doch nur von friedlichen Geräuschen, von dem Husten einer der alten Damen, vom Wiehern eines Pferdes oder vom Knacken der Ofenglut. Die Rucksäcke lehnen fluchtbereit an der Wand. Gäbe es Alarm, so hat es Elisabeth den Mädchen eingetrichtert, sollen sie auch ihre Schlafdecken mit sich nehmen. Wer weiß denn schon, was nachher ist, wenn kein Haus mehr steht, wenn im Freien unter dem Sternenhimmel kampiert werden muss.

Die Nacht aber bleibt ruhig, keine Sirene jault. Schon früh hat Alinka die Augen auf und horcht in die Morgenstille. Der Wecker tickt im Rucksack, die alten Damen schnarchen, Minna dreht sich im Schlaf herum. Ihr struppeliges Haar verdeckt das zierliche Gesicht. Alinka sieht sie sich an, die kleingewachsene Freundin aus Ragnit an der Memel, mit der sie am Tage doch nie mehr als vierzig Worte spricht. Zu tief sitzt auch in ihr das Erlebte, das Bangen um die Mutter und die Tante, den Bruder und dessen Frau. Jeder trägt sein Päckchen Sorgen, die Kinder wie die Alten. Zum Weinen und zum Trauern aber ist die Zeit noch nicht reif. Vielleicht nimmt ja doch noch alles ein gutes Ende, dann steht mit einem Mal der Vater in der Tür und sagt: »Schau, mein Liebes, ich hab dir doch versprochen, dass wir uns wiedersehen.«

Hinter dem Fenster trappeln die Hufe, fast pausenlos, bei Tag und Nacht. Ganz Preußen muss durch dieses Städtchen kommen. Sie denkt an Gerhard, an seine Worte und wie er ihnen gestern noch mal den Hafenbunker zeigte. In einem Wall mit einer schweren Stahltür verbirgt er sich. Die Tür aber war verschlossen und ein Wachmann stand davor, der versicherte, sie werde nur bei Alarm geöffnet. Es ist doch ein Jammer, sich einem Maulwurf gleich oder einem Wurm in der Erde zu verkriechen, obwohl man als Mensch doch die Weite liebt, die Sonne und den Horizont. Möge es nur keinen Alarm mehr geben, um diese Totengruft zu betreten. In jeder muffigen Kammer ist es wohliger, solange sie oberirdisch liegt.

Am zeitigen Morgen machen die Kinder sich auf in die Hindenburgstraße, die vom Marktplatz nach Südwesten führt und an deren Ende sich
der Hauptbahnhof anschließt. Viele Frauen stehen vor einem Feinkostla-
den Schlange. Gerhard dirigiert die Mädchen weiter, doch nur ein kurzes
Stück, dann hält er vor einem zweistöckigen Haus. Hier würde eine be-
freundete Familie wohnen mit einem großen, sicheren Keller. Bei Luftalarm sollen sie hierhin laufen, nicht zum Erdwall an den Hafen, denn der
wäre keinem Bombendirekttreffer gewachsen. Bei diesem Keller hier, der
tiefer liegt als andere Keller und mit Balken zusätzlich gestützt ist, könne
auch bei einem Treffer, der über dem Haus niedergeht, nichts passieren.
Sie bräuchten dann nur Klopfsignale geben. Der Platz im Keller seines
Großvaters genüge nicht für mehr als die eigenen Leute, dort wären Lade-
nutensilien deponiert. So treten sie in das Gebäude und durch einen Flur,
in dem sich die Schlafplätze zahlloser Personen befinden, dann eine Treppe rauf, wo Gerhard unaufgefordert durch die Türe schreitet. Einer Frau
mit einem Säugling im Arm gibt er kund, dass Alinka und Minna im Not-
fall Zutritt bekommen mögen. Die Frau zeigt sich damit einverstanden.
Gerhard schließt von außen die Tür.

Noch an diesem Tage, als die Sonne schon weit im Westen steht, führt
Gerhard die Mädchen zum Hafen und dort in den südlichen, etwas ruhigeren Bereich. Auf einem maroden Steg sitzen zwei Jungen etwa gleichen
Alters wie er und halten Stippruten übers Wasser. Gerhard sucht das Gespräch mit ihnen. Es stellt sich heraus, dass sie Klassenkameraden von ihm
sind. Schule aber hätten sie seit Januar nicht mehr. Dietmar und Erich sehen sich nach den Mädchen um und sofort wieder weg. Die Schwimmkor-
ken an den Angelschnüren dümpeln zwischen Eisstücken am Rand des
Steges. In ihrem Eimer liegen handlange Fischchen und eine Babyflunder,
eine Mahlzeit, die kaum für die Pfanne lohnt. Für eine Weile sehen sie den
schweigsamen Stadtjungen bei ihrer Tätigkeit zu, wie sie die Ruten heben,
um hin und wieder einen Fisch vom Haken zu nehmen. Drüben, auf der
anderen Kanalseite, fahren Dutzende Fuhrwerke auf. Ihr Ziel ist die neuer-
richtete Pontonbrücke.

Die kommende Nacht plagt Alinka mit Träumen, egal auf welche Seite
sie sich dreht. Bilder vergangener Zeiten suchen sie heim. Sie sieht den

227

Vater vor sich stehen, mit Stahlhelm und in seiner Wehrmachtsuniform. Trug er jemals andere Kleider? Dann ist er wieder fort. Für ihn tritt Katze Minka in Erscheinung, nur kurz, dann ist auch sie verschwunden. Nun sieht sie die Großmutter in der Küche einen Gemüsetopf zubereiten. Hilde blickt nach dem Enkelkind. Der Traum endet, Alinka ist wach. Ihre Augen irren durchs Zimmer. Erleichtert tastet sie nach der Mutter neben sich und fühlt deren kratziges Haar, das einst ihre Schönheit dekorierte. Liebste Mutti, denkt sie sich, dass du nur immer bei mir bleibst. Noch einmal wagt sie den Versuch zu festem Schlaf und dreht sich auf die andere Seite, zur Wand, wo Minna liegt. Der Ofen knackt, er zischt, dann schweigt er wieder. Eine der Damen spricht im Schlaf, doch ihre Worte sind nicht zu verstehen. Draußen klappert irgendwas, vom Markt her bläht das Wiehern eines Pferdes auf. Die alte Dame brummt, sie wälzt sich in ihren Decken und flüstert geheime Formeln einer fremden Sprache.

Eine Wolkendecke ist heraufgezogen und gewährt einen trüben Tag. Von der Verteilerstelle an der Knabenschule haben die Mädchen Kohl und faserige, steinharte Rüben mitgebracht, die sie mit Elisabeth im Hof an der Feuerstelle zerteilen. Die in Streifen geschnittenen Gemüsestücke purzeln ins Kochwasser hinein. Gerhard bringt eine Löffelspitze Salz und rührt sie in den Topf. Auf dem Rasen blühen Tulpen und Narzissen, Apfelbäumchen tragen erste Knospen. Hier kehrt der Frühling zeitiger ein als im Memelland. Eine stumme Alte vom Nachbargrundstück, in Kopftuch und Schürze, lehnt sich über den hüfthohen Lattenzaun und grient. Sperlinge zwitschern auf dem Dach, Möwen gleiten hinüber zur See. An einer Leine zwischen Haus und Schuppen hängt die am Morgen gereinigte Wäsche. In den Gärten links und rechts verrichten andere Flüchtlingsfamilien ihre Tätigkeiten ebenso. Vom Hafengelände schwappen die Laute schwerer Schiffsmaschinen herüber. Die Dame aus Elbing lehnt, mit Decken über dem Schoß, an der Terrassenwand und putzt das Essgeschirr. Im Garten nebenan zerschlägt eine Frau ihr mit Blumen bemaltes Porzellan und knurrt vor sich hin: »Dann soll's der Russe auch nicht haben.«

Gegen zwölf, der Mittagsgong der Christuskirche ist gerade verstummt, da heulen wie aus tiefster Friedensstille die Sirenen auf. Ratlose Blicke hüpfen von einem zum anderen. Gerhard eilt in den Garten und sieht zum Himmel rauf. »In den Keller müsst ihr«, sagt er leise und wiederholt es als Schrei: »In den Keller, den ich euch gestern gezeigt hab!« Elisabeth lässt den Rührstock fallen. »Lauft und holt die Decken!«, ruft sie den Mädchen zu.

Die Dame auf der Terrasse beschwichtigt: »Ei, doa kimmt man nüscht! Nu schettern se rum wie de Stachlinske.« Mutter und Kinder eilen an ihr vorbei in den Korridor und in die Kammer, schnappen das Bettzug und die Rucksäcke. Draußen auf der Straße verharren sie für einen Moment und sehen sich um. Die Sirenen jaulen so schauerlich wie noch nie, doch kaum jemand nimmt davon Notiz, nur wenige eilen fort. Die Leute stehen in Schlangen vor den Geschäften, Radfahrer pendeln genüsslich über den Markt, als hörten sie nichts. Auch der Ladenbesitzer kommt hervor, emotionslos und mit Zigarre im Mund, er fährt sich durchs Haar und blickt zum Himmel rauf. Vom Hafen ertönt das Horn eines Schiffes. Alinka und Minna rennen los, Elisabeth ihnen nach, in die Hindenburgstraße und rein ins besagte Haus. Ein Tosen, das aus den Wolken kommt, erzürnt die Luft. Auf zwei Kellertreppen stürzen sie abwärts ins Untergeschoss. Schon detonieren die ersten Bomben, schon hämmern die Bordgeschütze der deutschen Flak zurück.

Geduckt sitzen sie mit mehreren Fremden auf dem Boden in einem sechs mal sechs Meter großen Raum, rundherum mit Brettern verkleidet und dessen Decke seitlich mit Baumstämmen abgestützt. Schon wieder bersten entfernte Treffer, krachen die Einschläge von Bomben und Granaten. Nun eine Erschütterung ganz nah. Geröll und Steine rieseln von der Decke. Ein Stützbalken bricht, die Kellerwand wölbt sich nach innen. Das Licht erlischt. Nicht nur die Kinder schreien. Eine Bombenwelle nach der anderen kracht auf die Stadt, das Rauschen ist unerträglich. In den kurzen Pausen zwischen den Einschlägen erklingt das Geschrei der Kreaturen untertage. Das Licht einer Taschenlampe fängt ihre angsterfüllten Gesichter ein. Da harren sie aus, wie kümmerliche Wesen in einem Massengrab, denen die letzten Momente bleiben, ehe ihnen der Sargdeckel über den Köpfen zugeschoben wird. Überall ein tiefes Atmen, im Arm seiner Mutter ein weinendes Baby, das sich nicht beruhigt. Noch jetzt überwiegt die Zuversicht, dass dieser Schrecken überstanden wird.

Doch schon wieder bersten die Detonationen, krachen über, hinter und neben ihnen gewaltige Erschütterungen und erzeugen einen Luftdruck, den die Ohren mit kurzer Taubheit bezahlen. Rufe hallen durch den Keller. Der nächste Einschlag klingt ganz nah, dann mehrere aufeinander, immer vier, fünf, sechs, wie an einer Schnur. Mit jedem Krachen werden die Gebete lauter, gehen über in Geschrei. Die Mutter wiegt ihr Baby. Von ferne spielen die Granaten ihre Totenmelodie, fast pausenlos. Die Menschen husten Staub, drohen zu ersticken. Das Bersten aber nimmt kein Ende.

Elisabeth beugt sich über die Mädchen, so wie ein Vogelweibchen die Flügel über sein Gelege spreizt. Die Nasen und Münder sind tief ins Bettzeug gedrückt. Mit ihren Händen knufft sie die Mädchen im Takt und summt ein Heimatlied, das dem Grausen entgegenwirkt. Bilder fallen der Elfjährigen aus Plicken ein, von schönen Sommertagen zu Hause, mit Emma auf der Weide oder am Ufer des Bachs. Vom Mondlicht in finstren Nächten, wenn der Großvater mit ihnen spät noch über die Felder ging. Das Leben soll jetzt nicht zu Ende sein, nicht in diesem Loch. So bittet Alinka in gedachten Worten den Schöpfer um Anhörung. Möge er sie und die Mutter wie auch die Freundin verschonen. Auch all jene hier drumherum und die Menschen in dieser Stadt. Möge nun bitte keine Bombe mehr fallen und dieser Krieg ein Ende haben.

Sind es Minuten, sind es Stunden oder mehr, die alsdann im Tal der Zeit verrinnen? Doch Zeit spielt keine Rolle mehr, nicht hier unten, nicht in diesem Grab. Irgendwann jedenfalls, nach endlosem Gedröhn, ebbt der Lärm jäh ab. Eine letzte Detonation noch erzittert den Boden unter den Füßen. Ihr Krachen verhallt. Dann sind es nur noch Menschenlaute. Jammernde und hustende, nach Luft röchelnde Kehlen. Das Brummeln von Gebeten lebt auf, ein leiser Gesang aus der anderen Ecke. Gebanntes Ausharren auf Entwarnung, auf den erlösenden Einzelton der Sirenen, der wie ein Faden schrillt. Ein mancher drückt die Ohren an die Wand und meint zu glauben, der Alarm sei längst schon aufgehoben worden.

Ganz ruhig kauern sie nun da, wie gelähmt. Auch die Kinder schweigen. Der Signalton der Sirene zur Entwarnung aber bleibt aus. Der einzige Mann im Keller übergibt die Taschenlampe und malträtiert die Eisentür. Zwei Frauen helfen ihm dabei, sie nach außen aufzuschieben. Geröll auf der Treppe lässt dies nur mit Mühe zu. Tageslicht sucht sich seinen Weg hinab. Jetzt erst wird der Staub sichtbar, der durch die Lüfte wirbelt und den Lungen zusetzt.

Die Leute drängen hinaus. Schwarzer Rauch vernebelt die Stadt, das Atmen tut weh. Dies soeben verlassene Gebäude trägt keinen Dachstuhl mehr. Gegenüber, irgendwo im undurchsichtigen Schleier, krachen Gebälk und Mauerwerk ineinander. Geschiebe rutscht hinterher. Dann nichts mehr, nur das Knistern der Flammen. Ein Schrei im Nebel aus Ruß und Staub. Von anderswoher ein zweiter, ein dritter, schmerzerfüllt. Rufe von Kindern und Müttern. Die Flammen brennender Dächer blitzen in den Rauchschwaden auf und lassen erkennen, was niemand sehen will. Mauern stürzen zusammen, Trümmer rutschen nach. Häuserhüllen mit fensterlosen Wänden, hinter denen bis vorhin noch Menschen lebten, stehen wie Geisterbauten da. Nun liegen sie begraben unter ihrem Zuhause, verschollen im Geröll einer Ruinenstadt.

Stimmen von überall her, Verletzte rufen um Hilfe und nach Wasser. Der Boden ist von Gruben und Löchern übersät. Granattrichter, Bombenkrater, große wie kleine. Die Hindenburgstraße mit ihren hübschen Häuschen ist kaum mehr das, was sie vor dem Angriff war. Ausgebrannt und ausgelöscht von allem Leben. Ein ganzer Straßenzug in Bruch und Asche. Das Feinkostgeschäft, dessen Schaufenster die Kinder noch gestern bewunderten, zeigt nichts mehr als ein Gerippe aus Holz und Stein.

Elisabeth schiebt die Mädchen nach vorneweg. Auf wackeligen Beinen bewegen sie sich durch eine tödlich getroffene Stadt. Überlebende mit blutverschmierten Gesichtern hasten orientierungslos vorüber. Sie kommen aus dem Rauch und verschwinden darin. Die Färber-Straße gleicht einem Flammenmeer. Dicke, schwarze Rauchsäulen wüten auf den brennenden Dächern. Das Kopfsteinpflaster ist von Einschlägen demoliert, die Straße als solche kaum mehr wiederzuerkennen. Ein Treck, der dort zuvor

231

gerastet hat, existiert nicht mehr. Die Einzelteile sämtlicher Wagen und ihre Zugtiere hat die Wucht in alle Himmelrichtungen geschleudert.

Menschenmassen bewegen sich stadtauswärts, weil das Gerücht eines zweiten Angriffs die Runde macht. Andere laufen entgegengesetzt, zum Hafen. Am Kirchplatz bietet sich ein grausiges Bild, da hängen Leichenteile von Mensch und Tier im Geäst der Bäume und in den Stromleitungsdrähten. Hinauf geschmettert durch die Kraft der Detonationen. Auf dem Pflaster liegen zerrisse Fuhrwerke und Pferdekadaver, schwelender Hausrat und Kleiderfetzen. Verwundete kriechen aus ihren Kellern. Die Flammen brennender Gebäude erzeugen so starke Hitze, dass die Luft flimmert wie an einem Hochsommertag. Dächer sacken zusammen und reißen ihr Mauerwerk mit sich. Über den Geschäften prangen die Namen der Besitzer oder der Waren, mit denen sie Handel betrieben. Das Haus des freundlichen Metzgers ist zusammengefallen und hat den Laden unter sich zerdrückt. Hier und da liegen nun die Keller unter dem Gewicht der Trümmer zweier Stockwerke und eines Daches, wo niemand die Verschütteten mehr erreicht.

Nur zaghaft lichten sich die Staubwolken. Mit ihrem Bettzeug in den Händen, so makaber es auch wirkt, wandeln Mutter und Mädchen auf rußgeschwärztem Pflasterstein und wie auf Geistes Fersen zum Kleinwarenladen am Markt, dessen Gebäude, wie es scheint, nichts abbekommen hat. Das Kino hingegen, Ecke Färber-Straße, hat einen Volltreffer erlitten, aus seinen Fenstern und Türen lodern die Flammen. Ein großer Bombentrichter prangt vor seinem Eingang auf der Straßenseite. Dieses Haus befindet sich keine fünfzig Meter von der Kammer und Gerhards Familie entfernt. Gott allein, nicht der Zufall, verfügt über so viel Präzision.

Sie durchschreiten den Korridor und treten in den Hof, wo auf der Kochstelle noch das Töpfchen steht. Eine Stimme erschreckt die Mädchen. »He, Marjelles! Doa kome se anjerennt.« Die Dame aus Elbing hockt an der Terrassenwand und putzt das Essgeschirr. »Ei, upspringe un rumbiestern, wenn moal dat Siren bimmelt, un vergäte dat Mittag un de Tied.«

Gerhard kommt in den Hof gelaufen. »Ich hab euch schon gesucht!« Er klopft den Mädchen den Staub von den Hosenbeinen. Seine Sorge rührt Alinka. Als die ersten Bomben einschlugen, so berichtet er, stand er mit seinem Opa an der Straße. Kein Flieger war am Himmel gesehen. Er sagt, die Bomben kamen aus den Wolken. Während sie den Schilderungen des Jungen lauschen, bahnen sich Laster ihren Weg über den Markt. Gerhard rennt durch den Korridor und winkt die Mädchen hinterher. Die Fahrzeuge wenden sich dem Bollwerk zu, von dem ein beißender Qualm heraufzieht. Von Neugier gepackt eilt das Trio ihnen nach.

Der Kai ist mit Leichen und Trümmerteilen übersät. Die Schreie Verwundeter gellen von überall her. Vom Fähranleger am anderen Ufer läutet unentwegt eine Schiffsnotglocke. Soldaten und Sanitäter werfen die Toten auf die Ladeflächen der Lastkraftwagen. Zerstörte Häuser und verbogene Schienen zeigen sich. In den Kanal gesunkene Schiffe mit dunklem Rauch über rotglühenden Flammen. Ein Dampfer liegt Schlagseite am Kai. Ein wallendes Feuer tobt auf dem Skelett eines kleinen Frachters. Leichen treiben im Wasser. Eine Frau klagt mit hysterischer Stimme, sie habe mitangesehen, wie ihr brennender Sohn ins Hafenbecken sprang und nicht wieder nach oben kam. Drüben am anderen Ufer stehen die Fragmente eines abgeschossenen Trecks. Löschtrupps der HJ finden sich ein. Kadetten der Marine fahren vor und laden die Toten auf. Frauen und Kinder mit verstümmelten Gliedmaßen und verkohlten, unkenntlichen Gesichtern, lose Arme und Beine werden eingesammelt, den Leichen guterhaltene Kleider ausgezogen.

Keine Schramme hat der Angriff an den Dreien bewirkt. Ihre Seelen aber sind kaputt. Sie gehören zu den Glücklichen in dieser Unglücksstadt und dürfen weiterexistieren. Ein Nebel in ihren Köpfen ummantelt sie und prägt sich ein wie ein Sinnbild auf Lebenszeit. Zum Weinen fehlt die Kraft, zum Verzweifeln der Verstand. Sie müssen erst begreifen, was geschehen ist. Wortlos verfolgen sie das Treiben, willenlos folgen die Mädchen dem Swinemünder Jungen, der selbst den Weg nicht kennt. Was sie gesehen haben, werden sie nicht vergessen, es wird sich ins Gedächtnis brennen.

Alinka schlägt die Augen auf. Es ist Morgen und es ist noch dunkel. Sie liegt in der Kammer, der Ofen knistert, die alten Damen schnarchen. War alles ein Traum? Sie richtet sich auf, tastet nach der Mutter, berührt ihr Haar und ihre Schulter, fühlt auch nach der Freundin. Draußen klappern

Huf und Wagen, ein Motorfahrzeug braust vorüber. Ist es nun ein Traum gewesen? Ist nichts von alledem geschehen? Die Glut im Ofen knistert. Alinka sieht sich im Hofgarten sitzen, mit Mutter und Freundin die Mahlzeit einnehmen, die viel zu lange auf dem Feuer stand. Doch sie kann die Gedanken nicht ordnen und fällt zurück in den Schlaf.

Das erste Tageslicht müht sich empor. Elisabeth schickt die Kinder los, um nach Wasser und Ausgabestellen zu suchen. Angeführt durch den ortskundigen Gerhard, begibt sich das Trio auf der verwüsteten Färber-Straße hoch zur Knabenschule. Wehrmachtsangehörige sind dabei, die Zufahrtswege freizuräumen und Bombenlöcher zu stopfen. Räumkommandos mit Panzern und vormontierten Schneeschiebern machen die Straßen wieder passierbar, befördern Trümmer, Wagenreste und Pferdekadaver nach beiden Seiten an den Rand oder füllen damit Bombentrichter auf.

Die Knabenschule hat einen seiner Gebäudeflügel eingebüßt. Zur Straße liegen die Toten ausgebreitet. Die Kinder werden weitergeschickt in die Justus-Liebig-Straße. Dort sei ein Biwak-Lazarett aufgeschlagen worden, dort würde es auch zu essen geben. So schleppen sie sich dorthin, vor eines der Militärzelte, bekommen Brot und Rinderbrühe. Eine Feldflasche wird ihnen randvoll mit Trinkwasser aufgefüllt. Aus den Zelten erklingen Schreie, Schwerverletzte werden herangefahren. Kinder mit grausamen Wunden, ein Junge mit aufgerissenem Unterleib, der doch gar nicht mehr leben dürfte. Ein Wink des Himmels führt sie am Abend in die Bismarckstraße, zu einem Brunnenschacht, wo Sanitäter genügend Frischwasser verteilen.

Aus einer Pumpe im Hof am Kleinen Markt, die vor dem Angriff durch einen Zaun abgetrennt war und unerreichbar gelegen hat, fördern sie nach Rost schmeckendes Grundwasser zutage. Zum Kochen und Waschen genügt es allemal. Lebensmittelverteilerstellen gibt es keine mehr, nun muss der Hunger auf andere Art besänftigt werden. Aus Angst vor weiteren Angriffen verlassen viele die Stadt. Zu Fuß auf der Straße mit dem Nötigsten, am Strand oder neben dem Bahndamm, um in die nahen Badeorte Ahlbeck, Heringsdorf und Bansin, vielleicht sogar nach Wolgast und über die Peenebrücke aufs Festland zu gelangen. Die Abfertigung der Passagiere in den Zügen findet ein Stück weiter südwestlich statt, wo die Gleise der Hafenbahn unzerstört geblieben sind. Andere warten auf ein auslaufendes Schiff.

Elisabeth prüft einmal mehr den Inhalt ihrer Taschen, zählt den kargen Proviant, der nicht mal mehr für sie beide reicht. Ein zweites Kind durchfüttern, das kann sie jetzt nicht mehr, nicht unter diesen Umständen. Soll das Rote Kreuz sich um das Mädchen kümmern, so wie es die Waisen in den Straßen aufliest und in Sammelunterkünfte steckt. Minna ist eine Belastung, sie gefährdet das eigene Überleben, sie muss weg. Nichts wird mehr geteilt, ab jetzt zählt nur die Tochter.

Wieweit muss denn vor dem Russen noch geflohen werden? Durchs halbe Reich sind sie nun schon geirrt. Ist ein zweiter Bombenangriff zu erwarten? Swinemünde liegt am Boden, es ist zerstört, es sollte nun sicher sein für jene, die noch leben. Der Russe aber ist nicht aufzuhalten und wird eines Tages hier sein. Wieder schwindet die Hoffnung zu einem Wort, zu einem Begriff ohne Sinn. Was gibt es noch zu hoffen, wenn die Zehenspitzen über den Abgrund ragen und nichts als dunkle Stille zu erahnen ist.

Tage und Wochen vergehen. Es ist ruhiger geworden, viele Einheimische haben, da ihre Häuser zerstört worden sind, sich den Flüchtlingen angeschlossen und der Stadt den Rücken zugewandt. Was zurückbleibt, ist der Brandgeruch in den Straßen. Seit dem Stromausfall funktionieren keine Sirenen mehr. Trümmerkinder in den Ruinen stapeln Mauerziegel zu Türmen auf, höher als sie selbst. Noch immer rücken Flüchtlingstrecks ans Ostufer der Swine, noch immer verkehren Schiffe zwischen der Stadt und den westlichen Häfen. Doch sind es nicht mehr die großen, als vielmehr kleinere Frachter und Handelskähne.

Minna ist noch unter ihnen. Elisabeth bringt es nicht übers Herz, das liebgewonnene Ziehkind abzustoßen. Nach sieben Tagen Hunger entdecken sie eine Militärküche, in der es täglich warme Suppe gibt. Zwei der drei Damen in der Kammer siechen in dieser Zeit dahin. Die eine liegt morgens tot in ihrem Bett, die andere, vor Hunger und Rheuma schon nicht mehr sie selbst, entschläft mit einem letzten, tiefen Laut kurz vor der

Abendruhe. Kindersoldaten der HJ tragen ihre Körper nach draußen auf einen Lkw. Jene wortgewandte Dame aus Elbing steht eines Tages auf und kommt nicht wieder. Seitdem bewohnen Mutter und Mädchen die Kammer allein.

Der Terror kehrt in diese Stadt zurück. Mitte April jagen in den Nächten britische Bomber über den Hafen und versenken, wie sich herumspricht, den deutschen Kreuzer »Lützow« in der Kaiserfahrt, dem außerhalb der Stadt gelegenen Teil des Bollwerks. Bei Tage sind es russische Tiefflieger, die in die noch intakten Gebäude schießen. Viele Menschen ertragen diesen Zustand nicht mehr, werden irre und rennen den Bombardements entgegen. Es wird sich erzählt, der Russe hätte das südlich gelegene Stettin bereits umstellt und die Front weit ins Hinterland gedrückt. Hier können sie nicht bleiben, das hat Elisabeth erkannt und rafft sich dazu auf, alsbald auf ein Schiff zu gehen, trotz aller Gefahren auf See. Der Zug würde sie womöglich nicht weit genug fortbringen, mit einem Schiff hingegen wäre Dänemark oder Schweden zu erreichen.

Am Ende der dritten Aprilwoche ist es dann so weit, da betreten sie die mit anderthalbtausend Passagieren beladene »Wiegand«, suchen am offenen Deck nach einem Platz. Hitlerjugend und Volkssturm patrouilliert am Kai, immer zwei bis drei Mann, Babygesichter und greise Männer mit Panzerfäusten oder uralten Gewehren. Am Frühabend drückt sich die Eisenwanne hinaus zu den Molen, am Leuchtturm vorüber in die offene See und schaukelt auf einer seichten Dünung vom Wind des dahingeschiedenen Tages. Der Musikpavillon richtet seinen Rücken zum Meer, als schäme er sich seiner Existenz. Die Silhouette der Stadt wird kleiner, die Dächer und Türme schrumpfen in der Dämmerung, bis nichts mehr bleibt als ein blasser Strich in der Ferne, der den Rand der Ostsee anzeigt und auch bald in der Nacht verschwindet. Halbblaut und gleichmäßig brummt es vom Heck, schwarzer Rauch zieht aus dem Schornstein hinter der Kommandobrücke. Im Gedränge der Mitreisenden suchen sie nach einem Platz auf dem höhergelegenen Vorderschiff. Ein Soldat hat ihnen den Zugang unter Deck verwehrt.

Am Leibe tragen sie alles, was sie an Kleidern noch besitzen, eine Zweitjacke, eine Drittjacke, darüber das Bettzeug aus der Kammer. Auch Decken, die die alten Damen zurückgelassen haben. Minna kauert sich im Schutze der Reling in ihren Unterschlupf. Mutter und Tochter lehnen über der Bordwand und sehen dorthin, wo Swinemünde gelegen hat. Der zunehmende Halbmond spiegelt sich auf der nachtschwarzen Ostsee wider und tarnt sich alsbald hinter den Wolken. Die Bordbeleuchtung ist aus, nirgends blinkt auch nur ein Lämpchen. Im Osten aber, sehr weit weg, da lodern zwei große Brände, da fliegen wie im Halbkreis Leuchtgranaten über die Küste. Was sie dort zurückgelassen haben, ist ein sterbendes, ein sich zu Tode quälendes Vaterland, das sich noch immer nicht ergibt, das sich windet und zuckt wie ein zertretenes Tier. Kanonendonner erfüllen die Luft und bilden ein permanentes Wummern, das nicht der Dampfer erzeugt.

Die Angst vor U-Booten ist groß. Man kennt die Gefahren und weiß, was mit Schiffen wie der »Gustloff« und der »Steuben« passiert ist. Torpedos schlagen hinten ein, hat Gerhard mal erzählt. Der Abschied von ihm war kurz. Nur ein »Wir müssen los!« rief Alinka ihm zu. Geantwortet hat er nicht, er kam und blieb vor ihr stehen. Sie sahen sich an, als hätten sie die Pflicht, sich zu umarmen, doch sie taten es nicht. Alinka wandte sich um und folgte der Mutter, die mit der Freundin voraus geeilt war. Wieder bleibt ein liebgewonnener Mensch zurück, dessen Angesicht vielleicht zum letzten Mal betrachtet und dessen Stimme vielleicht zum letzten Mal vernommen wurde. Nun, da er so fern ist, bestärkt sie ein Gefühl der Sehnsucht. Ist sie zum ersten Mal verliebt?

Die Eisenwanne tuckert mit halber Fahrt. Aus dem Dunkeln zieht ein weicher Luftstrom durch Alinkas Haar. Es ist nicht kalt in dieser ersten Nacht auf See, und es ist nichts im Vergleich zur Wagenflucht im Januar. An Deck kehrt Stille ein, nur wenige sind noch wach, blicken wie sie aufs Meer hinaus. Schlafstellen reihen sich aneinander, Bündel werden als Kopfkissen genutzt. Der Schiffsbug pflügt durchs Wasser, Kämme rollen sich auf und gleiten wieder zu ebener Fläche. In Einklang und Melancholie pocht es aus dem Kesselraum. Schläfrig machen diese Laute, auch Alinka bettet sich.

Der Morgen ist noch jung, als die Mädchen backbord auf Nordrügen blicken. Eine hohe Steilwand tut sich auf, weiß wie Kreide und liebkost vom ersten Sonnenstrahl. Sie wären schon viel weiter, doch der Dampfer hat in der Nacht die Maschinen gestoppt, erklärt Elisabeth, vielleicht wegen Seeminengefahr. Ein kleineres Schiff hat sich dem Dampfer angeschlossen und schaukelt in seinem Kielwasser mit. Hier und da in der Ostsee bewegen sich Boote, Kähne, Kutter, doch immer nach dem Westen hin. Zum Frühstück gibt es hartes Brot aus der eigenen Tasche, für jeden nur so viel, dass es den Hunger stillt. Trinkwasser ist an Bord vorhanden, eine Essensversorgung gibt es nicht. Die wenigen Schiffstoiletten sind mit Kot überfüllt. Übelkeit und Durchfall lassen nicht lang auf sich warten. Ein Kind wird am Seitensteig geboren, zwei Marinehelferinnen assistieren bei der Entbindung. Am Heck stirbt ein alter Mann. Sein Leichnam wird unter einer Abdeckung verborgen. So ist es dieser Tage, dort entsteht neues Leben, und dort nimmt es sein Ende.

Nichts als hartes Brot zu jeder Mahlzeit, Wind und Gischt im Haar, der Blick auf die See und in den Himmel. Die Küste wandert vorüber, mal sehr nahe, dann wieder weit weg. Aber sie verändert sich, wird flach und grün, Strände treten in Erscheinung, werden abgelöst von Wald und Wiesen. Einmal brummt es höllisch über den Wolken, da ziehen feindliche Geschwader ins Land. Auch in der Nacht sind sie zu hören, Hunderte müssen es sein, die irgendwo im Reich für Terror sorgen. Mögen sie nur weiterfliegen und dieses Schiff in Ruhe lassen. Der wahrscheinliche Zielhafen dieser Fahrt, so stellt sich heraus, dürfte Lübeck, Kiel oder Eckernförde sein.

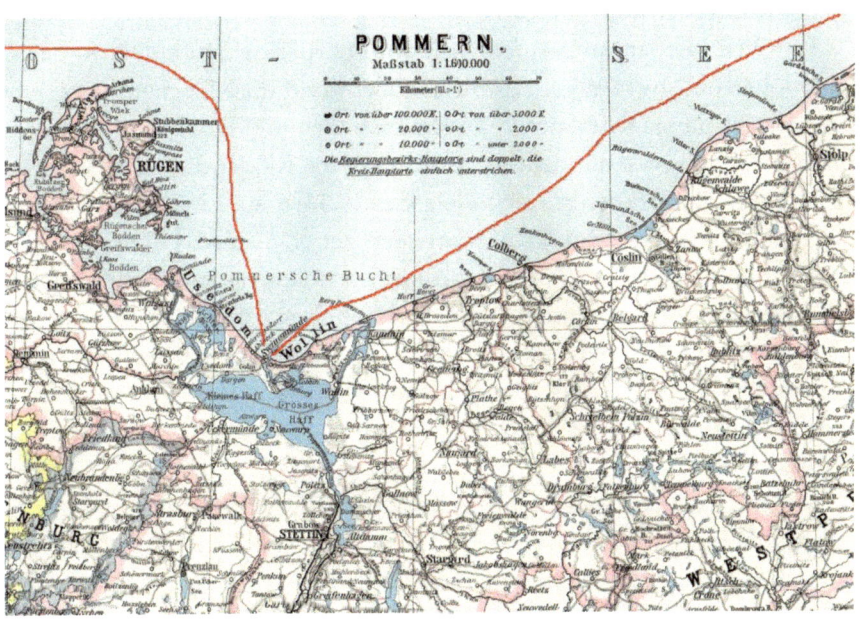

Fluchtroute rot markiert

Nicht Westen genug

So ist es dann, dass am Tage drei die »Wiegand« in Kiel einläuft und dort die Ausschiffung beginnt. Zu Tausenden wimmelt es vor einer zerstörten Kulisse. Im Hafen gibt es durch das Deutsche Rote Kreuz eine Gemüsesuppe zugeteilt. Lkw und Busse stellen Transporte zusammen, laden Flüchtlinge auf. An einer Lagerhalle stapeln sich Säcke und Gepäck, davor hockt ein kleines Mädchen und spielt mit einem Stock. Es begreift noch nicht, in welcher Zeit es lebt und was passiert, es ist noch unbefangen von der Erwachsenenwelt.

Familien werden aufgerufen, sich am Fuhrpark einzufinden. In einem Konvoi aus Lastwagen geht es für Elisabeth und die Mädchen durch eine schwer getroffene Stadt, durch Trümmerstraßen und Ruinenfelder. Mütter halten ihre Jüngsten auf dem Arm, die größeren Kinder das Gepäck.

Auf der Fahrt hören sie sich viele Geschichten an. Eine Frau berichtet, monatelang durch Ost- und Westpreußen getreckt zu sein. Ihre zwei kleinen Jungen hat sie am Straßenrand im Schnee zur letzten Ruhe gebettet. Hunger und eine schlimme Bronchitis hatten sie dahingerafft. Nur der Älteste ist ihr geblieben. Von Kolberg gelangten sie vor wenigen Tagen mit einem Dampfer nach Kiel. Der Ehemann sei 1943 in Russland gefallen, er spielte Geige wie kein anderer. Engelsohren würden sich nun seiner Klänge erfreuen.

Jemand erzählt von seinem nächtlichen Aufbruch aus einem Dorf bei Stargard, mit dem Fahrrad über Greifenhagen nach Stettin, immer den Kanonendonner der Front im Rücken. Von wechselnden Verstecken in Brombeerbüschen, von Märznächten unter freiem Himmel. Nahe der Erschöpfung zu sein, mit geschwollenen Beinen und Gelenken immer weiter, der permanenten Müdigkeit zum Trotz bis ins nächste und übernächste Dorf. Als Stettin erreicht war, brachte ihn ein Fährschiff nach Swinemünde, von da zwei Tage später ein Dampfer nach Eckernförde. Zu Fuß sei er nach Kiel getreckt.

Fast enthusiastisch dagegen schildert eine alte Frau die Rettung ihrer halbjährigen Enkelin, die in einem Korb auf ihren Beinen liegt. Unter einer Decke mit Karo-Muster schlummert darin ein bildhübsches Kind. Ganz fürsorglich sieht sie allezeit nach ihm und bewegt dabei das Körbchen. Sonst ist der Familie nichts geblieben. Die Babymutter noch in Pommern, der Vater im Krieg, der eigene Mann schon vor Jahren gestorben. Und trotzdem liegt ein Lächeln auf dem Gesicht der alten Frau. Jeder geht mit Erlebtem anders um, der eine hat mehr verloren, der andere weniger, der eine zerbricht, verzweifelt ohne Lebenssinn, der andere steckt voller Kampfeslust.

Es führt der Konvoi über Bordesholm, Neumünster nach Bramstedt. Hinter Kellinghusen stoppt der vorderste Lkw an einem Hof, die anderen fahren weiter. Das Rattern des Motors erlischt. Es dunkelt schon, die Straße ist nass, Tropfen klatschen aufs Verdeck. Alte Männerstimmen sind zu hören, sie beharken sich. Höchstens drei könne er noch aufnehmen. Wer? Drei was, drei Menschen? Ein Mann aus der Fahrerkabine tritt ans Heck des Lasters und ruft nach einer Familie von drei Leuten. Elisabeth meldet sich und springt auf, sie greift Alinka unter den Arm und zwingt sie hoch. »Hier, wir sind drei!«, ruft sie dem Manne zu und wühlt sich über Taschen hinweg. Sie werden einem Bauern übergeben. Der Beifahrer des Lkw macht im Schein einer Handleuchte eine Notiz auf seinem Block, vermerkt Namen, Geburtsdaten, Adressen zur Registrierung.

Der Laster rauscht weiter auf der matschigen Straße und hält nach wenigen hundert Metern in einem Dorf. Zähneknirschend nimmt der Bauer es hin, stemmt seine Arme in die Hüften und schüttelt den Kopf. Er zückt eine Taschenlampe, deren Lichtstreif nach einem Wohnhaus und nach einem Stallgebäude schnappt. »Hier lang!«, befiehlt er und geht voran auf einem Rasenpfad. Mit Sack und Bündel folgen die drei dem Manne. Vor einer Scheune leuchtet er Elisabeth ins Gesicht und stellt sich ihr als Herr Ludwig vor. Er öffnet eine Tür, betritt die Scheune und drückt einen Schalter, der die Finsternis vertreibt. Eine Lampe mit elektrischem Licht hängt an einem Kabel von der Decke und löst den Schein seiner Taschenlampe ab. Neuankömmlinge haben sich hier bereits eingerichtet und, als Grenze zu ihren Nachbarn, Planen aufgezogen. Ludwig, klein und alt, mit Stoppelbart, weist den Dreien einen Platz am hinteren Ende zu, räumt Zeug und Geräte aus dem Weg. Bänder mit Laken sollen sie sich spannen, so der Ratschlag des Bauern.

Minna legt das Gepäck ab, Alinka streift den Ranzen von der Schulter. Gut fünfzehn Meter, vielleicht zwanzig, misst die Scheune, rund zehn in ihrer Breite. Drei abgetrennte Bereiche gibt es schon. Sie nehmen nun den vierten ein, in der Schmuddelecke hinten links, wo Menschenkot auf dem Ziegelboden liegt und wo es nach Harnwasser stinkt. Ehe sie den Zustand bemängeln können, ist Ludwig schon wieder draußen, drückt den Lichtschalter und schließt die Tür. Eine erbärmliche Bleibe, doch immerhin ein Dach über dem Kopf. Im Dunkeln richten sie die Schlafstellen ein. Nebenan beginnt ein kleines Kind zu schreien. Als sie dann auf hartem Boden liegen, die letzten Worte an sich und an den Herren richten, nimmt die Müdigkeit sie in Beschlag.

Am kommenden Morgen rinnen Elisabeth die Tränen. Alinka schmiegt sich an sie und wischt ihr eine Strähne aus dem Gesicht. »Mutti, warum weinst du?« Elisabeth richtet sich auf. »Sieh dich doch um, wo wir hier gelandet sind. Ist denn das noch ein Leben? Wir hatten Haus und Hof. Und nun das!« Alinka findet keine Worte, sie zu trösten. Die Verzweiflung in den Augen der Mutter ist unverkennbar. Nur eine Floskel, wie sie anderen Situationen besser stünde, rutscht Alinka über die Zunge: »Mutti, das wird schon wieder.« Elisabeth hebt den Kopf. »Ach, Kind, du und deine Zuversicht.« Sie nimmt die Tochter in den Arm und krault ihren Rücken, der von einer Strickjacke warmgehalten wird. »Hast ja recht, mein Kleines. Mag kommen, was will, wir haben noch uns.«

Im Laufe des Vormittags werden ihnen, durch Ludwig und einem weiteren Alten, eine Pritsche und Strohsäcke in die sechs Quadratmeter große Häuslichkeit getragen. Eine Pritsche für drei Personen, das ist besser als nichts, besser als noch eine Nacht auf kaltem Stein.

Ein derbes, unfreundliches Bauernweib dirigiert die Neuankömmlinge in die Waschküche, einem Nebengelass des Wohnhauses, und verlangt die Reinigung von Leib und Garderobe. Es sei so angeordnet worden. Eine ärztliche Untersuchung der Kinder durch einen Doktor aus der Stadt würde folgen. So entledigen sie sich ihrer Kleider bis auf die Unterwäsche. Wannen und Zuber stehen bereit. Es ist seit Wochen die erste Möglichkeit der Ganzkörperhygiene. Schuhwerk und Gewänder werden im Hof an Bügeln aufgehängt und mit Läusepulver, wie aus einer Handluftpumpe, eingesprüht und desinfiziert. Rucksäcke und Taschen müssen geleert und alles ausgebreitet werden. Sämtlicher Besitz wird mit dem Pulver eingestaubt, dass es das Atmen erschwert. Auf Anraten des Bauernweibes, die Haare abzuschneiden, wehrt sich Alinka energisch. Als Kompromiss wird ihnen die Bedingung auferlegt, Petroleum in die Kopfhaut einzumassieren. Es brennt und ziept und stinkt erbärmlich. Die an Krätze besonders leidende Minna hat sich obendrein mit einem Schmieröl einzureiben. In frische Laken gehüllt wenden sie sich ihrer Unterkunft in der Scheune zu, die ebenfalls mit dem Pulver versehen wurde.

Dann erst gibt es die langersehnte Verpflegung, als sie in die Bauernküche gerufen werden. Das ist im ersten Stock des Hauses, ein halbes Treppchen rauf. Ein großer, luftiger Raum mit mehreren Kochstellen, rustikalen Möbeln und einem Tisch in der Mitte. Die Bäuerin steht am Herd und reicht jedem eine Tasse voll Suppe, dick und sämig, ein Stück Weißbrot und Kohl. Ob diese Ration vom Staate verordnet wurde oder vom Herzen der Bauernfamilie kommt, bleibt ungewiss. Die Freundlichkeit der Ansässigen jedenfalls lässt zu wünschen übrig. Mit faden Worten schickt das Weib die unfreiwilligen Gäste nach wenigen Minuten wieder hinaus. Eilig löffeln sie ihre Tassen leer, nehmen Kohl und Weißbrot in die Hand, um sich auf den von Pfützen getränkten Hof zu begeben.

Wiese ragt fast überall bis zum Zaun an der Grundstücksgrenze. Sträucher bekleiden die Zäune ringsherum. Zwei Gartenanbauflächen für die Aussaat stehen bereit. Im Stallgebäude an der Straße guckt ein Rinderkopf aus einer offenen Luke, Schafe äsen hinter einem Gatter um das Gebäude herum. Dort picken auch braune Hühner. Inmitten des Hofes, unter einem Baum, liegt ein Hund in seiner Hütte. Ein Hund, der nicht bellt oder es verlernt hat in den Jahren des Krieges. Mutlos, beinah gleichgültig, leuchten seine rotbraunen Augen. Ein Terrier ist es, so einer, wie die Jäger ihn bei sich haben, solche, die geschossenes Geflügel apportieren. Eine Kette trägt er an seinem Halsband. Beim Seufzen eines Automotors an der Straße horcht er auf und spitzt die Hängeohren. Nun doch verlässt er seine Hütte und läuft einen Halbkreis um den Baum. Futtertopf und Kette klimpern aneinander. Von der Straße aus, die nach Itzehoe führt, ist das Dorf

243

im Westen nicht weit. Im Osten, vielleicht zwei Kilometer weg, liegt die Kleinstadt Kellinghusen.

Auf der anderen Seite des Grundstücks stehen betagte Obstbäume kurz vor ihrer Blüte. Dahinter wie auch überall bestimmen Felder und einige Waldflächen das Landschaftsbild. Das Bauernhaus ist zwei Stock hoch und aus gemauertem Ziegel, wie auch die ebenerdige Waschküche rechts davon. Gardinen wehen aus geöffneten Fenstern, zappeln im Frühlingswind. Im Nordosten des Areals thront die aus Brettern gezimmerte Scheune auf ihrem Feldsteinfundament. Die Tür an ihrem Giebel ist Bestandteil eines zweiflügligen Tores. Im Eck an der Zaungrenze steht das Häuschen mit dem Plumpsklo, neben dem Stall weilt noch so eines.

An ihrem Platz in der Scheune richten sie sich ein, kommen mit den anderen ins Gespräch. Hinter dem Vorhang wohnen eine Mutter und ihr Baby. Herauszubekommen ist aus der jungen Frau nicht viel, nur dass sie zu Verwandten ins Rheinland will. Auf der gegenüberliegenden Seite in der Scheune haben sich zwei Damen und ein siebenjähriger Junge eingefunden, die aus Bublitz in Pommern stammen. Es sind die Schwestern Rosemarie, mit ihrem Söhnchen Kurt, und Julia, beide Anfang dreißig. Per Schiff gelangten sie von Stolpmünde nach Eckernförde. Ein Teil ihres Gepäcks sei ihnen bei der Ankunft im Hafen gestohlen worden. Im vorderen Eck haust eine junge Frau mit einem Mädchen von vier Jahren. Kaum ein Wort löst sich von ihren Zungen.

Der erste Tag vergeht mit der Sorge um das Nötigste, um das leibliche Wohl, keinen Hunger zu leiden, nicht zu dursten. In der Stadt werden am Maianfang Lebensmittelkarten ausgegeben, heißt es von Rosemarie und Julia, die bereits einen Monat hier zu Hause sind. Aber nur für die Einheimischen. Flüchtlinge erhalten die Gemeinschaftsverpflegung, stehen dann in Schlangen vor den letzten, wenigen Ausgabestellen, wo es fast täglich Erbsensuppe gibt, manchmal auch zwei Scheiben Brot und Marmelade. Es sei ihnen schon gelungen, Lebensmittelkarten einzutauschen und so an Speck und Leberwurst heranzukommen. Der Weg in die Stadt müsse zu Fuß bewältigt werden.

Die zweite Nacht rückt an, Alinka und Minna teilen sich die Pritsche. Der Qualm aller Feuerstellen zieht durch einen Seitenabzug ins Freie, der wiederum für kalte Luft von draußen sorgt. Ein weiteres Mal macht sich Elisabeth der Tatsache bewusst, dass zwei Kinder nicht durchzubringen sind. Minna muss weg, irgendwie und irgendwohin. Vielleicht gibt es eine Waisenstation. In Kiel hat es sie gegeben, doch diese Gelegenheit ist vertan. Die Essensrationen, so karg sie auch ausfallen mögen, würden vielleicht für alle drei genügen. Das Bett aber sollen die Kinder sich nicht teilen, es ist für die Tochter allein und nur für sie. Der Entschluss ist gefasst: Minna muss gehen.

Die Mädchen holen das Frühstück aus der Küche, drei Scheiben Brot und etwas Butter. Tatsächlich Butter. Wie lange ist das her! Eine umgedrehte Holzkiste dient ihnen als Tisch. Sie knien drumherum, falten die Hände und danken dem Herren für diese langersehnte Gabe. Hinter dem Vorhang weint das Baby.

Minna klagt über Nackenschmerz, ihr Hals ist steif und lässt sich nicht bewegen. In der Nacht hat es durch die Ritzen gezogen. Übel ist ihr noch dazu, von der Butter, vom ungewohnten Fett. Elisabeth schickt sie nach draußen an die frische Luft. Nun hat sie Zeit, mit Alinka zu reden, sie davon zu überzeugen, wie viel besser es wäre, sich der Freundin zu entledigen, damit ein Durchkommen gesichert sei. Alinka widerspricht mit aller Macht und betont, dass Minna doch niemanden mehr hat. Noch immer weint nebenan das Baby. Elisabeth verliert die Fassung, hebt den Vorhang und schimpft: »Wann ist da endlich Ruhe!« Sogleich aber bittet sie mit sanfter Stimme um Verzeihung, der Vorhang gleitet zurück. Alinka springt auf und eilt der Freundin nach.

Auf einem gefällten Baum hinter der Scheune sitzen sie und unterhalten sich lange, über dies und jenes von Belang oder Nichtigkeit. Mit keinem Wort aber erwähnt Alinka das von der Mutter Gesagte. Die Wiese trägt noch immer Pfützen. Drüben werkeln Bauer Ludwig und der Mann, der mithalf, die Pritsche zu tragen. Schafe mit schmutziger Wolle harren hinter dem Stallgitter aus. Der Rinderkopf äugt aus seiner Luke. Zwei Laster rauschen auf der Straße Richtung Itzehoe, verteilen weitere verlorene Seelen irgendwo im Land. Ein starker Rappe, getrieben durch die Peitsche seines Herren, müht eine Wagenladung Ofenholz hinter sich her in dieselbe Richtung. Am Giebel des Bauernhauses wankt eine krumme Alte in schwarzen

Kleidern am Stock. Sie war bisher noch nicht zu sehen. Zwischen einem Ast vor dem Haus und der Dachrinne sind Leinen gespannt, an denen Handtücher im Winde trocknen. Der Baum trägt zarte Knospen, doch er blüht noch nicht. Unter ihm hängt eine Schaukel. Ein Junge und ein Mädchen zanken darum. Auch sie traten bisher nicht in Erscheinung. Es wird sich herausstellen, dass es Verwandte des Bauern sind, denen er Obdach gewährt. Lieber sie, als Fremde in seinem Haus. Wieder fällt Regen. Alinka und Minna rennen hinein.

Im Laufe des Tages verändert sich der karge Wohnbereich. Elisabeth dichtet mit altem Stoff die Ritzen ab, bindet einen Reisigbesen und entfernt die Exkremente in den Ecken. Einen Strohballen verteilt sie am Boden und hängt die Familienfotos an die Wand. Verteilt die wenigen Habseligkeiten hier und da und stellt den Wecker an die Pritsche. Gemütlichkeit kommt auf, nur ein wenig, sie täuscht über die Situation hinweg. Auf zwei Mauersteinen hat sie eine Kochecke ausgerichtet, den einzigen noch vorhandenen Topf daraufgestellt. Eine Waschwanne hat sie ergaunert. Die Mädchen fragen nicht, woher. Sie besorgen Geäst und Zweige von den Sträuchern. Wegen der Gefahr des Diebstahls muss immer einer am Platze bleiben, das Hab und Gut bewachen. Nie dürfen sie alle zugleich nach draußen gehen, zur Küche, zum Spielen, auf die Toilette.

Zum Mittag wird ungesalzene Kohlsuppe und Rübenmus dargereicht. Ob diese Gaben von Herzen kommen oder der gesetzlichen Zuteilung bedürfen, können auch Rosemarie und Julia nicht sagen. Doch die Nahrungsrationen reichen kaum, um die Mägen zu füllen. Elisabeth will und muss sich um irgendeine Tätigkeit bemühen, um eine Zusatzverpflegung zu bekommen. Geld verdienen um jeden Preis. Die letzte Reichsmark wurde in Swinemünde aufgebraucht. Alinka benötigt neues Schuhwerk, sie trägt noch immer die Winterstiefel. Es gilt dringend, einen Schuster aufzusuchen. Mal wieder gut zu essen, Rüben mit Gänsefleisch, Mettwurst und Käse aufs Brot. So wendet sie sich an Ludwig und erwirkt die Möglichkeit, sich in der hofeigenen Gärtnerei miteinzubringen.

An der Straße hält ein Wagen, der Doktor und zwei Schwestern sind gekommen. In der Scheune findet die routinemäßige Untersuchung statt. Horchen mit dem Stethoskop, Mundschau, Zunge raus gestreckt, Finger-

und Zehennägel mit einer Zange kurz geknipst. Weißes Pulver gegen Flöhe, ein Fläschchen gegen Milben lässt er den Dreien da, sowie ein Gläschen Lebertran. Davon jeden Tag einen Löffel, schwört der Doktor, so kämen die Mädchen wieder zu Kräften. Auch das Baby sieht er sich noch an. Gegen Elisabeths Zahnweh empfiehlt er, auf Nesselwurzeln zu kauen.

Zwischen sieben und zwölf Uhr hat Elisabeth nun mit Gartenarbeit zu tun, gräbt um und zieht das Wildkraut aus dem Boden. Die anfangs kleinen Flächen erweitert sie nach und nach, wirtschaftet wie daheim in Plicken. Eines der Mädchen hat immer am Platz zu bleiben, den Besitz zu hüten, wenn das andere die Rationen aus der Küche holt. Alles tut sie, damit die Tochter nicht hungert. Doch dieses zweite Kind durchzufüttern, ist unmöglich. Dass es da ist, hat dennoch sein Gutes, so kann es als Wache dienen, wenn die Tochter nach draußen geht.

Löwenzahn und die Triebe junger Brennnessel bringt Elisabeth von der Arbeit mit und kocht alles zu einer Suppe auf. Sämige Pampe ist besser als ein leerer Teller. Die Mädchen haben ebenso ihr Tagwerk abzuarbeiten, müssen Wasser aus der Hofpumpe fördern, es kochen und abkühlen lassen wegen der Keime. Erst dann kann es gegen den Durst verwendet werden. Die Wäsche haben sie zu schrubben, mit Pottasche und Sägespan, denn Seife gibt es nicht. Über dem Bretterzaun hängen die Kleider zum Trocknen. In den nahen Feldbüschen sollen sie Feuerholz besorgen, aber nie allein, immer gemeinsam, wenn Elisabeth am Nachmittag mit dem Gärtnern durch ist und das Essen zubereitet. Es bleibt zu jeder Zeit die essentielle Frage: Wie an Nahrung gelangen?

Die Frauen sind auf sich allein gestellt, ihre Kinder müssen mit anpacken und Erwachsenen-Dinge erledigen. Der schmächtige Kurt buckelt Rucksäcke voll Kohlen oder Milchkannen mit Wasser vom Dorfe zum Hof. Mädchen und Jungen sind Vaterersatz und haben schwere Tätigkeiten auszuführen. Wer nicht hungern will, muss arbeiten, der muss sich etwas einfallen lassen und nachfragen bei dem und wem. Elisabeth bringt den Mädchen das Flechten von Körben näher, für den Verkauf auf dem städtischen Markt. Rosemarie etwa führt Botengänge aus und veräußert Gegenstände ihres letzten Besitzes, wie Tischdecken, Schmuck, ein Hochzeitskleid, im Tausch gegen Weizenmehl und Rübensirup, Fett oder ein Pfund Schweinespeck. Heranschaffen, organisieren, blickig sein, das sind die Tugenden dieser Zeit, die Lebensmittelknappheit zu kompensieren. Ob klauen, betteln oder auf dem Schwarzmarkt handeln. Bietet sich eine Gelegenheit, darf nicht gezögert werden. Julia fing auf dem Feld einen Storch mit gebrochenem Flügel, der, so sehr er es auch versuchte, nicht vom Boden wegkam. Er wurde gerupft und in den Topf geworfen wie ein Suppenhuhn. Selten nur kommt Fleisch auf den Tisch, da sind auch Spatzen eine Delikatesse.

Der Bauer ist mit Elisabeths Gartenarbeit zufrieden und erteilt ihr zu jeder Mahlzeit eine Ration extra. Auch Rosemarie und Julia dürfen ihre Stunden abarbeiten. Nach einer Woche schon hat sich die Anbaufläche verdoppelt. Immer wieder werfen die Frauen eine Reihe des Rasens um und setzen das Saatgut in den Boden. Kartoffeln, Steckzwiebeln, Bohnen und Kräuter. Sie erhalten von Ludwig die Genehmigung, eine Brache hinter der Scheune für den Eigenbedarf zu kultivieren. Nun ist mit ihm und seiner Frau auszukommen, man arrangiert und duldet sich. Als durch Ludwig zu erfahren ist, der Führer sei gefallen, weint niemand eine Träne. Vielmehr ist Erleichterung zu spüren und ein Hauch von Optimismus.

Bei schönem Wetter Anfang Mai hocken Mutter und Tochter draußen im Freien und bereiten auf einer Feuerstelle aus Mauersteinen ein Süppchen vor. Holzige Vorjahres-Runkelrüben schnippeln sie dahinein. Minna hält innen die Stellung. Zu gern will Elisabeth die Tochter davon überzeugen, sich von der Freundin zu trennen, sie dem nächsten vorbeikommenden Personenlaster mitzugeben. Doch wagt sie nicht, das Thema aufs Neue zu beginnen. Sie weiß genau, dass die Tochter dagegen ist und sich auflehnen wird.

Am nächsten Tag nach Arbeitsschluss trägt Elisabeth eine volle Tasche herbei, zieht den Vorhang zu und kippt sie auf dem Boden aus. Neben Gräsern und hagerem Rhabarber liegt eine tote Meise, noch ganz frisch. Auch Bleistifte und ein Bogen Pergamentpapier sind dabei, gefunden, wie sie beteuert. Alinka nimmt beides in die Hand. Einen Stift hielt sie lange nicht mehr. Früher hat sie gern gemalt, nicht künstlerisch, wohl mehr gekritzelt. Doch malen will sie nicht. »Schreib ruhig alles auf, was wir so durchgemacht haben«, sagt Elisabeth. »Das glaubt uns sonst zu Hause kein Mensch.«

Nicht sofort, doch noch am selben Tag, wird Alinka damit beginnen, die Orte ihrer Flucht zu notieren, angefangen mit Memel. In Kinderschrift und wie an einer Kette reiht sie sie auf, fragt die Mutter, wenn sie nicht weiterweiß. Die fehlenden Orte wird sie irgendwann einmal anhand einer Landkarte recherchieren. Sie notiert das Gedicht der Cousine, wo sie übernachteten, wo die Kälte am schlimmsten war. Die Leute, die Wegbegleiter, was sie sagten, wie sie ausgesehen haben, woher sie kamen. Es ärgert sie, den Namen des Dampfers nicht zu wissen, der sie nach Swinemünde brachte. Wie nur hat das Schiff geheißen? »Erzähl mir von Vati«, bittet sie die Mutter. Den ganzen Abend lang wird diese ihr von ihm erzählen, wie es war, als sie sich begegneten, sich kennen und lieben lernten, vom allerersten Kuss und von der Fahrt in der geschmückten Hochzeitskutsche zum Plickener Gotteshaus.

In den ersten Maitagen flüchten deutsche Heeresfahrzeuge Richtung Norden. Rosemarie mutmaßt, eine letzte Front werde dem Amerikaner in den Weg gestellt. Am vierten oder fünften Tag im Mai rattern britische Lkw, offene und geschlossene Planwagen, auf der Straße vorbei. Die Mädchen rennen an den Zaun. Elisabeth packt das Entsetzen, sie ruft sie zurück in die Scheune, sie sollen die Leiter erklimmen und sich auf dem Heuboden verstecken. Ein Laster hält am Straßenrand, zwei Soldaten mit Gewehren betreten das Bauerngut. Auch diesmal gibt der Hund keinen Laut. Die Männer klopfen ans Haus. Zwei weitere hüpfen vom Laster, während der Tross, aus Süden kommend, noch immer vorüberzieht.

Die Scheunentür wird aufgetreten, ein Uniformierter prescht herein und brüllt: »German man here?« Der zweite reißt die Vorhänge runter, das Gewehr im Anschlag. »German soldier here?«, ruft der andere noch mal. Die Mutter und ihr Baby schreien, Rosemarie hält Kurt im Arm, das kleine Mädchen weint. In jede Ecke, hinter jedes Gerümpel wird geschaut. Als ein Soldat die Leiter erklimmen will, stößt Elisabeth hervor und fleht: »Da oben sind keine Männer, da oben sind nur Kinder!« Der Soldat, ein Bursche von nicht mal zwanzig Jahren, wehrt sie behutsam ab. Der andere packt ihren Arm und zieht sie von der Leiter weg. »We are friendly«, versucht er sie zu beruhigen.

Auf brüchigen Sprossen steigt sein Kamerad empor und entdeckt die Mädel im Heu, den Gewehrlauf auf sie gerichtet. Er trägt ein braunes Schiffchen auf dem Kopf, so ähnlich wie das des Vaters. Dann sieht er sich um und fragt mit leiser Stimme: »Are you alone?« Die Mädchen nicken. Er senkt den Lauf der Waffe, nickt ebenfalls und steigt hinab. Elisabeth atmet auf. Die zwei verschwinden nach draußen. Derweil werden auch das Bauernhaus und der Stall durchsucht. Nach bangem Warten endlich reiht sich der Laster ins Ende der Kolonne und verschwindet in Richtung Kellinghusen. Ludwig verharrt am Zaun, stemmt die Fäuste in die Hüften und schüttelt seinen Kopf.

Wenige Tage später murrt im Hof das Gerücht, der Krieg sei zu Ende. Zuerst noch heimlich und hinter vorgehaltener Hand, dann posaunt es der Bauer heraus: »Der Krieg ist vorbei! Deutschland hat kapituliert, der Hitlergruß ist jetzt verboten!« Lachfalten zieren sein strapaziertes Gesicht. Dass der Führer tot ist, wissen sie. Das Kriegsende war die zu erwartende Konsequenz. Bauer Ludwig hängt ein weißes Bettlaken ans Dach. Elisabeth schreibt Briefe nach Hause und nach Insterburg, die sie dem kleinen Kurt ins Dorf mitgibt.

Spät noch ist Alinka wach. Vor einigen Tagen, da hörten sie Propellergetöse und blickten rauf zu den silbern glänzenden Maschinen, die in einer Unzahl nach Süden schwärmten. Jeglicher Flugzeuglärm ist verstummt, am Horizont rumort es nicht, auch kein Schiffsgedröhn. Keine Sirenen heulen mehr. Nur noch Stille, sofern das immer weinende Baby eingeschlafen und das letzte Gespräch der Erwachsenen beendet ist. Die Lichtsperre ist aufgehoben. Nun wieder leuchten Zimmerfenster und Laternen. Frieden aber, was ist das? Bei Kriegsausbruch war Alinka sechs Jahre alt. Für sie gab es keine andere Zeit als Krieg, auch wenn er lange fern gewesen war. Erinnerungen an davor sind kaum geblieben. Immer gab es dieses Wort: Krieg. Was wird nun folgen? Hat die Menschheit sich wieder vertragen? Bringt der Frieden den Vater zurück? Geht es nun endlich nach Hause?

Abermals lauscht sie nach dem Klang der Front, nach Bombardements, Kanonendonner, nach Fliegern und Geschossen. Doch da ist nichts mehr. Nur das weinende Kind und die Gespräche, das Klappern der Töpfe und Pfannen. In ihren Träumen kehrt sie zurück und sieht die Katze Minka, die Pferde, den Bock, das Schwein, den Hahn auf der Schubkarre sitzen, das Rotkehlchen auf dem Schuppendach. Der Kirschbaum müsste schon Blüten tragen und weiß wie Schnee ins Gärtchen leuchten. Die Hummeln würden summen. Ach, Minka, warum bist du nur vom Wagen gesprungen?

Nebenan werden Holzscheite gebrochen. Zu Hause gab es am Abend keine Geräusche mehr. Sie fragt sich, wie es wohl dem Großvater geht, was Gerhard macht und ob die Verwandten aus Insterburg heil weggekommen sind. Der Abschied von ihnen war kein schöner, es bedrückt Mutter und Tochter, dass sie sich im Streit aus den Augen verloren. Auch an Emma muss sie immer wieder denken. Der Wecker tickt. An der Wand hängen die Fotos von zu Hause, das Hochzeitsbild der Eltern, die Einschulung, Hof und Garten, verschiedene Weihnachtsfeste und Familienfeiern, Mittsommer 1943 ohne den Vater. Momente, festgehalten für immer. So viele kleine und große Erinnerungen, sie alle sind Begleiter einer langen Reise und Andenken an daheim.

Einen arbeitsfreien Tag verbringt Elisabeth auf der Pritsche. Sie hat sich den Rücken verrenkt und will ihn auskurieren. Fliegen umkreisen die Deckenlampe. Die Mädchen beschäftigen sich mit Kurt und der vierjährigen Helena auf dem Hof, machen Murmelspiele oder zeichnen mit Stöcken Figuren ins glatt geharkte Beet. Kurt, der gern und viel redet, trägt noch seinen Wintermantel, ohne das Innenfutter. Die Ärmel hat er hochgekrempelt. Da die meisten Flüchtlinge in der kalten Jahreszeit aufbrachen, fehlen ihnen nun die Frühlingskleider. Die Mütter trennen die Ärmel von Pullovern und Jacken ab und kürzen die zu langen Hosen, oder sie nähen aus Säcken neue Kleidungsstücke.

Alinka betrachtet ihr Gesicht in einer Pfütze. Die Bäume spiegeln sich darin. Ist das noch sie, die da ins Wasser blickt? Der Junge wirft Steine in die Pfütze, das Spiegelbild verwischt. Ein deutscher Laster hält am Straßenrand, mit Kindern auf der offenen Ladefläche. Sein Fahrer unterhält sich mit dem Bauern. Elisabeth ruft die Mädchen rein, sie hat trotz ihrer Beschwerden in Scheiben gebratene Steckrüben und einen Spinat aus Blättern zubereitet.

Nach dem Essen sitzt Alinka im viel zu engen Wannenbottich, mit dem Lappen in der Hand, der mal ein Hosenbein war. Elisabeth fordert Minna auf, draußen nach Feuerholz zu suchen. Seltsam, findet Alinka, denn Holz liegt noch genügend da. Doch denkt sie sich nichts weiter und bemerkt auch nicht, dass Elisabeth die wenige Habe der Freundin zusammenrafft und ihr zum Ausgang folgt. Nach wenigen Augenblicken kehrt sie wieder, Minna aber bleibt für Stunden fort.

Weil Alinka nicht lockerlässt und die Freundin nirgends finden kann, beichtet Elisabeth, sie einem Waisentransport übergeben zu haben, dem Laster mit den Kindern. Der hat sie mitgenommen in ein Durchgangslager bei Bad Segeberg. Es sei doch besser so, wegen der Nahrungsknappheit und dem engen Bett. Aber sie war doch ihre Freundin, klagt Alinka. Das, so verspricht sie der Mutter, werde sie ihr nicht verzeihen, niemals.

Allem Ärger zum Trotz feiern sie am 22. Mai Elisabeths dreiunddreißigsten Geburtstag, schlagen ein Tuch als Tischdecke über die Kiste und besinnen sich darauf, unversehrt durch diese schwere Zeit gelangt zu sein. Ein Sträußchen aus Butterblumen hat Alinka ihr aufs Bett gelegt. Dieser Tag ist nicht anders als jene, die sich seit ihrer Ankunft hier abspielten. Aber nichts ist mehr wie damals zu Hause auf dem Elternhof. Kein Kuchen, keine Torte, kein Zusammensitzen mit der Familie. Das gab es auch daheim schon lang nicht mehr, seit der Krieg begonnen hatte. Einmal wird es wieder so sein, trösten sie einander die sentimentalen Gedanken, dann werden sie alle beisammen sitzen. Der Vater zurück von der Front, nie mehr dorthin, Hilde wie in ihren frohen Tagen, der Großvater nimmt das Akkordeon von der Wand. So war es mal und wird es auch wieder sein, gewiss.

Anfang Juni nimmt der Sommer Fahrt auf, die Bäume tragen Grün. Der Nahrungsmangel und die Sorge um das tägliche Herbeischaffen von Esswaren bestehen weiterhin. Selbst Klopapier oder eine alte Zeitung für denselben Zweck sind eine Kostbarkeit. Wenn in den Nächten der Hunger quält, träumt Alinka vom Schlaraffenland, sieht sich dabei durch ein Riesenbrot fressen. Für neues Schuhwerk reicht das bisschen Geld noch immer nicht. Barfuß läuft sie, wie zu Hause. Nur wenige Erdbeeren sind im Beet hinter der Scheune gewachsen. Die meisten davon haben die anderen noch vor der Reife gestohlen. Ein Mal im Monat begibt sich Elisabeth in die Stadt, zu Fuß nach Itzehoe, um Lebensmittel aufzutreiben, Zucker, Mehl und Brot, auch Eier oder Fett. Bezugsscheine hat sie besorgen können, eingetauscht gegen andere Güter, doch oft nützen diese nichts, weil kaum ein Laden etwas führt. Da hilft es weiter nur, durch stete Hofarbeit an die bäuerlichen Extrarationen zu gelangen. Alinka und Kurt machen Botengänge, holen das Postgut vom Dorf, dessen Name Mühlenbarbek ist, oder bringen es dorthin. In dieser Zeit ist der Wohnplatz in der Scheune unbewacht. Sie müssen es darauf ankommen lassen.

Wenn am Tage Flugzeuge unter dem Himmel ziehen, dann stellen sie keine Bedrohung mehr dar. Dithmarschen, so nennen die Menschen dies flache, weite Land, dient in seiner geografisch günstigen Lage den Alliierten als Einflugschneise zwischen Berlin und Groß Britannien. Harmlos sind die Flieger, wenn sie in die Horizonte brechen, fast unwirklich und wie verwandelt.

Denkt Alinka an die Freundin, die nun fort ist, von der sie keinen Abschied nehmen durfte, so will sie nicht verstehen, warum die Mutter ihr das antat. Sie war doch nicht irgendwer, sie war ein Flüchtlingskind wie sie selbst, das niemanden mehr hatte. Wie kann sie eine Last gewesen sein? Gegessen hat sie doch so wenig, und dünn war sie, der Platz zu zweit im Bett hat ausgereicht. Auch sie ist fort, wie Gerhard, wie Emma und die Cousinen.

An einem Frühabend im Juli schrecken Mutter und Tochter auf, es grummelt in der Ferne, wie damals, als die Front nach Plicken kam. »Der Krieg ist wieder da!«, ruft Elisabeth und rennt vor die Tür. Alinka, Julia und Rosemarie eilen hinterher. Aus Südwesten schiebt sich ein tiefschwarzes Wolkengespinst übers Land. Nur ein Gewitter, nicht der Krieg. Alinka legt den Arm um den Hals ihrer Mutter. Die beginnt zu wimmern, der Schock hat sie getroffen. Der Krieg, dieser verdammte, er ist wirklich vorbei, es gibt ihn nicht mehr. Doch wer soll das begreifen nach alldem?

Während eines Gangs zur Poststelle im Dorf werden Alinka und Kurt von einheimischen Kindern bedrängt. Sie stänkern und machen ihre Sprüche. »Fremdes Pack, dahergelaufenes Gesindel! Kann sich nich moal Stiefel leisten. Wat wollt ihr noch hier? Verswindet!« Sie benutzen ein spitzes S statt dem SCH. Alinka kümmert sich nicht drum, erst später stellt sie der Mutter die Frage, wann sie denn endlich nach Hause fahren. »Wenn Antwort auf die Briefe kommt, mein Kind, wenn wir Geld genug zusammenhaben.« Immer wieder schreibt Elisabeth nach Plicken und nach Insterburg, ans Amt nach Memel und Königsberg. Dass dort kein deutsches Postgut mehr verwaltet wird, ahnt sie nicht.

Hass und Reibereien zwischen Flüchtlingen und Alteingesessenen nehmen stetig zu, vor allem unter den Kindern. Manchmal kommt es im Dorf zu einem Schlagabtausch zwischen einheimischen und zugereisten Jungen. In Banden bis zu einem Dutzend gehen sie aufeinander los und prügeln sich, bis ihre Nasen bluten. Bei den Erwachsenen macht es keinen Unterschied, wenn jemand aus der Stadt heimkehrt und dort beleidigt wurde. Wenn eine alte Frau ihre rot geschlagene Wange zeigt, Mütter mit ihren Babys auf dem Arm bedroht werden, weil sie im Laden nach Milch anstehen. Der Auslöser ist die materielle Not, die Enge und der Wohnraummangel. Bald jeder Einheimische mit genügend Kapazität hat einen oder mehrere Flüchtlinge untergebracht, eine unfreiwillige Pflicht, gegen die nicht anzukommen ist. Es stößt vielen sauer auf, seine Küche, sein Bad und vielleicht auch seine Stube mit Fremden teilen zu müssen. Wenn sich dann kein Ende der Lage abzeichnet und der Gast nicht dorthin zurückkehrt, von woher er gekommen war, ist eine Spaltung der Gesellschaft nicht zu verhindern. Auch viele von denen, die hier in den Städten ihre Heimat haben, leben nun in Lagern und anderen Unterkünften. Der Bombenkrieg hat auch ihnen das Obdach genommen. Die aus Hamburg Evakuierten etwa beanspruchen, bei der Verteilung von Gütern und Logistik vorrangig behandelt zu werden, da sie aus diesem Landesteil stammen und mitunter schon im Sommer 1943 ihre Stadt verlassen mussten. Somit herrscht Zwietracht unter den Flüchtlingen selbst.

Die Sommermonate ziehen hindurch, sie sind geprägt von der Sorge um das Alltägliche, die Sorge, an Nahrung zu kommen, jeden Tag. Von schlaflosen Nächten, in denen der Magen knurrt, die Gedanken darum kreisen, wie und wo am nächsten Morgen Essbares aufzutreiben ist. Wenn der Bauer es nicht mitbekommt, meist in den Abendstunden, pflücken die Frauen Brombeeren von den Büschen am Gartenzaun. Äpfel dürfen sie sich nehmen, doch nur von dem Baum, dessen Früchte von Maden und Würmern befallen sind. Heimlich war Rosemarie im Stall und hat drei Hühnereier entwendet, eine Kostbarkeit in diesen Tagen.

Ein Laster hat das Obst geholt, im Tausch gegen Mehl und Getreide. Der zwölfte Geburtstag von Alinka fand in der Scheune statt. Elisabeth hatte für ein halbes Laib Roggenbrot gespart, von dem sie beide, sparsam mit Gänseblümchen-Mus bestrichen, eine Scheibe zu sich nahmen. Ein Mädchen von zwölf Jahren sollte zu Hause feiern, Freundinnen einladen und Süßes essen können, bis der Magen rebelliert.

Fast ein Jahr nun sind sie auf der Flucht. Haus und Heimat sind unwirklich fern, als sei das alles nie gewesen. Damals brachen sie auf, ohne zu wissen, wie lang diese Reise dauern wird, wann und wo sie endet. Die unbeschwerte Kindheit schloss mit dem Weggang aus Plicken ab, sie endete in einem Trauma ohne Perspektive. Tag ein, Tag aus in einem Wahn. Keine Nachricht aus der Heimat. Kein Antrieb, sich aufzuraffen, entgegen der Bestimmung diesen Aufenthaltsort hier zu verlassen, auf unmöglichen Wegen Hunderte Kilometer durch ein marodes Land zu reisen und vielleicht am Ende vor dem Nichts, vor einem zerstörten Familienhaus zu stehen. Hier ist ein Dach, hier ist Wärme. Im Lande jenseits der Oder haben sich Polen, Tschechen und Russen eingefunden. Es wäre ein Himmelfahrtskommando, jetzt und noch dazu vor dem Winter eine solche Reise anzutreten. Wer sich zu viele Sorgen macht, der lebt in einem Taumel und schadet sich nur selbst. Sie müssen es ertragen, weil es ertragen werden muss. So führen sie weiter ihr Leben in der Scheune, auf ihrem Platz ganz hinten links. Kein Fenster hinaus, nur eine Wand, eine Pritsche und eine herumgedrehte Kiste als Tisch.

Das Ende des Sommers zeichnet sich ab. In den ersten kalten Nächten lodern die Ofenstellen. Alles, was da ist, wird verheizt, auch die Stoffreste ungenutzter Kleider. Für neues Schuhwerk reicht das Geld auch jetzt noch nicht, nun trägt Alinka ihre alten Winterstiefel. Die Armut und das Elend sind groß, die Leute gehen betteln, oder sie klauen wie die Elstern, gehen des Nachts auf die Bauernhöfe und füllen ihre Beutel. Viele einst von Grund auf anständige Menschen verleitet die Not zu mancher Schandtat. Alles Entbehrliche wird in Naturalien getauscht, die Armbanduhr, der Hochzeitsring. Fremde dringen in die Scheune, werden vertrieben durch das Geschrei des Babys. Seither wird die Tür nach Sonnenuntergang verriegelt.

Wer seine Lebensmittelkarten verliert oder sie sich stehlen lässt, der ist fast wie verloren. Nicht wenige mischen sich eine hochdosierte Essenz aus Eibe oder Tollkirsche, um diesem Leben zu entfliehen. Elisabeth verlangt von der Tochter, sich von dem Wecker zu trennen. Er ist ein Handelsgut und Zahlungsmittel. Noch aber ist der Hunger nicht so groß, als dass sie es übers Herz bringt, ihn herauszugeben. Noch besteht die Möglichkeit, Ähren zu lesen von den Feldern, Eicheln und Bucheckern aus den Wäldern zu holen, die letzten paar Äpfel aus den Baumkronen zu erklettern. Der Herbst ist eine gute Zeit für das Überleben.

Ein Segen ist es, als Anfang Oktober auf den umliegenden Feldern zur Kartoffelernte aufgerufen wird. Frauen, Kinder, alte Herren schreiten geordnet nebeneinanderher. Die erste Reihe gräbt, die zweite sammelt, die dahinter trägt die Körbe. Solch späte Knollen sind ideal zum Lagern in dunklen Kellern, weiß Elisabeth, weshalb sie am Ende eines Arbeitstages so manche in der Kleidung verbirgt. Die Hosenbeine schnürt sie sich über den Fußknöcheln zu und lässt von oben die Kartoffeln hinunterfallen. Den Ernteklau, so glaubt sie, würde der Herrgott schon verzeihen. Ergiebiger noch ist es, wenn ein Bauer sein Feld abgeerntet hat und es zum Stoppeln freigibt. Zu Hunderten stürmen Bedürftige mit Grabegabeln, Hacken, Eimern und Körben den Acker, um die letzten zu klein geratenen Kartoffeln nachzusammeln. Gebeugte Leiber dicht an dicht. Jeden Tag tun sie das, über Wochen hinweg. Immer ein neues Feld, um den Vorrat aufzufüllen und den Winter überstehen zu können. Daheim knien sie vor den Einlagerungen, suchen fleckige und lädierte Knollen für den Sofortverbrauch heraus und bewahren die unbeschädigten in geschlossenen Kiepen auf.

Die Steckrübe ist neben der Kartoffel die zweite Frucht gegen den Hunger. Auch ihre Ernte steht im Oktober an und führt bis weit in den November hinein. Wie schon bei der Kartoffellese, wird auch hier gemeinsam zu Felde gegangen. Die erste Reihe zieht die Rüben an ihren Blättern aus dem Boden, die zweite trennt die Blätter von der Frucht, die dritte Reihe sammelt die Rüben auf und bringt sie zu den Transportfahrzeugen, den Lastern oder Pferdewagen. Eine vierte Reihe, zumeist Kinder, scharrt das Rübenlaub zusammen, da es als Viehfutter oder getrocknet als Brennmaterial Verwendung findet. Der Vorteil von Rüben gegenüber Kartoffeln ist ihre Frostbeständigkeit. Kühl und dunkel gelagert sind beide Früchte mehrere Monate haltbar.

Die Not in den zerstörten und von Ostflüchtlingen überfüllten Ballungszentren ist immens. Scharen von Bettlern treiben sich herum, Städter kommen von weither, ergießen sich übers Land, weil der Hunger bei ihnen nicht minder ist als überall. Sie klopfen an die Bauernhäuser, wollen Teppiche verkaufen, Schmuck eintauschen gegen Nahrung, Gardinen und Bettwäsche für ein Stück Rind, ein Säckchen Kartoffeln, Eier, Mehl und Brot. Bei Ludwig betteln hungrige Damen aus Itzehoe. Er kann nichts für sie tun und droht, den Hofhund loszuketten, wenn sie nicht bald verschwänden. Es nützt auch nichts, wenn er das Tor verriegelt. Nahrungssuchende überwinden in ihrer Verzweiflung den Zaun und klopfen dennoch an seine Tür, jeden Tag und in der Nacht.

Da ist es gut, zumindest eine Scheune sein Zuhause nennen zu dürfen, irgendwo hinzugehören, nicht vertrieben zu werden, geduldet zu sein. Sich nicht auch noch um die Sorge eines Obdachs zu plagen. Soll draußen auf den Straßen passieren, was will, denkt sich Elisabeth. Solange es ihr und dem Mädchen gutgeht, ist alles andere egal. Die Scheune ist doch ein Glück, ein Augenzwinkern des Schicksals, so ihre Meinung heute. Es hätte sie schlimmer treffen können. Sie müssen nicht betteln, sich erniedrigen, nicht über Hof und Dörfer ziehen. Beflügelt von dieser Erkenntnis, bereitet sie für die Babymutter ein Fläschchen mit Wasser und geriebenen Kartoffeln zu.

An einem Morgen im Oktober soll die Schule wieder beginnen. Eine tiefe Sonne wirft sich über die Felder, als Kurt und Alinka, in Begleitung seiner Mutter Rosemarie, auf der Straße nach Kellinghusen laufen. In einem Gasthaussaal am Stadtrand finden sich etwa fünfzig Kinder jeden Alters ein. Zerlumpte Gestalten nehmen Platz auf Barhöckern und Stühlen, vor zurecht geschobenen Tischplatten. Hohe Fenster zeigen Bäume mit welkem Laub. Alinka sitzt neben Kurt. Überall in dieser Stadt soll es nun solche provisorischen Schulräume geben.

Ein Mann auf Krücken, mit nur einem Bein und halb verbranntem Gesicht, stellt sich ihnen als Herr Klausen vor. Das Brandmal hätte er einem Gewehrfehlzünder zu verdanken. Welliges Haar trägt er auf dem Kopf, eine Brille mit runden Gläsern. Keine dreißig mag er sein, dieser Kriegsversehrte im schwarzen Anzug, dessen rechtes Hosenbein nach oben gebunden ist. Schon vor dem Soldatenleben sei er Lehrer gewesen für ein Jahr, damals in Hamburg Fuhlsbüttel. Nach Nordfrankreich müsse er noch mal reisen, scherzt der gutgelaunte Pädagoge, nach seinem Bein Ausschau halten und es wieder an den Körper schrauben. Es liege da nun im Grase und würde zappeln wie das von einem Weberknecht.

Zuerst überträgt Herr Klausen die Namen der Kinder in sein Heft, bespricht mit ihnen den Ablauf der folgenden Tage, den Unterrichtsplan. Dann teilt er die Sitzplätze so ein, dass die Großen den Kleinen helfen können. Alinka und Kurt sitzen weiterhin zusammen, sie passen von Alters her in sein Konzept. Mathematik, Deutsch und Singen sind die Fächer in der ersten Woche. Ab der zweiten kommt die Turnstunde hinzu, die hinter dem Haus auf einer Wiese ausgetragen wird. Dazu stellen die Schüler sich auf, Mädchen links, Jungen rechts. Jeweils das älteste Kind tritt an die Spitze seiner Gruppe und macht Leibesübungen vor, denen die anderen zu folgen haben. Purzelbaum und Hampelmann, Kniebeugen, die Hüften drehen, ein Bein hoch, das nächste Bein, Arme dabei schwingen, beim Laufen in die Hocke gehen, wieder hoch und weiter. Die Kinder haben Freude an der Bewegung, die Turnstunde ist ihnen neben dem Singen das liebste Fach.

Die Pausen werden bei gutem Wetter draußen an der frischen Luft abgehalten, wobei die Mädchen stets auf dem Zaun hocken, wie sommers die Schwalben auf einer Telefondrahtleitung. Oft wird dazu ein Apfel oder eine Scheibe Brot ausgegeben. Der schönste Moment für die Kinder ist, wenn sie nach dem Lernen zur Schulspeisung in die Gasthausküche gehen. Jedes hat dazu einen Löffel und einen Teller oder Becher von zu Hause mitzubringen für die warme Suppe. Küchenfrau Birgit und ihre erwachsene Tochter sind zuständig für die Essensverteilung.

Eine ärztliche Untersuchung im Schulraum erfolgt in Woche drei. Einige Kinder erhalten Spritzen und Medikamente gegen irgendwelche Leiden. Dennoch bringt Alinka Läuse von der Schule mit. Der anfangs ungewohnte Rhythmus fügt sich bald ins Alltägliche. Fünf Tage die Woche, Unterricht von acht bis zwölf. Weil mehr und mehr Flüchtlingskinder eintreffen und es an den Bänken stetig enger wird, gibt es bald auch Nachmittagsunterricht.

Alinka freundet sich mit Mädchen ihres Jahrgangs an, mit Jutta aus Köslin und den Schwestern Ela und Barbe aus dem Kreise Mohrungen. Vor allem mit diesen beiden verbindet sie die weit entfernte Heimat, das Gefühl, am anderen Ende der Welt angelangt zu sein. Unter den Jungen läuft es weniger friedlich ab. Einheimische und Zugezogene prügeln sich vor dem Gasthaus, belauern einander auf dem Heimweg oder befeinden sich während des Unterrichts. Herr Klausen hat sein Tun, die Störenfriede ruhig zu halten. Nicht selten dirigiert er den einen oder anderen vor die Tür.

Als besonderer Streithahn tut sich ein Dieter Freese hervor, ein Ortsansässiger von beinah vierzehn Jahren. Der Lehrer könnte es leichter haben ohne diesen Jungen auf der letzten Bank, der damit prahlt, während des Krieges in Hamburg zwei Panzer abgeschossen zu haben. Keiner will ihm das glauben. Tatsächlich aber soll er für ein halbes Jahr fort gewesen sein und sich mit Freunden aus der Hitlerjugend abgegeben haben. Auf seinen überbreiten Schultern wippt ein schief gewachsener Kopf. Schlecht geschnittenes Haar fällt ihm wie ein Schweif Efeuranken über die Stirn. Er ist von solch unbändigem Charakter, dass der Lehrer an seine Grenzen stößt. Er hat es aufgegeben, ihm Wissen zu vermitteln. Ohnehin fehlt es Dieter Freese an Begehren, dem Stoff zu folgen und mitzuarbeiten, sodass er entweder den schweren Kopf auf die Bank legt und ein Schläfchen hält, oder aber mit Rufen und Pfiffen den Unterricht stört. Klausen rügt ihn für unmögliches Benehmen.

Ein Irrweg zurück

Der Winter kommt früh in diesem Jahr, bringt Kälte und Schnee. Bauer Ludwig mahnt, mit dem Feuer aufzupassen, nicht die Scheune in Brand zu setzen. Stetig kehrt er ein, kontrolliert die Ofenherde aus Mauerziegeln und verändert deren Positionen, damit kein Funke übergeht. Mitte Dezember stellt er eine alte, rußgeschwärzte Brennhexe in der Waschküche auf. Welch ein Komfort gegenüber den primitiven Steinen. Im Wechsel bereiten die Frauen darin nun ihre Mahlzeiten zu oder kochen ihre Wäsche. Die Scheune darf jetzt nur noch des Nachts und zum Heizen befeuert werden, nicht mehr zum Kochen oder Braten. Jedes Kind hat täglich ein Stück Holz in die Schule mitzubringen, für den Kachelofen in der Ecke. Im Unterrichtsraum ist es wärmer als in Ludwigs Scheune. Die ist zu groß, um sie warm zu bekommen, und durch die Ritzen pfeift es wie in einer Kirche.

Weißer Zauber ruht über dem Land. Die Beete und der ganze Hof, alles liegt im Winterschlaf. Ein stilles Norddeutschland mit Flocken, die friedlich aus dem Himmel rieseln. Spuren im Schnee, von spielenden Kindern, Pfade zwischen den Gebäuden, zwischen Scheune, Stall und Bauernhaus. Ast und Strauch von Puder bedeckt, Rehe auf den Feldern. Auf der Straße selten ein Auto, eher noch ein Pferdegespann. Ludwig werkelt vor dem Stall mit einem Hobel, bearbeitet ein Brett, das auf zwei Böcken liegt. Kaum ein Laut, außer dem steten Schaben, dringt in den Vormittag hinein. Die Straße ist noch nicht geräumt, solange fällt für Alinka und Kurt die Schule aus. Jeden Tag kochen die Frauen Steckrüben, als Suppe, als Pudding oder Marmelade, Steckrüben ins Brot gemischt. Manchmal ein Bratapfel aus dem Ofen. Lieber noch verzehren sie das Obst und Gemüse roh. Die Nächte in der Scheune sind kalt, mit ihren Mänteln gehen sie ins Bett, legen sich heiße Steine aus der Feuerstelle, in ein Tuch gewickelt, ans Fußende unter die Decken.

Das Jahresende nähert sich, die erste Nachkriegsweihnacht rückt an, ein Fest der Tränen und der Sehnsucht, nach Mensch, nach Heimat, nach einmal Dagewesenem. Hinter den Fensterscheiben des Bauernhauses flackern zur Dämmerung die Kerzen. Düfte von gebratenem Fleisch und Backwaren strömen ins Freie, Lieder erklingen. Sogar den Hund haben sie hereingeholt. Kurt und Alinka stehen im Schnee, bestaunen die bunten Kugeln an den Fenstern. Wie gut es denen geht, die noch daheim sind und fast nichts verloren haben. Die sitzen in der warmen Stube, singen »Oh, Tannenbaum« und haben zu essen genug.

Gesungen wird auch in der Scheune und sich zusammengesetzt, die Vorhänge zum ersten Mal abgenommen. Doch jedes Mal versiegen die Stimmen, gehen über in ein Seufzen. Die Texte rütteln Erinnerungen wach, fördern Kummer und Begehren. Erst recht, als Kurt ein Gedicht aufsagt und von der Mutter sein Geschenk entgegennimmt, das da aus einer Wollmütze besteht, selbstgestrickt aus Resten. Die Mittel sind zu knapp, um größere Wünsche zu erfüllen. Einen Tannenbaum gibt es nicht, stattdessen eine Konserve mit Nadelzweigen, an denen Wattebällchen und bunte Pappbilder mit Motiven von Kerzen und Lebkuchen hängen. Die Kinder wollen singen, ihnen bleibt nicht die Stimme weg. Doch weinen müssen auch sie, wenn sie an den Vater denken, der fehlt in dieser wichtigsten Stunde des Jahres. Es sind dieselben Lieder wie zu Hause, jeder kennt und liebt sie. Heute aber, an diesem Heiligabend 1945, tun sie einfach nur weh.

Spät noch sind Schritte zu hören, draußen vor der Scheune. Wieder ein Gauner, der sich bereichern will? Des Bauern Stimme erhebt sich. Rosemarie löst den Riegel von der Tür. Eine Schüssel hält er in beiden Händen, darüber ein Küchentuch, das den Inhalt verbirgt. Es riecht so köstlich wie in einem Traum. Er legt die Schüssel auf einer Kiste ab und zieht das Tuch beiseite. Oh, was für ein Anblick! Die Frauen verlieren die Fassung, können nicht glauben, was sie da sehen, falten die Hände zum Gebet und bedanken sich tausendmal, bei Ludwig und dem Herrgott. Pfeffernüsse und Kuchenstücke, nebeneinander, übereinander, für jeden genug da. Elisabeth und die Babymutter fangen an zu heulen, Alinka und Kurt gleich mit. Einen frohen Abend wünscht er noch, dann verlässt der Bauer die Scheune. Das große Essen beginnt. Schokolade, endlich wieder Schokolade, nur ein Klecks am Kuchenrand, der den Gaumen kitzelt und verrückt macht. Ein Jahr ist das wohl her, dass Alinka diesen Geschmack gekostet hat. Zu essen haben ist doch mehr als nur eine Gabe des Allmächtigen, es ist ein Lebensgefühl, ein Segen, der mit kaum etwas anderem konkurriert.

Der Januar bringt reichlich Frost. Einmal müssen sie beim Bauern um Feuer aus der Hausküche bitten, da in der Scheune die letzte Flamme über Nacht erloschen ist. Sonst lodern vier Stellen gemächlich dahin, manchmal auch zwei oder drei, da kann der Scheit beim Nachbarn hineingehalten werden, um das eigene Feuer wiederzubeleben. Des Bauern Ofen ist nie aus. Dieser Mann besitzt die selten gewordenen Zündhölzer, mit denen er das Reisig und somit das Holz in Brand setzen kann, wenn es auch ihm mal ausgehen sollte.

Der kristallene Schnee auf dem Hof blinkt im Sonnenlicht dieser kurzen Tage. Hunger und Kälte werden zur Qual. Was die Mütter haben, geben sie den Kindern und bleiben selbst zurück. Kartoffeln und Rüben, Körner vom Futter aus dem Hühnerstall sieden auf den Ofenplatten in der Waschküche vor sich hin, gestreckt durch sämige und nach Stunden noch immer nicht gargekochte Fasern von Rinde. Die Wünsche der Frauen werden nicht erhört, ihre Gebete halten sie nur noch im Stillen ab. Wenn sie beisammen sitzen, reden sie nur übers Essen, erinnern sich an Festtage, an reich geschmückte Tafeln, an Geburtstage hier, an die Hochzeit da. Als es den Hunger noch nicht gab. Als das Soßenkännchen um den Tisch gereicht wurde, der Bratenduft durch die Räume zog, Klöße und Rosenkohl jeden Magen sättigten. Als auch dann das Mahl noch nicht beendet war, da erst der Nachtisch mit Pudding und Sahne den Abschluss bildete.

Weil die Kinder ihre Rationen bekommen, bleiben sie bei Kräften. Doch weil die Mütter ihnen zuliebe verzichten, leiden sie Entbehrungen, stehen Erkältungskrankheiten aus und verbringen viel Zeit im Bett. Umso größer ist ihre Angst, dass sie ausfallen werden und keine Stütze mehr sind. Ist die eine Mutter krank, helfen die anderen, springen ein und stehen einander bei. Jede aber nur so viel wie nötig, denn nichts zählt mehr, als das eigene Weiterkommen, das eigene Kind und dessen Vitalität. Rosemarie hat sich Beulen geholt, dicke und blaue Flecken an den Beinen. Vom Plumpsklo, vermutet sie, der Fäkaliengrube, dem Joch aus Pilzen und Keimen. Der Doktor aber kommt nicht zum Hof.

Auch Elisabeth geht es schlecht, sie hat sich im Dorf etwas zugezogen. Der Teufel selbst hätte das getan, so drückt sie sich aus, wenn Alinka sie danach fragt. Es sei die Strafe für den Diebstahl auf dem Kartoffelacker und für all die kleinen Dinge, die sie unberechtigt an sich nahm. Wenn das als Schuldzuweisung nicht genügt, dann eben dafür, die Bibel als Papier für den Hintern benutzt zu haben. Seite für Seite der Heiligen Schrift beschmiert und beschmutzt, niedergeworfen in den Abort. Die Worte Gottes aufs Übelste geschändet. Das sei ihr Fluch, das bestrafe der Herrgott mit dem Tod. Weil Alinka es für Gerede hält, denkt sie nicht weiter drüber nach. Sie bringt der Mutter das Essen ans Bett und füttert sie, wischt ihr den Mund und spielt mit Kurt im Hof.

Die Zöpfe trägt sie, wie damals, nun wieder auf beiden Seiten. Monatelang wehte ihr offenes Haar im Sommerwind und tobte in den Stürmen des Herbstes. Ihr Beinkleid prägt zahlreiche Flicken, gesammelt auf einjähriger Reise von Nordost nach West. Viele ihrer Klamotten warfen sie im Frühling in die Feuerstelle, nun aber werden sie vermisst. Aus einer Lederdecke des Bauern, deren tatsächlichen Erwerb Elisabeth der Tochter verschweigt, nähte sie ihr einen Überrock für die kalten Winternächte.

Das Leben hat seine Tücken, die Gesundheit ist ein dünnes Blatt. Täglich sterben Menschen. Nicht nur der Hunger ist es, der sie von dieser Erde scheidet, auch Krankheiten, hervorgerufen durch medizinische Unterversorgung und mangelnde Hygiene. Unreines Wasser ist ein Problem, denn wer es nicht abkocht vor dem Verzehr, der riskiert die eigene und die Gesundheit der Kinder. Die Sanitärstation in Kellinghusen ist ein von Bazillen belastetes Refugium, ein Tummelplatz für Parasiten jeglicher Art. Dort hat es Elisabeth erwischt, sie ist von hohem Fieber geplagt. Eine Nacht und einen Tag lang wälzt sie sich auf der Pritsche, sinniert und spricht im Schlaf. Der Doktor kann nicht mehr tun, als ihr kalte Wickel um die Waden und ein kühlendes Tuch auf die Stirn zu legen.

Wechselt die Tochter den Lappen, so erschrickt Elisabeth, doch ist sie nicht ansprechbar. Die Wangen sind eingefallen, das Haar ist ergraut, knochig das Kinn. Falten ziehen ihre Linien, wo vorher keine waren. Als sie einmal am Abend erwacht und das Wasser entgegennimmt, das Alinka ihr mit zitternden Händen reicht, starren leere Augen durch sie hindurch. »Mutti? Wie geht es dir?« Elisabeth hustet nur und spuckt das Wasser aufs Bett. Sie räuspert sich, doch der Hals ist zu trocken. Wieder setzt Alinka ihr die Flasche an den Mund. »Sag, Mutti, was ist mit dir?« Doch sie antwortet nicht.

Am Tage drauf sind die Schmerzen fort, so scheint es. Elisabeth findet die Sprache wieder, doch was sie sagt, kommt einer Selbstaufgabe gleich. »Wenn ich«, erklingt ihre leise Stimme, »wenn ich nicht mehr bin.« Alinka fährt ihr ins Wort: »Mutti, was? Wie, wenn du nicht mehr bist! Was soll das heißen?« Elisabeths Augen rollen unsanft in den Höhlen. »Wenn ich nicht mehr bin«, führt sie weiter aus und macht eine Pause, »wende dich ans Rote Kreuz und such nach deinem Vater.« Alinka begehrt auf, doch sie erkennt, wie ernst der Mutter diese Worte sind. Die Kraft der einst so harten Frau ist am Ende. Stets hat sie sich aufgerieben, doch nun die Hoffnung verloren. Weder das Licht der Sonne noch das ihrer Tochter dringt zu ihr hindurch. Das Wasser rührt sie nicht mehr an, auch nichts vom letzten Brot. Auf den Weinkrampf ihres Kindes zeigt sie keine Regung. Alinka kniet am Bett, nimmt ihre Hand, küsst und drückt sie aus inniger Liebe. »Mutti, dass du nur bei mir bleibst.« Was aber macht es schon. Im Meer der Schicksale sind auch diese beiden nur zwei Tropfen Wasser.

Elisabeths Zustand verschlechtert sich. Sie fantasiert, redet wirr, äußert Hirngespinste. Morgen wolle sie alle Verwandten zum Kaffee einladen, Alinka müsse noch die Kärtchen verschicken. Jetzt aber fahre sie mit Gustav ins Theater, wolle eben noch seinen guten Ausgehanzug bügeln und dann nur nicht den Zug nach Memel verpassen. Alinka sitzt vor dem Bett, hält wieder ihre Hand und hört sich das alles mit an. Sie nimmt den Lappen von der Stirn, taucht ihn in die Schüssel mit dem kalten Wasser, legt ihn wieder auf.

Elisabeth schläft einen ganzen Tag, zum Abend sinkt das Fieber. Als sie sich am Morgen aus dem Bett erhebt, wirkt sie geradezu genesen. »Pack die Sachen, wir müssen los!« Auf wackeligen Beinen stopft sie das Zeug in die Taschen, nimmt die Bilder von der Wand und wiederholt ihre Forderung an die Tochter, die erschrocken zusieht. Besteck und Becher scheppern im Rucksack. »Wohin denn, Mutti?«, fragt Alinka. Sie tastet nach dem Wecker, ohne die Zeit abzulesen. »Nach Hause, Kind, nach Hause.« Die erste Decke wird zusammengerollt und auf den Ranzen gebunden. Alinka springt beiseite. »Mutti, geht es dir gut?« Als diese einen Augenblick innehält, fühlt sie nach deren Stirn. Sie ist kühl, die Mutter scheint bei klaren Gedanken. Nun guckt sie auf den Wecker in ihrer Hand, der nicht mal fünf Uhr anzeigt.

Hinter dem Vorhang ersucht die Babymutter um Ruhe, ihr Kleines würde doch noch schlafen. Elisabeth stört das nicht, sie poltert ohne Rücksicht, stampft laut auf und summt. Noch jemand schimpft wegen des frühen Lärms. Auch darauf geht Elisabeth nicht ein. Sie packt den Rucksack der Tochter, weil die wie angewurzelt dasteht und keinen Finger rührt. »Zieh dich an, wir müssen zum Bus!« Alinka gehorcht, sie wirft sich die Straßenkleider über das Nachthemd, schlüpft in die Stiefel, schnallt sich den ihr gereichten Rucksack über und greift das Säckchen mit den Rübenscheiben und Kartoffeln.

In wenigen Minuten ist alles, was sie besitzen, eingepackt. Ungläubig und jedem Wahnsinn zum Trotz stolpert Alinka ihrer Mutter nach, aus der Scheune hinaus in den klammen Morgen. Auf hart getretenem Altschnee wenden sie sich der Straße zu. Im Bauernhaus brennt noch kein Licht. Schweigend machen sie sich auf in Richtung Kellinghusen. Alinka sieht zurück, sieht, wie die Kontur der Scheune ins Dunkel verschwimmt. Sie stellt keine Fragen mehr. Vielleicht, weil sie weiß, dass es zu nichts führt, dass alles Irrsinn ist, was gerade geschieht. Vielleicht aber auch, weil der Gedanke an Wiederkehr, so ausgeschlossen er sich anfühlen mag, ein so schöner und mächtiger ist, den es nicht kaputtzumachen gilt, der ausgekostet werden muss, solange er besteht. Die raue Wirklichkeit holt sie schnell genug wieder ein.

Eisnebel steht über den Feldern längs der Straße. Kein Laut wäre zu hören ohne das Knacken des gefrorenen Schnees unter ihren Stiefelsohlen oder das Quietschen von Henkel und Kanne. Sie erreichen den Rand von Kellinghusen, kommen vorbei an den lichtlosen Fenstern des Gasthauses und laufen in kurzen, doch zügigen Schritten durch den schlafenden Ort. Eingepackt in ihre Wintermäntel, in Schal und Mütze, Sack und Bündel am Leibe, irren sie beinah ziellos umher und verlieren im Stadtkern die Orientierung. Ein paar Frühe sind schon auf den Beinen. Hier das Rasseln einer Kohlenkellerluke, dort das Wummern von Lkw-Motoren.

Ein Laster hält, weil Elisabeth den Fahrer an die Seite winkt. Sie steigen auf und sitzen im Führerhaus neben zwei britischen Soldaten. Die Handvoll Kartoffeln, die Elisabeth aus dem Gepäck holt und ihnen als Dank für die Mitnahme geben will, lehnen die Männer ab. Die Fahrt geht hinaus aus Kellinghusen, wieder zurück und noch mal an der Scheune vorbei. Das Herz tut Alinka weh bei ihrem Anblick, als wäre es der Elternhof. Der Laster ruckelt durch Mühlenbarbek und weiter bis nach Itzehoe. Noch vor der Stadt müssen sie das Fahrzeug verlassen, da es den Militärs generell verboten sei, Zivilisten mitzunehmen, wie die Soldaten in abgehacktem Deutsch erklären.

Noch immer ist es dunkel, da schreiten sie entlang an Vorgärten und Siedlungsbauten dem Stadtrand zu. Ein leiser Wind kommt auf, Eiskristalle tropfen von den Bäumen. Je näher sie dem Zentrum kommen, desto mehr erwacht das Leben in den Straßen. Elisabeth fragt sich durch, der Hauptbahnhof ist ihr Ziel. Gestern noch sterbenskrank, heute agil wie ein Ackerpferd. Ihr Gang ist flott, und nichts zeigt auf den Krankheitszustand der vergangenen Tage. Alinka, beladen mit Kanne, Rucksack und Tasche, hat Mühe schrittzuhalten. Das Elendsgesicht aber trägt Elisabeth noch immer, die Augen sitzen tief in den Höhlen, die Wangen sind eingedrückt, das Haar ist so farblos wie das einer Greisin kurz vor dem Lebewohl.

Als sie den Schienenstrang erreichen, folgen sie ihm in südlicher Richtung und haben auch schon den Bahnhof vor Augen. Ein Zug ist nirgends in Sicht, aber Dutzende Menschen harren in und vor dem Gebäude aus. Viele liegen in Decken, haben die Nacht hier verbracht. Vor allem Frauen und Kinder, die nichts mehr besitzen, die kein Dach mehr über den Köpfen haben und weiter wollen zu Verwandten in nicht-zerbombte Städte, irgendwie und mit irgendeinem Zug.

Der Morgen klart auf, Mutter und Tochter bereiten sich einen Unterstand und zerkauen Rüben. Niemand weiß, wann ein Zug durchkommt. Gestern fuhren zwei, heißt es, der letzte heute Nacht. Ungeduldig starrt Elisabeth zu beiden Richtungen der Gleise. Dann sitzen sie auf ihren Taschen und prüfen das Wenige, das sie noch haben, zählen und suchen, ob nichts vergessen wurde. Die Milchkanne ist mit Wasser halb gefüllt und mit einem Tuch vor Schmutzeinfall abgebunden. Nahrung rührt Elisabeth kaum an, vom Wasser jedoch nimmt sie reichlich, füllt zwei, drei Mal den Becher auf. Immer und immer wieder sieht sie zu beiden Richtungen der Gleise.

Frauen und Kinder verkriechen sich in ihren Decken. Wenn Alinka versucht zu schlafen, dann packt der Frost ihre Zehen, sodass sie doch lieber wach bleiben will. Um elf Uhr fängt es an zu schneien, dichte Flockenwirbel tanzen auf den Hausdächern gegenüber. Sie hat den Wecker in der Hand. Zum Mittag hin fahren ohne Halt drei Güterzüge durch den Ort nach Süden. Eine Schar Menschen setzt sich in Bewegung, in der Erwartung, am Hafen auf einen Zug steigen zu können. Die alten Fahrpläne von vor dem Kriege gelten jetzt nicht mehr, heute sind es Zufall und Glück, die ein Weiterkommen bestimmen.

Der Nachmittag kehrt ein, es dunkelt bereits. Wieder ist von Norden das Rattern eines Zuges zu hören. Die Menschen rollen die Decken zusammen und packen ihre Habe. Eine Lok tuckert in die Kurve, das Horn ertönt. In ihrem Schlepp hat sie ein halbes Dutzend rostbrauner, bereits überfüllter Personenwaggons. Der Ansturm beginnt, Wagen und Trittbretter werden bevölkert. Nur wenige verlassen den Zug. Alinka und Elisabeth drängeln sich in den Gang des letzten Waggons. Ein Teil des Wassers in der Kanne wird dabei verschüttet. Die Lok fährt an, zieht ihre Fracht durchs dämmernde Itzehoe und über ein Flüsschen hinaus aus der Stadt.

Bereits nach Minuten hält der Zug in einem Ort namens Breitenburg. Abermals herrscht Gedränge, noch mehr Menschen versuchen, das Innere zu erreichen oder halten sich draußen an den Zustiegen fest. Dennoch stoppt der Zug auf jedem Kleinstbahnhof. Viele dort Wartende erkennen, dass es keinen Sinn macht, die Abteile zu erobern, sie versuchen es erst gar nicht. Ganz Verrückte steigen über die Fenster ein. Alinka sinkt in die Hocke, lehnt mit dem Rücken an der Wand. Keines ihrer Glieder kann sie strecken, sich nicht langmachen, dem Kopf nirgends eine Stütze geben.

Am Abend rollt der Zug in Hamburg ein und stoppt weit weg vom Bahnhof auf freier Strecke. Das zerstörte Gleisbett ist noch nicht repariert.

Zu Fuß geht es nun weiter, dem Strom der anderen hinterher, aufs übernächste Bahnhofsgelände, wo sie einen abfahrbereiten Personenzug besteigen. Von Neuem beginnt das Schubsen, das Gerangel mit den Ellbogen. Wieder reicht es nur für einen Platz auf dem Gang, der zusehends enger wird, auf dem sich die Leiber drängen. Die Wagen sind unbeleuchtet, der Bahnhof ist es nicht. Draußen in der Halle bieten Händler ihre Waren feil. Im Chaos der Nachkriegszeit wirkt jedes Treiben in dieser großen Stadt beinah organisiert. Rastlos sind die Menschen, wie ein Ameisenheer, angetrieben von der Last, wie der kommende Tag überstanden werden soll. Dann schlingert auch dieser Zug davon, mit schaukelnden Waggons, nun steil hinauf nach Nordosten.

Mitten in der Nacht treffen sie in Lübeck ein. Endstation weitab eines Bahnhofs. Wohin es geht, das wissen die beiden Memelländerinnen nicht. Erst einmal am Gleisbett den anderen hinterher, dem Pulk armseliger Gestalten, den Bettlern und Landstreichern, wie auch sie welche sind. Im Winkel einer unbeleuchteten Bahnhofshalle breiten sie ihre Decken aus. Nicht lang darauf ist auch der letzte Platz belegt. Gut hat es, wer eine Bank für sich behaupten kann und nicht der Bodenkälte ausgesetzt ist. Gepäckstücke mit Habseligkeiten werden zum Schutz vor Diebstahl als Kissen unterm Kopf oder unter den Schlafdecken verborgen. Die vielen Körper dicht an dicht halten den Frost im Zaum, dennoch bleiben die Füße klamm. Viele leiden an Erkältung, die meisten an Hunger und Durst. Die Kanne hat Alinka mit Schnee aufgefüllt, der nur langsam schmilzt. Niemand wagt, in der Halle ein Feuer zu entfachen, zu groß ist die Gefahr, dass Kleidung in Brand gerät.

Am kommenden Morgen weckt Alinka die Mutter, weil ein Großteil der Leute weiterzieht. Eilig packen auch sie ihre Habe und folgen dem Tross am Bahngleis nach Norden und inmitten durch die Stadt, die sich von anderen Kriegsschauplätzen wenig unterscheidet. Die Vorderen beginnen zu laufen, sie haben etwas entdeckt. Der Rest der Gruppe tut es ihnen gleich. Ein geschlossener, schier endloser Güterzug ist nach wenigen hundert Metern erreicht. Riegel werden betätigt, Türen geöffnet und zur Seite geschoben. Im Innern liegt Stroh, aber keine Güter sind darin zu finden. Der

Waggon, den Elisabeth auserkoren hat, ist leer. Ein stehender Zug aber birgt Gefahr, wenn er unerwartet in Bewegung gerät, die falsche Richtung einzuschlagen. So dient er ihnen für wenige Stunden als windgeschütztes Plätzchen, als Aufenthalt und Wärmepol, wie auch zum Verrichten notdürftiger Angelegenheiten, als sie schließlich doch allein sind.

Gegen Nachmittag haben sie ihre Gruppe wieder eingeholt und suchen unter dem Vordach eines zerstörten Lübecker Bahnhofs nach einer Stelle für die Nacht. Das Hauptgleis wäre anderswo, heißt es von Einheimischen. Hier auf dieser beschädigten Nebenstrecke würden keine Züge eingesetzt. Auf dem Rangierbahnhof könne eher auf Weiterfahrt zu hoffen sein. Ein paar Ruhelose brechen sofort auf, andere übernehmen ihre Plätze. Elisabeth zählt zu denen, die nicht warten können, sie treibt die Tochter an, ihr zu folgen. Zur Dämmerung schleppen sie sich durch die Stadt. Das einkehrende Zwielicht verbirgt, was nicht zu sehen lohnt. Der Krieg hat hier gehaust, vielleicht mehr als anderswo.

Dann ist es wieder ein Bahnhof, trostlos wie all jene in dieser Zeit, mit Ansammlungen von Armut und verbitterten Gestalten. Er muss genügen für die kommende Nacht. Noch ehe sie die Decken ausgebreitet haben, erfüllt ein Rattern die Luft. Alles springt auf und packt zusammen, die Ersten rennen zu den Schienen. Ein Personenzug hält mit lautem Quietschen. Er wird erobert, geentert, in Beschlag genommen von knapp zweihundert Wegelagerern. Diesmal ist es ein guter Platz, den sich Mutter und Tochter erkämpfen. Eine Holzbank unter dem Po ist mit keinem Reichtum aufzuwerten. Enge ist dennoch unvermeidbar. So tragen sie das Gepäck auf dem Schoß, die Kanne zwischen den Beinen, die Decken als Stütze hinter dem Kopf. Möge die Fahrt in diesem Zug eine weite sein, sind die Gedanken von Alinka.

Nach bangem Warten schiebt sich das eiserne Gefährt vom Fleck. Es spricht sich herum, der Zug fahre in den Osten. Ein Kribbeln durchwandert Alinka. Im Osten liegt die Heimat. Es geht zurück nach Hause. Aber daran will sie noch nicht glauben. Vorfreude hat schon manchen Traum kaputtgemacht. Hoffnung gilt nicht mehr, sie steht der Erwartung hintenan. Was auch passieren und wie es weitergehen wird, wohin nun dieser Zug sie bringt, es ist egal, wie bereits alles egal geworden ist. Selbst der

Hunger und das Kratzen im Halse sind nicht mehr relevant. Der Mangel an Schlaf und die eiskalten Füße demoralisieren Körper und Geist. Gegenwehr scheint zwecklos.

Ein Weilchen ist sie noch wach und beobachtet das alte Pärchen mit dem Kleinkind auf der Bank gegenüber, bis ihr der Kopf zu schwer wird und er auf den Nacken der Mutter niedergeht. Realität vermischt sich mit Träumen. Übermüdung, Hunger und Durst treiben ihr Spiel mit dem Verstand, spiegeln Fantasie und tatsächlich Erlebtes wider, dass kein Scharfsinn es mehr zu entknoten weiß. Das Stoßen der Wagenräder und das Heulen einiger Kinder vermag der Schlaf zu umgehen. Schon ist Alinka weit weg, auf einer Reise in die Vergangenheit, beim Großvater im Stall. Die Kälte in den Füßen aber gestattet keinen festen Schlaf und holt sie wieder zurück. Im Gleichtakt wechselt sie zwischen hier und dort, zwischen Traum und Wirklichkeit, wandert ruhelos in beiden Welten. Ein Marsch, der nicht aufhören will, den nur das endgültige Halten des Zuges niederringt.

Was ab dann passiert, erfasst sie nur noch am Rande. Es sind die Lücken im Flechtwerk ihrer schwindenden Wahrnehmung, das Funktionieren und Gehorchen auf die Befehle der Mutter, die sich von weither und beinah lautlos zu ihr hindurch bewegen. Der Marsch auf dem Wolkenpfad nimmt kein Ende. Als sie die Augen öffnet, sitzt sie nicht mehr im Zug, befindet sich in einer Halle, liegt und krümmt sich in den Decken. Niemand ist da, der sie streichelt, der sie wärmt, der sagt: »Es war nur ein Traum, schlaf weiter.« Die Mutter ist da und ist doch nicht bei ihr. Ihre Liebe kommt nicht an. Menschliches versiegt, Entbehrung treibt ihre Steuern ein.

Einen Tag und eine Nacht darauf knien sie abermals im Gang eines Zuges, rekeln sich auf ihren Taschen und verbringen den Abend an einem weiteren Bahnhof in einer unbekannten Stadt. Der Frost hat die Kartoffeln verdorben. Dennoch werden sie gegessen. Noch ein Tag vergeht, noch mal sitzen sie im Zug. Dann laufen sie an den Schienen entlang zu einem Haltepunkt. Alinka immer nur der Mutter nach, die den Arm der Tochter festhält und kaum ein Wort sagt. Wenn sie doch mal redet, klingt es wirr und unverständlich. Sie torkelt, ist krank und nicht mehr sie selbst. Es hat für Alinka keinen Zweck, auf die Mutter einzureden, ihre Worte erreichen sie nicht. Sie sieht sich machtlos, findet keinen Zugang mehr.

Irgendwann und irgendwo überschreiten sie, ohne eine Kontrolle zu durchlaufen, die Grenze zwischen der britischen Besatzungszone und dem russischen Sektor. Nach kalten Bahnhofsnächten gelangen sie auf einem Güterzug mit Zivilisten und sowjetischen Soldaten nach Güstrow, Neubrandenburg und Pasewalk, wo sie die Kanne mit Trinkwasser füllen können. Auf einem offenen Kohlewaggon führt es sie nach Ducherow. Ein Personenzug, dessen Ziel sie nicht kennen, trägt sie in den Norden.

Elisabeths Kopf ist auf den Schoß der Tochter gesunken. Die Tränen des Mädchens perlen auf das einst so makellose und nun spröde Haar der Mutter herab. Als dieser Zug auf einem Bahnhof zum Stehen kommt, erwacht Elisabeth. »Sind wir schon da? Wir müssen raus!« Aus dem Dunkel hinter der Scheibe mehren sich die Lichter. Mit der Ruhe ist es vorbei. Elisabeth hüpft in den Gang, schnappt Decke und Tasche, Alinka den Rucksack und die Kanne. Doch Hektik ist nicht mehr vonnöten, das aber begreift sie nicht. Das Erlebte steckt zu tief, ist noch präsent. Verzweiflung auf der einen, Verlorenheit auf der anderen Seite. So folgt Alinka ihr einmal mehr, durchs Zugabteil, zur Tür hinaus. Der Zug fährt weiter, entfernt sich rasch. Da stehen sie in völliger Fremde, nicht zum ersten Mal, doch zum ersten Mal hier, nun wirklich ohne Sinn und Vernunft. Eine wirre Frau, der die Verwirrtheit anzusehen ist. Und ein Mädchen mit Tränen auf den Wangen, das mitansieht, wie die Mutter nach und nach den Verstand verliert.

Greifswald heißt dieser Ort, wie ein Schild vor dem Halleneingang verrät. Nur wenige Menschen sind zu dieser späten Stunde noch auf dem Gelände unterwegs. Elisabeth wird schwarz vor Augen, sie krallt sich am Mantel der Tochter fest und kann verhindern, dass ihr Kopf allzu hart auf den Boden schlägt. Alinka ruft um Hilfe. Ein Mann und zwei Frauen eilen herbei. Ein Krankenwagen wird gerufen. Sanitäter laden die Mutter auf eine Trage. Der Wagen fährt durch unbekannte Straßen.

Bilder reihen sich aneinander. Da ist ein Krankenhaus, da sind Leute in weißen Kitteln, ein Flur, ein großer Raum. Jemand sagt, das Kind solle draußen bleiben. Worte, ein Schrei aus dem Mund der Tochter. Die Mutter noch immer nicht ansprechbar. Alinka will ihr folgen, doch Hände packen nach ihr, halten sie fest. Türen schließen sich, die Mutter ist aus den Augen. Wieder ein Schrei, so verloren. Dann ein Gesicht, ein freundliches, das Gesicht einer Frau im weißen Kittel. »Alles ist gut, beruhige dich«, hört das Mädchen deren Stimme. Doch Alinka beruhigt sich nicht, sie ist mit den Nerven kaputt. Sie will bei der Mutter sein. »Wie ist dein Name?«, sagt die Frau. »Ich bin Schwester Gudrun.« Alinka starrt auf die Tür. Ein Taschentuch wird ihr gereicht.

Da liegt sie nun, Alinka, auf der Frauenstation in einem Notfallzimmer mit vier Betten, kein weiteres davon belegt. Blickt an die lichtlose Zimmerwand, ans zugezogene Fenster. Was war heute, was war gestern? Ist es drei Wochen, drei Tage her, als sie die Scheune verließen? Was nur ist aus der Mutter geworden? Lebt sie vielleicht schon gar nicht mehr? Tränen laufen zu Mitternacht, der Kloß im Halse will nicht weichen. Das Gedicht der Cousine kehrt ihr in den Sinn: »Ist es der Frühling, nach dem ich mich sehne, wenn ich von Herzen im Schlossteich die Schwäne, nach ihnen die Augen nicht lassen kann, ...«

Damals bei der Tante in Insterburg hat sie zuletzt in einem richtigen Bett gelegen, im Zimmer von Maria und Margarethe. Dieser Raum hier ist geheizt, die Füße sind warm, tatsächlich warm. Die Zerrissenheit legt sich, nachdem sie die Zeilen des Gedichts in Gedanken dreimal vorgetragen hat. Die Müdigkeit tut ein Übriges.

Schon früh geht die Tür auf, wird Licht angemacht. Eine korpulente Krankenschwester tritt grußlos hinein, macht einen weiten Bogen um das Bett, zieht die Gardinen beiseite und klappt zum Lüften das Fenster auf. »Bleib im Zimmer! Hast verstanden?«, ruft sie dem Mädchen zu, bevor sie die Tür wieder schließt. Nicht lang danach kommen ein Arzt und eine junge Schwester mit Mundschutz ans Bett, um sie zu untersuchen, abzutasten. Auch der Arzt ordnet an, das Zimmer keinesfalls zu verlassen. Es müsse abgewartet werden, ob sie an einer Krankheit leide. Die Forderung, zur Mutter zu wollen, wird vorerst abgelehnt. Nun soll sie das Bettzeug entfernen und all ihre Kleider in eine Schüssel werfen, damit sie abgekocht und von möglichen Keinem befreit werden können. Ein Nachthemd, Socken, Unterwäsche und neues Bettzeug bekommt sie ins Zimmer gelegt. Zuerst aber schickt man sie in die Dusche.

Als sie dann mit allem fertig ist, die sauberen Kleider trägt, das Bett bezogen und ein Frühstück gegessen hat, beehren sie abermals der Doktor und die Schwester. Mit einem Stethoskop horcht er Brust und Rücken ab, tief atmen soll sie dabei. Die Schwester notiert auf einem Block, was der Arzt an Fachausdrücken von sich gibt. Als Alinka ein weiteres Mal fordert, die Mutter sehen zu dürfen, verneint es der Mann mit den buschigen Augenbrauen. Abwarten solle sie, sich noch gedulden, die Mutter brauche jetzt Ruhe. Sie wolle doch auch, dass sie schnell gesundet.

Schwester Gudrun sieht nach Alinka, tritt aber nicht ins Zimmer, bleibt auf der Schwelle stehen und wünscht ihr alles Gute. Sie trägt gelocktes Haar, welches halblang als Zopf gebunden ist. Ihr schmales Gesicht, so empfindet Alinka, birgt etwas Vertrautes. Wenn sie lächelt, dann stechen ihre großen Zähne hervor, die das Mädchen, ohne dass es das beabsichtigt, an Lotti und Lumpi erinnern. Auch Gudrun muss die Bitte des Mädchens, nach der Mutter zu dürfen, zurückweisen, so leid es ihr tut.

Den Tag über liegt Alinka im Bett, dreht ein paar Runden im Zimmer, schaut aus dem Fenster und auf einen Weg mit Bäumen, nimmt das Mittag und das Abendessen entgegen, karge Rationen aus Weißbrot und Fruchtgelee. Am Abend ist die korpulente Nachtschwester wieder da und sieht kurz nach dem Rechten. Sie leert den Eimer und schaltet das Licht aus, obwohl Alinka sie darum bittet, es brennen zu lassen. Alles wird ihr hier verboten, denkt sie sich. So liegt sie da im Dunkeln und hofft, dass die Augen sich gewöhnen und Konturen zeigen, vom Schränkchen neben dem Bett, von der Lampe, vom Lichtspalt unter der Tür zum Flur.

In der Nacht hält es Alinka nicht mehr aus. Sie wartet, bis alles ruhig geworden ist, die schlurfenden Schritte der Schwester ein letztes Mal auf dem Gang verstummen. Dann drückt sie die Zimmerklinke. Links und rechts des Flures ist niemand zu sehen. Leise zieht sie die Tür hinter sich ran und begibt sich, in Nachthemd und Socken, zur Tür gegenüber. Öffnet sie, drückt den Lichtschalter und sucht nach der Mutter. Sie tritt hinein ins Vierbettzimmer und sieht in fremde Gesichter, löscht das Licht und schließt die Tür. Im nächsten Raum dasselbe. Geweckte Leiber regen und beklagen sich. An der Tür vor dem Treppenaufgang hängt ein Schild mit dem Wort »Quarantäne«, das Alinka nicht zu deuten weiß. Sie tritt hinein und klickt auch dort den Schalter. Ein einziges Bett befindet sich mittig im Zimmer. Sofort erkennt sie das Haar der Mutter.

Vor deren Ruhelager steht sie nun, blickt in das kranke Gesicht, das sie dennoch streichelt, ganz sanft, fast nicht berührt. Gekrümmt, mit ange-winkelten Beinen, liegt die Mutter da. Die Bettdecke senkt und hebt sich, ein Husten folgt. Alinka zieht die Hand zurück und spricht mit einem Flüstern: »Mutti, hörst du mich?« Sie geht zur Tür und löscht das Licht. Abermals steht sie an dem Bett. »Mutti?«, sagt sie leise. »Ich hab dich so lieb. Du bist doch gar nicht alt, du sollst noch lange leben.« Wieder ein Husten, ein Röcheln. Unter der Tür presst sich das Flurlicht in den Raum. »Mutti, ich will nicht leben, wenn du tot bist.« Sie steigt zu ihr ins Bett, zieht die Beine zusammen und kuschelt sich an sie, windet den Arm um ihren Körper und drückt die Nase an ihren Hals. »Liebste Mutti«, säuselt sie unter Tränen und tastet nach deren Wange.

Stunden rinnen fort, die Nachtschwester kehrt ein. Licht bezwingt die Dunkelheit. Alinka erwacht und hebt den Kopf. Entsetzen in beiden Ge-sichtern. Der grob gebauten Frau mittleren Alters fehlen die Worte. Hek-tisch winkt sie Alinka zu sich. Die aber legt den Kopf wieder ab und rührt sich nicht von der Mutter weg. »Ja, Mädchen, bist du wahnsinnig!«, kräht eine raue Stimme. Beherrscht tritt sie ans Bett, packt das Kind am Arm und reißt es fort in den Flur. Dort geht sie auf Abstand und scheuert sich die Hand am Kittel. »Deine Mutter hat Typhus, du kannst nicht bei ihr sein!« Nun reibt sie sich beide Hände am Kittel und am Hosenbund. »Wie lange bist du schon da drin? Willst du dich anstecken, oder was?« Alinka nickt wie benommen. Schreck und Müdigkeit halten sie im Würgegriff. »Na, dir werd´ ich helfen! Warte nur, bis das der Oberarzt erfährt!« Sie treibt Alinka vor sich her und sperrt sie in ihr Zimmer.

Es dauert nicht lang, bis der Morgen kommt, da erscheint Schwester Gudrun und redet von der Tür aus mit dem Mädchen. Es sind die ersten tröstenden Worte an diesem jungen Tag. Nun endlich wird sie aufgeklärt über den Zustand ihrer Mutter. Eine Spritze hätte sie in die Brust bekommen, um das Fieber zu senken. Alinka müsse sich einfach nur gedulden, der Mutter genügend Zeit für ihre Genesung lassen. Auch an sich solle sie jetzt denken, sie sei doch selber nur noch Haut und Knochen.

Nach dem Frühstück gibt es einen Löffel mit Lebertran, der, wie Gudrun beteuert, als Wundermittel gilt, um kranken und schwachen Kindern schnell wieder auf die Beine zu helfen. Alinka widerstrebt der fürchterliche Geschmack, doch sie fügt sich, weil sie nicht anders will, als Gudrun zu vertrauen.

Auch Alinka bekommt ein Quarantäne-Schild an die Tür, wird abgeschottet. Jeden Tag fragt sie, wie es der Mutter geht. Die Antwort ist immer die gleiche. Geduld, Geduld. Schwester Gudrun nimmt sich dem Mädchen an, die beiden führen allerlei Gespräche. So erfährt sie aus Alinkas Leben und der Reise bis hierher. Gudrun hingegen berichtet von ihren Söhnen Wolfgang und Peter, acht und neun Jahre alt, sowie von ihrem Mann, der schon im Sommer 1945 aus dem Krieg heimkehrte.

Die einstige Bauerntochter kommt zu Kräften, sie hat sich nicht mit dem Erreger angesteckt. Schon bald spazieren Alinka und Gudrun durch den angrenzenden Park. Die Menschen dieser Stadt tragen »Friedenssachen«. Von Flucht und Krieg haben sie wohl nichts mitbekommen. Kein Haus ist zerstört, nirgends ein Bombentrichter zu sehen, keine zersplitterten Fensterscheiben. Eine Kirche ist so groß, von innen wie von außen, dass mehrmals das Gotteshaus von Plicken dahinein passen würde. Alinka ringt Gudrun das Versprechen ab, ihr sofort Bescheid zu geben, wenn es der Mutter besser geht und sie endlich zu ihr kann.

Mehr als drei Wochen ist es nun her, dass sie zur Mutter geschlichen war. Einstweilen hat Alinka, wie alle Bürger zwischen fünf und fünfzig Jahren, eine Pflichtimpfung gegen den Typhus erhalten. An einem Februarmorgen, der Wind heult im Gebäude, betritt Schwester Gudrun das Zimmer. Sie schüttelt den Kopf, ihr Blick verheißt nichts Gutes. Alinka erkennt sofort, dass etwas nicht stimmt. Sie rennt in den Flur, geradewegs ins Zimmer am Treppengang, dessen Tür weit offensteht. Zwei Pflegerinnen sind dabei, das Bett hinauszuschieben. Alinka rempelt an ihnen vorbei und betrachtet das Antlitz der Mutter. Ihre Augen sind geschlossen, sie wirkt erlöst, fast wie in einem guten Schlaf. Haar liegt kraus auf ihrer Stirn.

Das Mädchen wird gepackt, doch reißt sich los und fällt aufs Totenbett, umklammert den steifen Körper. Schmerzensschreie hallen in den Klinikflur. Der Lebensmut erlischt, das Herz in der Brust zerspringt. Alles vorbei und nichts mehr da, wofür das Fortbestehen lohnt. Keinen Wert hat dieses Leben mehr, ihre Wege sind getrennt. Das Liebste auf dieser Welt ist gegangen und hat die Tochter hiergelassen, ist fort auf eine unbekannte Reise. Allein im Nirgendwo, der Heimat fern. Kein Zuspruch ist mehr Trost.

Gegen Mitternacht soll Elisabeth verstorben und kurz darauf ihr Tod festgestellt worden sein. Die Bestätigung erfolgte am Morgen mit dem Eintreffen des Doktors.

Wenige Tage später findet auf einem Friedhof im Dorf Neuenkirchen, unweit Greifswalds, die Beisetzung statt. Schnee ist ins Grab gerieselt. Die Sonne blinzelt durch Kiefernzweige. Es ist ein stiller Vormittag, der Sarg wird eingelassen. Der Pfarrer spricht: »Nun sollst du in der Fremde deine Ruhe finden.« Alinka wirft eine Handvoll Erde nach. Auf einem Holzkreuz eine Feder, der geliebte Name, Geburts- und Sterbedatum. Am Rand des Grabes und als Zeugen der Beisetzung verharren Schwester Gudrun und eine Dame, die ihr ähnlich sieht. Daneben der Pfarrer mit seinem Buch sowie ein heulendes Mädchen, dessen Tränen dem schmerzerfüllten Gesicht einen makaberen Glanz verleihen.

Nach der Zeremonie gehen sie stumm den Pfad entlang zum Friedhofstor. Gudrun stellt Alinka die andere Dame als ihre Schwester Johanna vor, eine kinderlose Feldbäuerin von einem Dorf ganz in der Nähe. Die wäre gern bereit, für sie zu sorgen. Dort könne Alinka eine Bleibe finden. Viele Kinder gebe es im Dorfe, vor allem Flüchtlinge wie sie, Jungen und Mädchen aus Pommern, Preußen, sonst woher.

Sie denkt nicht drüber nach. Was soll sie schon noch wollen. Teilnahmslos lässt sie geschehen, was über sie verfügt wird.

Pommersches Küstenmärchen

Müde Augen suchen das Zimmer ab, das gestern noch dunkel war. Die Kerze auf dem Nachttisch ist heruntergebrannt. Gestern, das war, als die Kutsche die Stadt verließ, zuerst durch ein hohes Tor, dann über einen Fluss. Drei Kirchen schwanden in der Morgendämmerung. Eine Kutsche, geführt von einem Mann mit Zylinder, der Alinka und Gudrun zum Friedhof brachte. Ein Friedhof im Walde, mit Birken und Kiefern ringsherum, mit Efeuranken bis hoch in die Kronen. Im Dorf Neuenkirchen, einen Kilometer nördlich der Stadt, fand die Mutter ihre letzte Ruhe. Dort steht das hölzerne Kreuz mit ihrem Namen drauf. Der Kutscher brachte die Entourage ins Pfarrhaus an der Kirche, wo der Pfarrer mit dem weißen Scheitel ein Zeremoniell abhielt. Danach wurde gegessen. Der Appetit blieb aus. Stunden zog sich das hin. In der Kirche haben die Frauen gebetet. Abermals ging es rüber ins Pfarrhaus, dann wieder in die Kirche, noch mal beten für irgendwas. Zu einem Gott, der ihr das Liebste nahm.

Dann kam der Abschied von Gudrun und die Weiterfahrt mit Johanna, der Dame vom Friedhof. Auf einer unbefestigten Straße verließ die Kutsche Neuenkirchen. Es schlossen sich weiße Felder an und ein Wald, dann noch ein Dorf, als der Tag schon fast zu Ende war. Vor einem Hof, da bellte ein Hund, der Kutscher lud die Taschen ab und wandte sein Gefährt. Zwei Braune zogen es davon. Die Dame entfachte ein Licht und bat Alinka durch eine Tür.

Das alles war gestern. Da stand sie am Grab ihrer Mutter. Vor Tagen, da lebte die Mutter noch. Dies Zimmer hier mit seinem Fenster ist nicht besser als ein Grab, denkt sie sich und zählt die Gardinenfalten. Nun liegt sie abermals in einem fremden Bett, unter einer mit Stroh gefüllten Decke. Es ist ein Kämmerchen wie das in der Heimat, viel größer mag es sein, die Wände mit farblosem Putz bestückt. Drei Betten und drei weitere Bodenschlafstellen verteilen sich im Raum. Gegenüber wacht eine Tür aus dunklem Holz, daneben ein kniehoher Kachelofen mit einem Abzugsrohr zur Küche, durch die sie am Abend gegangen war. Zwei Kleiderschränke und ein Flachregal, ein Setzkasten an der Wand, ein eckiges Tischlein mit nur einem Stuhl, mehr hat diese Kammer nicht zu bieten.

Nun steigt sie aus dem Bett, geht zum Fenster und hebt die Gardine an, schaut auf mehrere Stallgebäude und einen breiten Fahrweg, der einen Teich umrundet. Bäume mit schneebedeckten Kronen säumen diesen Weg. Ein Wolkenteppich verbirgt den Himmel hinter seinesgleichen. Wo mag sie hier gelandet sein, was ist das für ein Ort? Sie legt sich wieder ins Bett, schlüpft unter die Decke. Von jenseits der Zimmertür sind Stimmen zu hören. Junge, alte, es sind viele Stimmen. Draußen, hinter dem Fenster, bellt ein Hund. Düstere Gedanken keimen auf, die das Mädchen weiterschiebt, sich erhebt und nach den Kleidern sucht. Zuallererst aber will sie raus aus diesem Zimmer.

Kaum öffnet Alinka die Tür, fahren ihr die Stimmen und das Klappern von Kochgeschirr entgegen. Da steht sie im Nu in der Küche, noch in den Kleidern der Nacht. Vier, fünf und mehr Gesichter sehen sie an und schweigen mit einem Mal. Die Köpfe wenden sich zur Außentür, weil dort soeben die Dame Johanna ins Hause tritt. Sie trägt ein Kopftuch, hält eine Kanne in der Hand. Die Blicke beider treffen sich. In dem Gesicht der Dame strahlt ein Lächeln, in dem des Mädchens Ratlosigkeit. Kein Wort kann diesen Moment beschreiben. Die Augenpaare der am Tisch Sitzenden suchen abermals nach dem Neuankömmling in Mädchengestalt. »Brot ist da!«, ruft Johanna. Alinka krallt sich ans Treppengeländer, das zum Deckenboden hoch führt.

Sodann sitzt sie am Tisch, nun in gewohnter Garderobe, inmitten auf sie starrender Leute. Der Kessel pfeift auf dem Ofenherd, Dampf steigt an die flache Küchendecke. Johanna gießt zwei Becher voll mit heißer Milch bis an den Rand. Sie redet unentwegt, um dem Mädchen Vertrautheit anzubieten, berichtet von ihrem Gang durchs Dorf, von der Kälte und wen sie getroffen hat. Auf dem Tisch steht ein Körbchen mit einem Laib Brot, auf einem Brett liegt eine gehackte Zwiebel.

Von der Küche führen mehrere Türen in andere Räume. Ein Fensterchen richtet den Blick zum Hof. Schränke, eine Anrichte und ein Wandtisch sind mit Utensilien zugestellt. Mehrere Frauen wirtschaften hier und da, in dieser und in jener Ecke. Zwei Jungen, etwa in Alinkas Alter, glotzen stumm nach ihr. Am Tisch sitzt eine Großmutter mit einem Säugling auf dem Arm. Dunkel ist es im Küchenraum, der Morgen bietet noch zu wenig Licht. Das Mädchen aber empfindet keinen Groll, trotz der Düsternis, die diesen Raum erfüllt. Es liegt an der Art der Dame Johanna, sie scheint das Dunkel zu vertreiben. Es ist, wie sie redet, sich bewegt, wie sie aussieht, diese große, schlanke Frau mit dem glatten Haar, das die Schultern berührt, dem schmalen Gesicht und den ausgeprägten Wangenknochen. Über fünfzig Jahre alt mag sie sein. Auf Alinka wirkt sie wie ein Prophet, von unsichtbarem Sternenschein umgeben. Sie kennt sie noch nicht mal einen Tag. Warum nur fühlt sie sich ihr so vertraut? Umarmen will sie sie, nach Menschennähe suchen, die ihr die Mutter so lange nicht mehr geben konnte. Das aber wagt sie nicht, es käme einem Verrat gegen die eigene Mutter gleich.

Weil heute Sonntag ist, will Johanna mit Alinka vor dem Essen Gebete sprechen. Aber wozu denn noch? Für wen oder was lohnt es sich noch zu beten? Alinka sieht keinen Sinn in dieser Forderung. Sie will nicht sprechen, sie will nur schweigen, am liebsten für immer. Johanna belässt es dabei, sagt das Vaterunser auf und bekreuzigt sich zweimal, für sie mit. Alinka nimmt die Scheibe Brot entgegen und das Brett mit den Zwiebelstücken. Hinter vergilbten, fast trostlos wirkenden Gardinen zum Hof sinken neuerliche Flocken nieder. Kein Wind treibt sie auseinander, sie gleiten senkrecht zu Boden. Im Ofenherd knistern die Flammen. Keiner der Anwesenden spricht ein Wort. Der Säugling auf dem Arm der Alten verweigert das ihm gereichte Fläschchen. Die beiden Jungen starren auf Alinka. Herrscht ein Schweigegebot in diesem Haus? Nirgends ein Rascheln hinter den Wänden, kein Windzug, kein Ticken eines Weckers. Da kommt es ihr in den Sinn: Wo ist das Gepäck, der Wecker. Wo sind die Taschen und der Rucksack, ihre letzte Habe?

Nach dem Mahl räumen sie das Geschirr vom Tisch. Alinka fragt nach ihrem Gepäck, so leise, dass es bald nur ein Flüstern ist. Johanna verweist auf den Innenerker, der zwischen den Türen als Windfang dient. Er ist nur ein Vorraum bestenfalls, mit einer Bank und Kleiderhaken. Dort findet Alinka ihren und den Besitz der Mutter, das Fluchtgepäck, die altbekannten Taschen und Behältnisse. An der Wasserkanne lehnt ihr Rucksack, daneben das Säckchen der Mutter. Alinka bricht in Tränen aus, geht in die Knie und küsst all das, was der Dahingeschiedenen gehörte. Es riecht nach ihr, es riecht noch immer nach der Mutter. Ein Schluchzen wandert in die Küche. Johanna eilt zum Erker und bereut, die Dinge nicht anderswo verwahrt zu haben, zumindest erst einmal.

Hier drinnen ist es jetzt nicht gut, nach draußen müssen sie, Ablenkung finden, ganz schnell etwas anderes sehen. So ziehen sie sich dick an und gehen vor das Haus, wo am Vorabend die Kutsche hielt. Kein Luftzug ist zu spüren, der Schneefall macht eine Pause. Alinka wendet sich um und erkennt, dass Johanna in der rechten Hälfte eines Doppelhauses wohnt und dass sich die Kammer hinter dem linken der beiden Fenster verbirgt. Obenauf trägt es ein Ziegeldach. Das Beamtenhaus, wie Johanna erklärt. Hier habe bis in die Kriegsjahre hinein die Gutsverwaltung gesessen. Zahlmeister und Prüfer samt Familien waren darin untergebracht. Die Fährte des Hundes, der ihnen folgt, quert die gestrige Wagenspur. Der Schnee hat sie überdeckt, ganz dünn, doch zu sehen ist sie noch. Gockel soll er heißen, dieser Hund, recht groß, mit goldbraunem Pelz, der einen Pfahl markiert.

Die Dame und das Mädchen begeben sich auf den Zuweg und umrunden den Gutsteich, der sommers als Tränke und Badestelle von Nutztieren aller Art geschätzt werden soll. Frontal zu ihnen erhebt sich des Dorfes Hauptgebäude, das Gutshaus, ein Backsteinbau von edler Gestalt, mit zahlreichen Fenstern und einer Treppentür in der Mitte. Russische Flaggen wehen vor dem Eingang. Die Hausrückseite, zum Felde hin im Norden, ist von Pappeln gesäumt. Sie wenden sich um und folgen dem Weg, der zu beiden Seiten von Linden und dahinterliegenden Großviehställen umringt wird, bis zu einer Gabelung. Dort führt die Straße rechts entlang nach Greifswald. Sie aber wenden sich links herum, an vier Landarbeiterhäusern vorüber, in denen, wie überall hier in Wampen, Kriegsflüchtlinge untergebracht sind. Wampen, ein komischer Name für ein Dorf, denkt sich Alinka. Was er wohl bedeutet? Das fünfte und letzte Gebäude, mit Reet gedeckt, ist das Dorfschulhaus. Die Kleinsten hätten hier Unterricht, erklärt Johanna.

Hinter einem weißen Feld und einem Streifen nackter Baumkronen reiht sich ein Gewässer ein, das auf zwei Ackerbreiten eine schneebedeckte Randeisfläche trägt. Das sei der Bodden, der Greifswalder oder auch Große Bodden genannt. Männer schneiden vor dem Ufer Schilf. Trotz der fehlenden Sonne erahnt Alinka den Osten in dieser Richtung. Dorthin geht es nach Hause, ins Land an der Memel, da liegt des Großvaters Acker. Wampen, so erkennt sie nun, befindet sich auf einem Hügel und etwas höher als die Gegend drumherum.

Der ruhende Ort im Nirgendwo erwacht mehr und mehr zum Leben. An der Straßengabelung nach Greifswald treffen zwei Männer mit Handkarren aufeinander, die schon von weitem die Dame Johanna grüßen. Spielende Kinder unterschiedlichen Alters eilen heran. Sie sind besser gekleidet als Alinka, doch nicht so grazil wie jene in der Stadt. Sie begleiten die beiden auf einigen Metern, werfen mit Schnee und suhlen sich darin. Glückliche Kinder, so hat es den Anschein. Ein Junge fragt, woher das Mädchen an der Seite Johannas kommt und wie es heißt, ob es morgen in der Schule ist. Weil es ihm und niemandem eine Antwort gibt, weil auch Johanna bemerkt, dass es zu viel wird für das Mädchen, schickt sie die Meute fort und verspricht, dass Alinka, so ihr Name, morgen in die Schule kommen wird. Das wiederum kann Alinka nicht versprechen und rebelliert innerlich.

Das Kindervolk zieht ab, lärmt noch von weither. Die zwei spazieren aus dem Dorf hinaus. Vom Winde leer gefegte Äcker und ein weißer Winterwald tun sich an der Straße nach Greifswald auf. Die Stadt selbst und ihre Kirchen zeigen sich nicht, sie tarnen sich hinter dem Walde. Jetzt aber wollen sie umkehren und wieder heim, sich die Finger wärmen.

Den Tag verbringt Alinka in der Kammer. Johanna kommt und geht, sie ist die Seele des Hauses, ihre Hilfe, ihr Rat, ihre Zuarbeit ist bei jedem und überall gefragt. Das Bett hat Alinka für sich allein, Johanna zieht die Bodenmatratze als Schlafstätte vor. Die Kammer teilen sie sich mit zwei betagten Ehepaaren. Die anderen Räume der Doppelhaushälfte bewohnen Familien von fünf bis sechs Personen, zumeist Mütter mit ihren Kindern. Es heißt, im Sommer des vergangenen Jahres füllten sich alle Kammern auf das Zweifache der jetzigen Menschenmenge an. Auf dem ersten Dachbodengeschoss, die Treppe rauf, lebten fünfzehn Leute. Auf dem zweiten Boden, durch eine Leiter zu erreichen, noch ein paar. Jetzt im Winter ist es auf den Dachböden zu kalt, sie sind nicht zu beheizen. Ein Teil der Flüchtlinge ist auf andere Orte umgesiedelt worden. Die Hausküche ist der Wirtschaftsbereich, dort wird gekocht und sich gewaschen. Vom Küchenfenster aus auf rechter Seite ruht das Gutshaus in seiner Winterstarre.

Am Morgen darauf holt der Wecker Alinka aus dem Schlaf. Sein Ticken in der Nacht bereitete ihr Gelassenheit. Vor dem Gang ins Bett hatte sie Johanna versprochen, vielleicht in die Schule zu gehen, aber nur vielleicht. Johanna hingegen versprach, sie nicht zu drängen. Im Zwiespalt mit sich selbst und allein in der Kammer reißt das Mädchen den Vorhang auf und öffnet das Fenster. Sonne ist es, was den heutigen Tag vom gestrigen unterscheidet. Von geringer Kraft glitzert ihr Licht durchs Baumgeäst. So ein Fenster nach Süden, dem Schimmer entgegen, enteignet jeder Trübsal die Stärke. Im Nachthemd immer noch, beugt Alinka sich vor, nach links zum Teich, nach rechts zu einem Felde, geradeaus zu den Großviehställen. Sie rückt das Bett von der Wand weg und unters Fenster, so wie zu Hause in Plicken, beugt sich abermals weit hinaus. Auf die Ellbogen stützt sie sich und sinniert kaum hörbare Worte: »Liebste Mutti, nun geht die Sonne ohne dich auf. Wer wird die Blumen auf deinem Grabe gießen, wenn der Frühling kommt?«

Gestern, am Sonntag, ruhte die Arbeit auf dem Gut, heute rollt die Wirtschaft. Zwei Frauen treiben eine Kuh vorüber, nicht weit entfernt erschallen Hammerschläge, ein Hund bellt in den Morgen. Als die Frauen die Köpfe nach ihr wenden, gleitet Alinka ins Bett hinunter und macht das Fenster zu. Durch den Vorhang beobachtet sie einen Mann mit einem Karren voll Holz daher schieben, gleich darauf einen weiteren in entgegengesetzter Richtung, mit einer Kiste auf dem Rücken. Die Männer grüßen einander und führen ein Kurzgespräch, ziehen alsdann ihrer Wege. Der Hofhund von Johanna, oder wem auch immer er gehört, schnüffelt eine Runde durch den Schnee und ist gleich wieder außer Sicht.

Alinka kann ihre Kleider nirgends finden. Auf der Stuhllehne hat sie sie am Abend abgelegt, aber dort sind sie nicht. Was dort hängt, ist ein fremdes Bündel an Mädchengewändern. Ein grauer Mantel und ein langer Rock, eine derbe Wollstrumpfhose. Ein Schal, eine Mütze und Stiefel, alles nicht mehr neu und schön, doch viel schöner als ihr altes Zeug und beinahe ohne Flicken. Ist es für sie? Es muss für sie sein, wenn es dort liegt. Zögerlich beginnt sie, das Dargebotene anzulegen und sich schließlich damit einzuhüllen.

Sie öffnet die Tür und blickt in die Küche. Drei Frauen wirtschaften mit dem Rücken zu ihr an den Ofenstellen und bemerken sie nicht. Gegenüber steht die Tür zu einer Kammer offen. Alinka tritt in den fremden Wohnbereich. Sie weiß nicht, warum sie es tut, weiß nur, dass es nicht richtig und dass Neugier eine Sünde ist. Das lehrte sie schon früh die Mutter. Verwaiste Betten finden sich darin. Auf einem Eckschrank wacht, als Überbleibsel aus der Weihnachtszeit, die Holzfigur eines Nussknackers, ein rotblaues Ungetüm mit großen Augen und Wattebart. Ringsherum sind Glastierchen aufgestellt. Hasen, Fasane, Greife und Hühner. Jede Menge Hirsche sind dabei, aber kein einziger Elch. Auch seltsame Kreaturen, die Schweinen ähneln, vielleicht auch solche darstellen mögen, nur weniger gut gelungen.

Die Zimmertür, die sanft in den Rahmen zurückgefallen war, bewirkt bei Alinka einen Schreck in der Morgenstunde. Da zeigt sich ein fremdes Mädchen im Spiegel an der Türinnenseite, das sich sofort als sie selbst erweist, als das Kind aus der Ferne, als die Bauerntochter aus Plicken, als ihr eigenes Angesicht. Das ist sie? Das ist Alinka aus dem Memelland? Die neuen Kleider wirken fremd, auch als sie näherkommt, den Spiegel berührt, hier und da an ihrer ungewohnten Garderobe zupft. Das Haar muss sie noch bürsten, es hängt wie Stroh herab. Nun plagt sie das schlechte Gewissen. Diese Kammer war ihr nicht zugedacht, die Neugier trieb sie dahinein. Viel länger noch würde sie darin verweilen, die Glastiere betrachten und gern auch damit spielen.

Johanna kehrt mit einem Lächeln heim, legt ein Deckchen über den Tisch, ein Kissen auf den Stuhl, eine Girlande aus Trockenblumen über den Rahmen der Kammertür. Solch Kleinigkeiten schon bewirken in dem Mädchen ein Wohlgefühl, entreißen dem Grau die Oberhand. »Hübsch schaust aus«, lobt sie die neuen Kleider. »Da werd´st doch morgen bestimmt ins Schulhaus gehen.« Alinka steht mit ineinander verschlungenen Händen am Bett, ihre Daumen spielen miteinander. Johanna rückt das Deckchen auf dem Tisch zurecht und richtet die Girlande aus. Das Mädchen folgt ihren Bewegungen, nimmt allen Mut zusammen und fragt im Flüsterton: »Warum hast du mich genommen?« Johanna setzt sich aufs Bett, bittet sie dazu und beginnt, ihr in kurzen Worten darzulegen, was sie bewog, ein Kind, nicht vom selben Blute, aufzunehmen.

Sie wird ihr erklären, in Neuenkirchen geboren und zu ihrem späteren Ehemann nach Wampen gezogen zu sein, dass sie mit ihm in der Landwirtschaft in Lohn und Brot war. Dass er noch vor dem Kriege starb und es für sie niemals einen anderen als ihren Helmut geben wird. Dass sie keine Kinder bekommen konnten und dass sie sich ein Mädchen wünschten. Dass ein Mädchen wie sie, wie Alinka, in Johanna ein Stück eigene Kindheit wiederholt, sie an die schönsten Jahre in ihrem Dorf zurückblicken lässt, als sie selbst noch unbefangen war. All das will sie nun dem Mädchen bieten, dem Fremdling mit aufgebürdetem Schicksal, wie es Schwester Gudrun ihr berichtete.

Lange sitzen die beiden da. Auch wenn Johanna noch so viel erzählt, hat Alinka wieder eine Frage, die sie beantwortet haben will. Über Helmut spricht Johanna gern. Er sei ein großartiger Mensch gewesen mit Geschick und Fertigkeit, wie sie im ganzen Dorf gefragt war. Immer verlangten sie nach ihm, wussten um seine Kompetenz. Er brachte die alte Pumpe am Gutshaus wieder in Gang. Als junges Paar versorgten sie in den großen Ställen das Vieh, halfen auf den Feldern bei der Saat und bei der Ernte mit. Dann kam der Unglückstag, es tobte ein Gewitter, Helmut wollte den Bullen von der Koppel holen. Mit aufgeschlagenem Schädel fanden sie ihn vor, der Blitz soll das gewesen sein. Der Bulle graste friedlich neben seiner Leiche. Das war das Handwerk des Teufels, eines Mörders, ist Johanna überzeugt. Warum sollte der Blitz einen Menschen treffen, wenn ringsherum einzelne Bäume stehen?

Als eines Nachts auf dem Dammer Weg ein Blitz in den Krähenbaum einschlug, der separat zu Felde steht, lagen am nächsten Tag fünf tote Vögel vor seinem Stamm. Nein, Johanna bleibt dabei, Blitze treffen keine Menschen, die Möglichkeit ist zu gering. Von diesem Tage an betrat sie keine Kirche mehr, für viele Jahre, bis zur Abschiednahme von Elisabeth, Alinkas Mutter, der Frau, die sie nicht einmal kannte. Den Glauben aber verlor sie nicht. Ihre Kirche ist die Kammer, das Tischlein vor dem Bett.

Hier und nirgendwo anders erntet sie die Kraft, das Leben ohne ihren Helmut fortzuführen.

Auch am nächsten Tag wird Alinka nicht in die Schule gehen, wird von Johanna auch nicht dazu gedrängt, nur darauf hingewiesen, dass es nun doch bald nötig sei. Der Ortsvorsteher und der Lehrer hätten sich bereits nach ihr erkundigt, nach dem Mädchen, das gemeldet sei, das aber kaum jemand bisher gesehen hat. So stehen sie an diesem Dienstagmorgen in der Küche und belegen einen Teig mit Haselnüssen. Die Kinder des Hauses sind allesamt zur Schule auf. Die Klassen eins und zwei werden im früheren Schulhaus unterrichtet, dem letzten Gebäude am Feldweg hinter dem Zaun. Die Klassen drei und vier im Gutshaus. Die größeren Kinder müssen jeden Tag vier Kilometer bis Neuenkirchen laufen, wo die Klasse fünf im Küsterhaus neben der Kirche unterrichtet wird, die Klassen sechs bis acht im Gutshaus.

Nebenbei erzählt Johanna mehr aus ihrem Leben, von den Leuten im Dorf, von den alten und zugezogenen, von manchen Streitigkeiten, von guten und von traurigen Geschichten, die der Last des Krieges aufzubürden sind. Nichts Genaues berichtet sie, geht nicht ins Detail, sagt nur, dass es so war und dass es so ist. Religion, so sagt sie, spiele sich zu großen Teilen außerhalb der Kirche ab. Das war auch schon in Plicken so. Immer wieder betrachtet Alinka die Dame Johanna, welche so eifrig die Backbleche schwingt, die mit Petroleum den Ofen putzt, weil als Reinigungsmittel nichts anderes da ist.

Auf die Lebensmittelkarten kommt sie zu sprechen, die nach Schwere der Arbeit gegliedert sind und sie als Nicht-Erwerbstätige mit einundfünfzig Jahren in der Kategorie 5 kaum berücksichtigen. Die Zuteilung wäre so gut wie nichts, daher werde sie auch als »Friedhofskarte« bezeichnet. Alinka sei in derselben Kategorie beantragt, wie es auch Rentner sind und bis Juni vergangenen Jahres selbst ehemalige Mitglieder der NSDAP. So viele Fahrten in die Stadt seien umsonst gewesen, stundenlang für nichts anzustehen, weil es keine Waren gibt oder in zu geringer Menge. Bei Zucker, Salz und Kohlebriketts sah es lange Zeit nicht besser aus. Der Mangel an Fett sei erst durch die wiederaufkommende Milchwirtschaft kompensiert worden. Zucker wäre auch jetzt noch rar und ganz schlecht zu erhalten, der Kohlenmangel größtenteils überstanden. Mühsam aber sei auch das lange Warten um die Kartenausgabe auf dem Ernährungsamt.

Die beiden schüren die Asche im Ofenherd, legen drei Scheite nach und kleiden sich an, um das Haus für einen Spaziergang zu verlassen. Wieder folgt ihnen der Hund, markiert jeden Baum und jeden Pfahl, färbt den Schnee an diesen Stellen gelb. An der Kurve kommt Johanna mit einer älteren Frau ins Gespräch und stellt sie dem Mädchen vor. »Ah, sieh an, sieh an, Alinka«, erwidert diese. »Sieh an, sieh an, ja ja.«

Noch eine Frau, auf einem zweirädrigen Pony-Gespann, gesellt sich dazu und stiert nach dem Mädel, von dessen Gesicht Schal und Mütze kaum etwas erkennen lassen. Obwohl nur ein Lüftchen weht, beißen die Fröste der letzten Wintertage. Krähen rufen von den Bäumen. Ein Mann mit einem Handwagen nähert sich, zwei kleine Jungen toben hinter ihm im Schnee. Er grüßt die Dame mit »Heilige Johanna« und meint es nett, der alte Herr, der im offenen Mantel dasteht. Schon zieht er den Karren fort, die Buben tollen hinterher.

Am Nachmittag beobachtet Alinka von ihrem Fenster die heimkehrenden Jungen und Mädchen, wie sie unter den Baumreihen die Gutsstraße hinaufkommen. Zweimal vier Kilometer stecken ihnen in den Beinen. Auch sie wird diesen Weg gehen müssen, sobald sie dazu bereit ist. Eine Freundin im gleichen Alter zu haben, das ist ein schöner Gedanke. Morgen will sie es tun, dann wird sie in die Schule gehen. Dennoch traktiert sie die Aufregung. Sie eilt zur Giebeltür heraus und zum Abort in den Garten, ein Anbau auf der Hausrückseite. Es ist so ein Plumpsklo wie zu Hause, von einem Meter im Quadrat. Doch in seiner Tür ist oben ein Fensterchen eingelassen, ähnlich wie das im Erdgeschoss bei der Tante in Insterburg. Draußen im Winde quietscht die Wasserpumpe.

Als sie sich auf ihrem Bette niederlässt und an die Zimmerdecke sieht, ist sie wieder bei der Mutter. Bilder aus dem Westen des Reiches, von überbelegten Bahnhöfen und dichtgedrängten Zugwaggons verfolgen sie, holen sie bis hierhin ein. Es ist egal, wie weit sie flieht, alles Geschehene erreicht sie auch an diesem letzten Punkt der Erde. Alles erinnert an ein Jahr Flucht, an Strapazen und Angst, an permanenten Hunger, an Kälte, daran, dass der Russe schneller ist und sie einholt auf ihrem lahmen Wagen.

Wie soll sie denn Wurzeln schlagen an diesem Ort, der ihr so fremd erscheint? Wann kehrt sie nach Plicken heim, zum Großvater, zum Hofe, zu Emma, zu den Tieren? Die Sehnsucht ist nicht zu lindern. Ist es tatsächlich für immer vorbei, die Heimat unerreichbar? Nichts kann das Verlorene ersetzen. Familie, Hof und Heimat sind von ungleich höherem Rang, als dass ein Neuanfang an einem solchen Ort Früchte tragen würde. Besteht das frühere Leben denn nur noch aus Märchen, Fantasie und Träumen? Die Erinnerungen an die Tage in der Heimat sind präsent, sie werden es immer bleiben.

Das Deckchen auf dem Tisch, das Johanna dort ausgebreitet hat, ähnelt einem aus dem Gepäck der Mutter, eines, das sie in der Scheune zum Heizen ins Feuer warf. Es war der Mutter liebstes Tuch. Nun ist ein solches wieder da. Auch eine Mutter ist wieder da, eine Ziehmutter allenfalls, so lieb fast wie die eigene. Was soll davon zu halten sein?

Alinka betrachtet den Wecker zum ersten Mal genau und mit all seinen Details. Es ist nur ein silbernes Ding mit einem schwarzweißen Zifferblatt, das schräg nach hinten gelehnt auf zwei Beinen die Uhrzeit preist. Auf der Rückseite hat es Knöpfe, dieses Ding, da stehen eingraviert die Worte »Badische Uhrenfabrik«.

Am Abend ziehen schwarze Krähen übers Land. Sind sie die Vorboten für das nächste Übel? Glücklich aber sind sie allemal, sie haben einander und sorgen sich nicht. Lieber so eine Krähe sein, als ein trauriges Vögelchen auf einem Ast, das nicht mehr singt. Gesungen hat sie doch so gern, die Weihnachtslieder und damals im Schülerchor. Glücklich sein ist so befreiend, Reste dieses Gefühls sind noch da. Alinka blickt nach rechts aufs düstere Feld. Der Rebell in ihr erwacht. »Graues Land, ich lebe!«, murmeln siegessichere Worte. »Du kriegst mich niemals klein!« Die Beschaffenheit des Mädchens gewährt ihm, dies zu überwinden. Wo andere zerbrechen, findet sie einen Weg. Gleich morgen wird sie in die Schule gehen. Im Westen trat sie den ersten Gang nicht alleine an, da war Kurt an ihrer Seite, da waren alle neu an diesem Tag. Morgen wird sie die einzige Neue sein. Egal, es ist nichts als ein Klassenzimmer. Nur Kinder sind es und ein Lehrer. Das alles ist nicht neu, es sind nur andere Menschen. Sie pustet die Kerze aus und bettet sich.

Der Wecker schrillt. Alinka hält die Füße an den Ofen. Die guten Kleider werden angezogen, das Bettzeug zum Lüften umgelegt. Johanna untersucht es, wie an jedem Morgen, nach Wanzen und anderem Ungeziefer. Das Haar ist sorgfältig zu bürsten und derweil auf Flöhe zu achten, um sie mit den Nägeln zu zerdrücken. Alinka teilt ihr Haar in der Mitte auf und flechtet zwei Zöpfe dahinein. Die Betten der Kammermitbewohner sind leer. Zu jeder Früh geben sich die Alten ihren Tätigkeiten in Dorf und Küche hin. Gespräche, Worte überhaupt, sind selten in dieser Kammer. Wenn jemand redet, sind es meist Johanna und Alinka. Zum Frühstück gibt es Haferbrei in der belebten Küche. Johanna ist erfreut über den Entschluss des Mädchens. Alinka solle sich den Schülergruppen anschließen und dieselbe Strecke gehen, durch den Wald bis Neuenkirchen, die sie und Johanna mit der Kutsche hergekommen sind.

Alsdann ist es so weit. Alinka zieht die Jacke über, nimmt Schal und Mütze vom Haken. Schulsachen hat sie keine, nur einen Becher für die Mahlzeit in der Mittagsstunde. Im Erker geht die Türe auf, da blicken sie sich an, die Dame Johanna und das Mädchen. Fast überkommt es sie, Alinka in den Arm zu nehmen. Doch die ist schon hinaus. Sie winkt und folgt den Kindern, die aus den Gebäuden schlüpfen. Wie immer schon, und sei's auch gestern so gewesen, als wäre es nicht ihr erster Tag, so stapft sie hinterher und vermengt sich im Halbdunkel mit den anderen. Fort ist sie, im Getümmel unter den Bäumen. An der Gabelung strömen weitere Grüppchen aus den Landarbeiterhäusern zu.

Bei Frost und Schnee brechen sie auf in die Morgendämmerung. Die Kinder jüngeren Alters müssen erst viel später los, sie werden hier im Dorfe unterrichtet und liegen noch im Bett. Sie brauchen keine Stunde früher los, um das entfernte Schulhaus im Nachbarort zu erreichen. Noch bleibt es ihnen erspart. Dreißig Kinder sind es wohl, die sich vom Dorfe scheiden. Die Straße unter ihren Stiefeln und Holzpantinen ist mehr ein Sandweg, ein loser Pfad von der Breite dreier Pferdewagen. Nur in der Waldkurve besteht der Untergrund aus Pflastersteinen. Hier geht die Straße rechts herum. Nach geradeaus aber führen Feldbahngleise, die sie seit

Wampen begleiten. Sie verbinden, wie Alinka erfährt, das Gutshaus mit der Stadt und dienten bis vor Kriegsende als Transportmittel für die Erntegüter der umliegenden Felder. Pferdegespanne zogen die Loren bis an den Hafen, bevor der Russe die Reparationsleistungen in Anspruch nahm. Glück sei es, wenn zur selben Morgenstunde ein Bauernwagen nach Neuenkirchen fahre, um einen Teil der Kinder dorthin mitzunehmen. Bis Neujahr begleiteten Erwachsene die Mädchen und Jungen in den Schulort, denn es war das Gerücht im Umlauf, russische Soldaten würden im Walde in den Büschen lauern. Daher sollen die Kinder stets in Gruppen bleiben, keines dürfe zurückgelassen werden. Jeder habe auf jeden zu achten, notfalls laut zu schreien.

Der Morgen klart auf. Alinka sieht sich um. In diesen Büschen könnte sich kein Russe verstecken, da sind nur die nackten Zweige. Auf rechter Seite wandelt sich der Wald in ein freies Feld. Kinderstimmen quasseln unentwegt, Essgeschirr klappert. Einen Ranzen trägt niemand. Alinka hat die Hände in den Manteltaschen. Ihre Tasse ist vorn ans Knopfloch gebunden. Als auch auf der linken Seite der letzte Baum entschwindet, führt ein Weg die Kinder über eine Brache zum Südostrand Neuenkirchens und an die Rückseite des Gutshauses.

Am Giebel herum, da steht sie nun auf dem Hof und betrachtet den Backsteinbau mit den hohen Fenstern, der aber nicht so imposant erscheint wie sein Gegenstück aus Wampen. Zwei Baumreihen säumen den Pfad zur Hauptstraße. Die Kinder dieses Ortes haben einen kurzen Schulweg. Wie auf ein Signal bewegen sie sich die Vordertreppe rauf ins Haus. In einem Klassenzimmer findet sich Alinka mit gut drei Dutzend Mädchen und Jungen wieder, die vor Pulten und auf Stühlen sitzen, dessen Rückenlehnen per Reißzwecken mit Polstern beschlagen sind. Sie aber muss vorne stehen, beim Lehrer, zwischen Tür und Tafel, bei einem Mann mit Hosenträgern.

Zwei Gaslaternen bringen Licht ins Klassenzimmer. Dreißig unbekannte Gesichter starren auf den Neuling, starren nur auf sie. Buben mit kurzem Haar, mit Fransen oder Igelschnitt, Mädchen mit Zöpfen bis zu den Schulterblättern. Geglotzt und getuschelt wird, mit dem Finger gezeigt und gelacht. Dort der Lehrer an der Tafel, der die Klasse begrüßt, dessen Gruß mit »Guten Morgen, Herr Lehrer!« erwidert wird. Ein Lehrer in grauem Gewand, der in sein Buch schaut und mit weißer Kreide das Datum an die Tafel schreibt. Ein äußerlich Unversehrter zwischen vierzig und fünfzig Jahren, vielleicht auch etwas älter. Er trägt einen Bart und eine Herrenmütze. Groß ist er nicht, von hinten könnte er für einen Schüler gehalten werden.

In der Ecke prasselt ein Ofenfeuer, in den Fenstern spiegeln sich Raum und Menschen wider. Alles hier ist neu, so anders als zu Hause, es ist eine andere Welt als die, die sie verlor. Die einstigen Mitschüler von daheim sind irgendwo verstreut, die meisten hier aber wohlgenährt und haben den Krieg nicht miterlebt. An ihren Kleidern ist das zu erkennen, auch daran, wie sie sich geben. Strandgut ist sie, mehr nicht, angeschwemmt an einem unbekannten Ufer. Vielleicht sind all ihre Freunde wieder nach Plicken zurückgekehrt oder niemals fortgegangen, und sie ist die einzige, die noch fehlt. Ihr Platz im Schulraum neben Emma bleibt leer, oder da sitzt nun jemand anderes. Frau Horn wird am Morgen die Namen aufrufen, jeder Schüler sich melden und sagen »Hier!«. Wenn sie dann nach Alinka Gindullis fragt, wird es keine Antwort geben. Denn die sitzt tausend Kilometer weit an einer fremden Schulbank.

An der Tafel steht geschrieben: »Geheiligt seiest du, Herr!« Der Lehrer dreht sich zur Klasse. Alle Gesichter gleiten nach vorn. Herr Heiden, dem die Haare aus der Nase hängen, verlangt von Alinka, sich der Klasse vorzustellen. Die Schüler richten ihre Köpfe aus. Dem einen Gesicht entweicht ein Lächeln, dem anderen ein gemeiner Blick, im nächsten liegt ein Grinsen. »Nenne uns bitte deinen Herkunftsort«, verlangt der Lehrer in langsam gesprochenen Worten, als könnte sie ihm sonst nicht folgen.

Der Neuling räuspert sich. »Aus Plicken, Herr Lehrer.« Heiden tut überrascht. Wo denn dieser Ort liege, will er wissen. »Memel«, so die knappe Antwort. Das Tuscheln in der Klasse wird lauter. »Wo soll'n dat sin?«, hakt ein Mitschüler nach. Der Lehrer bekräftigt diese Frage und bittet Alinka, mit dem Zeigestock, an der Landkarte neben der Tafel, auf ihren früheren Wohnort zu weisen. Herr Heiden verschränkt die Arme, stützt sich an den Fensterrahmen, hinter dem das Morgengrauen versiegt.

290

So steht das Mädchen mit pochendem Herz und zitternden Händen vor der Klasse und sucht nach dem Heimatort auf der Karte. Das Blaue ist die Ostsee, das weiß sie noch, dann macht die Küste einen Bogen hinauf in den Norden. Alinka folgt der Linie bis zu einem Zipfel Land, Königsberg, und auf der Kurischen Nehrung weiter bis Memel. Dort drauf zeigt sie mit dem Stock, tritt näher an die Karte, sucht und findet nordöstlich die ungefähre Lage von Plicken, dessen Name nicht eingezeichnet ist. Wieder markiert die Stockspitze ihr Ziel. Heiden schiebt den Kopf heran, ganz nah. Dann sieht er Alinka an und fragt: »Von da oben, wirklich?«

Sie weicht von der Karte ab, nimmt wieder Position ein zwischen Tür und Tafel. Die Blicke der Mitschüler verfolgen sie. Der Lehrer jedoch ist mit ihr noch nicht fertig. »Du kommst aus dem Memelland?« Die Frage klingt wie Hohn aus seinem Munde, als sei es unmöglich, dass ein Mensch von dort, aus dem Norden, bis hierher, bis in diese abgelegene Welt gefunden hätte. Vielleicht ist es das ja auch, vielleicht hat niemand anderes von all denen hier, die auch neu angekommen sind, einen so weiten Weg auf sich nehmen müssen. »Von da oben bist du?«, wiederholt Heiden seine Frage. Er schaut noch mal auf die Karte. »Viel Deutschland ist da nicht mehr übrig.«

Ein Mädchen, das auf dem Weg von Wampen nach Neuenkirchen neben ihr ging, hebt den Arm. »Herr Lehrer, darf Alinka bei mir sitzen?« Heiden nickt und macht ein Zeichen mit der Hand. Das Mädchen, ein Lockenkopf auf der Mittelbank, winkt Alinka zu sich, rückt den Stuhl beiseite, damit sie Platz nehmen kann. Die Stunde wird fortgesetzt. Heiden zitiert Mose, die Kinder hören zu. Das Gesangbuch müssen sich je zwei Schüler teilen. In der nächsten Stunde folgt Mathematik, Kopfrechnen steht auf dem Plan. Der Lehrer nennt die Namen der Schüler, die sich erheben und ihm das Ergebnis nennen müssen. Addition, Subtraktion, dann Multiplikation, zuletzt die von vielen gehasste Division. Rechnen ist Alinkas Welt, Zahlen, Ziffern und Daten kann sie gut behalten, kann Resultate bilden.

In der anschließenden Hofpause kommt ein erster Austausch mit den Klassenkameraden zustande. Das Mädchen mit den Locken, die Banknachbarin, löchert den Neuling mit Fragen. Wie alt Alinka sei, ob sie Geschwister hätte und Eltern, wo in Wampen sie denn wohne und was sie heute Nachmittag so mache. Sie selbst sei auch zwölf Jahre alt und heiße Barbara, komme ebenfalls nicht von hier, sondern aus Rummelsburg, noch in Pommern, aber an der Grenze zu Westpreußen. Jene und solche Buben da und jene Mädchen dort, weiß Barbara zu berichten, seien allesamt aus dem Kreise Pyritz angereist. Barbaras Augen leuchten. Ihre Nasenspitze wippt, wenn sie spricht und dabei lacht. Sie hat ein so heiteres Gemüt, das Alinka mitreißt und ihr ein ebensolches Lächeln abringt, obwohl sie doch gar nicht lachen will.

Auf dem Hofe tummeln sich die Schüler dreier Stufen und Klassenzimmer. Aufsässige Bengel rennen durch die Grüppchen der Mädel. Schneebälle fliegen umher, auf einer Rutschbahn wird geschlittert. Die anderen hätten es viel besser, sagt Barbara, weil ihre Lehrer freundlicher seien als der strenge Heiden. Am Anfang, als noch Lehrer fehlten, habe es gestaffelten Unterricht gegeben, so die redselige Banknachbarin. Da hatten bis mittags die Jüngeren und nach dem Mittag die Großen hier zu sein.

Zwei Mädchen gesellen sich dazu, ein Junge auch, sie stieren nach Alinka. Der Junge fragt, wie alt sie ist. Eines der Mädchen möchte gern ihr Haar berühren. Auf das Einverständnis wartet es nicht und streichelt mit den Fingerknochen Alinkas rechten Zopf, der vorn heruntergeht. »So schön weich.« Nun berührt das andere Mädchen den linken Zopf. »Und so lang, dein Haar.«

»Willst du dich mit uns treffen nach der Schule?«, will der Junge wissen, ein Bub mit Hakennase. Heiden ruft die Kinder rein, die Pause ist zu Ende. Eine Antwort bekommt der Junge nicht, denn Barbara zieht Alinka an der Hand hinter sich her.

Nach einer Stunde Deutsch, in der sich jeder langweilt, ist Heimatkunde dran. Große Flüsse nennt der Lehrer, die Elbe, die Oder, den Rhein. Die Memel aber nennt er nicht, wohl weil er sie nicht kennt oder kennen will. Wie nur kann er die Königin aller Flüsse nicht kennen? Jedes Kind in Preußen hätte diesen Fluss zuerst genannt, noch vor dem Pregel und der Weichsel. Einen Vortrag hält er über den Rhein und zählt auf, welche Städte an seinen Ufern liegen. Wenn Heiden über Themen spricht, die ihn begeistern und dabei seine Stimme unkontrolliert nach oben schießt, dann kichern oft die Schüler. Nur selten schreibt er an die Tafel, denn Kreide und sonstige Lehrmaterialien sind kostbar nach dem Krieg. Auch Hefte und Bücher sind knapp. Die Benutzung der in der NS-Zeit aufgelegten Schullektüre ist verboten.

Nach vier Stunden und einer Brühe im Küchenraum hat der erste Schultag ein Ende. Alinka und Barbara beschreiten nebeneinander den Heimweg. Die neugewonnene Freundin wohnt im ersten der vier Wampener Landarbeiterhäuser, wo sich die Straßenwege treffen und der eine zum Gutshaus führt. Johanna steht bereits vor der Tür. Voller Erwartung empfängt sie das Ziehkind, tätschelt ihm die Kopfbedeckung und fragt, wie es gewesen ist. Alinka spart mit Worten, denn ihr Appetit ist groß. Der Duft gekochten Rosenkohls flutet den Korridor.

Noch eine Kelle füllt sie dem Kind in die Schüssel, bestreicht das Brot mit Gänsefett. Nach der Mahlzeit rückt Alinka doch noch mit der Sprache raus, erzählt von Barbara und auch vom Lehrer, der nicht wusste, wo Plicken liegt, ja nicht einmal die Memel kennt. Vor dem Krieg, so schildert Johanna, gab es im Wampener Schulhaus zwei Klassen, da lebten im Dorf nicht so viele Kinder. Über Heiden weiß sie, dass er weiterhin als Lehrer tätig sein darf, da er kein Mitglied der NSDAP gewesen ist. In Greifswald und Umgebung sollen sämtliche Lehrkräfte ihres Amtes enthoben und in ein Lager namens Fünfeichen gesteckt worden sein. Weil überall seit Kriegsende Pädagogen fehlen, wurden und werden Schulhelfer eingestellt, zumeist pensionierte Kräfte wieder in den Dienst zurückgeholt. In Wampen etwa hätte ein gelernter Hufschmied die freie Lehrerstelle für die Klasse mit den jüngsten Kindern angenommen. Ein Schnellkursus hatte dazu genügt.

Am Nachmittag klopft es an die Tür. Barbara und die Mädchen, die Alinkas Zöpfe streichelten, fragen, ob sie mit nach draußen kommt. Sie wirft sich den Mantel über, Schal und Mütze, ruft in die Küche, sie werde bald zurück sein. Am Erkerfenster schaut Johanna den Vieren nach, die sich auf dem Hinterweg, wie er genannt wird, zu den Großviehställen fortbewegen. Dass Alinka so schnell Anschluss fand, überrascht Johanna dann doch.

Das Trio bummelt eine Runde um den Gutsteich und zur Gabelung, wo die Straße nach Greifswald und Neuenkirchen einen Knick macht. Sie fragen einander aus. Vor allem Barbara hat ein Redebedürfnis, das nicht endet. So berichtet sie, einen Bruder zu haben, der jünger ist, und eine Mutter, die niemals schimpft. Auch eine Oma sowie eine Schwester von drei Jahren, die sie oft zu hüten hat. Als sie noch in Rummelsburg zu Hause waren, da gab es eine Magd, da hatte Barbara auch nie die Schwester hüten müssen. Erst Wampen hätte alles verändert, auch die Reise mit dem Zug, die gar keine Reise war, sondern eine Flucht. Winterurlaub, hatten sie erzählt, damit die Kinder sich nicht wundern. Noch nie zuvor ging es im Winter in den Urlaub. Komisch sei das schon gewesen, erst recht, als so viel Gepäck aufgeladen wurde, aber die Schlittschuhe im Keller blieben. Sie gehörten zu den Ersten, die in Wampen erschienen sind. Alle neugierigen Dorfkinder seien auf den Hof gekommen.

Die anderen Mädchen, das sind Renate aus Grambow, südlich von Stettin, und Eva aus Wartenberg bei Pyritz. Im vergangenen Herbst sind sie hier eingetroffen, als Gruppe auf einem Lkw. Damals, so erzählen sie, hat es nur geregnet. Anfangs wohnten sie im Gutshaus, sind nun im Landarbeiterhaus untergebracht, auch im ersten, wie Barbara. Eva ist dreizehn Jahre, Renate zwölf, sie vermissen ihre Heimat nicht. Hier sei alles besser, egal wie oft sie Hunger litten. Daheim in Wartenberg, beteuert Eva, hatte sie nur wenig Freundinnen.

Ein Junge stößt hinzu, der mit der Hakennase, die Daumen in den Hosentaschen. Er ist ein kräftiger Bursche mit Strohhut, wie die Leute ihn im Westen auf den Feldern trugen. Wirres Haar hängt ihm bis unter die Ohren. Seine Miene wirkt finster, obwohl er lacht. Er ist ein Einheimischer, so einer, der sich nicht vorstellen kann, von der Heimat wegzugehen. Wampen sei schon ein guter Ort zum Toben und für Abenteuer, das sind seine Worte. Vorher war es ruhiger, als noch keine Flüchtlinge kamen. Aber auch sehr öde, da er jetzt neue Freunde gefunden hätte. Mit vielen alten Gefährten sei er in Streit geraten, weil die mit den Neuen nichts zu tun haben wollen. Das sei ihm egal, er suche sich seine Freunde nicht nach der Herkunft aus. Endlich auch erwähnt er seinen Namen: »Hubert, so wie man´s spricht.«

Es beginnt zu schneien. Die Mädchen und der Junge laufen aufs angrenzende Feld. Mit ausgebreiteten Armen drehen sich Alinka und Barbara im Kreis. Die Wintersonne glänzt auf den Eiskristallen, wirft ihren letzten Strahl aus einer Wolkenlücke über dem Wald. Schwäne gleiten hinüber. Schon versiegt das Tageslicht, Schatten kehren ein. Die Kinder wenden sich ihren Unterkünften zu.

Der kommende Tag verläuft ähnlich, ein langer Marsch ins Nachbardorf, vier Stunden Unterricht, ein Marsch zurück nach Wampen. Am Nachmittag trifft sich Alinka mit den Freunden, mit Hubert, Barbara, Eva und Renate. Zwei weitere Mädchen und noch zwei Jungen gesellen sich zu dem Haufen. Am Dorfausgang, an der Straße zum Wald, da ist es wieder ein Mädchen, das die Gruppe auf zehn anwachsen lässt. Alinka ist der Exot im Dorf, niemand kommt von so weither, keine trägt das Haar so lang wie sie. Dass sie an ihr kleben, die Mädchen und Jungen, dafür kann sie nichts. Auch nicht, dass sie wie ein Magnet auf die anderen wirkt, dass sie kaum von ihrer Seite weichen. Sie tut nichts, dass es so ist. Sie redet nur wenig, sie hört zu, sie schaut ihrem Gegenüber ins Gesicht. Zwischen Schal und Mütze hängen die Zöpfe herab, verhüllen sich Augen, Nase, Mund.

Die Kinder bilden einen Ring auf dem Felde vor einem toten Schwan. Mit Zweigen stochern die Jungen an ihm herum. Er hat die kalte Jahreszeit nicht überstanden, ist hier verendet, nur hundert Meter vor dem ersten Hof. Aus den Wampener Abzugsrohren steigen Rauchsäulen senkrecht in den blauen Himmel. Kein Lüftchen weht. Der Kinderpulk quert die weiße Fläche in Richtung Wald. Die Mädchen singen »O, du lieber Augustin, alles ist hin.« Die Jungen halten dagegen mit einem Lied, das längst nicht mehr gesungen werden darf. »Unsere Fahne flattert uns voran«, grölt es aus ihren lachenden Kehlen. Die Mädchen singen noch lauter. Ihr Kichern ergießt sich in die Landschaft. Die Jungen kontern mit demselben Lied, doch abgewandeltem Text: »Ich bin hin, du bist hin, wir sind hin, ihr seid hin. O, du lieber Hindenburg, alles ist hin.«

Der Wald ist erreicht, Hubert prüft einen Ast und hängt sich daran, bis er bricht. Dann schleudert er ihn gegen einen Stamm. Schnee rieselt von den Zweigen. Die Gespräche der Kinder verstummen, sie lauschen nach einem Vogelruf. Doch schon wird das Gebrabbel wieder laut. Der Pulverschnee taugt nicht, um Bälle zu formen, er zerbröselt in den Händen. »Lasst uns Wildschweine jagen!«, ruft ein Junge, den die anderen Wuchti nennen. Er hebt den Ast vom Boden auf, den Hubert fort geschleudert hat, und rennt mit Geschrei ein paar Meter in den Wald. Ein dünner Junge namens Konrad folgt ihm mit ebensolchem Lärm. »Attacke!«, krächzt seine von Erkältung geplagte Stimme. »Wildschweine, wir kriegen euch!«

Wildschweine? Alinka grübelt, ob es sich dabei um diese Tiere handelt, die sie als Glasfiguren in der Kammer gegenüber gesehen hat. Für sie sind das nur unbekannte Wesen, nicht so was wie Borstel, der Eber in Plicken. Die Kinder hier aber kennen Elche nicht, haben nur mal gehört, dass es große Hirsche sind mit Schaufeln auf dem Kopf, so breit wie Wagenräder.

Kaum eines der Kinder spricht Platt, die Einheimischen schon gar nicht. Wenn überhaupt, dann rutscht manchem der Zugezogenen mal ein Wort der hier fremden Mundart über die Lippen. Dies aber wird stets belächelt, sodass sie es vermeiden und das Hochdeutsch gebrauchen. Von all den Neubauernfamilien sind es meist die Alten, die ihre Sprachvarianten zum Ausdruck bringen, die kaum des Hochdeutschen mächtig sind, weil ihre Generationen es nicht in der Schule lernten und weil es daheim nicht gesprochen wurde.

Ein zugefrorener Teich vor dem Wald wird zur Schlitterbahn, da rutschen die Kinder von links nach rechts auf der vereisten Fläche von kaum der Länge eines Kartoffelbeets. Noch größere Teiche soll es auf den Feldern geben, heißt es von den Jungen, doch viel weiter draußen. Dort hinzukommen, das sei zu anstrengend jetzt bei Schnee. Hubert bricht den nächsten Ast und schlägt damit einen Busch kurz und klein. Wuchti und Konrad tun das Gleiche. »Bombenangriff!«, ruft Hubert. Konrad ergänzt: »Für Volk und Vaterland!« Wuchti prügelt auf einen Baumstumpf ein. Für die meisten Mädchen sind diese Jungen nur Idioten, halbe Kleinkinder noch. Sie drehen sich weg und lassen ihnen ihre Spielerei.

Flugzeuglärm und Bombenhagel aber soll es auch hier gegeben haben. Die Maschinen eines nahen Fliegerhorstes bei Greifswald überzogen die Küste und warfen auf einer Insel Übungsgranaten ab, um das Zielen zu trainieren. Betongeschosse waren das, ohne Sprengstoff, ohne Explosion.

Auf der Insel Koos im Norden, einen Kilometer weg, dort sind sie nieder-
gegangen. Die Kinder hier erlebten die Tage abgeschieden von der Welt.
Krieg und Terror blieben ihnen weitgehend fremd. Aber auch ihre Väter
verließen Haus und Hof, manche kehrten zurück, andere nicht. Der Vater
der schüchternen Helga, er soll ein liebevoller Mensch gewesen sein, bevor
er in den Krieg gezogen ist. Vor Weihnachten 1945 ist er zurückgekommen. Doch das Wesen dieses Mannes war nicht mehr wiederzuerkennen,
er schlug und schlägt die Frau, die Kinder, den Hund. Er säuft und liegt
den ganzen Tag im Heu. Wenn er abends aufsteht, seinen Schnaps nicht
finden kann, so ist es der Riemen, der die Kinder zähmt, sie schreiend aus
dem Hause fliehen lässt. Ein Monstrum soll er geworden sein, kalt und
herzlos. Er trat eine Kuh, jagte den Hund in einem Wintersturm hinaus.
Die Katzenbabys, ein Spätwurf Ende Oktober, ertränkte er vor den Augen
seiner Kinder. »Besser, wenn Papi im Krieg geblieben wäre.« Das sind
Helgas Worte, bevor sie ihr trauriges Gesicht im Schal vergräbt.

Die meisten Kinder jedoch berichten im Guten von ihren Vätern, den
Kriegsheimkehrern. Lore etwa, die kleine Wohlgenährte, die sich trotz
Fellhandschuhen die Finger reibt, sie führt beharrlich aus, wie schön es
mit dem Vater ist. Er spielt mit ihnen nach der Arbeit, er singt mit den
Kindern Soldatenlieder, erzählt Piratengeschichten von Klaus Störtebeker
und seiner Meute, die sich von einem Wagnis ins nächste begeben.
Manchmal aber sitzt er wortlos im Garten und blickt hinauf zu den Wol-
ken. Sein Kopf würde dann seltsam hin und her kippeln, als sähe er ein
Gespenst dort oben kreisen. Oft bekommt er es nicht mit, wenn die Kinder
sich ihm nähern, dann schreckt er auf und ruft nach der Mutter.

Der Krieg hat viele Menschen verändert, sie geprägt, ihnen einen Stem-
pel aufgedrückt. Mancher wird nicht wiederkehren, sein Körper liegt in
russischer Erde oder sonst wo unbekannt verscharrt. Wer jetzt noch fehlt,
ist tot oder in Kriegsgefangenschaft. Die Mütter und Kinder, die Eltern
jener Männer, sie trauern und hoffen, sie werden diese Zeit ertragen müssen. Die männlichen Vertreter ihrer Familien, sie sind die unglückliche
Generation, Kanonenfutter, des Führers Menschenfraß. Sie sind es, die ran
mussten, die kranken Pläne eines Scheusals zur Raumgewinnung im Osten zu realisieren. Keiner von ihnen hatte sich das ausgesucht, sie wollten

bleiben in Haus und Hof, bei Frau und Kind. Das Leben vieler ist zerstört, zu Ende, nichts mehr wert. Existenzen gingen zugrunde, weil Mütter allein den Hof nicht halten konnten, weil Krankheiten und Siechtum folgten, weil die Resignation stärker war.

Wampener Gutshaus und zugefrorener Gutsteich, vor 1940

Nach einigen Tagen sitzen Alinka und Johanna beim Frühstück in der Küche, bestreichen die Brote mit Honig von Imker Schmidt, einem hochbetagten Herrn, der kaum mehr laufen kann. Es gibt in Wampen zwei Imker. Johanna kauft den Honig nur bei Schmidt, weil der ihn nach dem Schleudern mehrere Tage umrührt und er deshalb nicht steinhart wird. Kerzen aus Bienenwachs bezog sie bis Kriegsende auch von diesem Mann. Seine fleißigen Tierchen sind es, die die Blumengärten in jedem Jahr so prächtig bestäuben. Auch die Russen, die von April bis September 1945 im Dorf gewesen sind, waren verrückt nach dem süßen Zeug.

Im Gutshaus quartierten sie sich ein, die Flüchtlinge mussten raus. Zuerst fiel es Johanna schwer zu glauben, dass etwa diese zwei freundlichen Männer, die sich als Herr Igor und Herr Wladimir vorstellten, solche Dinge getan haben könnten, von denen die Zugezogenen erzählten und die Radiosprecher alarmierten. Sie konfiszierten Alkohol, die Fahrräder und Rundfunkempfänger, schossen auf leere Flaschen. Aber so, wie es die Propaganda ausgemalt hatte, empfand sie die Russen bis dahin nicht. Dann kam die grauenhafte Nacht im Mai. Die Rotarmisten tranken wohl zu viel, tanzten und sangen auf dem Gutshof. Stiefelschritte ergossen sich zu später Stunde. Bullern an Türen, gefolgt von Geschrei. »Wo ist Frau? Frau komm mit!« Kein Schutzkommandant hielt die Horden mehr im Zaum. Am Tage noch hatten sie die Kinder mit Bonbons beschenkt, und nun vergingen sie sich an ihren Müttern.

Als der Sommer zu Ende war, verließen die Russen das Gutshaus. Die Flüchtlinge bezogen es erneut, besetzten jeden Raum von Dach bis Keller. In sämtlichen Wirtschaftsgebäuden quartierten sich Familien ein und lebten in großer Enge. Die Gutsherrin, ab 1935 Witwe, floh zunächst in die Stadt, kam dann aber zur Verwaltung täglich zurück in den Ort. Das Wampener Gut zählte noch bis ins letzte Kriegsjahr hinein mehr als zweihundert Schweine und ein Vierteltausend Rinder, über fünfzig Pferde sowie drei Dutzend Schafe, auch Federvieh bei fünfzig Stück. Mit der Ankunft des Russen verschwand ein Großteil des Viehs.

Die Situation in der Stadt sei vor allem bis Herbst 1945 prekär gewesen. Flüchtlingszüge aus Stettin, bis auf die Trittbretter angefüllt, rollten in den Greifswalder Bahnhof. Im November trafen innerhalb dreier Tage zweitausend Menschen aus einem Durchgangslager ein, ohne eine Quarantäne durchlaufen zu haben und ohne jede Unterbringungsmöglichkeit. Es gab keine Seife, keine ausreichende Ernährung. Die Seuchenansteckungsgefahr war groß. Mit den Schutzimpfungen aller Personen zwischen fünf und fünfzig Jahren gegen Typhus normalisierte sich der Zustand im Laufe der Zeit. Im Sommer noch hätten besonders viele Erkrankte in den Kliniken gelegen. Frauen seien häufiger betroffen und in weit höherer Zahl daran zugrunde gegangen als Männer, da sie oft auch an Geschlechtskrankheiten litten, die die Vergewaltigungen mit sich brachten. Diphtherie und Ruhr sowie das durch Kleiderläuse übertragene Fleckfieber forderten ihre Opfer. Um der Verelendung der Flüchtlingsbevölkerung zuvorzukommen, wurde im September 1945 die Fischfangflotte reaktiviert und so versucht, den Fett- und Eiweißmangel auszugleichen. In den Erntemonaten standen Tausende Greifswalder und Zugezogene auf den Feldern. Normalität kehre, wenn überhaupt, nur langsam wieder ein.

Die Suppe kocht über, eine Frau mit Buckel nimmt den Topf vom Herd. Neben Alinka haben zwei Jungen und zwei Mädchen Platz genommen, die auch gleich zur Schule aufbrechen und den Weg nach Neuenkirchen beschreiten werden. Die Dame mit dem Buckel füllt Milch in jedes Glas. Alinka tunkt ihr Brot dahinein. Ein paar Minuten später sind die Kinder bereits an der Dorfgabelung, warten auf die noch fehlenden und setzen zum Schulweg an. Alinka und Barbara haken sich ein, gehen nebeneinander her.

Nach einer Stunde haben sie den Nachbarort erreicht. Auf Lehrer Heidens Plan wird Alinka, trotz der vielen Versäumnisse während des Kriegsausfalls, als Sechstklässlerin geführt, obwohl sie in Plicken die fünfte Klasse gerade erst begann. Mit dem Unterrichtsstoff aber hat sie keine Mühe. Sie ist eine schlaue Maus, nicht nur in der Schule.

Im Singen fragt Herr Heiden, welches Lied die Klasse vortragen will. Arme gehen hoch, Finger schnipsen in den Morgen. »Wo die Ostseewellen«, so der Vorschlag von Lore. Die Klasse wiegelt ab. »Sah ein Knab' ein Rös'lein steh'n«, ist die Idee von Anna, der großen Klempnertochter. »Hatten wir schon mal, ist langweilig!«, ruft ein Junge aus der letzten Reihe. Heiden mahnt, er solle sich vorher melden, wenn er was zu sagen hat.

301

»Helga, du?«, fragt der Lehrer. Sie schüttelt den Kopf. »Und Egon, du eine Idee?« Egon zuckt nur mit den Schultern. Der Lehrer sieht sich um. »Kommt ein Vogel geflogen«, wirft ein Mädchen ein, das in der Fensterreihe sitzt. Der Junge von hinten meldet sich. »Herr Lehrer, ich bitte, sagen zu dürfen, dass das genauso langweilig ist.« Die Klasse lacht. Heiden sieht sich weiter um und fragt Alinka, ob denn auch sie einen Vorschlag hat. Augenpaare wenden sich ihr zu. »Na, Alinka, eine Idee? Oder habt ihr im Memelland nicht gesungen? Hattet ihr da keine Lieder?« Spott ist es, der seine Worte tränkt. Ein paar Jungen amüsieren sich. Alinka will das Lied, das ihr auf den Lippen liegt, nicht nennen, es gehört nicht hierher, es soll hier nicht belächelt werden, dazu ist es zu schade.

»Na, Alinka, was ist?«, bohrt die Frage des Lehrers. Jeder, wirklich jeder in diesem Raum, schaut nun nach ihr. Ein anderes Lied muss her, ganz schnell. Was hat die Mutter stets gesungen, was war es noch? Flogen einst drei wilde Tauben, nein, das ist zu gut für hier, das hat sie gesungen, wenn sie um den Vater weinte. Und das von den Schwänen, das sang sie, wenn sie die Wäsche machte. O käm' das Morgenrot herauf, o ging die Sonne doch schon auf! Ja, das ist gut, nein, ist es auch nicht, es gehört dem Großvater. Welches Lied nur, welches? Da ist es, wie ein Blitz kommt es ihr in den Sinn. »Ännchen von Tharau, Herr Lehrer.« Dieser hakt nach, und Alinka nennt es ein zweites Mal: »Ännchen von Tharau.«

Der Junge aus der letzten Reihe meldet sich und ruft: »Entchen von was? Welche Ente? Wenigstens gebraten?« Das Lachen der Klasse bleibt nicht aus. Heiden bittet abermals um Ruhe und fragt, ob sie das Lied vortragen möchte. Alinka schüttelt den Kopf, sie kenne den Text nicht mehr. »Sonst hattet ihr keine Lieder in Memel?« Nach kurzem Zögern geht ihr Kopfschütteln in ein forsches Nicken über. Heiden rümpft die Nase, er belässt es dabei. Die Klasse muss »Dornröschen« singen.

In der Handarbeitsstunde werden Kienzapfen aneinander zu Ketten gebunden und anschließend im Ofen verheizt. In Heimatkunde schwafelt der Lehrer ununterbrochen über Deutschlands größte Städte, zählt neben Berlin und München auch sämtliche aus dem Südwesten auf, die da Stuttgart, Aachen, Mainz, Wiesbaden oder Nürnberg heißen. Aus dem deutschen Osten nennt er keine. Warum nur, schimpft Alinka innerlich, warum lässt dieser Mann das große Königsberg aus? Was, zum Teufel, ist das für ein Lehrer, der Königsberg nicht kennt? Und warum, so schimpft sie mit sich selbst, ist sie zu feige, sich zu melden und ihm diese Stadt zu nennen?

Am späten Nachmittag, längst zurück in Wampen, klopft es ans Kammerfenster. Renate und Eva sind es, die sich aufstützen und das Reich der Freundin inspizieren. Tauwetter hat sich breitgemacht, matschig ist der Boden vor dem Haus. Alinka lehnt auf der Fensterbank, ihre Füße, von Wollsocken umschlossen, sind vergraben in den Decken ihres Bettes. Die Mädchen wollen zum Stall und frischgeborene Kälbchen angucken. Alinka schließt das Fenster, sagt der Ziehmutter Bescheid, nimmt die Jacke vom Haken und verlässt das Haus. Ein paar Regentropfen fallen, hier und dort verharren die letzten weißen Hügel vormals zusammengeschobenen Schnees. An einem Koppelpfad nach Osten raus gelangen sie zum Toreingang des Jungviehstalls.

Ein Klassenkamerad, mit Forke und Eimer, schlendert auf die Gäste zu. Es ist der blonde Günter mit den kurzen Haaren, der ganz vorn beim Lehrer sitzt, weil er schlechte Augen hat und die Zahlen an der Tafel nicht erkennt. Der schmächtige Junge gehört zu den Einheimischen und wächst bei seinen Großeltern auf, die in einem der Wirtschaftsgebäude lebten und nach dem Krieg ins vierte Landarbeiterhaus gezogen sind. Als unehelich Geborenen hatte die Mutter ihren Sohn verstoßen. Das Gerede der Leute trieb sie in die Stadt, den Jungen ließ sie hier. Immer nach der Schule würde er sich hier abmühen, um seine Großeltern zu entlasten. Eigen soll er wohl sein, der Günter, das hat Eva gesagt. Er würde Tierköpfe abkochen und Knochenschädel sammeln, von Katzen, Hunden und anderem Getier, ganz widerlich. Renate kann das bestätigen.

Rinder scheppern am Gestänge in den Buchten. Im Stroh liegt ein Kalb, ganz zittrig noch, den Kopf auf die Vorderläufe gebettet. Schwarzbunte sind es, die da nach Futter lechzen, so welche, wie einst die Ilse war, die Milchkuh des Großvater Karl. Günter setzt den Eimer ab, die Forke behält er in der Hand und stützt sich an ihr auf. Die Mädchen streicheln das Kalb. Günter hält ihm den Finger an den Mund, an dem es zu saugen beginnt. Der Instinkt lässt es glauben, dass es das Euter der Mutter ist. Im

Dorf wird behauptet, Günter würde den Kälbern gern auch etwas anderes hinhalten, das nicht seine Finger sind. Der Stallknecht brüllt nach ihm, er soll mal die Mädchen in Ruhe lassen und das Heu umschichten. So hebt er den Eimer vom Boden, zieht die Stirn hoch und tut, was dieser Alte von ihm will.

Die Mädchen haben genug gesehen und verlassen den Stall, sie wenden sich dem Gutshaus zu, nur ein paar Schritte weiter. Kleinkinder spielen vor seinen Gemäuern, Frauen hängen Wäsche auf. Am Giebel wird ein Teppich ausgeklopft. Neusiedler, allesamt. Das Wetter hat sich aufgehellt, ein seichter Frühlingswind bläst in die nackten Zweige. Hinter dem Gutspark ist das Dorf zu Ende. Dort stehen sie nun, die drei, schauen hinab in die Weite, übers Feld und zum blauen Bodden. Das kleine Eiland vorneweg sei das Inselchen Koos, der Bombenabwurfplatz. Das Ufer in der Ferne soll der Südosten Rügens sein. Dort liegt noch eine Menge Schnee, weiße Flächen vor allem auf den Hügeln. Deutschlands größte Insel, da breitet sie sich aus. Das vielzitierte Rügen, das wie mit dem Festland verbunden scheint. Irgendwo muss eine Grenze sein, irgendwo das Wasser die Lande teilen.

Sie spazieren zurück ins Dorf, am Gut vorüber zur Gabelung, den Pfad zu den Landarbeiterhäusern hoch, trödeln weiter bis zum reetgedeckten Schulgebäude und schauen auch von diesem Dorfpunkt auf den Bodden, der wie ein Haff dort unten liegt. Ein Feldweg an einem Graben könnte sie ans Wasser bringen, doch der ist matschig, wie alles an diesem Tag.

Von hinten gellt ein Pfiff. Günter ist es, der seine Arbeit im Stall beendet hat. Er winkt mit beiden Händen und bittet die Mädchen zum Hof, in seinen Schuppen hinter dem letzten Landarbeiterhaus, gleich neben dem Schulgebäude. Er klappt zwei Fensterluken auf. Die Mädchen folgen ihm. Was Eva und Renate schon gesehen haben, erblickt nun auch Alinka. In einem Regal pferchen sich Schädel ungleicher Größen, vom geringen Nagetier bis zum Haupt einer Kuh. Zwei Strecken fasst das Schuppenregal, jede so lang wie drei Kachelöfen breit. Günter greift eines seiner Exponate bei den Augenhöhlen. »Das war Pilger, mein treuer Gefährte. Den hab ich so geliebt. Hat immer nur gebellt.« Nun hält er den Kopf von einem Kaninchen in die Luft. »Und das war Rammler, der hat geschmeckt in Petersiliensoße.« Ein seltsamer Kerl, findet Alinka, doch kann sie nicht anders, als den Schädel zu berühren.

Wenn das kränkelnde Rindvieh im großen Stall, so Günter, das Futter weiterhin nicht anrühre, dann komme es in die Notschlachtung und der Kopf zu ihm. Was noch in seiner Sammlung fehle, seien Fuchs und Wildschwein. Aber die kriege er schon noch, er habe im Walde Fallen aufgestellt. Eva zeigt auf einen Vogelkopf mit langem Schnabel, den sie für einen Reiher hält, der aber tatsächlich einem Storch gehörte. Das Kochwasser hat das Rot seines Schnabels weiß gefärbt. In einem Einweckglas bewahrt Günter lose Knochen auf.

Draußen wiehert ein Pferd. »Ach, der Rudi«, sagt der Schädelsammler und guckt durch die offene Luke. »Wenn er alt ist, findet er da oben einen Platz.« Günter weist auf einen Freiraum in der zweiten Reihe, zwischen Kalbs- und Rattenkopf. Im Garten begrüßen sie den Hengst, einen Braunen von mittlerer Statur, dessen Nüstern Alinka liebevoll umschließt. Seine Blesse, das weiße Abzeichen auf der Stirn, zieht sich bis hinunter zum Maul. In seinen dunklen Augen spiegelt sich die Gestalt des Mädchens. Ein Ackerpferd sei das, eine sture Mähre, so Günter, aber sein Kopf, der gefalle ihm. Er könne den Tag kaum erwarten, an dem das Tier ins Grase beißt.

Alinka kann nicht von ihm lassen, und der Hengst nicht minder von ihr. Es ist beinahe so, als hätten sich zwei Seelen gefunden. Wer das Mädchen und das Pferd betrachtet, wie der Junge und die Freundinnen es gerade tun, der würde meinen, die beiden gehörten bereits ein Leben lang zusammen. Sie krault seine Ohren, streichelt Hals und Gebein. Das Tier beschnuppert ihren Nacken, prüft ihr Haar und wirft dabei die Mütze ab. Es weicht nicht von ihrer Seite, es schreitet neben ihr her zur Grundstücksgrenze. Dort aber wird sie von ihm lassen, es dunkelt schon, die Kinder müssen los. Günter treibt Rudi in den Hof zurück.

Daheim ist Johanna mit der Wäsche fertig. In der Küche riecht es nach Lauge. Die Petroleumlampe an der Decke gewährt den Blick auf einen Berg an Kleidern, der feucht und lappig zu Tische liegt. Alinka plagen Bedenken, ihr nicht geholfen zu haben. Doch Johanna wiegelt ab, das bisschen Arbeit sei nicht schlimm, das hätte sie schon immer gern getan. Alinka nimmt ein Seifenstück und presst die Nase ganz dicht daran. Mit dem Waschen allein, so sagt Johanna, ist es nicht getan, es muss die Wäsche auf einem Blech geschrubbt, mehrmals in klarem Wasser geknetet und zuletzt gewrungen werden, bevor sie zum Trocknen auf die Leine kommt. Morgen Früh will sie das Kohlebügeleisen schwingen, danach im Kessel die Arbeitswäsche kochen, die für den Garten ist und nach dem langen Winter muffig riecht.

Als die beiden vor dem Schlafen noch ein wenig auf dem Bette sitzen, die Bienenwachskerze betrachten, kommt Alinka auf das Pferd zu sprechen und ihre Sorge, dass Günter ihm vielleicht einen vorsätzlichen Tod bereitet, um nur bald den Schädel ins Regal stellen zu können. Er wirkt auf sie wie von glühender Habsucht getrieben, so besessen, ähnlich einem Räuber, der sein Gold anhäuft. Nun solle sie doch schlafen gehen und sich nicht weiter sorgen, der Günter sei ein lieber Junge, der keinem Tier grundlos schaden würde. Schwäne hätte er aufgepäppelt und nach dem Winter fliegen lassen, einem Kalb das verdrehte Bein geschient. Dem Pferd werde er ganz bestimmt nichts tun.

Der nächste Tag bringt Regen, nichts als Regen und einen widerlich grauen Himmel. Johanna und die betagten Kammermitbewohner sind schon auf und irgendwo zugange. Alinka sitzt auf ihrem Bett, schüttet die Tasche aus mit den Dokumenten von zu Hause, die sie seit dem Oktober 1944 begleiten. Geburtsbescheinigungen, die Heiratsurkunde der Eltern, Fotos, all das liegt wie nutzlos und verloren da auf ihrer Decke. Viel ist nicht geblieben, seit sie mit dem vollen Wagen im Morgengrauen die Heimat verließen. Der Inhalt eines Rucksacks ist der spärliche Rest an Besitztum und alles, was der Tochter einer Kleinbauernfamilie noch erhalten blieb. Nicht mal mehr das Bettzeug aus Plicken ist noch da, auch der Kochbehälter fehlt. Vielleicht ist beides im Greifswalder Krankenhaus oder auf dem Bahnhof abhandengekommen. Die Becher ebenso, nicht auffindbar, verschwunden. Der Wecker ist noch da. Ein paar alte Kleider sind es auch, die aber will sie nicht mehr tragen, sie gehören der Vergangenheit an.

Alinka fischt das Heftchen mit ihren Aufzeichnungen aus dem Durcheinander der Papiere, nimmt den Bleistift und setzt sich an den Tisch. Die

Mutter hat es ihr geschenkt, das war in Bauer Ludwigs Scheune. Ein kurzer Blick nach draußen, dann kratzt die Mine auf dem Blatt, füllt es mit Worten, die eben noch Gedanken waren. Liebe Mutti, so viele Tage ohne dich. Noch mal geht ihr Blick zum Fenster, eine Windbö stobt unters Dach. Liebste Mutti, warum nur trifft es immer die, die man am meisten liebt? Mit ihrer Zunge spielt Alinka an einem lockeren Zahn am Oberkiefer. Als sie klein war, verschluckte sie einen solchen. Die Mutter tröstete, der komme auf der anderen Seite von ganz allein wieder raus.

Erinnerungen und Bilder überschlagen sich. Sie und Emma am Ufer des Baches, Großmutter Hilde in der Küchenecke, Urlaub in Memel. Insterburg, der Keller von Swinemünde, der Angriff, das Gedröhn. Hengst Rudi mischt sich dazwischen. Sie denkt an das Großvaterhaus. Ob es wohl noch steht? Was ist mit Tante Martha und den Kindern? Wieder ist sie bei der Mutter, sieht sie vor sich auf dem Wagen sitzen und straff die Zügel halten, sieht sie einem Zug entgegeneilen, im Krankenhausbett liegen. Meiner Mutti´s letzte Stunde, und ich durfte nicht bei ihr sein. Ist sie erwacht, bevor sie ins Jenseits ging?

Auf dem Bett breitet sie die Fotos aus. Fünfzehn sind es, Zeugnisse, die die Vergangenheit in Bildern spiegeln, ihr beweisen, dass es sie gegeben hat und ihre Gedanken kein Trugbild sind. Das Hochzeitsfoto, Alinkas erster Schultag, Hilde in Kittelschürze vor dem Stall, daneben Hofhund Walli, ein Terriermischling, der 1938 starb. Die Schafe des Großvaters, lange her, ein Fest auf dem Hof, ein Weihnachtsabend in der Stube. Nie wieder wird sie der Mutters Stimme hören. Sie rütteln auf, diese Bilder, doch es sind längst nicht alle, es fehlen noch einmal so viele. Wo sind sie hin, wo gingen sie verloren? Weinen könnte sie, doch Tränen helfen nicht. Stark sein will sie jetzt, dem grauen Tage trotzen und ihm die Stirn darbieten. Ein ganzes Haff an Tränen hat sie dem Kummer gezollt. Das bringt die Mutter nicht zurück. Wie aber soll man weitermachen, wenn einem nichts mehr bleibt als das Leben und eine Handvoll Gepäck?

Noch mal setzt sie sich an den Tisch, entfacht die Kerze im Ofen und schreibt Zeilen in ihr Heft, notiert die Erinnerungen, wie sie gerade kommen. Im Durcheinander wechseln die Schauplätze von einem zum nächsten, von einem Jahr ins andere. Schreibt sie eben noch über Swinemünde, ist es gleich schon der Brückendamm von Tilsit. Mal sind es nur drei Sätze, mal wiederum drei Seiten. Mal ein Erlebnis von vor Tagen, dann wieder eines aus der Zeit mit dem Vater. Der Regen tropft auf die Fensterbank. Ihr nächster Gedanke bringt Johanna ins Spiel. Alinka kann nicht Mutti zu ihr sagen. Aber dass es sie gibt, ist wunderbar. Nun zieht sie Parallelen zwischen ihr und der richtigen Mutter. Schon aber ist der Gedanke weg und ein neuer da. Das Kratzen im Hals beschäftigt sie. Warum vergeht es nicht, warum plagt es sie schon seit so vielen Tagen? Und der Schnupfen, auch er will nicht verschwinden. Hier in Wampen kränkelt sie, das ist seltsam, zu Hause war sie niemals krank.

Gleich am nächsten Morgen, noch weit vor Schulbeginn, schreibt sie nicht ins Tagebuch, sondern schreibt einen Brief nach Hause, die alte Adresse weiß sie noch. Johanna wird ihm einen Boten in die Stadt mitgeben.

»Lieber Großvater, bist du wieder gesund? Ich wohne jetzt ganz weit weg von dir. Wenn du das liest, dann antworte doch. Dann will ich sehen, wie ich zu dir kann. Es tut mir leid, dass ich so lange nicht geschrieben hab. Sind Mutti´s Briefe angekommen? Ach, das mit Mutti muss ich dir erzählen. Es tut im Herzen noch so weh. Das war ein schlimmer Tag. Du kannst es dir schon denken. Ist Vati zurückgekommen? Lieber Großvater, du brauchst dich nicht zu sorgen, ich bin gut aufgehoben. Sind die Störche schon da? Wo ich bin, gibt es keine Storchennester. Hier ist auch keine Kirche. Wie geht es Minka und Zottel und Borstel? Haben Lotti und Lumpi den Weg nach Hause gefunden? Blühen schon die Apfelbäume? Grüß´ mir den Vati und grüß´ mir die Emma und alle Tiere. Grüß´ Frau Horn und Frau Bolz und den Pfarrer und jeden, den du triffst. Sag ihnen, dass ich bald wiederkomme.«

Immer nach der Schule wartet daheim das Mittagessen, das unter der Woche zumeist aus Brot und Schmalz besteht. Ein Mal in der Woche ist für die Kinder Badetag, mit Haarewaschen in einer Zinkblechwanne, in der zur Schlachtzeit die ausgebluteten Gänsekörper gelegen haben sollen. Die Haare rubbeln sie mit Asche und Sägespänen. Jede Woche backen Johanna und die anderen Frauen des Hauses Brot. Wenn Zucker da ist, auch Kuchen. Dann duftet es zum Weg hinaus. Die Gemeinschaftsspeisekammer im Korridor gibt außer angeschimmelten Kartoffeln nicht viel her. Fleisch kommt selten auf den Tisch, Eier gibt es kaum noch. Die Russen nahmen fast alle Hühner mit. Vor Kriegsende hat es auf dem Gut, gleich auf dem Hinterhof des Beamtenhauses, eine Unzahl an Geflügel gegeben. Gänse wurden bis zum Herbst heran gefüttert. Nun sind die Ställe beinah leer. Ratten verunreinigten oft das Futter. Sie waren und sind noch immer eine Plage.

Der März nistet sich ein und bringt Regen. Wenn doch einmal die Sonne scheint, geht der Lehrer mit den Kindern auf die Wiese oder macht eine Exkursion an den Wald. Naturkunde ist ein Fach, für das sich alle interessieren, weil Heiden die Fähigkeit besitzt, seinen Schützlingen die Bedeutung von Zweig und Wurzel zu vermitteln, ohne dass sich jemand langweilt.

Nach der Schule besucht Alinka Hengst Rudi so oft sie kann, füttert und bürstet ihn, gibt ihm zu essen oder schüttet Wasser in den Bottich. Wenn Günter vom Kuhstall wiederkehrt, freut er sich jedes Mal, die Klassenkameradin an seinem Hause vorzufinden. Er ist dreizehn, doch kleiner als sie und hager. Ein gebrechlich wirkender Junge, möchte der meinen, der ihn sieht. Doch Kraft hat er für zwei, er hebt allein die Balken an, wenn sie von einer in die andere Ecke des Hofes getragen werden müssen. Die schwere Karre mit dem Hausmüll und der Ofenasche, die jede Woche geleert wird, schiebt er zur Grube an den Waldrand.

Die Sonne gelangt zu Kräften. Mitte April stöbern die ersten Hummeln in den Apfelblüten. Hier grünt und blüht alles einen Monat früher als in der alten Heimat. Der Himmel, so findet Alinka, ist hier im April am schönsten, vor allem in der Abenddämmerung. Den Zweitbrunnen im Hof hat ein Handwerker instandgesetzt. Zu Ostern werden bemalte, hölzerne Eier aufgehängt, draußen an die Obstbaumknospen und an Sträußen vor den Fenstern. Märzbecher und Schneeglöckchen zieren jeden Rasen. Es ist in diesem Dorf ein Brauch, am Ostersonntagmorgen vor Sonnenaufgang, mit einer Milchkanne zum Bodden zu gehen und Osterwasser zu schöpfen, um es daheim zu trinken oder sich damit zu waschen. Wichtig ist, dabei nicht zu sprechen oder zu lachen, auch nichts zu verschütten. Nur so würde das Wasser seine Heilwirkung bewahren und vor Krankheiten schützen. In früheren Zeiten trieb manch Gutsbesitzer, von starkem Glauben befangen, all sein Vieh hinunter an den Bodden.

Zum Fest hält eine Kutsche vor dem Haus. Gudrun, die Greifswalder Krankenschwester, kommt zu Besuch. Ihre Söhne Wolfgang und Peter hat sie mitgebracht. Die beiden acht und neun Jahre alten, vornehm gekleideten Burschen benehmen sich so gar nicht ihrer Garderobe konform. Sie springen von der Kutsche, noch ehe sie gehalten hat, schreien und werfen mit Steinen und Stöcken, dass sich selbst der Hund verkrümelt. Gudrun herzt Alinka, nimmt sie in den Arm und lässt sie lange nicht los. Sie erkundigt sich nach ihrem Wohlbefinden, knufft ihre Wangen und hat auch ein Geschenk dabei, eine papierne Spitztüte mit Malzbonbons. An den vielen Zucker aber ist ihr Magen nicht mehr gewöhnt, sodass sie die Süßigkeit erbricht. Gudrun wies in Neuenkirchen die Friedhofsverwaltung an, das Grab der Mutter zu pflegen. Ein Spaziergang der drei, denen die zappeligen Buben vorauseilen, führt sie zu den Landarbeiterhäusern. Dort trabt Hengst Rudi an den Zaun. Die Schwestern sehen mit an, welche Verbindung zwischen Tier und Mädchen besteht. Günter meint, geritten sei auf ihm noch keiner, man wisse nicht, was passiert. So wagt auch sie nicht aufzusteigen.

Es ist Mai, ein sonniger Nachmittag. Da streifen Alinka und ihre Freundinnen hinter dem Schulhaus entlang an den Moorgraben, der sie zum Bodden hinunterführt. Nach fünf Minuten haben sie den Strand erreicht, der sich erst nach einem Trampelpfad durch graues Vorjahresschilf zu erkennen gibt. Die Mädchen ziehen die Schuhe aus und prüfen die Temperatur des Wassers. Eva sucht den Treibsaum nach Bernstein ab. Kein Lüftchen weht an diesem sonnig-trüben Tag, die See liegt da wie eine Scheibe. Möwen fliegen vorüber.

Alinka verharrt am Ufer, ihr Blick schweift zu den Landschaften schräg gegenüber, auch nach vorn, wo kein Land zu sehen ist. Der Bodden, das weiß sie, ist ein Randgebiet der Ostsee, die diesen Ort mit der Heimat verbindet. Als Möwe mit einem Menschenverstand könnte sie von hier aufbrechen, in dieser Sekunde fortfliegen, geradeaus nach Osten und der Küste folgen. In der Danziger Bucht, wo sich die Ostseeküste nordwärts dreht, wäre der Weg nach Hause gar nicht mehr weit. Mit den kräftigen Schwingen einer Silbermöwe würde sie Memel noch heute erreichen, in Plicken auf dem Schuppen landen und den Großvater begrüßen. Dann wäre sie, die Verlorene, endlich wieder da.

Sie nimmt Platz auf einem Stein, der genauso verloren aus dem Sande ragt. Das Ufer berührt ihre Zehenspitzen. Im Seegras liegen weiße Muscheln. Doch wie nur könnte sie zu Hause weiterleben, wenn es die Mutter nicht mehr gibt?

Jungen nähern sich, zu hören sind sie schon von weitem. Ein wohl in einer Herbstflut an den Strand geworfener Baumstamm ist ihr Ziel, den sie nun zu dritt und mit dem Aufwand all ihrer Kraft dahin zurückbefördern, von wo er gekommen war. Danach ist es der alte Kahn, der ein Stück weiter kopfüber vor dem Ufer liegt und nun ihrer Aufmerksamkeit bedarf. Sie springen und tanzen auf ihm herum, als hätten sie vor, ein Loch in seinen Boden zu treten. Weil der Lärm den Mädchen auf die Nerven geht, spazieren sie am Ufer davon. Nicht weit, da liegt die Insel Koos, viel weiter noch ist Rügen. Zwei Schiffe tuckern in der Ferne. Alinka sammelt Muscheln und leere, gelbe Schneckenhäuser. Auch ein paar Kiesel steckt sie sich in die Taschen.

Am Ende dieses Tages platziert sie ihre Funde vom Strand im Setzkasten in der Kammer. Neben Muscheln und Schnecken sind das auch bunte Steine, Treibholz, geschliffene Scherben und ein Fichtenzapfen. Kleine Schätze, die junge Mädchen lieben. Johanna schenkt ihr ein Fläschchen aus roter Keramik. Gemeinsam ziehen sie Muscheln an Fäden zu Ketten auf. Flieder, weiß und lila, in Vasen gestellt, verbreitet seinen Duft in der Kammer.

Überall jetzt im Mai begeistern sich die Kinder für Katzenbabys, die mancher Hof in gleich mehreren Würfen zu bieten hat. Mal wieder stromern sie durchs Dorf, die Mädchen und Jungen, gelangen von dem einen Rand zum nächsten und landen schließlich an der Rückseite des letzten Landarbeiterhauses, in dem Günter mit seinen Großeltern ein Kämmerchen bewohnt. In einer Ecke hinterm Stall breitet sich ein Holunderdickicht aus mit hellgrünen Blättern und totem Geäst. Beim Versteckspiel kriecht Alinka dahinein. Günter ist mit Suchen dran. Er findet Barbara im Geräteverschlag, Lore hinterm Stapel Ofenholz, Helga an der Giebelwand. Doch Alinka entdeckt er nicht, sie hockt weit drin im Gestrüpp, dessen Laub sie noch längst nicht tarnt. Günter mit den schlechten Augen kann Alinka nicht erspähen. Die Mädchen wissen, wo sie ist, doch sagen es ihm nicht und lachen nur. »Hänschen, piep' einmal!«, ruft Günter in die Gegend. Alinka piept, doch Günter sucht anderswo.

Nun hockt sie da in ihrem Busch und stöbert den Boden ab. Zersplitterte Ziegel liegen herum, Äste und Müll. An einem Findling tut sich ein Mausskelett auf, der kleine Schädel mit den Schneidezähnen liegt drei Schritte weg. Sie betrachtet ihre Entdeckung und fragt sich, welch Leben dies Tierchen wohl geführt hat, welche Nahrung jeden Tag durch seine Kiefer ging, auf welche Weise es sein Ende fand, hier draußen am Rand des Gartens. Winzig und geheimnisvoll war sein Leben und von keinem Menschen gesehen.

Günter wird sie in ihrem Versteck ja doch nicht finden. So nimmt sie den Schädel, krabbelt ins Freie und gibt ihn dem Freund für seine Sammlung, der sich dafür mit einem Lächeln revanchiert.

Weil Sonntag ist und weil auch hier der Sonntag den Kindern gehört, rotten sie sich zusammen und setzen sich auf einer Wiese nieder. Die Mädchen flechten Butterblumenkränze und stecken sie sich aufs Haar. Die Jungen verschwinden allesamt im Wald. Der Jäger und sein Sohn stapfen auch dorthin. Der Bub von etwa sechs Jahren darf die Flinte halten, doch es ist nur ein Spielzeuggewehr. Die echten Waffen hat der Russe einkassiert.

Renate und Eva stimmen ein Lied an: »Dornröschen war ein schönes Kind, schönes Kind, schönes Kind.« Alle singen mit. Barbara will von Alinka wissen, ob sie denn in Memel tatsächlich keine Lieder hatten. Denn Kindheit ohne Musik, das ist für sie nicht vorstellbar. Alinka zögert noch. Soll sie oder soll sie nicht, soll sie ihnen das Lied der Elche singen? Sie blickt in Gesichter voller Erwartung, die nicht lockerlassen werden. So atmet sie kurz ein, räuspert sich, um den ersten Ton zu bringen, der doch nicht kommen will, der sich ihr verweigert.

»Wir haben ein Lied über Elche«, sagt sie schroff, fast ein wenig enttäuscht über sich selbst. Die Mädchen sehen sie an und bitten darum, es ihnen vorzutragen. Statt zu singen, sagt sie die Zeilen auf, wie ein Gedicht, doch ohne Betonung. »Ein Mal nur hab ich einen Elch gesehen«, fügt sie hinten an. Lore bittet, ja fleht beinahe, es doch vorzusingen.

Warum nur fällt es ihr so schwer? Sie hat doch im Schülerchor gesungen, selbst in der Kirche und ganz allein vor allen Leuten. Dies hier sind ihre Freundinnen, drei vertraute Personen. Und sollten sie lachen, dann ist es egal. Sie wird es ihnen vorsingen und danach ihre Ruhe haben. Kein Betteln mehr und keine Fragen, fertig, aus. Sie füllt den Brustkorb mit Luft und singt: »Abends treten Elche aus den Dünen, ziehen von der Palve an den Strand.« Mit jeder Zeile hebt sich der Klang, bilden Text und Stimme eine Harmonie, bis die letzte Strophe verhallt: »Und sie schwinden in der Ferne Nebel, wie im hohen Tor der Ewigkeit.«

Keines der Mädchen lacht, im Gegenteil, sie sind gerührt, wollen es mit ihr zusammen noch einmal singen. Am Ende dieses Tages können sie alle das Lied der Elche auswendig und tragen es weiter an Geschwister und Freunde. In der Schule singen sie es mit dem Lehrer. Der Elch ist mit einem Mal bei den Jungen ein angesagtes Tier. Statt Räuber und Gendarm wird Jäger und Elch gespielt, wobei das Tier den Mythos eines Drachens dargereicht bekommt. Der Elch ist die Nummer eins in den Gruselgeschichten, mit denen sich die Jungen nach dem Unterricht das Fürchten lehren. In ihren Fantasien erwächst solch ein Bulle auf die Größe eines Hauses, der durch den Wald rast und die Stämme knickt. Der mit seinen Schaufeln, breit wie Teiche, Löcher aushebt und den Boden in alle Winde fortwirft. Ganze Elchherden würden auf das Dorf zurennen und jeden Hof niederwalzen. Sie seien das wirkliche Grauen, nicht der Krieg noch vor einem Jahr. Was nur, fragt sich Alinka mit einem Lachen, was hat sie da nur losgetreten?

An Christi Himmelfahrt, dem letzten Tag im Mai, wandern junge Männer aus Wampen und Neuenkirchen durch den Wald. Zum Frühabend hin sammeln sie sich am Strand um mehrere Lagerfeuer herum. Handkarren haben sie mitgebracht, mit Brennholz, Fleisch und reichlich Getränken. Sie schreien und singen, rennen mit Kleidern oder splitternackt ins Wasser. Ein Junge, der von Alters her nicht zu ihnen passt, klimpert am Feuer an einer Gitarre. Alinka hat ihn auf dem Schulhof schon mal gesehen, er mag vierzehn, eher fünfzehn sein und sieht fast aus wie ein Erwachsener. Was er spielt auf seinem Instrument, klingt schön, auch wenn er zu oft neben die Saiten greift und Fehlklänge dadurch erzeugt.

Als die Dämmerung einsetzt, ziehen die Männer los, sie wollen nach Neuenkirchen zum Tanz, sich um ein Fräulein bemühen. Jedes der einheimischen Kinder weiß, dass es dort, wie in anderen Jahren auch, zu Schlägereien kommen wird, dass die jungen Kerle am nächsten Morgen stolz ihr blaues Auge präsentieren werden. Der Krach ebbt stetig ab, je weiter die Bande fortzieht. Der Junge mit der Gitarre ist noch da. Die Kinder setzen sich zu ihm und schüren mit Stöcken das letzte Feuer. Jürgen ist sein Name. Ob er denn mal ein Lied spielen könne, fragt Barbara, vielleicht das von den Elchen. Dies habe er zwar schon mal gehört von anderen auf dem Schulhof, doch dazu müsse man ihn begleiten. Die Mädchen singen los, wie auf unsichtbarem Befehl. Jürgen schaut auf die Gitarre hinab, seine Daumen, Mittel- und Zeigefinger suchen nach den passenden Saiten. Als das Lied ein zweites und drittes Mal gesungen wird, hat er die Töne raus. Die Flammen lodern auf, das Dunkel der Nacht kehrt ein. Bis weit hinaus trägt der Maiwind die Gesänge zu beiden Richtungen des Ufers.

Die Jungen pinkeln das Feuer aus und schieben eine Burg Sand darüber. Alinka setzt sich auf ihren Stein am Ufer, blickt in die Finsternis und kann die Umrisse von Rügen und von dem Walde drüben auf rechter Seite erkennen. Geradeaus bewegen sich die Lichter eines Schiffes. Ein Luftzug weht ihr ins Gesicht. Der Spätwind frischt noch mal auf, bevor er sich schlafen legt. Stundenlang könnte sie hier sitzen und aufs Meer rausschauen, ob am Tage oder in der Nacht. Der Duft von Seetang belebt die Erinnerung an den Memel-Urlaub mit der Mutter. Auch hat sie die Bilder von der Tombola in Plicken neben dem Kirchplatz vor Augen. Das muss nach Kriegsausbruch gewesen sein, denn der Vater war nicht dabei. Drei

Buden wurden aufgebaut und ein kleiner Zirkus mit Ponys, die Kostüme trugen. Beim Dosenschießen gewann der Großvater eine Zigarre. Zu Pfingsten gab es in Memel jedes Jahr einen großen Markt, eine Woche lang, der vom Stadtplatz bis in jede benachbarte Straße reichte. Junggesellen aller Dörfer zogen mit geschmückten Leiterwagen dorthin. Auf der Straße, die nach Plicken führt, gab es zeitgleich einen Bauernmarkt, dort boten einfache Leute all das an, was sie im Winter fertigten. Wollstrümpfe, Handschuhe, geflochtene Weidenkörbe. Karussells und Stände mit Süßigkeiten erfreuten die Kinder. Zuckerstangen aus Pfefferminze, rote, gelbe und grüne hat es dort gegeben, auch mit Schokolade überzogene Pfefferkuchen.

Zehn Tage später steht Pfingsten an. Ein Pfingsten nicht in Memel, eines im Fremdenland. Heimatvertriebene veranstalten auf dem Gartengrundstück des dritten Landarbeiterhauses einen pommerschen Liederabend mit Kuchen und einem Fass Bier. Zu ausgereifter Stunde haben sich bald hundert Menschen eingefunden. Seit langem hört Alinka erstmals wieder den Klang eines Akkordeons. Auch Jürgen ist da, er hat die Gitarre mitgebracht und sitzt auf einem zersägten Baumstumpf, wie sie auf diesem Hof als Hocker dienen. Er spricht Alinka an und sagt, er hat sie nicht vergessen können, er fand es schön am Abend des Vatertags, das Singen am Strand und den Weg zurück ins Dorf. Am Moorgraben, so gesteht er ihr, hat er sie angesehen, ohne dass sie es bemerkte. Hat ihre Zöpfe bewundert und sich gefragt, ob er sie wohl mal berühren darf. Ihre Stimme sei besonders, gibt er zu, sie passe genau zum Akkord seines Instruments, wäre wie dafür gemacht. Er hörte, dass sie von weit weg hierhergekommen sei, vom anderen Ende des Reichs. Er sieht sie an im Getümmel, und sie weiß nicht, was sie davon halten soll. Köpfe huschen vorüber, an ihnen vorbei. Musik, Geräusche, Stimmen, der Duft von Kuchen und Bier. Sein Blick verharrt auf ihrem Gesicht. Auch ihr Blick ist stark und wirft sich seinem entgegen. Dann ein Rempeln, Barbara ist gekommen und zieht Alinka an ihrem Ärmel fort. Sie will mit der Freundin tanzen.

Noch mal sucht Jürgen das Gespräch, der Junge mit den starken Schultern, der so ernst und sachlich wirkt in seiner eigentümlichen Art. Dem ein zarter Bartwuchs an der Oberlippe das Kind-sein ausgetrieben hat. Er ist wie ein Mysterium. Doch auch dies Mädchen von so fern hat für ihn etwas Magisches.

Am nächsten Morgen wird Alinka dies Erlebnis in ihr Tagebuch eintragen. Seit einem Monat hat sie ihr Büchlein nicht mehr aufgeschlagen. Nun wird der Bleistift nicht müde, die Seiten zu füllen. Dies und jenes von Belang findet einen Platz in eng geschriebenen Zeilen, denn Schreibpapier ist knapp. Über Hengst Rudi gelangen Worte in ihr Heft und darüber, dass er sie nicht aufsitzen lässt, dass er sich wegdreht, wenn sie auf seinen Rücken steigen will. Von dem Mitschüler schreibt sie hinein, der eine Woche lang im Unterricht fehlte, über den der Lehrer sich daheim erkundigte und gesagt bekam, der Junge wäre todkrank, windelweich geprügelt. Weil er Unanständiges getan hatte an seiner kleinen Schwester, und die sich der Mutter anvertraute, und diese es dem Vater erzählte, der den Jungen mit mehr als nur einer Portion Prügel beschenkte, dass er am nächsten Morgen nicht mehr laufen konnte. Das Geschrei am Vorabend sei in weiter Nachbarschaft zu hören gewesen. Der Lehrer ließ den Pfarrer aus Neuenkirchen kommen.

Das Weitspringen in der Turnstunde findet eine Erwähnung, wie auch der Tag, an dem sie an der Tafel eine Weltkarte zeichnen sollte und das Gebiet ihrer einstigen Heimat ganz besonders schön gestaltete. Davon, als Barbara bei ihr genächtigt hat, sie sich im Bett so viel erzählten und dass es sich wohl genau so anfühlen muss, eine Schwester zu haben. Von der Zeitungsmeldung, in der es hieß, dass Deutschland die Hälfte seines Grund und Bodens verlorengegangen sei. Jawohl, dass so viele Dörfer und Städte, die sie auf ihrer Flucht passierten, auch Äcker, Wälder und kleinste Höfe, selbst der Memel-Fluss, dass alles nicht mehr deutsch sein soll.

Sie schreibt von der Kutschfahrt in die Stadt, nicht den Weg über Neuenkirchen, sondern im Walde gleich nach vorn, geradeaus den Feldbahngleisen folgend, in ein Gelände namens Rosental. Von der Mundschau beim Zahnarzt und dem Erwerb ihrer ersten richtigen Zahnbürste. Vom Besuch in einem Uhrengeschäft am Markt, vor dem ein russischer Wachsoldat stand. Vom Ticken der vielen Kuckucksuhren und dem zehn- und dutzendfachen Gong zur vollen Stunde, dem Gong der Kirchenglocken gleich mit. Von dem Bettler am Hafen mit der Sammelbüchse, der vor dem Krieg ein Kohlenschipper am Greifswalder Kleinbahnhof gewesen sein soll. Von der Visite beim Doktor, von Bussen und Automobilen und davon, dass Röllchen mit Bindfäden, Nähgarn in verschiedenen Farben, in der Stadt und überall ein begehrtes Tauschmittel sind.

Auch schreibt sie von der Rückfahrt über Neuenkirchen und dem Besuch bei der Mutter auf dem Friedhof. Wie neuerliche Tränen kullerten, obwohl sie das verhindern wollte. Davon, dass Johanna respektvoll Abstand nahm und sich weitab auf einer Bank geduldete. Wie sie allein war vor dem Grabe und mit der Mutter sprach, ihr sagte, es gehe ihr gut, sie müsse sich nicht sorgen, wenn, ja wenn sie sie denn überhaupt höre. Alles sei wieder gut, so wie damals zu Hause, sie habe auch Freunde und eine Zweitmutter. Doch komme Johanna nie und niemals an sie heran. Sie nur wäre die echte. Mutter bleibt Mutter, ein ganzes Leben lang und darüber hinaus.

Eine Träne rinnt aufs Tagebuch, die Seite klappt zu, das Schriftstück wird unter dem Bett verwahrt.

Heimatdorf auf Zeit

Alinka ist zu Gast im Hofgarten von Barbara, dem ersten Landarbeiterhaus. Die Mädchen halten frisch geschlüpfte Gänseküken in den Händen. In einem Karton watscheln noch mehr. An allen Ecken spazieren Gänsefamilien über das Gut, vorn der Muttervogel, hinten fünf, sechs Kleine. Sie schnäbeln über den Rasen und halten den Löwenzahn kurz. Gänse, das weiß nicht jeder, sind, im Gegenteil zu Enten und Hühnern, reine Pflanzenfresser. Gute Wächter sind sie auch, fast besser als ein Hund, achtsam, laut und aggressiv.

Amseln baden in einer Pfütze an der moosbewachsenen Tür zum Stall, aus dem heraus eine Henne gackert und mitteilt, ein Ei gelegt zu haben. Sodann liegen die Mädchen in der Hängematte unter den hohen Pappeln nah der Dorfgabelung, in deren Kronen die jungen Blätter rauschen und schläfrig machen. Die Baumschatten wandern in den Mittagsstunden übers Dach. Ein schwarzer Kater auf weißen Pfoten schleicht an der Schuppenwand, wo schon jetzt kniehoch der Wildwuchs rankt. Schön ist's bei der Barbara. Ihre Mutter lädt Alinka ein, auch mal hier zu schlafen. Einen Kuchen wollen sie dann backen. Nun aber muss Alinka los, denn sie versprach, Johanna bei der Wäsche zu helfen.

Später am Tag besucht sie Günter und das Pferd. Auch heute lässt sich Rudi nicht reiten, dieser eigensinnige Hengst. Er weicht dem Mädchen aus, wenn es vorhat, von der Gartenbank zu ihm aufzusteigen. Dann trabt er nach vorn und schüttelt die Mähne. Warum nur lässt er es nicht zu? Günter hat es prophezeit, er würde sich eben niemals reiten lassen, eher noch eine Kuh. Er tauge nur für den Ackerpflug. So geht Alinka wieder heim und nimmt sich andere Arbeiten vor, siebt ein Weilchen die Komposterde durch einen Lattenrost, pflückt Klee und Löwenzahn für die Kaninchen bei Renate. Der Griff einer ausgedienten Axt landet im Drahtkorb mit dem Ofenholz.

Nach einer Stunde liegt sie bei offenem Fenster in ihrem Bett, der Tag ist noch längst nicht um. Ein milder Frühsommerwind weht von der Küste auf den Hügel, auf dem das Dorfe steht. Möwen segeln unter dem blauen Himmel fort. Spatzen singen von den Dächern. Bekannte Stimmen nähern sich, die Freunde kommen ans Fenster. Helga, Lore, Eva und Renate schlüpfen aus ihren Fußbekleidungen und steigen in die Kammer. Unterm Fenster reihen sich Stiefel, Holzpantoffeln, Latschen und Sandalen. Auch Hubert mit der Hakennase und Günter, der Schädelsammler, kehren ein. Sie aber tragen schon längst kein Schuhwerk mehr, sind seit Wochen barfuß unterwegs. Johanna bringt Kuchenstücke. Als diese aufgegessen sind, hüpfen sie allesamt hinaus. Alinka zieht von außen das Fenster ran, die Bande stromert hinunter zum Bodden.

Die Jungen wenden den Kahn, der seit dem Winter kieloben liegt. Spinnen suchen das Weite. Mit gemeinsamen Kräften schieben und ziehen sie das Holzgefährt ans Wasser, das zwischen Heck und Bug fünf Meter misst und in der Breite eineinhalb. Kein Boot sollte im Sommer trocken liegen, ist Alinkas Meinung. Kaum dass der Kahn in den Wellen dümpelt, springen die Jungen und Mädchen nacheinander auf. Riemen gibt es nicht, nur einen Blecheimer, an einem Seil mit der Ruderbank verbunden. Günter hopst zurück ins Wasser und schiebt von Heck den Kahn auf die Sandbank, einen Steinwurf vom Ufer entfernt. Als sich der Kiel in den Schlick der Insel bohrt, hüpfen sie ein jeder schon wieder hinunter und erkunden das Eiland von drei Gartenflächen, auf dem es nichts als einen Saum aus Muschelschalen und Seegräsern zu finden gibt. Im Kreise und auf gerader Strecke treten sie ihre Fußabdrücke in den Sand. Eva rollt die Hände und hält sie sich wie ein Fernglas vor die Augen. Die Jungen wollen Piraten sein, brüllen einander Botschaften zu, wie »Kapitän, Schiff auf See entdeckt!« und »Entert sie!« Es ist lange her, sehr lange, dass Alinka zuletzt so herzhaft und aus ganzer Kehle lachen konnte, wie jetzt und hier auf dieser Insel. Wer ihre Geschichte kennt, der würde es nicht glauben. Das Mädchen aus Plicken, das so selten lacht. An diesem Tag im Juni hat das Lebensglück sie wieder eingeholt. Fast so, wie es einmal war, als sie auch mit Freuden loszog, mit denen aus ihrem ersten Leben, am Bach und auf den Feldern nach Abenteuern suchte.

Der Kahn stößt zurück ans Festlandufer, jeder Rocksaum ist nass, auch die Hosenbeine der Jungen sind es bis hoch zu den Knien. Die Sachen trocknen im Wind auf dem Weg zum Hügel hinauf und am Moorgraben entlang ins Dorf.

Der Abend hüllt Wampen ein, die Geräusche des Tages verschwinden. Motten klopfen ans Fenster. Sie stoßen überall gegen und sind keine geschickten Flieger wie ihre tagaktiven Kameraden, die Schmetterlinge. Eine findet durch den Fensterspalt den Weg in die Kammer. Behutsam setzt Alinka das verirrte Tier nach draußen.

Da liegt sie nun auf ihrem Bett und besieht sich die Zimmerdecke, die Beine ausgestreckt, die Hände hinter dem Kopf. Schön war's heute unten am Strand. Das sollte doch jeden Tag so sein. Ein so großes Wasser vor der Tür. In Plicken ist's ein Bach gewesen. Auch das war schön. Der Bodden aber mit seiner Weite ist fast ein Meer und an diesigen Tagen ohne Horizont. Im Juli könnten sie dort baden gehen, in den Wellen planschen, so wie in Sandkrug auf der Nehrung.

An einem Morgen Ende Juni liegt Hund Gockel tot in seiner Hütte. Am Tag zuvor brachte er noch eine Ratte an, wie er sie häufiger mal fing und den Frauen präsentierte, weshalb sie ihn auch den Katzenhund nannten. Vermutlich hatte die Ratte von einem Gift gefressen. Zuerst noch glauben die Frauen, Russen hätten ihn abgeknallt. Denn alle paar Tage hält ein offener Kleinkraftwagen mit zwei oder drei Uniformierten vor dem Gutsgebäude. Doch ein Schuss war nicht zu hören.

Sein Tod berührt Johanna nicht, im Gegenteil. »Ach Gottche! Nur ein Tier«, merkt sie an, das Geschirrtuch in der Hand. Warum soll ein Tier weiterleben dürfen, ihr Helmut aber nicht? Sie macht sich hübsch und geht, wie an jedem Sonntag, zum Damenkränzchen ins Haus nebenan. Manchmal findet das Teetrinken und Schnattern auch in der hiesigen Küche statt. An diesem Abend noch wird Günter fragen, wo der Hund vergraben liegt. Die Aussicht auf einen Schädel ist ihm jede Pietätlosigkeit wert. Alinka aber verrät ihm die Stelle nicht.

In den folgenden Tagen und Wochen kommt der Sommer in Schwung. Das zieht die Kinder an den Strand. Am Sonntag, wenn keine Schule ist, können sie nach dem Aufstehen gar nicht schnell genug ans Wasser kommen, schlingen ihr Frühstück herunter, trommeln die Freunde zusammen und sind schon nicht mehr zu sehen. Die Sonne scheint aus voller Kraft.

Der Wind streicht zart von See herüber. Die Jungen ziehen sich im Schilf die Badehosen an. Die Mädchen haben das zu Hause schon getan, brauchen nur das Kleid abwerfen und können sofort ins Wasser rennen. Hinter der Sandbank fällt der Grund steil ab. Die Jungen bewerfen die Mädchen mit Schlamm, stülpen ihnen Büschel aus Seegräsern aufs Haar und rufen »Wasserhexe!« Nach dem Baden wälzen sie sich im Sand. Wenn die Nachmittagssonne brennt, setzt Alinka sich ihren schwarzen Damenhut auf, den sie in Johannas Kleiderschrank gefunden hat. Manchmal verschwinden die Jungen im Schilf, treten neue Pfade auf morastigem Untergrund. Auf der anderen Seite kommen sie wieder hervor und suhlen sich im Ackerboden. Wenn es knackt im Röhricht, im Revier der Schwarzkittel, der wilden Schweine, eilen sie mit Geschrei zurück an den Strand.

Am liebsten baden die Kinder bei starkem, auflandigen Seegang, wenn der Ostwind mit hohen Wellen und Schaumkronen an den Strand bricht, wenn losgerissenes Seegras treibt. Jungen aus Neuenkirchen kommen auf ihren Fahrrädern an den Wampener Strand. Auch Greifswalder Familien treffen ein. In den Mittagsstunden erzählen die Jungen den Mädchen Gruselgeschichten. Doch am lichten Tage bleibt die Wirkung aus. Oft verweilen die Kinder bis in die Abendstunden, sehen hinaus auf die blinkenden Lichter zweier Fahrwassertonnen und bemerken nicht, dass die Dunkelheit sie bereits ummantelt.

Ohne dass es Alinka weiß, liest Johanna ihr Tagebuch. Sie entdeckt es, während das Mädchen in der Schule ist, beim Saubermachen unterm Bett. Zuerst hält sie es für ein Schriftstück aus dem Unterricht. Auch als sie erkennt, um was es sich handelt, will sie es zuschlagen, dorthin legen, wo sie es gefunden hat. Ihre Neugier aber ist zu mächtig, sie kann es nicht. Es ist, als klebe es an ihren Händen, als müsse sie es öffnen.

So setzt sie sich und liest: Eben noch über die leibliche Mutter, von einer Freundin Emma, vom Vater und vom Großvater, einem Schiff, gleich dann von einem Ort, der Pillau heißt. Schon ist es ein Erlebnis mit den Cousinen, ein Gedicht und bald ein Lied, dann geht es um zwei Pferde, Lotti und Lumpi. Auch ein Eber wird genannt, ein Rind, eine Katze, ein weißer Ziegenbock am Schlitten. Weihnachtsfeste, des Vaters letzter Besuch, sein

Brief, die Wagenflucht nach Insterburg, in Tilsit zerstörte Straßen. Flieger-angriff auf den Treck. Die kranke Mutter in der Scheune, ihre Auferste-hung am Morgen in der Eiseskälte, von einem Bahnhof zum nächsten, ein übervoller Zug. Bombenangriff in Swinemünde, gefolgt von einem Mit-sommerfest. In der nächsten Zeile wird der laute Ton und der darauffol-gende Schrecken einer Sirene ausgeführt. Immer wieder sind es Worte von der Sehnsucht nach zu Hause. Am schlimmsten sei es hinter Königsberg gewesen, dort hätte sie Dinge gesehen, die ihr auch jetzt noch in ihren Träumen begegnen. Orte und Erlebtes mischen und vereinen sich zu ei-nem untrennbaren Knäuel. Nach einem Tag mit Rudi, der sich nicht reiten lässt, sind es gleich im nächsten Satz die Sorgen um die Mutter, die An-kunft im Greifswalder Bahnhof, ihr Fall, die Ohnmacht, das Krankenhaus, der Friedhof, das Grab, der Pfarrer. Die Absicht des Mädchens, der Mutter zu folgen, die Unlust weiterzuleben.

Johanna klappt das Heftchen zu. Alles hat sie gelesen, jedes Wort von vorn bis hinten, hat nichts ausgelassen. Und alles weiß sie nun, und so wenig wusste sie zuvor, weil das Mädchen ihr so viel verschwieg. Weil es nie mit Worten rausrückt, nicht über das Vergangene spricht. Sie wusste um manches, was da war. Doch jetzt in Wort und Text, in der Schrift und Weise eines Kindes, nun ist es doppelt so klar, was diese Mädchenseele durchgestanden hat und noch immer mit sich trägt.

Es wird ihr dunkles Geheimnis bleiben. In jedem Gespräch mit der Ziehtochter wird Johanna darauf bedacht sein, nur nicht zu viel und das Falsche auszuplaudern, Dinge, von denen sie nichts wissen kann. Es wird sie belasten und sie das schlechte Gewissen quälen. Im Stillen jedoch wen-det sie sich an den Suchdienst des Deutschen Roten Kreuz und hinterlässt dort eine Kartei im Register, mit den Namen von Verwandten und Be-kannten, die sie aus dem Heftchen abgeschrieben hat.

Die Sommerferien beginnen. Zeugnisse gibt es nicht, nur eine mündliche Einschätzung des Lehrers über jeden seiner Schüler, die er nach und nach bei einem Kurzbesuch den Eltern übermittelt. Als er dann auch bei Johan-na in der Küche sitzt, lobt er zwar Alinkas Mitarbeit, tadelt zugleich aber den geringen Lerneinsatz im Musizieren. Nicht mitsingen würde sie, so der Lehrer, sich beim Vortragen von Schriftversen glatt verweigern. Das dürfe nicht sein, das müsse sich nach den Ferien ändern, sonst werde er den Pfarrer konsultieren.

Ein rotes, knielanges Kleid hat Johanna auf dem Greifswalder Markt für das Mädchen erstehen können. Noch dazu ein Fruchtbonbon am Stiel. Tausend Küsse möchte sie dem Ziehkind geben, es ganz fest an sich drücken und all das Geschehene aus dem Tagebuch vergessen machen, die Bürde des Erlebten auf sich selber schultern. Doch Alinka ist kein Kind zum Knuddeln, das war sie bei der eigenen Mutter nur. Wenn sie die Nähe zu Johanna sucht, dann ist es eine kurze Umarmung und selten mehr.

Alinka weiß um ihre Pflichten in Haus und Stall, weiß auch, dass sie, wenn alles erledigt ist, mit den Freunden spielen kann. Das Geflügel hat sie zu versorgen, den Hofgarten umzugraben, Flur und Küche sind zu fegen. Hat sie von der Arbeit genug, lehnt sie sich an einen Apfelstamm. Heimlich nascht sie immer wieder vom Buttertopf im Küchenschrank. Ihr Körper gewöhnte sich nach Monaten des Verzichts nur langsam an den Fettgehalt. Nach ihrer Ankunft hier im Winter hatte sie bei jedem Verzehr sofort erbrechen müssen.

Sie wechselt die Schul- und Arbeitsgewänder gegen das rote Kleid. Barbara schiebt das Fenster auf. »Alinka, kommst du mit?« Sie leert noch ihren Wasserbecher und eilt mit der Freundin fort, Günter im großen Stall besuchen. Der gießt einen Eimer Wasser über eine Kuh und schrubbt ihren Rücken. Schwalben fliegen durch den offenen Stall. Sie haben ihre Nester an der Decke. Nicht nur aus Vogelliebe werden sie geduldet, denn Schwalben fressen sich satt an Mücken und Bremsen, die dem Vieh zu schaffen machen. Alinka blickt ihren Flugkünsten nach, wie sie von der einen durch die nächste Öffnung jagen. Der Stiel des Fruchtbonbons guckt aus ihrem Mund.

Günter hat Arbeitsschluss, die Mädchen begleiten ihn nach Hause. Dort fängt er ein Huhn, er will es hypnotisieren und drückt dessen Kopf ganz vorsichtig zu Boden. Vor seiner Schnabelspitze zieht er mit dem Finger eine Linie in den Sand. Der Körper des Tieres entspannt sich sogleich und liegt wie schlafend da. Er weckt es durch ein Rütteln wieder auf. Es schlägt mit den Flügeln und rennt davon. Günter erzählt vom Ziegenritt in Karrendorf bei seiner Tante Roswitha. Da sei immer was los, da müssten sie mal hin. Die hätte bestimmt auch Schokolade. Beim Baden dort im Gartenteich sei er mal auf etwas Weiches getreten. Blasen stiegen auf, dann kam ein Tierkadaver hinterher, die seit Wochen vermisste Katze.

Weil Günter nach der Arbeit im Stall auch auf dem Hof des Landarbeiterhauses seine Tätigkeiten zu verrichten hat, lehnen sich die Mädchen an eine Schuppenwand und warten, bis er fertig ist. Rudi trabt heran und trabt wieder weg, reißt einen Kirschbaumzweig herunter. Bienen schwirren, sie kommen ganz bestimmt von Imker Schmidt, der am Gutspark seine Wirtschaft betreibt. In den Kronen erschallen die Gesänge von Meisen und Spatzen. Eine Amsel singt. Oben kreisen die Schwalben. Sie sind aus dem Süden zurückgekehrt, die Störche aber bleiben aus. Alinka versucht abermals, auf den Hengst zu steigen. Der ahnt ihren Plan voraus und wendet sich der Gegenrichtung zu.

Günter kehrt zurück, er legt zwei Finger an den Mund, ein Pfiff gellt über den Hof. Vom Obstgarten her trottet ein lahmer Esel heran, ein altes, graues Tier. Günter klatscht in die Hände. »Na, komm, hopp hopp, nun mach schon!« Er krault dem Esel die Flanken, klopft Staub aus seinem Fell. »Guter Junge bist du. Das ist Kavalier, der ist schon über dreißig. Wenn du reiten willst, versuch's auf ihm.«

Alinka zögert nicht, sie hält ihm die Hände an die Nüstern, die der Esel beschnuppert. Sie redet mit ihm und streichelt seinen Hals, seine starken Kiefer. Er soll ihr in den Schatten eines Baumes folgen. So ruft sie seinen Namen und geht voran. Als er dabei einem Stein ausweicht, muss Alinka erkennen, dass der Esel hinkt, immer dann, wenn er nicht in gerader Richtung läuft. Soll sie denn wirklich auf seinen alten Rücken steigen? Ist das noch gut für seine Knochen? Die rostbraunen Augen des Grauschimmels sind von langen Wimpern bedeckt. Nein, das kann sie nicht. So rupft sie einen Satz Blätter aus dem Baum und reicht sie dem Kavalier.

Die Kinder verlassen den Hof. Der Esel folgt ihnen ein paar Meter und kehrt wieder um. An der Haustür, auf der Vorderseite, reicht Günters Großmutter den Mädchen die Wassergläser. Unter den Kirschbaumkronen entschwinden sie dem Garten auf der Rückseite zum Feld und laufen quer zum Bodden. Drei fröhliche Kinder, deren Gelächter auch von weitem noch zu hören ist, weil der Ostwind es ins Dorf zurückwirft.

An der Badestelle klettern sie ins Boot, Günter stößt es vom Ufer weg und springt hinterher. Der Bug sticht auf die Sandbank, an dessen zur See gewandtem Ufer die Wellen des auflandigen Windes prallen. Hin und wieder überrollt eine stärkere Welle das Eiland komplett und ergießt sich weiter bis an den Strand. Dort liegen, wie die Robben, einige Jungen und Mädchen höherer Klassenstufen. Die Sonne flimmert auf dem Wasser. Sie ist schon weit fort gerückt von dem Punkt, an dem sie jeden Morgen aus dem Bodden tritt. Rügen erstreckt sich bis in den Osten und endet mit den hohen Bergen von Mönchgut, wie Günter den Freundinnen erklärt. Auf rechter Seite, gegenüber, steht ein Küstenwald, von dem er behauptet, der gehöre zu einem Ort namens Ludwigsburg. Schwäne kippeln auf den Wellen, eine Unzahl Möwen sucht die Ufer ab. Günter sitzt auf der Mittelbank und lässt die Füße baumeln, die Mädchen tun das vom Heck. Das Boot wippt zu beiden Seiten, der Eimer klappert im Takt, dass es bald schläfrig macht, die Kinder sich auf die Planken legen und ihre Augen schließen.

Mit dem Schwinden der Sonne wird es kühler, der Wind frischt noch mal auf und legt sich dann zur Ruhe. Kein Mensch ist mehr am Strand, der Wind verkommt zu einer Flaute. Ein Fuchs schnürt vor dem Schilf. Eine Holzstange ist auf die Sandbank getrieben. Für Günter ist das ein Anreiz, den Kahn mal ein Stück hinaus zu stoßen, mal ein bisschen weiter als immer nur zur Badeinsel. Die Mädchen stimmen zu. Günter schiebt den Kahn um die Sandbank herum ins freie Wasser, hüpft zurück an Deck und jagt die Stange zum Grund. Mit Rudern, meint er, wäre das viel leichter. Solche aber gibt es nicht, die liegen wohl im Schuppen vom alten Fischer Bode, dem dieser Kahn gehörte. Seine Witwe könnten sie mal fragen. Bode, so erzählt er weiter, sei, bevor er letzten Sommer starb, noch oft hinausgefahren. Ein Fischer mit Netzen aber war er nicht, er hatte Langleinen ausgelegt im knietiefen Wasser und parallel zur Küste, Aalschnüre mit mehr als hundert Haken. Die kleinen Aale verwendete er selbst, die großen hängte er in die Rauchtonne für den Verkauf in der Stadt.

Die Sonne bettet sich landeinwärts hinterm Wald, entsendet ihren letzten Schimmer auf den Bodden. Das Wasser glänzt im Abendlicht, Federwolken gleiten nach Nordwest. Schon hat Günter keine Grundberührung mehr, die Stange, so lang wie der Kahn breit, reicht nicht bis hinunter. Die einkehrenden Wellen aber, die der kraftlose Wind noch aufbringt, tragen das Boot zurück in seichtere Gefilde, wo der Gewässerboden wieder sichtbar wird. Jedes Mal schickt Günter den Kahn erneut ins Freie, solange bis der Wind fort ist, die letzten Babywellen sich zu glatter See verwandeln. Und da treiben sie nun und kommen nicht mehr heran, stehen wie verwurzelt auf dem Wasser, bewegen sich weder zum Lande noch von ihm weg. Einen Anker gibt es nicht. Überhaupt findet sich nichts an Deck, außer dem Eimer an einem Seil und ein paar alten Lumpen in einer Klappe unter der Ruderbank. Eine Fischerjacke ist es, von Motten zerfressen und von Spinnen als Zuhause genutzt, auch eine Decke aus Filz, die mehr Löcher hat als Gewebe.

Die Mädchen beginnen zu frieren in ihren dünnen Kleidern. Sie schütteln das Lumpenzeug aus und legen es sich über. Das Dörfchen, nun von See aus betrachtet, liegt wirklich auf einem Hügel. Barbara kuschelt sich an die Freundin. Günter wird nervös. Das Ufer ist nicht weit weg, der Kahn liegt wie Blei auf dem Wasser, dümpelt lautlos auf der Stelle. Die Stange berührt den Grund nicht mehr, egal wie oft er sie in die Tiefe schickt. Sie könnten immer noch hinüber schwimmen. Doch was wird dann aus dem Boot?

Die Lumpen des Fischers, oh Wunder, halten tatsächlich warm. Im Dorf bellt ein Hund. Schwäne wippen in einiger Entfernung. In östlicher Richtung blinkt der Mast von einem Schiff, auf Rügen flimmern schwache Lichter. Die Nacht kehrt ein, und mit ihr die Stille. Dieser Umstand bringt Faszination und lässt vergessen, dass daheim besorgte Mütter warten. Oft kommen die Kinder erst im Dunkeln durch die Tür und haben dann eine Ausrede parat.

Noch einmal erhebt sich ein Wind, ein Luftzug vor dem Schlafengehen der Natur. Der Kahn richtet sich nach Süden und treibt parallel zum Strand. Das Lüftchen, so meint Günter, wird sie schon zurück an Land befördern. Das tut es auch, so hat es den Anschein, doch der Wind setzt über auf Nord. Das Ufer macht einen Schwenk landeinwärts, entfernt sich ein gutes Stück von ihnen. Nach wenigen Minuten ist der Wind schon wieder fort und das Boot von der Küste abgetrieben. Der Umriss des Waldes deutet an, auf welcher Höhe sie sich befinden. Die Kinder kümmert's wenig, sie schauen hoch ins All. Über ihren Köpfen leuchten Milliarden gelber Punkte, die die Menschen Sterne nennen.

Günter legt sich in ganzer Länge auf die Mittelbank und lässt die Füße baumeln. »Wenn ich erwachsen bin«, sagt er, »dann will ich ein Seefahrer sein.«

Eine Sternschnuppe verglüht über dem Wald. Sie ist von so weither gekommen, vielleicht Jahrtausende, Jahrmillionen durch den Kosmos geirrt, um hier und jetzt, in dieser einen Sekunde und vor den Augen der Kinder zu verdampfen.

Günter sinniert weiter. »Ich könnt' nicht nur ums Haus herumrennen wie meine Oma und mein Opa, oder auf den Acker gehen. Pilot will ich auch gern sein und im Feindflug über England Bomben fallenlassen.«

»Blöder Krieg!«, wirft Alinka ein. Günter sagt nichts mehr. Der Kahn bewegt sich weiter vom Ufer weg, ohne dass sie es mitbekommen.

»Kennst du das Sternbild vom Großen Wagen?«, fragt Alinka die Freundin. »Guck, da oben ist es.« Sie betrachten das Kunstwerk der Natur, in so vollendeter Perfektion, wie von einem Menschen erschaffen. »Und wo ist der Kleine Wagen?«, will Barbara wissen. Alinka kann ihn nicht finden, auch Günter nicht. Über Plicken schien ihr der Nachthimmel größer. Da zeigte der Großvater auf den Orion und Pegasus. Doch wie diese Gebilde ausgesehen haben, das hat sie schon vergessen.

Ein Boot geht auf Reisen, an Bord drei Kinder, drei Abenteurer, denen die Welt, in der sie leben, zu klein geworden ist. Die Lichter von Rügen werden schwächer, anderswo tun sich neue auf. »Das da ist Wieck, das Fischerdorf. Sind wir weit weg, verdammt!« Ratlos hockt Günter auf der Mittelbank. Dann hat er eine Idee, kramt nach dem Eimer und inspiziert das daran verbundene Seil. Er wirft ihn ein paar Meter weit nach vorn, in Richtung Land, dass es auf dem Wasser klatscht. Nun zieht er an dem Seil und holt den Eimer ganz langsam ein. Das Gleiche tut er noch mal, der Eimer füllt sich mit Wasser, der Kahn beginnt sich zu drehen, mit dem Bug zur Küste. Wieder das gleiche Spiel, der Eimer klatscht auf, er füllt sich, Günter zieht, der Kahn kommt dem Eimer entgegen. Das wiederholt er drei Dutzend Mal, dann braucht er eine Pause. Die Zuversicht ist wieder da. Gute hundert Meter sind zurückgelegt.

Wie spät es wohl sein mag, fragt sich Barbara. Die Mutter würde schon auf sie warten, Hunger habe sie auch. Günter beschwichtigt, die Nächte im Juli seien kurz. In wenigen Stunden werde sich die Sonne schon wieder erheben. Noch vor ihrem Aufleuchten würde das Dunkel der Nacht verschwinden, und mit ihm all die Sterne und Gebilde.

Ein plötzlicher Nachtwind aus West bringt das Boot in Bewegung, in die falsche Richtung, auf See hinaus. Günter springt auf und schleudert den Eimer nach vorn. Die Mädchen beugen sich über die Flanken und paddeln mit den Händen. Mit Mühe gelingt es ihnen, unter Land zu kommen, in den Schutz des Waldes, wo der Wind sie nicht mehr erreicht. Alinka prüft mit der Stange so oft, bis sie endlich Widerstand spürt. Bald ist es nicht mehr tief, da hüpft Günter aus dem Boot und schleppt es hinter sich her. Der Kiel sticht in den Gürtel aus Schilf. Sie ziehen den Kahn so weit aufs Ufer, dass er sich nicht von alleine lösen kann. Auf Wildpfaden eilen sie durch Halm und Rohr, ans verwachsene Ufer bis zu einer Rinderweide und folgen ihr nach Norden. Der Hügel dort muss Wampen sein. Noch mal durch das Schilf, dann ist es schon nicht mehr weit zur Badestelle. Jetzt nur noch an den Bäumen entlang und am Graben hinauf ins Dorf.

Es ist ein Uhr, als Alinka das Haus betritt. Am Erker steht Johanna. »Wo bist du nur gewesen? Ich hab mich so gesorgt.« Im ganzen Dorf hätte sie nach ihr gesucht, ist auch zum Wald und runter an den Strand gelaufen und hätte ihren Namen gerufen. Erschöpft vor Müdigkeit und geizig an Worten fällt Alinka in ihr Bett.

Barbara hat Ausgehverbot, eine Woche lang, muss auf dem Hofe bleiben. Es ist ihr untersagt, sich mit Günter zu treffen. Dem wiederum haben seine Großeltern Gartenarbeit aufgedrückt, die er nach der Tätigkeit im großen Stall zu erledigen hat. Nur Alinka bleibt unbestraft, flattert frei wie ein Vöglein durchs Dorf. Hinter dem Gutspark, nicht weit vom Jungviehstall, sieht sie Jungen Fußball spielen. Wer den Ball zu weit schießt, muss ihn zurückholen, mal von der Wiese hinter dem Zaun, mal vom Dach des

Wirtschaftshauses oder aus einer Baumastgabel. Ein Fußballer muss klettern können. Was aber, wenn der Ball in einem Nesselwäldchen landet, so wie es gerade passiert? Wer holt ihn dann heraus? Da stehen die sechs Buben und schieben einander die Pflicht zum nächsten. In ihren kurzen Hosen ist das kein Vergnügen, durch Brennnesseln zu stapfen. Alinka trägt ein Kleid und hat es da schon leichter. Sie geht auf die Jungen zu und verspricht, ihnen den Ball herauszuholen, wenn diese wiederum versprechen, sie an ihrem Spiel zu beteiligen.

Einstimmig wird ihr Wunsch beschlossen. So hebt Alinka die Arme und begibt sich in die Nesseln, die ihr bis zum Halse reichen. Gut fünfzehn Meter steht sie dann im Felde und muss sich nur noch bücken nach dem Ball. Die Blatthaare bohren sich in ihre Haut, in Waden, Füße und Unterarme. Der Ball aber ist gerettet. Hoch über ihrem Kopf trägt sie ihn zurück. Die Jungen sind erfreut, sie halten ihr Versprechen. Sodann spielt sie ein wenig mit, rennt hinter dem Ball her und schiebt ihn ohne Geschick weit am Tor vorbei. Doch schnell verliert sie den Spaß, denn die Buben sind rau und nehmen keine Rücksicht. So stromert sie weiter durchs Dorf.

Beim Gutshaus hocken zwei Jungen am Wegesrand und stacheln Ameisennester auf. Wuchti und Konrad sind es, Klassenkameraden, die da so fleißig Tierchen zerdrücken. Auf dem Schulhof haben sie mal das Nest von Erdhummeln aufgestöbert und sind auf ihnen herum gesprungen. Hinter dem Dorf breiten sich Getreidefelder aus und berühren die Pappeln, die den Gutspark säumen. Eine alleinstehende Eiche plagt der sommerliche Küstenwind. Wo die Straße das Dorf verlässt und als Sandpfad weitergeht, liegen rechts und links zwei Findlinge im Gras.

Von den Pappeln des Gutshauses hallen Stimmen her, da brechen ein paar Mädchen und Jungen Geäst aus einem knorrigen Holunder, der dicht an einen Stall gewachsen ist. Unter dem Holunder ragt das Dach einer verlassenen Hundehütte hervor. Das Gestrüpp einer Brombeerhecke wuchert auf der Brache. Der Wilde Rhabarber in den Ecken und Winkeln hat stattliche Blätter gebildet. Ein Junge reißt eine Distel aus dem Boden und läuft damit einem kreischenden Mädchen hinterher.

Ein unbekannter Wagen ruckelt auf das Gut. Neuankömmlinge? Nein, ganz sicher nicht. Alinka sieht dem Wagen nach, wie er an einem Giebel verschwindet. Wer das nur ist und zu wem die wollen, fragt sie sich. Auf Durchreise können die nicht sein, denn hinter Wampen gibt es nichts mehr. Was soll's, denkt sich Alinka und spaziert die Dorfstraße hoch. Sie begegnet Hubert, der mit Steinen auf eine Pappel zielt und sie doch nicht trifft. Der Wind durchstreicht sein Haar. Am Himmel kreisen die Schwalben, eine Amsel fliegt. In Plicken gab es keine Amseln, diese schwarzen Vögel mit dem heiteren Gesang vor allem zur Morgenstunde.

Sie grüßt Hubert nur und geht an ihm vorbei. Er eilt ihr nach, gesellt sich zu ihr. Und so schreiten sie nebeneinanderher, passieren wortlos die Landarbeiterhäuser, wortlos auch das Schulgebäude der Kleinen. Dort erst findet ihr Begleiter zu seiner Stimme: »Soll ich dir im Wald eine Wassergrube zeigen?« So ganz allein mit ihm in den Wald zu gehen, das will sie nicht und ist daher froh, dass Lore und Helga geradewegs zu ihnen stoßen. Sie kürzen ihren Weg quer über die Wiese mit den Maulwurfshügeln ab, auf der die Kälber weiden. Ab da verlassen sie das Dorf und gehen in einer Furche auf dem Roggenfeld dem Walde zu.

»Habt ihr's schon gehört?«, sagt Helga.

»Was gehört?«, fragt Hubert.

»Das Boot vom Strand ist weg, gestohlen.«

Lore nickt wie besessen. »Oder das ist weg getrieben.«

Alinka packt ein Kribbeln. Soll sie es ihnen sagen, oder lieber nicht? Nun trägt sie ein Geheimnis, obwohl sie das gar nicht will, ist Mitwisserin in einem Komplott. Wenn sie jetzt schweigt, werden sie es von den anderen erfahren nach deren Hausarrest. Wenn sie jetzt aber zu viel erzählt, etwas, das besser verschwiegen werden sollte, ist es gut, nichts gesagt zu haben. Ach, welch dumme Situation. Dieser Tag ist schön, der Himmel blau, doch nun ist da eine Sorge, die einer Regenwolke gleicht.

»Da muss die Polizei gerufen werden«, ist Helga überzeugt.

Alinka ist fest entschlossen, kein Geheimnis mehr zu tragen. Sie legt beide Hände auf die Schultern der Freundin und berichtet von der Reise mit dem Boot.

Statt in den Wald, gehen sie nur an seinem Rand entlang und suchen nach der Stelle im Schilf, die zu dem Wasserfahrzeug hinführt. Da sie sie nicht finden können, klettert Hubert auf einen Baum und späht das Ufer ab. Bei Tage zeigt die Landschaft ein anderes Bild. Es muss noch weiter weg gewesen sein. So erklimmt Hubert bald wieder und noch mal einen Baum, bis sie dort hingelangen, wo die Küste einen Knick macht ins Land hinein. Dort stapfen sie auf einem Pfad ins Schilf, um endlich das Boot zu finden. Mit der Stange und mit Ästen manövrieren sie es im Flachwasser nach Norden bis zur Badestelle und ziehen es, unter den Augen einer Kinderschar, hoch auf den Strand.

Hinter dem Walde erhebt sich ein Grummeln, da zieht ein Wolkengebirge auf. Das eben noch schwache Lüftchen wandelt sich in einen ablandigen Starkwind. Böen fegen über die See. Wie ein Turm bauen sich die Gewitterwolken im Südwesten auf. Die Kinder eilen vom Strande heim ins Dorf. Nun peitscht der Regen wie aus Kannen, jagen Blitze aus dunklem Gespinst. Im Hof bei Günter badet Alinka sich die Füße unter einem kaputten Regenfallrohr. Rudi steht am Vordach und schuppt sich den Rücken an der Stalltür.

Nach einer Stunde ist das Grummeln fort, den Regen aber hat das Gewitter dagelassen, es plätschert bis in den Abend hinein. Bald schon donnert es wieder, das Unwetter ist zurück, es meidet große Wasserflächen. Den Bodden hat es überwunden, auf die Ostsee will es nicht. So dröhnt es noch einige Male, bis bald nichts weiter bleibt, als ein harmlos geschlossener Wolkenhimmel.

Es ist so ein Tag, an dem nicht viel passiert, ein Tag von vielen, an dem das Wetter tut, was es will, an dem vergessen wird, was vorgestern und gestern war. Wenn, ja wenn es nicht hin und wieder aufgeschrieben wird. Alinka notiert die ersten Worte in das leere Heft, das sie von Johanna geschenkt bekam. Neben den aktuellen Erlebnissen sind es abermals solche aus der frühen Kindheit, mit den Freunden von einst und den Tieren auf dem Heimathof. Das Jetzt ist stärker als das Damals. Sie notiert von geisterhaften Nebeln, die manchmal aus dem Graben steigen. Von dem Mäusenest im Stall, das sie in einer Ecke fand, mit Unmengen an ausgehöhlten Pflaumensteinen, Nussschalen und zerbissenen Schneckenhäusern darin. Solche Dinge sind es, Kleinigkeiten, die sie faszinieren und beschäftigen. Wie das Schaukeln in der Dünung vor dem Strande beim Baden auf sandigem Grund. Wie es klingt, wenn nachts der Waldkauz ruft.

Früher, so hat die Ziehmutter ihr berichtet, soll es Postreiter gegeben haben, die in die Dörfer kamen. Heute sind es Kutschen oder Laster, oft jene, die gleichzeitig die Milchkannen aus dem Stall abholen. Wenn Johanna Alinka dorthin schickt und sie mit der halbvollen Kanne wiederkehrt, muss die Milch noch am selben Tag verbraucht werden, bevor sie sauer wird und nur noch als Hühnerfutter taugt. Vom Mückensommer 1932 hat Johanna ihr erzählt und dass die Leute hier den Rainfarn von den Futterwiesen holen, ihn übers Feuer halten, um Stechinsekten zu vertreiben.

Alinka erwähnt den Streit zweier Buben in der Mathestunde, als der Lehrer nicht im Raum war. »Hör auf zu lachen, Borstenschwein!«, hat Wuchti gebrüllt. Aus der letzten Reihe meldete sich ein Junge, fauchte, riss seinen Stuhl beiseite und baute sich vor dem gleichgroßen Wuchti auf. »Ich schlag dich platt!«, rief er. Beide gingen, von der Klasse ermutigt, aufeinander los. Heiden betrat den Raum, trennte die Streithähne und schickte sie nach Hause, mit dem Verweis darauf, noch an diesem Tage ihre Vormünder zu sprechen.

Ein Erlebnis vom Schulhof gelangt ins Tagebuch, wie Alinka einem Jungen auf den Fuß getreten war, weil dieser ihr nach der Pause den Weg ins Schulhaus verweigert hatte. Andere Zeilen taumeln ins Heft, wie der gemeinsame Vormittag mit Johanna, als sie die sauren Apfelscheiben auf den Kuchenteig legten. Davon, dass in Wampen viel weniger gesungen wird als zu Hause. Noch in den ersten Kriegsjahren saß in Plicken die Familie, auch ohne den Vater, an fast jedem Sommerwochenende mit Freunden und Nachbarn auf dem Hof und musizierte. In Wampen singen nur die Kinder.

Am nächsten Morgen weckt sie ein Hahn. Sie springt aus dem Bett, bekleidet sich und läuft in die Küche. Johanna hat das Frühstück auf ihren Platz gestellt und ist längst irgendwo. Die Hausmütter betreiben ihre Tätigkeiten, kochen Nahrung und kochen Wäsche nebeneinander auf der breiten Wirtschaftsfläche. Alinka schlingt ihr Brot hinunter, trinkt den Becher aus. Dann läuft sie zum Hof, wo Günter wohnt, erzählt ihm, dass das Boot wieder an der alten Stelle liegt. Er nimmt es hin, ihn kümmert's nicht.

So eilt Alinka zu Barbara, um es auch ihr zu berichten. Die ist erfreut über ihren Besuch und lädt sie in den Hof. Auf der Hängematte können sie nicht sitzen, die ist ganz nass vom Regen. Das bisschen Wind genügt noch nicht, ihr die Feuchtigkeit aus den Fasern zu wehen. Sie widmen sich dem Junggeflügel im Gitterkasten auf der Wiese. Auf einer maroden Bank nehmen sie Platz und halten jeder ein Küken im Schoß. Droben rauschen die Pappeln, Schwalben malen Kreise in die Luft. Barbara hat immer noch Arrest, darf den Hof nur verlassen, wenn sie Erledigungen für die Mutter ausführen muss. Das finden beide schade.

Am sonnigen Nachmittag liegt Alinka mit den Freundinnen am Strand. Auflandiger Wind streicht über ihre Köpfe, liebkost die braun gewordene Haut. Das Rauschen der Wellen und das des Schilfes bereiten Schläfrigkeit. Es ist so schön am Meere, denkt sie sich. Immer mal wieder schlummert sie ein, um geweckt zu werden von einem Kichern, einem Gespräch, dem Planschen von Badegängern. Jungen kommen aus dem Wasser und bespritzen die Mädchen oder werfen Quallen nach ihnen. Es sind die immer gleichen Streiche. Sie robben sich in den Sand und wollen Gruselgeschichten erzählen, den Mädchen das Fürchten lehren. Der schmale Konrad ruft: »Hubert, du kannst das am besten, erzähl ihnen das vom Blutprinz!«

Köpfe werden auf Ellbogen abgestützt, gemütliche Positionen eingenommen. Hubert grient finster, senkt die Stimme und beginnt: »Schon mal was von der Klosterstadt Ammen gehört? Noch nicht? Na, passt mal auf. Also, in den toten Gewölbekellern von Ammen, da lebte die schöne Prinzessin Taya. Der Blutprinz wollte sie befreien. Aber da gab es auch grässliche Wesen, die ihr euch nicht vorstellen könnt. Da waren Grabwichte und äh … Grubengeister. Viel schlimmer noch, da liefen faulige Kadaver. Eine Grabfee bewachte den Friedhof, wo nachts die Mondhunde bellten. Sturmritter kamen, die hatten Schwerter und große …«

»Und was ist mit Prinzessin Taya?«, mischt sich Renate ein.

Konrad ermahnt, Hubert nicht zu unterbrechen.

Hubert grient noch finsterer und setzt seine Geschichte fort: »Der Blutprinz war die Ausgeburt Satans, ein Kriegstrommler, der lebte in einem Glockenturm. Wenn er zornig war, schickte er seine Grubenkobolde in den

Kampf. Dann kamen Riesenspinnen aus den Löchern, die unter der Kirche hausten. Dämonen mit Lanzen kamen an. Baumtrolle kamen aus dem Höllenland, eine ganze Armee. Der Blutprinz zog in die Schlacht. Dann jagten die Ausgeburten der Hölle auf die Menschheit zu.«

Am Abend mag das gruselig sein, denkt sich Alinka, aber jetzt so mitten am Tage, da kommt zum Gruseln keine Stimmung auf. Ein paar Mädchen erheben sich und rennen in den Bodden. Alinka will Hubert nicht beschämen und bittet ihn, seine Geschichte mal bei einem Lagerfeuer vorzutragen. Dann eilt sie den Freundinnen nach. Hubert füllt die Wangen mit Luft und schüttelt den Kopf.

Konrad schimpft. »Weiber, miese Bande!« Sandkristalle rieseln aus seinen Händen, wie in einer Eieruhr.

»Nicht die, Alinka ist in Ordnung«, führt Hubert aus und wirft einen Stein in die See. Das Finstre entweicht seinem Gesicht.

Am fortgeschrittnen Tage zieht die Kinderbande in den Wald, zum Teich, den Hubert ihnen zeigen will. Dort schmeißen sie hinein, was sie am Ufer finden. Das Laub und die Wege sind immer noch feucht vom gestrigen Niederschlag, die Mücken eine Plage. Wuchti ritzt mit seinem Taschenmesser ein großes W in einen Buchenstamm. Zur Dämmerung erklettern sie am Waldrand eine Fichte und verweilen lange Zeit auf ihr. Die Jungen steigen am höchsten, Hubert gar bis in die Krone. Von fern sind Lichter auf Rügen zu sehen. In der alten Heimat blieb es aufgrund der Lichtsperre jahrelang dunkel nach Sonnenuntergang. Ein Waldkauz ruft. Enten hasten ihren Schlafplätzen zu. Ganz nah huscht eine Fledermaus. Aus einiger Entfernung ist ein Froschkonzert zu hören. Jetzt, so glaubt Alinka, wäre es für Gruselgeschichten die passende Stimmung. Sie sagt es ihm aber nicht. So schreiten die Kinder den Lichtern ihres Dorfes entgegen.

Links Beamtenhaus. Neben der Tür befand sich Alinkas Wohnkammer.
Rechts im Bild sowie Bild oben das Gutshaus, Sommeridylle.

Ein neuer Morgen dämmert herauf. An diesem Tag steht Arbeit an in Garten, Hof und Haus. Sofort beginnt sie mit allem, was Johanna ihr aufgetragen hat. Holz kleinmachen ist dem Mädchen ein Graus, doch der Berg aus viel zu dicken Nadelscheiten, der seit geraumer Zeit unter dem Vordach eines Schuppens lagert, soll sich endlich verringern. Immer nur ein wenig, jeden Tag ein Stück. Alinka hat die Kraft und weiß die Holzaxt zu gebrauchen. Dann noch Wasser schöpfen aus dem Brunnen, zehn Eimer für das Küchenfass, mühsam mit der Handpumpe ans Tageslicht geholt. Wäsche aufhängen im Hinterhof, mit Holzklammern aus selbst geschnitzten Astgäbelchen, wie schon der Großvater solche angefertigt hat.

Als sämtliche Tätigkeiten erledigt sind, besucht sie Günter im großen Stall. Ein vollbeladener Wagen Mist steht zur Abholung am Zuweg bereit. Wenn die Zeit dazu gekommen ist, wird das stinkende Zeug als Dung in die Felder gepflügt. In den Nestern unter der Decke fiept der Schwalbennachwuchs. Günter hat keinen Strafarrest mehr, darf wieder tun, was er will. Nach der Mittagshitze will er nur eines, sich in die kühlen Fluten stürzen und faul am Strande lungern.

Klassenkameradin Irmgard mit den vielen Sommersprossen spaziert in den Stall hinein. Sie ist eines der Mädchen, die im Gutshaus einquartiert sind. Mit Mutter und Schwester ist sie aus dem pommerschen Naugard hierher gekommen. Sie fragt, ob Alinka nicht mal bei ihr übernachten will. Ein großer Spaß könne das werden, nachts durch die Flure laufen und an fremden Türen horchen.

Zur Dämmerung wird am Strand ein Lagerfeuer entfacht und es in übertriebenem Maße mit Binsen und Treibholz genährt, das überall im Trockenen liegt. Die Mädchen und Jungen halten Spieße mit Äpfeln oder Brot über die Flammen. Der Tag versiegt ins Jenseits. Da hocken sie nebeneinander im Schneidersitz, auf den Knien, lang auf dem Bauch, ein jeder, wie er es mag. Das Feuer wandelt Holz in weißen Span, bis nur noch Asche bleibt. Viele Augen sind Zeugen dieser Prozedur. Die Geräusche der Nacht kehren ein, jene des Tages verstummen. Die Flammen prasseln eben weg, die Scheite knistern. Hubert will seine Gruselgeschichte weitererzählen und wird von Konrad dazu animiert. Er prüft das Brot an seinem

Spieß und pustet, hält es noch mal übers Feuer. Dann setzt er seine finstere Miene auf und sieht in die Flammen hinein, wie auch die Mädchen es tun.

Alles schweigt, nur noch Hubert redet: »In dunklen Nächten ohne Mond, da wirst auch du nicht mehr verschont.«

Günter und Konrad lachen laut auf. Wuchti kippt nach hinten und kringelt sich mit dem Rücken im Sand. Die Mädchen blicken sich um, ihre ans Feuerlicht gewöhnten Augen suchen das Dunkel ab, ohne viel zu erkennen. Eva schimpft, sie sollen sie nicht so erschrecken.

Als es wieder ruhig ist, fährt Hubert fort: »Der Blutprinz lief durchs verlassene Kloster. Da waren Kreaturen, die unter dem Friedhof lebten. Moorhunde waren das, auch Sumpfraben und äh … Wurzeltrolle. In der Luft war der Gestank von Blut. An den Mauern klebte das Blut von den alten Kriegern. Nachts kamen Ratten aus den Löchern. ´Ich will nicht eher ruhen, als bis das eure Blut an meinen Fingern klebt´, hat der Prinz dem Dämonen geschworen. Äh … und da erklangen Tausende Trompeten. ´So lauft nur, lauft, es wird euch nichts nützen! Es ist zu spät, haha!´«

Helga bringt sich ein. »Was ist denn jetzt mit der Prinzessin?«

»Ja, wann kommt denn die?«, will auch Lore wissen.

»Ruhe, lasst ihn doch mal ausreden!«, fordert Konrad und drückt sich den Finger auf den Mund.

Hubert kostet von seiner Scheibe Brot am Spieß. Dann wagt er einen nächsten Anlauf. »Wo waren wir? Ah, ja. ´Maden sollen dir aus deinen Augen kriechen´, sagte der Prinz.«

»Zu wem?«, hakt Eva nach.

»Zu wem, zu wem! Ist doch egal, hör einfach zu!«, ruft Konrad, leicht genervt.

Hubert stammelt verlegen. »Äh, zu dem Ritter, ja, zum Ritter hat er das gesagt.«

»Welcher Ritter?« Lore schüttelt den Kopf.

Günter bringt sich ein. »Lasst ihn doch einfach mal erzählen!«

Abermals setzt Hubert an und versucht, einen Zusammenhang herzustellen zwischen dem bereits Erzählten und dem, was folgt: »So schön wie einst Prinzessin Taya, wussten die Bauernsöhne, die wegen ihr gestorben waren. ´Für jede ihrer Tränen sollst du mir tausend Jahre im äh … Kerker büßen!´ Der Blutprinz wollte sie befreien, die in dem Turm gefangen war.«

Klingt nach Dornröschen, denkt Alinka, doch irgendwie noch schöner.

»Wie geboren, so verloren. Das Blut des Feindes spritzte ihm ins Gesicht. Der Dämon ergab sich seinem Schicksal, bevor er äh … ein letztes Heer aufstellen konnte. Ja, genau so ist´s gewesen damals. Seid froh, dass ihr erst jetzt auf dieser Erde lebt.«

»Und was ist aus der Prinzessin geworden?«, beschwert sich nun auch Konrad.

»Oh, ganz vergessen, ja.« Hubert beißt von der Brotscheibe ab und spricht mit vollem Mund. »Ein Schiff wird nach Ammen stoßen, haben sie ihn gewarnt. Der Blutprinz lachte nur. Dann kam dieser Tag, an dem das Nebelhorn ertönte. Der Blutprinz wusste, dass die Grabtänzer die Stadt erobern und sein Blut äh … trinken wollten. Da rannte der Blutprinz hoch in den Kirchturm und sah die Schiffe auf dem blutroten Meer.«

»Immer nur Blut, Blut, Blut!«, empört sich Renate.

Hubert nimmt den Spieß aus der Asche, dessen Spitze Feuer gefangen hat. »Der Prinz rannte nach unten. Da stand der Oberfeind und rief zu ihm: ´Biestwurm, ich zerbreche dich!´«

Die Mädchen und auch die Jungen schütteln die Köpfe, sie haben, wie Hubert selbst, längst den Faden seiner Geschichte verloren, grinsen nur noch und belustigen sich. Hubert reiht beliebig Worte aneinander, weiß weder ein noch aus. Sein Konstrukt gerät ins Wanken und zerplatzt. Das Gelächter seiner Freunde ergießt sich in die Sommernacht.

Am nächsten Tag noch hängt der Geruch von Asche in den Haaren und Kleidungsstücken. Renate und Eva klopfen ans Fenster und verkünden, dass Günter mit einem Fuhrwerk in die Stadt fahren will. Er lässt fragen, ob sie mitkommen möchte. Das will sich Alinka nicht entgehen lassen, sagt Johanna Bescheid und eilt mit den Mädchen zum Hof des Freundes. Ein Wagen mit flacher Ladefläche steht vor dem Anwesen bereit, Günter schirrt einen Braunen an, ein störrisches Altpferd vom Nachbarhof. Auch Lore und Helga dürfen mit. In Greifswald soll Günter Kohlen aufladen, sofern er fündig wird.

Die Mädchen sitzen auf, Günter besteigt den Bock und schlägt die Zügel hoch, der Braune trabt los. Er kennt den Weg aus dem Dorf hinaus, zieht das Gefährt zur Kurve und auf die Straße in Richtung Waldgabelung. Dort erst gibt Günter ihm ein Kommando, nicht rechts entlang nach Neuenkirchen einzuschlagen, sondern sich geradeaus zu halten. Das Pferd läuft zwischen den Feldbahngleisen, die Wagenräder rollen außen. Nach dem Walde eröffnen sich Wiesen. Die drei Kirchen der Stadt heben sich majestätisch empor. Die Dicke Marie, der kleinere Jacobi, in der Mitte ist es der Dom Sankt Nikolai, allesamt ihren Turm nach Westen ausgerichtet.

Die Mädchen, jedes von ihnen größer als Günter und in ihren besseren Kleidern, lehnen am Wagenrand oder knien auf der Ladefläche. Keinem dieser Mädel käme es in den Sinn, in Gartenkleidern die Stadt zu besuchen. Die Sonne drischt vom Himmel. Alinka setzt ihren Damenhut auf und bittet, auch mal die Zügel zu halten, denn lange sei das her. Günter reagiert mit Argwohn. »Mädchen können keinen Kutschbock führen!«

Das kann Alinka nur belächeln. »Ich hab unseren Wagen hundert Kilometer weit gelenkt, als die Russen kamen.« Günter schweigt, er scheint zu grübeln, dann gibt er die Zügel ab. Alinka nimmt Platz auf dem Bock, schnalzt mit der Zunge und setzt einen Ruck. Der Hengst, der langsamer geworden war, erhöht das Tempo ein wenig und trottet im Gleichschritt auf dem sandigen Wege fort.

Sie erreichen die Stadtviehweiden namens Rosental, gelangen dort auf eine Straße, die sie kurz darauf an den Hafen und über die Brücke mit dem Steintor führt. Dort fängt Günter, der nun wieder hinter dem Braunen sitzt, an zu singen: »Hab mein' Wagen vollgeladen, voll mit alten Weibsen!« Nun singen alle Mädchen mit: »Als wir in die Stadt 'nein kamen, fingen sie an zu keifen!« Diesen Gefallen tun sie dem Jungen auch und kreischen, was die Kehle hergibt. Buben, die an den Brückenpfeilern die Angeln auswerfen, glotzen mit Verwunderung.

Der Wagen ruckelt auf der Hafenstraße flussab. Die Masten der Segler taumeln im Wind. Unter ihnen liegt auch ein Kleinsegler mit Heimathafen Stettin, wie die Aufschrift am Heck verrät. Arbeiter wanken auf Laufbrettern zwischen Mauer und Reling und verladen Frachtgut. Karren werden vorbeigeschoben, Fußgänger eilen ihrer Wege. Ein Laster wird mit Kisten befüllt. Weiter vorn stehen die großen Kornspeicher und der Pulverturm, ein Überbleibsel der mittelalterlichen Stadtbefestigung. Hier und da sitzen Kinder mit Angelruten, deren Korkposen neben den Schiffswänden treiben. Günter weiß um die vielen Barsche hier im Hafen und dass am Grund vor den Mauern Aale schlängeln.

Er lenkt den Wagen rechts ab, eine Straße hoch in Richtung Markt. Vor dem Rathaus stoppt er sein Gefährt, die Mädchen steigen herunter. Zwei von ihnen, so wünscht er, sollen bei Pferd und Wagen bleiben, während er die Einkäufe besorgt. Eva und Alinka geben sich dafür her. Renate, Lore und Helga verschwinden mit dem Jungen im Menschengetümmel, mischen sich ins Gewirr aus Ständen und Aufbauten. Viel los ist in dieser Stadt kurz nach dem Krieg, in dieser unzerstörten Stadt, in der noch immer jeder Ziegel auf dem anderen weilt, kein Fenster zerschlagen und keine Tür kaputtgetreten ist. Hier fahren die Laster und trappeln die Fuhrwerke einher, hier ebbt das Leben niemals ab, nicht hier, nicht in Greifswald, in dieser pommerschen Metropole. Menschen und Menschen, darunter wohl zahlreich auch Flüchtlinge. Auf den Tischen der Marktstände sind Decken ausgebreitet, darüber die Waren gelegt. Körbe, Blumen, Kleider und Geschirr. Stadtgerüche paaren sich mit dem des Zugtieres an der Deichsel. Am Rathausgiebel stehen zwei russische Lkw.

Alinka besieht sich die Hufe des Braunen und kontrolliert das Geschirr des Einspänners. Gegenüber dem Rathaus entdeckt Eva eine offene Kellerluke, sie eilt hinüber und hält den Kopf ins Dunkle. »Hallo!«, ruft sie. Nichts ist zu hören und außer Spinnweben kaum was zu erkennen. Sodann stehen beide Mädchen an der Wagenklappe. Eva erzählt, was sich bei Kriegsende in Greifswald zugetragen haben soll. Der Bürgermeister sei kurz vor Eintreffen der Roten Armee mit den städtischen Feuerwehrautos und sämtlichen Lebensmittelvorräten geflohen und ließ so die Stadt in einem möglichen Brandfall ohne Löschvorrichtung zurück. Das jedenfalls habe der Neuenkirchener Pfarrer gesagt.

Die anderen kehren zurück. Renate und Helga loben das Verhandlungsgeschick des Jungen, wie er in einem Laden zwei Pfund Mehl auf den halben Preis herunterdrückte und nicht mal die Kartenabschnitte rausholen musste. Auch beim Erwerb des Käses habe er bewiesen, dass er argumentieren kann. Er machte der Verkäuferin eines Marktstandes klar, dass die Sonne den Käse sowieso bald verderbe und sie dann gar nichts mehr daran verdiene, ihn bestenfalls als Tierfutter nutzen könne.

Die Waren landen im Heck unter einer Pferdedecke. Beim Kohlenhändler in der Straße geradeaus stoppt Günter abermals und holt die Bezugsscheine hervor. Zwei Burschen werfen einen Sack hintendrauf, der den Mädchen fortan als Sitzgelegenheit dient. Am Kirchplatz der Dicken Marie hält er ein drittes Mal. Am Morgen versprach er seiner Oma, für sie ein Gebet abzuhalten. Das Versprechen will er nun erfüllen. Wieder sollen zwei am Fuhrwerk warten, es melden sich Lore und Helga. Auf der Kirchwiese toben kleine Kinder, die Kirche selbst ist auf drei Seiten von Bäumen eingefasst.

Durchs offenstehende Eingangsportal betreten sie das Gotteshaus, das sie mit angenehme Kühle empfängt. In der Turmvorhalle hören sie ein Uhrwerk ticken, wie das der Tante in Insterburg, nur viel gewaltiger. Als sie in die Riesenhalle kommen, spürt Alinka die Ehrfurcht dieses Hauses, dessen Gewölbedecke von breiten Säulen getragen wird. Die Sonne strahlt durch Buntglasfenster und wirft farbenfrohe Muster auf die Bodenplatten. Hochsommer und Julihitze kommen nicht an gegen den Schöpfer der Welt, den diese Mauern heiligen. Eva bewundert die Kanzel mit ihren zeichnerischen Details, Günter stiert zur Decke rauf. Vor der Jesu-Figur am Altar bekreuzigt er sich. Alte Frauen und Männer sitzen in den vorderen Bankreihen und falten die Hände zum Gebet. Eva lacht über ein Wandgemälde mit dem Gesicht eines Adligen, das sie an Lehrer Heiden erinnert. Der Nachhall trägt ihr Gelächter durchs Kirchenschiff.

Alinka dreht sich zurück und bemerkt erst jetzt die Orgel auf der Empore über dem Hallenzugang, die Monarchin unter den Instrumenten. Ein Monstrum ist sie, voller Imposanz und nichts im Vergleich zu ihrem Gegenstück in Plicken. Selten hat jemand auf der Orgel der Dorfkirche gespielt. An ihren Klang weiß Alinka sich nicht mehr zu erinnern. Auf einem Schild an der Wand liest sie den Namen des Erbauers, ein Friedrich Albert Mehmel. Beinah ein Namensvetter der Stadt ihrer Heimat. Sie lächelt in sich hinein und fragt den Küster, der mit seinem Helfer eine Bank repariert, wann auf der Orgel jemand spielen werde. Wahrscheinlich am Sonntag beim Gottesdienst, so drückt er sich aus, der beschäftigte Mann. Gern würde sie ihren Klang einmal hören. Aber soll sie denn extra an einem Sonntagmorgen den weiten Weg in die Stadt reinkommen?

Als dann der Wagen über die Brücke retour ans Nordufer rollt, das Steintor nun im Rücken, lässt Günter den Braunen noch mal halten. Er will von den Jungen mit ihren Angeln wissen, ob denn etwas beißt bei diesem Wetter. Ein Bub in kurzer Lederhose hält seinen Eimer hoch, sodass Günter hineinblicken und den Fang erkennen kann. Die Barsche aus dem Bodden seien noch viel größer, ruft er ihnen zu und wünscht ein frohes Gelingen. Er gibt den Zügeln einen Satz, der Wagen ruckelt zur Heimfahrt an, vorbei an den Hafengebäuden und ins Rosental, geradewegs dem Walde zu. Die Kirchen werden kleiner, sie lösen sich auf, als der Wald den Wagen umschließt und als das Dorf auf der anderen Seite näherrückt.

Im Abendrot des schwindenden Tages umfängt Alinka ein seltsames Gefühl, das weder Sehnsucht noch Heimweh erweckt. Nun kommt ihr das Dorf wahrlich abgeschieden vor. Dies hier muss es sein, das Ende der Welt, Wampen, ein Ort im Nirgendwo.

Die folgenden Tage und Wochen verbringt Alinka mit Hofarbeit und Strandbesuchen. Johanna hat ihr einen Badeanzug besorgen können, der Bauch und Dekolletee bedeckt. Jener, den sie vorher trug, war nicht in ihrer Größe, er gehörte der hochgewachsenen Ziehmutter und hing an vielen Körperpartien herab. Dieser nun sitzt richtig, Alinka besieht sich lange Minuten im Spiegel der Nebenkammer. Einen Busenhalter will Johanna auch auftreiben. Der aber muss im Laden anprobiert und, falls nötig, umgearbeitet werden. Längst schon hat Alinka die Veränderungen ihres Körpers mitbekommen, hat sich damit abzufinden, dass unter dem Hemd zwei Gipfel wachsen. Auch der Haarwuchs unter den Armen blieb nicht unbemerkt. Um eine Frau zu werden, dazu ist sie noch nicht bereit, daran will sie nicht mal denken. Noch hat sie das Gefühl, sie sei ein Kind. Die körperliche Entwicklung steht dem entgegen, hat es viel zu eilig. Ihr dreizehnter Geburtstag naht, ist keine zwei Monate fern. Bei Eva hat bereits die Blutung eingesetzt. Mit einem Schrecken wachte sie des Morgens auf, bis die Mutter sie beruhigte, das sei alles ganz normal. Renate hat Pickel auf der Stirn bekommen. Auch das gehöre zur Pubertät. Alinka will das alles nicht, sie will ein Kind bleiben, so lange es geht. Veränderungen sind niemals gut, das hat das Leben sie gelehrt.

Klassenkameradin Irmgard fragt, ob Alinka bei ihr im Gutshaus übernachten will. Dort habe sie eine eigene Kammer, die Schwestern würden bei der Mutter schlafen. Alinka willigt ein. So spielen die Mädel vor dem roten Backsteinhaus, an dessen Treppe ein Kater vor seinem leeren Napf auf Futter wartet. Schnittlauch, Dill und Rosmarin grünen unter den Fenstern. Trauben ranken an der Fassade und im Treppenbereich. Nach dem Abendessen sitzen die beiden im Kämmerchen von drei Metern im Quadrat, ein Besenraum wohl vor dem Krieg. Nur ein Bett passt dahinein. Kein Schränkchen, nichts und auch kein Fenster. Da hocken sie im Schneidersitz auf Decken und Kissen, binden sich Schleifen ins Haar. Alinka bewundert das Schmuckkästchen der Freundin, eine Schatulle mit Spiegel an der Klappe. Wie gern nur würde sie auch so ein Kästchen haben zum Aufbewahren von Schätzen. Murmeln, bunte Scherben und Steinchen würde sie darin lagern, Ohrringe vielleicht, wenn sie mal solche besitzt. Irmgard hat das Glück, sich mit Ohrringen schmücken zu dürfen. Blau sind sie und funkeln, wenn, wie vorhin, die Sonne auf sie trifft und die Glasperlen durchbricht.

Das Kerzenlicht in der Kammer erlischt mit einem Pusten. Das Bett müssen sie sich teilen. Dieser Zustand erinnert Alinka an die Zeit im Westen, als Minna neben ihr gelegen hat. Wo sie wohl heute steckt? Nebenan betten sich Irmgards Mutter und die Schwestern. Das plötzliche Dunkel hält Irmgard nicht von Gesprächen ab. Wenn dieses Mädchen redet, dann redet es viel: Der alte Mann vor dem Hause mit Stock und weißem Bart, der um den Giebel schlich, das sei der Pferdeknecht gewesen, der nach dem Kriege nun die Beete pflegt. Seine Frau, die stamme aus Mecklenburg. Als Irmgard nachts mit der Kerze durch die Flure gegangen sein will, hätte sie an den Türen gelauscht. Dort hörte sie ein Schnarchen, drüben einen Streit, im Obergeschoss, wo die frechen Stettiner wohnen, rumpelte es in der Kammer. Der eine Sohn von Wodrichs hätte beim Suchen nach Regenwürmern unterm Pflaumenbaum eine Pistole ausgegraben.

Und dann noch Rattenmann, fährt sie weiter fort, der sich so gerne prügelt, der bei der Klassenkeile auf dem Schulhof den Ton angab. Genau der war's auch, der dem Ackerburschen Erich Kopatz die Forke gestohlen hat. Die Söhne Müllers brachten aus den Wäldern faule Morcheln mit, die aber ungenießbar blieben, wie lange sie die auch kochten. Die Schweine fraßen sie alle auf. Der Tischler-Bengel vom Ende des Flurs, der hat gesagt, er wäre …

Alinka kann der Freundin nicht mehr folgen, sie steuert in Richtung Schlaf, die Müdigkeit ist mächtiger. Es wird ihre einzige Nacht im Gutshaus gewesen sein.

Barbara und Alinka wollen den Abend am Strand verbringen, denn die anderen hätten ein Lagerfeuer geplant. So bummeln sie am Felde neben dem Graben hinunter zum Schilf, wo das Tageslicht über dem Bodden versiegt. Die Jungen ihrer Klasse mühen sich ab, mithilfe von Petroleum und Zündhölzern die Feuerstelle zu entfachen. Mit großer Ausdauer nur gelingt ihnen das. Die Mädchen brechen aus einem Busch am Ufer Stöcke ab, die als Gar-Spieße dienen sollen. Jeder hat sich einen Bissen mitgebracht, einen Kanten Brot, einen Apfel. Weitere Feuer lodern auf, die der älteren Kinder und der Erwachsenen, Grüppchen Vertriebener aus Pommern.

Der Bodden wiegt sich in den Schlaf, Enten hasten ihren Nachtplätzen zu, Rügens Lichter blinken auf, die Kinder aber erwachen zum Leben. Sie füttern die Flammen mit dem daneben zu einem Berg getürmten Reisig und Halmen. Vier Jungen sind es und sechs Mädchen, die nach Einbruch der Dunkelheit an der Feuerstelle hocken. Drüben und hinten bei den Älteren sind es noch viele mehr, da wird gesungen und gebrüllt. Die Kameraden der sechsten Klasse bleiben unter sich. Konrad will, dass Hubert eine Geschichte erzählt. Die Mädchen aber halten dagegen.

»Erzählt doch selbst mal eine«, wehrt Günter ab, »wenn ihr das besser könnt.«

Hubert bestückt die Stockspitze mit einem Streifen Speck und ruft: »Wer traut sich denn von euch?«

Barbara ist gewillt, seinem Appell zu folgen, sie richtet sich auf und schaut in den Himmel, an dem letzte Schleierwolken haften. »Na gut. Es war einmal ...«

»Nee!«, unterbricht Konrad. »Bitte kein Märchen!«

Barbara fängt noch mal an. »Es war einmal ein ...«

»Ein Blutprinz!«, brüllt Wuchti in den Feuerkreis. Die Jungen fallen lachend nach hinten.

Barbara beginnt ein drittes Mal. »Es war vor langer Zeit eine Fee ...«

Konrad schießt nach oben. »Oh nein, das wird ein Märchen! Wer kommt mit zum Baden?« Er zieht sich die Klamotten aus, die Badehose trägt er schon, und rennt hinein ins Wasser. Günter und Wuchti folgen ihm.

»Ungehobelte Dummköpfe!«, schickt Eva den Dreien nach.

Hubert wendet die Seite seines Fleisches auf dem Stock. »Fang noch mal an, Barbara«, bittet er, »ich hör dir zu.«

Ohne es zu wissen, bewegt er mit dieser Geste bei Alinka etwas, die das Verhalten der Jungen im Stillen bewertet. Das eben gerade war nett von ihm, findet sie. Dass er nicht auch aufgesprungen ist wie die anderen, dass er Höflichkeit im Umgang mit Barbara bewies. Enttäuscht dagegen ist sie von Günter, der den Stock niederlegte und dem Freund nacheilte. Wuchti, dessen echten Namen sie noch immer nicht weiß, spielt für sie keine Rolle, er ist ein Mitläufer und Nachplapperer, mit dem sie ohnehin noch nie ein Wort gewechselt hat.

Barbara versucht´s ein viertes Mal, solange die anderen im Wasser sind. »Es war mal eine Fee, die lebte im Zauberwald. Da glänzten die Blätter. Da war auch eine Elfe. Und wenn die immer zu den Blumen fliegen wollten, dann kamen die Zaubervögel und haben ihnen geholfen, falls sie mal Hilfe brauchten.«

Alinka sieht Hubert an, der ihr gegenüber sitzt und auf dessen Hakennase die Feuerschatten tanzen. Er wendet das Fleisch an seinem Spieß, er hört ihr zu oder tut zumindest so, er redet auch nicht dazwischen. Mit der Ruhe ist es aber gleich vorbei, die Badenden nähern sich dem Strand. Wuchti ist schon da, er schüttelt sich die Haare wie ein Bernhardiner.

Auch Konrad und Günter finden sich an der Feuerstelle ein. Ihre nassen Leiber schimmern im Flammenlicht.

Barbara setzt neu an: »Die Fee und ihre Freundin, die Elfe, die flogen mit den Zaubervögeln durch den Zauberwald. Da war immer sonntags Elfentanz, wo die hingehen wollten.«

»Ich denk, die fliegen? Wieso gehen die jetzt?«, mischt sich Konrad ein.

Für einen Moment sagt niemand was. Dann erklingt wieder die leise Stimme von Barbara. »Als die dann zum Elfentanz flogen, …«

»Jetzt fliegen die wieder?«, unterbricht Konrad ein weiteres Mal.

Der Bass von Hubert, der als Einziger schon im Stimmbruch ist, fährt auf ins Dunkel: »Jetzt halt doch endlich mal dein Maul!«

Konrad macht große Augen, mit dem Rüffel aus der eigenen Reihe hat er nicht gerechnet. Die Mädchen kichern los und haben es schwer, sich wieder zu beruhigen. Barbara schließlich kann ihre Geschichte beenden, die sich letztlich doch als so etwas wie ein Märchen entpuppt.

Jeder ist mal dran, jeder muss irgendwas erzählen. Am Ende fehlt nur noch eine, die bisher nichts dazugegeben hat. Mädchen wie Jungen fordern Alinka auf, eine Geschichte oder etwas in der Art vorzutragen. Es ist ihr wie vor einem halben Jahr am Morgen in der Schule, als Heiden ein Lied von ihr verlangte. Was soll sie den Freunden nur erzählen? Geschichten kennt sie keine, Märchen reizen sie nicht mehr.

»Erzähl was mit Blut!«, so Konrads Forderung.

»Nein, was mit Feen und Prinzessinnen«, das wünscht sich Barbara.

»Oder von Monster-Elchen!«, ruft Günter. »Die gab´s doch da in Memel, oder etwa nicht?« Wuchti unterstützt diesen Vorschlag vehement.

Eva, Helga und Lore haken sich ein, schwenken zu beiden Seiten und singen im Takt: »Feen, Elfen, Feen, Elfen!«

Die Jungen ihrerseits brüllen ins Feuer hinein: »Monster-Elche, Monster-Elche!«

Alinka erkennt, sie muss handeln, die werden sie nicht in Ruhe lassen. Als die Freunde sich müde geschrien haben, verlassen ein paar erste Worte ihren schweigsamen Mund: »Siebenherz beobachtete im Wald das Elfenkind, das da … das da auf einer Blüte saß. Das Elfenkind nannte seinen

Namen: Aurora-Fee, das bedeutet … zauberhafter Augenblick. Sie war eine Verstoßene im Feenreich. Ihre Heimat war jenseits der Sterne.«

Alinka will nur eines, irgendwelchen Blödsinn reden, um es hinter sich zu bringen. Doch schnell findet sie Gefallen am Erzählen und bemerkt, dass die Freunde ihr zuhören, dass auch der ewig schwatzende Konrad nicht mehr unterbricht. Ideen purzeln als Worte aus ihrem Mund: »Eine Mondfee jagte durch den Wald. ʹSie werden kommen und nach uns suchen!ʹ Das hat sie geschrien. Das Elfenkind saß auf der Blüte und sagte zu der Mondfee: ʹSollen sie ruhig kommen, der Tod ist mir nicht fremd.ʹ Die Mondfee heulte laut: ʹLass uns fliehen! Ich kenne ein Land, in dem die Zeit rückwärts läuft!ʹ«

Sie blickt in die Gesichter ihrer Zuhörerschaft, die ihrerseits nach ihr die Augen weitet. Hubert stochert in der Glut. »Nette Geschichte, ehrlich«, sagt er. »Geht die noch weiter?«

Konrad nickt erwartungsvoll. »Die ist doch noch nicht zu Ende.«

Nun muss sie noch mal ran, denkt sich Alinka. So bringt sie in Worte, was die Gedanken in ihrem Kopf erstellen: »Vor ganz, ganz vielen Jahren, da lebte ein … eine … ein Elch im Feenreich. Der war aus einem Traum entstanden. Es ist schon lange her, noch vor dem Nebel der Jahrhunderte. Die Ewigkeit hat sie verbunden. Wer aus der Hölle kommt, kennt keinen Schmerz.«

Ihre Geschichte wird düsterer, was vor allem den Jungen gefällt, die nach ihr starren und dabei das Brot am Spieß nicht weiterdrehen. Eva ruft: »Erzähl uns von der Mondfee!«

»Die Mondfee schrie die Bestie an: ʹGottes Tochter, Sohn des Himmels! Auch du warst nie ein Jesus! Die Früchte fallen vor den Blättern. Warst nicht du es, der uns das Verderben brachte? Verzichten sollst du auf Reichtümer, die keine sind. Töte oder liebe mich! Zu deinen Füßen liegt mein Herz.ʹ«

Huberts Blick greift nach Alinka, er reckt sich nach vorn. Wuchti und Konrad falten die Hände. Günter erbittet sich in ihrer Geschichte einen Monster-Elch herbei. Für Alinka ist es ein Phänomen, dass die Freunde dieses Wirrwarr an Sätzen als gelungene Darstellung betrachten wollen. Sie müssen es doch längst für großen Schwachsinn halten, den sie da er-

347

zählt. Es klingt ihr auch zu sehr nach Jungen-Phantasie. Nun will sie rasch ein Ende finden, um ihre Schuldigkeit getan zu haben.

»Einmal, da standen die Elfen am Weg und haben riesige Spuren im Schnee gesehen, die in den Nadelwald führten. Das muss ein Riesenelch gewesen sein, das war vor tausend Jahren. Es war zu Mitternacht, da lief ein … da lief das Wildkätzchen zu dem großen Wasser: 'Weiche von mir, Schatten! Uns trennt der Ozean.' Vom Lande kamen die Verfolger. Das Wildkätzchen sprang ins Boot und ist den Feinden entkommen.«

Jetzt muss sie die Pointe setzen, sich irgendwas zusammenreimen. Erneut keimt ein Gemisch aus Irrsinn und Erleuchtung auf: »Das Boot trieb an der Küste lang, aber das Kätzchen konnte nicht schwimmen und musste aufpassen, weil es sonst ins Wasser fiel. Eine Insel kam, da war die neue Heimat, wo das Wildkätzchen leben wollte. Auf der Insel war ein Blütenmeer aus Rosen und Narzissen. In der Mitte von dem Blütenmeer war ein Berg. Von da kam ein Gebrüll, denn da wohnte …da wohnte … also … der Blutprinz hat da gewohnt. Ende!«

Damit hat nun keiner gerechnet. Am Lagerfeuer setzt großes Gelächter ein. Hubert grölt lauter als Konrad, Günter lauter als Hubert. Wuchti übertönt sie alle und kräht wie ein Hahn in die Düsternis: »Blutprinz, oh mein Gott, haha!«

Am Morgen darauf stehen Hubert und Günter vor Alinkas Fenster. Ihre Geschichte gestern Abend brachte sie auf eine Idee, sie wollen Witwe Bode fragen, ob sie ihnen Anker und Ruder leiht für eine Fahrt mit dem alten Kahn. Im Norden gebe es so viel zu sehen, die Insel Koos, den Leister See, den Kanal zwischen Insel und Festland, weiter weg die Insel Riems. Am besten sei es, eine Übernachtung einzuplanen, dann müssten sie nicht so früh zurück. Zu essen und zu trinken, paar Schlafsachen, eine Decke einpacken, mehr wäre ja nicht vonnöten. Ein Erlebnis wäre das, ohne Frage. Fünf oder sechs Leute passen in den Kahn, so schätzen sie. Mal sehen, wer mitkommen will. Alinka ist begeistert, sie will die Freundinnen fragen. Ihren Vormund Johanna bedenkt sie dabei nicht, sie wird es eh gestatten. Nur selten schlägt sie dem Mädchen eine Bitte ab. Die Jungen rennen los zur Witwe. Nach dem Mittag wollen sie sich am Fenster wiedertreffen.

Alinka eilt zu Barbara, die aber darf nicht mit, zu tief steckt noch die Sorge aus der Bootsnacht vor einiger Zeit. Zu Günter darf sie sich schon gar nicht mehr gesellen. Eva ist mit der Mutter in die Stadt gefahren, Renate fühlt sich nicht. So bleiben noch Helga und Lore. Es geht in Ordnung, sie dürfen, die Begeisterung ist groß. Gegen Mittag treffen die Freunde am Fenster von Alinka ein und beraten, was mitgenommen werden muss. Hubert und Günter haben das Bootszubehör von der Witwe besorgt. Die alte Dame sei großzügig gewesen, hätte im Schuppen sogar nach einem Seil und einer Angelhakenleine gesucht. Dann könnten sie Fische fangen. Eine Gedankenliste wird erstellt, Mitbringsel aufgeführt. Zündhölzer und Decken, Wechselwäsche, warme Strümpfe für die Nacht müssen mit aufs Boot. Gegen zwei Uhr nachmittags wieder hier am Fenster, so wird es ausgemacht.

Johanna hat Brote mit Butterfett geschmiert, zwei Feldflaschen mit Wasser aufgefüllt. Alinka muss noch zum großen Stall, eine Kanne Milch abholen. Am Gutsteich trifft sie auf Jürgen mit der Gitarre, der sich mit seinem Instrument ein stilles Plätzchen zum Musizieren suchen will. Ob sie nicht mitkommen mag, fragt er sie, und ob er ihre langen Zöpfe wohl berühren darf. Er scheint tatsächlich zwei Augen auf sie geworfen zu haben. Jürgen grapscht in die Saiten der Gitarre, die Melodie des Elch-Liedes erklingt, er weiß sie noch zu spielen. Alinka aber hat keine Zeit, nicht heute, auch nicht bald, das macht sie ihm mit kurzen Worten klar. »Es geht nicht. Spiel's einer anderen vor!«, ruft sie ihm von weitem nach. Schon hinterm Zaun bereut sie ihr forsches Handeln. Doch lieber so, als jemandem ein Trugbild aufzusetzen. Er will etwas von ihr, das sie nicht will, zu dem sie noch lange nicht bereit ist. Küssen, sich anfassen, an der Hand spazieren gehen. Ausgeschlossen, unvorstellbar ist das für sie. Er aber, Jürgen, der will nichts anderes.

Zu vereinbarter Zeit versammeln sich die fünf Reiselustigen vor dem Hause Alinkas. Ruder stützen hochkant an den Fensterläden. Ein Anker mit aufgerolltem Seil liegt da, auch eine Schnur mit Angelhaken auf einem Stück Kork gewickelt. Im Grase zwei seltsam gebogene Eisenteile, die Hubert als Dollen bezeichnet, in die die Ruder hineinkommen werden. Günter hat einen Spaten mitgebracht, um Regenwürmer zu graben für die Angelei. Lore und Helga lehnen ihre prallgefüllten Rucksäcke an die Mauer. Beide tragen sie einen Sonnenhut. Badesachen sind eingepackt, Decken für die Nacht, zusammengerollt und über den Rucksäcken festgeschnallt, so wie einst auf ungewollter Reise. Diese beiden Mädchen und diese beiden Jungen sind von hier, sie kennen keine Flucht. Barbara, Eva und Renate, die ebenso Heimatvertriebenen, sind nicht dabei. Irmgard aus dem Gutshaus hat Alinka nicht gefragt.

Johanna verabschiedet das Ziehkind, schaut den Fünfen nach, wie sie mit ihrem Gelumpe auf dem Alleeweg verschwinden. Hinter dem letzten Landarbeiterhaus rupfen sie unreife Früchte aus einem Birnenbäumchen. Am Strande muss zuerst das Boot gekippt und verbliebenes Regenwasser heraus geschüttet werden. Dann wird alles eingeräumt, Dollen an den Seitenwänden in eine Vorrichtung gesteckt, die Ruder dahindurch geschoben. Hubert zieht den Kahn an der Sandbank vorbei und hinein in den Nachmittagsseegang. Vom Himmel drischt der Sonnenball, Federwölkchen gleiten aus dem Osten her. Der Bodden präsentiert sich als blaue Fläche mit weißen Schaumkronen obendrauf. Am Ufer glotzen Badegäste nach dem Bug des Fischerkahns, der über den Flachwasserwellen tanzt und sich aufbäumt wie ein zäher Gaul.

Die Mädchen krallen sich fest, Hubert klettert als Letzter am Heck ins Boot. Er bestimmt zu rudern. Günter aber sitzt schon auf der Mittelbank und hält die Ruder fest. »Immer willst du Chef sein!«, beschwert er sich. Hubert pikt ihm den Ellbogen in die Schulter. »Die Großen fressen die Kleinen. Akzeptiere das oder fang an zu wachsen.«

Das Rudern, das anfangs gar nicht funktioniert, klappt bald schon wunderbar. Die Blattflächen tauchen zeitgleich ins Wasser ein und wieder auf. Im Tiefen erst gleiten die Wogen friedlich unter dem Kahn hinweg, der sich dreihundert Meter vor dem Ufer nach Norden fortbegibt. Kein Schaukeln mehr, nur noch dröges Auf und Ab. Die Mädchen hocken auf der Bank am Heck. Lore und Alinka, die außen sitzen, halten ihre Hände in den Bodden. Sie blicken nach dem Ruderer. Was vorn in seinem Rücken geschieht, das muss ihm Günter melden, der am Bug Platz genommen hat. »Immer geradeaus!«, ruft der. »Ja, der Kurs ist genau richtig.«

Huberts Arme schwingen im Takt mit dem Seegang, seine Muskeln pendeln unter der strammen Haut. Das Hemd hat er sich ausgezogen, weil es nass geworden war. An seinem Bauch sind feste Ringe und kein Gramm Fett zu sehen. Sein lockeres Haar durchweht der auflandige Ost.

»Bisschen weiter raus!«, verkündet Günter vom Bug. »Du bist zu dicht unter Land!«

Hubert wendet den Kopf nach rechts und korrigiert die Peilung.

Der Hügel mit dem Dorf liegt schon ein gutes Stück zurück, die Bade-stelle ist nicht mehr zu sehen. Das salzig schmeckende Wasser spritzt den Mädchen ins Gesicht, wenn eine Welle zu harsch auf die Bordwand trifft. Jeder auf diesem Kahn hat das Schwimmen gelernt, Alinka schon mit vier im Gartenteich. Die Dose mit den Regenwürmern, die Günter im Schatten hinterm großen Stall gebuddelt hat, klappert neben dem Anker ihre eigene Melodie. Koppelzäune und Baumreihen, die als Ackergrenzen dienen, führen bis ans Wasser heran. Zerklüftete Uferwiesen und Gürtel aus dich-tem Schilf, aus Buchten und Halbinseln, dessen Ausläufer wie Speerspit-zen in den Bodden ragen, geben der Landschaft ihr Bild. Rinder weiden auf Sumpfwiesen oder stehen knietief im Wasser.

Wind und Wellen werden schwächer. Der Kahn gleitet über die Sand-bänke weg, über Gründe von Wasserpflanzen. Die Mädchen gucken hinab in die fremdartige Welt. Dann ist nichts mehr zu sehen, nur noch Schwär-ze unter dem Boot. Hubert macht eine Pause. Er will die Tiefe messen und nimmt ein Ruder aus dem Dollen, um es senkrecht ins Wasser zu stechen. Den Grund kann er nicht erreichen. Er holt es wieder rauf und versucht es noch mal, schiebt das Ruder so tief, dass seine Achsel im Nass verschwin-det. Schon merkwürdig, findet Alinka, wenn sich der Seegrund unter dem Boot verflüchtigt, wenn da alles dunkel ist. Aber schön auch, wenn die Muschelschalen wieder sichtbar werden.

Koos ist schon nicht mehr weit. Je näher sie der Insel kommen, desto mehr Steinbrocken lugen aus dem Wasser. Das Boot treibt nah an einem solchen Klotz vorüber, Günter tätschelt ihn. Auf der Insel befindet sich ein kleiner Pappelwald. Eine Kolonie aus Schwänen bewacht die Einfahrt in den Leister See, der ersten großen Bucht, direkt vor Koos. Sie ragt gut ei-nen Kilometer weit ins Land hinein.

Alsdann ist die Einfahrt zum See erreicht, am Inselsüdhaken ziehen die Jungen das Boot aufs steinige Ufer. Findlinge liegen am Strand. Eine Stunde haben sie gebraucht, Hubert ist zufrieden. Morgen, so glaubt er, wird ihn der Muskelkater plagen. Günter zeigt mit dem Finger nach Westen, zum Örtchen Karrendorf am Ende des Sees. Dort wohne seine Tante, da gebe es was Leckeres zu essen. Sie müssten sie nur besuchen. Hubert ist dafür, das Rudern hat ihn hungrig gemacht. Günter aber soll nun übernehmen. Die Mädchen erkunden die Landzunge und pflücken gelbe Blumen. Knorriger Weißdorn, von Wildwuchs umgeben, ist auf diesem Areal zu Hause.

Als alle wieder an Bord gegangen sind, schiebt Hubert den Kahn zum See hinaus. Günter nimmt auf der Mittelbank Platz. Die Ruder benötigt er kaum, Wind und Strömung schicken das Boot in die gewünschte Richtung. Nur ab und an verbessert er den Kurs mit ein paar Ruderschlägen. Der See ist glasklar bis in anderthalb Metern Tiefe. Fische kann niemand entdecken, auch Hubert nicht, so sehr er auch hinunter starrt. Von der Seemitte aus sind die Stadtkirchen gut zu erkennen. Wie Spielzeuge weilen sie dort in der Ferne. Gegenüber steht eine einzelne Dorfkirche. Das soll ein Ort namens Gristow sein, die Kirche dort befinde sich so dicht am Wasser wie wohl keine andere.

Die Jungen manövrieren das Boot in eine Zange aus Schilf, innerhalb derer sich eine völlig von Halmen umschlossene Einbuchtung befindet. Im Flachwasser tummeln sich Stichlinge, fingerlange Fische mit Stacheln auf dem Rücken. Zur See hin öffnet sich ein Spalt im Schilf immer nur, wenn der Wind etwas stärker bläst. Dann zeigen sich die Pappeln von der Insel Koos.

Das Boot wird auf festes Ufer gezogen, notdürftig mit Rohr abgedeckt. Dann nehmen sie ihre Bündel und suchen einen Weg aus den Binsen hinaus zu höhergelegenem Terrain. Sie bemühen sich, keinen Pfad zu hinterlassen, von dem jemand auf ihr Gefährt schließen und es entwenden könnte. Von einem Felde schauen sie noch mal zurück auf die See, den Weg, den sie gekommen sind, dies Neuland zu erobern. »Wie echte Piraten«, sinniert Lore, dabei nach Rügen blickend. So wandern sie ins Dorf der

Tante, die in einem Fachwerk am höchsten Punkt des Ortes wohnt. Zwei Linden stehen vor dem Haus.

Tante Roswitha, ein betagtes Mütterchen in blauer Kittelschürze, öffnet die Tür. Freundlich ist sie und bittet die Kinder allesamt hinein in ihre Stube. Fünf Teller holt sie aus dem Schrank und füllt den Gästen Apfelmus mit Zimt und Zucker auf, ganz frisch und eben erst gemacht. Vor allem die Jungen hauen ordentlich rein. Auf dem Sofa hocken sie eng beieinander. Tante Roswitha stellt eine Dose mit Keksen auf den Tisch und kocht Malzkaffee, aber nicht für die Kinder, sondern für den Onkel Siegfried, der in dem Moment zur Tür einkehrt und den Besuch begrüßt. Er ist ebenso kleingewachsen wie sein Neffe, so dünn und schmächtig, zerbrechlich beinah.

Die Räume in diesem Haus sind kaum höher als ein erwachsener Mann. Am Durchgang von der Küche in die Stube stößt Hubert sich zum zweiten Mal den Kopf. Ganz brav sitzt er dann bei den Mädchen, umringt von ihnen wie zum Schutz. Wie vor etwas Bösem hier im Dorf. Doch Böses gibt es hier nicht, nur zwei nette Leute, die sich freuen, dass sich ihr Haus mit Kindern füllt und sogleich wieder leert, als die Schar nach draußen eilt.

Unter der Stalltür gucken die Rüsselnasen zweier Sauen hervor. Man müsse immer zwei Schweine halten, erklärt Günter, das sei besser als nur eines. Wenn noch ein »Konkurrenzschwein« da ist, fressen beide um die Wette und werden schneller fett. Der Futterneid sei daran schuld. Beim Toben im Garten zeigt Günter auf den Teich, in dem er mal auf einen Tierkadaver trat. Am horizontal gewachsenen Ast eines Apfelbaumes hängt ein Seil mit einem Brett, das er als Schaukel nutzt. Auf der knorrigen Weide im Eck des Hintergartens verrottet seine Baumhöhle aus Kleinkindertagen. Und wo der Hühnerstall zerfällt, ganz hinten bei den Schlehen, da sprang ihm mal die Katze ins Gesicht. Die Narbe auf der Stirn sei längst verheilt. Früher schickte ihn sein Opa in jedem Sommer hierher, nach Karrendorf, immer in den Ferien. Nach der Ernte im September holte er ihn wieder ab. »Die besten Zeiten waren das«, schwärmt Günter, »viel spannender als in Wampen.«

An diesem Tag, so kommen die Fünf überein, mache es keinen Sinn mehr, weiterzufahren und draußen zu kampieren. Das Boot sei gut versteckt, es werde sicher niemand finden. Tante Roswitha ist hocherfreut, dass die Gäste bleiben wollen. Einen Topf mit Gemüse werde sie gleich kochen. Der Onkel will drei Tauben schlachten. Hubert und Günter sehen zur Dämmerung noch mal nach dem Boot. Die Mädchen sitzen beim Onkel in der Stube. Er stellt ein Radio an, das aber nur rauscht und keinen vernünftigen Ton abgibt, so oft er auch an seinem Rädchen dreht. Aus dem Schrank in der Ecke holt er Spielkarten hervor. Die Mädchen aber können keine Karten spielen, sie haben es nie gelernt, weil es eine Jungen-Beschäftigung ist. Onkel Siegfried, den die Tante Friedchen nennt und der beim Gehen mit den Füßen schlurft, stört das nicht, er legt jedem Mädchen drei Karten auf den Platz. In seinem freundlichen, doch rauen Tonfall ist bald schon Resignation zu erkennen. Mädchen und Skat, so ist es wohl, das passt so gar nicht zueinander.

Die Jungen poltern zur Tür herein. Roswitha trägt den Eintopf in die Stube, mit einer gewaltigen Kelle dahinein getaucht. Günter sieht den Kartenstapel auf dem Tisch. »Nach dem Essen noch 'ne Runde, Onkel Siegfried?« Der Alte zieht die Mundwinkel hoch. Nach kurzem Tischgebet werden die Teller befüllt. Mairüben knirschen an den Zähnen. Dem Eintopf fehlt Salz, doch schmecken tut er allemal. Sodann schneidet Siegfried gebratene Täubchen entzwei, rotbräunliches Fleisch und ganz mager, das sich im Munde dem von Hühnern nicht unterscheidet.

Während Hubert und Günter mit dem Onkel Karten spielen, waschen sich die Mädchen über der Küchenschüssel. Seifenlauge gibt es, einen Lappen auch. Günter unterliegt dem Onkel in drei Runden, hat dann genug und sucht nach dem Abort im Hof. In einem Kämmerchen neben der Tür, das Günters frühere Sommerunterkunft war, betten sich die Jungen. Die Mädchen bekommen die Schlafkammer nebenan, mit sauberen Bezügen aus der Truhe. Tante und Onkel wollen die Nacht auf der Couch verbringen, sie bestehen darauf. Ein Hund im Dorfe bellt zu später Stunde. Von Wind und Wellen, von Tang und Möwengeschrei, vom Rudern und vom Schaukeln kraftlos erschöpft, dem Tag auf See, nicken die Kinder eines dem anderen nach in den Schlaf, sickern hinüber ins Reich der Träume und Phantasien.

Der Morgen dämmert herauf, ein Morgen in Karrendorf. Vorm Küchenspiegel bürsten die Mädchen sich das Haar. Hubert ist zum Boot gegangen, Günter hockt im Abort auf dem Hof. Eigentlich soll es heute zurückgehen an den Wampener Strand, doch niemand hegt die Absicht, dem Heimatufer schon jetzt die Treue zu gewähren. Nach dem Frühstück bittet Günter den Onkel, einen reitenden Boten nach Wampen zu entsenden mit der Nachricht, dass sie erst morgen Abend wiederkommen wollen. Siegfried tut dem Neffen den Gefallen, er trägt einem Nachbarburschen auf, einen von Günter verfassten Kurzbrief von wenigen Zeilen in Wampen abzugeben.

Am Himmel kreisen Schwalben, die Sonne steigt übers Land. Wasserflaschen werden an der Pumpe aufgefüllt, viel getrunken vorher, Proviant zum Boot geschleppt, der da aus Äpfeln und Mairüben besteht. Mit herzlichen Umarmungen verabschiedet die Tante ihren Besuch. Der Onkel zündet sich eine Pfeife an und lehnt an einem der Bäume vor dem Haus. So wanken sie den Pfad entlang, hinunter zum See und bald hinein ins dichte Schilf. Das Boot wird beladen und aus dem Schlick gestoßen. Zuerst die Mädchen, dann klettern Günter und Hubert hinein. Mit den Rudern stoßen die Jungen das Gefährt aus der von Schilf umschlossenen Bucht. Die Weite der Landschaft eröffnet sich, seichtes Plätschern am Ufer, erste Möwenschreie, eine seltene Entenart und ein schimpfender Reiher in der Luft. Koos erwacht in nordöstlicher Ferne. Glanz und Schimmer liegen auf der See, von einem Flachnebel bestückt.

Günter setzt sich auf die Ruderbank. Die Blattflächen aber tauchen nicht hinab, die Stille will genossen werden. Kein Planschen soll jetzt stören. Hubert betrachtet den Gewässergrund, kann sich nicht sattsehen von der Schönheit der Unterseewälder. Doch keinen Fisch kann er entdecken. Vielleicht werden sie heute einen fangen, Haken und Würmer sind an Deck. So schwierig sollte das nicht sein. Günter kennt sich aus mit Angeln. Als sein Opa noch bei Kräften war, fuhren die beiden ins Fischerdorf Wieck und stippten an der Holzklappbrücke.

Alinka blickt retour zu der Stelle, an der das Boot gelegen hat. Ein gutes Versteck, denn der Zugang ist nur von Nahem auszumachen. Das Dorf des Onkels, kleiner als Wampen, liegt auch auf einem Hügel. Etwas links fügt sich ein weiteres Örtchen an, Leist, das dem See seinen Namen gab. Wieder ragen die Stadtkirchen aus weiter Ferne in den Himmel, auch der Turm von Gristow will sich zeigen. Außer Quallen kann Hubert keine Funde melden. Günter schickt die ersten Ruderstöße in den Morgen. Die Mädchen bürsten sich das Haar.

Nicht weit der Seeausfahrt zum Bodden steuert der Bug nach links, backbord, in den Kanal, der Koos vom Festland trennt. An der schmalsten Stelle misst er zehn Meter, dann weitet er sich fünfzehnfach aus. Grünes, sattes Schilf füllt den Inselsaum. Dunkel und morastig sind die von Rindern zertretenen Wiesenufer, der Grund des Wassers ist nicht zu erkennen. Doch das Ruder stößt jedes Mal auf Widerstand, wenn Günter das Blatt in die Tiefe schickt. Pappeln und Eschen sind es, die da auf dem Eiland stehen, auch ein Dornbusch weiter nördlich.

Die zweite große Bucht eröffnet sich, eine gewaltige Kerbe im Küstenrelief, die Frätower Bucht, benannt nach dem Ort an ihrem Südufer. Demgegenüber, im Norden, da erstrecken sich der Kirchturm und das Dörfchen Gristow. Geradeaus der Reisenden baut sich abermals eine Insel auf, nicht so groß wie die erste, aber mit Gebäuden drauf und per Seilschwebebahnen mit dem Land verbunden. Gondeln auf über zwanzig Meter hohen Stützen sollen, das weiß Günter, oft zwischen beiden Ufern verkehren. Heute ist keine derartige unterwegs. Riems, sagt er, sei die verbotene Insel, die Seucheninsel mit dem Institut. Er möchte lieber einen Bogen machen.

Mit gezielten Ruderschlägen dirigiert er den Bug auf Südwest, nach Frätow. Rügen aber ist so nah, denkt sich Alinka, da sollten sie die Gelegenheit beim Schopfe packen. Auch Lore will dorthin, zur Pirateninsel, auf der schon Klaus Störtebeker sein Unheil trieb. So pendelt Günter den Bug nach Norden aus. Im leichten Sog der Strömung gleitet der Kahn in den Sund, der Wasserstraße, die Rügen erst zur Insel macht. Die Sonne breitet sich am Himmel aus, ein angenehmer Vormittagswind erhebt sich aus Südost. Zwei Segler und ein Motorschiff passieren einander, hier am westlichsten Rand des Boddens. Hubert und Günter tauschen den Platz auf der Mittelbank. »Recht weit«, schätzt Hubert ein und blickt mit Skepsis auf Rügens Inselsüden.

Günter hält dagegen: »Ach wat, fünf Kilometer. In einer Stunde sind wir da.«

Die Mädchen stimmen auch dafür.

Auf halber Strecke etwa frischt der Wind merklich auf. Die lose im Boot liegenden Äpfel aus Tante Roswithas Garten kugeln im Wellengang zu allen Seiten. »Blöde Idee, ganz blöde Idee!«, merkt Hubert an. »Den Sund zu überqueren, saublöde Idee!«

Günter winkt ab und lacht. »Wird schon nichts passieren.«

»Glaubst du. Wenn wir absaufen, findet uns kein Mensch.«

Doch die See wird ungemütlich jetzt zur Mittagsstunde. Möwen kreischen vorüber. Hubert versucht, die Bootsspitze permanent auf schräger Peilung in den Wellengang zu halten. Immer wieder richtet er den Kurs neu aus, wenn eine stärkere Welle längsseits an die Bordwand klatscht. Hochkonzentriert ist er und murmelt wütende Flüche. »Verdammter Schweinemist noch mal! Lieber umkehren, oder was? Wie weit sind wir schon?«

»Nicht mehr weit!« Günter lacht schon wieder, er fürchtet keinen Wind und keine Wellen. Vielleicht aus Dummheit, vielleicht auch aus dem Urvertrauen in das ihm und seine Freunde umgebene Holz, dem zum Treibgut erbauten Fischerkahn.

Lore fliegt der Hut vom Kopf und landet in der See, Hubert hält ihn mit dem Ruder fest. Der Ostwind drückt das Boot von der eigentlichen Peilung weg. Die starke Abdrift bringt es weiter westlich an die Insel als erhofft, nahe eines gut zwölf Meter hohen Leuchtturms am Fuße einer bald ebenso hohen Küstensteilwand. Kaum zu glauben, aber als sich der Kiel in den Steinsand bohrt, ist vom Seegang draußen fast nichts mehr zu spüren. Hagere Wellenbabys kräuseln die Oberfläche des Sunds. Doch es tauscht, denn oben auf dem Steilhang rauschen die Baumkronen in alter Manier.

Nur ein paar Schritte breit und fünfmal einen Steinwurf lang ist der Strandabschnitt, an dem sie angelandet sind, an dem sie, wie Lore es in ihrer Schwärmerei umschreibt, Schiffbruch erlitten, so wie echte Piraten. Hubert starrt zur See hinaus. Zurück rudern können sie erst einmal vergessen. Günter holt Langleine und Wurmdose aus dem Boot. Helga sucht nach einem abgelegenen Plätzchen, denn der Seegang hat ihren Magen durchgeschüttelt. Lore und Alinka wollen Treibholz und Reisig besorgen. Eine Böschung aus Baumwurzeln führt den Hang hinauf. Von der Anhöhe überblicken die Holzsammlerinnen Bodden und Sund, erkennen auch, dass weiter draußen doch beachtliche Wogen tanzen. Der Himmel ist so blau wie das Wasser, Riems ein ganzes Stück weg. Von dort hinten sind sie gekommen, hinüber gerudert mit dem Kahn, der da unten an dem schmalen Strande liegt.

Die Mädchen kehren zurück ans Boot, werfen das Holz vor Huberts Feuerstelle. Günter steht bis zum Bauch im Wasser, er hat an jedem Haken der Langleine einen Wurm aufgezogen und legt sie nun für den Fang aus. Sodann watet er ans Ufer und verspricht, man solle sich gedulden, da werde gleich was anbeißen. Derweil gelingt es Hubert, ein Flämmchen zu nähren. Alinka bricht Stöcke aus den Büschen, die Günter mit seinem Messer anspitzt. Noch ein paar Spieße extra bereitet er vor, um die Euphorie vor dem Herausholen der Leine zu ertragen. Vierunddreißig Haken, so hat er gezählt, liegen da in einem Meter Tiefe auf dem Grund.

Ein Stündchen vergeht, Hubert hält es nicht mehr aus. »Wie lang denn noch? Hab Hunger!«

Günter läuft am Strande auf und ab, auch er will nicht mehr warten. Er steigt ins Wasser und sucht nach der Stelle mit dem Blei am Grund und dem schwimmenden Kork, das das Ende der Leine markiert. Er hebt es an und zieht es langsam ans Ufer, wo die anderen sich mit großer Spannung gedulden. Die ersten Angelhaken taumeln in der Luft, noch mit den Wurmfetzen daran. Schon aber geht ein Ruck in die Schnur. »Da zappelt was!«, ruft Günter. Hubert macht sich lang. Ein Fisch hat den Köder genommen, ein Brassen von einigen Pfund. Der genügt für eine Mahlzeit. Günter zieht ihn auf die Steine. Hubert erschlägt ihn mit einem Knüppel. Dann wieder nur blanke und fast blanke Haken, mal ein ganzer Wurm noch dran. Abermals ein Zucken in der Schnur. Ein Barsch, kein großer, doch immerhin. Nicht viel für den ersten Versuch, denn eine Stunde sei zu wenig, gibt Günter zu verstehen.

Der Fisch, in Streifen geschnitten, hängt an Stöcken über dem Feuer. Sein baldiger Verzehr wird die Stimmung heben. Im Laufe des Nachmittags legt Günter die Schnüre noch einmal aus. Die Eroberer der Insel kommen überein, die Nacht auf Rügen zu verbringen, nicht am Abend, sondern morgen erst zurückzurudern, ganz früh bei schwachem Wind. So legen sie sich in den Schatten oder ins Uferwasser, jeder nach seinem Befinden, und verbringen den Tag mit Faulenzen.

Als die Sonne schon flach über dem Festland steht, wollen sie die Gegend auskundschaften. Lore und Helga bleiben am Lager. Die Jungen und Alinka streifen los, erkunden unbekanntes Gelände, erkennen eine Ortschaft weit weg, die sich hinter den Feldern im Abendlicht bettet. Sie entdecken einen Pflaumenbaum, dessen Krone erklettert und leer geschüttelt wird. In ihren zu Trageschürzen umfunktionierten Kleidern bringen sie die aufgelesenen, gelben Früchte zum Strand. Das Feuer lehnt sich auf, weil Helga es mit einem Berg Reisig mästet. Hubert schimpft, man wisse nie, ob Russen in der Nähe sind.

Günter entledigt sich seiner Klamotten, er will die Leine aus dem Wasser holen, den Fang fürs Abendessen. Am Lande neben dem Kahn hat er die Fischköpfe zum Trocknen aufgespießt für seine Schädelsammlung daheim. »Und, was dran?«, ruft Hubert ihm zu. Günter antwortet nicht. Seine Kontur verschwimmt in der Dämmerung. »Was denn nun? Ist was dran?« Es platscht und klatscht aus dem Halbdunkel. Am Ufer stehen voller Erwartung die Freunde.

Günter kehrt an den Strand zurück und wickelt die Schnur auf ein Brett. Der erste Fisch kommt aus dem Wasser, ein Aal, die begehrteste Beute überhaupt, doch nur so dünn wie ein Schnürsenkel. Drei Haken weiter zappelt eine Plötze, es folgen zwei, drei Barsche. Am letzten Haken zappelt wiederum ein Aal.

Die Mahlzeit wird ein Fest. Satt essen endlich wieder. Vorhin, das war nicht viel für jeden. Der Brassen hatte zwar gut Gewicht, doch fünf Mägen füllte er keinesfalls. Die Jungen nehmen die Fische aus, halten die Stückchen übers Feuer. Als dann das Bankett beginnt und als ein jeder die Leckerei seiner Wahl vom Holzspieß kostet, wirkt das Bündnis der Gruppe wie ein Zauber aus Freundschaft und Zusammenhalt. Diese Momente jetzt und hier, an diesem Ufer von Tausenden Ufern auf dem Erdball, werden sie ein Leben lang in Erinnerung behalten. Selbst das Erbrechen des fettigen Aals kann dies nicht verhindern.

Nach einigen Liedern kommt die Müdigkeit. Zur Nacht bringt Günter die Schnur ein drittes Mal ins Wasser, für das Frühstück und zur Stärkung für die Überfahrt nach Koos. Glut und Asche lodern nur noch. Die Schlafstellen haben sie sich mit Schilf und Reisig ausgepolstert, darüber Decken platziert. Hubert macht es sich im Kahn gemütlich. Keinem Menschen sind sie begegnet, haben nur ein Dorf gesehen, dessen paar Häuser wie verlassen dagestanden haben, als sei diese Insel unbewohnt.

Der Osten ist pechschwarz, im Westen blinken Lichter von Schiffstonnen oder anderem. Auch der Süden, die Wampener Heimatrichtung, ist nicht zu erkennen. Im Norden ragt die Steilwand auf. Oben jedoch, da verweilen Millionen Sterne. Schon immer waren sie da, auch als Saurier diese Welt beherrschten. Von irgendwoher ruft ein Fuchs. Alinka liegt noch wach und lauscht in die Natur. Im Gleichtakt stoßen letzte, friedliche Wogen, die schon gar keine mehr sind, an die Bordwand des Kahns, rollen heran wie aus tiefstem Dunkel und tasten nach dem Ufer, nach den Steinen, die dort liegen.

Der Morgen ist gekommen, die Sonne glitzert auf der spiegelglatten See. Nebelbänke, hauchdünn wie unsichtbare Schleier, verweilen auf Sund und Bodden. Günter stapft ins Wasser. Hubert streckt die Arme und gähnt wie ein Tier, der Kahn beginnt zu schaukeln. »Und, Günter, ist was dran?«

Wortkarg zieht der Freund die Leine an den Strand. »Ja, denke schon.«

Die Mädchen schütteln ihre Decken aus, bürsten sich das Haar und schauen auf Günter, der die ersten Haken überprüft und seinen Fang kommentiert: »Nichts, wieder nichts, kleine Plötze, Wurm abgefressen, auch nichts, Haken nicht mehr dran, kleiner Barsch, wieder nichts.« Doch da bewegt sich noch etwas am Ende der Schnur. Ein stattlicher Aal kommt zum Vorschein, dick wie ein Ruder und agil wie eine Ringelnatter.

»Pack' ihn, pack' ihn!«, brüllt Hubert und springt aus dem Kahn. »Lass ihn nicht entkommen!«

Der Fisch zappelt im Sand, die Jungen greifen ihn, er windet sich aus ihren Händen. Sie packen abermals zu mit ganzer Kraft, erschlagen ihn mit einem Stein. Aus den Jungen werden Kinder, die vor Freude tanzen und singen. Der Fänger hält den Brocken hoch, er ragt von Günters Fuß bis an die Hüfte.

Während die beiden in Eile das Frühstück zubereiten, ziehen die Mädchen sich für die Morgenwäsche zurück. Alinka entdeckt eine Kröte, hebt sie auf und küsst sie, wünscht sich einen Prinzen. Eine Meute Spatzen schwärmt in den Baumstreifen auf dem Steilhang, verschwindet aber genauso rasch, als die Mädchen sich bemerkbar machen. Einen Meter unterhalb der Abbruchkante spüren sie einen Fuchsbau auf. Es ist der wohl schönste Ausblick, den ein Fuchs nur haben kann. Während Helgas Magen rebelliert, sie sich einmal mehr entleeren muss, bindet Alinka für Lore einen Efeukranz und setzt ihn ihr aufs Haar.

Als dann die Mahlzeit zu einem Großteil verzehrt ist, treten die Jungen das Feuer aus und beladen das Boot. Die See liegt eben da, als der Kahn ins Wasser drischt. Mit einem Ruder stößt Günter ihn heckseits vom Lande weg. Ein Anflug von Wehmut kommt auf. Ein schöner Platz ist das gewesen, stimmen alle überein. Hubert schnappt sich beide Ruder und legt sich sogleich ins Zeug, er traut dem Wasser nicht. Schwäne verharren mit ihren Spiegelbildern auf der Ebene. Ein Kormoran taucht in den Sund. Im Westen treten Segelboote in Erscheinung. Einen Schwung nach Süden raus, bei der Seucheninsel Riems, steigen Dämpfe hoch. Ein ganz normales Bild der Natur. Doch Günter warnt, das könne sonst was sein, er fordert Hubert auf, einen weiten Bogen ostwärts einzuschlagen.

Nach etwas mehr als einer Stunde erreichen sie die Nordspitze von Koos und rudern am Inselostufer entlang. Wälle aus braunem Seegras, das die Winterstürme brachten, liegen an der wilden, von Büschen zugewachsenen Küste. Der Kahn gleitet in zwei Meter tiefem Wasser über den mit Findlingen angehäuften Grund. Manchmal schabt der Bootskiel auf dem Rücken eines Steines, der bis knapp unter die Oberfläche ragt. Sie sind Mitbringsel der Eiszeit vor zehntausend Jahren, weiß Lore zu berichten. Der Vater hat es ihr gesagt. Eine Schar Enten flattert im Südosten fort. Alinka muss erbrechen, schuld ist der fettige Aal. Vom Zusehen allein wirft auch Helga ihren Mageninhalt zur Bordwand hinaus. Die Gruppe entscheidet zu rasten. Am Südufer der Einfahrt zum Leister See sticht der Kahn in die Landzunge.

Hubert und Günter fassen ein zweites Frühstück aus den übrigen Portionen des Aals. Die Mädchen erbrechen erneut, doch sie nehmen es hin mit Gelächter. Den Fisch können sie nicht mehr sehen. Ihr zweites Frühstück besteht aus Wasser und den Äpfeln von der Tante. Im nun auffrischenden Wind genießen die Mädchen ein Sonnenbad, die Jungen stürmen in den Bodden. Federwolken treibt der warme Ost nach Karrendorf. In der Einfahrt schlägt ein Jungschwan mit den Flügeln. Zwei Altvögel nehmen Anlauf und steigen aus dem See, über die Einfahrt hinweg und dem Wind entgegen zum Bodden raus. Alinka stützt sich auf und blickt ihnen nach, den beiden Freigeistern in schneeweißem Gefieder. Die können, wohin sie wollen, denkt sie sich. Könnten noch heute bis Memel fliegen. Im Horizont erst entgleiten sie ihren Augen.

Lore und Helga gehen baden, Alinka will nicht mit. Dann aber doch, sie streift sich das Kleid vom Leibe und eilt den beiden hinterher. Trübsal hat es schon zu viel gegeben, die Gedanken von einst müssen weg, sie schaden nur. So planschen die Mädchen und bewerfen sich mit Erde, mit Quallen und Gräsern, tauchen ab und wieder auf, drehen, kringeln, wälzen sich in der kühlen Flut. Nach dem Baden liegen sie abseits von den Jungen im Schneidegras, wo das Reet beginnt. Das Haar muss ausgebreitet und getrocknet werden, es dauert seine Zeit.

Hubert sitzt im Sand und fummelt sich einen Splitter aus dem Zeh. Günter legt Steine zu Mustern aus Pfeilen, die nach Rügen zeigen. Die Wellen schlagen an den kleinen Strand. Auf den Randebenen des Sees, eine Strecke weit entfernt, grasen braune Bullen. Ein Greifvogel überfliegt ihr Weidegebiet. Stille nach dem Kriege. Kaum zu glauben, dass hier Bomber flogen und Motorenlärm zu hören war.

Am Nachmittag kehren sie an den Heimatstrand zurück. Das Boot wird umringt von Freunden, die Ankömmlinge begrüßt und ausgefragt. Konrad ist sauer, weil er nicht dabei sein durfte, auch Wuchti wäre gerne mitgekommen. »Man kann nicht in jedem Festsaal tanzen!«, ruft Hubert den beiden zu. Barbara begrüßt Alinka, legt die Arme um ihren Hals und löchert sie mit Fragen. Helga erbricht aufs Neue. Lore, die sich seit gestern Piratenbraut nennt, ist bereit fürs nächste Abenteuer. Vom Pfad aus dem Schilf kommen Renate und Eva angerannt, nur in ihren Badekleidern. Die

Freude des Wiedersehens und die Enttäuschung, nicht dabei gewesen zu sein, halten sich die Waage. Hubert trägt die Ruder, Günter Anker und Hakenschnur. Das Boot ist halb aufs Land gezogen, dort liegt es gut. Nun müssen sie der Witwe die Utensilien wiederbringen.

Auf dem Weg ins Dorf prahlt Günter von seinem großen Aal, von dem er behauptet, er wäre einen Meter lang gewesen, was aber nicht stimmt. Er und Hubert hätten ihn nur zu zweit niederringen können, so tapfer habe sich der Fisch gewehrt. Konrad will sich die Schnur ausborgen und auch so eine Schlange erbeuten. »Musst Witwe Bode fragen«, erwidert Günter mit Hochmut in der Stimme. Als hätte er auf Rügen ein Monstrum bezwungen.

Johanna herzt das Ziehkind. Ein Süppchen steht bereit zur Stärkung nach der Reise. Und ja, der Bote aus Karrendorf sei angekommen, gestern Mittag war er da. Ein junger Bub auf seinem Gaul, der eine Tasse Wasser nahm und in vollem Ritt das Dorf verließ. Vielleicht sei er ein fleischliches Erbe der früheren Postreiter, wie es sie einmal gab. Gut soll er ausgesehen haben und elegant sein Ritt. Das nimmt Alinka zum Anlass, im Stall bei Günter nach Rudi zu sehen.

Dort legt sie ihm eine Decke auf und startet einen weiteren Versuch, seinen Rücken zu erklimmen. Zehnmal, zwanzigmal misslingt der Akt. Von Resignation umfangen nimmt sie Platz auf der Gartenbank. »Warum nur, mein Rudi?«, spricht sie zu dem Pferd. »Lass es doch endlich zu!« Der Hengst beschnuppert den Träger ihres Kleides, er prustet sich und schüttelt den Kopf wie zu einem klaren Nein. »Ach, reiß du nur weiter dein Gras von der Wiese.«

Zur nächsten Mittagszeit, an einem der letzten Ferientage, steht sie wieder bei dem Pferd. Rudi scheuert sich die Flanken an der Schuppenwand. Seine Wiese hat er kahl gefressen. Hier und da stehen übriggelassene Flächen Sauerampfers. Rudi trabt heran und stupst Alinka gegen die Wange. Sie reicht ihm das Bündel Löwenzahn, das sie auf dem Weg hierher gepflückt hat. Er riecht daran, doch er verschmäht es, vielleicht weil ein Hund seine Marke darauf hinterließ. Vom Kirschzweig, den sie ihm herunterzieht, reißt er die Blätter ab. Sie tätschelt ihn. »Du Sonderling, mein Süßer.« Er folgt dem Mädchen bis zur Wohnhaustür. Alinka nimmt die Decke auf und wirft sie ihm über den Leib. Noch steht er da, noch blickt er sie an. Nun könnte sie ihn wagen, den nächsten Versuch.

Die Decke liegt auf, der Hengst bleibt stehen, Alinka grübelt hin und her. Soll sie, oder soll sie nicht? Er wird ja doch fortgehen, wenn sie es versucht, wenn sie auf die Bank steigt und das Bein hinüberschwingen will. Der Hengst wiegt den Kopf zur Seite und beißt sich die Decke runter. Noch aber steht er da, der Rudi. Alinka steigt auf die Bank. Jetzt wäre der Moment, in dem er sich dreht und dem Mädchen ausweicht. Aber er rührt sich nicht. Mensch und Tier schauen einander in die Augen. Wenn sie nur wüsste, was ihr Rudi denkt. Erlaubt er es, oder dreht er sich weg? Ein gutes Pferd ist auch ein Freund. Der Rudi ist ein gutes Pferd.

Aus einem Augenblick wird eine Ewigkeit. Alinka streichelt seinen Hals, die Nüstern, redet ihm ganz leise zu. Dann folgt das Bein, es liegt schon auf dem Rückgrat. Der Hengst, er rührt sich nicht. Sie schiebt es weiter über den ganzen Rücken, packt zärtlich seine Mähne und schwingt auch ihren Po hinauf. Nun sitzt sie auf dem Pferd, wahrhaftig. Sitzt auf Rudi und kann es nicht glauben. Der Hengst steht immer noch da, neben der Bank an der Wohnhaustür. Träumt sie, oder ist es Wirklichkeit? Rudi trabt nach vorn, drei Schritte, bleibt stehen, dreht den Kopf und äugt nach dem Wesen über ihm. Sein Blick und der des Mädchens begegnen sich. Rudi trabt noch drei Schritte und schaut durchs Küchenfenster. Alinka fasst seine Mähne und führt den Hengst von der Wiese zum Giebel des Landarbeiterhauses und an den Zuweg dort am Felde.

Rudi macht alles mit, ganz ohne Geschirr. Nichts von Menschen Gemachtes haftet an ihm, nur der Mensch selbst, das Mädchen obendrauf. Die anderen, sie sollen es sehen, unbedingt sollen sie es erfahren, dass sie auf Rudi sitzt. Günter, der zuallererst, der wird staunen, wenn sie auf Rudi zu ihm kommt. So lenkt sie das Tier den Pfad entlang bis zur Dorfgabelung, geradeaus bis vor den Gutsteich und rechts herum zum Jungviehstall. Da steht Günter mit der Forke und kann nicht anders als zu staunen. Mit großem Ehrgefühl schreitet sie an ihm vorüber, eine Gartenlänge weit und dann zurück. Günter legt die Fäuste in die Hüften. Er ähnelt dem Bauer Ludwig im Westen, der einst den britischen Lastautos nachgesehen hat. »Rudi, Rudi, Rudi«, lobt er voll Anerkennung »dass ich das noch mal erleben darf.«

Alinka gibt dem Hengst einen leichten Schenkeldruck und bugsiert ihn zurück auf den Alleeweg, in der Hoffnung, dort auf weitere Freunde zu treffen. Irmgard winkt ihr von der Gutshaustreppe zu. Auf der Fußballwiese kickt Hubert mit ein paar Älteren. Er sieht die Freundin auf dem Pferd und läuft zum Weg. »Wie hast du das geschafft?« Die Arme überkreuzt er vor seiner Brust und lächelt würdigend. Das Mädchen zu Pferde sagt nichts, es lächelt ebenso und blickt auf ihn herab. Ein weiterer Schenkeldruck gibt Rudi das Signal, dem Gutshof zu entschwinden.

Als sie ihren Schaulauf beendet, von dem und dem gesehen, nun zurück auf die heimische Wiese trabt, mag sie gar nicht absteigen von dem Pferd, von Rudi. Aus Angst, er werde es ihr kein zweites Mal gestatten, dass dieses Erlebnis einzigartig bleibt. Doch er braucht nun Heu und Wasser, braucht etwas Ruhe nach dem Ritt. Schweren Herzens steigt sie ab, füllt ihm den Eimer und die Raufe im Stall.

Blick zum Gutshaus, April 1945

1936 erbauter Jungviehstall für achtzig Tiere

Jungviehkoppel an der Straßengabelung, im Hintergrund die Landarbeiterhäuser

Landarbeiterhäuser von Süden aus

Überfahrt einer Wampener Geburtstagsgesellschaft zur Insel Koos am 23. Mai 1931

Licht und Schatten

Es verfliegen dann auch die letzten Ferientage, ziehen dahin wie all die anderen zuvor, wie die Wolken am Himmel oder die Wellen auf See. Jungen werfen mit Kletten nach den Mädchen, die sich an Kleidern und Haaren verfangen, oder stecken ihnen Hagebuttenkerne in den Nacken, um einen Juckreiz auszulösen. Sie bauen Höhlen im Gestrüpp ungenutzter Hofecken, aus allem Zeug, das sich finden lässt, aus Schrott und Fetzen, kaputten Wagenrädern. Die Mädchen fangen Schmetterlinge. Günter hat seine Schädelsammlung durch die Häupter von Brassen, Barsch und Aal erweitert.

Die Schule beginnt, die Lehrer heißen ihre Zöglinge willkommen für eine weitere Stufe im Lernalltag. Heiden berichtet von seinem wochenlangen Aufenthalt bei Verwandten in Stralsund, von einer dreitägigen Weiterbildung in Greifswald und der vergeblichen Suche nach Tafelkreide in beiden Städten. Die Kinder fragt er nach ihren Erlebnissen in der Ferienzeit. Arme gehen nach oben, die Bootsreise wird genannt, die Wagenfahrt mit Günter und den Mädchen in die Stadt erwähnt, von Feld- und Gartenarbeit gesprochen, vom Besuch totgeglaubter Verwandtschaft aus dem zerstörten Potsdam. Ein Neuling in der Klasse berichtet auf Plattdeutsch von seinem Erlebten. Heiden fordert, er solle Hochdeutsch reden und die »Bauernsprache« unterlassen.

Auch die Ernte hat begonnen, vielerorts und auf kleineren Flächen noch mit Handwerkzeugen. Häufig unterstützen das Vorgehen motorisierte Mähmaschinen. Traktoren mit Pflugscharen ziehen Bahn für Bahn. Erntekindergärten werden eingerichtet, in denen alte Frauen Kleinkinder hüten, während die Mütter bei den Landarbeitern auf dem Felde sind. Präsenz russischen Militärs auf Geländefahrzeugen überwacht das Treiben der Arbeiterschaft. Korn und Heu wird nicht mehr auf den Feldbahnloren abtransportiert, sondern auf Pferdewagen verladen und zum Greifswalder Bahnhof fortgeschafft. In diesem Jahr noch wollen Wampener Familien Bauanträge stellen und Ackerflächen zugeteilt bekommen, um sich ein Fortschreiten ihrer bäuerlichen Existenzen zu ermöglichen und wieder selbst zu wirtschaften. Die Bodenreform und zugleich die Änderung alter Besitzverhältnisse macht diese Vorhaben erst möglich.

Alinka schreibt in kurzem Abstand zueinander einen zweiten und dritten Brief an den Großvater nach Plicken. Die Sehnsucht aber nach der alten Heimat schwindet. Wampen beansprucht diesen Titel mehr und mehr. Sie schreibt ihm von dem Theaterstück, das in der ersten Schulwoche stattgefunden hat, als die Klasse sie zur Prinzessin wählte und Hubert zum Piratenchef. Lore war die böse Hexe, obwohl sie in echt niemals böse ist. »Sprecht ihr noch Deutsch zu Hause?«, notiert sie in dem Brief und stellt immer wieder die Frage, ob der Vater heimgekommen ist, ob er auf sie wartet, ob sie sich nun auf den Weg machen soll, ob er sie von Wampen abholen wird. Das Mädchen blendet aus, was im Unterbewusstsein brodelt, dass zu Hause nichts mehr ist, wie es war. Die Vorstellungskraft jedoch genügt nicht, um ein Ausmaß dessen als Bild vor den Augen zu projizieren. So glaubt sie weiter an das im Oktober 1944 zuletzt Gesehene und hofft, es irgendwann genauso wieder vorzufinden.

Was Alinka nicht weiß und was Johanna ihr verschweigt, um sie vor Kummer zu bewahren, ist, dass der erste Brief und auch der zweite mit dem Vermerk »Nicht zustellbar!« nach Wampen zurückgekommen ist. Dass auch der dritte die neuen Grenzen nicht passieren wird. Was schlimmer wiegt als das, ist die Antwort vom Deutschen Roten Kreuz mit der Todesnachricht des Vaters. In einer Mitteilung heißt es in knappen Worten: »Herr Gustav Gindullis, geboren am 10. Juni 1911 in Plicken, Memelland, gefallen westlich von Smolensk.« Als wahrscheinlicher Todeszeitraum gelte Dezember 1943. Auch das lässt Johanna dem Mädchen gegenüber unerwähnt.

Des Sommers letzte Gnade erfreut die Kinderherzen, bevor die Tage kürzer werden und die Kraft der Sonne nicht mehr ausreicht, auf lange Hosen und Pullover zu verzichten. Noch sind die Badenden am Boddenufer anzutreffen, noch rennen Jungen und Mädchen ins nicht mehr so wohltemperierte Wasser. Rennen hinaus und durch den Pfad im Schilf auf die andere Seite, wälzen sich auf frisch gepflügtem Acker, bis der Erdboden an ihren nassen Körpern haftet, um dann in den Bodden zurückzueilen.

Wenn die älteren Schüler nach dem Unterricht den Erwachsenen auf den Feldern Hilfe leisten, bleiben die jüngeren vorerst verschont und verrichten ihre Arbeit in Hof und Stall. In den Kartoffelferien im Oktober sammeln Studenten, Dorf- und Stadtschüler körbeweise Knollen auf den Feldern bei Neuenkirchen. Es herrscht Altweibersommer, Spinnengewebe fliegen durch die Luft. Sind die Felder abgesammelt, finden sich dennoch Städter, mit Hacken und Eimern bewaffnet, zum Stoppeln ein. Ein kleines Erntefest wird im Gutspark von Wampen abgehalten.

In der Küche des Beamtenhauses brodelt die Wirtschaft, es wird eingekocht jeden Tag, um die Speisekammer aufzufüllen. Alinka geht den Frauen zur Hand. Der Tisch ist zugestellt mit Flachdeckeln und Gläsern. Kein Salz und kein Zucker sind notwendig, die Konservierung erfolgt allein durch das Erhitzen und den luftdichten Abschluss der Nahrungsmittel. Obst und Gemüse, die vielen Beeren aus den Gärten, aber auch Gänsefleisch, Pilze in Essigsäure werden haltbar gemacht. Tag ein, Tag aus blubbern die großen Töpfe, füllen sich die Gläser. Alinkas Zuarbeit ist dabei gerngesehen, sie legt das Pergament und die Deckel auf, platziert nach dem Kochen und Abkühlen die fertigen Gläser in Reihen.

Äpfel werden in Scheiben und Ringe geschnitten, an Fäden zum Trocknen aufgehängt. Noch nie sah Alinka jemanden so flott Äpfel zerteilen wie die Hausmutter Johanna. In den Kammern lagern Kartoffeln und Rüben, in den Gartenschuppen bergeweise Äpfel. Gebacken wird zu jeder Tageszeit. Johanna mengt dem Brot Sonnenblumenkerne bei, wie es ihr Helmut so sehr mochte. Nach beschwerlichem Arbeitstage müssen Kamin und Küche gereinigt werden. Wenn dann durchs geöffnete Fenster das Quietschen der rostigen Hofpumpe und das Schnattern der Wildgänse zu hören ist, zählt für Alinka nur noch das baldige Fortkommen aus dem Haus, bevor die Dämmerung auch das letzte Abendlicht verschluckt.

An einem Herbsttag fahren beide nach Neuenkirchen, um das Grab von Elisabeth und auf dem Kirchfriedhof das Grab von Helmut, Johannas Liebsten, zu besuchen. Vor wenigen Tagen erst hatte Alinka ihren dreizehnten Geburtstag. Gefeiert wurde nur zu zweit, eine Kerze aus Bienenwachs angezündet. Das Gleiche ist es, wenn eine Freundin Geburtstag hat.

Niemand kann es sich leisten, ein Kinderfest zu organisieren, den Freunden der Tochter oder des Sohnes mehr als einen Kanten Brot oder Kuchen anzubieten. Die Eigenen sind immer die Nächsten, so hat es schon Elisabeth gehalten. Das ist für Alinka nicht neu, obwohl es vor dem Kriege noch ganz anders war.

Sodann geht es auf in die Stadt, um für die Heranwachsende einen Büstenhalter zu kaufen und im kleinen Laden eines der Parfümfläschchen in Zündholzlänge zu besorgen. Bei einem Markthändler kann Johanna einen mittelgroßen Türspiegel ergattern. Auf dem Greifswalder Stadtwall sammeln sie Kastanien, aus denen sich eine Waschlauge herstellen lässt. Unter ihren Schuhen liegt das gelbe Blattlaub, das im Sommer grün an den Zweigen hing. Hinter den Bäumen zeigt sich die Dicke Marie mit ihrem breiten Turm. Auch die Spitze des Doms presst sich durch die Kastanienstämme. Auf der anderen Seite begleitet der Stadtgraben den Wall. Taubenschwärme kreisen über die Mauer, der Befestigungsanlage aus dem Mittelalter.

Daheim werden die Kastanien von ihren Hüllen befreit, bis nur das weiße Innere übrigbleibt. Das wird in Stücke geschnitten, in Gläser mit warmem Wasser gegeben, für wenige Stunden ziehen gelassen, dann die Stücke heraus gesiebt und mit Natron verrührt. So handhabt Johanna es in jedem Jahr, legt sich einen Vorrat an Waschlauge an als Ersatz für nicht erhältliche Scheuermittel. Zerstückelte, im Ofen getrocknete Kastanien bewahrt sie lose auf, wenn die Gläser knapp zu werden drohen. Natron mischt Johanna auch in die eigens verrührte Zahnputzcreme.

Es ist einer dieser wenigen arbeitsfreien Herbsttage, da führt Alinka den Gaul an einem Strick hinter sich her. Kein zweites Mal hat Rudi es zugelassen, dass sie auf seinen Rücken steigt. Und viel zu selten hat sie es in den vergangenen Zeiten versucht, denn kaum was blieb vom Tage übrig, wenn die Arbeit in Hof und Garten fertig war. Ein Jammer ist es doch, dass Kindern im Herbst die Möglichkeit auf eigenen Freiraum so harsch in Grenzen abgesteckt ist, dass auch die Schule und ihr Weg dorthin als Zeiträuber angesehen wird. Doch dieser Sonntag Ende Oktober gehört den Kindern allein.

Erste Sonnenstrahlen durchbrechen den Nebel. Günter schirrt Rudi an den Wagen. Hubert und Barbara treffen ein, haben Säcke dabei, Körbe und eine Axt. Heute soll es in den Walde gehen, Holz und Reisig laden, nach letzten Pilzen suchen. Dieser Wald aber, kaum fünfhundert Meter weg, ist so trüb wie der Tag selbst und zeigt von sich nur eine Kontur, einen Umriss von Baumspitzen, die aus dem Nebel gucken. Verfrühtes Novemberwetter. Der Nieselregen tröpfelt auf die am Boden liegenden Obstbaumblätter. Ganze Arbeit hat der Küstenwind getan und nahezu jede Krone kahl geweht. Ein farbloses Land mit einsamer Stille, wären da nicht die heiteren Kinderrufe zwischendrin.

Alinka und Barbara sitzen auf, Günter schließt die Pforte und ersteigt den Bock. Hubert klemmt sich aufs Fußbrett an der Seite. »Howhow!«, ruft der Wagenführer. Rudi trabt in den Nebel. Schon entfernen sich die Kinderstimmen aus dem Dorf. Auf linker Seite irgendwo, doch völlig verborgen im Schleier, begleitet sie der Bodden. Wo gestern in weiter Ferne noch Rügen lag, ist heute gar nichts mehr. Das große Eiland existiert nur noch in der Fantasie. Auch Ludwigsburg liegt nicht mehr am alten Platz, die Küste ist weder zu sehen noch zu hören. Auf dem Dammer Weg, südlich von Wampen, bewegen sie sich nach dem Walde hin. Damme war eine vor Hunderten Jahren existierende Ortschaft, von der heute nichts mehr übrig ist als der Hügel selbst.

Im Wald tropft es von den Bäumen. Den Wagen stoppt Günter unter einem Nadeldach. Hubert und die Mädchen schwärmen aus, suchen an trockenen Stellen nach geeignetem Holz. Günter kann noch einige Pilze erspähen, doch ihr Fleisch ist weich und lasch, sie taugen nicht mal mehr als Schweinefutter. Hin und wieder kracht es auf der Ladefläche, wenn Hubert einen Ast hinauf befördert. Die Mädchen sammeln Fichtenzapfen, ein ganzes und ein halbes Säckchen voll. Am zweiten Wagenstopp sind es Eicheln, Rinde, Moose und Bucheckern samt Gehäuse, alles, was zum Heizen taugt oder das bei irgendwem im Dorfe abgesetzt werden kann. Wildgänse schnattern über dem Wald, ohne dass sie sich zeigen. Als es in Wampen noch Luftgewehre und Schrotflinten gab, da schossen die Dorfbewohner in jedem Herbst die Wildgänse von den Feldern.

Bald zerreißt ein Windzug den Schleier. Hinter trübem Licht erweist sich mehr und mehr die Welt, wie sie noch gestern ausgesehen hat. Die Küsten werden sichtbar, Ludwigsburg und Rügen treten in Erscheinung. Ein paar Sonnenstrahlen geißeln zu Boden, aus einer Waldwiese steigen Dämpfe auf. Ein Specht hämmert nicht weit weg. Hubert klettert in die Wipfel zweier Eschen und hält nach Elsternestern Ausschau. Er glaubt an die Fabel, dass darin Schätze liegen, vielleicht auch der verlorengegangene Reif seiner Mutter. Woran hingegen Alinka glaubt, ist, dass es Glück bringt, den dicksten Baum zu umarmen, ihn als ein altes Lebewesen zu achten und auch zu begreifen, dass sie, wenn sie dabei ganz leise ist, ihm das eine oder andere Geheimnis entlocken kann.

Die Wagenspur der Kinder und des Hengstes führt einen Pfad weit bis zur nächsten Wiese. Günter weiß, von hier ist es nur noch ein kurzer Weg bis ans Ende des Waldes. Von dort könnten sie das Feld sehen mit dem Fliegerhorst, dahinter wären auch bald die Fischerdörfer. Gleich hier im Walde, rechts von ihnen, sollen der Schießstand und die Übungsschützengräben der HJ zu finden sein. Da müssten sie auch mal hin. Doch er wendet sein Gefährt und bringt es auf einem anderen Weg bis beinahe an den Strand. Dort richten sich die vier vom höchsten Punkt des Wagens auf und blicken raus zur See. Ein Adler, der bis eben auf einem Stein im Flachwasser weilte, steigt empor und gleitet auf den Bodden. Alinka denkt an den Sommer, der, kaum verflossen, schon eine Ewigkeit zurückzuliegen scheint. Günter spricht von der nächtlichen Bootsreise ohne Ruder bis etwa hierher, vielleicht sogar ein Stückchen weiter noch. Beide Mädchen waren damals dabei, doch Barbara weiß noch um den Ärger, der ihr am nächsten Tage blühte. Auch jetzt noch dürfte sie sich gar nicht mit Günter zusammentun. Dass nur nicht wieder so etwas geschieht und es einen wochenlangen Hofarrest zur Folge hat. Das war gemein, nicht an den Strand zu dürfen, als alle anderen baden gingen. Als sie, die Barbara, mit der Wassergrube vorliebnahm.

Mit halbvoller Ladefläche trabt Rudi zurück in den Ort. Das Altholz wird gerecht verteilt, wie auch die Säcke mit Zapfen und Eicheln.

An einem baldigen Abend tobt ein stürmischer Wind. Alinka liegt noch wach, hebt die Gardine an und sieht ein paar Sterne blinzeln. Sodann steht sie in ihrem Bett und beugt sich vor, um den Großen Wagen am Nordhimmel ausfindig zu machen. Sie kann ihn nicht sehen, steigt über das Bett der Ziehmutter hinweg und begibt sich in die Küche. Von dort aus kann sie ihn betrachten, den Großen Wagen, die Anordnung der sieben Sterne, die ihn zu dem Gebilde machen, das die Menschheit seit jeher fasziniert. Ein Wölkchen in der Form eines Igels gleitet durch sein Konstrukt, ist nur einen Augenblick darin gefangen, dann schwebt es weiter in die Nacht. Es ist die Einzigartigkeit eines Moments, ein Spiel der Sinne für den, der solche Kleinigkeiten wahrnimmt, dem Unscheinbares nicht entgeht.

Der Küchenofen ist erloschen, im Hause rührt sich nichts. Alinka wankt ins Kämmerchen, lugt abermals hinaus zum Himmel und fragt sich, wie viele Sterne es wohl geben mag. Der Wind, vielleicht bereits ein Sturm, durchwühlt die Baumkronen der Allee, entreißt ihnen auch das letzte Blatt. Sie kann und will jetzt nicht im Zimmer bleiben, dies Wetter reizt zu sehr, es mit Haut und Haaren zu erleben, seine Kraft zu spüren, mit ihm eins zu werden. So spät ist es ja nicht, noch weit vor Mitternacht. Sie legt die Tageskleider an, schlüpft in ihre Stiefel, nimmt Mütze und Schal vom Haken. Durch das Fenster entflieht sie der warmen Kammer und zieht es hinter sich heran. Der Herbststurm pfeift. An Gutsteich und Jungviehstall vorbei läuft sie den Hinterweg zum Schulgebäude mit seinem flachen Zaun und dann zum Baumreihenpfad, der dem Tosen entgegenführt.

Den Schutz ihres Dorfes hat sie verlassen, sieht sich nun dem mächtigen Dunkel gegenüber, dort vorne, wo das Brausen lauter wird. Ein paar Minuten Fußweg am Rande des Grabens, dann schon steht sie da, wo am Schilf der Acker zu Ende ist. Die See begehrt auf, sie rebelliert und fordert. Der Zorn hat sich ihrer bemächtigt, sie rüstet sich für den Angriff. Es ist wohl kein Sturm von Bedeutung, da gab es sicher hundert stärkere in den Jahren zuvor. Doch er hat sich den Pfad und das Schilf geholt, ist den flachen Strand hinaufgekommen. Die Badestelle und das Inselchen, beides gibt es nicht mehr. An der Ackergrenze verweilt das Mädchen, trotzt der Naturgewalt, die sich ihm entgegenstellt. Dieser Sturmwind aus dem Osten, vielleicht ist er schon über die alte Heimat weggefegt und hat sein

Unwesen ausgetragen. Alinka bietet ihm die Stirn. Wie ein Baum mit tiefen Wurzeln schiebt sie die Hacken in den Boden. Ihre Haare wirbeln durcheinander, Schal und Kleider toben Wetterfahnen gleich.

Jemand ist ihr gefolgt, hat bemerkt, wie sie aus dem Dorf gelaufen kam. Er liegt unter dem Astwerk eines Busches, das Haupt steil aufgereckt, seine Miene wie versteinert. Aus dem Verborgenen beobachtet er das Mädchen dort am Meere, das sich der unsichtbaren Macht erwehrt. Alinka mit den längsten Zöpfen, das Mädchen, das mit solchem Einfluss auf ihn pocht, so unerklärlich seine Sinne umnebelt. Seit langem schon begehrt er sie, will sie berühren, träumt von ihr. Verrückt geworden ist er aus dem Überfluss an Liebe, die er nicht loswird, die überkocht, die sie niemals erwidern wird. Da vorn ist sie, die unstillbare, die unerschöpfliche Begehrlichkeit, ist nahbar, greifbar, und niemand sonst ist hier am Wasser. Niemand wird sie hören, wenn er sie packt und wenn sie schreit. Nun gehört sie ihm allein. Er muss sie sich nur noch holen. Dann kann er tun mit ihr, wonach es ihm gelüstet. Ganz zuerst, so malt er es sich aus, wird er sie zum Schweigen bringen. Gleich wie er es tut, er hat es schon mal getan, damals in einem anderen Dorf. Keiner weiß es außer ihm.

Ein Zittern durchfährt seinen Leib, ein Kribbeln in allen Gliedern. Soll er jetzt, oder soll er noch warten, das Hochgefühl hinauszögern und dann auf sie springen, wenn die Euphorie am größten ist? Seine Augen lassen nicht von ihr ab, nicht einen Moment, nicht für einen Wimpernschlag. Er ist das Raubtier auf der Lauer, das den Sprung auf die Beute vorbereitet. Gleich ist es so weit, noch steigt der Pegel an, Puls und Adern schlagen höher. Jetzt will er es tun, stützt die Ellbogen auf und hievt den Oberkörper aus den Zweigen.

Das Knacken eines Astes verrät sein Versteck. Das Mädchen hat es bemerkt, es dreht sich herum. Er im Busche rührt sich nicht. Sie kann ihn gewiss nicht sehen in der Dunkelheit. Doch sich wieder dem Wasser zuzuwenden, das tut sie ebenfalls nicht. Hat sie ihn doch entdeckt, den, der sich unter Zweigen tarnt? Unmöglich, in seinem Rücken sind die nachtschwarzen Hügel des Feldes. Warum aber verharrt sie dann mit dem Gesicht auf seinem Unterschlupf, warum richtet sie ihren Blick nicht wieder nach vorn? Sie ahnt, da steckt etwas im Gehölz, vielleicht ein Tier, vielleicht aber auch ein Mensch mit einer bösen Absicht.

Das Räderwerk der Zeit blockiert, erlahmt, friert ein, gerät ins Stocken. Von einem Impuls bewegt und angestoßen rennt das Mädchen los, den Feldweg hinauf. Dreht sich nicht um, schaut nur voraus zu den Lichtern des Dorfes, die dort flackern, erlöschen und alle Augenblicke wiederkehren. Es kommt näher, sie kommt näher, und irgendwer ist hinter ihr, ist schneller als sie. Getrampel, das Aufsetzen schwerer Stiefel, fremde Schritte, tiefes Atmen. Das Dorf schon fast erreicht, packen Hände nach ihr, reißen sie nach unten. Ihr Schrei verhallt in den Böen. »Sei still, sei endlich still!«, fleht eine ihr bekannte Stimme. Es folgt ein Schlag ins Gesicht, auf ihre Wange, noch einer und wieder einer. Hände pressen sich auf ihren Mund, sie kann nicht schreien, sich nicht wehren. »Sei still, sei doch endlich still!« Jürgen ist es, der große Junge, der Gitarrenspieler. Er drückt ihre Handgelenke auf den Ackerboden, will sie küssen, auf den Mund und überallhin. Sie windet sich, dreht den Kopf und ihren Leib zu allen Seiten. Mit ganzem Körper liegt er nun auf ihr, reißt am Mantel, an der Hose, schlägt auf sie ein und drückt ihre Beine auseinander, setzt mit Fausthieben doppelt nach.

Kein Mensch ist da, um ihr zu helfen. Und kein Mensch ist dieser Junge, auch kein Tier. Jedes Tier ist besser als er. Von Tollwut getrieben, von Reizen übermannt, sucht er nach seinem Ziel. »Lass mich nur deine Vulva sehen, nur deine Vulva sehen!« Die Hand, die eine, dann die andere, presst er ihr auf den Mund, verhindert, dass sie schreien kann. Ein letztes Aufbäumen kommt zustande, mit allem Mut beißt sie ihm in den Finger, bis er es ist, der schreit. Und mit all ihrer Mädchenkraft stößt sie den Jungen von sich herunter und eilt die letzten Meter bis ins Dorf, am Schulhaus vorbei und einem befreundeten Bauern in die Arme.

Sonnenlicht durchtränkt Alinkas Zimmer, vom Sturm in der Nacht ist nichts mehr zu hören. Sie hat sich in ihren Decken verkrochen, zusammengekrümmt, dass kaum etwas von ihr zum Vorschein kommt. An ihrer Seite, auf einem Stuhl vor dem Bett, sitzt Johanna und tupft sich die Tränen ab. Im Ofen lodern Scheite. Barbara ist da und streichelt der Freundin die Wangen. Gleich nach der Schule waren auch Eva und Renate an der Tür, kurz darauf Helga und Lore. Johanna bat sie, an einem anderen Tag wiederzukehren. Nur die hartnäckige Barbara ließ sich nicht einfach so fortschicken und gebot sich Eintritt in die Kammer. In der Schule ging ein Gerücht um von dem, was in der Nacht passiert sein soll.

Barbaras Finger gleiten auf dem Haar der Freundin hinweg. Ihre Worte sind Trost, doch die Wunden noch zu frisch, die sichtbaren und die in die Seele gemeißelten. Johanna zieht die Bettdecke runter, ein wenig nur. Alinka, die zum Fenster gelegen hat, wendet sich der Raummitte hin. Ganz übel zugerichtet sieht sie aus, blaue Flecken im Gesicht, eine Rötung am Hals.

Alinka muss an Jürgen denken, er hat ihr wehgetan. Er, der mit seiner Gitarre so schöne Klänge erzeugte, der die Melodie ihres Lieblingsliedes spielte. Sie wird es nie wieder singen können, ohne dabei an seine Untat zu denken. Er hatte solches vor, wie es bis Kriegsende die Russen getan haben sollen. Vorhin, so berichtet Johanna, da sei ein Polizeiautomobil ins Dorf gefahren, da hätten sie ihn abgeholt. Geheult habe er, wie der Wind in letzter Nacht, auch eine zweite Tat gestanden, bei der viel Schlimmeres noch geschah.

Das Mädchen richtet sich auf, nur so weit, dass es sich im Türspiegel sehen kann. Was Alinka erblickt, ist ihr keine Überraschung, sie hat sich vorhin schon mal betrachtet und die blauen Flecken gezählt. Mit diesem Gesicht, mit all jenen Wundmalen, mag sie nicht vor die Türe treten. Keiner dürfe sie so sehen. Barbara versucht, sie auf andere Gedanken zu bringen und erzählt von den vielen heruntergefallenen Ästen, vom abgedeckten Reetdach eines Hauses in Neuenkirchen und dem nun freien Blick aufs Gebälk. Alinka besieht sich immer noch im Spiegel, berührt am Hals die wunde Stelle. Sie knüpft das Nachthemd auf, guckt hier und dort, krempelt die Ärmel hoch. Unterarme und Handgelenke sind rotgescheuert. Tiefe Kerben von Nagelabdrücken, an ihren Schenkeln blaue Flecken von den Tritten und Kniestößen des »Schufts«. So hat Johanna ihn dreimal, siebenmal schon betitelt, ihn auch als Schwein bezeichnet. »Erschießen sollen sie den!«, ist ihre Forderung.

Mit keinem Wort ein Vorwurf oder die Frage, was sie da draußen zu suchen hatte. Johanna weiß um ihren Wildling und ist nur glücklich, dass es nicht zum Äußersten kam. Als der Bauer das Mädchen des Nachts heimbrachte und an die Tür polterte, war das Antlitz der Ziehmutter wie von einem Schauder berührt. Sie verstand nicht, was geschehen war, warum Alinka nicht in ihrem Bett gelegen hat, sondern mit verheultem Gesicht und aufgerissenem Mantel an der Seite des Bauern dastand. Die Haare durchwühlt, mit Erdboden vermischt, die Ärmel voller Dreck. Was sie sich in dieser Sekunde zusammenreimte, war, dass dieser Mann, der alte, doch immer freundliche Dietrich, ihr was angetan, sie so zugerichtet hätte. Als er sich ihr erklärte, ihr kundgab, wie das Mädchen aus dem Dunkel gehastet kam, geradewegs auf ihn zu, begriff Johanna, dass nicht er es war, sondern ein Teufel, den sie schon jetzt zu hassen begann.

Ein Stündchen hockten sie zusammen in der Küche, niemand wollte nun alleine sein. Johanna bereitete einen Aufguss. Dietrich versprach, sich gleich morgen Früh an den Lehrer und den Pfarrer zu wenden. Für heute solle sie es gut sein lassen, es bringe ja nichts, in der Nacht die Leute zu wecken und nach Jürgen die Felder abzusuchen. Der werde schon irgendwann nach Hause kommen. So verabschiedete Johanna den Bauern und brachte Alinka ins Bett, streichelte das Mädchen in den Schlaf. Sie nahm ihre Decke und legte sich dazu, wich bis zum Morgengrauen nicht von ihrer Seite.

Im Restoktober und November weht noch mancher Sturm. Im Walde erklingen nun Axt und Beil, raspeln Sägezähne durch zukünftiges Bau- und Ofenholz. Ungeduldige sind es, die nicht abwarten können, bis alles Wasser aus dem Baum ins Erdreich sickert und es den Holzeinschlag erleichtert. Geäst und Stamm, ganze Fuhren auf Karren und Hängern hoch gestapelt, werden eingefahren. Körbeweise, säckeweise Steckrüben gebunkert als Notnahrung für die kalte Zeit. Güter werden getauscht, von hier nach dort getragen, von einem Haus zum anderen. Gläser mit Eingekochtem gegen abgehangenes Fleisch, Salz und Zucker wechseln die Besitzer, Stoffe gegen Kerzenwachs, Lageräpfel gegen Heu. Die Hausschlachter gehen heimlich von Hof zu Hof. In diesen Tagen ist die Dorfwirtschaft am größten. Ein Markt untereinander, einer ohne Marktplatz. Was der vom Hause drüben nicht braucht, gibt er dem nächsten und bekommt dafür, was dieser entbehren kann.

Nach zwei Wochen wagt sich Alinka wieder hinaus. Zuerst sind die Spuren jenes Vorfalls noch deutlich zu erkennen und lösen eine Menge Mitleid unter den Freunden aus. Einige der Klassenkameraden aber halten ihr vor, selber schuld daran zu sein. Was hätte sie sich denn auch da draußen allein herumgetrieben. Wäre doch klar, dass dann so etwas passieren kann. Alinka selbst ist ruhiger geworden, redet nur noch, wenn sie muss, wenn etwa der Lehrer eine Forderung an sie stellt. Sie und Barbara wachsen dichter aneinander, sie wird ihre engste Vertraute. Wenn die beiden am Abend noch lang im Zimmer sitzen und sich unterhalten, dann schmunzelt Alinka innerlich, denn sie liebt es, der wippenden Nasenspitze Barbaras zuzusehen, die nicht stillhält, wenn sie lacht. Sie ist die Freundin Nummer eins, so eine, die den Namen auch verdient, die ein Geheimnis bewahren kann, nichts weitersagt. Genauso ist es auch, wenn Barbara ihr etwas anvertraut, dann wird Alinka es nicht weitertragen, dann ist es im Herzen aufbewahrt und nicht im Mund.

Eines Nachmittags trotten Konrad und Wuchti zu zweit auf einem streng riechenden Gaul den Weg entlang. Sie berichten, erfahren zu haben, dass Jürgen im Greifswalder Zuchthaus einsitzt und so schnell nicht wieder die Freiheit zurückerlangen wird.

Der Herbst währt nur kurz, ein früher Winter übernimmt die Vorherrschaft, er kommt fast wie über Nacht. Zuerst ein tiefer Frost, dann wird es milder, beginnt zu schneien. Tauwetter und Regen kurz vor Weihnachten, dann wieder Frost. Die Hausmütter stellen ein Bäumchen in der Küche auf, das nur wenig über die Tischkante ragt. Gemeinsam bestücken sie es mit allem Kleinkram, der zu finden ist, hängen Strohsterne, rote, grüne und gelbe Glaskugeln daran auf, auch Vögelchen mit Federschwänzen. An Heiligabend in besseren Jahren, so erzählt Johanna, würden in diesem Hause Figuren und Schmuck aus Salzteig für den Christbaum gefertigt werden. Das sei in Pommern so üblich. Es müsse nur eine Schüssel Wasser mit Salz und Mehl in einem Topf verrührt, geknetet und die Masse gerollt werden, um dann kreative Muster zu schneiden, wie Sterne, Kreise oder

Glocken. Jedes mit einem Loch versehen, könne später, wenn der Teig gehärtet, bemalt und ein Bändchen hindurchgezogen ist, an den Baum gehängt werden.

An Heiligabend 1946 sitzen alle Hausbewohner in der Küche, eng an eng auf hineingetragenen Stühlen. Statt einem Braten wird Backwerk serviert, bestrichen mit Mus oder Schmalz, ein Töpfchen Rosenkohl mit brauner Butter unter den Kindern aufgeteilt. Steckrübe gibt es, gekocht mit Zwiebeln und Speck. Die Steckrübe, in Wampen auch Wruke genannt, wird bald schon täglich auf den Tisch gelangen. Die Hausfrauen haben sich damit eingedeckt, die halbe Speisekammer angefüllt. Alles bereiten sie aus diesen Rüben zu, nicht nur Eintöpfe und Suppen. Geraspelte Bröckchen rieseln aufs Schmalzbrot oder auf die Honigstulle. Steckrüben in jedem Lebensmittel, das kennt Alinka aus dem vergangenen Winter noch. Zu Hause einst, da gab es sie nur selten, da hat es von Januar bis März Kartoffeln und Möhren aus dem Vorjahr gegeben. Runzelig, verschrumpelt und schon nicht mehr appetitlich, aber eher noch ein Leckerbissen als diese ungeliebte Kost.

Weihnachtsgeschichten erzählen sie sich und singen Lieder, berichten von Dingen aus ihren früheren Leben, schauen Fotos an. Auf den Tischen lodern Kerzen. Der Duft von Bratäpfeln zieht aus dem Kamin. Der Nussknacker mit dem Wattebart weilt auf der Küchenzeile, doch Nüsse sind keine mehr da. Die wenigen vom Waldrand sind bereits verzehrt.

Mutter Ingeborg aus Stolp, mit den kurzen Haaren, berichtet, während eines nächtlichen Gewitters auf einem Feld herumgeirrt zu sein, um vom Blitz getroffen und vom Herrgott zu ihren Kindern hinaufgeholt zu werden. Schwarze, tiefhängende Wolken seien das gewesen, das Unwetter stand genau über ihr, Blitze und Donner brachen zeitgleich ein. Gott habe nur die Kinder gewollt, sie aber nicht. Die Einschläge gingen in den Wald. Warum dürfe sie denn weiterleben, warum denn nicht die Kinder? »Warum denn nur?«, klagt sie den Herrn dort oben an. Sie war fest entschlossen, ihr Leben zu beenden. Zum Ertränken fehlte ihr der Mut. Totschießen wollte sie sich, aber Schusswaffen waren keine mehr aufzutreiben. Mit letztem Mut entschied sie sich doch noch für das Fortbestehen.

Der Dame Erika, einer fleißigen Kraft in diesem Hause, ist Ähnliches passiert. Nachdem sie ihr Dorf bei Stettin verließ und mit dem Zug in Pasewalk in einem Schulgebäude unterkam, verstarb ihr kleiner Sohn. Drei Wochen verbrachte sie im Mai die Nächte auf dem Friedhof, lag neben seinem Grab und fürchtete sich zuerst noch vor dem kurzen Ruf der Waldohreule, der ihr aber bald vertraut war. Auf der Landstraße nach Anklam vergewaltigten Russen sie mit jeder Brutalität. In Greifswald kurierte sie einen Monat lang Geschlechtskrankheiten aus.

Die Großeltern Friedemann rollten eines Januartages mit zwei Wagen vom Gehöft. Der eine war der Futterwagen, er ging auf der Frischen Nehrung verloren. Jener mit Hausrat musste aufgegeben werden, weil die Pferde hungerten. So waren sie fortan als Fußgänger unterwegs, nahmen einen zurückgelassenen Handkarren, luden die schweren Koffer und das Enkelsöhnchen auf und erreichten Danzig im Februar 1945.

Frau Kuppe aus Anklam schildert einen Bombenangriff auf ihre Heimatstadt, die daraufhin in Flammen lag. Ein Ahornbaum rettete ihr Leben. Der Stamm fing die Wucht der Detonation auf, die das Gebäude zerstörte, aus dem sie gerade geflohen war. Eine rauchende Ruine blieb vom Elternhaus. Verbrannte Schultern trug die junge Frau davon. Der Baum bewahrte ihr Leben und gab sein eigenes her.

Nach der Gemeinsamkeit ziehen sich Alinka und Johanna in die Kammer zurück, um zu zweit dem Heiligabend zu frönen. Alinka schwärmt von den Weihnachten in Plicken, Johanna von den Festen mit ihrem Helmut. Diesmal bewirken die Weihnachtslieder keine Tränen, wie noch vor einem Jahr. Das Leben hat sich verbessert, erkennt Alinka an. Sie würde es gern so halten wie Großvater Karl und zu den Tieren gehen, um ihnen eine Ladung extra einzuwerfen. Doch Nahrung und Futter sind nur in geringen Mengen da.

Zum ersten Mal zeigt Johanna ihr ein Foto ihres Helmuts. Es ist das Bildnis eines jungen Herren, nicht in Uniform, in Anzug aber und mit Hut. Der Mann ist schön, sein dichtes Haar tritt in Wellen unter dem Hut hervor. Ein zweites Foto zeigt ihn ohne Kopfbedeckung, wie er die Axt vor einem Holzstapel schwingt. Es könnte der Hof hinter dem Küchenfenster sein.

Zur Bescherung reicht Johanna dem Mädchen ein in Papier gewickeltes Geschenk. Alinka packt eine Bluse und einen Wollpullover aus, nicht neu und schon getragen, vom Altkleidermarkt, aber doch für den Zweck. Mit einer Umarmung dankt sie es. Sodann singen sie »Oh Tannenbaum«, »Stille Nacht«, »Schneeflöckchen, Weißröckchen«. Mag sein, dass sämtliche Regionen des deutschen Bürgertums ihre eigenen musikalischen Werke haben, die Weihnachtslieder aber sind überall gleich. Jeder kennt ihre Texte, ob hier am Greifswalder Bodden, im Westen bei Itzehoe oder im Memelland. Sie sind wie eine Gemeinschaftssprache, wie ein Verständnis, eine gerngesehene Aufforderung, sich zu verbrüdern.

Nach dem Fest fällt Schnee, nicht wenig. Alinka und Barbara stapfen übers Feld zum Walde. Der aber ist nicht ihr Ziel, sondern die Bauminsel davor. Rudi folgt ihrer Fährte. Ein Ritt durch den Schnee wäre doch was Feines, denken sich die Mädchen. Doch der Hengst will es anders, wehrt jeden Versuch des Aufsitzens ab. Das wunderbare Erlebnis blieb einzigartig, ganz wie befürchtet. Unter dem Schnee knackt gefrorener Schlamm. Tierspuren queren die Felder. An der Straße nach Greifswald jagt ein Rudel Rehe fort. Auch ein Hase zeigt sich.

Die Mädchen testen das Eis auf dem Teich, doch zweifeln an seiner Festigkeit. Sie fegen den Schnee beiseite und blicken auf gefrorenes Ufergras. Barbara tritt mit dem Hacken auf. Es könnte halten und sie beide tragen. Wenn aber nicht, gibt es nasse Füße, dann ist der Ausflug schon vorbei. So krabbeln sie die Böschung wieder hinauf und lauschen in den Schneewald nebenan. Alles ist so still, keine Axt und keine Säge, keine Menschenstimme, ja nicht mal ein Vogel ist zu hören. Nur das Schnaufen des Hengstes, der sich schüttelt und mit den Lefzen schlabbert.

Während Rudi nach Gräsern schabt, holt Alinka drei Kugeln vom heimischen Christbaum aus dem Rucksack und schmückt damit das Geäst eines Laubbäumchens vor dem Teich. Schnee bröselt von seinen Zweigen, in denen die Kugeln recht verloren schaukeln. Mit je einem Kanten Schmalz in der Hand genießen die Mädchen den Nachmittag, der so trüb und friedlich daliegt und schon jetzt sein Licht einbüßt. Es dämmert früh in diesen Tagen. Als nun weiße Flocken aus den Wolken rieseln, ist es ihnen beinah so, wie Teil eines Märchens zu sein.

Schon nach Neujahr sinken die Temperaturen in den Keller, auf tiefen Frösten am Tage folgen eisige, sternenklare Nächte. Durch den Mangel an Brennmaterial fällt die Schule weitgehend aus. In jeder Früh werden im Beamtenhaus die Öfen angefeuert. Nach getaner Arbeit lehnt Johanna auf ihrem Stuhl an den warmen Ofenkacheln. Manchmal liegt ein Buch auf ihrem Schoß, meist aber nur die Decke, darauf eine Schüssel mit zu bearbeitenden Gemüserüben. Eisblumen gedeihen zwischen den Fensterscheiben. In den Ställen sind die Ratten ein Problem, sie haben ihre Nester in den Holzwänden, kommen hinaus, wenn es dunkel wird, verschmutzen mit ihrem Kot das Heu, fressen sich durchs Haferfass. Ein Nest hat Johanna aufgespürt und ist den flüchtenden Tieren mit dem Spaten nachgeeilt. Zu schnell sind sie gewesen, als dass sie auch nur eines von ihnen erwischte.

In der Monatsmitte weht mildere Luft über den Hügel, auf dem das Dorf seinen Winterschlaf abhält. Wie ein Vorfrühling fühlt es sich an, doch bereits Tage später fällt das Thermometer abermals ins Bodenlose. Mit dem Brennholz muss hausgehalten werden. Nur eine bestimmte Menge ist für den Tagesverbrauch vorgesehen, damit es über den Winter reicht und nichts im Walde nachgeschlagen werden muss. Weil die Kälte anhält und die Öfen trotz Befeuerung ermüden, tragen die Bewohner Pullover, Mäntel und lange Beinkleider in ihren Betten. An manchem Morgen gleicht die Raumluft der Außentemperatur. Der Frost hat seinen Sieg errungen. War eine vorangegangene Nacht zu kühl, wird noch mehr Heu und Stroh in die Bettdecken hineingestopft.

Im gesamten Februar herrscht Tagesfrost. An eine solch anhaltende Kältephase kann sich Johanna nicht entsinnen. Harte Winter hätte es in Wampen oft gegeben, verbunden aber stets mit Tauwetter-Perioden zwischendrin oder wenigstens milderen Tagen, an denen es schneite, an denen kein Eiswind vom Bodden herüberblies. Vor die Haustür geht nur, wer muss, und das mit einem Seeschlitz zwischen Schal und Mütze. Im Hof sind Wege in den Schnee getreten, Gänge hinein geschaufelt als Verbindungslinien von Stall und Schuppen zum Haus. Der Wind hat den Schnee vom Feld geweht und ihn an den Wald gedrückt. Schwäne kommen ins Dorf, in der

Hoffnung auf einen grünen Halm, auf ein letztes Blättchen vorm Gartenzaun. Mancher wirft ihnen Rübenhäcksel zu, manch anderer packt die Schwanenhälse, um das Fleisch der ausgemergelten Vögel für sich oder als Tierfutter zu verwenden.

An windstillen Tagen schlittern Kinder auf dem zugefrorenen Gutsteich, sägen Männer die unteren Äste von den Linden der Dorfstraße und von den Weidenbäumen an der Ausfahrt nach Greifswald. Die Hausdamen flicken Kartoffelsäcke neben dem Küchenherd. Kleinkinder trinken gegen Erkältungserscheinungen Lindenblütentee, dessen Kräuter, zusammen mit anderen Pflanzen, als Bündel von der Küchendecke hängen. Salzkartoffeln, Sauerkraut und Steckrüben sollen den Hunger mindern. Nur zum Füllen des Magens dient diese Kost. Was in anderen Wintern auf den Tisch kam, wissen Erwachsene wie Kinder noch.

Jeden Abend, wenn der grobe Holzspan und die Scheite im Ofen der Schlafkammer bullern, spricht Johanna ein Gebet zu ihrem Helmut und küsst sein Foto. Sie erzählt Alinka, wie er war, was er am liebsten aß, über die einst gemeinsamen Abende. Viele Gebete schickt sie ihm in die Nacht, schwört ihm auch jetzt noch die Treue bis in den Tod.

In der ersten Märzwoche ziehen dichte Wolken auf. Schnee legt sich übers Land und schottet das Dorf von der Außenwelt ab. Niemand kommt mehr in die Stadt oder von dorther. Kutschen gelangen nicht mehr über die Straßen. Nachricht und Post trifft, wenn überhaupt, verzögert ein, ärztliche Versorgung ist kaum mehr möglich. Abgeschnitten von der Welt hadert das fern gelegene Dorf mit sich und seinen Reserven. Bis zum Walde bestenfalls arbeiten sich Hartgesottene vor, schlagen Feuerholz gegen die kalten Stuben.

In einer frühen Stunde Mitte März schürt Alinka die Glut in die Küche, legt Hölzer nach. Die Kälte hat sich eingenistet. Das Wasser im Topf trägt eine Decke aus Eis. Hinter dem Fenster rieseln Flocken in den Garten und aufs Gutshausdach. Johanna liegt noch in der Kammer, sie schläft nicht gut in diesen Nächten. Alinka nimmt Platz am Ofenstuhl, auf dem sonst Mutter Ingeborg sitzt, legt sich eine Decke übers Knie und blättert in ihrem Tagebuch.

Eine Stunde vergeht, vielleicht auch zwei, draußen wird es nicht hell. In ihrem Büchlein vertieft sie sich, wandelt durch die Zeiten, vom Jetzt der Kindheit entgegen. Verweilt ein wenig dort, ein bisschen da, rutscht drei, vier Jahre nach vorn, dann wieder retour in die erste Heimat. Neue Zeilen möchte sie schreiben und führt den Bleistift aufs Papier. Eine erste Erwähnung gebührt diesem kalten Winter, eine zweite dem Weihnachtsabend. Und dann stellt der Bleistift die Untat des Jürgen dar. Viele Sätze kommen zustande, viele Fragen eröffnen sich. Was hätte noch passieren können? Wird er wiederkommen, es noch mal versuchen? Sie schlägt das Heft zu, blickt aus dem Fenster zu den Flocken, die auf Hof und Dächern landen.

Vor dem Mittag verweilt sie in der leeren Kammer gegenüber, kämmt sich vorm Spiegel an der Innentür das Haar, welches bis zu den Hüften herunterhängt. Der eigene Spiegel in Johannas Kammer ist nicht groß genug, um den ganzen Körper zu betrachten. Alinka gesteht sich ein, mit ihrem Aussehen, vor allem mit dem Haar und seiner Länge, ganz zufrieden zu sein. Der Kamm und mal die Bürste, beides gleitet im Wechsel an den Strähnen herab, ganz langsam und Bahn für Bahn. Als sie sich dabei betrachtet, stellt sie doch fest, dass ihr ein hübsches Gesicht gewachsen ist, mit halbrunden Augen kongruent zueinander und einem Mund mit vollen Lippen, wie die Mutter ihn besaß. Ein wenig eitel kommt sie sich vor, als sie nun ihr Halbprofil erfassen will. Doch alle Mädchen sehen sich im Spiegel an, die Barbara genauso.

Als endlich die Temperaturen steigen, der viele Schnee sich in Wasserlachen wandelt, trudelt eine Gruppe Kinder an den Bodden. Eine Eisdecke ragt gut vierhundert Meter vom Lande weg, dahinter erst beginnt die See. Wind und Wellen haben die Küste zermartert und am Ufer Schollen aufgetürmt. Der Gürtel aus Schilf ist niedergewalzt. Ein freier Blick macht sich breit, wo sommers die Pfade ins Verborgene hineinführten, wo die Kinder sich die Badehosen überzogen. Der alte Kahn ist leckgeschlagen, liegt seitwärts unter einem Berg aus Seegras vor der Ackergrenze. Mit ihm wird es keine Fahrten mehr geben. Die Sonne strahlt und wirft ein mattes Licht auf Rügens verschneite Berge. Ein Südwind bläst mit zarter Kraft.

Die Jungen wagen sich aufs Eis. Der lange Winter hat sie verändert, sie heranwachsen lassen, so scheint es, denn sie wirken viel ernster als im Herbst. Auch ihre Stimmen sind andere, sind so tief wie die von Männern. Nur Günter hat seine Kinderklangfarbe beibehalten. Er schämt sich dessen und meidet Unterhaltungen. Abseits der Gruppe hält er sich auf, dort oben, wo einst das Schilf begann.

Hubert traut sich am weitesten aufs Eis, kehrt mit durchnässtem Schuhwerk an den Strand zurück und berichtet von Geschehnissen, die hier und in der Nähe mal passiert sein sollen. Da gab es die beiden Schlittschuhläufer, die unterwegs waren vom Fischerdorf in Richtung Koos. Dann kam das Entenloch mit dem dünnen Eis, da brachen sie herein. Nur ihre Mützen schwammen oben. Auch gab es mal den Jäger, der zog bei Nebel mit dem Schlitten raus und kam nicht mehr wieder. Und die Mär von den zwei Fischerjungen, die mit ihrer Gerätschaft versanken, als sie über das Fahrwasser gehen wollten.

Nicht alle Wampener Bewohner haben den Winter überlebt. Die Alte mit dem Pony-Gespann, auch Pony-Oma genannt, schied im Januar an Schwindsucht dahin. Aus dem zweiten und dritten Landarbeiterhaus sind ebenfalls Todesfälle bekannt.

Nach einem letzten Aufbäumen des Winters tragen die Vorjahresnesseln an den Mauerställen für Stunden noch mal weiße Häubchen. Die Jungen müssen nach dem ersten Schultag zum Haareschneiden gehen, zu Schulze in Neuenkirchen. An Ostern, Anfang April, sitzen Barbara und Alinka auf dem alten Kahn und blicken zum Bodden raus. Das Eis ist getaut. Es plätschert wieder vor dem Strande. Die Sandbank, jene vorgelagerte Insel, ist verschwunden, fortgespült. Es sind Mädchendinge, über die sie reden, so geheim, dass kein Junge etwas mitbekommen darf. Um Brustentwicklung geht es und um Menstruation, der Blutung an höchst persönlichen Körperstellen. Die Pubertät ist ihnen etwas Schreckliches, wenn auch sie dabei die Worte ihrer Zeit verwenden, wie das »Zur-Frauwerden« oder die »Abwandlung«.

Johanna ist umso mehr darauf bedacht, Alinka zur Anstandsdame zu formen, ihr Gepflogenheiten und Finessen beizubringen. Wie sich ein edles Mädchen zu verhalten hat, dass es leise ins Taschentuch schnäuzt, nicht schnaubt wie ein Pferd. Wie ein Mädchen sich räuspert oder hustet, beim Gähnen die Hand vorhält. Dass es einen Knicks macht zur Begrüßung, sich nach dem Essen den Mund abtupft. Dass eine Dame nicht breitbeinig sitzt, sondern mit geschlossenen Knien.

Als nun Dreizehnjährige soll Alinka im Dorf kleine Kinder hüten, sich etwas dazuverdienen. Wenn Schule und Hofarbeit erledigt sind, geht sie rüber zu Schmidts, um ein Mädchen und einen Jungen im Vorschulalter zu betreuen, für sie zu kochen und mit ihnen spazieren zu gehen. Die Kinder mögen sie, weil sie so spannend erzählen kann und ihnen Märchen vorliest. Sie sprechen sie mit Tante an, was Alinka gleichermaßen verwirrt und imponiert. Es klingt so alt, aber auch erwachsen irgendwie. Sie ist die Tante mit den langen Zöpfen.

Bei einer Schneiderin im Schuldorf belegt sie einen Nähkurs. Als der Konfirmandenunterricht beginnt, muss die Klasse ein Mal im Monat zum Neuenkirchener Pfarrer. Nach kühlem Maianfang hat es der Sommer im Nu ganz eilig, die Temperaturen klettern zum Monatsende rauf bis fünfundzwanzig Grad. Gegen Sonnenbrand reiben die Hausdamen ihre Kinder mit Butter ein, doch die Hemden kleben beim Ausziehen auf der Haut. Überall im Dorf ertönen Hammerschläge, entstehen Neusiedlerhöfe. Katzenbabys werden geboren, ihr helles Quieken bezaubert vor allem die Mädchen.

Johanna kann nicht länger schweigen, sie beichtet dem Ziehkind, das Tagebuch gelesen und eine Suchkartei ans Deutsche Rote Kreuz aufgegeben zu haben. Auch dass die drei an den Großvater adressierten Briefe allesamt wiederkehrten. Sie reicht dem Mädchen die Mitteilung vom DRK mit der Todesnachricht des Vaters. In stiller Emotion nimmt Alinka es hin, trauert nach innen hinein und nur für sich. Das Mädchen stellt sich die Frage, wer Zeuge ist von seinem Tod, wer es gesehen haben will. Vielleicht ein Kamerad? Weiß dieser denn genau, dass es ihr Vater war und nicht doch ein anderer? Er versprach doch zurückzukommen. Sie sollte auf ihn warten, das tut sie immer noch. Es kann der Vater nicht gewesen sein. Als Vollwaise gilt sie nun. Die Freundinnen im Dorf haben ihren Vater noch. Manchmal könnte sie sie alle dafür hassen.

Sie ahnte ja längst, dass es ihn nicht mehr gibt, dass auch er nicht wiederkommen wird. Doch es quält sie die Frage, woran er starb. Ob an Hunger oder Kälte, durch die Waffe eines Feindes. Wie sind seine letzten Tage abgelaufen, hat er Weihnachten noch miterlebt? Im Brief steht als Todeszeitraum nur Dezember. Woran hat er zuletzt gedacht, an die Mutter, ans Zuhause, vielleicht an sie, die Tochter? Hat er denselben Mond bewundert, dieselben Sterne, den Sonnenaufgang am anderen Ende der Nacht?

Auch der Großvater wird schon nicht mehr leben, sein Verfall passierte so rasch. Nichts an Plicken hat noch einen Wert, wenn dort keine Liebe mehr zu finden ist. Und bei der Tante und den Cousinen in Insterburg? Da brach zuletzt die Hölle ein, da krachten Trommelfeuer aus dem rot erleuchteten Osten. Kein Haus in dieser Stadt wird dem rasenden Inferno verschont geblieben sein, nicht eines, nicht einmal die Kirchen. Sind Tante und Cousinen geflohen, vielleicht auf einem Schiff? Oder blieben sie und hofften, dass der Mann und Vater kommt? Tante Marthas Sturheit war so groß, und bös ist sie gewesen auf die eigene Schwester, die sich doch sorgte um sie und die Kinder. Wie nur ging ihre Geschichte aus? Oder ist die letzte Seite vom Buch ihres Lebens bereits zugeschlagen? Das DRK, so sagt Johanna, führt ihre Namen nicht. Auch jetzt, zwei Jahre nach dem Krieg, gibt es keinen Registereintrag.

Gott hat Schwächen gezeigt, der Feind im Osten war zu stark. Dennoch betet sie weiterhin jeden Abend und zu Tisch um seine Gunst und Gnade. Er allein weiß, was das alles soll und wozu es gut war, dass die Menschen sich bekriegten, dass Familien zerrissen auf Nimmerwiedersehen. Er weiß es, der da oben, doch den Grund verrät er nicht. Es wird keine Antworten geben. Nicht heute und nicht irgendwann. Nur die Ungewissheit bleibt. Morgen wollen sie dem Vater ein Gedenkkreuz in den Garten stellen. Ein Kreuz aus Holz gebunden, ohne ein Grab darunter.

Ein heißer Juni ist's geworden, die Sonne drischt vom Himmel, Tag für Tag. Rudi lässt sich reiten, er spürt wohl die Trauer des Mädchens um den Vater. Pferde können das, sagt man, sie besitzen die Fähigkeit des Mitgefühls ihren Haltern gegenüber. Irgendwas ist wohl dran, er weicht dem Mädchen nicht mehr aus, wenn es das Bein über seinen Rücken schiebt. Oft verlassen sie im Trab das Dorf, der Hengst mit gespitzten Ohren und angehobenem Schweif. Entdeckt Rudi am Wegrand Butterblumen, macht er einen langen Hals. Auf dem Feldrain verbringen sie viele ihrer Stunden, das Mädchen liegt im Grase und blickt zu den Wolken rauf, zu den Schwalben und Lerchen, horcht nach den Wellen, die nicht weit weg ans Ufer schlagen. Ganze Nachmittage sind Mädchen und Pferd unterwegs und kehren oft erst mit der Dunkelheit auf den Hof zurück.

Einmal führt es sie auf dem Feldrand in die Nähe von Koos. Auf der linken Seite weilt staubtrockener Ackerboden, auf der rechten schimmert die See, rauschen Wellen und erklingt Möwengeschrei, fährt ihr der Duft von Tang und Algen in die Nase. Wampener Familien hüten ihre Rinder auf den Wiesen, die sich hinter den letzten Feldern anschließen. An der Leister Seeeinfahrt scheut Rudi das Wasser, tastet sich mit den Hufen vor bis zu den Kniegelenken. Gern würde Alinka mit ihm einen Ritt auf die Insel wagen. Mehrmals versucht sie es, lockt ihn mit Gesten und sanfter Stimme hinter sich her. Das eigensinnige Tier aber will es anders, geht zu Boden und scheuert sich im Sand den Rücken.

Tage drauf versucht sie es erneut, an anderer Stelle, wo ein Koppelzaun an den Bodden langt. Rudi aber wagt keinen Schritt, bläht die Nüstern auf und wirft energisch mit dem Schweif. Er ist an Teich und Wassereimer gewöhnt. Wieder und wieder kehrt Alinka mit ihm an den Strand, probiert und findet sich nicht damit ab. Jeden Tag und noch einmal. Bespritzt ihn mit Wasser aus der Hand, verführt, überredet, traktiert ihn zu einem ersten Bad. Ende Juni hat sie ihn so weit, dass er sich bis zum Bauch hinein in den Bodden traut und dann auch bis zum Halse, das Mädchen obendrauf. Im Galopp eilen sie über die Sandbänke der Flachwasserzonen hinweg zum Badestrand. Viele solcher Nachmittage hängen sich dran nach der Stallarbeit. Oft kommt Alinka von ihrem Ausritt spätabends erst nach Hause.

Die Zeit mit Rudi vereinnahmt sie, doch manchmal zieht sie auch mit den Freunden los, stromert, wie an jenem Tage Ende Juli, mit Barbara und den Jungen über die Felder zu den Bauminseln hin. Nach wochenlanger Trockenheit sind viele Teiche versiegt und nur noch als Schlammgruben anzusehen. Die Jungen beschmieren ihre Gesichter mit Dreck aus einem der

Teiche westlich von Wampen, ziehen mit den Fingerspitzen auf jeder Wange zwei Striche. Indianische Kriegsbemalung soll das sein, Winnetou und seine Apachen vor dem Kampf gegen weiße Siedler. Die Rolle der Siedler, der ungewollten Neuankömmlinge im Westen, haben die Mädchen zu übernehmen, Alinka aus Preußen und Barbara aus Hinterpommern. Doch die Mädchen weigern sich. Wuchtis neuerlicher Bass in der Stimme, der ungewollt mal hoch und runter fährt, bekräftigt den Versuch einer Überredung. Doch es hat keinen Sinn, die Mädchen lassen sich nicht auf Jungenspiele ein.

Günter trägt eine Haselnussrute in der Hand und Regenwürmer in den Hosentaschen, im Misthaufen gegraben. Sein Lieblingsteich ist ausgetrocknet, nichts mehr als ein Loch mit Pfützen und toten Karauschen in großer Zahl. Jene goldschimmernden Fische galten stets als Hühnerfutter. Für die Küche stanken sie zu sehr. Nun stochert er mit einem Ast im moderigen Grund, dreht diesen und solchen Fischkadaver herum, pickt die Spitze durch ihre verwesenden Leiber. Er sucht das frühere Ufer ab und misst den fehlenden Wasserstand. Hüfthoch würde er nun im Teiche stehen, eher noch bis zum Bauch. Bis oben an der Ackergrenze, so berichtet er, stand hier in manchem Frühjahr das Wasser nach der Schmelze. Keinen Feldteich in der Nähe hat die Trockenheit verschont. Heiße Luft steht über dem Wampener Hügel, die selbst der auflandige Ost nicht tilgen kann. Das Getreide verdorrt auf den Feldern, viele Bäume sterben, das Blattlaub fällt gekräuselt und gelbbraun wie sonst im Herbst zu Boden. Niemand im Dorf kann sich entsinnen, je eine solch anhaltende Dürre erlebt zu haben wie diese im Sommer 1947.

Vielleicht ist dies Naturereignis die Ursache für die Verwandlung der Jungen, die sich seltsam verhalten, anders als im vergangenen Jahr. Die ihre Sprüche machen, ihre lüsternen Blicke nach den Mädchen werfen, sie necken und sticheln, an den Haaren ziehen, ihre Röcke anheben und kichernd davonlaufen. Albernheit statt Reife, Rückentwicklung ins Kleinkindalter. Die Pubertät ist schuld, sie können gar nicht anders. Nur noch Günter wirkt normal, wie seine piepshelle Stimme auch. Wegen seiner schlechten Augen trägt er nun eine Brille. Ein Anblick, an den sich nicht leicht zu gewöhnen ist. Die Freunde necken ihn und sparen nicht mit Worten, bezeichnen ihn als Mädchenjunge, als Blindschleiche und Brillenzwerg. Wenn es ihn berühren sollte, dann ist es ihm nicht anzusehen, dann besitzt er die Gabe der Schauspielerei. Er ist noch immer der Kleinste unter den Jungen. Alle Mädchen überragen ihn um einen halben Kopf.

Ende Juli bemuttert Johanna auf dem Fensterbrett Hühnerküken in einer Eierschachtel. Barbara steht mit einem Pony am Fenster, ein schwarzbraun geflecktes Tier. Sie hat es sich vom Witwer der verstorbenen Pony-Oma ausgeliehen. Es streckt das Haupt über die Fensterbank und beschnuppert die Luft in der Kammer. Alsbald verlassen sie zu dritt das Dorf. Alinka auf Rudi, Barbara auf dem Pony, Günter auf dem Esel Kavalier. Ein seltsames Trio, das da nach Norden trabt und sich zum Bodden herunterbewegt an einen wilden Strand. Auf einem ufernahen Pfad gelangen sie an den Zugang des Leister Sees. In einer Kette stapfen sie durch das knietiefe Wasser hinüber zum Südzipfel der Insel Koos. Günter sitzt ab und muss dem Esel eine Pause gönnen. So rasten sie und werfen Steine in den Bodden, während die Tiere von den kargen Ufergräsern zupfen.

Der Tag ist noch zu jung, um ihn nicht mehr zu nutzen. Sie wechseln abermals das Ufer und schreiten auf dem Festland in weitem Bogen um den See herum nach Karrendorf. Tante Roswitha und Onkel Siegfried sind größter Freude über die Ankunft des Neffen und der Mädchen. Sofort wird ein Kuchen angeschnitten, im Garten die Viehtränke aufgefüllt. Den tierischen Abwurf will der Onkel unter die Beete schippen und freut sich über »die Gabe des Herren«. Auf Feldwegen traben sie zur Dunkelheit nach Wampen heim.

Bereits am nächsten Tage ziehen Alinka und Barbara auf ihren Vierbeinern wieder los. Günter ist nicht dabei, er muss seinem Großvater beim Errichten eines Gatters behilflich sein. In Ärmelbluse, Hut und knielangem Sommerrock traben die Mädchen andersherum als gestern noch, heute nun zum Walde hin. Auf einer Lichtung, von Bäumen umschlossen, befindet sich der Erhard-Acker, den sie queren und an seinem Ende, nach hundert Metern Gesträuch, die Stadtkirchen erblicken. Ein Wanderpfad geleitet sie an den Weg, auf dem sie Günter mit dem Wagen einmal mitnahm. Sie aber folgen ihm entgegengesetzt und gelangen alsbald zu einem verborgenen Teich. Wasser führt er noch genügend, denn der Schatten unter den Erlen bewahrt ihn vor der Austrocknung. Unter dem Linsenteppich beginnt ein Moor, das wohl einen ganzen Mann verschlingen könnte. Einen Ast versenken sie darin, der hochkant aus dem Wasser guckt. Unter ihren Füßen weicht der Boden aus. Sie treiben Pferd und Pony zurück auf höheres Terrain.

Wieder im Dorfe, stellen sich ihnen fünf Jungen in den Weg, lassen sie nicht hindurch. Konrad wirft Staub nach Barbara. Der Ponyhengst legt die Ohren an und schnappt nach seinem Arm. »Blödes Vieh!«, ruft Konrad. Wuchti und ein anderer Junge schleudern Erdklumpen nach dem Pony, treffen dabei auch das Pferd. Rudi steigt mit lautem Wiehern in die Luft. Alinka hält sich gerade noch an seiner Mähne fest, um nicht herabzufallen. Die Burschen hören nicht auf. Hubert eilt herbei. Wie zu einer Hundemeute brüllt der Junge mit dem tiefsten Bass die Freunde an: »Lasst die Mädchen in Ruhe!« Und wie zu ihrem Herrchen parieren die Jungen auf Befehl. Pferd und Pony traben vorüber.

Das Korn weilt braun auf den Feldern. Johanna flaniert mit Sonnenschirm durchs Dorf, wenn sie denn überhaupt noch vor die Türe geht. Die Hitze macht ihr zu schaffen. Als es an einem Morgen Anfang August dann doch mal regnen will, tanzt Alinka im Nachthemd durch den Hühnergarten. Schauer gehen über Wampen nieder, Pfützen bilden sich mit Blasen darauf. Es ist ein Segen, doch nur ein kurzer. Noch am selben Tage heizt die Sonne wieder kräftig ein. Das wertvolle Nass verdampft mehr in der Luft, als dass es der trockene Boden aufsaugen kann.

Während ihrer nachmittäglichen Kinderpflege und dem obligatorischen Spaziergang führt es Alinka mit den Kleinen an die Weggabelung. Es ist ihr eine Pflicht und eine Freude zugleich, sich in die Dorfgemeinschaft einzufügen, gebraucht zu werden. Der Junge und das Mädchen von drei und vier Jahren halten ihre Hände. Sie trifft auf Hubert, der einen Karren Heu daher schiebt. Er stellt ihn ab und beginnt ein Gespräch mit seiner Klassenkameradin. Seine Reden klingen schwärmerisch, er sieht sie anders an als früher. Alle Momente lang kommt er ihr einen Schritt näher, sodass sein Ellbogen ihren Oberarm berührt. Sie unterhalten sich lang, wohl viel zu lange für die Kinder, die an den Armen ihrer Muttertante zerren und endlich weiterwollen.

Für einen Augenblick verharren Alinka und Hubert in Lautlosigkeit, sehen sich nur an. Mit einem Lachen verabschiedet er sich von ihr. Alinka sendet ein ebensolches nach dem Freunde. Beide drehen sich noch mal um. Ein Weilchen muss sie an ihn denken, hat seine Stimme noch im Kopf. Was hat er gedacht in der Sekunde, als sich ihre Augen trafen? Sie hört ihn gerne reden, gesteht sie sich ein, mag auch seine großen, sauberen Finger. Er ist ein Träumer, der oft in die Wolken sieht, der auf seltsame Weise fasziniert. Ja, das kann sie an ihm leiden, an dem Hubert.

Daheim nimmt sich Johanna ihrem Ziehkind an, erklärt ihm, worauf zu achten ist, wenn es eines Tages ins Frauenalter eintritt und auf der Suche ist nach einem Manne. Keinen Schönling solle sie sich nehmen, nur einen, der im Geiste schön ist. Denn solcher nur werde ihr ein treuer Ehemann. Einem Schönen wollen alle jungen Mädchen ihre Wolle an den Kragen stricken, den muss sie sich mit anderen teilen. Darüber denkt Alinka nach, als sie sodann in ihrem Bette liegt. Der Junge aus Pakamohren war so einer, wie fürs Leben gemacht, ist sie überzeugt. Der wäre es wohl gewesen. Auch Gerhard aus Swinemünde. Und Hubert aus diesem Dorf? Ach, alles Schabernack, glaubt sie. Noch längst nicht ist sie dazu bereit, ans Leben nach der Schule zu denken, an das, was folgt nach der Konfirmation. Dennoch ist sie sich ihrer Wirkung auf die Jungen bewusst.

An den Uferbereichen des Boddens haben sich grüne Algenteppiche gebildet, die jedem das Baden verleiden. Seegräser wuchern bis an die Oberfläche. Wenn die Feldarbeiter zurückkehren und ihre verschwitzten Körper waschen wollen, ziehen sie das Wasser aus den Brunnen vor. Die Ernte auf den Feldern ist so karg wie jene in den Gärten, das Obst fleckig und saftlos, das Korn von geringer Größe. Jeder Boden weit und breit ist dem einer Wüste näher. Greifswalder Schüler sammeln bei Neuenkirchen auf den Feldern Kartoffelkäfer ab. Der August steht wie ein nicht weichendes Untier über dem Land, ein Ende der Trockenzeit ist nicht in Sicht. Blauer Himmel, Dürre, Staub und die Sorge der Dörfler, wie das noch weitergehen soll. Die Kinder kümmert's wenig.

Günter klopft ans Fenster, will Alinka sprechen und hat Neuigkeiten zu berichten. Geheim sind sie, die Neuigkeiten. Eigentlich dürfte er nicht darüber reden. Doch Geheimnisse bewahren, ist nicht seine Stärke. Der Hubert hat ihm was anvertraut, etwas, das er nun loswerden will. Gestern ist er bei ihm auf dem Hof gewesen. Einfach mal so hat er ihn besucht, gefragt, wie es so geht, was die Tiere machen. Das kam dem Günter seltsam vor, das hat der Hubert noch nie getan. Dann hockten sie auf dem Stamm der geschlagenen Eiche und blickten zu den Hühnern, die im Staub nach Würmern scharrten, aber keine fanden. Ganz komisch sah der Hubert aus, als trüge er ein Unbehagen. Der Günter fragte, was geschehen sei. Dann rückte Hubert mit der Sprache raus. Verliebt sei er. In wen? Verliebt in Alinka, ganz fürchterlich. »Was Besseres als sie wird es nie geben«, zitiert Günter den Freund. Wie eine Königin, beschrieb er sie, der Hubert, so eine wie aus dem Schloss. Und doch ein einfaches Bauernmädchen, mit dem man über die Felder rennen kann. Eine Blume im Unkraut aller Mädchen würde die Alinka sein. Und dann der Satz aus Huberts Munde, der Günter nicht mehr ruhen ließ: »Ich zerbreche noch an ihrer Schönheit.« Deswegen ist er zu ihr gekommen, um Rat zu holen, wie und ob zu helfen sei. Solch Liebeskummer nach der Freundin, und ausgerechnet der Hubert.

Das Gesagte lässt Alinka auch am Abend nicht los. Ist es gut, ist es schlecht, dass ein Freund sich zu ihr hingezogen fühlt? Der Hubert in sie verliebt. Wie tritt sie ihm nun gegenüber, wenn sie sich im Dorf begegnen? Und wie erst nach den Ferien, wenn die Schule beginnt, sie einander täglich sehen? Merkwürdig sind die Jungen. Der lange Winter und dieser heiße Sommer haben sie verhext. Manche stänkern mit den Mädchen, reißen ihnen an den Zöpfen. Andere lachen sie aus, weil unter ihren Blusen zwei Hügelchen gedeihen. Und einem behagt der Liebeskummer. Was auch immer das für eine Liebe sein soll.

Johanna leidet unter der Hitze, selbst im Schatten hält sie es nicht aus. In den Nächten schwitzt sie mehr, als sie an Flüssigkeit im Becher zu sich nimmt. Der Arzt aus Neuenkirchen kommt, stellt eine Lähmung der rechten Gesichtshälfte fest und bringt sie ins Greifswalder Krankenhaus. Drei Tage ist Alinka ohne sie, liegt wach in ihrem Bett, bis das Morgenlicht übers Felde wandert. Drei Tage ohne Nachricht aus der Stadt, ohne zu wissen, wie es der Ziehmutter geht. Am Abend des vierten Tages kehren

Schwester Gudrun und der Pfarrer aus Neuenkirchen ein. Ihren Mienen ist, ohne dass Worte fallen, eine Unglücksbotschaft abzulesen. Das Gesicht der Krankenschwester hat Alinka schon einmal so gesehen. Zwei Jahre ist das her, damals, als die eigene Mutter starb.

Nun ist Johanna nicht mehr da. Soll das wirklich wahr sein? Ist es keine Lüge, kein Witz und auch kein Aberglaube, den das Leben mit dem Mädchen treibt? Was geschieht hier nur? Ein Alptraum muss das sein, so einer, aus dem schwer zu erwachen ist. Warum nur tut er ihr das an, der Herrgott da oben? Sie betet doch jeden Abend zu ihm, auch in jeder Mittagsstunde. Meist im Stillen, aber sie betet. Ein Schwein ist er, ein Schweinegott. Keine Gebete mehr, nie und niemals wieder. Nicht für solch ein Ungetüm. Eine Prüfung legt er ihr auf, dieser Gott, die Bestie da oben in den Wolken. Immer und immer wieder tut er ihr das an.

Tränen vergießt das Mädchen nicht, die Nachricht nimmt es hin wie eine Zeitungsmeldung, gefolgt von einem Achselzucken. Alinka, die Geprüfte, ein weiteres Schicksal aufgebürdet. Was soll werden, wie soll es weitergehen? Ausweglosigkeit. Sie lässt die beiden in der Küche zurück, begibt sich in die Kammer. Das Fenster ist weit geöffnet, der Raum vom Tage aufgeheizt. Draußen kräht ein Hahn, Tauben ziehen eine Runde übers Dach. Auf dem Tisch steht die Schüssel mit den Keksen, die Johanna vor ihrem Weggang dort abgestellt hat. Der Anblick reißt ein Loch. Alinka fällt aufs Bett. Ein Gefühl unendlicher Leere macht sich breit. So lange hat sie nicht mehr weinen müssen, weil sich das Leben besserte. Nun fühlt es sich an wie ein bodenloses Tal, an dem es keine Brücken gibt.

Gudrun betritt den Raum, nimmt das von Kummer zerrissene Bündel in den Arm. Auch sie kann ihre Tränen nicht halten. Alinka spürt, dass da noch jemand ist, ihr einen Rest an Herzenswärme gibt. Noch einer da, der sie nicht fallenlässt, der beide Arme um sie legt. Aus der tiefsten Angst, die sie eben noch umklammerte, erwächst das Gefühl von Behaglichkeit. Wie kann es sein? Wollte sie sich doch gerade noch ins Tal hinab, in die Schlucht des Vergessens werfen, um jede Erinnerung zu tilgen, die das Herz so sehr belastet. Es ist noch jemand da, wahrhaftig. Der Engel aus dem Krankenhaus.

Ein Mädchen der Stadt

Angstträume sind besser als die Realität, weil in ihnen die Ziehmutter noch am Leben ist. Vom Schicksal hin und her gestoßen, von einer Kraftlosigkeit, die sie niederringt, ihr den letzten Willen raubt, treibt sich das Mädchen dennoch voran. An den Folgen eines zweiten Hirnschlags soll Johanna gestorben sein. Einfach so, ein Leben ausgewischt, weg für immer. Ein Herz, das nicht mehr weiter schlägt. Eben noch da, nun in die nächste Welt hinübergegangen, ihrem Helmut zu folgen. Das allein ist Trost. Auf dem Kirchfriedhof liegt sie neben ihm, wiedervereint nach den langen, einsamen Jahren der Trennung. Die zweite Mutter, sie kommt nicht mehr zurück. Jeder, den das Mädchen liebhat, entschwindet allzu rasch. Es sollte besser sein, niemanden liebzuhaben, niemandem nahezustehen, um nie wieder den Schmerz des Verlustes zu fühlen. Einsam dieses Leben zu beschreiten, von der Kindheit an bis zum letzten Tag jedem Menschen aus dem Weg zu gehen, keinen mehr an sich heranzulassen. Nur so dürfte es gelingen, erneutem Herzschmerz vorzubeugen. Wer liebt, muss leiden oder immer damit rechnen, dass wieder mal alles in Scherben zerbricht.

Von keinem in Wampen hat Alinka Abschied genommen, nicht mal von Barbara. Jeden ihrer Freunde hat sie ohne ein Wort zurückgelassen, ohne eine Nachricht. Ihre paar Sachen hat sie gepackt, wie Gudrun es verlangte, und ist am selben Abend der Todesnachricht in die Kutsche eingestiegen, die vor dem Hause wartete. Ein Schlussstrich ist immer noch besser als ein quälendes Lebewohl. Nach Wampen zurückkehren wird sie nicht, das würde alles nur schlimmer machen. Aufgerissene Wunden sollen heilen. Doch Barbara, die liebste ihrer Freundinnen, die fehlt ihr sehr. Niemand kennt Alinkas Anschrift, keiner von ihnen weiß, dass sie nun in der Stadt zu Hause ist, bei Gudrun und Familie. Zwei Jahre in Wampen, schönste Zeit nach dem Krieg, auch schon wieder Vergangenheit. Ein Märchen, das zu Ende gelesen ist. Ein Märchen, das doch so nicht enden darf.

In Greifswald hat sie sich das Zimmer mit Gudruns Söhnen Peter und Wolfgang zu teilen. Zehn und elf Jahre sind sie nun und noch immer zappelig, können nie stillsitzen am Tisch. Vater Herbert ist ein strenggläubiger

Katholik mit hessischen Wurzeln, der nur die Bibel liest, nichts anderes. Jeden Sonntag besucht er mit den Jungen die katholische Kirche am Stadtwall. Das Haus, in dem Alinka nun wohnt, ist ein Gebäude zwischen Markt und Fischmarkt. Im zweiten Stockwerk belegt die Familie eine kleine Wohnung mit Stube, Bubenkammer und Schlafraum der Eltern. Wenn sie aus dem Fenster sieht, erblickt sie die Südflanke des Rathauses. Wie schon in Insterburg, gibt es eine Gemeinschaftstoilette im Erdgeschoss.

Ist Alinka allein im Zimmer, liegt sie auf ihrem Bett neben der Tür oder lehnt am Fenster und sieht, geplagt von Selbstvorwürfen, auf den Markt. Sie glaubt, ein Bote des Pechs zu sein. Wohin sie gelangt und wo immer sie in Erscheinung tritt, gibt es Verderben. Als sie nach Wampen kam, starb Gockel, der Hund. Nun ist Johanna fort, wegen ihr, ganz sicher wegen ihr, dem Unglücksboten. In Plicken verlor der Großvater seine Kraft. Die Großmutter hat es gewusst. Genau deswegen hat sie sie gehasst, weil sie es ahnte. Der Vater nicht mehr da, die Mutter gestorben, alles nur ihre Schuld. Der Krieg, den gäbe es nicht, würde es sie nicht geben, ist sie überzeugt. Und wenn sie weiter noch zurückdenkt, fing das Unglück viel früher an. Mit ihrer Geburt schon hatte es begonnen, da nahm das Übel seinen Lauf und ist bis heute nicht abzuwenden. Sie war das erste Kind ihrer Mutter. Vier Totgeburten sollten folgen, Menschen, die sonst ihre Geschwister wären. Elisabeth trüge heute das Mutterkreuz in Bronze, würde sie noch leben und wären ihre Kinder nicht tot auf diese Welt gekommen.

Gudrun aber sagt, sie soll sich das nicht einreden. Mit Johannas Gesundheit stand es nie zum Besten. Sie hatte nun mal ein schwaches Herz und immer Kreislaufprobleme. Außerdem habe sie durch den Aufenthalt des Mädchens zwei glückliche Jahre dazu geschenkt bekommen, die Lebensfreude wiedergefunden im einsamen Alltag nach Helmuts Tod. Nur daran solle sich Alinka halten.

Trotzdem tut es so weh, nie und nimmer wirklich Abschied nehmen zu können. Die Lieben sterben ohne sie, sie sterben in Krankenzimmern, während sie nicht bei ihnen ist, nicht an ihrem Bett wachen darf. Nie ist es ihr vergönnt, vor dem letzten Atemzug Lebewohl zu wünschen, die Hand des Sterbenden noch mal zu drücken, einfach für ihn da zu sein. Die Mutter, die Zweitmutter, sie sind aufgebrochen ohne Abschied. Der Großvater wohl längst davongegangen, ohne sie. Und der geliebte Vater, er starb in Eis und Schnee. Warum kann das nicht anders sein? Auch von den Lebenden oder den vielleicht noch Lebenden fiel jedes Auseinandergehen schwer. Minna aus Ragnit, Gerhard aus Swinemünde, Emma aus dem Heimatort, die Cousinen und die Tante aus Insterburg, wenn es sie überhaupt noch gibt. Nichts ist umkehrbar, nichts führt je zurück. Um die Vergangenheit abzuschütteln, muss sich jedes Heimatgefühl verlieren, am besten alles vergessen werden. Eine Sache jedoch ist umkehrbar, einen liebgewonnenen Menschen gibt es noch, die Barbara aus Wampen. Sie ist Bestandteil dieses Lebens und soll es auch bleiben. Einen Brief will sie ihr zukommen lassen, und das ganz schnell.

Alltag macht sich breit. Alinka deckt in jeder Früh den Tisch. Um sechs Uhr geht der Vater los in die Fabrik. Gudrun macht die Söhne für die Schule fertig vor ihrem Dienst im Krankenhaus. Zu dritt begeben sich die Kinder vor die Tür. Schon auf der Straße rennen die Jungen voraus. Das Mädchen schlendert ihnen im großen Abstand nach, zur Arndt-Schule hinter dem Wall. In einer Klasse von fünfzig Schülern sitzt Alinka weit hinten an der Wand. Die Lehrer wechseln oft, heute unterrichtet der eine, morgen ein anderer, dann wieder der erste oder ein ganz neuer. Als Schulspeisung gibt es jeden Tag ein Brötchen und ein Getränk. Den Mangel an Arbeitsmaterialien kompensieren Lehrer und Schüler durch Kopfarbeit. Weil mehr als tausend Kinder die Schule besuchen, wird der Unterricht ab September einige Wochen lang gestaffelt abgehalten, sodass die jüngeren am Morgen und die großen ab zwölf Uhr eintreffen.

Es fällt dem Mädchen vom Lande schwer, in der Riesenklasse mit anderen in Kontakt zu treten. Die Lehrer nehmen sich den Kindern nicht mehr persönlich an und fragen weder nach Herkunft noch Heimatliedern. Anonymität beherrscht das Schulgebäude, alle Klassenräume, seine Flure und den Hof. Kinder aus Hinterpommern bilden ihre Grüppchen, eine Mädchenbande aus Danzig weilt am Straßenzaun, drei Jungen aus Stettin führen sich auf wie die Herrscher des Pausenhofs. Da passt so ein Sonderling aus dem fernen Memelland nirgendwo hinein. Greifswald, vor dem Krieg

35.000 Einwohner stark, ist auf das Doppelte seiner Bevölkerung ange-wachsen. Die meisten Flüchtlinge kommen aus Stettin. Ihre Heimatstadt ist ins Ausland abgerückt, liegt nun im Staate Polen, hinter der neuen Grenze.

Als Heimweg nutzt Alinka meist die längere Strecke über den Wall mit seinen hohen Bäumen, wo sie mit Johanna einst Kastanien sammelte. Es sind Erlebnisse, die verbanden, die sie tief und für immer in ihrem Herzen tragen wird. Wampen war doch wie ein Märchen, und sie ein Teil von ihm. Dort konnte sie sich während des Unterrichts auf den Nachmittag freuen, auf Rudi, auf Barbara, auf Günter. Hier erwartet sie am Nachmit-tag nicht viel. Hausarbeit, auf dem Markt etwas besorgen, für die Schule lernen oder aus dem Fenster gucken. Sie ist dankbar für die Zeit in Wam-pen, doch hegt sie keine Absicht, je zurückzukehren. Alinka will das zwei-te Kindheitsdorf so in Erinnerung behalten, wie sie es zuletzt gesehen hat. Auch Plicken will sie nie mehr wiedersehen, selbst wenn sich je die Mög-lichkeit dazu böte.

Die Niederschläge in der Septembermitte und zum Monatsende legen der Pflanzenwelt einen Segen auf. Alinkas vierzehnter Geburtstag wird klein gefeiert, mit einem Marmorkuchen und Tee. Als Geschenk erhält sie von Gudrun Kleidungsstücke für den Schulalltag. An jedem Mittwoch besucht sie mit den Mädchen ihrer Klasse den Konfirmandenunterricht im Pfarrhaus von Sankt Marien. Sie fügt sich ins Stadtleben ein, erlernt durch Gudruns Hilfe das Fahrradfahren, spricht im Oktober 1947 zum ersten Mal in den Hörer eines Telefons im Postgebäude am Markt. Ein paar Wor-te nur, ein knappes Hallo zu einer ihr fremden Tante.

Die Heranwachsende hat sich weiterhin mit den Jungen das Zimmer zu teilen, anders geht es nicht. Tage und Wochen gleiten dahin und vergehen wie die Winde über der Stadt. Als dann in der Wohnung der Nachbarn ein Kämmerchen frei wird, drei Meter lang, mit einem Fenster zum Hof, zieht Alinka mit großer Dankbarkeit dort ein. Oma Traute und Opa Norbert darf sie die Alten nennen, bei denen sie nun wohnt. Sehr nett sind sie und hochbetagt, haben extra den Raum mit den Kisten leergeräumt, weil sie von der Platznot nebenan erfuhren. Öffnet Alinka das Fensterchen, sind es die Ziegelsteindächer einer unzerstörten Stadt, auf die ihr Blick niedergeht. Eine Kleinstadt, die der Krieg verschonte. Ein Stück weiter weg ragen das Dach eines Lyzeums und die Bäume des Stadtwalls empor. Während ihrer wöchentlichen Konfirmandenstunde lernt sie die Mädchen ihrer Klasse besser kennen und freundet sich mit der gleichaltrigen Elfi und der bereits fünfzehnjährigen Ruth an. Elfi ist gebürtige Greifswalderin, Ruth aus Kolberg zugereist.

Der Herbst in der Stadt weilt nur kurz, schon ist der Winter da. Oder aber der Jahreszeitenwechsel ist auf dem Lande eher wahrzunehmen. In den Kachelöfen lodern neben den Kohlebriketts auch die Holzfiguren aus dem Spielkasten der Jungen, die sie nicht mehr nutzen. Mit Begeisterung sehen sie dabei zu, wie die Flammen sie vernichten. Eine Krippe mit Schnitzereien von Mensch und Tier und Jesu, einst mühevoll entworfen, wandelt sich zu Asche. An Heiligabend sitzt die nun fünfköpfige Familie beisammen, singt Weihnachtslieder. Alinka sagt das Gedicht auf, das in der Schule zu lernen war, von Joseph Freiherr von Eichendorff. Die ersten zwei Zeilen stimmen mit dem Blick aus dem Fenster überein: »Markt und Straßen steh'n verlassen, still erleuchtet jedes Haus.«

Als sie nach der Feierlichkeit die Stube verlässt und leise in die Wohnung nach nebenan in ihre Kammer tritt, kurz darauf im Bette unter dem Fenster liegt und in den Himmel starrt, wird ihr bewusst, die vergangenen fünf Heiligabende an je einem anderen Ort verbracht zu haben. 1943 noch in Plicken, 1944 bei Tante Martha in Insterburg, 1945 in der Scheune im Westen, 1946 mit Johanna in Wampen, und nun im Jahre 1947 hier, in Greifswald. »Wo gehöre ich hin?« Diesen Satz denkt sie nicht nur, sie spricht ihn aus und bekommt es mit. Ihr Kopf richtet sich zur Tür. Niemand soll hören, was sie denkt, niemand braucht es zu wissen. Allein ist sie am stärksten.

Am Morgen zündet sie das Talglicht an, nimmt Blatt und Stift und notiert zum ersten Mal etwas seit ihrem Aufenthalt in dieser Stadt. Sie schreibt vom Besuch in Elfis Zuhause in der Mühlenstraße und ihren Puppen mit den hübschen Kleidern auf dem Sofa, mit denen aber nicht gespielt werden darf. Sie beschreibt die Schulfreundinnen Ursula und Else, die mit dem kranken Vater hergekommen sind, deren Mutter nach der Flucht aus dem pommerschen Gollnow nicht aufzufinden ist. Von Hermann, Heinz und Friedhelm aus Stettin, die mit losem Mundwerk den Pausenhof beherrschen. Von Bruno, dem Einheimischen, der Schneebälle gegen die Kirchenmauern wirft. Vom Katzenopa in der Fleischer-Straße, an dessen Hofeingang die Kinder allmorgendlich vorbeigehen und beim Streicheln der Tiere oft die Pünktlichkeit vergessen. Vom Stadtgeruch und vom tropfenden Wasserhahn über der Emaille-Schüssel, vom elektrischen Storm und vom Licht in jedem Raum, von der Merkwürdigkeit, dass nun in der Früh keine Tiere mehr zu versorgen sind, kein Garten hinter der Tür vorzufinden ist. Dass völlig andere Abläufe und neue Aufgaben am Morgen ihre Pflichten darstellen. Sie schreibt von der Züchtigung des Vaters hier im Hause, der die Söhne Peter und Wolfgang ohrfeigt, wenn sie am Tisch nicht gerade sitzen. Dass sie in diesem Mann niemals einen Ersatzvater sehen wird. Auch dass sie Greifswald nicht als Heimat betrachten kann. Das Schönste an dieser Stadt seien die Straßen, die aus ihr hinausführen. Gewöhnen werde sich Alinka nie, dazu ist sie viel zu sehr ein Kind vom Lande.

Nach Neujahr trifft Post aus Wampen ein, von Barbara. Zu Weihnachten hatte Alinka ihr endlich eine Karte geschickt, nur kurz und knapp und mit den Worten: »Mir geht es gut, wohne in Greifswald bei Bekannten.« In ebenso kurzem Text verlautet die Antwort von Barbara: »Mir geht es auch gut. Wünsche dir ein frohes Neujahr.« Alinkas zweiter Brief schon rührt von Herzlichkeit und schildert der zurückgelassenen Freundin das Innenleben der neuerlichen Stadtbewohnerin. In warmen Worten wiederum beschreibt nun Barbara die Gefühlswelt aus ihrer Sicht. »Ich vermisse dich«, lautet einer ihrer Sätze. In weiterem Briefverkehr halten sie den Kontakt zueinander aufrecht, wollen ein jeder die Freundschaft wahren. Barbara berichtet von der Kammer im Beamtenhaus, in der nun Fremde wohnen. Die Jungen im Dorf seien töricht in ihrem Benehmen, wie kleine Kinder, nein, wie Babys. Was Günter so mache? Schädel polieren, sich von den anderen ärgern lassen, wegen seiner Brille und Kleinwüchsigkeit. Und Hubert? Ach, was schon, das neue und letzte Schuljahr so richtig zum Pauken nutzen. Lernen würde er wie kein anderer in der Klasse und jeden Tag vom ollen Heiden ein Lob dafür bekommen.

Auf den Heimwegen von der Schule begleitet Alinka Elfi und Ruth, oft auch Ursula und Else, die Schwestern, die von Alters her zwei Jahre auseinanderliegen. Elfis Mutter veräußert auf dem Markt eigens gefertigte Korbgeflechte. Bei gutem Wetter besuchen die Mädchen sie dort, dann löst Elfi die Mutter ab, wenn sie nach Hause auf die Toilette muss. Fischer verkaufen ihren Fang direkt vom Wagen runter. Wenn Alinka auf dem Marktplatz steht, muss sie zurückdenken an den Tag, als sie mit Günter und den Wampener Freundinnen in die Stadt gefahren ist. Da vorn am Rathausgiebel, da haben sie gewartet, sie und Eva, bis die anderen wiederkamen.

Von den Klassenkameradinnen, den neugewonnenen Freundinnen, ist keine wie Barbara. Keine hört so ausdauernd zu, keine redet wie sie, bei keiner wippt beim Sprechen so süß die Nasenspitze. Dass der Briefkontakt bestehen bleibt, ermuntert Alinka doch sehr. Ein bisschen Wampen trägt sie weiterhin im Herzen.

Eines Sonntagmorgens, als der Vater mit den Söhnen in der Kirche ist und Alinka in der Küche hilft, führen sie und Gudrun eine Unterredung, in der es heißt, dass sie nun offiziell ihr Pflegekind werden soll, von Amts wegen und aus Kostengründen. Keine Adoption, nur ein dienstlicher Akt, der von der Behörde mit einer Aufwandspauschale entlohnt wird. Ein drittes Kind unterm Dach koste ja nicht wenig. Alinka hat nichts einzuwenden.

Ansonsten, so fällt es Alinka auf, führt sie mit Gudrun weit weniger Gespräche als noch mit Johanna. Wahrscheinlich liegt es, so meint sie, an der vielen Schichtarbeit im Krankenhaus, den Nachtdiensten und unterschiedlichen Religionsansichten innerhalb der Familie, denn Gudrun hängt, wie schon ihre Schwester, dem evangelischen Glauben an. Auseinandersetzungen am Küchentisch oder in der abendlichen Stube sind keine Seltenheit. Immer gehen sie von dem Manne aus, der sich nur schwer damit abfinden kann, dass seine Frau für ihn nicht das Opfer bringt, ins Katholische zu konvertieren.

Der Mann von stattlicher Größe und dem auffälligen Schnauzbart hegt die Angewohnheit, vor allem an Wochenenden seine Herrschsucht preiszugeben. Gudrun lässt sich niemals auf Streitereien ein, schon wegen der Söhne, die davon nichts mitbekommen sollen. Beim ersten Hauch von Uneinigkeit verlässt sie die Stube und beschäftigt sich mit Hausarbeiten. Peter und Wolfgang fläzen sich gern auf dem Schoß des Vaters, der ihnen religiöse Verse vorträgt und sie sich danach rezitieren lässt. Das tun sie ohne Widerwillen und verlieren dabei ihre Zappeligkeit. Peter, der äußerlich dem Vater näher ist, ragt ihm mit seinen zehn Jahren bis zur Nase. Wolfgang, der ein Jahr ältere Bruder, ähnelt mehr der Mutter, ist kleiner, aber kräftiger gebaut.

Wenn Alinka auf die Straße tritt und das Rathaus vor Augen hat, blickt sie links auf das Hinterteil des Doms Sankt Nikolai, der sich zwei Gassen weiter weg befindet. Auf rechter Seite, diagonal hinter dem Marktplatz gelegen, sticht der massive Bau von Sankt Marien empor. Oft schon leuchten, wenn sie sich gegen sieben Uhr auf den Schulweg macht, im Rathaus die Amtsstubenfenster. Mit ihren Halbbrüdern geht sie gemeinsam die kurze Strecke bis zum Postgebäude, dort wartet sie auf Ruth und Elfi, die von der Mühlenstraße kommen. Zu dritt, zu viert und manchmal auch zu fünft schlendern die Mädchen am Katzenopa vorüber und streicheln seine zahmen Tiere, sofern sie sich in die Hofeinfahrt locken lassen. Danach passieren sie Wall und Graben, eine Straßenkreuzung und wenden sich ein Stück nach links, um ihre Schule zu erreichen.

Im Frühling 1948 ist es so weit, alle Kirchenglocken läuten am Konfirmationstag den nächsten Lebensabschnitt ein. Die Mädchen tragen lange, samtene Kleider und zum ersten Mal Schuhe mit hohen Absätzen. Die Jungen sind bekleidet mit schwarzen Anzügen und feinen Hemden. Bestickte Tücher lugen zu einem Dreieck aus ihren Anzugtaschen. Haustüren werden mit Kränzen und Girlanden festlich hergerichtet. Die Konfirmation gilt als die letzte große Familienfeier vor der Hochzeit, zu der von nah und fern die Verwandten anreisen und dem erwachsen gewordenen Familienmitglied kostbare Geschenke machen. Für Alinka gibt es keine Verwandten mehr, niemand reist von nah oder fern in die Hansestadt. Dennoch erscheinen Gäste, die Großeltern von Peter und Wolfgang, zwei Tanten und ein Onkel. Bevor das Festmahl beginnen kann, müssen die Konfirmanden einen Pflichtbesuch beim Lehrer und beim Pfarrer abhalten. Nach der Feierlichkeit, so heißt es aus dem Munde des Pfarrers, beginne der Ernst des Lebens. Die Jungen werden bei einem Meister in die Lehre gehen oder in die Landwirtschaft, die Mädel packen im Haushalt mit an oder gehen als Zimmermädchen irgendwo in Stellung.

Nach der achten Klasse verlässt Alinka nun die Schule, obwohl sie nur sieben Klassen absolvierte. Die fünfte hat es für sie nur wenige Wochen lang gegeben. In Plicken war das, kurz vor der Flucht, dann einen Rest in Kellinghusen. In Wampen war sie schon Sechstklässlerin. Sie hat den Wunsch, den Beruf der Näherin zu erlernen, will auch so fix mit Nadel und Faden umgehen können wie einst die eigene Mutter.

Von Juni 1948 an besucht sie mit vier weiteren Mädchen eine Schneiderei in der Hafenstraße und legt dort im September ein Zeugnis zur Erwerbstätigen ab. Im selben Kleinstunternehmen werden sie und eine der anderen Absolventinnen fest eingestellt. Ihre Tätigkeiten umfassen vor allem das Auftrennen alter Nähte zur Herstellung neuer Kleidungsstücke. An sechs Tagen in der Woche findet die Arbeit statt. Kein Leichtes für die nun Fünfzehnjährige, doch fühlt sie einen großen Stolz, für ihren eigenen Unterhalt zu sorgen und auch Gudrun zu entlasten.

In der Jahresmitte tritt die Währungsreform in Kraft. Eine Geldentwertung von 1:100 verdampft die Ersparnisse vieler Menschen, die nun mittellos und vor dem Nichts dastehen.

Im Dezember geht Alinka das erste Mal zum Tanz. Mit ihrer Kollegin, der gleichaltrigen Beate, ist sie im Ballhaus auf der Marktostseite erschienen. Unter dem Mantel trägt sie das schwarze Kleid vom Tag der Konfirmation, das doch viel zu schade ist, es nur ein Mal genutzt zu haben. Gudrun hatte es ein Vermögen gekostet bei geringem Krankenschwesterngehalt. Im Saal trifft sie Ruth und Elfi, die Mädchen teilen sich einen Tisch. Eine Kapelle spielt abwechselnd Volksmusik und Weihnachtslieder. Kellnerinnen tragen Tabletts mit Gläsern herum. Tabakrauch vernebelt die Luft. Ruth und Elfi tanzen miteinander, manchmal auch mit einem Jungen. Doch zum Tanzen sind die Jungen weniger zu haben, sie hocken lieber an den Rändern und prüfen die weibliche Resonanz.

Wieder verfliegt ein Weihnachtsfest. Ein Jahr schon lebt sie nun in Greifswald, in der Stadt, die ihr damals so fremd erschien und die sie nun mit jedem Tag mehr zur Heimat anerkennt. Alltag verhindert, dass sie zu viel nachdenkt. Des Morgens verlässt sie ihre Kammer, geht rüber in Gudruns Wohnung, bereitet für sich und die Jungen ein Frühstück vor, wickelt Butterbrote zum Mitnehmen in Zeitungspapier und verlässt mit den Halbgeschwistern das Haus. An der Fleischer-Straße gehen Peter und Wolfgang rechts entlang zur Schule, sie aber nach links, über den Markt und an die Hafenstraße. Von sieben Uhr bis zum Nachmittag spät wird sie dort ihr Tagewerk verrichten, vom Fenster ihres Arbeitsplatzes auf das Flüsschen hinabsehen und sich daran erfreuen, eine feste Anstellung gefunden zu haben.

Auch 1949 herrscht unter den Flüchtlingen noch große Wohnungsnot. Nach einem milden Winter hängt sich ein weiterer Frühling an die Zeit, der auf dem Markt schon im April zum Leben erblüht. An Ständen werden Narzissen und Ostersträuße angeboten, Weidenkörbe, verzierte und bemalte Blumenpötte. Die Fischer verkaufen Hering und Barsch. Viele Stände setzen sich nur aus Wagenheckladeklappen zusammen, oder sie bestehen aus zu Tischen umfunktionierten Holzbohlen auf Böcken. An regen Markttagen und wenn es die Zeit erlaubt, hält Alinka Ausschau nach dem Gefährt aus Wampen, nach Günter und Rudi. Selten nur noch denkt sie an den Hengst, worüber sie sich wundert. Barbara schreibt nicht mehr. Die Zeit in Wampen ist beinah ausgelöscht.

Das Schönste für Alinka bei jedem Tagesbeginn ist, wenn am frühen Morgen die Amseln auf den Dächern sitzen und ihre Lieder singen. Hier im Häuserwald trägt der Schall sie weit mächtiger hervor als auf dem Dorf. Die Amsel, die es in Plicken nicht gab, ist ihr Lieblingsvogel geworden, weil sie den Morgen wie den Abend gleichermaßen besingt.

Das Blütenmeer der Kastanien auf dem Wall leuchtet Anfang Juni weiß und rosa, wie in den Farben des Flieders. Es sind doch wirklich schöne Bäume, stellt Alinka fest, die Form ihrer Blätter, das verzweigte Astwerk, der Wuchs ihres Stammes. Mit großer Freude geht sie auf dem Wall spa-

406

zieren, am liebsten ganz allein. Wenn ein Windstoß niederfährt, regnet es Kastanienblüten.

Mehr und mehr beginnt Alinka, das Leben in der Stadt zu schätzen, weil keine weiten Wege mehr nötig sind. Poststelle, Amt und Sparkasse befinden sich nah dran, auch die Apotheke ist nicht weit. Wenn sie den kleinen Laden an der Ecke besucht, hat sie verschiedene Behältnisse dabei. Für Butter oder Sauerkraut ein Glas mit breiter Öffnung, für Speiseöl ein Fläschchen. Die Butter wird von einem Block abgeschnitten, Sauerkraut lagert in einem Fass. Unter der Theke stehen große Holzbehälter mit Mehl, Zucker, Salz und Hülsenfrüchten, die portionsweise mit einer Handschippe entnommen werden. Der Bohnenkaffee wird in eine Papiertüte geschüttet, doch dieser nur am Sonntag aufgegossen. In der Woche muss Kaffeeersatz aus gerösteter Gerste herhalten. Auf dem Ladentisch verführen Schraubgläser mit Süßigkeiten. Die Inhaberin und ihre junge Angestellte schreiben alle Einzelpreise auf einen Zettel und addieren sie dann im Kopf. Lebensmittelkarten sind für den Erwerb von Nahrung noch immer unabdingbar.

Mit Gründung der DDR am 7. Oktober 1949 wird in den Lernanstalten die Prügelstrafe abgeschafft. Für Alinka ist es ein symbolisches Datum in doppelter Hinsicht. Denn mit der Geburt des neuen Staates verbindet sie die letzten Tage in der Heimat. Genau fünf Jahre zuvor packten sie in Plicken den Wagen für die Flucht am nächsten Morgen. Damals war sie noch ein Kind, nun ist sie zu einer jungen, selbständigen Frau gereift.

Fortan ist es jedem verboten, über Vergangenes zu sprechen, aus Freundschaft zur UDSSR. Wer es dennoch tut und wer dabei ertappt wird, dem drohen Gefängnisstrafen, ganz gleich ob Mann oder Frau. Ein Heer von Millionen ist zum Schweigen verdammt, zum Verleugnen seiner Wurzeln. Heimatschmerz darf es offiziell nicht geben. Die russischen Besatzer sind Befreier vom Naziregime und seinen Tentakeln durch ganz Europa, nichts anderes. Es wird den Bürgern eingeimpft, den Mund zu halten, darauf bedacht zu sein, sich zu diesem Thema nicht mal im Bekanntenkreis zu äußern. Flüchtlinge gab und gibt es nicht. Sie werden als Umsiedler bezeichnet. Niemals hat eine Vertreibung aus den ehemaligen

Reichsgebieten stattgefunden. Die Angst vor den Spitzeln des 1950 gegründeten Ministeriums für Staatssicherheit tut ihr Übriges.

Nach fast zwei Jahren meldet sich Barbara. Auf dem Brief ist als Absender nicht Wampen vermerkt, sondern das mecklenburgische Teterow. Sie will nach Greifswald kommen und die Freundin wiedersehen. Im Spätsommer 1951 holt Alinka sie vom Bahnhof ab. So viel ist zu bereden. Sie haken sich ein und schlendern über Wall und Parkanlagen bis zur Hafenmauer. Dabei tragen sie solche Sonnenhüte wie damals auf dem Dorf. Der Schutt des abgerissenen Steintors an der Brücke türmt sich zu beiden Straßenseiten auf. Man sagt, es habe die Fahrbahn zu sehr eingeengt, war nicht mehr zeitgemäß. Barbara berichtet, das Dach des Wampener Schulhauses sei 1949 abgebrannt. Mehr aus dem Dorfe wisse auch sie nicht zu erzählen, denn ein Jahr schon sei Wampen ihrem Umkreis entwichen, seit sie mit der Familie von dort wegzog. Als Gärtnerin verdiene sie erst mal ihr Geld. Einen Mann in ihrem Leben gebe es noch nicht, wohl aber einen Verehrer, einen von der Eisenbahn. Groß und kräftig, gutaussehend und wohl zehn Jahre älter. Mal sehen, was draus werde.

Kurz nach ihrem achtzehnten Geburtstag, im Herbst 1951, beginnt Alinka damit, auf einer alten Schreibmaschine all ihre handschriftlich verfassten Erinnerungen abzutippen. Dokumente und Fotos bewahrt sie in einer Blechschatulle auf. Eigentlich dürfte diese Schreibmaschine nicht mehr existieren, die Oma Traute ihr überließ, denn im Juni 1945 waren alle Geräte aus Privathaushalten im Ratsgebäude abzuliefern.

Im Dezember desselben Jahres eröffnet sich die Möglichkeit, ein größeres Zimmer zur Miete zu erwerben, in der Hafenstraße und gar nicht weit weg von ihrem Arbeitsplatz. Hinter dem Fenster im ersten Stock hat sie nun die Schiffsmasten und den Pulverturm vor Augen. Drüben, auf der anderen Flussseite, verläuft sich der Weg ins Rosental und in den Wald, hinter dem sich Wampen verbirgt. Oft denkt sie an die Fahrt mit dem Wagen in die Stadt, mit Günter und den Freundinnen, wie sie vor der Hafenbrücke das Lied gesungen haben.

An Sonntagen, wenn keine Arbeit ist, tippt sie auf der Schreibmaschine. Immer dabei der Blick aus dem Fenster, zum Hafen und seinem unruhigen Wasser, an dessen Rändern das Eis zu haften beginnt. Im Grau ihres Zimmers wirkt sie wie ein Licht. Stolz ist Alinka auf sich selbst und auf das, was heute ist und was sie sich erschaffen hat. Unabhängig sein, um jeden Preis, keinem Menschen mehr auf der Tasche liegen, das ist eines ihrer Ziele. Ein anderes Ziel ist die Ehe. Doch wo ist der Mann, den sie lieben wird? Anwärter gibt es einige. Jeden aber hat sie bisher abgewiesen, ihm klargemacht, dass sie kein Interesse hat. Da gab es den Eberhard aus der Klasse, der sie mehr als nur ein Mal auf dem Nachhauseweg begleitete und ihren Beutel trug. Er wollte so gern mit ihr zusammen sein. Ein Prachtkerl war er schon, doch redete er zu viel. Dann war da der Heinz aus einer anderen Klasse, der immer zu den Mädchen rüberkam und auf Alinka ein Auge warf. Gut ausgesehen hat er auch, und alle Freundinnen mochten ihn. Vor solchen aber warnte damals schon Johanna, den hätte sie mit anderen teilen müssen, so einen hat man nie für sich allein. Als Drittes war da Elfis Bruder, oh ja, der dachte sich was drauf einzubilden auf seine teure Garderobe. So wie er aber redete, von oben herab und wie zur Untergebenen statt zu einer Frau, das hat Alinka nicht gefallen.

Die Tasten der Schreibmaschine klimpern, wie die Gedanken ins Zimmer schweben, mal wild drauf los, mal gar nicht. Dann guckt sie stumm aus dem Fenster, träumt sich davon, in ferne Zeiten. Hat es die Heimat je gegeben? Alles ist so lange her. Es ist die Sehnsucht, die niemals endet, immer wenn sie auf ein Wasser blickt. Ein Graben, ein Teich genügt da schon, immerhin ein Wasser, dessen Plätschern Erinnerungen ruft. Dieser Fluss vor ihrer Nase, der Ryck, er könnte sie nach Hause bringen. Mit einem Boot würde sie bis zu seiner Mündung fahren, dort das Fischerdorf hinter sich lassen und der Küste nach Osten folgen, immer nur nach Osten. Bis Swinemünde auf Insel Usedom und irgendwann nach Pillau. Ein Stückchen noch die Kurische Nehrung rauf, dann wäre Memel erreicht. Von da aus noch ein Katzensprung Nordost, schon sähe sie Hof und Haus. Die Gänse würden nach ihr rufen, der Ganter sich wichtig tun, der Hahn auf der Schubkarre sie flügelschlagend begrüßen. Minka käme angelaufen, der Bock aus dem Stall gewetzt. Borstel und auch die Stuten, die den Weg zurück nach Hause fanden, würden sie willkommen heißen, weil sie Alinka, die Verlorengegangene, immer noch erkennen.

Der Januar hat den Ryck vereist. Kinder wechseln auf ihm die Ufer. Schiffer schlagen Rinnen um die Boote, damit das Eis sie nicht zerdrückt. Winterwolken reisen über den Kirchtürmen hinweg. Wieder ist es ein Sonntag an der Schreibmaschine, wieder rotieren die Gedanken. Weihnachten bei Gudrun, das war schön. Viel gebacken haben sie, die Gudrun und Alinka, Frauengespräche geführt am Küchenherd. Gesungen, gebetet, Gedichte aufgesagt. Wer bliebe ihr denn noch, außer dem Engel aus dem Krankenhaus? Die Menschenwelt um Alinka herum ist ausgedünnt. Sie hat gelernt, alleine stark zu sein, sich durchzubeißen, an schwierigen Tagen den Kopf nicht zu verlieren. Der kommende Morgen sieht oft schon besser aus als der gegenwärtige Abend.

Dennoch kreisen die Gedanken und wollen nicht zur Ruhe finden: Sie ist weit fort, ist zu Hause auf dem Elternhof, im Garten, wo sich im Teich die Wellen kräuseln. Dies Fleckchen Erde hat sie geprägt. Das Land ihrer Kindheit, ein Ort wie aus dem Märchenbuch, halb wahr und wie von Hexerei umschlossen. Wie wäre ihr Leben verlaufen, hätte es den Krieg nie gegeben und hätte sie in ihrem Heimatort aufwachsen können? Nach der Schule hätte sie wohl eine Lehre als Hauswirtschafterin begonnen, um später als Zimmermädchen ihr Geld zu verdienen. Oder, wie ihre Mutter, doch nur in einem Stall zu arbeiten. Elisabeth verriet ihr nicht, ob sie mit diesem Los ihrer Tätigkeit zufrieden war.

Kein Weg zurück ins Land der Heimat, nie und nimmermehr. Eine Woche nach ihrem elften Geburtstag endete mit dem Aufbruch ins Ungewisse ihre Kindheit in Plicken und überhaupt. Das alte Leben war vorbei. Geboren als Kleinlitauerin, aufgewachsen als Memelländerin, die Jugend verbracht in Pommern. Hinaus gewürfelt in die Fremde. Ungewissheit prägt dies Leben. Was kommen mag, soll kommen. Aufzuhalten ist es nicht. Einmal wird das, was heute geschieht, viele Jahre her sein. Doch wer wird dann von diesen Dingen berichten können? Darum notiert sie es beizeiten, tippt es auf der Maschine, um es neben der Erinnerung auch auf dem Papier zu bewahren.

Viele Vertriebene aus den ehemals deutschen Gebieten haben nun die Möglichkeit, einen Lastenausgleich zu erwirken, eine Entschädigung für den Verlust von Grund und Boden am Herkunftsort. Für Alinka steht das nicht in Aussicht, sie hat keine Ansprüche zu stellen, da sie in der DDR, der sowjetischen Besatzungszone, lebt, in der die Vergangenheit der alten Heimat im Osten geleugnet wird. Außerdem führt sie keine Hausbesitzurkunde mit sich, denn die behielten die Großeltern in Plicken ein.

Auf der Hochzeit von Freundin Elfi, Mitte Juni 1952, begegnet Alinka einem jungen Mann, der sich ihr als Hannes vorstellt und sie zum Tanz auffordert. Er ist sechs Jahre älter und arbeitet in der Forstwirtschaft, wie er ihr im Laufe des Abends verrät. Zuerst wehrt sie seine Versuche ab, weist ihn zurück und mag sich keine Annäherungen gefallen lassen. Doch irgendetwas hat er an sich, dass sie ihn nicht vergrämen will. Vielleicht ist es seine Stimme, von Geborgenheit getragen, oder wie er redet, so einfühlsam. Dass er ihr beim Ankleiden den Mantel hält, ganz vornehm wie ein feiner Herr. Vielleicht auch, weil er sie nach Haus' begleitet und sich für den schönen Abend bedankt, sie unbedingt wiedersehen will.

Könnte er es wohl sein, ihr Zukünftiger, der Mann, mit dem es sich zu leben lohnt? Hannes Brohm, der Junggeselle, der Einheimische, der Forstarbeiter? Er gibt ihr so ein Gefühl von Sicherheit, das sie schon lange nicht mehr kennt. Er ist gewiss kein Schönling, doch ein stolzes Mannsbild, so einer, der seine Frau beschützen kann. Sein starker Kopf und die freundlich blauen Augen wirken so vertraut, sein Kinnbart so makellos zurechtgestutzt. Von ihm, das ist ihr Wunsch, möchte sie sich umarmen lassen. So kommt es dann, beim nächsten Treffen, beim Tanz im großen Saal, da nimmt er sie in den Arm, als sie bei ihm sitzt, schmiegt seine Wange sanft an ihre. Sie lässt es sich gefallen, weil ihr Herz es so will und weil der Verstand sie nicht warnt. Warum auch? Eine Warnung ist nicht vonnöten. Er wird es sein, der Mann in ihrem Leben, an ihrer Seite. Sie weiß, er ist der Richtige.

Er drängt auf eine Hochzeit, so schnell es geht, und er gesteht ihr die Liebe, verspricht die ewige Treue. Nach ihr habe er gesucht und sie nun gefunden. Seine Alinka soll sie werden, seine Gemahlin und Ehefrau. Am liebsten sofort und noch heute. Jede Stunde wolle er mit ihr zusammen sein. Weil Alinka das Gleiche fühlt und sie nichts anderes will, kommt es im September, einige Tage vor ihrem neunzehnten Geburtstag, zur Vermählung in der Kirche zu Sankt Marien. In einer Fahrradkutsche führt er sie dorthin. Gudrun hat die Verwandtschaft eingeladen, um die Aussteuer zu erweitern. So reisen Onkel und Tanten, Eltern und Großeltern an und beschenken das Mädchen, das sie kaum oder gar nicht kennen, mit viel Nützlichem für die gemeinsame Wohnung in der Fischstraße, die Hannes angemietet hat. Frau Alinka Brohm ist nun ihr Name.

Reifezeit

Das Zusammenleben mit dem Ehemann hat sich als richtig erwiesen. Er nennt Alinka seine Honigbiene, weil sie so fleißig ist und den Tag schon früh beginnt. Er bewahrt sie vor allzu viel Grübelei und schweigt, wenn auch sie nichts sagen will. Wenn sie des Abends beisammen sind und nach einem Spaziergang am Hafen daheim zu Tische sitzen, über die Zukunft reden, so wird es bald zu ihrem Ritual, dass sie vor dem Schlafengehen für wenige Minuten aus dem Fenster blicken. Kinder wünscht er sich, der Hannes, ganz gleich ob Bub oder Mädchen. Kinder verbinden und festigen die Ehe, den Familienkreis, das sind seine Worte. Über das Mutterwerden hat Alinka noch nicht nachgedacht. Doch herrlich ist es, sich vorzustellen, mit einem Mann wie dem Hannes eine Familie aufzubauen. Dann bräuchte sie sich, wenn sie allein ist in der großen Wohnung und auf ihn wartet, bei abendlichen Geräuschen nicht mehr fürchten. Auf dem Dorf hatte sie keine Angst allein, da war jedes Geräusch erklärlich und einem der Tiere zuzuordnen. Auf den Stadthöfen aber, wo es wenig Tiere gibt, ist so ein Schaben und Kratzen nach Sonnenuntergang beängstigend. Dann macht Alinka überall in der Wohnung die Lampen an, bis ihr Liebster nach Hause kommt.

Zum Ende des Nachkriegsjahrzehnts nimmt das Leben in der DDR seinen Lauf. Zwei Söhne werden geboren, Gustav 1953, und 1954 Karl. Sie tragen die Namen des Vaters und des Großvaters. Töchterchen Elisabeth, benannt nach Alinkas Mutter, rückt 1960 nach. Der Wunsch nach einer zweiten Tochter bleibt unerfüllt. Sie hätte Johanna heißen sollen. An Sonntagen macht es sich die Familie zur Aufgabe, beide Friedhöfe in Neuenkirchen zu besuchen und die Gräber zu pflegen. Aus eigens geschlagenem Holz zimmert Hannes Möbelstücke, wie etwa ein offenes Buchregal, das als Raumabtrennung mittig durchs Wohnzimmer führt. Im Herzen ist er ein Tischler, seinen Lohn aber will er im Walde verdienen. An jedem ersten Mai, dem Nationalfeiertag, wird im Arbeiter- und Bauernstaat marschiert, eine Pflicht, der bei Strafandrohung nachzukommen ist. Flaggen müssen am Fenster hängen.

Alinka erfährt von dem Buch »Gewissen in Aufruhr«, von einem Rudolf Petershagen verfasst, Ehrenbürger der Stadt, der zu Kriegsende Kampfkommandant in Greifswald war. Sie erlangt Kenntnis davon, wie knapp die Hansestadt der Zerstörung durch einen Bombenangriff entging, weil sich tapfere Leute aus dem Rathaus eines Nachts mit weißen Fahnen auf ihrem Auto in die bereits eroberte Nachbarstadt Anklam begaben und dem Russen die Kapitulation anboten. So blieb dieser Stadt das Schicksal Swinemündes erspart.

Alinka macht es zur Tradition, am ersten Advent die Box mit dem Weihnachtsschmuck unterm Bett hervorzuholen und sie gemeinsam mit den Kindern zu öffnen. Wenn sie die Kugeln bewundern, spiegeln sich ihre Gesichter darin. Die Vorfreude auf Heiligabend ist allen die schönste Zeit, das Fest der ganzen Familie, von denen Alinka in der Kindheit selbst nicht viele miterleben durfte. Es ist ihr wichtig, in jedem Jahr das Weihnachtsbäumchen gemeinsam zu schmücken und dabei Lieder zu singen. Bereits in der Vorweihnachtszeit wohnt sie dem Singkreis der Marienkirche bei.

Obwohl es in den 1970er Jahren überall Kaufhallen gibt, Rationierung und Lebensmittelkarten der Vergangenheit angehören, schlendert Alinka viel lieber über den Markt. So kann sie in Gemüsekisten wühlen, statt in Gängen und Regalen nach den Dingen zu suchen. Das ist sie von Kindheit her gewohnt, mit dem Korb unterm Arm, ein Schwätzchen hier, ein nettes Wort da, Neuigkeiten erfahren oder sich nur unterhalten. Auf einem ihrer Marktbesuche trifft sie Günter aus Wampen wieder. Gewachsen ist er wohl nicht mehr, seit sie das Dorf verließ. Aber seine Stimme ist nun doch die eines Mannes würdig. Geheiratet hat er schon zum zweiten Mal, die erste Frau lief ihm davon.

Technik gelangt ins Haus der Familie Brohm, Gerätschaften, von denen in Plicken niemand zu träumen wagte. Ein Kühlschrank und eine Waschmaschine, dazu eine Wäscheschleuder, eine Badewanne mit Warmwasserboiler, ein moderner Küchenherd. Staubsauger, Telefon, Tonbandgerät, Stehlampen, Tauchsieder und Föhn. Für die Stube ein Radio und ein Fernsehapparat, ein Plattenspieler zum Aufklappen.

Im April 1973 stirbt mit Gudrun auch die dritte Mutter, erlegen an inneren Blutungen. Nun pflegt Alinka ein drittes Grab, auf dem Friedhof im Westen der Stadt. Noch auf dem Sterbebett vertraute Gudrun sich dem Pflegekind an und erzählte von schrecklichen Ereignissen kurz vor Kriegsende in der Greifswalder Frauenklinik. Dinge, über die sie mit keinem je gesprochen hatte, die sie seit Jahrzehnten quälten. An einem Vormittag waren Russen in die Frauenstation gestürmt und vergewaltigten neben dem weiblichen Personal auch die frisch entbundenen Mütter in ihren Krankenbetten. Drei der Russen wurden zur Abschreckung auf dem Hof durch ihren Vorgesetzten erschossen.

Gustav und Karl sammeln, wie es in der DDR üblich ist, Glas, Papier und Lumpen für den Altstoffhandel und verdienen sich ihr Taschengeld. Alinka ist nun im VEB Greifswalder Kleiderwerke beschäftigt, einem der größten Betriebe in der Stadt. Dort trifft sie auf Helga, die Freundin aus Wampen, die damals auf der Bootstour mit dabei war, als sie nach Rügen ruderten. Kinderzeiten werden aufgefrischt und zwei Wampener Sommer in die Gegenwart zurückgeholt. Weitere Mädchen aus dem Dorfe sind am Hafen in der Fischfabrik in Lohn und Brot, wie etwa Klempnertochter Anna. Dort rollen sie Heringsfilets und stecken sie in kleine Dosen, die anschließend mit Deckeln verschlossen werden.

Gern besucht Alinka Seebrücken und Molen. Ein Familienausflug führt sie Ende der Achtzigerjahre zu den Feuersteinfeldern bei Mukran auf Rügen. Von einem Hügel blickt sie auf den abgesperrten Güterbahnhof mit seinen unzähligen Gleisen und den Fähranleger, von dem sie weiß, dass seine Hauptroute nach Klaipeda hinführt, ins damalige Memel. Der Hafen Mukran ist ein Sperrgebiet, umzäunt mit Stacheldraht, mit Wachpatrouillen und Hunden. Die Heimat fünfhundert Kilometer fern, ein Seeweg viel kürzer als über Land. In nicht mal zwei Tagen wäre so ein modernes Frachtschiff dort. Sehnsucht begleitet sie ein Leben lang. Die Zeit in Plicken erscheint ihr heute so weit weg, als sei sie nie geschehen. Jahrelang schon rechnet sie sich aus, wie alt ihre Mutter und ihr Vater nun sein müssten. In ihrer Vorstellung haben sie sich nicht verändert, sind nicht gealtert, sehen noch genauso aus wie einst.

Das Leben in Greifswald ist kein schlechtes, erkennt sie heute an. Doch wären sie damals nicht Hals über Kopf aus Dithmarschen fortgelaufen, hätte Alinka in der Westzone aufwachsen können. Heute weiß sie, dass Entscheidungen überdacht sein wollen. Das aber war der Entschluss ihrer von einer Krankheit zerrissenen Mutter. Alinka selbst war da erst zwölf. Hin oder her, das war einmal. Niemand kann die Zukunft lesen. Was jetzt ist, zählt. Das eine ist so wenig falsch, wie das andere richtig ist. Es interessiert nicht, was, sondern, dass. Nur ein Augenblick in all der Lebenszeit, der dem Mädchen eine Richtung wies.

An jedem Mittwoch kurz nach der Mittagszeit fährt in der Stadt eine Sirene hoch. Ein Probealarm, mehr nicht. Erinnerungen an damals kommen auf, an Insterburg und Swinemünde. Jeden Mittwoch tun sie das, martern sie und öffnen nie verheilte Wunden.

Die nun erwachsenen Söhne Karl und Gustav begeistern sich für den Bootsbau und verbringen jede freie Minute im Holzschuppen ihrer Werkstatt an der Flussmündung im Fischerdorf Wieck. Nach ihrer Ausbildung zum Maschinenschlosser satteln sie auf eigene Kosten in einer Werft der Nachbarstadt Stralsund auf den Beruf des Schiffbauers um. Da der Verdacht einer Republikflucht über das Meer besteht, setzt die Staatssicherheit einen Spitzel aus dem Freundeskreis auf sie an.

Enkelkinder werden geboren, eines bekommt den Namen Johanna, was Alinka eine große Freude ist. Als diese etwas größer sind und auch mal bei ihr übernachten, heißt es vor dem Schlafengehen immer nur: »Oma, erzähl uns was von früher!« Dann kuscheln sie sich eng zusammen, und Alinka, nun auch schon jenseits der fünfzig Jahre, berichtet, wie es einmal war. Von Zottel, dem weißen Ziegenbock, erzählt sie ihnen, von der Katze Minka, von Borstel, dem Eber, auf dem sie über den Hof geritten ist. Zuletzt und immer wieder, weil's die Enkel so gern hören, von den Pferden Lumpi und Lotti, die so weit marschieren konnten. Kein Wort verliert sie über die Strapazen der Flucht, vom Leid und vom Hunger, von der Kälte, von Fliegern und Bombenterror.

Wenn sich die Möglichkeit ergibt, unter der Hand DDR-Mark in Westgeld einzutauschen, besucht Alinka den Intershop in der Nebenstraße, um Persil zu kaufen, das Waschmittel Nummer eins, wie sie empfindet. Von seinem Duft beflügelt, betrachtet sie selbst den Westen als einen Ort der Sehnsucht.

Erst mit dem Fall des Eisernen Vorhangs, dem Zusammenbruch der DDR im Herbst 1989, kommt die Hoffnung auf, die Heimat doch noch mal wiederzusehen, statt nur von ihr zu träumen. Nun könnte sie reisen, ihre Wurzeln ergründen, Familienforschungen anstellen. Aber das tut sie nicht, belässt es dabei, wie es ist. Lieber keine Antworten als schlechte.

Sie weiß nicht, dass die Söhne recherchieren und die Adresse von Emma Kirwitzke ausfindig und einen Postwechsel zwischen den früheren Kinderfreundinnen möglich machen. Welch eine Überraschung ist es, als im Sommer 1992 ein Brief aus Litauen eintrifft mit einem Namen darauf aus lang verflossener Epoche. »Emma Bertuleit, geborene Kirwitzke?«, liest Alinka vor. Die Knie werden ihr zittrig, sie nimmt Platz auf dem Küchenstuhl. »Emma Kirwitzke?«

Gustav und Karl klären die Mutter auf, die Spannung über den Inhalt des Briefs erfüllt auch sie. Der Umschlag wird aufgerissen, drei Blatt Papier herausgenommen, auseinandergefaltet. Die erste Zeile beginnt mit den Worten: »Meine liebe Alinka, wie lang ist das her!« Die Leserin senkt das Papier und sucht nach einem Taschentuch.

Emma besitzt noch immer eine saubere Handschrift wie schon in der Schule. Emotionen und Sehnsüchte in den Zeilen erfassen Alinka. Ein Stück Kindheit, ein Bruchteil Zuhause, ein Fragment Heimathof hält sie nun in Händen. Vor 48 Jahren sahen die beiden sich zum letzten Mal, an einem Oktobermorgen in aller Früh. Emma hatte Tränen in den Augen und sprang vom Pferdewagen runter, lief der Mutter in den Arm. Diese Erinnerung verschwimmt im Nebel, so wie das Haus und die Birke auch, das war das Letzte, was Alinka von Plicken gesehen hat. Danach folgt Dunkelheit, was den Heimatort betrifft. Nach fünf Jahrzehnten mit einem Mal eine Verbindung zurück nach Hause.

Unerschrocken offen berichtet Emma, was damals in Plicken geschah. Jetzt können die Menschen reden, brauchen sich nicht mehr verstecken, müssen nicht mehr schweigen und Sanktionen fürchten. Dürfen um die Heimat weinen, dürfen sie besuchen, die eigenen Geburtsorte und die der

Eltern oder Großeltern. Der Sozialismus, nicht nur auf deutschem Boden, ist Vergangenheit.

So taucht Alinka ein in Wort und Satz, ins Schriftbild der Freundin aus Litauen, die heute in Klaipeda, im früheren Memel, wohnt. Diese beschreibt den Verlust der Freundin, das Schwinden des Wagens an jenem Morgen von ihrer Seite aus. Da standen sie nun vorm Hof. Das Gefährt der Gindullis' ruckelte ins Unsichtbare, war bald nicht mehr zu hören. Mutter Kirwitzke wollte die Tochter dem kurz danach aufbrechenden Treck mitgeben, doch Emma wehrte sich. Und so blickten sie den zur Dämmerung nach Süden ziehenden Wagen ihres Dorfes nach. Ihnen folgte eine Herde Rinder, dann ein Treck von Norden.

Bevor der Russe kam, so schreibt sie, waren noch viele Menschen im Dorf. Emma schnitt sich die Zöpfe ab, zog die Kleider ihres Bruders an und schmierte ihr Gesicht voll Ruß aus dem Ofenherd, um unattraktiv zu erscheinen, verkleidet wie ein Junge. Wagenkolonnen rollten hindurch, Bauern trieben Kühe und Schweine auf die Felder. Im Laufe des Tages wurde es ganz still. Für Stunden war nicht mal die Front zu hören. Plicken war wie ausgestorben. Die Mutter rief den Hund ins Haus, verbarrikadierte Fenster und Türen. Bis zum Abend nichts, nur Stille, gespenstisch wie vor einem Sturm.

Am nächsten Tage ratterten die Motoren russischer Lastwagen. Sie fuhren auf den Hof, direkt bis an die Tür, riefen irgendwas und schlugen ein Fenster kaputt. Emma verbarg sich in der Speisekammer und hielt von innen den Riegel zu. Mutter Kirwitzke öffnete die Tür, vier Soldaten drangen ins Haus, sahen sich überall um und eilten wieder davon. Weitere kamen, sie waren ungepflegt, trugen keine einheitlichen Uniformen und benahmen sich bildungsfern, verlangten nach Alkohol. In der Nacht kamen wieder welche, diesmal auf flachen Pferdewagen. Sie zertraten die Möbel und entfachten auf dem Hof ein riesiges Feuer. Dann missbrauchten sie die Mutter. Emma bekam im Versteck alles mit, auch das Flehen der Mutter, wenn der Nächste sich ihr näherte. Am Morgen erst verschwanden sie, nachdem fast alles verwüstet und das Feuer im Hof erloschen war.

Dann kamen andere, Litauer. Die waren schon drüben bei Gindullis und hatten den Ziegenbock dabei. Sie waren genauso schlimm, legten Feuer im Unterhaus und erlaubten der Mutter nicht, es zu löschen. Dort schlachteten sie die Ziege, das Blut verteilte sich, die Innereien lagen auf dem Sofa. Als sie mit dem Fleisch den Hof verließen und weiterzogen, drohten sie noch und hielten der Mutter einen Pistolenlauf an die Stirn. Frontlärm und Kanonendonner schallten im Hintergrund, aber nicht mehr aus dem Osten, sondern von Memel her im Süden.

Abermals kehrten Russen auf den Hof. Sie schossen alle Hühner tot und zerstörten die letzten heil gebliebenen Fenster. Sie fanden den Hund in der Bettkammer und erschossen auch ihn. Kirwitzkes sahen bei Gindullis nach. Der kranke Großvater lag auf dem Rasen, Hilde kniete neben ihm und jammerte. Ihr Haus war ebenso zerstört. In der folgenden Nacht gingen beide Häuser in Flammen auf. Ob es Russen waren oder Litauer, wusste niemand. Kirwitzkes wohnten nun im Stall. Hilde schob ihren Mann auf einer Karre ins Dorf. Von da an verlor sich ihre Spur. Auf dem Friedhof stand nie ein Kreuz mit ihren Namen.

Eine Gruppe litauischer Herumtreiber jagte Mutter und Tochter Kirwitzke aus dem Stall, trat und schlug mit Knüppeln, brüllte immer »Nazi, Nazi!« Im Schulhaus lebten sie dann einige Wochen, oben in der Wohnung von Jakuszeit. Der war schon lange fort. Unten im Schulraum wurden für Tage verletzte, deutsche Soldaten untergebracht. Die haben sie alle erschossen. Auch an der Kirchenmauer wurden deutsche Soldaten mit Kopfschüssen niedergestreckt, an derselben Stelle, an der Emma und Alinka als Kinder spielten. Es heißt auch, der Russe habe die Kirchenbücher verbrannt.

Nachdem die Front durch war, kamen immer wieder Russen aus den Stellungen des belagerten Memel nach Plicken und suchten alles ab nach Frauen. Schulzens Tochter fanden sie im Kellerversteck, brauchten gar nicht lange suchen. Oh, wie entsetzlich hat die alte Schulz geweint, als sie ihr das Mädchen aus den Armen rissen. Da verriet sie in ihrer Verzweiflung, dass auch Frau Schmidt eine Tochter verborgen hielt. Dann sind zwei Russen rüber in den Stall und entdeckten sie im Stroh. Wie die Tiere sind sie auf die Mädchen losgegangen. Einen Tag später stürzte sich die Schulze in den Brunnen.

Wenn nicht die Russen kamen, waren es die Litauer. Sind wie Räuber durchs Land gezogen, haben sich genommen, was sie wollten, Kleider und Getreidevorräte. Haben ihr Vieh mitgebracht und auf dem Friedhof weiden lassen. Krallten sich die Höfe und Häuser. Erwin Bolz haben sie zu dritt mit ihren Knüppeln totgeschlagen. Da hatten sie ihren Spaß. Die waren schlimmer als die Russen. Bei Loewe auf dem Hof schwoll eines Nachts ein Feuer, das vom Schuppen auf die Scheune überging. Niemand hat es gelöscht. Am Morgen war nur noch eine rauchende Ruine da. Mit spitzen Eisenstangen haben sie auf allen Höfen in der Erde herum gestochen, auch im Garten von Gindullis. Weil sie wussten, dass jeder was vergraben hatte vor der Flucht. Haben die Brunnen verseucht mit totem Vieh und zerrissenen Federbetten, alles zerschlagen oder abmontiert.

Wer deutsch redete, galt als Verbrecher. Deshalb schwiegen viele Deutsche, um als Einheimische durchzukommen. Als die Besiedelung durch Litauer begann, nahm sich jeder ganz offiziell einen Hof mit Haus, wie auf dem Pferdemarkt und wie es ihm geradeso gefiel. Noch jahrelang plünderten Litauer deutsche Bauern aus. Richtige Banden stromerten durchs Land und übten Selbstjustiz an Versprengten, Bettlern und Kindern. Loh's Älteste gebar einen Russenjungen und ließ ihn ins Kinderheim nach Memel bringen. Von der schönen Berta Marija wusste keiner was. Die hatte niemand mehr im Dorf gesehen.

Nach drei Jahren Angst und Hunger auf dem Schuldachboden sollte eine noch schwärzere Zeit anbrechen, als die Verschleppungen begannen. Den Abtransport überlebte Mutter Kirwitzke nicht. Immerhin bekam sie auf Dreiviertel der Strecke ein halbwegs anständiges Grab neben den Gleisen. Sibirien aber war weniger Hölle als Plicken nach dem Krieg. Dort waren auch die verschleppten Litauer den Deutschen wohlgesinnt. Nach Josef Stalins Tod gelangte Emma Mitte der 1950er als Dreiundzwanzigjährige nach Klaipeda. Sie wurde Sowjetbürgerin und heiratete einen Litauer, der heute als Fischer und Hafenarbeiter tätig ist. Mit ihm hat sie zwei Töchter. Sie erlernte den Beruf der Altenpflegerin. Nachforschungen ergaben, dass zwei von Emmas Brüdern gefallen sind und der jüngste in

Deutschland lebt, in Baden-Württemberg. Besucht haben sie sich nie. Das neue Deutschland ist Emma gänzlich unbekannt.

Ein Briefwechsel entsteht, in dem auch Alinka von ihrem Werdegang berichtet. Beide verbindet der Verlust der Mutter, entbehrungsreiche Jahre und ein Neuanfang trotz harter Biografie. Die eine lebt heute fern des Ortes ihrer Geburt, die andere durfte die Kindheitssprache nicht mehr nutzen. Es ist schon ein Kuriosum für Alinka, dass es nun Emma wieder gibt. Das dankt sie den Söhnen auch, dankt es ihnen mit Worten und Gesten. Emma ist der Quell in die Vergangenheit.

Die Eltern tot, der Großeltern Schicksal ungeklärt, Verwandtschaft aus Insterburg nicht auffindbar. Im Nachhinein, so denkt sich Alinka, war das Handeln ihrer Mutter egoistisch, doch essentiell und getrieben von der Idee, sich selbst und das Kind vor Kriegsgräuel zu bewahren. Sie entschied nach eigenem Empfinden. In Plicken wartete sie an jenem Morgen nicht, bis der Treck sich formierte, nahm keine weiteren Personen auf, wie zuvor angeordnet. Unterwegs gewährte sie niemandem die Mitfahrt auf dem Wagen, um den Pferden nicht noch mehr Lasten aufzubürden. Gewiss war dieses Handeln unsozial, doch rettete sie damit das eigene und das Leben ihrer Tochter. Niemand des Plickener Trecks, der am Morgen des achten Oktober 1944 aufgebrochen war, so will Emma es erfahren haben, entkam der Roten Armee. Hätte Elisabeth anders gehandelt, säße Alinka nicht hier auf ihrem Küchenstuhl. Dann wäre sie vielleicht schon gar nicht mehr.

Emma lässt in den amtlichen Personenregistern Klaipedas nach Namenseinträgen von Alinkas Großeltern suchen, erhält aber keine Treffer. Die Freundin berichtet weiter, gelegentlich mit der Familie im Auto durch Plicken zu fahren, weil es auf dem Weg liegt an den litauischen Ostseebadestrand Palanga im Norden, wo sie im Sommer Urlaub machen. Ihre Höfe sind verschwunden, auch die krumme Birke steht nicht mehr. Kein Obstgehölz, kein Baum an dieser Stelle, nur Gestrüpp und Weideland. Störche gibt es in Plicken keine mehr. Die Dächer, auf denen es früher klapperte, sind verlassen. Auch alle deutschen Ureinwohner sind aus dem Dorf verschwunden.

Überhaupt singen und musizieren die Menschen heute weniger als früher, vergessen ihre Lieder, hören Radio. Kein abendliches Musizieren mehr, wenn die Nachbarn herüberkommen. Heute verbringen sie die Stunden vor ihren Fernsehgeräten. Wildschweine und Wölfe gibt es in den Wäldern rund um Memel, die waren damals noch fremd. Schuld daran ist der Niedergang des gesellschaftlichen Lebens. Emma drängt auf ein Treffen in der alten Heimat, Alinka aber wird nicht warm mit dem Gedanken. Stattdessen schickt sie ihr ein Päckchen mit Kaffee und Schokolade, mit Seife, Creme und Persil. Ein Westpaket aus dem heutigen Osten Deutschlands.

Familienfotos werden getauscht. Aus Emma ist eine dicke Frau geworden. Auf einem Bild, das am Haff entstand, hält sie ihre erwachsenen Töchter im Arm. Eine andere Aufnahme zeigt den Ehemann im Arbeitsanzug vor einem Containerschiff. Es folgen Telefonate der ehemaligen Schulfreundinnen. In ihren oft stundenlangen Unterhaltungen heißt es immer »Weißt du noch, …« und »Erinnerst du dich…« Emma spricht nur noch gebrochen die Sprache ihrer Kindheit. Daher schreibe sie viel lieber. Es durfte damals kein deutsches Wort mehr verwendet werden. Noch als junge Frau sang sie heimlich und leise deutsche Lieder. Aber nur, wenn sie sich wirklich sicher war, dass es keiner hören konnte. Heute ist Emma katholisch, wie ihr Mann, hat den evangelischen Glauben vor Jahrzehnten abgelegt. An jedem Wochenende würde der Ehegatte mit seinen Kollegen betrunken durchs Hafenviertel ziehen. Aber das sei dort normal. Sein Hobby wäre das Sammeln von Aschenbechern. Eine Kollektion von hundert Exemplaren würde bereits das Wohnzimmerregal beanspruchen.

Zu einer Reise nach Litauen kann sich Alinka, trotz Drängens ihrer Söhne, nicht entschließen. Auch die polnische Grenze meidet sie, ebenso die grenznahen deutschen Seebäder auf der Insel Usedom. Bis Trassenheide im Westen der Insel, zehn Autominuten vom Festland weg, können die Söhne sie überzeugen mitzukommen. Weiter nicht, denn die Nähe zum heute polnischen Swinemünde löst in Alinka Unbehagen aus. In Trassenheide sitzen sie dann vor einem Kaffeestübchen an der Promenade, den Blick aufs Meer gewandt.

Karl und Gustav schwärmen von ihren Seereisen nach der politischen Wende, als sie mit den eigenen Yachten Dänemark, Schweden und Bornholm besuchten. Alinkas Wünsche sind das nicht, sie hat das preußische

Bauerngen, da genüge Haus und Hof. Ihre Vorfahren seien auch nie in die Welt hinausgefahren, wenn keiner sie dazu zwang. Auch in den Westen Deutschlands will sie nicht, macht sie den Söhnen klar. In ihrem Kinderleben wäre sie genug gereist. Greifswald sei die Heimat. Hier lebe sie nun, hier leben ihre Kinder und Enkel. Altes sei Vergangenheit.

Wampen aber besucht sie mit Karl und Gustav Ende der 1990er tatsächlich, zum ersten Mal nach über einem halben Jahrhundert. Eine gute Straße führt über Neuenkirchen ins Dorf der zweiten Kindheit. Das Auto stellen die Söhne am Ortseingang ab, haken sich bei der Mutter ein, um an jenem Samstagmorgen einen Spaziergang im Küstendorf zu unternehmen. Eigenheime prägen das Bild. Die Feldbahngleise sind verschwunden. Das Dorf beginnt heute sehr viel früher, weitab vom Kern, wo damals noch Landweg war. An der Straßengabelung ist die Rinderkoppel einer Gartensparte gewichen. Vom Bestand der Lindenallee sind nur wenige Altbäume geblieben. Die Viehställe links und rechts gibt es nicht mehr, auch dort stehen Eigenheime, mit Rasengärten statt Anbauflächen für Obst und Gemüse.

Das Dorfe ruht im Spätsommerschlaf, nirgends ist ein Frühaufsteher zu sehen. Niemand geht mehr beizeiten über seinen Hof, um die Tiere zu füttern, oder zur Feldarbeit. Das Gutshaus, das sich schon von weitem zeigt, hat den Glanz alter Tage verloren. Weinreben zieren keine Fassade mehr, da ist nur noch blanker Backstein. Der Gutsteich, einst Badestelle und Tränke für das Vieh, ist zum Feuerwehrlöschteich umfunktioniert. Es führt kein Weg mehr drumherum.

Was nur ist aus dem Beamtenhaus geworden? Als Ruine thront es da, von Menschen verlassen und ungenutzt. Verbarrikadierte Fenster, vernagelte Türen, ein offenes Dach, das keinen Regentropfen abhält. Gestrüpp und Wildwuchs aus Holunder ranken an den Mauern empor. Keine Wiese mehr vor ihrem Fenster, wo im Frühjahr immer die Schneeglöckchen und Märzbecher erblühten. Alinka betrachtet dies Areal mit großer Emotion. So viel Kindheit aus nicht mal zwei Jahren hängt dort fest. So lang ist's her, als sie von hier ihren Schulweg antrat, damals nach dem Kriege. Schöne Zeiten, doch viel zu kurz. Sie drängt die Söhne weiter, woanders hin, nur eben von hier weg.

Hinter den modernisierten Landarbeiterhäusern liegt eine feste Straße. Auch auf der anderen Seite wurden Gebäude errichtet. Das einstige Birnenbäumchen an der Hofeinfahrt des vierten Hauses hat sich zu einem massiven Stamm entfaltet. Seine Früchte liegen am Boden, niemand sammelt sie auf, niemand harkt sie weg, damit keine Wespen kommen. Einst wurde jedes Obst genutzt, das gute zum Verzehr und Haltbarmachen, das matschige fürs Vieh. Als dieser Baum noch klein war, pflückten sie dessen unreife Früchte und nahmen sie mit aufs Boot. Es könnte gestern gewesen sein, so nah ist Alinka diese Begebenheit im Gedächtnis eingraviert.

Das Schulhaus ist heute ein anderes Gebäude. Vermutlich wurde es nach dem Brand neu aufgebaut. Schafe weiden da, wo in den 1940ern die jüngeren Kinder tobten. Ein älteres Pärchen bewohnt das Haus. Gustav redet mit dem Mann, fragt ihn, ober er was berichten kann zur Dorfgeschichte. Alinka drängt Karl vor sich her, sie will das nicht, es soll Vergangenheit sein und bleiben. Wenn die Söhne recherchieren möchten, dann bitte allein und ohne sie.

Am Moorgraben, an dessen Ufer heute Weidenbäume stehen, folgen sie einem Feldweg hinunter zum Bodden. Leichte Frische weht den Hang hinauf, mit Düften von Seegras und Algen. Ein Schild weist diesen Bereich als Naturschutzgebiet aus. Eine Schautafel verrät, dass dieses Areal seit 1990 zum Reservat »Wampener Riff, Insel Koos, Kooser See und Wiesen« gehört. Der Schilfgürtel wirkt ausgeprägter als in der Erinnerung. Mag sein, dass die Nachkriegsbauern ihre Äcker einst viel weiter runter Richtung Bodden pflügten. Der Strand sieht heute anders aus, viel offener, viel weniger bewachsen. Der Stein am Ufer, auf dem sie so oft Platz genommen und voller Heimweh aufs Wasser hinausgesehen hat, ist ebenso verschwunden. Noch immer liegen Inselchen vor dem Strand, aber keine große Badeinsel mehr.

Da weilt sie nun und denkt an die Lagerfeuer zurück im Sommer 1946. Babywellen münden im Ufersand, sie plätschern so lieblich wie einst in der Jugend. Es tut im Herzen auf angenehme Art weh, bereitet Wohlbehagen. Richtig ist es, hier zu sein, denkt sich Alinka, erst recht mit Karl und Gustav, den lieben, lieben Söhnen. Im Norden verhüllt sich Koos genauso verschlafen wie eh und je, verbirgt sich im Morgendunst und zeigt nicht mehr von sich als die hohen Bäume des Inselkerns. Ein Motorboot ankert in einiger Entfernung zur Küste. Weiter draußen ist es ein Frachter, der den Hafen von Ladebow anläuft, ein Industriegebiet in der Nähe des Fischerdorfes Wieck.

Ein Stück nördlich des Strandes wurde ein Spülfeld angelegt zur Verkippung des Aushubs aus der Fahrrinne, schon seit 1976, wie es da auf einem Schild geschrieben steht. Ein seltsamer Anblick, diese Kuhlen, wo sich damals ein Gürtel aus Schilf breitmachte. So spazieren sie ein Weilchen oben auf dem Riff entlang und nehmen einen Pfad zurück ins Dorf. An der Pappelreihe des Gutsparks stehen sie nun. Raps und Mais erstrecken sich in jede Ferne. Nirgends Roggen, Hafer oder ein Kartoffelacker. Hier wird kein Pflug mehr übers Feld gezogen, kein Karren mehr per Hand beladen. Das letzte bäuerliche Jahrhundert schwindet, großindustrielle Landschaften prägen das Bild.

Zuletzt will Alinka noch die Ackergrube sehen mit dem großen Teich. In einer Furche im zwei Meter hohen Mais suchen und finden sie alsbald ihr Ziel, eine von Büschen und Bäumen gesäumte Riefe inmitten der Monokultur. Geäst schieben sie beiseite, bahnen sich einen Weg durch Nesseln und Holunder, bis sie am Fuße des Abhangs stehen und auf die karge Fläche blicken. Altholz, Kronen, ganze Weidenstämme liegen dort, wo früher die Kinder im Winter schlitterten. In dieser Grube hat seit langer Zeit kein Teich mehr existiert, vielleicht gar seit dem trockenen Sommer 1947. Hier war es auch, wo sie und Barbara die Weihnachtskugeln an die Zweige steckten.

Im Juni 2002 nimmt Alinka, aus eigenem Willen heraus, am Deutschlandtreffen der Ostpreußen in Leipzig teil, wieder in Begleitung von Karl und Gustav. In einer Unzahl an Besuchern flanieren die drei Greifswalder durch mehrere Hallen. Eine Ausstellung mit Zeichnungen von Heimatmotiven sticht besonders hervor, weil sie verschlafene Dörfer zeigt und einsame Alleen, Flusslandschaften im Nebel, Weiden und Kopfsteinpflaster, die die Sehnsucht widerspiegeln. Am Eingang der Messe wacht ein ausgestopfter Elchkopf. Zwischen Hunderten sitzen sie alsbald an einer Tafel und verfolgen die Darbietung einer Trachtentanzgruppe.

Ein Damenchor mit einem Dirigenten formiert sich auf der Bühne. »Land der dunklen Wälder und kristall'nen Seen«, erklingt es in sanftem Choral. Das Publikum singt mit. Es folgt der Einmarsch der Fahnenstaffel. Träger führen, von einem Redner angekündigt, die Wappen aller früheren Kreise hinein. Für Alinka ist es ein bewegender Moment, als das Memel-Wappen durch die Halle getragen wird. Im Anschluss ist Kuchenzeit, Gespräche werden geführt, Kontakte geknüpft. All jene hier an diesen Tischen sind die Kinder von einst und die Alten von heute. Jeder mit seiner Geschichte, seinem Erlebten, dessen Wege und Pfade vielleicht schon bald vergessen sind, wenn nichts mehr überliefert, nichts mehr festgehalten wird. Millionen Bücher wären das. Doch wer soll sie alle schreiben, wenn nicht die Alten selbst? Wahrscheinlich ist es besser so, dass vieles vergessen wird, dass nur von wenigen Menschen das Leben auf Buchpapier gelangt. Ein Gestern soll ein Gestern bleiben, soll mahnen und erinnern, doch soll keine Wunden reißen.

Alinka hört denen zu, die in ihrer Nähe sitzen. Sie erfährt Geschichten und Ereignisse aus den Tagen des Exodus: Von der Mutter, die nicht fliehen wollte, die mit den Kindern allein im Dorf geblieben war, bis sie des Abends Tausende Stiefelschritte vernahmen, sich im Schrank versteckten und bereuten, nicht auch geflohen zu sein. Wo die Kinder zuerst noch spielten, in den Pfützen neben der Straße, zogen nun russische Soldaten hindurch. Unendlich viele stapften auf der Dorfstraße lang, es hörte nicht auf, sie sangen laut. Die letzten bullerten gegen die Türen, preschten ins Haus und fanden die Mutter, haben sie ausgelacht und sie sich genommen.

Dann die Geschichte von dem Ex-Soldaten, der sich Bauernsachen anzog und nach Kriegsende allein durchs Land gestreift war, von Neu-Polen durch die Wälder nach Westen. Immer nur in der Nacht. Der des Tages auf hartem Boden schlief, der Fröschen die Haut abzog und sie roh verspeiste, um nicht zu verhungern. Der einen Hund geschlachtet und von einem verendeten Pferd gegessen hat. Als zäher Naturbursche gelang es ihm so, die Kriegsgefangenschaft zu umgehen.

Von der Dame, die fortwährend klagt, wie sie als Kind mit ihrer Familie aus Stettin fliehen musste. Die sich nichts sehnlicher wünscht, als nach

426

dem letzten Atemzug unter pommerschen Kiefern begraben zu werden. Ihrem späteren Mann, einem Danziger, geht es ähnlich, auch er möchte irgendwann in seiner alten Heimat begraben werden.

Von der damals Neunjährigen, die Zeugin war von der Misshandlung und Tötung einer Nachbarin. Zwei betrunkene Russen stolperten die Kellertreppe runter, zerrten die Frau aus ihrem Versteck und stritten sich um sie. Der dominantere verging sich an ihr. Danach erschoss er sie und verließ mit dem anderen Russen, der protestierte, den Keller, ohne einen weiteren Gedanken daran zu verschwenden. Für jene damals Neunjährige, die nun Alinka gegenübersitzt und nicht vergessen kann, ist es unbegreiflich, was Menschen anderen Menschen antun können. Dreimal flogen Freunde von ihr nach Moskau, dreimal lehnte sie eine Mitreise ab. Ein Land, das sich nach 1945 bis heute noch immer nicht entschuldigt hat für das, was seine Soldaten unter den deutschen Frauen angerichtet hatten, kann sie nicht bereisen. Dabei wäre eine Aufarbeitung dringend nötig.

Ein hochbetagter Herr berichtet, bei Kiew in Stellung gelegen zu haben. Er ist in etwa gleichem Alter wie ihr geliebter Vater. Wenn er, so glaubt sie, heute noch leben würde, könnte er wohl genauso aussehen wie dieser Mann. Sein westpreußischer Acker, verrät er ihr, war auf zwei Seiten wie ein großes L von dunklem Wald umgeben. Wie eine Mauer türmte er sich auf und bot eine Grenze zwischen Baum und Pflug. Jeden Oktober, sagt er, schien die Sonne so herrlich auf den frisch gewendeten Boden.

Unter Tränen beschreibt eine Frau den letzten Tag auf ihrem Heimathof. Als das Grollen schon sehr nahe zu hören war, floh sie in Kittelschürze, mit dem Kind auf dem Arm, zur Hintertür hinaus. Die polnische Magd nahm den Koffer und folgte ihr. Zwei Kühe und eine Sau mussten im Stall zurückgelassen werden. Ihre kleine Maria erfror im Schnee, da waren sie schon in Brandenburg. Fünf Jahre war sie alt und hat doch so gern gelacht. Für sie ist ihre Tochter noch immer das kleine Mädchen, das sie bis heute in den Gesichtern fremder Kinder sucht, obwohl sie doch nun auch schon über sechzig Jahre wäre.

Zu ihrem siebzigsten Geburtstag im September 2003 wünscht sich Alinka nichts weiter als etwas Lebendes, wie etwa ein Bäumchen für den Garten. Die Söhne planen längst viel mehr, es soll der Mutters zweite große

Reise werden, die Rückkehr ins Land ihrer Herkunft. In eine Heimat, die ihr doch längst keine Heimat mehr ist. Zuerst glaubt sie, es ist ein gewöhnlicher Segeltörn, der am Morgen des achten Oktober, dem Tag des Aufbruchs in Plicken 1944, an der Holzklappbrücke im Greifswalder Fischerort Wieck beginnt. Vater Hannes, den ein Nervenzittern plagt, kann die Reisenden nicht begleiten.

Entlang der Küste bemerkt Alinka, dass es immer weiter Richtung Osten geht, vorbei an sämtlichen Usedomer Badeorten. Ohne zu protestieren, fast befürwortend, nimmt sie es hin, dass die Yacht ins polnische Swinemünde gelangt, den Kanal bis zum Segelhafen folgt und dort zu Abend an einem Liegeplatz festmacht. Ein Hotelzimmer ist für die Mutter gebucht, nicht mal weit vom Kleinen Markt.

Weil Alinka gar zu viele Fragen stellt, warum überhaupt und was das alles soll, auch der ganze Proviant und die vielen Kleider an Bord, beichten Gustav und Karl ihr von dem Vorhaben der Reise rückwärts in die Heimat. Alinka rebelliert und weigert sich, auch nur einen Fuß von diesem Boot zu setzen. Den Söhnen gelingt es aber doch, sie zu beruhigen. Sie solle sich morgen wenigstens die Stadt ansehen, jetzt aber das gebuchte Hotelzimmer nutzen, das bereits bezahlt sei. Beruhigen ja, aber nächtigen will sie in dieser Stadt nicht mehr, wo einst tausend Flieger rüberkamen. So bereiten die Söhne ihr eine Schlafstelle an Bord.

Als sie am Morgen in aller Frühe die Augen aufschlägt, das Schaukeln im Hafenbecken wahrnimmt und ihr in den Sinn kehrt, wo sie sich befindet, rollen die Erinnerungen. Die letzte Swinemünder Nacht, vor beinah sechzig Jahren, verbrachte sie mit der Mutter und Freundin Minna in der Kammer am Kleinen Markt, beim Händler, dem Großvater von Gerhard. Ob er wohl noch hier lebt, der Gerhard? Ist es gut, die Orte der Vergangenheit aufzusuchen? Schaden kann es wohl auch nicht. Es dauert nicht lang, nur ein kurzes Frühstück an Deck, da klettern Alinka und Karl auf den Steg. Gustav will das Boot bewachen, während die beiden in die Stadt losziehen. Er hat seine Vorurteile gegenüber den Polen.

Auf dem Weg erklärt Karl der Mutter die Absicht, dass er mit ihr die Küste so gern hinaufgefahren wäre, um die bedeutenden Landmarken wie Pillau, Königsberg und Memel anzusteuern. Doch gibt er auch zu bedenken, dass die beiden erstgenannten Orte per Schiff wohl mit behördlichen Schwierigkeiten behaftet wären. Die russische Oblast Kaliningrad sei ohnehin das große Fragezeichen dieser Reise. Auf einen Versuch hätten er und Gustav es allemal ankommen lassen. Alinka windet sich: »Bis Swinemünde und nicht weiter!« Außerdem ist da die Sorge um den Ehemann daheim.

Nach einigen Hundert Metern stehen sie am Fähranleger Usedom-Wollin, die Swine vor Augen. Hinterrücks weilt ein grässlicher Hochhausblock, der seine Anspruchslosigkeit mit einem Traumausblick begleicht. Diese Schifffahrtsstraße aber besitzt Größe und Macht, treibt ihr ungestümes Wasser der Mündung zu und ist doch voller Frieden. Auf der anderen Seite ist reichlich Industrie angesiedelt. An der hiesigen Kaimauer haben moderne Lotsenkähne festgemacht, weiter hinten schaukeln Hochseekutter. Alinka und Karl nehmen Platz auf einer Bank. Sonnenstrahlen gleißen auf dem Wasser, werden verdeckt von regenschweren Wolken und kommen erneut hervor. Die Aussicht könnte nicht bedeutender sein, auf eine Stadt mit Geschichte, einen Hafen mit Tragödien und Schicksalen. Davon unberührt werfen drei Jugendliche die Angelruten aus.

Sie gelangen ans ehemalige Hotel »Drei Kronen« mit seinem markanten Eckrundtürmchen, das heute viel niedriger ist. Alinka versucht, die einstige Wasserausgabestelle zu orten, auch den Bunker am Rathausplatz. Einen Schienenstrang gibt es heute in diesem Hafenbereich nicht mehr. Eine kurze Straße führt die beiden zum Kleinen Markt. Die Christuskirche zeigt sich. Diese Ansicht ruft Vertrautes und Verlorenes gleichermaßen hervor. An der linken Häuserfront des Marktes ist nicht auszumachen, welches Gebäude ihnen damals Unterkunft bot, oder zumindest, auf welcher Höhe es sich befand. Alinka versucht, sich zu verinnerlichen, in welchen Distanzen zueinander die Häuser einmal standen, selbst wenn es längst Neubauten sind. Das Kammerfenster, das für Monate ihr Zuhause war, lässt sich nicht bestimmen.

Durch einen Tunnel mit offenem Gittertor gelangen sie auf den Hof. Mittig sind Garagen platziert. Irgendwo hier, als das noch Gärten waren, so erklärt Alinka dem Sohn, kochten sie und seine Großmutter in den Beeten ihre Süppchen. Nur schwer ist zu erahnen, an welchem Platz das gewesen sein mag. Die Gebäude sind heute viel größer, sind nicht mehr die niedlichen Häuschen, wie zu alter Zeit üblich.

Touristen besichtigen die Stadt, tummeln sich am Markt und nutzen das gute Oktoberwetter. So wenden sich Mutter und Sohn der Christuskirche zu, betreten sie aber nicht, weil Alinka das so will. Schon damals wollte sie nicht hinein, da sie zur Unterbringung von Flüchtlingen diente und aus allen Nähten platzte. Der Zwölf-Uhr-Gong erschallt, gefolgt von einem kitschigen Glockengeläut. Die beiden sehen am Kirchturm hinauf. Ein Schauer fährt Alinka in den Nacken, der den 12. März 1945 wiederkehren lässt. Gleich werden die Sirenen heulen, dann gleiten tausend Maschinen über die Stadt hinweg. Fast schon möchte sie die Hand des Sohnes greifen und zum Bunker in die Hindenburgstraße eilen, wie sie es als Elfjährige mit der Freundin und der Mutter getan hat und sie in allerhöchster Not das Kellerloch erreichten.

Nichts kommt da am Himmel, auch nicht nach fünf Minuten, nicht nach zehn und einer Viertelstunde. Der Schrecken ist überwunden. Zur Beruhigung bestellt Alinka ein Eis am Imbissstand. Mit überraschender Nüchternheit zeigt sie Karl in der Hindenburgstraße in etwa die Position des Hauses mit dem Bombenkeller, in dem sie den Angriff überlebte. Karl hält diesen Tag mit einer Fotokamera fest. Nahe Kurpark, in der Innenstadt, streifen sie eine Kirche ohne Dach, in die ein Gastlokal hineingebaut wurde, dem schallende Musik entweicht.

Mit einem Taxi und einem Umweg zur Knabenschule lassen sie sich an die Strandpromenade chauffieren, setzen sich vor ein Café und bestellen Pflaumenkuchen. Für Gustav, der auf dem Boot geblieben ist, lässt sie zwei Stücke in Papier einwickeln. Dass gleich hinter dem Musikpavillon ein Wald beginnt, hatte Alinka so nicht in Erinnerung.

Barfuß nun flanieren sie an den Strand und der Westmole zu, an dessen Kopf die Mühlenbake steht. Dort wühlt die raue See, dort klatschen Wellen gegen den Kai. Besucher aber gibt es viele, Strand und Mole sind wie ein Magnet. Vor einer grünen Seetonne taucht ein Kormoran ab. Ein Fährschiff kehrt von der Ostsee ein. Damals waren es ganze Konvois, die jeden Tag und jede Nacht auf dieser Wasserstraße fuhren und Menschen aus dem Osten brachten.

Den Abend verbringt Alinka mit den Söhnen auf dem Boot am Außenheck. Sie werden eins mit der sich bettenden Hafenkulisse, lauschen dem Wind, der durch die Maste streicht, müde wird und sich zur Ruh begibt. Ein Abend in Swinemünde in Friedenszeiten, eine Stadt, die sich heute Swinoujscie nennt. Gustav verdrückt das zweite Stück Pflaumenkuchen, Karl schraubt am Motor herum. Die Rufe der Möwen schallen von oben her. Wildgänse ziehen als spiegelverkehrte Einsen am Himmel nach Südwest.

Am nächsten Morgen spaziert Alinka die wenigen Meter vom Yachthafen bis an den Strom, macht ihren Frieden mit dieser Stadt. Am jenseitigen Ufer hievt sich der Sonnenball empor. Seevögel ziehen vorüber, die erste Fähre ist schon unterwegs. Sechs Jahrzehnte, so lang ist's her, dass sie hier mit Freundin Minna die Beine über die Kaimauer hielt und einfahrenden Schiffen nachgesehen hat. Was mag nur aus ihr geworden sein? Hätte sie sich doch ihren Nachnamen gemerkt und beim Roten Kreuz einen Suchantrag gestellt, dann wüsste sie heute mehr. Mag sein, dass es gut so ist, weniger zu wissen, als dass es am Ende schlechte Nachrichten sind. So lässt sich's besser träumen und sich an Hoffnungen klammern.

Ihre Eltern hat Alinka früh verloren. Die Mutter starb mit dreiunddreißig Jahren, der Vater ist auch nicht alt geworden, dann war die zweite Mutter fort. Das Leben aber hat es mit ihr ja doch noch gutgemeint, sie hat zwei Söhne und eine Tochter geboren. Drei Enkelkinder wurden ihr geschenkt. Zu Hause wartet ein liebevoller Mann. Jeder kann froh sein, die Kinder groß zu kriegen, denn alles andere ist Bonus. Gesundheit ist nicht selbstverständlich, sie ist ein Geschenk. Rosen blühen, Rosen welken. So ist es auch mit einem Menschenleben. Oder mit dem Wind, er kommt, er ist und geht. Wer Zeit als Kostbarkeit ansieht, der hat den Wert seines Lebens erkannt.

Heute weiß Alinka aus Büchern und Chroniken, wie knapp sie im Oktober 1944 in der Nähe von Heydekrug den feindlichen Spitzen entkamen und um wie wenige Stunden sie im Januar 1945 der russischen Offensive bei Fischhausen voraus waren. Noch immer kommt es ihr vor wie ein Wunder, dass die Stuten das Fuhrwerk 275 Kilometer weit zogen. Sie weiß, dass das Schiff, das sie von Pillau nach Swinemünde brachte, wohl nur die »Fangturm« gewesen sein kann. Dass die Einnahme der Stadt, in der sie sich gerade befindet, durch die Rote Armee zwei Wochen nach ihrer Abfahrt geschehen war. Allein der Weitsicht ihrer Mutter hat sie ihr Fortbestehen zu verdanken.

Vier Geldwährungen hat Alinka miterlebt, die Reichsmark und die DDR-Mark, dann die Westmark, nun den Euro. Lebenszeit rinnt unaufhaltsam, im Stillen, fast unbemerkt. Es sind die wenigen Jahrzehnte, die der Mensch geschenkt bekommt, um auf dieser Erde wandeln und schaffen zu dürfen. Ob er sein Dasein zu nutzen weiß, liegt an ihm selbst. Die Kinder von damals, auf der großen Flucht, sind heute alte Menschen oder längst tot. Ihre Nachkommen wissen über das frühere Leben im Memelland, Preußen oder Pommern nicht mehr, als sie aus Büchern, Fernsehdokumentationen oder den Geschichten ihrer Eltern und Großeltern kennen. Wer diese Zeit nicht selbst erlebt hat, der wird sie nie ganz verstehen.

Bei der Ausfahrt zwischen den Molen überkommt sie das Gefühl jenes Aprilabends im Jahre 1945, als sie genau diese Wasserstraße nahmen. Minna, die Mutter und Alinka am Bug des großen Schiffes, als die Küste in der Dämmerung verschwand, als in dunkler Ferne Brände wüteten, als Granaten ihre Bahnen zogen. Das Brummen des Schiffes, das nicht ankam gegen das Kriegsgetöse eines Landstrichs, den sie in jener Stunde hinter sich ließen.

Die Segelyacht von Karl und Gustav, die den Namen der Mutter trägt, läuft aus in Richtung Westen. Eine flache Sonne grüßt vom Heck. Der Schatten des Segeltuchs jagt dem Fahrzeug weit voraus. Am Himmel gibt es keine Bombenvögel mehr, nur ein Passagierflugzeug mit Kondensstreifen hinter sich. Möwen und Schwäne wippen auf der See, erste Spaziergänger laufen schon jetzt die Strände ab. Nun fühlt Alinka sich bereit für einen Besuch in Plicken, aber nicht sofort, vielleicht im übernächsten Frühling. Auf keinen Fall jedoch will sie zu den sogenannten Heimweh-Touristen zählen. Sie will die Kindheitsfreundin besuchen und ihren Geburtsort wiedersehen, weiter nichts.

Jahre plätschern dahin wie das Wasser daheim im Kindheitsbach. Doch noch mal nach Plicken reisen, bevor einem das Alter in die Quere kommt? Die Heimat wiedersehen, bevor es nicht mehr geht? Der Mensch bleibt nicht ewig jung. Noch sind die Knochen robust und der Wille bei Verstand. Und so steigen Alinka und die Söhne im Juni 2007 in Berlin in einen Flieger, der sie ins litauische Vilnius bringt. Ein Taxi chauffiert sie auf der Autobahn, über Kaunas, bis ins dreihundert Kilometer entfernte Klaipeda. Um der betagten Mutter die Reise so angenehm wie möglich zu gestalten, kamen die Söhne überein, die hohen Kosten der Taxifahrt zu übernehmen. Schon weit vorher spürt Alinka die sich nähernde Heimat, da ist so ein Gefühl. Es riecht und schmeckt nach Elternhof, nach Kindheit und Zuhause, nach alten, geliebten Zeiten. Bereits auf dem Boden des Memellandes, bestärkt sie die Empfindung der Wiederkehr. Bis hier erstreckte sich einst das deutsche Gebiet.

Das Taxi erreicht einen Vorort Klaipedas. Plattenbauten sind zu den Wolken hinauf gewachsen, mit fünf und neun Geschossen, mit verwitterten Balkonen. Ganze Blöcke, die sich in ihrer reizlosen Bauart gegenseitig übertreffen. Die Stadt ist voll von Kraftfahrzeugen, ganz anders als im Memel der Erinnerung. Ampeln, Verkehr, ein Stau samt Hupkonzert vor einem Bahnhofsplatz. Wo nur sind all die niedlichen Häuschen geblieben, die nach zwei, drei Etagen ein Dach auf den Mauern trugen? Die Blöcke aber bilden nur die Frontansicht, denn als sie überwunden ist, zeigt sich vermehrt die gelungene Restaurierung der Altstadt, die seit 1968 den Denkmalschutz genießt. Das alte Memel gibt es noch.

Nun ist es gleich so weit, das Taxi gelangt ins Hafenwohnviertel und verringert seine Fahrt. Wie gestaltet sich so ein Wiedersehen, wenn sie der Freundin gegenübersteht? Als Schülerinnen gingen sie auseinander, im Rentenalter nun begegnen sie sich wieder. Am Telefon war Emma voller Freude, erklärte ihr dreimal, viermal den Weg zu ihr nach Hause. Auch die horrende Taxifahrt wollte sie bezahlen, doch das lehnte Alinka ab.

Noch eine Straße rechts herum, noch eine links. Endstation, hier soll es sein. Die Angereisten steigen aus der Limousine, Karl begleicht die Rechnung. Das Taxi sucht sich seinen Weg hinaus, dem städtischen Irrgarten zu entrinnen. Hier soll die Kinderfreundin wohnen, in diesem Hochhausblock? Alinka kommt das seltsam vor. Emma, das Mädchen vom Hofe, in einem solchen Gebäude? Ihr Blick wandert die Fassade rauf. Gustav hat bei den Klingelschildern ihren Namen ausgemacht und ruft der Mutter zu: »Hier ist es, hier ist Bertuleit!«

Alinka begibt sich zum Türeingang. Sie will den Knopf selber drücken, doch sie zögert noch. Zweifel kommen auf, ob es denn gut ist, hier zu sein. Ein Zurück aber darf es jetzt nicht geben. Sie pustet noch mal durch und betätigt den Klingelknopf.

Ein Surren dringt in die Sprechanlage. Auf Litauisch erklingt die Stimme einer Frau. Alinka klingelt noch mal und beugt sich vor den Lautsprecher. Wieder erschallt das Surren. »Hier ist Alinka Gindullis aus Deutschland. Ich möchte zu Emma Kirwitzke.«

Die Stimme der Frau im Apparat wandelt die Sprache. »Alinka, puiku, puiku! Nimm Aufzug, apartamentai in sieben Stock!«

Sie schreiten durch ein muffiges Treppenhaus zum Fahrstuhlschacht. Für Alinka ist es wie ein Traum, nur ein paar Höhenmeter noch, dann wird sie leibhaftig der Freundin gegenüberstehen. Der Aufzug hält, die Türen öffnen sich. Schon werden sie empfangen von einer Frau im Hosenanzug und ausgebreiteten Armen, von einem Mann mit streng zurückgekämmtem Haar und von einem weißen Spitz. Emma und Alinka herzen, drücken sich minutenlang, halten die Hände, lassen einander nicht los und gewähren den Tränen ihren Lauf. Ehemann Janis klopft den Söhnen die Schultern und nimmt Karl die Reisetasche ab.

Sodann nehmen sie Platz in einer mit Teppichwänden geschmückten Stube. Emma schneidet Käsekuchen und Erdbeertorte an und tätschelt unentwegt die Freundin. »Jetzt hast heime kommen, Alinka. Puiku, so schön ist das, so schön.« Alinka, tatsächlich hier, in Memel, der einst nördlichsten deutschen Stadt. Geschenke hat sie mitgebracht. Gute Cremes aus Deutschland, Milka-Schokolade in verschiedenen Sorten, Jacobs-Kaffee, edle Seifen, für den Mann einen gläsernen Aschenbecher. Er platziert ihn sogleich im Regal zu den anderen. Raucher aber ist er schon seit über zehn Jahren nicht mehr. Als er für Karl und Gustav Wodka einschenkt, trinken diese, überzeugte Nichttrinker, aus Höflichkeit mit. Dann schauen sie gemeinsam Fotos an. Alinka hat zwei Alben von zu Hause dabei, Emma holt die ihrigen aus einem Schiebefach. Immer wieder fließen Tränen, vor allem, wenn es alte Aufnahmen sind, die auf schwarzweißem Papier die Kindertage ins Wohnzimmer von Memel zurück beschwören.

Die Damen gesellen sich ans Fenster und halten einander fest. Nicht der Höhenangst wegen, als vielmehr der noch immer schwer zu begreifenden Tatsache, sich nach so langer Zeit endlich wieder in die Augen sehen zu können. Der Hafenausblick und zur Kurischen Nehrung hin tut alles Weitere für den Zauber dieses Juniabends. Die Sonne breitet auf der Ostsee ein Gemälde aus, bevor sie alsbald an ihrem Horizont in die Fluten niedersinkt. Frachter kehren ein durch das Memeler Tief. Am Badeort Sandkrug auf der Nehrung flimmern schon die Lichter.

Die Gäste sind müde von der Reise, Emma hat ihnen zwei Zimmer fertiggemacht, die Betten frisch bezogen. Als die Männer längst schlafen, sitzen die Damen dennoch am Küchentisch. Emma nimmt die Freundin in den Arm. »Ach, puiku, puiku, wie schön, du hier bist, Alinka.« Der Austausch von Erlebnissen und Erinnerungen nimmt kein Ende. Stundenlang und ununterbrochen rasseln die Gespräche fort, vom Heute und vom Gestern, weichen ab ins Kindesalter, tunken ein in die schweren Zeiten nach dem Krieg, um abermals hinauf zu schweben in die schönsten Jahre davor.

Gegen zwei Uhr nach Mitternacht blicken sie vom Wohnzimmerfenster auf den Hafen mit seinem Laternenmeer. Die Ostsee schimmert im Hintergrund, Leuchtbojen blinken auf. Juninächte sind arm an Dunkelheit, schon bald wird die Sonne wiederkehren und ihren Glanz aufs Wasser bringen, so wie sie einst an jedem Morgen aus des Großvaters Acker hervorgequollen ist. Gleich nach dem Frühstück, so beschließt Alinka in diesem Moment, soll ein Taxi sie nach Plicken fahren. Sie will mit eigenen Augen sehen, was vom Heimatort geblieben ist.

Obwohl als Letzte ins Bett gegangen, wirtschaften die Frauen als Erste in der Küche und bereiten Brote und Käffchen vor. Heute soll's nach Plicken gehen. Emma besteht darauf, dass Janis sie fahren wird, das sei doch das Mindeste an Gastfreundschaft. Abermals finden Gespräche statt, die der Spitz mit Gebell unterbricht. Er muss vor die Tür, doch Janis ist noch nicht wach. Seine Aufgabe ist es, mit ihm um den Block zu gehen. Alinka möchte das tun und schnappt sich die Hundeleine, knipst sie ans Halsband, öffnet die Aufzugtür und fährt sieben Etagen hinab.

Im Busch an der nächsten Ecke verrichtet Hündin Valenta ihr Geschäft. Zwei Straßenzüge weit spazieren sie durch Memel. Nicht viel ist mehr wie früher, denkt sich Alinka mit Blick auf die Monotonie des Hafenbezirks. Die Architekten und Ausführenden, die all dies hier geschaffen haben, sind wahre Meister der Einfallslosigkeit. Keine Zierde, kein Schnörkel. Effektivität, Wohnraum um jeden Preis. Das Memel aus der Vergangenheit, zumindest im Hafenbereich, hat mit dem heutigen Klaipeda kaum noch was gemein.

Nach zweimal Kuchen und Kaffee lotst Janis seinen Fiat aus der Stadt. Alinka bittet ihn, ganz langsam zu fahren. Nach wenigen Kilometern nordöstlicher Richtung glaubt sie, auf rechter Hand eine Ortschaft zu erkennen, die Emma als das einstige Baugskorallen bestimmt. Viele Gräben durchziehen die Felder und Raine. Die Straße, auf der sie sich dem Heimatort nähern, ist heute asphaltiert, kein Kiesweg mehr. Hier ist sie damals mit der Mutter auf dem Wagen noch vor Morgengrauen entlanggezogen. Dieser Morgen war einmal Gegenwart und liegt nun ein Lebensalter zurück.

Geradeaus sticht der Plickener Kirchturm hervor. Kindheit ganz nah, doch sechzig Jahre fern. Die Kirche, in der sie die Sonntagspredigten des Pfarrers abzuwarten hatten, vor deren Mauern sie Verstecken spielten. Ein Leben lang nicht mehr gesehen, nun ragt dies Gotteshaus da vorne aus dem Boden. Auf dem rechten Felde liegt ein großes Wasser, wo damals keines war. Ein Baggersee ist dort entstanden, sagt die Freundin, eine Abraumhalde mit künstlichem Blau. Solch einen See hätten sie sich als Kinder hierher gewünscht.

Das Ortsschild von Plikiai, wie Plicken heute heißt, steht schon weit vor dem Dorf neben einem der ersten Grundstücke. Alinka will nach dem Hof des Großvaters suchen, oder nach dem, was von ihm übrig ist. Vor einer Wüstung hält Janis den Wagen an. Hier soll es sein, sagt Emma, hier standen ihre Höfe. Nichts als Heide und Gestrüpp sind davon geblieben. Nur ein Versuch der Zeit, sich des Vergänglichen zu ermächtigen. Erlebnisse aber bestehen weiterhin, sie erwehren sich jeder Macht des Verdrängens. Es waren die prägenden Jahre ihres Daseins, die Zeit in einem Menschen, die sich einbrennt und im Gedächtnis hängenbleibt.

So betrachtet Alinka den Ort ihrer Kindheit, entsinnt sich der Gedanken ihres jungen Lebens, das auf diesem Platz in dieser großen, weiten Welt verlief. Jeder Blick eine Erinnerung. War es denn wirklich hier, wo sie nun steht? Sie guckt zu allen Seiten und schätzt die Entfernungen ab zu den noch existierenden Höfen. Fahrzeuge hetzen vorüber, wo es damals so ruhig war. Sie blickt nach Osten, über den Großvateracker, hinter dem sie viele Male die Sonne hat aufsteigen sehen. Sie weiß nun, dass es hier gewesen ist, genau an dieser Stelle. Sie kennt den Blick auf die Anhöhe, den Abstand zur Kirche links. Hier befanden sich Haus und Garten, dort der Hof und der Stall. Vielleicht ist noch der Brunnen da, vielleicht auch liegen Überreste im Gestrüpp, ein Ziegel, eine Scherbe, irgendwas.

Alinka, Karl und Gustav betreten die Fläche und halten die Augen auf nach einem Gegenstand, nach einem Relikt alter Zeit. Nach einem Andenken, etwas zum Mitnehmen für zu Hause, ein Stück Heimat, eine Kleinigkeit aus dem ersten Lebensjahrzehnt der Mutter. Sie zertreten Nesseln und kratzen mit Stöcken am Boden. Irgendetwas muss doch zu finden sein. Karl hebt den Arm, zwischen Daumen und Zeigefinger hält er einen Nagel hoch. Vielleicht ist er vom Stall. Doch der Nagel hat dort gelegen, wo früher der Garten zu Ende war. Gustav meldet den Fund eines Keramikhenkels, wohl von einer Tasse. Er ist spiralförmig gewunden. An so ein Trinkgefäß kann sich Alinka nicht erinnern. Sie versucht, den Standort der krummen Birke zu erahnen, wo sie am Tage vor der Flucht eine Grube aushob und Dinge verschwinden ließ. Viele Quadratmeter kämen dafür infrage, aber niemand hat eine Schippe dabei.

Wieder sieht sie sich einfach nur um, hierhin, dahin, über die Straße zum Feld, nach links zum Dorf, nach hinten zum Wald. Sonne und Wolken wechseln einander ab, ein Luftzug streicht von Westen kommend über das Heimatland. Wenige der früheren Höfe stehen noch, neue sind hinzugekommen. Eine gelbe Rose hat sich im Wildwuchs entfaltet, nur diese eine. Sie wird ein Nachfahr vom Blumenbeet ihrer Mutter sein, vielleicht die Mutter selbst als wieder erschienenes Geschöpf. Alinka will sie nicht von ihrem Stiel lösen. Weiter wachsen soll sie auf dem Boden des Elternhofs.

Die Frauen möchten zu Fuß und allein noch einmal ihren Schulweg gehen. Die Männer akzeptieren das und fahren voraus ins Dorf. Statt Walpurga kläfft nun Valenta zu ihren Füßen. Höfe nähern sich, auf denen die Schulkameraden wohnten, in dessen Häusern Deutsche lebten, deutsch gesprochen wurde. Die Kleinbahngleise gibt es nicht mehr. Minütlich prescht ein Pkw vorüber, dass die Unkräuter am Fahrbahnrand zerstoben. Auf dem Friedhof sind zwar ein paar Grabmale mit deutscher Inschrift zu finden, doch sind es gänzlich unbekannte Namen.

Sie betrachten das Schulhaus, die Fenster links, hinter denen sich ihr Klassenzimmer befand. Wie mag es wohl heute darin aussehen? Die blickdichten Gardinen gewähren keine Einsicht. Der Zaun vor dem Gebäude ist verschwunden, der Pausenhof verbirgt sich hinter Bäumen. Fremd gewordene Kinderheimat.

Sie wenden sich um und betreten den Kirchenvorplatz, der heute vermehrt von Ahornbäumen umringt ist. Die Trampelpfade litauischer Kinder zeigen sich. Was sie wohl spielen, die Mädchen und Jungen dieser Tage? Die Kirchentür ist verschlossen. Gut so, denkt sich Alinka, denn ihre Kirche der Gegenwart ist Greifswalds Sankt Marien.

An der Straßenkreuzung schlagen sie rechts ein und gelangen alsbald an den Ekittbach. Sein Lauf wirkt begradigt und seine Ufer sind verbuscht, kein Plätschern ist zu hören. Auf einer Wiese folgen sie ihm bis zu einer breiteren Fläche, wo das Wasser stillsteht und nicht weiß, wohin es fließen soll. Zumindest im Bereich des Dorfes wurde das Bächlein seiner ursprünglichen Form beraubt. Ein Storch gleitet im Segelflug herüber, es gibt sie also noch. Kiebitze fliegen wie einst über Plickens Felder hinweg, wie auch Schwalben und Sperlinge. Die Hähne krähen noch immer. Auf den Gehöften bellen die Hunde wie eh und je, wie es vor sechzig Jahren war.

Ein Stück flussab weilt, neben Holunderbüschen und von Nesseln unterjocht, ein alter, zerbrochener, irgendwann mal dort abgestellter Karren. Er ist ein Zeugnis vergangener Tage. Wer weiß, vielleicht steht er seit Jahrzehnten da. Für Alinka hat er etwas Symbolisches. Früheres holt sie ein, überwältigt sie, bringt Ohnmacht. Die unabgeschlossene Kindheit kehrt zurück. Es kommt ihr so vor, als sei zwischen dem Tag Anfang Oktober 1944 und dem heutigen nichts gewesen, als gäbe es die vergangenen sechs

Jahrzehnte nicht, als lägen die Kindertage nicht schon einen Lebenshorizont weit zurück. Sie will anknüpfen an damals, will dort weitermachen, wo es endete. Doch es gelingt ihr nicht. Die Zeit dazwischen lässt sich nicht revidieren, nicht vergessen machen.

Nur ein Schnipsen mit den Fingern, die Augen zugesperrt, schon soll er sich bewahrheiten, dieser Traum, zur Wirklichkeit gedeihen. Umso intensiver fühlt es sich an, als sie die Augen wieder öffnet und feststellt, dass kein Traum sie umfängt, sondern das Alter, die gnadenlose Zeit, die vorangeht mit jeder Sekunde und sich ihren Weg bahnt. Bei der ein Menschenleben nicht mehr ist als ein Wimpernschlag in der Erdgeschichte. Der Zeiger der Lebensuhr ist auf Dreiviertel vorgerückt, wenn ein Alter von hundert Jahren als Ganzes angesehen wird. Doch ebenso schnell, wie die Trübsal kam, bläst sie diese im Winde fort.

Die Männer, die den Damen auf Abstand folgten, sammeln sie nun ein. Vor dem Kindheitshofe halten sie noch mal. Alinka erbittet ein Gefäß, eine Tüte oder einen Beutel, etwas zum Befüllen. Ein leeres Schraubglas findet sich im Kofferraum. Mit bloßen Händen zerkratzt sie auf der Brache des einstigen Anwesens die Erde zwischen den Nesseln. Heimatboden rieselt ins Glas, bis es sich zum Rande füllt. Nach ihrem Tod soll der Inhalt auf ihr Grab geschüttet werden. Dieses Versprechen ringt sie den Söhnen schon heute ab. Hinter dem Walde entschwindet die Sonne. So atmet Alinka noch einmal die Luft einer vergangenen Zeit und nimmt Abschied von Plicken, vom Ort ihrer Kindertage.

Mit tausend Küssen, Tränen und Umarmungen scheiden die Frauen am nächsten Morgen voneinander. Die Einladung Alinkas an die Freundin, sie in Deutschland zu besuchen, nimmt Emma gerne an. Doch gesteht sie ihr auch, dass sie an Flugangst leide und dass der weite Weg mit dem Auto eine Tortur für sie als Osteoporose-Patientin wäre. Sie verlassen Klaipeda auf dem gleichen Wege, wie sie vor zwei Tagen hergekommen sind. Wahrscheinlich, so wissen beide Frauen, war es das einzige und letzte Mal, dass sie sich wiedersahen. Elf Monate nach ihrem Treffen wird Alinka in einem Brief vom Tod der Kindheitsfreundin erfahren, die ihrer schweren Zuckerkrankheit erlag.

In den kommenden Jahren widmet Alinka sich vermehrt der Gesunderhaltung, bedient sich sportlicher Betätigungen und schließt sich einer Damenwandergruppe an. Sie versucht sich auf verschiedenen Instrumenten, doch gesteht sich ein, nicht genügend Talent zu besitzen. Sie widmet sich dem Hobby der Botanik und pflanzt eine Vielfalt an Rosen in ihrem Garten am Rande der Stadt. Apfelkerne, Birnenkerne wirft sie nicht weg, sie sammelt diese und streut sie in die Natur, damit sich aus ihnen Obstbäumchen entfalten können. Vor allem, als 2012 Ehemann Hannes das Zeitliche segnet, wenige Monate vor der Diamantenen Hochzeit, überhäuft sie sich mit Tätigkeiten. Früh schon, noch im Morgengrauen, pflegt sie ihre Blumenkästen auf den Fensterbänken. Wenn der Tag erwacht, geht sie zum Bäcker, nach dem Frühstück in den Garten, wo sie jedes Steinchen aus den Beeten fischt. Dann bereitet sie das Essen zu. In ihrer Küche riecht es an Vormittagen oft nach Rotkohl und Kartoffeln.

Nach dem Mittag macht sie ein Schläfchen oder liest. Vom Stadtplan bis zur Weltkarte ist für sie alles interessant. Gern auch schmökert sie in Liebesromanen, die ihr eine heile Welt vermitteln. Zweimal in der Woche liegt sie in der Badewanne und hört Johann Sebastian Bach. Jeden Tag sieht jemand nach ihr, die Söhne oder die Schwiegertöchter. Wenn die Urenkel sie besuchen, lebt sie auf, backt mit den Mädchen Torte, schaltet den Jungen Märchenfilme an. Für Kunst hat sie einiges übrig, ihre Leidenschaft gebührt dem Maler Caspar David Friedrich. Auch die Werke der in Königsberg geborenen Künstlerin Käthe Kollwitz bewegen sie.

Alinka schätzt die medizinische Versorgung in der Stadt. Mit anderen älteren Frauen geht sie über den Markt, verweilt gern auf dem Kastanienwall, vor allem während der Blütezeit, und wirft den Enten im Graben Brotkrumen zu. Das Briefeschreiben bewahrt sie sich bis ins hohe Alter. Mit vielen Wegbegleitern ist sie noch in Kontakt, mit Barbara aus Teterow, mit Gästen vom Leipziger Ostpreußen-Treffen, mit ehemaligen Arbeitskollegen aus der Hansestadt. Jeden Morgen holt sie vom Bäcker drei Stück Pflaumenkuchen, eine Tüte Brötchen und die Zeitung, um den Tag am Fenster oder in ihrem Garten zu verbringen.

Die Knochen sind müde, die Gelenke wollen auch nicht mehr so, wie sie es gerne hätte. Wenn die Finger zu sehr zittern und fürs Briefeschreiben nicht zu gebrauchen sind, verfasst sie Ansichtskarten mit kurzen, netten Grüßen. Von ihrem Sessel am Fenster blickt sie hinaus auf den Weg, grüßt Nachbarn und freut sich, wenn Besuch hineinkommt, vor allem die Familie. Eine Urenkelin schenkt ihr zum Achtzigsten ihre Silberfoliensammlung von Schokoladenweihnachtsmännern und Osterhasen. Die Kinder erhellen Alinka den Horizont. Worüber sie sich aber wundert, ist, dass heute die Kleider weggeworfen werden, wenn ein Knopf abgerissen ist, eine Naht aufging. Da wird nichts mehr ausgebessert, repariert, gestopft. Welche Frau und welches junge Mädchen kann denn heute noch mit Nadel und Faden oder mit der Nähmaschine umgehen? In den Läden sind die Kleider so billig zu bekommen, da lohnt der Aufwand gar nicht mehr. Die Kinder sagen immer nur: »Mutti, Oma, brauchst nicht, ich kauf neu.« Und dann landen die Sachen im Container.

An jedem ersten Advent schmückt sie den Weihnachtsbaum und lädt zu Heiligabend die Familie ein. Gänsebrust und Entenbraten tischt sie auf, betet und singt mit den Urenkeln. Sie liebt den Duft von Lebkuchen und Rosinen auf dem Weihnachtsteller. Heute schlägt ihr Herz für Lübecker Marzipan, so wie einst für das aus der Gauhauptstadt Königsberg.

Die heißen und trockenen Sommer 2018 und 2019 erinnern Alinka an jenen von 1947, den sie in Wampen verlebte und der die Zweitmutter mit sich nahm. Sie ahnt, dass es nun auch mit ihr zu Ende geht. Noch einmal besucht sie die Lieben auf den Friedhöfen in Neuenkirchen, deren Gräber schon lange nicht mehr existieren. Sie verweilt an genau der Stelle, an der vor mehr als siebzig Jahren ihre Tränen ins Grab der Mutter fielen.

An einem Frühlingsabend im Jahr 2020 nimmt sie Abschied von dieser Welt und bricht auf zu ihrer letzten großen Reise. Wohl hundert Menschen folgen dem Trauerzug auf dem Neuen Friedhof im Westen der Stadt. Karl und Gustav schütten gemeinsam das Glas mit der Heimaterde über den Sarg.

Greifswald, erste Bleibe damals in einem der mittleren Gebäude links

Fensterblick auf den Markt und zur Marienkirche

Sanierungsbedürftiges Wampener Gutshaus im Oktober 2022

Wampen, Strand am Greifswalder Bodden, im Hintergrund die Insel Koos

Nachwort

Mit einem Tag im Herbst hat dieses Buch begonnen, mit einem Tag im Frühling endet es. Im Alter von sechsundachtzig Jahren entschlief sie, in ihrem Bette liegend, friedlich diesem Leben. Einem Leben, dessen Jugendjahre von Entbehrungen gezeichnet waren, dessen Qualität zunahm, je mehr sie ihre neuen Stätten als Heimat akzeptierte. Es heißt, ein Drittel der Kinder und Jugendlichen, die die Flucht erlebten, litten an posttraumatischen Störungen. Alinka Gindullis verlor nie die Zuversicht. Sie besaß das Glück, auf Menschen zu treffen, die sich um ihr Wohlergehen bemühten. Mehr noch als das Gefühl der Verlorenheit, plagte sie die Sehnsucht nach Altvertrautem, das Verlangen nach der Familie, nach den geliebten Personen daheim. Seit der Jugend in Pommern aber fühlte sie, in einer behüteten Welt aufzuwachsen, wie schon vor dem langen Kriege.

Alinka war ein besonderer Mensch. So jedenfalls empfand ich sie. Wenn sie über ihr Leben sprach, verlor ich mich in einer Welt vor meiner Zeit. Sah ich in ihre Augen, begegnete ich dem Mädchen, das sie einst war. Mit jedem ihrer Worte nahm die alte Frau auf dem Sofa die Gestalt der zehnjährigen Bauerntochter an. In völliger Gelassenheit zog sie längst Verblichenes zurück in die Gegenwart und wusste sich dabei auszudrücken, als sei das Erlebte erst vor einer Woche geschehen. In ihren Ausführungen sah ich die Bilder vor mir, sah das Mädchen im Garten zwischen den Beeten, sah es im Stall bei den Pferden, auf der Schulbank sitzen, vom Kammerfenster auf das nächtliche Feld hinausblicken. Ich sah ihre Tränen auf den Wangen, als sie die Heimat, den Großvater und bald auch die Mutter verlor.

Gewiss war ihr Schicksal nur eines von Millionen, die dieser Krieg zu verantworten hatte. Doch dieses eine berührte mich vor allem deshalb, da Frau Alinka Gindullis die Fähigkeit besaß, diesen Zeiten nicht mit Melancholie, sondern mit Distanz zu begegnen. Um die Gefühlswelt eines zehnjährigen Mädchens zu verstehen, war es für mich von großem Vorteil, selbst eine Tochter in diesem Alter zu haben.

Aufgrund ihres fabelhaften Gedächtnisses und einer hohen Detaildichte, konnte ich die Flucht auf dem Pferdewagen im Treck rekonstruieren.

Alinka merkte an, was sie fühlte im eisigen Januarwind, woran sie dachte am Lagerfeuer auf fremdem Gehöft an der Chaussee. Mit einfachen Worten beschrieb sie die Menschen, denen sie begegnete, die den Fliegerangriffen zum Opfer fielen, die Ängste der nach ihren Müttern rufenden Kinder, wie auch ihre permanenten Gedanken an den Vater und dass der Russe schneller ist. Die Flucht auf dem Schiff und das Zustandekommen dieser Fahrt schilderte sie mir in sämtlichen Einzelheiten. Ebenso die Ankunft in Swinemünde, dem vermeintlichen Rettungshafen, das Leben in der von Flüchtlingen überfüllten Stadt. Der Fliegerangriff, die Sirenen, die brennenden Häuser, die Menschen, die aus dem Nebelrauch gelaufen kamen und darin verschwanden, all das legte sie ausführlich dar.

Alle im Buch geschilderten Ereignisse beruhen auf den Erinnerungen einer alten Frau. Drei Jahre lang schrieb ich an dem Manuskript, prüfte ihre Angaben, verglich sie in Büchern und Chroniken. Ich telefonierte mit Zeitzeugen aus den Orten, die Alinka auf ihrer ungewollten Reise hinter sich gelassen hatte. Ich war bemüht, immer wenigstens eine zweite identische Quelle zu ihren Angaben zu finden. Soweit es mir möglich war, ging ich ihren Aussagen nach, suchte Mitschriften auf, forschte in Archiven und sah mich in Bibliotheken um. Bei meiner Recherche in Wampen fand ich auffallend wenig Unterstützung durch die sogenannten Ureinwohner. Verschwiegen sind sie und distanziert, wie das Dorf selbst, das sich abseits der großen Straßen im Verborgenen hält. Hingegen in Neuenkirchen lud mich eine Dame nach unserem Gespräch am Gartenzaun zu einer Tasse Kaffee in ihr Wohnzimmer ein.

Wenn ich Alinka besuchte und die Gartenpforte öffnete, sie mich bereits durchs Fenster erkannte, warf sie mir ein Lächeln zu und wies auf die Tür. Fenster spielten im Leben der Alinka eine große Rolle, zeigten sie ihr doch stets den Blick raus in die Freiheit, ins Unendliche. Stand ihr der Sinn nach Weite, zog sie die Gardinen weg und träumte sich in die Welt hinaus. Wir saßen oft bei Pflaumenkuchen und Kaffee in ihrer Gästestube. Ich hielt den Schreibblock und stellte meine Fragen. Auf dem Tisch lag immer ein aufgeschlagenes Buch mit einer Lesebrille. Einmal nähte sie während der Befragung einen Riss in meiner Jacke zusammen und zeigte mir so ihr jahrzehntelanges Geschick. Bis zuletzt hat sie sich ihre Erzählfreude erhalten können. Menschen wollte sie um sich haben. Gesund zu bleiben, war ihr wichtig, den Rest könne sie dann schon alleine regeln. Wenn jemand klingelte, war er willkommen, ob angemeldet oder nicht.

Zuletzt klagte sie häufig über ein Schwindelgefühl und allgemeinem Unwohlsein. Sie war auch viel stiller geworden, blickte auf den Teppich nieder, statt wie sonst zum Vogelhäuschen auf dem Fensterbrett. Als ich zum letzten Mal in ihrer Stube saß und sie wieder mit Fragen löcherte, bat sie bereits nach Minuten, das Treffen abzubrechen und auf einen anderen Tag zu verlegen. Sie gab mir den Pflaumenkuchen mit, den sie am Morgen für uns vom Bäcker geholt hatte. In der übernächsten Früh schrieb ihr Enkel, mit dem ich befreundet war, auf mein Handy eine Nachricht vom Ableben seiner Oma.

Da saß ich nun mit meinen Gedanken und wusste nicht, was ich davon halten sollte. Zu tief war ich verwurzelt mit ihrer Geschichte, mit ihrem Leben, empfand mich wie ein Teil von ihr. Und jetzt war sie nicht mehr da? Ich fühlte mich alleingelassen. Ein halbes Jahr zuvor und viel zu spät erst hatte ich sie kennengelernt, die Frau, die mich prägte, die mich faszinierte. Eine alte Dame, der die Schönheit ihrer Jugend noch anzusehen war, eine Greisin mit wachem Verstand. Wäre ich in ihrer Blütezeit ein junger Mann gewesen, ich hätte mich wohl in sie verliebt. Doch fast ein halbes Jahrhundert trennte den Tag ihrer Geburt von meiner. Der eine geboren vor dem Kriege, der andere weit in die DDR hinein.

Besuche ich heute ihr Grab, und das Wetter ist gut, treffe ich fast immer jemanden dort an. Mal einen ihrer Söhne oder eine Schwiegertochter, mal einen Enkel oder eine Enkelin mit Partner, frühere Arbeitskolleginnen, sogar mal eine Brieffreundin vom Leipziger Ostpreußen-Treffen, die aus Düsseldorf angereist war. Die Ruhestätte der Alinka, neben dem Grab ihres Mannes, ist so liebevoll hergerichtet, wie es der gepflegte Blumengarten vor ihrem Hause war.

Ich durfte Alinka mit ihrem Vornamen duzen. So viel mehr noch hatte ich sie fragen wollen, Kleinigkeiten zwischen den Zeilen, die als Ganzes ihre Geschichte fundamentieren sollten. Dinge, die mir auch Karl und Gustav nicht beantworten können. Nun hat sie die letzten Rätsel für sich behalten, mitgenommen in die nächste Welt.

Oma Alinka erlaubte mir zwar, ihre Geschichte aufzuschreiben, untersagte mir aber sogleich, ihren echten Namen zu verwenden, da die Söhne und Enkel dagegen seien. Es sollten keine Rückschlüsse auf die Kinder gemacht werden können, etwa in der Schule, falls diese Geschichte doch einmal publik werde. Ihre Tagebuchaufzeichnungen durfte ich verwenden, die Fotos nur ansehen, nicht kopieren. Ich prägte sie mir ein. Alinka selbst verstand die Zurückhaltung ihrer Familie nicht, nahm sie jedoch hin. »Wo einer herkommt und wer er ist oder war, das soll er nicht verschweigen müssen«, hatte sie gesagt. So setzten wir uns abermals zusammen und berieten einen Namen, der ihrem ähnlich war und den auch die Familie akzeptierte. Alinka Gindullis kam dabei heraus. Auch die Namen vieler anderer im Buch erwähnten Personen sind zur Wahrung der Identität oder auf eigenen Wunsch hin abgewandelt worden. Es hat vielleicht sein Gutes, dass keine Fotos von ihr ins Buch gelangten, um so dem Leser die Möglichkeit zu geben, sich selbst ein Bild zu machen von Alinka, dem Mädchen aus dem Memelland, aus einem Dorf am einst nördlichsten Ende des Reichs.

Widmung

Du gehst voran, ich folge dir. Du bist nicht außer Sicht, du wartest nur. Wenn wir uns wiedersehen, berichte mehr von deinem Leben hier auf Erden und von dem Leben dort, wo du jetzt bist.

Fotoquellen

Seite 35:
https://wiki.genealogy.net/Datei:Plicken_1935.jpg

Seite 211:
https://de.wikipedia.org/wiki/Datei:Ostpreu%C3%9Fen_Karte_Niekamme r_Bd._3.jpg

Seite 239:
https://de.wikipedia.org/wiki/Datei:Provinz_Pommern_1905.png

Seite 299, 335, 366, 367, 368:
UAG, Kurator (K) Nr. 6077 Bd 5, 10 Fotos zu Wampen aus dem Nachlass Harms

Seite 442, 443:
Paul Carsten Liberra

Foto Buchcover:
Bildarchiv der Kreisgemeinschaft Osterode in www.bildarchiv-ostpreussen.de

Kontakt zum Autor:
p.liberra@gmx.de